U0576610

〔清〕顧嗣立　席世臣　編
吴申揚　點校

元詩選

癸集　下

中華書局

元詩選癸集目録　癸之庚上

李忠文公黼一首……九二一
樊參政執敬一首……九二三
董忠定公摶霄二首〔一〕……九二三
陳參政祖仁三首……九二四
石抹參政宜孫一首……九二六
孫平章德謙四首……九二六
陳平章有定二首……九二七
韓侍御準一首……九二八
賀侍御方一首……九二九
呂總管震一首……九三〇
李總管鉉一首……九三一
蔡推官廷秀五首……九三一
余推官述祖一首……九三三
吳縣尹文讓一首……九三四
楊參謀椿三首……九三五
堵檢校簡一首……九三五
李從守介石一首……九三六
董旭二首……九三六
邊管勾魯一首……九三八
林侍郎諫一首……九三八
王左丞演一首……九三九
鄭左丞旼一首……九四〇
陳學士桱一首……九四一
御史大夫納璘一首〔二〕……九四二
蘇御史天民八首……九四二
程員外文二首……九四四
張臺郎質夫一首……九四五
郁司農遵一首……九四六

謝助教子厚一首……九四七
陳元帥乾富二首……九四八
楊將軍文選一首……九四八
王宣慰嘉閭一首……九四九
吕廉訪謙一首……九五〇
兀顔副使師中二首〔三〕……九五一
楊總管瑀九首……九五二
繆總管思恭一首……九五五
公孫總管輔三首……九五六
葉提舉廣居五首……九五七
俞推官庸三首……九五九
俞判官俊六首……九六〇
顧同知遜二首……九六二
劉英德中孚三首……九六二
李縣尹祖仁一首……九六三
王學正綸四首……九六四
高學正志道四首……九六六
諸學諭絅一首……九六七
徐學正昭文二首……九六七
程教官邦民二首……九六八
陳教授聚五首……九六九
姚教授桐壽一首……九七〇
馬教授桂遜一首……九七一
趙巡徼櫄四首……九七二
樂架閣善一首……九七四
王主簿造二首……九七五
王處士諶六首……九七六
顧判官安一首……九七七
袁府掾介一首……九七八
潘臺掾澤民一首……九七九
許管勾德潤一首……九八〇
王都事霖三首……九八〇
龍都事從雲七首……九八一
謝都事理三首……九八三

張經歷溥二首……九八四
陳參軍駭三首……九八四
時□□太初三首……九八五
完萬户澤二首……九八六
吳參謀徹一首……九八七
周教授所立一首……九八七
馬參政玉麟三首……九八八
張府判經三首……九八九
張判簿緯五首〔四〕……九九〇
張元度四首……九九二
張都事天永三首〔五〕……九九二
鍾弼一首……九九四
李繹二首〔六〕……九九四
閻相如一首……九九五
趙良翰一首……九九五
趙孟乂一首……九九六
王處士鵬五首……九九六
高升二首……九九七
葉顒一首……九九八
南陽野逸邵復一首……九九八
王仲禮一首……一〇〇〇
孔思吉一首……一〇〇〇
郝天鳳一首……一〇〇一
楊賢德一首……一〇〇一
何九思一首……一〇〇一
易履一首……一〇〇二
馬晉一首……一〇〇二
馬庸五首……一〇〇三
杭琪一首……一〇〇四
馮椿一首……一〇〇五
嚴貞一首……一〇〇五
耿畢二首……一〇〇六
邵布衣光祖四首……一〇〇六
馬肅二首……一〇〇八

滕遠一首……一〇〇九
張常明二首……一〇〇九
錢昱一首……一〇一〇
朱貞一首……一〇一〇
蔣廷秀一首……一〇一一
劉屺四首……一〇一一
周彝五首……一〇一二
董昶一首……一〇一四
譚彧一首……一〇一四
黃夔三首……一〇一五
祖傳中一首……一〇一五
金覺二首……一〇一六
孟熲一首……一〇一六
尤存二首……一〇一七
諸葛耑一首……一〇一八
范基二首……一〇一八
徐珪二首……一〇一九
高元復一首……一〇一九
李伯彰一首……一〇二〇
陸敘一首……一〇二〇
吳淳一首……一〇二一
沈敬明一首……一〇二一

〔一〕「摶」，原作「搏」，據正文改。
〔二〕「大夫」二字原無，據正文補。
〔三〕「師中」原作「司中」，據正文改。
〔四〕「判簿」原無，「五」原作「四」，皆據正文補改。

〔五〕「都事」原無，據正文補。
〔六〕「二」原作「一」，據正文補。

元詩選癸集

癸之庚上

李忠文公黼

黼字子威，汝寧人。工部尚書守中之子，初補國學生。泰定四年，遂以明經魁多士，授翰林修撰。改河南行省檢校官，遷禮部主事，拜監察御史，轉江西行省郎中。入爲國子監丞，遷宣文閣監書博士，兼經筵官。俄中書命巡視河渠，陞祕書太監，拜禮部侍郎。已而廷議内外官通調，授江州路總管。至正十一年夏五月，盜起河南，造船北岸，鋭意南攻。九江居下流，實江東西襟喉之地，黼治城壕，修器械，募丁壯，分守要害，且上攻守之策于江西行省，不報，黼歎曰：「吾不知死所矣。」乃獨椎牛饗士，激忠義以作士氣，數日之間，紀綱粗立。十二年正月，賊渡江，陷武昌，江西大震。黼與黄梅縣主簿也孫帖木兒向天瀝酒爲誓，黼身先士卒，大呼陷城。也孫帖木兒繼進，賊大敗，殺獲二萬餘。黼又以長木數千，冒鐵椎于杪，暗植沿岸水中，逆刺賊舟帥，將士奮擊，發火翎箭射之，焚溺死者無算。行省上黼功，請拜江西行省參政，行江州南康等路軍民都總管，便宜行事。已而賊勢更熾，黼守孤城，無日不戰，中外援絶。二月甲申，賊將入城，黼與之巷戰，知力不敵，揮劍叱賊曰：「殺我，毋殺百姓。」賊自巷背來，刺黼墮馬，黼罵賊而死。郡民聞黼死，哭聲震天，相率具棺，葬于東門外。黼死踰月，參政之命始下。年五十五，事聞，贈資德大夫，淮南江北等處行中書省左丞，上護軍。追封隴西郡公，謚忠文。詔立廟江州，賜額曰崇烈。

挽宋顯夫

松廳交契半成塵，又見鑾坡失此君。只意遠恢先世業，豈期中斷立朝勳。僅餘名位傳遺息，無補饑寒有古文。泉路難兄詩侶在，滿山明月兩孤墳。

樊參政執敬

執敬字時中，濟寧鄆城人。性警敏好學，由國子生擢授經郎，歷官至侍御史。至正七年，擢山南道廉訪使，俄移湖北道。十年授江浙行省參知政事。十二年，徽饒賊犯餘杭，執敬上馬，中途與賊遇，射死賊四人，又逐之，射死三人。賊來愈盛，填咽街巷，且縱火，官兵皆潰。賊呼執敬使降，執敬怒叱之曰：「守關吏不謹，汝得至此，恨不碎汝萬段，何謂降耶！」奮刀斫賊，中槍而死。事聞，贈翰林學士承旨榮禄大夫柱國，追封魯國公。

錢塘觀潮

烟波閃閃海門開，平地潛生萬壑雷。大信不虧天不老，浙江亭上看潮來。

董忠定公摶霄

摶霄字孟起，磁州人。由國子生辟陜西行臺掾，授四川肅政廉訪司知事，除涇陽縣尹。入爲户部主事，陞員外郎。拜監察御史。出僉遼東廉訪司事，歷江西行省左右司郎中，遷浙東宣慰副使。至正十一年，除濟寧路總管。十四年，除水軍都萬户，俄陞樞密院判官，陞同僉淮南行樞密院事。十七年，毛貴陷益都般陽等路，命摶霄討之。而濟南又告急，乃提兵援濟南，賊敗走，詔就陞淮南行樞密院副使，兼山東宣慰使都元帥。有疾其功者，譖于總兵太尉紐的該，令依前詔征益都。摶霄即出海南城，屬老且病，請以弟昂霄代領其衆，授淮南行樞密院判官，未幾，命摶霄守河間之長蘆。十八年以兵北行，濟南復陷。詔拜河南行省右丞。甫拜命，毛貴兵已至，因拔劍督兵以戰。而賊衆突至，衆刺殺之，無血，惟見其有白氣衝天。是日，昂霄亦死之。事聞，贈宣忠守正保節功臣、榮禄大夫、河南行省平章政事、柱國，追封魏國公，謚忠定。昂霄追封隴西郡公，謚忠毅。

遊元霤山

水色山光照眼明，隔溪遥見白雲生。崖根凍雪留人跡，林外春風變鳥聲。夢草得詩青入骨，煮茶聽話淡忘情。飛來橋上歸時晚，回首翠微松鶴鳴。

鳳山

一聲鼓角鳳山秋，山下黄雲稻欲收。江漢未清勞國賦，敢辭衰病擁貔貅。

陳參政祖仁

祖仁字子山，汴人。父安國，仕爲晉陵尹。祖仁，性嗜學，早從師南方，有文名。至正元年科舉復行，以《春秋》中河南鄉貢，明年會試在前列，及對策大廷，遂魁多士，賜進士及第，授翰林修撰、同知制誥，兼國史院編修官。累遷翰林待制，出僉山東肅政廉訪司事，擢監察御史。復出爲山北廉訪副使，召拜翰林直學士，陞侍講學士，除參議中書省事。二十三年，拜治書侍御史，出爲甘肅行省參知政事。明年除山北道廉訪使，召拜國子祭酒，遷樞密副使，辭職。除翰林學士，遂拜中書參知政事，尋遷太常禮儀院使。二十八年，明兵進壓近郊，命祖仁載太廟神主從皇太子北行，祖仁諫止，還守太廟以俟命。俄而順帝北奔，祖仁守神主，不果從。八月二日，京城破，將出健德門，爲亂軍所害，年五十五。子山一目眇，貌寢，身短瘠而語音清亮，議論偉然，負氣剛正。其學博而精〔一〕，自天文、地理、律曆、兵乘、術數百家之説，皆通其要。爲文簡質而詩清麗，世多稱傳之。

毛尊師石田山房

四明有神人，遺世宅崇峯。飛游凌倒景，餘垢亦奇蹤。流風被三華，有士振其宗。誅茅宇峯下，迥若御鴻濛。琅玕四時秀，靈泉左右通。晨游揖王父，夕駕命青童。惟兹二頃田，苦辛資歲功。南東不盡畝，犖确溢其中。由來仙聖居，服食世非同。白英堅過玉，烹飪奉朝饔。非闕耕與鉏，簞瓢糜不充。大盜睨而去，天災無匱空。虞芮昔已争，乾餱咎在躬。寧知不食地，東華早發矇。東華真人有食石法。超遥樂玄虚，宛若因瞳矓。緑髮方瞳子，長身比赤松。

題鄱陽程景伊有筠樓

飛宇出霄漢，修筠與之齊。蒼然環曲闌，宛若在林棲。其上富文史，高明還日躋。方期下采鳳，自可降青藜。

游張公洞

荆南山水稱奇絶，古洞深沉白晝昏。但覺鴻濛迷上下，焉知羲畫判乾坤。神功不費雕鎪力，天巧曾無斧鑿痕。此地信然塵世隔，昔人何用覓桃源。

〔一〕其學博而精，原作「其博學而精」，據稿本改。

石抹參政宜孫

宜孫字申之，其先遼之迪烈紇人。襲父職爲沿海上副萬户，守處州，及弟長，即讓其職還之，退居台州。至正十一年，方國珍起海上，江浙行省檄宜孫守温州，以功陞浙東宣慰副使，分府于台州。十七年，陞行樞密院判官，總制處州分院，治于處，尋陞同僉行樞密院事。十八年，經略使李國鳳至浙東，承制拜江浙行省參知政事。明年，明兵入處州，宜孫將數十騎走福建境上。見事不可爲，還至處之慶元，爲亂兵所害。事聞，贈推誠宣力効節功臣、集賢大學士、榮禄大夫、上柱國，追封越國公，謚忠愍。中之性警敏，嗜學問，於書務博覽，而長於詩歌。在處州時，用劉基、胡深、葉琛、章溢諸人居幕府。自引諸名士投壺賦詩，嘗構掀篷于妙成觀，何宗姚首倡，一時和者數十人。著有《少微倡和集》。

妙成觀掀篷和何宗姚韻

結構新亭似勝前，登臨歷歷瞰晴川。放懷喜解防秋戍，乘興還操下瀨船。從此入林堪避地，何妨坐井亦觀天。東風回首春城暮，桃李依然種日邊。

孫平章德謙

德謙字□□，睢州人。仕至中書省左丞，歷大同行省平章事。明兵既克大都，順帝北奔，大將軍徐達遣兵圍大同，德謙嬰城固守，力不能支，乃手書自決等詩數章，詞意激烈，誓不偷生。城陷，竟不屈死。

死節自決

有計難爲用，心馳東北天。偷生雖度日，何面見時賢。忠孝人之本，臨危愈要堅。偷生恐辱國，魂氣迸山川。

付諸子

我今忠爲國，汝等孝持身。忠孝各盡道，庶幾報君親。

七月初一日作二首

固守孤城衆議深，豈知共事負初心。如今有計難爲用，淚血枯乾痛不禁。

城陷身羈事已違，孤忠耿耿欲何依。誰知一片丹心苦，日逐白雲東北飛〔一〕。

〔一〕「日逐」，稿本作「逐日」。

陳平章有定

有定一名友定，字安國，汀之歸化人。幼病頭瘡，家貧無依，傭於富室羅姓，羅奇之，妻以女。初爲明溪寨兵卒，至正間，盜起海上，寧化曹柳順據曹坊寨，有定見汀判蔡公安緩頰。談軍事，蔡遂授以兵，直抵柳順營馳擊，大破之，擒順以歸。授明溪寨巡檢，尋陞清流尉，歷延平路總管，遷行省參政，開省汀州，爲左丞福建行省平章政事，遂據閩中。陳友諒、方國珍犯境，有定率精鋭拒敵，屢立戰功。時大都道絶，有定率遣貢舶，由海道取登萊以達，順帝嘉之。戊申，明征南將軍湯和兵逼延平，有定死守，城破，坐省堂，按劍仰藥。飲盡，值大雷雨，復甦，執送京師，瞑目就銅馬而死。

送趙將軍

縱横薄海内，不愴別離顔。幾載飄零意，秋風一劍寒。

被收後作詩

失勢非人事，重圍戟似林。乾坤今已老，不死舊臣心。

韓侍御準

準字公衡，沛縣人。登進士，歷江西湖南道廉訪副使，江西行省參知政事，行臺治書侍御史，江浙行省左丞，改福建廉訪使，復爲侍御史，請老未報。明兵下閩，城陷，準藉藁堂下，以喪禮自處。吏來追其宣勑，準取而枕之，厲刃向吏曰：此吾所受於君者，必欲取之，并取吾首去，吏不敢迫。及病，遂不服藥而卒。準爲文章，簡古不尚華藻，所著有《小學闕疑》及《水利通編》。

蘇門山

誰謂江南好，蘇門第一流。泉聲竹林夜，山色稻花秋。捫石看題詠，臨池憶釣游。何時卜歸隱？明月載孤舟。

賀侍御方

方字伯京，一作「更」。霍州人。幼聰慧，日記千餘言，人呼小學士。爲國子生，至京師，趙學士貽以詩曰：「天上麒麟子，人間賀伯京。」及累聘爲鄉試主司，由太子説書奉使占城國，國王見之，喜甚曰：「此相公『天上麒麟子』耶？」名震外夷。後遷翰林應奉待制，陞學士，授江南道行臺治書侍御史。紅巾賊亂，被執不屈而死。伯京文詞，雅健清新，爲搢紳推重云。

送傅與礪交州教授

上國邦初造，南交亂用饞。包茅留不貢，大鉞往常戡。自爾忠仍孝，其民樂且湛。皇風高邈邈，紫海静淡淡。癸酉年初改，朝廷議所堪。衆星皆拱北，二使遽行南。寶歷天文簇，丹書鳳啄含。千年時遇一，下五上登三。因極儒林索，將同虎穴探。惟才非久次，其舉不常參。玉雁湘靈瑟，龍駒伯樂驂。天香仙桂蠹〔一〕冰縷野桑蠶。有士方窮討，多艱蓋屢諳。吴鈎俄有贈，楚笠舊曾擔。暫食如瓜棗，還持數寸柑。往來非屑屑，氣宇正潭潭。藝圃趨耘急，文場角戰酣。眼空窗外雪，心入笥中蟫。周禮方聞魯，王官已問郟。高才傳狗監，奇字識龍龕。文選精猶熟，羲爻玩實耽。草書憐竹滑，爇火厭魚饞。慷慨詩千首，風流玉一簪。千將無不合，橄欖有餘甘。沃若軺車轡，堅乎衛士鍤。馬鳴風薦爽，珮結蕙生馣。節弭雕題楚，文招秃鬢儋。徘徊行石砦，咨訪過松菴。礪齒囊中石，清心海渚蕈。英雄高自置，勛業古猶貪。獸闥揚眉入，蛟宮抵掌談。酒行夷樂舞，章就侍臣耽。陸裝揮不顧，廉水飲何慚。毛遂盟終長〔二〕，常何賞合覃。出門天正白，渡海日初涵。雕矢摧猶羽，魚鞍敗復鑽。龍蛇三伏氣，烟雨九真嵐。纓垢江初濯，衣塵火自燂。已多行土轢，何有頷珠窾。摶入臣容蹩，來前聖語談。使人皆賜紫，奇士但衣藍。南海今遐遠，黎民亦戇憨。在庭方有望，用子畏如惔。諭蜀相如渴，傳經柱史聃。三鱣堂上集，一丈席間函。朝飲椰成盌，秋唫荔滿籃。世方憐騕褭，人豈棄楩楠。此別詩尤老，何時酒共酣。公卿多薦寵，况有雪髪鬖。

〔一〕「蠹」，稿本作「蝎」。

〔二〕「終」，稿本作「宗」。

呂總管震

震字伯起，東平人。至正初，爲山西道廉訪司經歷，累官兵部侍郎，出爲懿州路總管。後曹寇陷遼省，震率郡兵逆戰，死之。追封東平郡公，謚忠憲。

武夷山

隱屏尊五曲，祠像肅千年。泉響長疑雨，山高不礙天。書堂生帶草，石竈冷茶烟。道脉流今古，青霄白日然。

李總管鉉

鉉字伯鼎，大名濬縣人。守延平，擒寧化寨寇，解福州海寇圍，進擊福安寨，與寇戰于政和泗州橋，弗克。賦詩有「忍將一掬思親淚，灑向西風作雨飛」之句，遂死之。事聞，追贈鎮國上將軍、江東道都元帥、護國軍、隴西郡公。兄鈞，字伯衡，累以戰功至懷遠大將軍，郢復上萬户府副萬户，亦以討寨寇於清流，戰没。閩人呼爲雙忠。

臨終詩

戰敗誠宜死，沉思恨復牽。君親恩莫報，忠孝事難全。埋骨應無地，知心祗有天。孤魂託明月，夜夜白雲邊。

蔡推官廷秀

廷秀字君美，松江人。由郡諸生試吏調江陰，擢浙憲奏差，累陞從事郎、浙省理問所知事、承務郎、袁州推官。蘄寇犯袁被執，三日駡不絶口。時中書左丞烏古孫良楨方以江西省檢校薦，及命下而廷秀已遇害矣。平生博學，器識沉毅，儒先若陸子方、許盈之並友重。尤好詩，《送閩人之巡檢》云：「旌旗小小將軍隊，行李蕭蕭郎罷船。」《袁州宜春臺》云：「一水白隨鷗鷺去，萬山青逐虎龍眠。」一時傳誦。

武夷山

去年游羅浮，鯨波浴日三更秋。今年游武夷，龍湫翻雪九曲池。平生足跡山水窟，二山冠絶天下奇。早年南北幾去來，太行祝融窮天台。石門雁蕩今回首，風斯在下生塵埃。曾孫宴罷幔亭頂，神仙果有即此景。何須世外尋蓬瀛，斫藤縛屐崑崙嶺。天風吹我上一曲，濕雲黏脚莓苔緑。一村仙子指二曲，溪峯有女顔如玉。釣臺三曲凌天扃，仙舟櫂破赤石城。四曲嵐光翠欲凝，雲車灑雨開新晴。羣仙知我經仙後，天孫招飲石上亭。軒皇渺遺響，泉聲寶瑟浮湘靈。子喬撫鐵笛，麻姑玉斝顛倒傾。西母瓊桃熟，安期棗瓜生。初平有羊鞭白石，可教無魚羹青精。餔我食且飽，飲我醉未醒。欲從五曲窮九曲，白雲滿目生親情。好山豈不欲終日，食焉息事俗病縈。天仙笑騎白鶴去，何處委羽雙幘零。我亦醉下山之岡，悦然人世心蒼茫。東方鬱鬱覩佳木，紫陽清風吹隳綱。中天皎皎日月長，桃源此去從荒凉。

茶竈石

仙人應愛武夷茶，旅汲新泉煮嫩芽。啜罷驂鸞歸洞府，空餘石竈鎖烟霞。

一覽臺

天遊峰頂看溪山，萬壑千巖一覽間。夜半道人朝斗罷，坐聽飛瀑響潺潺。

雲窩道院

丹爐石畔白雲窩，地僻山空少客過。門外月明風定後，一潭秋水鏡初磨。

御茶園

羲和堂畔御茶園，歲貢金芽上九天。若使盧仝嘗一椀，便尋蓬島覓神仙。

余推官述祖〔一〕

述祖字紹芳，慶元象山人。由翰林書寫考滿〔二〕，調廣東元帥府都事。入爲國史院編修官，出爲沔陽府推官。至正十二年，蘄黄賊迫州境，述祖領民兵，守緑水洪禦之，兵力不支，沔陽城陷，民兵悉潰，述祖被執，其僞主徐壽輝誘之使降，述祖罵不輟，壽輝怒，支解之。事聞，贈奉訓大夫、禮部郎中、象山縣男。

送傅與礪廣州教授

扁舟乘興欲還家，分數寧辭瘴海涯。未必杜陵成汩没，由來賈誼擅才華。紅蕉遶屋含秋霧，丹荔垂簷炫曉霞。萬里何堪慰離思，好憑江驛寄梅花。

〔一〕「佘」述祖，《元史》、《兩浙名賢録》、《新元史》皆作「俞述祖」。

〔二〕「書寫」，原作「書纂」，稿本作「書算」，皆誤，從《元史》改。

吴縣尹文讓〔一〕

文讓號遜齋，將樂人。爲龍溪縣尹。至正十五年，漳寇李志甫叛，文讓散儲帑，募義兵，往擊之，賊勢方熾，兵力不振，力戰而死。子克忠，誓不共戴天，罄家資，率衆血戰，敗之，盡殄其醜類。事聞，授福建宣慰司都元帥府元帥。文讓賜謚毅愍。

戊寅雪後和謝提舉韻

鏞城正月雪初霽，贍得官閑吟嘯中。萬國山河開壽域，九霄風日播春融。竹依柏樹增新翠，梅與桃花間小紅。王化盡無偏黨處，故教冷暖總相同。

〔一〕「縣尹」，稿本作「龍溪」。

楊參謀椿

椿字子壽，其先少師棟，由蜀來吴，遂爲吴人。椿博學能詩文，爲舉子業，從之游者，多所開發。丙申歲，總兵參政脱寅守吴，辟爲參謀，俾守婁門。甫二日，張士誠兵至門下，衆潰去。椿獨擐甲胄持弓矢，匹馬突入以禦之。身被數槍，度勢不支，且大罵。兵以戟裂其口，血被體，罵不絶而死。吴興張文蔚作《楊參謀誄》。

和西湖竹枝詞二首

儂家生長在西湖，暮管朝絃隨處呼。早聽當初阿姨語，免教今日悔狂夫。
郎去天涯妾在樓，西湖楊柳又三秋。郎情莫似潮頭水，城北城南隨處流。

題李伯時三馬圖卷

神龍來自大宛西，騰踏清秋十二蹄。今日天閑多駿骨，玉門沙遠草萋萋。

堵檢校簡〔一〕

簡字無傲，京口人。讀書開敏，能書畫，學詩于虞學士集，工唐人詩，風流醖藉，流輩罕及。至正末，補陝西省宣使，舉監修國史掾史，調承事郎、江浙行省檢校官。張士誠陷松江，平章慶童擊之，署簡爲檢校官，部從以行，爲賊所執，簡不屈，遂遇害。有葉萬户爲輿尸歸葬。

和西湖竹枝詞

港上蘋蒲翠葉齊，鳧鷗鴻雁總來棲。勸郎得意且行樂，白苧尊前日易西。

〔一〕「檢校」，稿本作「參謀」。

李從守介石

介石字守道，丹邱人。性爽邁，工八分書，以書見省臣，命草符檄，遂器重之。授松江府提控按牘，從守鎮江。後鎮江失守，以不屈辱而死。煮雪甆瓮、白石窩，皆其齋居室名。

和西湖竹枝詞

春暉堂前挽郎衣，别郎問郎何日歸。黄金臺高儻回首，南高峯隱白雲飛。楊鐵厓曰：《竹枝》一詞，不以私語而託愛親之意，亦足以裨風教云。

董旭

旭字泰初，新昌人。少負英氣，博通羣書，與邁里古思最友善。古思欲興師討方國珍，臺臣怒其不稟，命殺之，旭作詩傷悼，辭極哀楚。遂歸隱山中，已而國珍據台慶，欲羅致幕下，旭拒不受，乃作詩曰：「鬱鬱芒碭雲，未辨蛟龍形。熒熒祥星光，未燭夾馬營。君子慎其微，草露不可行。」國珍復强之，終不屈，遂遇害。泰初善畫山水，嘗作《長江偉觀圖》，題詠者數十人。

題長江偉觀圖

龜書出洛水，神禹膺九疇。豈伊彝倫叙，洪濤亦安流。惟岷西南隅，金火相綢繆。江源發其側，微茫不容舟。淺瀹淵遂淙，道遠勢乃遒。辛勤逾青城，憤怒脱黄牛。漢水剸兩川，彭蠡會七州。劬劬朝宗心，自可無滯留。屹彼金與焦，相望僅一漚。離立當要衝，不没亦不浮。大類武安西，震蕩不得謀。神奇北山捷，乃以一卒收。又似尋邑兵，兕虎雜貔貅。氣貯百文叔，草草就俘囚。叵測天地心，平地陳險幽。我疑東海若，力據江上游。于此戰不勝，奔迸若兜矛。不然江神薨，厥婦義從遊。天吴役祕怪，負石奠雙邱。九思苦未得，物理諒難求。因悲英雄人，争此若射侯。偉哉韓將軍，鐵鎖掣萬艘。向非天與靈，萬騎真杵投。至今江之波，猶負脱鼠羞。我昔曾過之，嘖嘖淚盈眸。中流一長嘯，宇宙争百憂。東顧無津涯，赤日出海頭。西望赤壁磯，尚想孫曹劉。正北維揚城，樓櫓鬱相糾。寒烟際衰草，日落風颼飀。近聞事益殊，沙户逮稱酋。舳艫夾觴舸，浩蕩劇長虯。蕭瑟但一氣，焉能辨邗溝。向來金碧堆，一炬十二樓。諸天盡星散，死樹生清秋。時事翻覆間，桑海變蜉蝣。安知億劫外，偉觀寧此不。取我金叵羅，披我紅錦裘。酹此一杯酒，净洗千古愁。

保應廟

廟食空山八百年，衣冠猶是李唐前。汴河十里垂楊柳，何似松陰數畝田。

邊管勾魯

魯一名魯生，字至愚，北庭人，家於宣城。天才秀發，善古樂府詩。以南臺宣使奉臺命西諭，竟以不屈死，朝廷追贈南臺管勾。魯生善寫水墨花鳥樹石，而尤精於鈎勒顫掣之勢，則有得於李後主云。

西湖竹枝詞

戴勝降時桑葉青，梨花開處近清明。狂夫歸來未有信，蝴蝶作團飛上城。

林侍郎諫

諫字格非，青田人。屢立戰功，官至兵部侍郎，賜曲陶郡伯，署樞密院事。明太祖既平吴楚，遂遣將北定中原。諫見國運已去，作詩遺姪南歸，泣下沾襟。又以中國宗祀不可絶，并寫其像遺從弟詢，作詩有云：「淚寫血書寄吾弟，早令昂姪繼吾宗。」聞者哀而和之。明兵至通州，從元主遁于沙漠，人謂不失臣節云。

送姪南歸

清秋送姪出都門，别淚臨風墮一作「下」。酒尊。在客豈無鄉井念，爲官肯負國朝恩。鶺鴒飛疾家偏遠，鴻雁行稀日欲昏。獨上居庸最高處，回頭一望一銷魂。

王左丞演

演字仲沔，臨清人。除安慶府判，歷官中書左丞。

挽余廷心

質美才兼俊，言温氣又和。東都觀國俗，西夏别沙陀。禁闥瞻丹鳳，番車駕紫駝。好奇稽古博，勤學讀書多。策府超先進，文章决右科。羲爻占得失，周禮補差訛。皁橐緘天憲，彤庭奏諫坡。一綱歸正大，庶務出繁苛。雖有能官列，將如暴客何。剖符司斧鉞，移鎮出淮渦。適皖豺當路，環舒虎間窩。犬牙牢置栅，鹿角密張羅。陷陣豨衝突，交鋒蟻戰柯。礮丸轟霹靂，干羽舞婆娑。傍岸飛神矢，中流走賊舸。犒軍頻割犢，振凱幾吹螺。卒伍同甘苦，賓僚共笑呵。禡旗須問卜，禳厲許驅儺。編户因攤税，均田欲種禾。劫盟完趙璧，變法沸秦鍋。牀幻莊周蝶，籠收道士鵝。九宫沾旨醴，諸部及恩波。馬上朝横槊，城頭衣枕戈。柳營修器械，芹館習絃歌。錢帛支洪鄂，糧儲折海鹺。春盤青煮莧，午飯緑包荷。寇退驚聞柝，兵旋喜聽鑼。野風掀卧帳，塗雪没征韡。老宿時咨議，英髦日切磋。殊勳追李郭，名教仰邱軻。惸獨專存養，瘡痍偏撫摩。韜鈐尊吕望，亭傲比廉頗。炯炯寸心赤，蕭蕭雙鬢皤。索鉤懸華嶽，抔土障黄河。洞白近分曉，彼蒼俄薦瘥。外姦通祕號，内宄唱撝訶。兇醜連年鬩，王師頃刻蹉。苟全還有釁，誓死更無它。坎井藏滄渤，方塘伏汨濰。餓夫罹歉歲，羸體遘沉疴。魂魄憑精衛，威靈仗太阿。戎裝猶帶甲，章佩罷鳴珂。婦殪悲蒿里，兒傷痛蓼莪。旅墳羞謁拜，祠宇怕經過。簾静下霜葉，階閒深緑莎。矮墻滋雨蘚，喬木挂烟蘿。錫爵門雖樹，褒功石未磨。誼辭增感慨，受福願猗那。默默窺容貌，潸潸墮涕沱。銜杯思對酌，聯句記重哦。麟閣誰圖像，烏輪自擲梭。龍山壯忠節，千載勢嵯峨。

鄭左丞旼

旼字德華，浦城人。醖藉儒雅，歷翰林國史院檢討。至正中，爲福建行中書省左丞。

徐彩鸞貞節詩

按《浦城縣志》，徐彩鸞字叔和，浦城人，季文景之妻，畧通經史。每誦文天祥六歌，必爲之感泣。元末，青田賊寇浦城，彩鸞從父嗣源逃山谷間，爲賊所得，欲害嗣源，彩鸞前曰：「寧殺我。」賊舍其父。彩鸞語父曰：「兒義不受辱，今必死，父可速去。」賊拘彩鸞至桂林橋，題詩壁間曰：「惟有桂林橋下水，千年照見妾心清。」乃厲聲駡賊，竟投水而死。

河可塞，山可移，志不可奪，義不可虧。妾生徐門女，適爲季氏妻。升堂拜舅姑，入室盡姆儀。噰噰鸞鳳和，瞬息三載期。生女方七月，乳哺嬌且癡。青田賊塵起，嘯聚南浦涯。逋逃遭擄掠，能以禮自持。兒夫中槍血淋漓，阿爺被執命如絲。重嗟祖母年及稀，苟無我父將疇依。桂林之水清漣漪，妾代以死焉敢辭。忠肝義膽昭白日，皇天后地實鑒之。天高地厚不我知，後來青史寧忍欺。噫吁嘻！緹縈木蘭彼爲誰？赤龍白兔交騰飛，萬古日月揚天輝。忠臣烈婦概氣義，綱常攸叙懷民彝。噫吁嘻，婦人貞烈有如此，男子當爲天下奇。

陳學士桱

桱字子經，奉化人。後徙姑蘇，官至翰林學士。祖著，宋祕監知台州，晚居四明山中，嘗本《綱目》著書，以紀歷代之統。父泌，仕元，官饒州教授，表章家學，訓釋唯謹。桱自束髮受書，即思宏前人之業，乃敷筆記二百卷，又上論盤古，逮于高辛，會于有宋，比事較義，尊正統以定大分。其紀年師司馬温公《補遺》，其書法師朱文公《綱目》，名曰《通鑑續編》。長洲尹馬玉麟爲之刊行于世。

送張吴縣之官嘉定分題賦得太湖石〔一〕

太湖一片石，重巒八面回。影枕碧波月，身皺錦紋苔。岝崿金峯隱，玲瓏翠壁開。玉露浮仙掌，丹霞照天台。雲净蓮花出，星虚織女來。相門題品舊，堅貞冠古才。

〔一〕「得」，原誤作「行」，據稿本改。

御史大夫納璘《元史》作「麟」。

納璘字文璨，河西人。祖高智耀，官中興等路按察使。父睿官南臺御史中丞。大德間，納璘以名臣子入備宿衛，除中書舍人。皇慶初，擢遷河南廉訪司事。延祐初，拜監察御史，出爲河南行省郎中。至治間，入爲都漕運使。泰定中，擢湖南湖北兩道廉訪使。天曆初，除杭州路總管，改江西廉訪使。至順元年，拜湖廣行省參知政事。元統初，改江南行臺治書侍御史，尋陞中丞。至元元年，召拜中書參知政事，出爲江浙行省右丞。至正二年，進平章政事，遷河南，入爲中書平章政事，出爲江南行臺御史大夫，尋召拜御史大夫，加太尉，退居姑蘇。江淮盜起，命爲南臺御史大夫，設僚屬，總制江浙江西湖廣三省軍馬。後以疾固請謝事，從之。十六年，詔以江南行臺移置紹興，復爲御史大夫。十九年，赴召抵京師，感疾，卒于通州，年七十九。

題第一山答余廷心

一山松檜剩歸鶴，五塔香燈送落暉。惟有玻瓈同我志，閑來時復濯纓歸。

蘇御史天民

天民字堯叟，保定人。官南臺監察御史。

寄見心上人八首并敘。

至正甲辰，予以使事過四明，院掾李仲彬致書于定水寺見心長老，余素未及識，至則訪之縉紳先生，亟稱其才德俱高，無不樂道而與之游。余心竊慕焉，恨不一見爲歉。越數日，見心來城，訪余湖心寓舍，見心亦假館于東廡之別室，相從談論接日。見其樂易温雅，動容周旋，超然有林下風致。因出其所編《澹游集》以示余，皆當代虞、歐、揭、張諸先輩及時賢朝貴逸人高士贈答酬唱之作，悉以道義相親而致景慕之意。及觀所載請銘受業之先師，收殯無歸之亡友，編蒲菴以思母，通唱和以納交，與夫起廢寺於喪亂之餘，措身心於安閑之地，其設施行事，則又有大過人者矣。蓋古昔懷才抱德之士，與世不偶，或厭塵勞而不屑爲，往往逃於空虛，如慧遠、道安、支遁、佛印之流是也。立微言，勵高行，卓卓然拔出於塵俗之表，又能從游於陶蘇諸公，以故騰英聲於當代，垂芳譽於後世，愈久而愈彰也。見心其亦無愧于前修已乎？此劉羽庭所謂不爲法所纏縛而能出入者也。適院掾翟終吉以辭役來東鄞，與見心交舊。見心將還山中，握手有不忍別去之歎，乃欲邀余二人同往，余亦久厭塵囂，思得幽隱之地以息心養神，奈以俗務轇轕而未果，然心慕神馳，有不能忘者也。輙述成數章，聊發一笑。

大德山靈護，禪宮實構成。翻經磐石古，洗鉢澗泉清。奉母編蒲屨，延賓爇桂英。天香題丈室，湖海仰高名。

悠然超物外，補壞不知貧。德義孚交友，聲名邁等倫。石從蒼鹿卧，池泛白鷗馴。玄學通三昧，如師有幾人。

見説雙溪寺，緣溪一逕微。泉香供客飲，山翠溼人衣。老鶴依松立，輕雲著樹飛。高僧清坐久，都與世相隨。

路入雙峯境，逍遥杖屨隨。定鐘鳴曙早，梵唄出林遲。代步筐輿穩，攀躋石磴危。陶潛雖礙酒，敢負遠公期。

與世相違久，深居近翠微。道流參問廣，俗客往來稀。龍入袈裟隱，鶴隨金錫飛。禪龕如許借，吾欲遠相依。

蒲菴龍象士，避世愛山居。静刻蓮花漏，閒看貝葉書。園葵和露摘，畦葉引泉鋤。放曠雲霞外，心清樂有餘。

早棄人間事，幽棲避世塵。山林忘歲月，鐘鼓樂晨昏。獻果猨將子，聽經龍化人。亂離無恐怖，名利不關身。

學業書千卷，生涯飯一盂。問參多老宿，交結總名儒。爲善延三益，譚元舉一隅。借師菴側地，吾欲把茆誅。

程員外文

文字以文，婺源人。盛年客京師，居窮守約，入直翰林，尋教國子，拜南臺御史，擢禮部員外郎，間奉使江南，以道梗不得歸。卒于錢塘西山僧舍。嘗自號黟南生，作文明潔而精深，虞學士集多稱之。

送文仲德之臨洮帥府經歷

吾聞洮州緑石堪爲硯，能淬筆鋒如淬劍。地靈大寶愁鬼工，堙没沉沙羞自獻。羌童目悍手足鮮，挂弓走馬惟臨邊。雄藩令嚴烽燧息，鼓角晝静旌旗懸。幕官好文不好武，要使西羌化東魯。詩書堆案夜生輝〔一〕，親寫封章上天府。豪豬之韡青兕裘，時平不願萬户侯。但得洮州緑石硯，歸來泚筆立螭頭。

題虞道園答翼之詩卷 并敘。

文昔以筆札從侍書公著書閣下，公去國今十年矣。去年夏，謁公于臨川之里第。今年秋，將如懷孟過姑蘇，錢先生出公手札并詩示文，伏讀悵然。先生俾題，不敢固辭。

聖代崇文邁漢唐，相如詞賦早爲郎。天門侍燕常終日，江閣懸車已十霜。展卷得詩驚健筆，感時懷舊憶他鄉。先生絶學追千古，一樹寒梅壓衆芳。

〔一〕「堆案」，稿本作「埋按」。

張臺郎質夫

質夫失其名，□□人。劉誠意伯基《覆瓿集》有《寄臺郎張質夫》詩。

同送李彦夫閩憲副使〔一〕

鳳閣憂勤甚，烏臺委寄專。閩中分憲府，冀北出名賢。阿父曾揮簡，先生早著鞭。嗜書貧亦富，守道正無偏。霽月光風地，嚴霜烈日天。格言懸雪壁，律句染冰牋。詣實求原本，揚名積歲年。玉堂誇五鳳，璧水美三鱣。出按乘驄貴，歸休閉户堅。心爲儀禮印，筆是藝文椽。采事周天下，成書達日邊。聖心加眷顧，除目忽喧傳。及此青春壯，優于白日仙。浮家蘭櫂快，飛騎繡衣鮮。夙負澄清志，宜司造化權。三山天不遠，八郡海相連。吏輩多漁取，民生或磬懸。飢疲荒畎畝，遺逸老林泉。赤子兵猶伏，青矜教未宣。皆思新雨露，稍改舊山川。攬轡今能爾，彈冠我漫然。通家元在楚，同巷久居燕。訪問車頻下，商評席屢前。無歡干薦剡，有分理殘編。困學誰青盼，離愁又白顛。私情非屑屑，公事亦拳拳。行即碑銘具，終當檄召旋。雪餘梅耐好，水暖柳争妍。屈指人才少，回頭景物遷。悠悠前後事，畧畧短長篇。

〔一〕「李彦夫」，稿本作「李彦芳」。

郁司農遵

遵字子路，嘉興郡商陳村人。至正末，官承事郎司農右丞，棄官歸田園居。明秀水郁嘉慶云：余家世居商陳村，村北舊有司農廟，云有德於鄉，鄉人廟祀之。其像角巾野服，如世所塑方社神像。廟至正統間圮壞，鄉人聚而新之，皆謬以司農爲先農，即田公也，因塑一田母配之，至今譌爲田公田母廟云。

南湖分韻詩 并敘。

至正己亥兵後，明年庚子八月之望，同守繆公招同諸彦小集南湖，以杜甫「不可久留豺虎地，南方猶有未招魂」爲韻，人得一字，即席而成，亦足以見一時之變。且幸此會爲不易得云爾。

曠官愧無補，甘讓桑孔尊。歸卧青林下，猶然蒙國恩。有田可種秫，有室可避喧。問余家何所，家住商陳村。村南繞溪波，屋後榆柳蕃。暮帆急歸鳥，朝日滿平原。鼓腹循臯隴，看雲池上軒。人傳有兵燹，焚劫痛煩冤。門巷走狐兔，墟里多游魂。老人竟高卧，何必尋桃源。願乞甘棠枝，和月種田園。

謝助教子厚

子厚字□□，□□人。官國子助教。

節婦吟 按《政和縣志》，烈女管氏，政和縣登俊坊張子方妻也。至正末，礤寇入邑，子方多爲所驅而去，時管氏年方二十餘，義不受辱，遂自刎。

黄熊山前星水湄，管家之女張家歸。寧知結髮未五載，戎馬滿郊塵亂飛。舉邑紅顔半圭玷，甘心一死惟天知。手把尖刀持向頸，斷咽血流紅滿衣。羞殺五季馮丞相，低頭不得誇男兒。一夜同衾百夜情，死猶願爲連理枝。如何不念萬鍾禄，棄舊憐新無已時。

陳元帥乾富

乾富字□□，□□人。官副都元帥。

蔡九娘詩

按《瓊臺雜詠》云：至元末，敦武千户蔡克憲之女九娘，有姿色。副都元帥陳乾富一日引兵就之，九娘度來意必欲强，力不能支，乃設宴張樂，親行酒，迭出侍女侑觴。乾富歡甚，意不相違，乃肆意劇飲，沉醉。兵騎皆兼餵，人人樂飲，恬不爲備，九娘乘間避匿。乾富醒已侵晨，窺其室，闃無聲矣，覓尋莫知所向，悒悒引兵而去，賦詩云云。

一笑花前醉似泥，綺筵歡劇不聞鷄。馬蹄到此空歸去，不是花迷是酒迷。

玉環詩

按《瓊臺雜詠》云：至正間，陳元帥乾富控制乾寧，侍兒媵愛者數十人，惟玉環極殊色，髮初覆額，尤爲陳所寵。家養秦吉了，慧而能言，每呵騶自公府歸，必呼玉環報之。

使臺歸騎凖鳴笳，花氣茶煙競院奢。禽慧不須雲板約，好窺人意唤琵琶。

楊將軍文選

文選字□□，郟縣人。至正十七年，鎮守靈石，善用兵。

淮陰侯廟

鹿走中原到手難，一戈揮作漢江山。高皇有道恩猶薄，吕后無情計愈奸。殘幟壘荒雲漠漠，故囊沙决水潺潺。英雄有恨應知否，炎祚于今事已闌。

王宣慰嘉閭

嘉閭字景善，又字雪昇，餘姚人。性卓越不羈，慷慨有高志。年近四十，北走齊魯燕趙，遨遊兩京者數載，譽聞日著。後至元間，以薦授敦武校尉，松江等處財賦提舉。至正二十年，擢武略將軍，同知紹興路總管府事，以親老不赴。二十三年，改武德將軍、廣東道宣慰副使、僉都元帥，時鄉縣已隸方國珍，將議改調，嘉閭聞而笑曰：「吾爲天子命吏，非奉天子命，吾職不改也。」遂棄官歸。黄冠野服。植梅與竹，日哦其間，曰：「吾與二友俱老，歲寒矣。」因自號竹梅翁，年八十餘而卒。九靈山人戴良爲作《竹梅翁傳》。

題葉敬常祠下

按《紹興府志》，葉恒字敬常，鄞人。爲餘姚州判官，後至元甲戌夏，海溢堤壞，自上林及蘭風，數十里之民，皆被水患，宣閫命恒治之，恒議建石堤，因計田出粟，仍免民他科，以悉力是役，築堤二千四百餘丈，自是海患遂息。至正間，録恒海堤功，追封仁功侯，立廟祀之。

北溟滄波幾千里，南山倚石空嶙嶙。石工未刻厭水犀，石精化作萬丈青虹霓。青虹墮地飲水不肯去，即作葉侯捍海之橫隄。隄蟠三萬二千尺，盡是南山倚空石。葉侯驅石應有神，抔土丸泥真戲劇。舊時天吴上平地，幾處桑田爲海水。潮去汐去二百年，海波還變爲桑田。隄成侯去民安土，祠下年年聞社鼓。餘姚編民十萬户，仰視葉侯如父母。侯之去兮不可留，桂爲楫子蘭爲舟。侯之歿兮神來遊，芹香酒巵羅庶羞。石隄捍海終不朽，侯德與之同永久。南山蒼蒼，北海茫茫，餘姚之民兮，思葉侯不忘。

吕廉訪謙

謙字伯益，東平人。官廣東廉使。

挽余廷心

古來英雄大丈夫，居未遇時如庸愚。忽然執政當要途，霖然沛然澤寰區。武威文士身姓余，少年失父幼而孤。慈母鞠育教讀書，學成卓爲當代儒。明經傳道誨生徒，菽水孝養爲親娱。一朝擢桂登雲衢，聲名籍籍動帝都。翰林法曹應選除〔一〕，廟堂機務資謀謨〔二〕。親不逮養忽云殂，哀毁失食瘁而癯。終日戚戚懷不舒，守服閉户甘貧居。百年四海方宴如，卒爾盜賊起不虞。俄頃蔓延徧江湖，殺掠城郭爲邱墟。安慶正當江北隅，民殷厥土惟膏腴。兵興年年苦供需，居民失業田荒蕪。公因久處如鄉閭，民如子事争來趨。哀哉百萬將爲魚，賴公主守爲扞驅。聖朝重念民炭塗，命公爲帥降璽符。開屯勸民事耕鋤，選拔少壯操鼓桴。死者有葬生者蘇，寒得其衣飢而餔。奮然仗鉞行天誅，有時遇賊如摧枯。死其斬馘生獻俘，撫安流散歸田廬。孤城固守七載餘，四面莫敢相侵漁。羣兇日夜相聚呼，近郊壁壘先逃逋。乘時憑陵氣轉粗，狼貪虎視思吞屠。奈何援絶糧無儲，死戰力拒殞厥軀。嗚呼不仁甚矣乎？父子既歿并妻孥〔三〕。張巡許遠絶代無，百世之下君與俱。朝廷聞之爲嗟吁！贈官褒寵駭要樞，事功赫赫傳不誣。史官直筆文靡虚，故人道夫何勤渠。備述終始無缺疎，我今停筆空躊躇。言不盡意情難攄，吞聲躑躅淚如珠。

〔一〕「應」，稿本作「膺」。

〔二〕「謀謨」，稿本作「謨謀」。

〔三〕「歿」，稿本作「没」。

兀顏副使師中〔一〕

師中字子中，女真人〔二〕。至正間，仕總管，與小云失海牙同復寶慶路〔三〕。官至淮西廉訪副使。

雙清秋月二首

古廟英靈在，神光射九州。亂山排萬疊，一石砥中流。野水雲邊寺，夕陽煙外樓。倚闌時一笑，不見故人舟。

高城木落見清秋，亭館丹青在上頭。落日遠邀孤鳥没，蒼山長夾兩江流。東西舟楫通荆楚，咫尺闌干近斗牛。天地茫茫一杯酒，登臨莫問古今愁。

〔一〕「兀顏師中」，稿本同，《至正金陵新志》及《元史》皆作「兀顏思忠」。
〔二〕「女真」，原本、稿本皆闕，據《至正金陵新志》補。
〔三〕「小云失海牙」，「小云」，原本、稿本皆闕，據《元史》補。

楊總管瑀

瑀字元誠，錢塘人。性警敏博學，長身紫髯如畫。天曆間，召見奎章閣，命篆「洪禧」、「明仁」二璽文，稱旨，署廣成局副使，擢典簿中瑞司。與密謀草詔黜奸臣伯顏，超授奉議大夫，太史院判，尋同僉院事。江南盗起，改建德路總管，得謝歸，居松之鶴沙鎮。後論平賊功，陞浙東道宣慰使，不赴，遂老於鶴沙。初，元誠在館閣時，文宗從容詢其鄉土，對以西湖葛嶺之勝，御書「山居」二字賜之，因自號山居道人。所著有《山居新話》、《山居要覽》。卒年七十三，返葬葛嶺。明秀州李日華《六研齋筆記》云：楊瑀爲江浙行省掾屬，晚棲峯泖間，植竹千竿，自號竹西居士。趙仲穆圖，楊廉夫作記，自題句云云：「翠玉蕭蕭在屋東。」按《松江志》載，楊謙別號竹西，讀書不仕，家有不礙雲山樓，楊維楨、貝瓊爲之歌詠，則似乎又有一楊竹西矣。豈元誠謝歸鶴沙時，變易名號，郡志或未之考耶？然日華筆記最多舛誤，未可爲據。姑兩存姓名于癸集中，以俟更考。

静安八詠

赤烏碑

神僧闢寺赤烏年，紀績曾聞石上鎸。千載山陵幾遷變，行人空送打碑錢。

陳檜

殿前雙檜鬱龍蛇，翠雨溟濛鎖緑霞。不逐後庭花片落，托根却在梵王家。鐵厓評曰：「可見此老志節，豈與紛紛者同日而語哉！」

鰕子禪

凉月空山照寂寥，鰕禪神化獨逍遥。吴淞千古依然在，一曲漁歌半夜潮。

講經臺

高僧昔日講經處，人去臺荒草木閑。華表不歸千載鶴，至今遺跡鎖空山。

滬瀆壘

袁公孤壘大江邊，露白江空月滿天。過客不堪重弔古，英靈中夜泣荒烟。

湧泉

一勺温泉湧地靈，碧溪日夜散寒星。似疑海底蛟龍窟，六月凉生石上亭。

蘆子渡

路入西風十里秋，月明飛雪下汀洲。關山著處皆戎馬，容得山人不繫舟。鐵厓評曰：「此詩頗有興趣，亦佳。」

緑雲洞

緑雲洞裏緑雲深，翠竹蒼梧日夜陰。記得曾游借禪榻，天風滿送海潮音。

題貞期爲楊竹西草亭圖卷

碧玉蕭蕭在屋東，主人號作竹西翁。品題莫説揚州夢，好寫閒雲入卷中。

繆總管思恭

思恭字德謙，號菊坡，吴陵人。至正間，爲揚州路令史。張士誠陷平江，思恭亦隨軍克復常熟，授萬户，後調嘉興郡同知。歲丁酉，張士誠遣其弟士信來攻，楊完者命思恭典火攻。敵檣櫓蔽天，排川而下，思恭於杉青閘東西岸積葦以待。時南風大作，岸上舉火，敵舟焚燎至四十里止，師遂大捷。未幾，張氏受命，因大城武林。思恭統所屬工徒赴其役，張陰屬士信乘此戮辱之。思恭當治西北面數十百丈，勞來督罰，殊得衆心，視他所築，愈益堅好，士信亦無奈何，一日，巡工至思恭所，時日已暮，而工未輟，謂曰：「出作入息，汝何獨勞民如此？」思恭曰：「平章禮絶百司，猶敬共皇命，爲之民者，敢偷餘晷！」士信曰：「此人口利如錐，何怪杉青閘畔，烈烈逼人。」思恭曰：「今幸太尉革面，國家得成奬順之典。若念杉青之役，猶恨不力，縱逸平章耳。」士信曰：「别駕好將息，言及杉青，猶能使人肉跳不已。」治郡三年，復遷貳杭州，尋擢淮安總管，卒。初，思恭爲嘉興貳守時，招諸彦高巽志等十四人小集南湖，分韻賦詩，人得一字，即席而成。亦足以紀一時之變，且幸此會爲不易得也。

至正二十年八月十五日招同諸彦小集南湖以杜甫不可久留豺虎地南方猶有未招魂爲韻得不字

我生胡弗辰，守土愧簪紱。亂離難斯瘼，兵氛駕飄坲。貴人既防求，苗獠薦驕拂。比户罹毒淫，流殃痛未訖。大軍有凶年，荆榛莽茀鬱。天地塞無歡，三秋翳沉沕。當國哀黎氓，方來濫朱紱。所冀民社寧，優詔非爲屈。頓覺元氣清，太空如蕩祓。借問今夕娱，還思去年不。

公孫總管輔

輔字翼之，□□人。官中興路總管。

入雲益亂後傷懷

驅馬雲益川，南望滇海頭。向來繁華地，變滅如浮漚。迴不見人煙，但見河水流。青山宛然在，風景何蕭颼。郡縣生荆棘，汙萊翳田疇。夜聽虎豹號，晝顧麀鹿游。羣烏集戟壘，野燐飛林邱。灼灼道旁花，只爲行者愁。緬思寇亂際，藩垣失防秋。空虚啓外侮，口語興戈矛。盛衰雖大運，禍端亦人謀。生靈爾何辜，吾欲天公尤。

烏撒

高臨烏撒海，顧瞻亂山蒼。地雖西南夷，風氣似朔方。三冬寒雪舞，六月陰山凉。蒲映沙蔥緑，草連地椒香。牛馬散川谷，毛氄雜洮羊。板屋禦北風，酥酪充酒漿。土宜蕎粟稗，耕鑿周崇岡。然人多秃髪，面目類氐羌。氈裘不掩脛，麀聚同猩獐。飲食共一牢，出入負弩槍。往年賊扇誘，蠢興瀆皇綱。謀復舊蠻觸，鋒刃摧忠良。司存變灰燼，孔廟但蕭墻。挾仇噍同類，爾種自滅亡。元惡已授首，孤軍尚跳踉。螳臂當車轍，齏粉在朝霜。朝廷戒窮兵，大德體包荒。計全百萬命，度外置狡狂。九天雷雨解，草木回輝光。世皇開土宇，六合以爲疆。寸土勿已有，一民非汝藏。職貢甚修謹，永念蹈彝常。坎井自可樂，百世誰汝傷？

赤水河

南陟摩尼坡，尋下石闢嶺。俯瞰赤水河，如入萬仞井。人馬及涯涘，徑渡奔流猛。水日兩相戛，鬱作湯火滚。瘴焰所衝突，尤劇沙射影。人如中藥魚，上岸久方醒。又如登青天，寸步無一穩。我馬力如虎，趫捷凌絶頂。回首自睖眙，舌吐不得引。國恩叨海嶽，敢辭身告病。行矣勿躊躇，萬事一笑領。

葉提舉廣居

廣居字居仲，嘉禾人。天資機悟，才力絶人，與其鄉人張翼、劉堪爲文字友。古文歌詩，若有神助。仕至浙江儒學提舉，築室西冷橋，陶情詩酒。所著有《自德齋集》。

題范寛煙嵐秋曉圖

范寛作畫絶代無，巖壑交錯青珊瑚。玉堂仙人妙題品，千載見題如見圖。亂後圖書盡狼藉，奇珍委地無人識。蕭條錦標世間稀，拂拭墨痕三嘆息！

友竹軒詩

瑀芳絶交亦已久，忘形三徑相追攀。高軒時過翠羽蓋，美人或贈青琅玕。清風慎截鳴鳳琯，滄海勿垂釣鼇竿。一朝羣才盡登用，空山無人同歲寒。

自題隱居

瘦木裁冠鶴氅輕〔一〕，十年塵土厭飄零。小山舊隱雲封户，大藥新成月滿庭。丹井夜交龍虎氣，碧霄春躡鳳凰翎。西風客舍炎歊净，擬讀琴心内景經。

寄楊廉夫

聞道西湖載酒還，飛瓊弱翠擁歸鞍。可無私夢登金馬，剩有春聲到玉鑾。異國頓消鄉井念，小堂新作畫圖看。野人未納彭宣履，獨向清溪把釣竿。

西湖竹枝詞

水長西湖一尺過，湖頭狂客奈愁何！鯉魚吹浪楊花落，聽得櫓聲歸思多。

〔一〕「冠」，稿本作「官」。

俞推官庸

庸字子中，嘉興人，占籍上海。爲華亭縣尹，遷平江路推官。淮兵壓境，庸聚勇士鑰守盤門。時郡守貢師泰、治中高安等舉室以竄，亦率庸行，庸厲聲叱之，安持鐵鐧擊庸仆地，遂開門。兵至城下，庸被擒，頃之甦，以計脱去，微服間道歸淞上。久之，大府知其人，將授以爵，謝之曰：「吴門之役，吾有死所，顧縶于亂，卒不獲耳，尚負面受他命見天日耶！」因憤病卒，年四十五。書有晉人風，工於繪事，家有凝清齋，因以自號。

堵無傲討賊獲功任金壇縣尹久别無信作此寄之

春入椒盤歲復除，故人不寄一行書。虎頭年少方投筆，鶴髮慈親正倚閭。鵰鶚雲霄揚羽翮，犬羊巢穴悉邱墟。丈夫出處皆前定，莫向明時較疾徐。

次韻陳伯昂見寄

關河瑟瑟暗烽煙，矯首遐觀獨悵然。徒見舟車勞驛使，未聞山澤訪遺賢。參横古塞初寒夜，霜滿征衣欲曙天。自笑儒冠只如此，窮通何必卜筳篿。

病起口占

憶昔辭家塞北游，朝來何事怯新秋。牀堆藥裹塵侵几，風静書窗月滿樓。伏櫪長鳴憐老驥，引杯含淚惜吴鈎。旌旗明滅西城路，落日長烟起暮愁。

俞判官俊

俊字子俊，號雲東，庸之子也。弱冠時，從顧文琛淵白游，負氣傲物。當伯顔太師柄國日，嘗賦《清平樂》長短句刺之。或訴于官，議得古人寄情遣興，作爲閨怨詩詞，多有所指，以故獲免。初仕麗水巡檢，改判平江。至正末，張士誠據平江，命署宰華亭，酷刑朘剥，邑民恨之。郡士袁海叟有詩曰：「四海清寧未有期，諸公袞袞正當時。忽然一日天兵至，打破王婆醋鉢兒。」或問醋鉢之義，叟曰：「昔有不軌伏誅，暴尸于竿。王婆買醋，經過其下，適索朽尸墜，醋鉢爲其所壓，著地而碎。王婆年老無知，將謂死者所致，顧謂之曰：『汝只是未曾喫惡官司來。』」聞者絶倒。

歎息

百年同轉燭，五十始知非。老病侵腰膂，浮名苦畢機。閑門羅可設，今雨客還稀。空羡茆堂燕，翩翩傍母飛。

楚州夜泊

漏鼓聲頻欲四更，野航燈火對愁明。城頭楚語驚鄉夢，船尾吴歌動客情。漠漠水雲聽雁度，瀟瀟風雨自鷄鳴。離羣遠道何嗟及，未必江湖老此生。

次高原朴見寄韻

年少簪花壓帽簷，飛觴走斝競春纖。空餘老淚青衫濕，遮莫新愁白髮添。生計有涯蠶上箔，公庭無事鳥窺簾。昔人漫説揚州鶴，自笑熊魚豈得兼。按《松江府志》云：子俊赴平江，高原朴贈行詩有「流水落花西子宅，故家喬木范公祠」句。坐客笑曰：「真堪壯子俊行色矣。」

渡江

臘月六日狼山下，浪花如雪勢吞舟。隔江隱隱聞吴語，去國遑遑學楚囚。白髮慈親初屬望，青衫倦客不勝愁。幸存杜曲桑麻地，敢望班超萬里侯。

次韻俞仲桓見寄

白髮和愁取次生，關河千里故鄉情。自從秋雁南征後，日日淮邊問客程。

泰州夜泊

蘆葉蕭蕭惱客眠，推篷看雨月在船。漁舟破曉入城去，街頭魚蟹不論錢。

顧同知逖

逖字思邈，□□人。至正末，同知松江府事，遷嘉興路同知。

贈張玉笥

張公學武萬人敵，玉笥讀書三十年。未請上方誅佞劍，且營東海買山錢。異鄉感慨秋風雁，故舊徘徊雪夜船。好作黄金臺上客，于今郭隗在雄燕。

贈馬敬常

我馬紛紛北渡河，將軍勛業尚蹉跎。十年鬢髮時看鏡，萬里風霜夜枕戈。知己有如齊鮑叔，得君無復漢蕭何。錦衣未解歸鄉國，南越封王屬尉佗。

劉英德中孚

中孚字志行，吉水人。舉茂異，授承務郎，德慶路總管府經歷。至正間，遷南雄路推官。十八年冬，湖寇圍城十餘日，散帑金，率子弟及部民守門，寇不得逞。後知英德州，以完城功擢肇慶路總管，卒辭不就。

遊三洲巖

蓬萊夜失第三山，飛落城東錦水灣。洶湧灘聲朝雨後，參差巖影夕陽間。野花隔岸自開落，仙子與雲相往還。坡老已歸詩句在，空留名姓刻巉頑。

陸賈祠

臨江佛嶺石巍巍，曾記當年衣錦時。五嶺雲開天使下，九重恩重老臣知。俎豆尚稽周典禮，衣冠復見漢威儀。如今何限囊金者，難買人間去後思。

龍武佳城

阿婆埋骨白沙堆，五顆驪珠去復回。雄劍不藏城底獄，神梭已化澤中雷。鬱葱氣合祥雲起，溟漠魂歸細雨來。别有馬跑滕氏室，誰知靈種亦龍媒。

李縣尹祖仁

祖仁字□□，隴西人。至正十四年官縣尹。

登讀書臺

我本讀書孫，重上讀書臺。臺上復何有，圖畫天然開。岷峨太古雪，萬折江縈迴。坤文有秀氣，鍾此何神哉！我祖間生人，玉立無纖埃。學道不學仙，地網徒恢恢。唐宗非念治，促召資歡陪。竟爲寫歌笑，終焉大雅才。勃興繼子昂，少陵兩徘徊。屢書一玉筆，餘子驚且猜。騷雅在斯文，吾道還兼該。願結讀書緣，慇懃傳後來。

王學正綸

綸字昌言，嘉禾人。至正間官學正，與劉基友善。

龍淵景德禪院分韻得又字

驕陽秋逾炎，塵居苦囂陋。出郭謝塵鞅，浩氣溢宇宙。祇園蔭長流，松篁倚天秀。簪履適相從，萍水欣邂逅。主人延客坐，芳情重醇酎。道合猶同一作「通」。門，志洽儼交舊。緬懷風塵際，東西困覊走。餘生獲良會，歲月不可又。願言慎所止，同心契蘭臭。日薄嗟易昏，明當覩晴晝。

水深歎

至正十年夏，四月戊戌吉。皇帝詔四方，夙夜靡暇逸。興利與除害，守令宜怵怵。江南水深蕩，租稅無所出。官府議除豁，生民務存恤。松江素汙下，川陌流汩汩。惜哉郡太守，民情固沈匿。茫茫修竹鄉，卑濕難具述。只如來字圍，積潦恒數尺。歸附八十年，未始睹穎栗。胡爲吝一言，歲閑一作「販」。六百石。省憲雖至明，蔽隱不容詰。嗚呼皇天后土皆白日，何獨使我寘此幽暗室。有食不令充我飢，有藥那得療吾疾。阜胥自此從隳突，妻子何時免啾唧。緊太守兮民之父母，盍自省兮爾俸爾秩。縱然民命不爾憂，奚謂王言棄如嫉。九重閶闔雖深密，民瘼民冤極纖悉。爾居郡縣親目擊，忍聽咨嗟起蓬蓽。巨浸崩隄匯爲一，雨不崇朝先汎溢。荒蒲衰葦風瑟瑟，爾亦何難究其實。掊民聚斂非仁術，財聚民離果誰失。欺君不容誅，戕民有常律。我命一何苦，爾見一何執。君恩寬厚難復得，再拜仰天長太息！

柳橋漁唱二首

楊柳青，白鷗不來煙水昏。落日乘風放船去，顛倒醉眼包乾坤。君不聞西家急科糴，東家重築城。越上良田無主尋，我漁歌發兮君再聽，黃金何似一絲輕。

楊柳黃，秋風一夜蘆花鄉。漁鈎静忘周日月〔一〕，公卿不换漢桐江。君不見大官呼領兵，小官亦戎行。天涯歲晚多風霜，我漁載歌兮情慨慷，鑑湖客借賀生狂。

〔一〕「鈎」，稿本作「釣」。

高學正志道

志道字元朴，嘉祥人。官保定路安州學正。

送俞子俊調平江府判

耆童羅拜長洲上，正是官船到岸時。流水落花西子宅，故家喬木范公祠。愛蓮池上留嘉瑞，種樹雲間動去思。素壁高堂應看畫，公餘還有寄來詩。

次楊鐵厓飲西湖亭韻〔一〕

惟知湖上新亭好，百歲襟懷一笑開。今日共憐湖下客，與君且盡掌中杯。夕陽半壁白鷗過，秋色滿簾鴻雁來。勛業未成頭欲白，幾時重築釣魚臺。

贈程彦明

不見璚花近十年，月明無復看神仙。已知陳迹俱長往，欲賦閑情絶可憐。茅卷秋風誰補屋，波乾滄海忽成田。故人解后徒興感，且覓江南買酒錢。

至正四年黄河爲害

屋倒人離散，風生水浪滔。周圍千里外，多少盡居巢。

〔一〕「鐵厓」，稿本作「鐵史」。

諸學諭絅

絅字□□，□□人。至正二十年，官蕭山教諭。

雩詠亭續蘭亭會補府曹勞夷詩一首

俯挹清流，遥睇崇嶺。于焉遊盤，寄興遐永。放目觀濠，高企臨潁。泠風徐來，暢焉深省。叢木翳林薄，構亭俯澗濱。旭日散晴彩，光風媚芳春。臨流轉輕觴，于以樂嘉賓。詠歌意自適，酣暢趣益真。兹游敦所尚，庶足酬令辰。

徐學正昭文

昭文字秀章，上虞人。從韓性讀尚書，杜門力學。後應辟爲平江儒學學正，所著有《通鑑綱目考證》行世。

雩詠亭續蘭亭會補府主簿后綿詩二首

柔風扇和，百卉具芳。携我良儔，憩于崇岡。怡情詠歌，激水泛觴。俯仰宇内，聊以徜徉〔一〕。兹辰天氣佳，駕言寫我憂。衣冠盛良會，祓禊俯長流。川容澹疎雨，樹色翳崇邱。清風接千載，復此道遥遊。

〔一〕「以」，稿本作「之」。

程教官邦民

邦民字□□，□□人。官台州教。

越城謡

越州城，城何高，四十五里之周遭。窪地填爲基，陂陀鑿城壕。白晝鞭笞夜擊橐，石民之骨灰民膏，越城雖高越民勞。越民勞，勞未已，我田不耕又科米。忙忙築城歸種禾，又恐無米供官科。禾苗未青得新雨，城吏打門夜如虎。爲言雨後新城摧，要我荷鍤城上來。城泥不乾不敢回，又恐夜半聞春雷。城頭一雨城一動，越民登城向天慟。民心似與雨有仇，天意實謂城無用。當年當年天下平，天下無賊越無城。乃知在德不在兵，願無修城願修德，使民復覩無城日。

信州糧謡

信州糧，糧何艱，十鍾一石萬里間。朝發錢王隄，暮過嚴子灘。柁尾白浪如銀山。朝渡蘭溪州，暮泊龍邱灣，峻如牽車上鬼關。督吏持檄夜如箭，布帆無風河水乾。去年糧船未及岸，今年又運八百萬。只知彼地荒，不知浙東天亦旱。只知彼民飢，不知役户家無飯。家無飯，儂莫愁。願化鐵騎爲耕牛，願銷鋒鏑爲鋤耰。戰場闢作畎與溝，壯士負戈荷甲歸西疇，風雨時調禾黍秋。禾黍不秋飯不足，浙東又移何郡粟。

陳教授聚

聚家敬德，台州臨海人，僑居吴中。與弟基從學於黄晉卿，刻志讀書，俱有文名。詩尤工律體，多膾炙人口。至正十九年，爲常熟州教授。

浣花館

愛爾桃溪好，幽期不可分。山光晴挹翠，玉氣暖爲雲。漁艇花間泊，樵歌竹外聞。思君賦招隱，慚愧北山文。

君子亭

聞君結屋滄江上，萬竹青青帶薜蘿。滿谷風聲秋不去，隔林雲氣雨偏多。仙人騎鶴吹笙下，狂客題詩載酒過。日暮新涼動蕭颼，娉婷翠袖欲如何？

和西湖竹枝詞

茜紅裙子柳黄衣，花間采蓮人不知。唱歌蕩槳過湖去，荷葉荷花風亂吹。

玉山中即景一絶

楊柳絲絲一徑斜，碧溪循遶野人家。東風二月春如海，開遍一山桃杏花。

戲簡草堂主人

嘉樹蕭森六月涼，上有凌霄百尺長。秋風莫翦青青葉，留取清陰覆草堂。

姚教授桐壽

桐壽字樂年，桐廬人。與其兄椿壽大年隱居峨溪之上。後至元己卯，爲餘干教授，久之罷去。與僚友海鹽沈穀善，結姻盟，因携少子福就婚。值世亂，寓居海鹽，往來于豐陽别業之間。與雲間楊廉夫，嘉禾貝廷臣、潘澤民、張子晦，海鹽楊友直，時于春林夏澤尋討舊蹟，遺撥旅懷。凡耳目之所覩記，有觸于中，輒爲條載，數年不覺叢聚成帙，曰《樂郊私語》。

至正二十年八月十五日同守繆德謙招同諸彦小集南湖以杜甫不可久留豺虎地南方猶有未招魂爲韻得留字

驚波蕩四海，桐江失安流。眦言秦溪側，因依有舊游。魚鹽庶混迹，暫忘兒女憂。寧如王仲宣，洵美不足留。飛塵俄猋舉，吹動城南樓。閉景層闉裹，歸魂故山頭。阽危幸無死，重見湖邊秋。月白漫相笑，誰無歡與愁。

馬教授桂遜

桂遜字茂卿，新會人。祖持國，字鯁臣，宋南渡時入粤，遂家新會。歷授宣教郎，乞外調，得廣東鹽幕官卒。桂遜仕元爲遼陽教授，值至正亂，挈弟潮陽教授德遜歸隱白石村。時與羅蒙正輩相吟詠。

暮春吟

青山去郭六七里，緑樹拂簷三兩家。山静衝寒幽鳥起，金櫻藤上有殘花。

趙巡徼槦

槦字茂原，號月樓，眉山人。世以春秋掇巍科，登顯仕，有譽聞于當世。槦父子講學郡縣，不以官卑禄薄爲嫌。至治間，爲吴學正。後十年，調官京師，乃取閩中一巡徼以去，曰：「親老矣，急于養焉。」

贈郭上長歸括蒼兼簡葉縣尹林府判二公

夜聽春雨鳴，雨晴君欲行。君行向何處？回覽括山青。括山萬疊青未了，漠漠寒烟隔飛鳥。三年官冷不得歸，歸夢時時度雲嶠。竹雞鈎輈啼夢殘，落花如雪春風寒。客途塵土何漫漫，握手未許攀征鞍。東闗且盡雙樽歡，東闗柳如帶，中有别離態。折贈不可持〔一〕，依依自相待。宦遊江海事多違，我輩論交金石在。舉頭咫尺天涯别，行李蕭蕭侵明月〔二〕。出門大笑心激烈，良儔往往多契闊，每一思之生白髮。白髮生，何足驚，志士慷慨期晚成。酒澆磊塊澆不平，况復不飲難爲情。長歌散作陽闗聲，子先歸兮我暫停。丈夫耿耿氣，肯灑兒女淚。浩蕩天地間，清流豈常聚。郭公子，休徘徊。京城二月鶯花開，束書早上黄金臺。黄金臺上多英才，拾取青紫實快哉！秋來我亦遠遊計，萬里殷勤定相遇。到手功名俱得意，却誦如今長短句。

曉寒曲

曲闌廉纖杏花雨，博山煙飛裊晴縷。夢回金帳春融融，鸚鵡驚寒隔牕語。美人曉妝雲滿梳，柳風吹香入氍毹。翠環一作鬟。裊裊綰不斷，寶釵壓鬢紅珊瑚。丫鬟卷簾采桃葉，驚起一雙黄蛺蝶。

秋宵吟

平明薄暮風淅瀝，黄金滿地秋狼籍。新月出嶺光欲流，萬籟無聲夜寥闃。誰家美人吹鳳簫，彩鸞對舞摩青霄。闌干縹緲碧雲遠，天風入骨涼蕭蕭。銅壺水寒銀箭澀，玉露滴空衣袂濕。釭花落盡爐烟收，幽懷耿耿生新愁，寒蛩啼碎人間秋。

貞期爲楊竹西草亭圖卷 并序。

竹之清自淇澳詩作，知所貴重。晉唐以來，愛竹若子猷、元卿輩，不知其幾矣。其爲人，類皆如瑶林玉樹，灑然風塵之表。所謂洪汩迂疏、塵胸垢面者，弗愛也。至正乙未春，余來浦東張溪，楊君平山愛之，植竹數百竿於西林，結亭蒼翠間，扁曰竹西，因以爲號焉。一日出示手軸展觀，友人楊廉夫作三辨以志之，奇甚，索余詩，僭賦長句，愧不工也。

紅紫紛紛眩凡目，子獨深居嗜修竹。西林培植造化功，閱歲亭亭立蒼玉。稜稜老節霜雪餘，灑灑數竿烟雨足。高標勁節君子貞，孤堅雅韻幽人獨。炎氛一點飛不到，滿地濃陰清肅肅。生平不侔千户侯，直欲遠繼王子猷。元卿三徑亦蕭散，七賢六逸真天游。結亭松下臨清流，竹西名扁志所求。春波蕩潫曳文縠，山風戛擊鳴蒼球。朱檐亂拂翡翠羽，湘簾半捲珊瑚鈎。平山家住張溪側，髣髴當時草玄宅。貞期寫作畫圖看，个个峥嶸掃空碧。舊栽雨露今滿林，新長琅玕過百尺。歲寒尚友雙髯松，枝榦相依如鐵石。緑窗沉沉几席潤，日對此君成莫逆。松江水滑清漣漪，漣漪瀉入青玻瓈。玻瓈竹色光陸離，醉呼美人歌竹枝。竹枝詞古知音稀，廣陵鼓吹作者誰？廉夫三辨尤崛奇，中涵妙趣吾不知。竹西竹西細論之，臨風朗誦淇澳詩。

〔一〕「折」，原作「持」，據稿本改。

〔二〕「侵」，稿本作「浸」。

樂架閣善

善字爲之，湯陰人。岳忠武王飛之後也。當時有所避忌，故變聲爲樂。父爲左司員外。善嘗爲江浙行中書省架閣庫官，受知於平章政事徹里帖木兒。後因哭其父，嘔血卒。南湖之會，同守繆德謙詩，就中有「貴臣既防求」等語，蓋指張士誠也。徐廣文大章勸其竄易，德謙猶豫，而樂架閣攘臂呼曰：「曾謂王臣，反爲諸侯避忌乎！」德謙爲擲筆而起。語溪鮑恂仲孚跋倡和詩，所記如此。

至正二十年八月十五日同守繆德謙招同諸彦小集南湖以杜甫不可久留豺虎地南方猶有未招魂爲韻得方字

伊余本奇簿，受知徹平章。親老繫微禄，羈官在江鄉。一朝不得志，投劾歸山莊。豈謂逢亂略，松菊萎兵荒。平川翻波浪，衍陸成太行。故園窅難覓，蕪没在潯陽。中原漸陸沉，懦將空鴟張。翻增紹興恨，血戰念家王。月色似爲苦，凄凄滿中方。今古成浩歎，涕落沾衣裳！

王主簿造

造字依中，江寧人。至正間，主吴簿，值元季兵興，徙家光福。

奉寄良夫友道

羡君才思獨飄然，愧我家無負郭田。衰老未曾婚嫁畢，積書猶望子孫賢。一溪流水琴三尺，萬樹梅花屋數椽。倚杖衡門紅日落，前村遥見隔林烟。

立春感懷寄良夫

韭黄蘆白簇春盤，又見東風换苦寒。萬里乾坤容短髮，百年日月走飛丸。霑脣椒酒愁中飯，過眼金旛夢裏看。湖海飄零常作客，舉頭見日憶長安。

王處士諶

諶字之常，造子，喜爲詩，有唐人音韻。于岐黄術尤精。教授于鄉。子皜，洪武間，任蘄州訓導。

復遊銅井山用折梅逢驛使分韻

琴書適西郊，羨子有高志。歷覽吴中山，博采前古事。賓朋欣會合，風日愛妍麗。壺觴俯清流，徽絃發幽意。遥睇林屋仙，欲覓青鳥使。

震澤陸氏新居

隱者新營水竹居，秫田蔬圃附茅廬。妻能手織兼供饋，子肯躬耕更讀書。百畝逢年家已給，一尊終日席無虚。亦知志士非高遁，塵世王門懶曳裾。

商行北燕經會通河舟中感懷

身離鄉國經三月，路入關河已二千。遠岱微茫秋色裏，孤舟蕩漾夕陽前。愁來夜静挑燈坐，醉後身閑聽雨眠。書劍十年成底事，羞言商賈向幽燕。

訪耕漁軒遊七寶泉同熊公武鈕仲文楊景和徐良夫用杜少陵泥融飛燕子沙暝睡鴛鴦平聲字分韻得沙字

雨過梅村好物華，泉流清淺露寒沙。良時懽會須行樂，携酒重來野老家。

江行二首録似良夫

萬里長江一葉舟，片帆西去水東流。江汀楊柳如相識，摇蕩春光繫客愁。

翠柳牽風二月天，畫船輕槳蕩晴烟。楚江無浪平如鏡，漁叟高懸網罟眠。

顧判官安

安字定之，吴人。初爲常州録事，歷蘭谿巡檢，後官泉州路判官。自號迂訥居士，以寫竹馳名。鄭九成題其畫云：「天下幾人能畫竹，風流只數顧參軍。」

訪良夫

特訪山翁過竹西，翠蘿紅葉映茆茨。杖藜扶醉斜陽外，身在畫圖元不知。

袁府掾介

介字可潛，其先蜀人，占籍華亭。至正間爲府掾，以詩鳴淞中。子凱，字景文，洪武間官至御史。有《海叟集》四卷。可潛《檢田吏》一篇，載陶九成《輟耕録》，錢宗伯謙益曰：「觀其詞旨，激昂沉痛，知海叟之詩法蓋有自來也。」〔一〕

檢田吏一作「踏車行」。

有一老翁如病起，破衲𣰽毿一作「襤襂」。瘦如鬼。曉來扶向官道傍，哀告行人乞錢米。時余奉檄離江城，邂逅一見憐其貧。倒囊贈與五升米，試問何故爲窮一作「貧」。民。老翁答言聽我語，我是東鄉李福一作「千」。五。我家無本爲經商，只種官田三十畝。延祐七年三月初，賣衣買得犁與鋤。朝耕暮耘受辛苦，要還私債輸一作「并」。官租。誰知六月至七月，雨水絶無潮又竭。欲求一點半點水，一作「雨」。却比農夫眼中血。滔滔黄浦如溝渠，農家争水如争珠。數車相接接不到，稻田一旦成沙塗。官司八月受災狀，我恐徵糧喫官棒。相隨鄰里去告災，十石官糧望全放。當年隔岸分吉凶，高田盡荒低田豐。縣官不見高田旱，將謂亦與低田同。文字下鄉如火速，逼我將田都首伏。只因嗔我不肯首，却把我田批作熟。太平九月開旱倉，主首貧乏無可償。男名阿孫女阿惜，逼我嫁賣賠官糧。阿孫賣與運糧户，即日不知在何處？可憐阿惜猶未笄，嫁向湖州山裏去。我今年已一作「紀」。七十奇，饑無口食寒無衣。東求西乞度殘喘，無因早向黄泉歸。旋言旋拭腮邊淚，我忽驚慚汗霑背。老翁老翁勿復言，我是今年檢田吏。

〔一〕「子凱字景文」至「蓋有自來也」，原無，今據稿本補。「陶九成輟耕録」，稿本誤作「陶成輟九耕録」，今改。

潘臺掾澤民

澤民名著，以字行，其先大梁人。扈宋南渡，始占籍秀州。父逵，生四子，澤民其次也。中鄉試備榜，補吴郡甫里書院直學。已而北走京師，公卿薦爲行中書省從事。黄晉卿、王思魯、陳衆仲皆作詩送之。至杭丞相府，以常選俾録廣德儒學。三年改諭銅陵，調烏程，辟吴興郡幕，力辭，因留主郡學。再辟浙東元帥府史，以使海寧行御史臺，方留爲掾，病暑卒。按貢泰父爲澤民撰墓誌云：卒於至正十八年六月，而南湖之會，乃在至正二十年八月，則是距公之殁已二年矣，豈泰父集中誤刊耶？俟得善本正之。

至正二十年八月十五日同守繆德謙招同諸彦小集南湖以杜甫不可久留豺虎地南方猶有未招魂爲韻得有字

少小客燕趙，南北事奔走。蓮花贅參從，棫樸長薪槱〔一〕。風塵撲人面，荆蓁掣人肘。棄却頭上冠，歸種門前柳。門前柳未緑，鶯訝驚風吼。豫章隨飛蓬，喬松若摧朽。况此初生稊，吹落竟何有。春陽賴萌動，翠色仍如帚。還將舊時月，夜夜當窗牖。始信蔽芾陰，可以覆衰叟。

〔一〕「棫樸長薪槱」，稿本作「菁莪長生友」。

許管勾德潤

德潤字□□，長興人。博學能詩，與沈元吉爲友。至正末，舉爲中書省管勾。以時變歸隱城西，觴詠自樂，興至隨意揮灑，得其詩者以爲奇觀。

題横玉山

鑿開横玉住浮屠，門俯平湖一席鋪。顧渚萬山煙外碧，弁峰一點望中孤。勾吴古戍名猶在，范蠡扁舟跡已無。布韈青鞵忘世久，林間猿鶴莫驚呼。

王都事霖

霖字叔雨，括蒼人。學博詞古，清修可尚，爲士林儀表。官登仕郎，浙江行省樞密院都事。元季擾攘，與弟廉過上虞，樂蓋湖之勝，遂家焉。廉字熙陽，洪武間，仕至陝西布政。

雩詠亭續蘭亭會補王獻之詩二首

潏彼源泉，其流泱泱。誰其逶之？以詠以觴。酌此春酒，以袚不祥。

華髮宴餘春，微風宿雲散。蘭皋野氣芳，桐岡日初旦。羣賢集崇邱，臨流冰光涣〔一〕。酌酒清湍曲，俯泉慨長歎！

題丹山

三台峯下神仙宅，樊榭春風長薜蘿。萬疊層巒連石壁，一簾飛雨瀑銀河。天光上下雲容斂，山色空濛雨氣多。與客題詩足清賞，歸來環珮雜鳴珂。

〔一〕「冰」，稿本作「水」。

龍都事從雲

從雲字子高，永新人。負經濟才，佐江浙左丞楊完者成克復之勳，爲都事，歷官福建儒學副提舉。性曠達，邑守將俞茂禮延之，與浙江儒學提舉雲陽李祈一初同爲上賓，一初元進士，文名爲時所重，而子高以詩歌與之頡頏。茂修邑東門浮橋成，與賓佐同宴橋上，子高酒酣作歌，即席口占，坐者皆爲閣筆。其警句云〔一〕：「六丁運鎖駕長虹，百夫牽船貫飛鷁。陽侯宮殿横截開，鼉作鯨吞何有哉。」他多類此。完者既没王事，乃挾策度浙而東，止四明之慈谿，僦屋以居。臨溪水上，日釣其中，因名之曰釣魚軒。有《釣魚軒詩集》，三山張志道爲之序，稱子高詩學李太白，自言爲樂府甚多，惜余未盡見也。余嘗考《四明郡志》，元末才人傑士，多聚四明，如南昌揭伯防、會稽盛景華、魏郡邊魯生、永嘉柴養吾，高則誠之在鄞，戴叔能之在定海，數君子者，或賦詩作文，或論書講畫，各逞所長。詞章翰墨，人得之者不啻拱壁，可謂極一時之盛也。

明皇春宫按樂圖

華清宫殿春沉沉，宫門楊柳垂黄金。玉闗新度霓裳曲，曲聲酣動君王心。融融汗體生春困，芙蓉露白桃花嫩。可憐飛燕在朝陽，李白文章有遺恨。樹頭花暖鶯啼早，滿院嬪妃總含笑。門外千官進午朝，三郎沉醉不知曉。漁陽回首飄胡塵，花鈿委地徒霑巾。嗚呼！我今展圖似閲史，有國有家當監此。

明皇秋宫夜宴圖

金莖滴露秋滿衣，玉樓商葉吟參差。六宫沈沈度清樂，月在華清池上芙蓉枝。虹橋錦步上龍尾，十八宫娥舞相對。玉環吹笛背銀燈，百歡媚得君王醉。君王醉卧倚龍屏，羯鼓嗷嘈尚未停。禄山含笑林甫喜，但願君王醉不醒。

題破窗風雨圖

雨歇荒雞叫，山空木葉堆。玉堂雲霧景，多向此中來。

南湖四景

畫船載酒及春晴，瀲灧波光碧玉城。橋外緑楊誰繫馬？水晶宫裏管絃聲。

槐陰屯午咽新蟬，一枕南薰暑不前。隔岸荷風新雨後，白鷗點破鏡中天。

松寺聯陰晚更幽，天光倒浸玉壺秋。蓼江棲雁忽驚起，一曲漁歌月滿舟。

平湖雪壓小橋低，萬里乾坤眼欲迷。誰泛扁舟深夜過，却疑人在剡溪西。

〔一〕「警」，原作「驚」，據稿本改。

謝都事理

理字□□，南陽人。官都事。

雩詠亭續蘭亭會補侍郎謝瑰詩

瞻彼阿邱，神禹祕之。茂蔭嘉樹，清泛芳池。臨流引觴，衎衎以嬉。俛仰千古，逝者如斯。東温散晴旭，灌水浮嘉陰。良辰事修禊，我友欣盍簪。方池注清流，可以濯煩襟。一觴復一詠，暢情忘古今。

春草軒詩

高軒麗春景，密草暖含芳。初葉苞新緑，纖莖蔓紫纕。垂風絢餘采，襲霧散飛香。何能自榮美，無乃藉春陽。但嗟有容質，無以報恩光。庶願承餘照，不見委秋霜。

張經歷溥

溥字□□，餘姚人。官嘉興路經歷。

雩詠亭續蘭亭會補鎮國大將軍掾卞迪詩二首

藹藹雲岡，溶溶秋水。集我朋儔，掇茲蘭蕊。千載同流，夷猶芳軌。美哉良會，衎樂無已。

茲辰暮春初，散策臨泉石。雲渠引微波，浮觴薄前席。伊人既已去，古今同一適。睠茲修禊地，遥岑濟空碧。

陳參軍鉉

鉉字元甫，閩縣人，居方山。至正中，以學行薦補勉齋書院山長。改潯渼場司丞，辟行中書省職官掾。西域那兀納等據泉州，行省辟爲護軍參謀軍事，那兀納就縛檻送行省，調晉江縣尹，兼分督鹽課，陞廣東鹽課提舉，兼參潮惠循梅諸州軍事。既而參政陳復代領諸州事，遂翩然歸田，道由泉州，父老固挽留之，遂家焉。晚築南湖墅，杜門謝事，黄冠野服，種蒔自給，卒年七十。有《方山堂稿》。

鰲峰

爲愛溪山趣，朋簪訪舊遊〔一〕。久拚黄菊醉，况被白雲留。木落千山曙，潭空萬影秋。坐來飛鳥盡，歸思共悠悠。

彌陀巖

城南野寺遠凄凄，老去登臨興不迷。黄菊有情留客醉，青猿何事向人啼。長江落木孤帆遠，古道寒蕪匹馬嘶。願得相從休物累，頻來此地共幽棲。

〔一〕「朋簪」，稿本作「朋尊」。

靈秀峯

靈秀峯前日欲斜，尋山因到梵王家。年來不及登臨思，獨倚寒梅歎落花。

時□□太初

太初字大本，常熟人。博學有詞，與楊仲弘、千壽道爲文字交。嘗仕海昌某官，早卒。陳叔方題其遺文卷云：「海虞孕英秀，天不假以年。文翰俱散落，惟餘十四篇。」蓋賦其實也。

白燕

春社年年帶雪歸，海棠庭院月争輝。珠簾十二中間捲，玉剪一雙高下飛。天下公侯誇紫頷，國中儔侶尚烏衣。江湖多少閑鷗鷺，宜與同盟伴釣磯。楊儀《驪珠雜録》曰：時大本賦《白燕》詩呈楊鐵厓，鐵厓極稱「珠簾玉剪」之句。袁景文在坐曰：詩雖佳，未盡體物之妙。廉夫不以爲然。景文歸作詩，翌日呈之，鐵厓擊節歎賞！連書數紙，盡散坐客，一時呼爲袁白燕，以此得名。

八月十三日夜城西看月

秋天月色天下白，江客夜登江上樓。俯視八荒如積雪，恍然一葦坐中流。荒城酒薄不堪飲，水鳥夜寒相對愁。獨立高寒眼如洗，此時直欲見蘇州。

十四夜陪李明府游海上

秋月照人如白晝，樓船浮海坐清空。銀山雪屋三更浪，鼉鼓龍簫萬里風。豪氣横吞雲夢澤，醉魂飛墮水精宫。雞鳴鐘動失清景，驚見東方海日紅。

完萬户澤

澤字蘭谷，西夏人。聰敏過人，善讀書，尤工於詩律。仕爲平江路一字翼萬户府鎮撫，廉謹且尚義，平汀寇實有功焉。

和西湖竹枝詞二首

花滿蘇堤酒滿壺，畫船日日醉西湖。阿儂最苦兩離别，不唱黄鶯唱鷓鴣。

堤邊三月柳陰陰，湖上春光似海深。游人來往多如蟻，半是南音半北音。

吴參謀徹

徹字文通，崇仁人。爲陳友諒用事，嘗偵明太祖軍，被獲，命詠《百馬圖》。黔其面目爲詭譎秀才，又賦《西山夜雨》詩云云。

西山夜雨

莫厭西山夜雨多，也應添起洞庭波。東風肯與周郎便，直上金陵奏凱歌。

周教授所立

所立號盤谷，臨江人。仕陳友諒，爲草上梁文，晚就臨江教授。

哭定位

按定位字子静，爲陳友諒守臨江，抗明太祖師于鄱陽，被殺。

緑錦池頭舊使君，近傳消息不堪聞。的盧竟死檀溪險，鸚䳇翻成鄂土墳。蒿葉蕭條生夜月，棠陰迢遞起秋雲。陳琳老大頭如雪，無復軍前草檄文。

馬參政玉麟

玉麟字國瑞，海陵人。至正間，爲長洲縣尹，有政聲，建甪里先生祠，刊陳桱《通鑑續編》以惠學者。張士誠據吴，遷江浙行中書省賓佐官，歷官參知政事。城破，死，括蒼鄭明德有碑。

游虎邱和范文正公韻

緑蕪迷四野，空翠擁千巖。風過鶴鳴樹，雲歸龍在潭。雨花翻寶座，積石護僧菴。此地如容我，移家住水南。

又次柳道傳韻

高城落日下，樹擁半山青。野鳥啼還歇，溪雲散復停。微官猶是客，對此暫忘形。爲愛生公石，移尊上小亭。

題王叔明聽雨樓圖

江雨飛來夜氣澄，小樓高處冷于冰。聲留蕉葉頻敧枕，影亂簷花獨對燈。遠客異鄉生白髮，故人今夕擁青綾。致君堯舜慚無術，思入湖天睡未能。

張府判經

經字德常，金壇人。鶴溪先生監子。至正丙申，張士德渡江，選令丞簿尉以下十有一人，德常徙家。起家爲吴縣丞，三年升縣尹，明年除同知嘉定州，壬演調松江府判官，所至人歌思之。錢宗伯牧齋云〔一〕：德常爲吏，出士德選擇，歷任遷轉，皆出淮藩。時人有詩云：「楚公賓客誰最賢？」又云：「肝膽豈能酬楚國。」士德手創伯業，知人能得士如此。

周元初禱雨詩

崑崙之西東海東，中有一士巢雲松。朱顔黑髪神所鍾，服食雨露乘天風。朝騎黄鶴天門穹，夜被紫霞棲崆峒。人間有急歲有凶，裨補造化多其功。己酉之歲夏五中，連月不雨何當爞。祝融司令百怪叢，妖精吐餤天地雺。火星出走穹壤紅，海水欲竭山爲童。官僚揭虔士庶恫，焚厓翦爪百慮窮。大龍酣睡癡且聾，小龍戢戢潛其踪。君能獨出超凡庸，拔劍起指天南虹。嘘陰吸陽神且恭，囊括萬象羅心胸。有書直達上帝聰。泥金倒寫不暇封。當空舉手祝未終，霹靂直下西南峯。道人足踏金芙蓉，只呼六甲丁與從。

神龍不興吾不容，縱以烈火焚其宫。須臾龍伯施乃工，海波堅立銀河通。桑麻菽粟青且葱，野花石竹俱纖穠。道人之術孰與同，調和燮理偕孤公。方今海内殊未雍，焦頭爛額愁邊鋒。煩君爲提九節筇，直上閶闔躋九重。凌風大笑招羣雄，一洗宇宙皆冲融。

次韻廉夫内翰長句一首并簡韓王二侯資判府察推一笑

春風滿袖折花回，高卧雲間百尺臺。天上賜袍香霧濕，河東獻賦日華開。頻煩太守高軒過，屢見元戎小隊來。我欲將軍侍親去，綵衣花底學提一作「要」。孩。

題秀野軒

仰挹天池俯緑疇，軒居巧占澗之幽。映階碧草供吟賞，排闥青山可卧遊。雲氣飛英如舞袂，鶯聲隔樹囀歌喉。呼童種竹時須記，留客看花酒旋篘。勢阻儼同盤谷裏，地偏不減瀼西頭。春明擬泛輕舟去，徙倚闌干一散愁。

〔一〕「錢宗伯牧齋云」六字原無，今據稿本補。

張判簿緯〔一〕

緯字德機，經弟，自號荆南山樵者，僦居鹽橋。以教授爲業。屋之西隅有軒翼然，名曰艇齋，胡悌爲篆二字，使張於屋壁。

與王士能李叔成高士敏游虎邱寺乃以遊虎邱寺爲韻得邱字

出城欣燕集，乘輿登虎邱。豈憚塗路迂，愛此巖壑幽。羣賢才華盛，老衲禮數優。凭高懷往昔，覽勝窮冥搜。傳觴説法臺，濯纓淬劍湫。麈柄鮮飈生，几席飛雲浮。起舞欲軒擧，分題互賡酬。顧慚遺草莽，終擬歸田疇。幸陪數刻懽，那知千古愁。於焉忽不樂，明朝霜滿頭。

題徐良夫耕漁軒

幽人薄世榮，耕漁夙所喜。朝耕西華田，暮釣洞庭水。浮湛干戈際，無譽亦無毁。醸秫雲翻瓮，鱠魚雪飛几。客來具杯酌，客去味圖史。緬懷清渭濱，何如鹿門裏。往者不復見，斯人亦云已。努力勤所業，庶免素餐耻。

次韻答朱德載將築室鄰村作詩見寄二首

論交州里自不惡，更欲鄰居亦大奇。避俗如仇還好客，知窮爲祟却工詩。一邱風雨書聲共，十載冰霜鬢影知。不用裹糧勤訪遠，閉門憂患是吾師。

紅塵冠蓋今無夢，風雪相逢自一奇。便欲傾家多釀酒，不須結社苦吟詩。名塗有穽吾方悔，拙味如飴子未知。廛市山林竟誰是，歲寒農圃有餘師。

題元鎮惠麓圖

曉色凄凄凉雨過，也應草木漸飄零。水邊石畔無人到，惟有長松滿意青。

〔一〕「判簿」，原無，據稿本補。

張元度

元度字□□，經子。以能書知名。

題雜畫四首

離離江樹暗芳洲，江上西風幾度秋。别鵠未歸天又晚，不勝清怨憶丹邱。

亂雲飛雨晝漫漫，水閣風林五月寒。我憶越江江上苦，扁舟今向畫中看。

我憶草堂臨澗阿，月明夜夜到松蘿。今朝見畫懷歸去，收拾閒情託詠歌。

水闊天低欲盡頭，柳花如雪暗歸舟。平生解識滄浪趣，何處飛來雙白鷗。

張都事天永〔一〕

天永字長年，秦郵之兩伍村人。父官建康教授。至正末，天永奉其母避兵嘉定。授徒養母，母卒，葬之蔡原。屢辟不就。張氏據吴，强起授江浙行省都事。號雪篷，所著有《雪篷行稿》、

《溝亭集》、《兩伍張氏家乘》云。長年早見賞于余忠宣公，謂其文當水湧而山出，詩冲豪清麗，比之韋蘇州云。

題良常張處士山居次仲舉韻

草堂價爲青山重，山是良常乃結茅。華屋雲低疑洞府，醍醐泉滑見春庖。心清已識金銀氣，世難曾懷鳩鵲巢。句曲晝寒丹室火，海鄉塵暖雪林梢。冥冥高岸深爲谷，汎汎生涯苦匏。傾耳在天鈞九奏，抱情方雨鼎三爻。中條晚歲需休老，南岳何年敢獻嘲。近説金壇仙夢接，青蔥林屋擁旗旓。

癸巳六月載酒江莊壽李平仲東道

江飈吹暖水田青，六月聯鑣羨此行。斜徑飽眠黄犢草，曲江輕破白魚萍。豐年有麥須宜稻，此地爲家不見兵。可信持杯多遠意，松喬當與故人盟。

講亭雜言

四愁七發五噫中，世計身謀異復同。起喚清風歌太古，引商流徵亦旋宫。

〔一〕「都事」原無，據稿本補。

鍾弼

弼字□□，廬陵人。官爵未詳〔一〕。

題董泰初長江偉觀圖

憶昔往年當早秋，曾乘官舫過揚州。金山高並焦山秀，吴水遥連楚水流。幾箇茅茨低古屋，數間樓觀起高邱。何由挂冠謝塵俗，短衣蠟屐來優游。

〔一〕「官爵未詳」原無，據稿本補。

李繹

繹字叔成，薊邱人。

與王士能張德機高士敏游虎邱寺乃以游虎邱寺爲韻得虎字

今日天氣佳，相携出林塢。木杪躡層雲，觥酌隨處所。蘿逕揖禪公，香臺禮佛祖。如何兵燹餘，風景還可覩。憶昔世平治，於焉日容與。春園樹多花，秋社家有鼓。時乎不再來，攀援漫勞苦。劍池泉自深，貞娘墓逾古。孰謂巖穴間，尋常踞白虎。詩罷即言歸，山蟬向人吐。

題雲林竹圖

雲林寫竹與梅巖，自比清貧太守饞。蒼翠滿庭都似玉，一枝先喜出松杉。

閻相如

相如字□□，古燕督亢人。

春草軒詩

草有一寸心，人有方寸地。華君名其軒，中有無盡意。陽和遍九垓，草舞春風翠。大視同一仁，與我復何異。情性本天然，孝子心不匱。願將華子誠，永錫及爾類。

趙良翰

良翰字彦楨，浚儀人。

題董泰初長江偉觀圖

玩鞭亭下錦帆開，尚憶清遊首重回。天際波濤吞日月，眼中金碧湧樓臺。幾朝冠冕嗟南渡，萬古山河自北來。今日展圖成一嘅，西風蕭瑟有餘哀。

趙孟乂

孟乂字□□，浚儀人。

題董泰初長江偉觀圖

長江一眺思茫然，樓閣參差壓翠烟。古渡放舟殊有感，中流擊楫竟忘年。東南落雁千山月，西北浮雲萬里天。此日展圖愁似海，不知巴蜀隔湘川。

王處士鵬

鵬字九萬，緱山人。博洽經史。至正間，避亂隱于洞庭東山之北。葉顒伯昂幼嘗從學。屢徵不起。所著有《緱山集》。同時華亭王一鵬亦字九萬，有詩名，尤善書畫。人稱曰王西園，仕明，官至學博。

過西洞庭

玄洲不復見，縹緲即芙蓉。玉洞連三島，金庭第一峯。芝香雲氣暖，竹色露華濃。我亦尋真者，行探虎豹蹤。

蓮塘

一帶蓮塘似錦機，輕風冉冉日暉暉。花間鸂鶒窺人慣，畫槳翻波也不飛。

促織

露下天高秋月清，籬根促織苦哀鳴。大姑睡熟小姑覺，憶著去年心獨驚。

無題

病酒愁花日日眠，心情不到錦囊邊。桃源昨夜成春夢，趁得漁郎洞口船。

九日

老逢佳節倍咨嗟，落日風吹雁影斜。猶恐明年頭更白，籬邊隨分插黄花。

高升

升字德進，河南人。

題徐良夫耕漁軒

山中遂高隱，累世業耕漁。江浦晚潮急，湖田春雨餘。自緣甘澹泊，何用借吹嘘。他日投簪去，多君爲卜居。

索蠟梅花

蠟花的的猶緘緑，應向山家十月開。歲晚書窗甚寥落，誰能爲寄一枝來。

葉顒

顒字伯昂，南陽人。

題董泰初長江偉觀圖

金焦兩寺出中流，北固樓高江上頭。畫舫春風過采石，瓊花明月照揚州。鳳皇飛處青山近，龍馬來時紫氣浮。千古登臨興未已，有人吹笛起沙鷗。

南陽野逸邵復

復字有初，鄧人。自號南陽野逸。

題盧賢母卷并序。

皇慶二祺，先君掾浙省，時盧臨安爲大理幕賓。越四十年，余以廕補官于吴中，適會樵隱徵君，詢其所自，始知爲臨安君之仲子，不敢忘世契，遂與定交。交愈久而情愈篤。至正丙申罹變故，乃館余于其家，獲拜賢母於堂上。觀其治家以勤儉，教子以義方，春蠶秋織，必先于諸婦，處内外之事，咸得其宜。高誼厚德，不能紀其萬一，於戲，真賢母也！暨觀樵隱績學勤〔一〕，律身謹，事親孝，教子嚴，隱居不仕，躬耕于石湖之濱，或泛小舟，往來鄉校間，每以禮義相先，謙約自處，度越俗流，還能高潔其志趣，此蓋賢母平昔訓誨之力也。賢母逝矣，我心曷忘，謹賦五言律詩二十韻，以寓追悼之思；并識不忘樵隱之交誼也。時至正二十七年三月既望，南陽野逸邵復書于吴中寓所之聽風雨處。

賢母嘉聲著，傳家懿德存。整齊施軌範，雍睦肅閨門。教子心猶切，從夫義愈敦。板輿游後圃，綵服戲前軒。冬雪曾聯絮，春風盡樹萱。戲時儲黍稷，禴祀薦羔豚。封鮓仍還縣，埋錢更築垣。孟機嘗示訓，班史每能繙。蠶織先諸婦，勤勞飭後昆。遷鄰依學舍，欵客具盤飧。宗戚逾孏睦，雲礽自衍繁。人懷周急惠，嫗感代償恩。重羨持貞節，還堪配淑媛。黄麻承雨露，玉樹映蘭蓀。遺行真須紀，恭人端可尊。陰功殊亹亹，善慶亦源源。招挽歌悲些，揄揚乏雅言。松楸暗邱隴，霜雪慘郊原。澆俗當懲勵，史官宜討論。瞻馳拜遺像，追悼重傷魂！

〔一〕「績」，原作「積」，今據稿本改。

王仲禮

仲禮字□□，固始人。

訪耕漁高士

扁舟一葉五湖東，又向城西問葛洪。山色排空來几席，書聲出户遶簾櫳。溪魚新膾盤中白，園果初收樹底紅。清嘯竟忘終日醉，歸帆高挂月明中。

孔思吉

思吉字□□，曲阜人。

題破牕風雨圖爲劉性初先生賦

按劉易字性初，大名人。避地吴中，所在讀書，雖敗壁頹垣，霜晨雪夜不倦，斜風横雨有所不避也。宣城汪翰林□□，因號其讀書處曰破窗風雨，王立中爲之圖，周伯琦爲之篆，楊維楨紀其端。

寓館臨苕水，清吟破寂寥。軒窗秋淡淡，風雨夜瀟瀟。研沼沾應濕，書衣亂欲飄。曉來佳客至，留話且停橈。

郝天鳳

天鳳字子儀，高唐人。

題董泰初長江偉觀圖

揚子江頭昔繫船，兩山相對湧金蓮。雲横殿閣臨無地，潮打魚龍落半天。近蹴南徐當北固，遠吞西蜀跨東川。披圖更覺襟懷壯，回首風塵又幾年。

楊賢德

賢德字□□，膠東人。

題董泰初長江偉觀圖

江水西來東注海，中流兀出兩峯尖。層樓倒影波心碎，列岫堆藍雨後添。草樹不香寒露濕，舟帆偏穩晚風甜。雙龍矯首經年在，入畫令人看未厭。

何九思

九思字仲誠，山西人。

題董泰初長江偉觀圖

皇元混一無南北，萬水樓船足可遨。巫峽晴雲連鐵瓮，海門紅日湧金鼇。百年勝概開圖畫，一夕西風卷怒濤。回首舊游如夢想，詩成清淚落霜毫。

易履

履字安道，并州人。號大笑居士。

題破窗風雨圖

大名劉郎耽書癖，清如梅花瘦如石。半生浪迹江湖間，詩卷酒杯長自適。胸中元精妙天趣，破屋破窗隨所住。酒酣夜披山海圖，驚怪蛟龍送風雨。青燈熒熒四壁空，卷書搔首亂飛蓬。長歌拂劍問北斗，造物生我將無同。君不見破窯寒灰終夜撥，空窖嚙氈飢咽雪。丈夫氣節慘不磨，還有聲光照方册。陸機祠下忽相逢，竟夕談詩風雨中。拍瓮爲君澆磊磈，富貴何如一杯水。

馬晉

晉字孟昭，扶風人。

可詩齋呈玉山主人

雅集茅堂下，厭厭夜二更。干戈隨處起，荆棘畏途生。歲晚寒潮落，林深衆鳥鳴。孤燈挑欲盡，覓句竟無情。

馬庸

庸字□□，扶風人。

唐律一首上寄節判相公尊先生

鳳皇亭亭江水長，令人清夢憶瀟湘。坐來深樹當春雨，舍近分陰到野棠。一柱空標王日月，千金誰買漢文章。壯懷無賴憑詩遣，絸紙封霜少府堂。

還過龍門

紫塞秋高鳳輦回，龍門有客去還來。蕩摩日月崑崙折，吐納風雲混沌開。天帝有神司主宰，地靈無力載崔嵬。誰吹石瀨成飛雨，不是當時汗酒杯。

送張德常之松江府判官

練祈門外曉停車，別酒吟風入面花。白首愛民如愛子，赤心憂國似憂家。龍迴夜影江沈樹，鶴怨秋聲月在沙。煩語虎頭賢貳守，客星何日泛歸槎。

題高尚書滄洲石林圖

老龍吹笛海波寬，一夜湘君白髮寒。只恐驚飛雙鐵影，長留明月護天壇。

題仲穆看雲圖

雲擁秋臺落鏡臺，道人日日好懷開。山頭半夜風雨作，驚起雙龍出峽來。

杭琪

琪字□□，江東人。

題破窗風雨圖

墨雲壓郊茅屋摧，大風拔木勢危哉。破壁驚雷從地起，長淮風雨渡江來。拍户打窗聲作惡，斂襟孤坐意裵徊。雨餘蘭雪渾無恙，吹到琅玕挽不回。

馮椿

椿字庭幹，金陵人。

奉寄耕漁高士

朝耕鄧尉足，暮漁震澤口。出門星滿天，回舟月在柳。山芋甘如飴，湖鯿大於手。歸來脱野服，談笑飲三斗。

嚴貞

貞字宗正，上元人

和拙守王先生竹深軒賞杏花詩韻兼呈上尊眷叔

春日軒窗面面開，杏花朵朵出墻來〔一〕。終朝且盡尊前樂，薄暮還從竹下回。醉眼坐看迷遠近，繞欄吟詠重徘徊。東風自是無情者，莫放殘紅滿緑苔。

〔一〕 朵朵，稿本作「數朵」。

耿犨 一作「燁」〔一〕。

犨字叔昭，吴郡人。與饒州邵光祖弘道、同郡姚辨叔雅皆篤學無嗣。先後死無所歸，郡士徐達左收葬之。犨銘周南老作，光祖銘王行作。

詠二色梅花録似良夫

雪後發雙蕊，詩人眼猶青。同香不同色，如醉亦如醒。海曙煙垂屋，天寒月在庭。東西兩愁絶，鄰笛夜深聽。

寄良夫賢友

滸溪處士時英彦，遠遡文源出汴京。九世青氈傳舊物，半生黄卷振家聲。珠還合浦光仍燦，璧返連城價未輕。縱任白衣蒼狗變，丹心炯炯月同明。

〔一〕「一作燁」，原無，據稿本補。

邵布衣光祖

光祖字弘道，鄱陽人。父宦遊來吴，因家焉。光祖博學好古，研精經傳，垂三十年，遂通三經，皆有疑義，尤精于六書之學。徐達祖嘗從遊受易，有以先賢康節子孫論薦于朝，不報。張士誠據吴，授湖州學正，亦不赴。以布衣終焉。所著有《尚書集義》六卷、《韻書》四卷。

宿良夫契友山齋

晏坐南窗下，愛此池水平。餘霞斂夕景，百喙鳴秋清。衆星疎以淡，缺月倚空明。塵襟豁蕭爽，愈覺身世輕。蓬瀛亦伊邇，遐念殊凡情。視彼區中聚，鼾睡何由醒。

季春四日文會于耕漁軒行觴賦詩遂適野興各成一章以紀良集云

暮春風日好，游此震澤瀕。杏梅芳未歇，桃李華相因。佳山列圖障，草木發精神。愛茲隱者居，插架多典墳。虚懷延嘉客，道合思彌敦。媚族感令訓，善習俱烝烝。王鄭舊邑佐，村巷連朱陳。蹇余罹惸獨，隻影嗟不辰。董生内克美，仲舒今若人。曷哉南州士，進德日以新。西子渥洼種，高鼻非凡羣。譚諸忘日昃，觴詠怡情親。主賓尚德義，悠悠樂天真。

題徐良夫耕漁軒

賤事寧吾志，其如時命何！非耽田野樂，爲養性情和。把釣遂安適，躬耕且詠歌。嘉苗無助長，止水詎容波。晚飯炊菰米，烟蓑挂薜蘿。此中有真理，不獨首陽阿。

秋興

牢落江湖不計年，擬尋歸計向林泉。山間買地多栽橘，谷口誅茆學種田。晚節許同樵牧老，遺書更得子孫傳。秋來喚取陶彭澤，紅葉黄花酒似川。

馬肅

肅字彦敬，吴郡人。

題徐良夫耕漁軒

高人避世紛，遯迹遠塵市。結屋枕溪流，爲愛佳水趣。躬耕聊卒歲，垂釣湖之滸。緑竹映林廬，幽花靚窗户。絃揮石上月，衣拂松下露。長日盛文彦，相與寫心素。旨酒時留連，高談邁今古。清嘯適幽興，新詩得長賦。願言從之游，青鞵縱余步。

春夜會諸文友于徐良夫座上

德星此夜聚于奎，想見司更太史知。文彩燭天成瑞靄，流光入地結靈芝。天人策自春秋學，擊壤歌同雅頌詩。更喜南州徐孺子，渾如好客鄭當時。

滕遠

遠字□□，吴郡人。

題徐良夫遂幽軒

幽篁古樹玉林林，白石仙人翠作襟。夜月幾驚龍虎立，秋風時聽鳳皇吟。畫圖入思曾飛筆，山水留情獨撫琴。不是遠尋高士宅，何能愜我出塵心。

張常明

常明字景昭，吴郡人。

次徐良夫謝雲林倪處士耕雲王照磨韻

清溪雨初歇，爽朗氣如秋。顧我蕭閒者，悠然一虚舟。愛此山色佳，崔嵬翠欲流。適與耕漁子，心意俱休休。看雲投澗壑，擷芳度汀洲。行吟時岸幘，坐憩或科頭。尋真披密篠，寧辭道路修。忘形諒莫逆，同氣忻相求。勝概夙所聞，兹來遂遨遊。才思慚余劣，文華羨子優。已知樂放曠，且復爲延留。襟期本沖澹，情話幸綢繆。興來哦新詩，況有鳥聲幽。還邀望湖月，重上臨溪樓。

次韻答徐良夫

好客清修士，延留未許還。巖壑春正麗，令人期解顔。黄鳥時一鳴，乃在白雲間。素懷元已澹，塵緣豈相關。幽蘭芳馥馥，飛珮何珊珊。翛然動仙興，忻此違人寰。憑高一遐覽，蒼峭肆躋攀。嘯歌風滿襟，奚須論蓬山。

錢昱

昱字東澗，吴郡人。

次徐廷玉見寄韻

久欲棲山理釣絲，奈何萍跡任風移。青衫縱有飛黄日，白髮終無再黑時。千載箕裘徐孺宅，一篝燈火董生帷。平生已分如瓜窳，未必多才學仲規。

朱貞〔一〕

貞字以寧〔二〕，吴郡人。

春日訪良夫因題汝名樓

山斷青溪合，人歸夕路分。鶯歌春後聽，漁唱夜深聞。簾送村村雨，帆收浦浦雲。自漸衰朽質，不是故離羣。

〔一〕〔二〕「貞」，稿本作「禎」。

蔣廷秀

廷秀字□□，號竹逸，吴郡人。

奉答良夫

白頭如許老年人，愁見三邊起戰塵。此際功名真可笑，古來賢達豈憂貧。舟横野渡江天闊，春到梅花宇宙新。爲語西山清隱客，藥爐茶竈伴吟身。

劉屺

屺字季瞻，吴郡人。

耕漁軒文會

幽幽谷中蘭，燁燁石上芝。榮華豈不好，采此當遺誰。靈均不返將奈何，邇來好者誠不多。憑君爲招雲外客，悵望一詠商山歌。

呈邵弘道録似良夫

六十擊壤翁，少小愛談玄。拂衣坐清旦，日昃味道言。載書江湖中，草草三十年。不恨識者少，但令知者傳。

呈董仁仲

丹邱本仙骨，不讀老氏書。聿來空谷中，皎皎乘白駒。製以芙蓉裳，佩之瑛瓊琚。時時坐春風，天地一玉壺。

寄沙大用録似良夫

龍馬出渥洼，六尺乃汗血。朝飲黄河流，暮踏燕山月。燕山月落鳴夜寒，雪花滿山春漫漫。江南老去人不識，矯首西風行路難。

周彝

彝字悦道，吴郡人。

次徐良夫謝雲林倪處士耕雲王照磨韻

白露下碧落，風颸涼素秋。因追林屋勝，同上太湖舟。雲通泬寥境〔一〕，水隔清淺流。月暝帆影没，氣清山色休。始疑八景洞，迺在三神洲。風篁度霞表，靈璈響樹頭。朱華香馥馥，鳳吹亦修修。尋真得真友，不去復何求。當期貌雲漢，永作逍遥游。酒浮金螘細，蔬列瓊腴優。宴酣及靈方，交袂競相留。欲將鮫人織，爲爾贈綢繆。惟冀龜鶴齡，棲遲玄冥幽。願爲山澤結，因崖置飛樓。

奉寄良夫契友三首

朔風吹枯蒿，日夕郡齋寒。蕭條北窗下，歎息衣裳單！因懷山中人，賦詩道時難。

荒城對閒扉，天寒日凄薄。因感節序變，自誚微名縛。沈思正鬱陶，木葉庭前落。

湖山佳勝處，經歲罷登臨。緣知官務羈，徒勞遐想心。願言脱塵鞅，林下一相尋。

寄倪雲林

九月江南屬授衣，樂遊猶自不言歸。波清笠澤鱸魚上，霜冷蘇臺族雁飛。圖畫已留吴郡滿，綈袍還歎故人稀。高軒夜寂驚寒雨，風振幽篁獨掩扉。

〔一〕「泬」，原作「沈」，據稿本改。

董袒

袒字惟明，吴郡人。

次徐良夫謝雲林倪處士耕雲王照磨韻

昔我遊山中，轉瞬二十秋。人生穹壤内，身世如浮舟。飛花逐狂風，萍梗隨長流。兹行頻入夢，此興猶未休。是中隔塵囂，儼若登瀛洲。幾欲遯遺跡，恨無茅蓋頭。幽居願卜鄰，小隱企前修。老矣志未遂，營營何足求。昨聞徐孺子，携友同追游。臨風樂觴詠，絶勝偕伶優。窮探弔古蹟，徜徉爲遲留。主賓盡清歡，情懷益綢繆。承示倡和篇，朗誦心更幽。望之不可即，空倚城西樓。

譚彧

彧字訥夫，吴郡人。

奉答良夫契友

對菊愛陶潛，種瓜思邵平。致身塵垢中，心跡何由清。徐卿乃高士，讀易理致明。肥遯有餘裕，聲利鴻毛輕。好山當屋廬，秋來稱吟情。尊中但有酒，長醉不用醒。

黄夔

夔字舜臣，吴郡人。

病中西山晚興呈良夫二首

山坳一帶白蛇長，軋軋肩輿度石岡。身在郭熙圖畫裏，三家村落帶斜陽。

莫笑湖山老去人，病能詩酒不憂貧。昔年猶記遨遊處，花擁紅樓十里春。

奉寄勝伯先生并引。

夔守病三年，想故人不得一見，因便風以寄邵菴公，詩求一册。以娱病中之懷。

病裏傷春念昔游，杏花天氣玉人樓。此時惟有雙雙燕，倦對東風説舊愁。

祖傳中

傳中字大本，吴郡人。

酌酒似良夫

天示我飲酒，酒星名在天。地示我飲酒，山中有醴泉。我非愛飲酒，天地使之然。飲酒擬沉醉，沉醉如得仙。古人亦愛酒，清濁比聖賢。劉伶酒德頌，李白飲酒篇。陶陶醉中樂，我得如師傳。貴爲金門客，富有銅山錢。不是飲中趣，與我俱無緣。

金覺

覺字宣伯，吴郡人。

湖上偶成用呈耕漁先生

擾擾在塵俗，常抱邱壑心。如何事行役，偶此成幽尋。芳路依渚曲，緑樹緣山陰。遲遲風日暄，時時幽鳥音。俯仰總真趣，焉知戀華簪。歸計良可爲，所患累猶深。

題秀野軒

幽居謝塵喧，啓户瞰平陸。東皋夜來雨，百卉如膏沐。泓泓水浮溪，靄靄雲出谷。雉雊麥風暖，蠶眠柘烟緑。忘形絶衆累，居寵有深辱。揮絃對青山，夕陽見樵牧。

孟頎

頎字明允，吴郡人。

湖口夜泊寫呈良夫尊親

鸂鶒眠沙軟當茵，落潮芳渚露香蘋。燕兒掠水疑留客，柳雪翻風暗送春。山翠入簾寒艇小，雨聲驚夢落花新。來朝雞唱江天白〔一〕，又作匆匆問道人。

〔一〕「來朝」，稿本作「明朝」。

尤存

存字以仁，吴郡人。

龍淵景德禪院分韻得日字

厭劇謝塵喧，酬心趣曠逸。芳辰霽景浮，疎林照旭日。靈飈激虚籟，顥氣還盈溢。卉木雜敷榮，川流何蕩潏。清芬吐芙蓉，蒼筠比如櫛。一作「于織。」幽賞非人間，超忽詣兜率。憩此丈室中，誰云即一作「但」。容膝。髯翁抱沖姿，澹然忘得失。湖日出未高，絢市銀花密。携籃青裙娘，放艇來何聿。

送李紫篔歸澱山草堂

積玉溪頭水拍天，草堂只在澱山前。鳴鳩啼鳥青春裏，古木疎篁落照邊。仙客近傳餐玉法，故人時送買山錢。相逢未盡一杯酒，陸相祠前又發船。

諸葛嵩

嵩字□□，吴郡人。

來鶝軒

清江使者過桃溪，左顧還驚水石迷。緑髮披披逃夜網，玄裳納納帶春泥。鶴歸華表清霄闊，燕入空梁落日低。珍重主人靈物至，舉觴稱壽樂天倪。

范基

基字君本，吴人。居天平山中。

書畫舫得年字

愛君書畫舫，不惜酒杯傳。石鼎烹春雨，篷牕散暝烟。分題當此夕，序齒媿吾年。好事嗟牢落，誰能繼米顛。

可詩齋口占和玉山主人韻

草堂舊歲逢君日〔一〕，正説王師欲渡江。守境無人能借寇，移家容我亦爲厖。關中積粟愁輸輓，海上飛書願乞降。世事如棊憂不得，擁書清夜對寒釭。

〔一〕「君」，稿本作「均」。

徐珪

珪字庭玉，吴人。耕漁子，達左族兄。

詠梅四絶録示良夫賢弟録二。

玉堂月夜偏宜晝，茆舍雪天猶可吟。大抵清高標格在，不因易地改初心。

月下精神猶雅淡，雪中標格轉孤高。屈原不識天然態，可是無心入楚騷。

高元復

元復字□□，東吴人。

送張吴縣之官嘉定分題賦得鱸鄉亭

秋風吹江水，鱸魚寒可罾。江空野亭寂，送客集高朋。銀盤錦鱗粲，玉鱠春雪凝。一杯魯酒罷，千里吴天澂。願似陳文惠，勿同張季鷹。

李伯彰

伯彰字□□，吴郡人。

贈畫師朱叔重

念子高居水屋寬，每將畫圖想衣冠〔一〕。墨池雨潤秋雲濕。海嶽風生玉樹寒。萬里幽微來眼底，百川平遠出毫端。安能脱得塵間鞅，著我扁舟把釣竿。

〔一〕「畫圖」，稿本作「圖畫」。

陸敘

敘字□□，吴人。居北郭。

題深翠軒

緑竹藹餘碧，青松挺寒姿。脩脩蔭華軒，矯矯臨清池。念彼歲月改，節操恒自持。風霜既云歷，雨露亦已滋。孰謂春葩榮，奄然中道衰。貞堅固希偶，獨與静者宜。眷言此棲止，因之厲我爲。

吴淳

淳字伯善，長洲人。讀書敏行，少與兄同居。兄以疾廢，伏枕幾二十年。元季，吴中被兵，家人悉奔潰，淳獨侍兄不去。有操刃入室者，淳負兄倉皇走避。復遇亂兵十餘交刺，淳以身蔽兄，被三十餘創，昏仆於地，兄竟兵死。淳稍蘇，遂入走餘杭山，鬻墨以終。

括蒼洞

五雲深處即蓬萊，巖谷谽谺十洞開。瑶草丹霞連委羽，桃花流水接天台。斗壇月落鸞笙遠，珠館風清鶴駕回。洞裏仙人如有待，春明朝罷早歸來。

沈敬明

敬明字伯熙，吴郡人。

送邵弘道遠游見示

誰控揚州鶴，腰纏十萬錢。飛騰人共羡，牢落獨堪憐。冰雪幽燕道，風雲吴楚天。壯心應未已，惭讀《遠遊》篇。

元詩選癸集目録　癸之庚下

夷靖先生顧權一首……一〇二九
黄原隆一首……一〇二九
文若一首……一〇三〇
尚文子黄文德二首……一〇三一
袁藏用二首……一〇三二
楊士宏二首……一〇三二
萬石五首……一〇三三
清江酒民彭鏞二首……一〇三五
翟份二首……一〇三六
袁鬵三首……一〇三六
郭庸二首……一〇三七
高晉一首……一〇三八
盧昇三首……一〇三八
徐徵士哲五首……一〇三九
唐奎八首……一〇四〇
王楷一首……一〇四二
藏六翁陳讓二首……一〇四二
梁恂二首……一〇四三
謝師善一首……一〇四三
燕敬一首……一〇四四
李簡二首……一〇四四
高文度四首……一〇四五
甫里道人陸繼善四首……一〇四六
顧逵十首……一〇四七
羅元一首……一〇五〇
湯時懋二首……一〇五〇
趙鎮五首……一〇五一
雪篷漫郎陸炯一首……一〇五二

鍾虞五首……一〇五二
陸元泰一首……一〇五三
馬稷一首……一〇五四
張師賢三首……一〇五四
淵默叟余日强三首……一〇五五
嚴恭一首……一〇五六
華孝子翥四首……一〇五七
强隱君珇二首……一〇五八
何恒二首……一〇五九
竹西居士楊謙一首……一〇六〇
北澗生薛穆十首……一〇六〇
譚立禮一首……一〇六二
張以文一首……一〇六二
徐士茂一首……一〇六三
鐵硯生吕恂二首……一〇六三
玄霜公子吕恒二首……一〇六四
彈鋏生馮濬六首……一〇六五
梁天祐一首……一〇六六
朱堂二首……一〇六七
沈震二首……一〇六八
許璞二首……一〇六九
張帘一首……一〇七〇
徐文矩一首……一〇七〇
陶珽一首……一〇七〇
陶定理一首……一〇七一
安敏一首……一〇七一
金愷一首……一〇七二
顧常一首……一〇七二
周衡五首……一〇七三
張體二首……一〇七四
陸麒二首……一〇七五
許椋一首……一〇七六
張洙四首……一〇七六
岳榆十一首……一〇七八

徐惟貞一首……一〇八一
袁章一首……一〇八二
劉天錫一首……一〇八二
應偉一首……一〇八二
秦衡二首……一〇八三
陸顒一首〔一〕……一〇八四
雅安二首……一〇八四
張復初一首……一〇八五
高尚志一首……一〇八五
龔宜一首……一〇八五
錢敏二首……一〇八六
應枋一首……一〇八六
莫孜二首……一〇八七
沈惠心一首……一〇八八
謝嘉二首……一〇八八
楊明一首……一〇八八
陳彦博一首……一〇八九
徐恒一首……一〇八九
董翔鳳一首……一〇九〇
董成三首……一〇九〇
鎦堪五首……一〇九一
竹林處士陳堯道二首……一〇九三
黄魯德十一首……一〇九三
沈廷珪一首……一〇九六
金灝一首……一〇九六
葛嶺真逸范致大五首……一〇九七
高聞禮一首……一〇九九
錢元善一首……一〇九九
華仲庸一首……一一〇〇
林諸生静一首……一一〇〇
董章三首……一一〇一
龔轍一首……一一〇二
王鉉一首……一一〇二
馮恕一首……一一〇三

王濡之六首 …… 一一〇三
陳敬二首 …… 一一〇五
王受益一首〔二〕 …… 一一〇六
王儼一首 …… 一一〇七
胡裕一首 …… 一一〇七
沈懋二首 …… 一一〇七
陳謨二首 …… 一一〇八
邵毅一首 …… 一一〇九
陳睿一首 …… 一一〇九
祕圖隱者鄭彝五首 …… 一一〇九
徐本誠二首 …… 一一一一
張克問四首 …… 一一一一
景星二首 …… 一一一二
魏處士弜七首 …… 一一一三
徐以文三首 …… 一一一五
俞恒二首〔三〕 …… 一一一五
徐則文一首 …… 一一一六
徐士原二首〔四〕 …… 一一一六
王璹八首 …… 一一一七
徐孝基三首 …… 一一一九
李禹鼎二首 …… 一一二〇
許弼一首 …… 一一二〇
阮拱辰三首 …… 一一二一
毛翰二首 …… 一一二二
陳璲一首 …… 一一二三
趙瓛二首 …… 一一二三
菊莊老人李復三首 …… 一一二四
金闕一首 …… 一一二五
邵永二首 …… 一一二六
李文二首 …… 一一二六
梅珪二首 …… 一一二七
周君賓一首 …… 一一二八
毛琰一首 …… 一一二八
林居子金建二首 …… 一一二八

陳德載一首……一一二九
李逸人訥一首……一一三〇
吳元善一首……一一三一
郲堅一首……一一三一
金霖一首……一一三二
鄧伯言一首……一一三二
周崇厚一首……一一三三
王復原一首……一一三三
郭彥章二首〔五〕……一一三四
劉伯俊一首……一一三四
彭敷恂一首……一一三五
古春先生陳煥章二首……一一三五
董本二首……一一三六
程從龍五首……一一三七
陳潤一首……一一三九
江輻一首……一一四〇
鄭基三首……一一四〇
王禋一首……一一四二

〔一〕「顒」，原作「永」，據正文及稿本改。
〔二〕此家目録原闕，據正文補。
〔三〕「俞」，原作「余」，據正文、稿本改。
〔四〕「原」，原作「元」，據正文、稿本改。
〔五〕此家原無，據稿本補。

元詩選癸集

癸之庚下

夷靖先生顧權

權字伯衡，其先婺之蘭谿人。徙居崑山，父達卿，與胡雲峯同里，心敬慕焉。及生權，見其端重岐嶷，銳意教之。稍長，博通羣典，尤究心于《易》。喜哦詩，酌恒頹然自放。中年刻意爲文章，有古作者矩度。遭時多艱，隱居不仕，爲鄉校師。卒年五十。無子，知州偰奚斯爲買地，葬于馬鞍山北麓，殷奎孝章銘其墓。門人私謚曰夷靖先生。

拜石壇

丹邱先生秘閣老，搜抉英靈入幽討。快哉亭上起秋風，錯落天球卧煙草。坡仙與客同醉處，醉墨淋漓灑寒翠。更遺手帖落人間，異跡相符若神會。昔年米芾守無爲，好奇拜石人不嗤。我亦明當拜石丈，高頭復見虎頭癡。

黄原隆

原隆字雲卿，其先世居于具區林屋山。父伯川，始遷崑山。嘗謂原隆曰：「揚州之藪爲具區，其川爲三江，其浸爲五湖，其龎厚融淑之氣，皆環乎林屋之趾。吾嘗隱几而得三者之勝，心甚悦之，得歸葬於彼，無遺恨矣。」伯川葬後，原隆命倪宏繪《林屋佳城圖》，置之壁間，昆陽鄭東爲之記。

題林屋佳城圖

吾親昔葬黄家塢，路入黄泥近上方。冢墓高封如馬鬣，峯巒回抱若牛岡。羨門木拱松雲合，龍穴泉來石髓香。視聽已忘徒眷慕，羹墻有見倍悲傷。先塋繪寫歸圖畫，諸子詞章爲發揚。絶句特書句曲史，長歌倚韻鐵崖楊。遂昌趙郡詩尤古，靈隱雲巖語更長。記著孝思推鄭老，筆傳詩意屬倪郎。南州高士相傳誦，下里諸生亦激昂。歲值辛壬兵革起，會逢百六紀綱亡。西山豺虎相吞啖，東海鯨鯢又陸梁。殷池殺聲秋慘慘，薰天刦火夜煌煌。園池地宅成焦土，父子妻孥各異鄉。神物豈隨桑海變，法書空作玉函藏。雖稱劍化延平内，終賴珠還合浦旁。譚子高情能遠復，名公佳製不淪喪。六年散逸浮萍迹，一旦來歸玩易堂。歷覽故山愁黯黯，載瞻遺像淚浪浪。丁寧子姪宜加護，銘刻心胸孰敢忘。待我明年省邱隴，擬鐫貞石立山陽。

文若〔一〕

文若未詳何許人，詩見柳瑛《中都志》。柳瑛云：「此元人詩，已有『入皇明』之句。帝王之興，豈偶然哉！」按「皇明」二字用班固《西都賦》「散皇明以燭幽」句〔二〕，遂爲新朝之讖〔三〕。

題第一山

汴水東流遶舊京，恢圖妙算入皇明。暫携諸將停歸騎，來看中原第一城。

〔一〕「文若」以下至「嚴恭」三十二家，稿本原在癸之己上之中。

〔二〕「皇明二字」，「二」原作「元」，今據稿本改。

〔三〕「識」，原作「機」，今據稿本改。

尚文子黄文德

文德號尚文子，汴中人，僑居閩之昭武。讀書能文，侍父爲玉山縣教官。適錢洞雲往廬山，道過玉溪，文德贈以詩，并作詩附寄玉山主人。二詩並見《玉山雅集》。

贈錢洞雲

玉峰古洞多白雲，中有學道癯仙人。問言盡日説空有，一朝興入廬山春。香爐峯高虎溪遠，石上秋深長苔蘚。白蓮不老秋月明，萬里浮雲月舒卷。

寄玉山草堂

玄圃仙人吾未識，聞説玉一作「吴」。山種春色。昨夜洞雲天際來，明月空齋坐相憶。自題云：余家汴中，僑居閩之昭武。甫官玉溪，適洞雲錢居士過我，得覩仲瑛揮玉，詞翰兼美，雖未能識荆，有不能忘情者，賦二十八字附卷末，他日洞雲歸谿當出此爲顧君一笑，且以期後會云。

袁藏用

藏用字顯仁，古汴人。

春雨歎

天陰陰，晝多雨。輕薄陌頭花，無數成塵土。明朝蕭颯陰風寒，祇恐摧折青琅玕。山中娥人看相倚，淚濕翠袖時難乾。

贈道士

十二靈鼇戴五峯，道人家住蕊珠宫。蒼龍出匣劍氣紫，朱雀在鼎丹光紅。夜泛星槎游瀚海，早朝天闕步剛風。羨門相遇知名姓，言在東華碧簡中。

楊士弘

士弘字伯謙，襄城人，占籍清江。好學善屬文，尤工吟咏，有得于魏晉，至唐詞人，體製音律之善，取盛唐合作録爲《唐音正始遺響》，虞伯生爲之序，稱其用意精深，辨識度越常情。其自著有《鑒池春草集》。

送傅與礪廣州教授

廣州儒學東南冠，才子文章天下傳。豈但門生加薦豆，定知島户盡輸田。山頭麋鹿過堂下，海上鳳皇鳴日邊。對此題詩應百首，蚤從梅驛寄長箋。

送方瑞釣臺山長

富春江上釣臺高，傍築書堂處俊髦。要爲鄉閭施教化，更因山水暢風騷。虀鹽供養寧嫌薄，朱墨研磨肯憚勞。至日菊花黄滿地，淋漓觴酒任君操。

萬石

石字德躬，豫章人。至正間，與辛敬曠達楊士弘、劉永之、王沂、王佑爲詩友。

退宫人引

駝羢繡帽紅齒頰，素髮微連細紗結。出宫嫁作海商妻，裙腰尚帶河西摺。少年十五二十時，中官教得行步齊。春羅夜剪繡花帖，階前夜舞高麗。寵姬當前翠衿小，便覺中原美人少。金蓮斜抱捧珠龍，玉籠倒挂收香鳥。年年宫中春日長，小車銀瓮蒲萄香。香殿吹簫鳳皇語，一日再宴諸侯王。舞困樓闌過三十，内家別選蛾眉入。雖名輦送半無家，旋賣珠環問親戚。一爲商婦始自憐，十年不見回番船。年多不計教坊曲，時時尋撥相思絃。

題陳希夷像以上二首，潘訒叔作鮮于樞，誤。

花項君王瓦棺冷，柴家陵上西風緊。殿前點檢不知名，醉眼摩挲睨周鼎。白晝龍虎行天街，紫微小星何僭一作「佔」。哉？先生大笑出門去，明日華山歸去來。山色還如舊時好，流水小橋散芳草。千載誰知驢背心，芒碭雲深入孤島〔一〕。汴城峩峩汴水流，江南江北數百州。秦王未已晉王起，人間萬歲更千秋。

棄婦吟

上堂拜姑姑不語，門外上車別鄰里。命輕不敢怨他人，回頭却顧房中女。女子勿啼汝父賢，必不嫁汝狂少邊。丈夫有心只如此，蕩子情多無十年。風吹柳花春日暮，鄰姬送上來時路。父母俱亡門户衰，未到先愁兄嫂怒。歸家明鏡半無光，繡帶雙紅空斷腸。今夜無人看夫壻，雨打梨花孤夢長。

獄中寄何平子

春風緑草徧天涯，恨殺王孫不到家。在晉有人書甲子，避秦無地種桃花。世途多險千金散，心事難平兩鬢華。何日脱身塵網外，好從仙侶學丹砂〔二〕。

桃花渡

江上青青楊柳枝，人家萬竹閉柴扉。春風應候花争發，社雨生寒燕到遲。半樹木蘭依岸緑，一行鸂鶒背人飛。濯纓空憶滄浪思，不及漁郎有釣磯。

〔一〕「芒碭」，原作「芒蕩」，據稿本改。

〔二〕「仙侶」，稿本作「仙家」。

清江酒民彭鏞

鏞字聲之，清江人。少穎敏過人，讀《春秋》通大義，工詩不仕。與同郡楊士弘、劉永之輩結詩社。虞集見而奇之曰：「臨江詩道之盛，他郡莫及。」性嗜酒，晚號清江酒民，又號匏菴道人。所著有《蕙櫋稿》、《列朝詩集》編入乙集，誤也。

送玉笥王道赴京有代祝嶽瀆之行

王子緱山載碧笙，遠隨丹詔覲神京。秩宗祀典虞書在，封禪壇壝漢畤平。玉笥雲連龍虎氣，金陵天近鳳皇城。祝官拜望承恩早，小朵樓西散珮聲。

天寧寺同梁孟敬魯得之校郡志

桃花新雨霽，楊柳曙煙霏。背郭尋松室，披榛過石磯。江波春自艷，汀草暖猶微。禪榻烏皮几，儒冠白紵衣。傾梧欣鳳舉，附驥愧蠅飛。地誌評今古，山經較是非。谷幽鶯尚澀，簾卷燕宜遲。更約黄庭客，仙源采蕨薇。

翟份

份字文中，相臺人。

題倪原道金粟塚燕集圖卷二首

紺宇素秋節，歸雲斂邱隅。商令今始半，涼飈弄虚徐。湛然心跡清，天空明月孤。觴酌金粟冢，騈筵良友于。即事成幽賞，縱暢以游娱。

北山良夜風露零，聯翩綺席開林坰。秋華錦石客愁破，沙月水煙詩夢醒。池面縠紋扶杖看，樹頭竽籟把杯聽。曠達何須論强健，從教荷鍤似劉伶。

袁暠

暠字子明，汝陽人。

可詩齋

玉山何迢迢，池臺隔煙浦。相望伊永懷，於焉得佳聚。清才誰匹儔，高情邁今古。浣花溪上春，夢草池頭雨。緬思江右謝，載念韋曲杜。於以陶性情，橫琴聊自鼓。

漁莊欸歌二首

秋水芙蓉面面開，錦堂低護小蓬萊。夜深莫把珠簾下，恐有青鸞月低來。

玉人花下按涼州，白雁低飛箇箇秋〔一〕。彈撒驪珠三萬斛，當筵博得錦纏頭。

〔一〕「低飛」，稿本作「低回」。

郭庸

庸字彦中，東平人。鋭志經學，善屬文，嘗從楚先生游。作詩有新意，時輩罕及。楊鐵厓賞其《竹枝》，稱爲中州才子。

西湖竹枝詞二首

日落平湖艇子遲，岸花汀草伴人歸。鴛鴦驚散東西去，唯有蜻蜓蛺蝶飛。

流光昨日又今朝，猶憶當年醉六橋。金鵲翠蕤絲在眼，生紅七尺繫郎腰。

高晉

晉字□□，聊城人。

碧梧翠竹堂分韻得草字

蘭堂俯清池，虚楹麗華藻。流雲度高梧，書帶生春草。嘉賓式讌集，幽懷爲傾倒。清歌一徘徊，涼月翠屏小。

盧昇

昇字廷舉，高唐人。

新嫁娘

新婦調羹湯，小姑繡衣裳。新婦不停手，小姑不下牀。新婦語小姑，爾亦不自量。爾年二八餘，寧久阿母旁。請看繡鍼底，文彩雙鴛鴦。春風一朝起，持贈畫眉郎。爾姑别我去，如我事姑嫜。

啄木吟

啄木啄木，穿林簌簌。汝非攫肉，又不啄粟。何獨蠹蟲便爾欲樹枯不復榮，蠹死還再生，汝能食蠹不再生，我湊天子褒汝繡衣使者之嘉名，免使蠹木爲薪蒸。

爲王淡淵真人題登瀛橋

仙翁作橋臨岱宗，木公金母來往同。銀河一夕失烏鵲，白日半空垂紫虹。雲飛每傍石檻過，水流直與丹池通。我嘗曳杖躡其上，髣髴如到滄溟東。

徐徵士哲

哲字延徽，萊州萊陽縣人。性曠達，才氣過人，師南窗謝先生升孫學毛氏《詩》。挾册游吴下，爲可堂左丞、東泉學士所知，遂以茂才薦，授峽州路長楊縣教諭，不就。所著有《齊東野語集》行於時云。

和西湖竹枝詞五首

西湖春草碧芊綿，上有青蚨子母全。夜擣守宫和血色，盡將塗上五銖錢。

紅塵萬丈長安途，碧波三日官亭湖。驛路連天水到海，若比相思一寸無。

盡説西湖好莫愁，不知天上有牽牛。臙拚萬斛臙脂水，瀉向銀河一色秋。

女巫傳神降紫姑，再拜紫姑問狂夫。狂夫只在灤水上，未知一身安樂無。

東家西家牡丹花，妾家海榴紅勝霞。海榴同苞千百子，牡丹無實但妖斜。

唐奎

奎字文昌，晉陽人。

静安八詠

赤烏碑

河水初潤瓠子決，東吴滬瀆復漫泄。重元不見赤烏碑，悵惘波臣心欲折。元龜抃舞蒼龍飛，江頭落日楓林稀。誰云杜公兩石在，安知陵谷千年非。鐵厓評曰：「句語超。」

陳檜

禎明老檜高百尺，十畝蒼寒浸苔石。虬枝偃如東向松，霜皮慘若西來柏。金陵王氣當時誇，落日江村啼亂鴉。璧月滿天清夜静，玉簫吹落後庭花。鐵厓評曰：「一結尤見老手。」

鰕子禪

誰云儼師示化所，餘香未絶天花雨。癡禪狡獪悉共知，嚼碎紅鬚化龍舞。鐵厓評曰：「鰕句有點丹神奇。」癡禪化去鰕亦存，至今法門無盡燈。風雨幾度驚山靈，庭前柏樹猶青青。

講經臺

師遺臺石蒼苔厚，兔葵燕麥生禪肘。鐵厓評曰：「三字奇。」當時公享七十年，石丈人中誰肯首。鐵厓評曰：「善調亦自好。」我來作誌寫長文，可歎昔人諛墓金。自喜文章如謝朓，涅槃重問遠公林。鐵厓評曰：「自高妙不妨。」

滬瀆壘

吴淞江上袁公壘，千年何處尋遺址。石犀半落江水中，秋老蘆花三十里。五百馬塵今尚飛，啾啾赤子將安歸。月明古堞急鼓鼙，孤臣有淚空沾衣。鐵厓評曰：「書生憂國憂民語，有足感動人者，萬古而不磨。」

湧泉

寶積湧泉泉已竭，重元湧泉常汩汩。圓花深泡點波濤，亂撒摩尼走明月。大旱臨泉呼老龍，禱天愁殺桑麻翁。爲翁汲泉作霖雨，小泉一滴飛龍駿。

蘆子渡

耶城東來蘆子渡，萬頃蘆花失江路。明月清秋作雪飛，村中不見將軍墓。只今海内風塵昏，移家來就漁樵倫。處處桑麻有閒地，紛紛桃李傍公門。鐵厓評曰：「亦有感慨。」

緑雲洞

海村古洞雲連霧，洞門春曉松花雨。寒緑風生玉兔房，團光露濕金雞樹。隔林鳥聲無處尋，空堂答響如敲金。緑雲仙人解招隱，我欲避世投冠簪。

王楷

楷字叔正，太原人。

絳雪亭

春去好花都落盡，也憐秋見海棠開。日斜爛醉紅雲底，莫把銀燈照石臺。

藏六翁陳讓

讓字□□，涑水人。自號藏六翁，又號藏六道人。

聽雪齋嘉宴分韻得東字

寒鷗不下暮江空，遊子生涯尚短蓬。歲一作「世」。事暗隨殘雪去，歸心似逐晚潮東。岸巾老鬢從教白，得酒衰顔暫借紅。賴有主人能好客，草堂燈火一宵同。

題所南老子推篷竹圖

雅操端如金鐵，幾度凌霜傲雪。風前畧露煙梢，未許人窺全節。

梁恂

恂字□□，京兆人。

送瞿慧夫上青龍鎮學官二首

闔閭城郭東海近，滄江正爾連吴淞。只消放船七十里，不用通山千百重。學子衣冠皆濟濟，先生事業豈容容。愧余白首成潦倒，春風安得自相從。

公道有真賞，論詩見此人。衰年只遯跡，今月解傷神。浩蕩龍江曉，淹留雁塔春。心期渾未卜，秋夢已頻頻。

謝師善

師善字□□，江左人。

菊山詩

按鄜州遺民劉汶師魯《菊山序》云：黄慶翁世居烏程，地多泉石之勝。晚而愛菊，蕭然靖處，時取陶詩一卷，寘諸左右，微吟抱膝，有東籬見山意。因以菊山自號。方外友若訢公、笑隱之流，咸賦詩以嘉其志。

水精宫裏客，不用住柴桑。溪上曉山碧，籬邊秋菊黄。歲華甘自老，晚節爲誰香。安得淵明酒，看花醉夕陽。

燕敬

敬字叔誼，金陵人。

秋日游凌歊臺

千年霸業水東流，古寺鐘聲落遠洲。臺榭不興歌舞夢，江山空結古今愁。雲開天影蛾眉曉，霜落潮痕采石秋。幾度倍臨惆悵處，一作「登臨倍惆悵」。夕陽依舊渚一作「水」。邊樓。

李簡

簡字士廉，廬陵人，僑居吴之崑山。操守端方，文學優贍，好古尚雅，傍通陰陽家書。與玉山主人相去無一舍，然多居錫山。故其詩不多，《玉山雅集》僅録二首。

次唐本初韻

總道周南多滯留，寥寥杜曲可真遊。駐顔無復青精飯，取醉能踈藥玉舟。獨雁叫雲天拍水，斷鐘送晚月當樓。庚郎此夕懷同賦，一發商聲報答秋。

秋興〔一〕

黄落山川秋氣高，一聲白雁過江皋。西風芳篋收團扇，涼月重簾落剪刀。倦志已孤紅叱撥，牽情何事紫檀槽。吴霜易點青青鬢，莫道當年記得牢。

〔一〕「秋」，原作「人」，據稿本改。

高文度

文度字惟正，蜀人，寓居石湖上。與宋旡、鄭元祐、周南老輩吟詠。所著名《吴山紀實》。

越城橋

古意猶堪弔，南湖不憚遥。闔閭開國地，勾踐進兵橋。城郭高低黍，英靈旦暮潮。蒼茫遺獨立，斜日下漁樵。

石湖寫景

闔閭臺下越來溪，處處西風颺酒旗。翠壁丹梯開短軸，黄花紅葉入新詩。鎔金霜蟹需高價，蘸甲香醪輒滿巵。落日去程驢背穩，短琴雙笈一童隨。

魚城

谷變陵遷自古今，耕人指點説魚城。緑波已涸無鷗鷺，禾黍離離高下生。

越來溪

黄池盟會井蛙尊，同列諸侯氣已吞。忽報鄰兵擣空穴，已隨溪水入吴門。

甫里道人陸繼善

繼善字繼之，長洲人。甫里先生之裔也。讀書隱德，有志於學道，鄉里稱爲善人。

題趙榮禄水村圖

青山迷遠近，蕭條古郊墟。側徑深且窈，中有幽人居。短籬門半掩，竹樹相扶疎。平疇涵白波，淺渚漲緑蕪。何人泛扁舟，似欲相招呼。誰令破幽寂，驚鴻起寒蘆。此意胡可言，會心寫成圖。撫卷空歎賞，悠悠水雲孤。

題雲林生秋林野興圖

晻靄生清暉，空冥照秋影。遐眺修亭虛，一覽心已領。

和西湖竹枝詞

手種宜男寄去時，花開灼灼葉離離。芳心不似蘼蕪草，一任春風爛熳吹。

題倪元鎮山郭幽居圖

十年不過江湖楫，木葉蕭蕭鬢影秋。忽憶滿川風雨夕，雲林岸口獨維舟。

顧逵

逵一名達，字周道，吴人。善畫山水人物，兼能寫貌。

金粟影

密蕊碎凝蠟，纖枝重布陰。雨花天女散，月殿素娥臨。流雲度綺席，零露下珠林。虎頭癡更絶，倚一作「俯」。檻自清吟。

澹香亭

玉樹浮春暖，輕風扇夕清。霏微通繡幕，窈窕倚朱楹。酒壓霞光瀲，衣承雪色明。徘徊顧林影，華月又東生。

春草池

浮颸偃蘭薄，飛煙生水漣。紅沾雨花濕，翠侵一作「積」。衣桁鮮。一作「懸」。翡翠一作「烏雀」。晚迷徑，蜻蜓酣倚船。援筆攄藻思，臨流懷惠連。

緑波亭

碧色漲春雲，圓文生暮雨。稍停楊柳岸，一作「緑」。已没鵁鶄一作「蒹葭」。渚。錦鱗一作「鯈魚」。唼萍游，蘭櫂隔煙語。曲闌倚東風，懷人渺南浦。

小游仙

扶桑西枝近，神山在股分。丹光動寥廓，霞彩散氤氲。霓旌降緱母，火棗受元君。月明金磬響，稽首誦玄文。

碧梧翠竹堂

玉山之堂絶蕭爽，梧竹滿庭深且幽。出簷百尺擁高蓋，覆地六月生清秋。玉繩挂樹月皎皎，翠袖起舞風颼颼。石牀筆華亂如雨，仙佩夜過鏘鳴球。

再題

山風墮涼氣，檐月隱波文。翔鷺迴秋夜，游龍上春雲。晏景清有容，天空静無紋。此中遺塵思，飄飄隨鶴羣。

浣花館

密葉晝沉影，落英春洗香。白雪紛渚亂，錦雲緣岸長。尋津迷去路，懷人贈遺芳。元洲諒匪遠，樓臺煙霧藏。

柳塘春

垂絲拂波迴，沉影帶雲流。鶯啼渚煙净，燕飛簾雨收。萍間雙槳蕩，花浮羣鯉游。東風約朝暖，晞髮面輕鷗。

漁莊

洲迴集芳氣，流水蕩晴暉。西風横笛坐，明月櫂船歸。緣渚葭菼靡，近人鷗鷺飛。緬懷浮家去，薄暮情依依。

羅元

元字□□，吴郡人。

題梁待詔右軍詩扇圖

合作從來出偶然，蒲葵遺蹟恨無傳。祇今尺素開圖畫，猶是衣冠識晉賢。

湯時懋

時懋字□□，吴下人。

題梁待詔右軍詩扇圖

蕺母手持扇，邂逅成技癢。五字妙入神，百錢起貪想。妄求笑無知，競買遇真賞。畫圖挹清風，千載一俛仰。

題龔聖與中山出遊圖

月黑山空聚嘯聲，搜神志怪寫狰獰。老馗疾惡風霜面，泉壤千年不隔生。

趙鎮

鎮字元鼎，號寄軒，吴人。

題黄大癡畫

井西道人開畫卷，匡廬九叠錦爲屏。陰厓老樹長人立，絶磴懸蘿雨脚青。古洞雲深龍正卧，野亭春曉客曾經〔一〕。憑誰唤醒游仙夢，子晉巢笙帶月聽。

題淵明像

託詠荆軻恨未消，解官却赴遠公招。至今三月門前柳，猶向東風懶折腰。

徐醉墨小景二首

濃淡煙雲帶石林，藤花如雪草堂深。只疑龍井山頭雨，飛過西湖作晚陰。

瓜皮艇子釣魚翁，烏桕根邊寄短篷。落葉不知深幾許，吴淞江上問秋風。

題玉環調鸚鵡圖

畫闌花暖露初乾，妃子春容白玉團。含笑從容調鸚鵡，不知胡馬入長安。

〔一〕「春晚」，稿本作「春晚」。

雪篷漫郎陸炯

炯字晦叔，號雪篷漫郎。吴下人。

送鄭德和檢討之融水縣尹

清朝才士多如雨，之子聲華重講筵。天上玉堂辭聖主，嶺南花縣得英賢。蠻煙秋暗桄榔洞，瘴雨春深茉莉田。莫道衡陽無過雁，好題書寄五雲邊。

鍾虞

虞字安期。吴江人。

題破窗風雨圖

一室蕭然誰與同，清如獨鶴寄樊籠。詩成春草池塘上，夢繞玉堂雲霧中。花氣每隨嵐氣入，書聲時與竹聲通。從容更覓新晴好，卧看東林日影紅。

送梁子才還宣城二首

粤王城下水潺湲，照盡行人鬢影斑。日暮登臨倍酸楚，直疑身在木瓜山。

荔枝樹下三年客，識得王家十八娘。恨殺釣龍臺下水，送君先去斷人腸。

春雨雜興次韻二首

誰向春風吹洞簫，蕩舟女子畫雙橈。不愁沾濕鴉頭韈，愁殺螺江兩度潮。

別院笙歌深復深，美人何處寫琴心。尋芳休怯春泥滑，明日池塘長緑陰。

陸元泰

元泰字長卿，吴之崑山人。先世宋進士，以貲雄一邑，至長卿，不求顯達而專志書史，家聲不墜焉。

和西湖竹枝詞

桃花衖口春水波，梅花墓下竹枝歌。桃花開處春光老，梅花開處月明多。

馬稷

稷字民立，吴郡人。不經師授而能吟詠，詩輕俊頗有勝韻，雖居賈販，而獨能脱去其習者也。

西湖竹枝詞

與郎別久夢想思〔一〕，不作西湖蝴蝶飛。化作春深鶗鴂鳥，一聲聲是勸郎歸。

〔一〕「想思」，稿本作「相思」。

張師賢

師賢字希顔，崑山人。博雅善談論，喜作樂府。好古物圖畫，雜列左右，人間欲得之者，即便持去，毋所顧習。好事以詩文會者，非希顔與，則若八音之缺金石。凡四方士大夫過婁東，必造其居，名所居室曰芝蘭。

送于彦成歸越次郯九成韻

江南歲云暮，仙客泛歸舟。交態浮雲變，離懷逐水流。雪空横獨鶴，沙際渺羣鷗。劍佩山陰道，知君獨重游。

次郭義仲韻簡玉山主人

故人一隔紅雲島，相見銀屏七夕前。花近小山當鶴户，溪迴疎柳覆書船。參差清吹流星漢，饔飧文彝散玉煙。更擬此君亭子上，醉欹烏帽集羣賢。

和西湖竹枝詞

孤山脚下路三叉，孤山墓上好梅花。不似馬塍桃李樹，隨春供送别人家。

淵默叟余日强

日强字伯莊，其先古田人。父與可，號藍溪先生。爲武夷書院山長，來居崑山。日强奉母以孝聞，有隱操，周流經史，號博雅。一日，以和楊鐵厓詩來見玉山主人，其所學雲升川增，不覺驚歎。晚稱淵默叟。所著有《尚書補注》、《淵默叟集》。

奉同鐵遂相公賦王粲登樓圖

建安文章應劉陳，通悦亦有王公孫。長安西行白日匿，漢陽人依劉俊君。漢陽偷安無遠畧，王孫坐覺荆州窄。英雄固當擇所歸，作掾終慚座上客。北風蕭蕭吹素心，北望杳隔荆山岑。魏官牽車出關遠，銅華蝕風驚春深。秋來滿眼生禾黍，江山重感非吾土。憑軒作賦抑何心，猶是黄初非典午。君不見當時奴視寶履翁，矯矯文舉真如龍。

四韻奉答大章貢士見寄

臘日放船歸泖上，滄灣遲子眇愁余。河東有賦煩傳送，此月無冰又可書。老鐵一經能取紫，庾郎三韭豈忘魚。明歲門生求座主，相看喜色動皇居。

上鐵厓先生

楊子十年官不調，才高白首尚爲郎。因觀禹跡多留越，爲愛西湖又入杭。仕宦豈無三語掾，風流誰似四明狂。水南山北題詩遍，猶憶吴中錦繡坊。

嚴恭

恭字景安，吴之練川人。累世仕宦，才性雅淡。築室海上，號惜寸陰齋，日以琴書自適。其游戲翰墨，則餘事也。

西湖竹枝詞

湖中女兒不解愁，三三蕩槳百花洲。貪看花間雙蛺蝶，不知飛上玉搔頭。

華孝子翥

翥字伯翔，吴興人，居吴江。好古力學。有聲士林。性至孝，母疾，禱北辰而愈。及母没，翥猶持律甚嚴，履舄不悖北。每齋日，精潔整肅，百拜稽顙，至夜分乃罷。至正辛丑夏四月丁未朔，與客抵僧宗舍。宗爲黍飯之，將殺雞，翥以齋禁辭，弗聽，刀忽墮地折爲三，乃止弗殺。衆駭其事，咸賦詩紀之，富春吴復序之如此。

玉山草堂

我愛玉山之草堂，清秋樹色正蒼蒼。虎頭癡絶清真癖，賀監歸來老更狂。傍席好花迎珮落，當門立鶴過人長。何時月下將簫管，醉倚闌干學鳳凰。

以玉山亭館分題得玉山佳處

我聞玉山最佳處，翠竹高梧夾行路。陰陰石洞響流泉，歷歷青山隔春霧。草堂窈窕煙水西，楊柳漠漠鳴黄鸝。花間委珮仙客集，水上清唱漁舟迷。巖頭桂子飄金屑，石上芝雲白於雪。何曾夢入小遊仙，長夜持竿釣明月。玉堂學士天上來，相逢一笑華筵開。千鍾緑酒金莖瀉，五色新詩雲錦裁。美人高歌醉擊筑，下塘送客燒銀燭。明朝回首望仙槎，月出金盤照華屋。

垂虹橋二首

神鞭赭血驅雲根，千載截斷波濤奔。老龍渴飲滄海水，白虹界破青天痕。東西日月自吞吐，今古風烝殊澆渾。紅塵往來人滾滾，一樽誰酹三高魂。

何人拔起蒼山根，挾來壓住江流奔。二三百尺斷虹影，六十二灣新月痕。玉欄雨過翠苔滑，石洞舟行清水渾。幾欲臨風又題柱，恐驚司馬未招魂。

强隱君珇

珇字彦栗。平江嘉定州人。輕財重義，工爲詩章。早游京國，至正末，歸居學宫之旁。辟常熟州判官，不就。日與同里張天永長年、秦昺文剛及錢唐陸公亮結詩酒之社。家有嘉樹堂、文會軒，與阮孝思維則交善，並有詩名。

寄張長年

長洲苑下老參軍，古練溪頭舊隱君。諸葛有才能用武〔一〕，陶潛愛酒爲論文。城空花柳春多雨，海近蛟鼉晝吐雲。幾夜相思眠不得，滿階凉月白紛紛。

西湖竹枝詞

湖上女兒學琵琶，滿頭都插鬧粧花。自從彈得陽關曲，只在湖船不在家。

〔一〕「才」，稿本作「方」。

何恒

恒字□□，練川人。

送張德常之松江府判官

雲間判府拜新除，亂後衣冠喜用儒。一派清流出大壑，九苞丹鳳下蒼梧。江鱸白嫩供秋饌，海米紅尖迫夜租〔一〕。亦欲亭前聽鳴鶴，五華清夢可能無。

題破牕風雨圖

一室蕭然四壁空，客懷況復雨兼風。濕沾衣服愁仍重，清到肌膚句轉工。知命肯隨時變化，甘貧宜爲道汙隆。夜深尚對羲皇易，應怪寒燈不耐紅。

〔一〕「海米」，原作「海水」，據稿本改。

竹西居士楊謙

謙號平山，别號竹西居士，又號清溪道士，松江人。世居赤松溪上，讀書不仕。王繹寫其像，倪瓚爲布樹石，而諸名士題詠之。嘗築小樓，登眺海中大小金山，題曰不礙雲山樓，楊維楨、貝瓊俱有歌詠。元季東南士君子，竹西而外，如雲西、雲林、玉山、耕漁諸公，俱不樂仕進，而多海内高人勝士之交，尊酒聲伎，唱酬無虚日，蓋法網寬而物力厚，是以游衍自如。李日華云：元時田賦三十税一，故野處者，得以貲雄，而樂其志如此。

湘竹龍

鳳去臺空秋夢寒，紫鸞聲斷玉闌干。此君曾惹湘妃怨，淚雨千年尚不乾。

北澗生薛穆

穆字公遠，吴淞人。自號北澗生。

謝良夫見訪

故人山中來，訪我吴淞里。一舸載圖書，飄摇泝煙水。扣户蘆花菴，相見心爲喜。顧我寥閴濱，何爲得之子。懽笑坐西齋，殷勤具雞黍。人生貴良會，良會信能幾。有酒胡不飲，不飲非知己。矧彼黄金花，燦燦照烏几。秋容既爾佳，一醉寧堪止。昨見行道人，今爲墓中鬼。顧看舊游地，强半没荆杞。此固理所常，曷足增嗟喟。落日垂虹亭，高歌且同倚。乾坤浮浩蕩，萬象入睥睨。緬想三高人，遺風使興起。

山居寫興寄良夫

萬山深處得幽棲，四遶岡巒起復低。野鹿每當花徑歇，嶺猨常近竹窗啼。閒來采藥行深壑，酒醒剩泉就北溪。爲語故人徐有道，祇應無夢聽朝雞。

題秀野軒圖二首

琅玕芝草繞軒幽，日静簾垂不上鈎。憶得翫游聯玉麈，仍同騎鶴赴玄洲。

朵朵峯巒擁翠鬟，桐陰多處地尤慳。居人一覽鍾神秀，霽月光風詠嘯間。

吹韻雨公溥六絶

楊柳花莹斷送春，小窗寥落偃空尊。唯思瀹茗從君話，竹裏躬尋扣蓽門。

鳥悲花褪幾番春，不覺興懷淚滿巾。止酒政憐彭澤令，窮吟還憶杜陵人。

共君携手話河梁，惜别那禁道路長。踏曉山南望山北，曈曈初日爛扶桑。

道人何在隔山梁，屋裏摩尼更夜光。有約不來空悵怏，一詩先倩鶴奴將。

長谷深村水竹幽，瘦笻芒屩遍追遊。從教山鳥啼春去，秖是閑人不解愁。
懊惱春光百恨增，小樓風雨不堪聽。曉來恰喜雲初霽，又早緑陰生滿庭。

譚立禮

立禮字□□，號敬齋，雲間人。

湘竹龍謡

吾聞楚山插天青劖秋，中有湘靈萬古之閒愁。淚紅灑向石間竹，至今斕斒痕不收。玉質玄章土花澀，月斧斵出神虯骨。苦心空抱歲寒姿，好事却作君家物。竅涵冰雪奇復奇，秋林醉倚天風吹。一聲悲歘山鬼泣，截弄激烈江雲披。秦臺仙去遺音杳，官徵含情知者少。草玄夫子錫瓌辭，許與鐵龍通譜調。祇今九重天遠風塵多，鳳子不來將奈何！錦囊珍祕勿輕出，蜿蜒變化去隨費家之杖陶家梭。

張以文

以文字□□，雲間人。

秋懷

草閣柴扉抱鶴汀，石田老圃事躬耕。函關望氣青牛駕，秦塞書功白馬盟。漢主山河千古在，伍王潮汐幾時平。坐看落日楓林晚，厭聽江城鼓角聲。

徐士茂

士茂字□□，雲間人。

送張德常之松江府判官

喜聞張別駕，聽鶴到華亭。屢試匡時策，猶傳教子經。篆香凝燕寢，書舫泊鷗汀。遥憶題詩處，青山繞郡廳。

鐵硯生吕恂

恂字德厚，華亭人。自號鐵硯生，名其居曰鐵硯齋。

湖光山色樓

水光山色樓千尺，老子於中興最多。手板時看雲氣好，吹簫無奈月明何。鳳池上客陽春曲，鐵笛仙人小海歌。二月玉山花正好，夢隨春水白鷗波。

謹次草玄臺高韻一首呈鐵厓師席尊先生侍史

校書不向麒麟閣，射策常登龍虎臺。窈窕舞看瓊樹長，參差吹徹碧桃開。詩題錦字門生得，酒載銀罌坐客來。細柳將軍頻按劍，豈如霸上戲嬰孩。

玄霜公子呂恒

恒字德常，璜溪人。家有月臺，名曰玄霜，楊鐵厓賦《素雲引》贈之，稱爲玄霜公子。

簡玉山人

玉山佳處玉人居，聞道方壺一事無。萬個琅玕巢翡翠，千年琪樹倚珊瑚。瑶臺酒醉金莖露，珠閣香燒鵲尾爐。何日來看金粟影，月明花逕倩人扶。

奉和草玄臺詩

漢家將軍開玉帳，成都司馬築琴臺。千山龍氣卷舒盡，三月鶯花次第開。玉堂學士今日見，金籍仙人再世來。夜讀《黄庭》求秘訣，華芝五色學桃孩。

彈鋏生馮濬

濬字以默，華亭人。爲詩清俊，見《玉山名勝集》。又賴良《大雅集》淵如名以默，自號彈鋏生。

雲山樓爲楊竹西賦

絶海高樓吴下聞，金山秦山春日曛。仙人玉笙下紫鳳，神女螺鬟洗白雲。金碧芙蓉開錦繡，蛟螭煙霧濕秋文。上頭三月東風急，點點飛花入舞裙。

秋日登樓感興

秋滿江頭四面開，樓頭風緊鶴飛回。天空西北峯巒繞，日落東南鼓角哀。紫蓋黄旗歸象緯，越羅楚練照輿臺。憑軒無限凄凉意，數問平安信使來。

玉山草堂

玉山草堂玉山裏，銀浦流雲護石矼〔一〕。粉垣緑竹高千尺，秋水白鳧飛一雙。小桃源近長洲苑，百花潭如濯錦江。亭臺莫許浪題品，玉堂學士筆如杠。

湖光山色樓

仙人樓閣禁城東，近水憑虚對雪峯。香篆寶爐金鵲尾，酒行仙掌玉芙蓉。湖波西下寒仍緑，山色春來晚更濃。愧似登高能賦客，懸知百尺卧元龍。

漁莊

片玉山裏碧雲關，背郭漁莊寄柳灣。細雨長竿拂東海，桃花流水出人間。黿鼉窟宅風潭静，雞犬瀛洲日月閑。公子臨淵無所羡，鈎簾落照看青山。

墨梅

一枝竹外夢春酣，零落綃裳舞翠嵐。天淡水平山月小，有人吹笛過江南。

〔一〕「矼」，原作「虹」，據稿本改。

梁天祐

天祐字祐之，華亭人。

乙未歲遺懷

四十今年是，亂離生百憂。身居南海上，家在北山頭。對酒心先醉，看花淚欲流。時危賴支遁，禪榻重淹留。

朱堂

堂字肯堂，號愚子，華亭人。

聾婢辭

山翁有老婢，凶歲家窮婆。十千質之歸，用以司晨炊。醜惡固不論，病聵殊非宜。指揮失西東，百喚不一知。主母大叫呶，焉用癡婢爲。回頭謝母翁，聽婢前致辭。婢也病不聰，婢也誠非癡。世情惡察察，偏聽生姦欺。郗生入幕賓，卧吐王允之。紛紛墻壁間，入耳干人私。殷牀驚螘鬭，渡水笑狐疑。作勞暮夜鳴，鼪鼬左右規。凡此非婢病，婢病良可醫。奔趨及語言，所恨見事遲。口目且順從，手足可運持。幸毋怵迫驅，假以寬緩期。猶堪備汛掃，或可貸鞭笞。况在蒙莊書，亦聞老聃師。五音令耳聾，六鑿使性移。不癡亦不聾，聚室能無疵。有耳未足喜，無耳未足悲。此疾何足卹，此理端可推。翁母聞婢言，失笑幾解頤。勿輕聾婢癡，勿謂聾婢奇。明年社日來，乞酒謂爾治。

湘竹龍歌爲杜彦清賦

秦娥韰瓊渺仙海，主家臺榭悲風在。人間比竹空復情，落落遺音幾千載。城南杜老清更奇，并刀截得瀟湘枝。鉛霜黲黯削玄玉，啼雨駮犖流紅脂。鑿渾沌，斂參差。黄鶴樓頭叫明月，洞庭波翻山石裂。洗空七十二朵蒼梧雲，掀舞羣龍辟易水底鮫人穴。我疑此君無此清，墮髯蜕骨遺其形。不寧神物爲爾驚，聲氣翕合滄溟精，鐵仙兩虬喑啞不敢争先鳴，獨呼道人一室雲卧松間聽。烏乎！箾韶響絶虞廷雅，老余豈是知音者。鳳儀鳳儀何不來〔一〕，曲罷看雲淚如寫。

〔一〕「鳳儀鳳儀」，原作「鳳儀鳳」，據稿本補。

沈震

震字伯修，華亭人。

懷鐵厓先生

烽火南歸鬢未華，草玄亭在水東家。緑篔新長參差玉，璚樹能開頃刻花。坐按小娃歌白苧，醉呼稚子整烏紗。麟洲别業清無暑，翠盎時浮五色瓜。

題春暉堂

萱草花開滿北堂，繡簾垂地護清香。晨羞進饌小鱗美，夏扇迎風暑簟凉。燁燁春暉生寸草，澄澄碧月霽孤光。瑶池宴罷蟠桃熟，白玉壺中日月長。

許璞

璞字叔瑛，華亭人。

九日有感

世事驚心節又催，短衣破帽立荒臺。斜陽木落烏争噪，絶塞雲深雁欲來。十載江湖蓬鬢改，幾家籬落菊花開。平原白骨知無數，誰向西風酹一杯。

次成元章韻

海内風塵十載過，暮年漂泊奈愁何！讀書避地衡門小，拔劍成功甲第多。魏闕又聞來白馬，唐家還復獻金鵝。野人翹首雲林下，擬讀昌黎《石鼓歌》。

張帘

帘字□□，海上人。

次韻謹呈鐵崖尊先生

愛此江上草玄閣，豈無燕北黄金臺。閒看寶劍星河動，怒吼鐵龍煙霞開。九點山青雲外見，一簾桂影月中看。仰天大笑起狂舞，只欲忘年作戲孩。

徐文矩

文矩字□□，延陵人。

送張吴縣之官嘉定分題賦得百花洲

春花迷繡幄，春水漾金鳧。照影和明月，流香過石湖。錦帆應不見，沙鳥自相呼。感舊復傷别，愁傾雙玉壺。

陶珽

珽字廷玉，毗陵人。

題董泰初長江偉觀圖

金集山下昔曾過，聞道如今事已訛。澤國風高叫鴻雁，海門潮落吼鯨鼉。紫簫聲斷人何在，黄鶴樓空恨最多。誰寫遺蹤畫圖裏，令人搔首發長歌。

陶定理

定理字元康，延陵人。

題董泰初長江偉觀圖

浩浩長江勝槩雄，畫圖形勢記餘蹤。中流荆楚餘千里，對峙金焦插兩峯。天際水光浮日月，山連雲氣擁虬龍。壯游猶憶揚州夢，潮落西津聽晚鐘。

安敏

敏字□□，毘陵人。

贈畫師朱叔重

秋風蕭蕭吹短髮，十年東游作行客。青山茫茫幾千里，飽看自能志拄笏。欲求負郭二頃田，誅茆且待終山澤。歸來一身倦行役，俯仰城市殊逼仄。胸中愛山那可忘，每抱幽思記行跡。婁江朱君名畫者，爲我丹青時一寫。眼前態狀寫奇特，似導西林獨歸馬。參差遠樹生鬱蔥，鳥道幽分入平野。九川壯氣凌太空，中有飛龍逐雲下。筆端磊落皆宛然，六法縱横遍瀟灑。江南三月春雨多，桃花水暖揚微波。買舟載酒不歸去，湖邊醉倒逢狂歌。畫圖咫尺勝如許，抱琴坐對長吟哦。只今烽火苦未息，況聞南北徒干戈。不妨歸計養朝夕，一邱一壑終如何。

金愷

愷字□□，延陵人。

題深翠軒

郭外一軒幽，簾櫳翠欲流。松陰濃蔽午，竹色净宜秋。入座怡情趣，憑欄豁遠眸。此中棲息穩，積學踵前修。

顧常

常字□□，無錫人。

送張吴縣之官嘉定分題賦得夫椒山

夫椒洞庭野，積翠窅冥間。水倒青蓮影，雲梳玉女鬟。迴峯驅越騎，挂月照吴關。今古皆陳蹟，傷離慘別顔。

周衡

衡字士平，梁溪人。錢宗伯謙益《列朝詩集》云：「衡字世衡，吴人。」未知何據〔一〕。

奉寄良夫先生

預章有高士，南國誰能羣。黨議方激争，恬然事耕耘。出處人莫測，舒卷如秋雲。當時陳蕃榻，高懸待徐君。至今青史上，風節掩奇勳。鳳皇一去後，千載杳莫聞。宗孫復蕭散，繼跡滄江濆。雍雍尚古道，耿耿揚先芬。迥出澆漓世，良足匡斯文。我來因避喧，冀沾蘭茝薰。自顧非妙質，空煩運風斤。豈惟不棄瑕，泉石乃見分。悠然魚得水，何以酬殷勤。視彼薄俗交，利口徒紛紜。

客中九日呈良夫先生

踈踈冷雨濕重陽，遥對青山舉一觴。白髮又饒今日醉，黄花仍送去年香。只宜覓句酬秋意，莫作登高望故鄉。不有幽人相慰藉，客中那得散凄凉。

秀野軒

背郭幽居如畫裏，斷林春水緑迴環。樹連煙外啼猿寺，門對湖中過雨山。送客馬嘶清蔭去，鈎簾鳥度亂花還。十年奔走風塵際，肯借凭闌一日閑。

洞庭秋月圖爲范嗣立賦

昔年曾泛洞庭船，湖上高樓倚翠烟。萬頃碧波秋瀲灧，一天明月玉嬋娟。冥冥楚樹猿聲寂，肅肅湘雲雁影聯。憶自别來今幾載，畫圖風物尚依然。

憶賞菊吟呈静趣先生

雨牕閑憶舊吟詩，静趣軒中賞菊時。滿座清香浮太白，拂簾佳色醉西施。年光冉冉嗟余老，人事紛紛樂者誰。聞説牀頭新釀熟，不妨重約會東籬。

〔一〕「錢宗伯」至「未知何據」一段原無，據稿本補。

張體

體字孟膚，江陰人。善書法，兼備衆體，遂昌鄭元祐爲賦《書苑叢歌》贈之。嘗爲楊鐵厓臨石經數紙，深造中郎運筆之妙，鐵厓喜而作《隸古歌》以贈，用繼遂昌歌尾。

送張吴縣之官嘉定分題賦得琴臺

靈巖鬱嵯峨，上有古琴臺。天光瀉石面，月色流翠苔。冥冥煙鶴唳，渺渺松風哀。髣髴清商奏，仙人騎鳳來。雲旌卷絶壁，祖帳行瓊杯。願言宓子賤，去邑更徘徊。

與客游虎邱

古木寒泉也自奇，清秋風景不勝悲。四邊山色圍禪坐，一道天光落劍池。石上曾留顔魯跡，壁間摹刻鬼仙詩。兹游得奉諸才彦，日没靈巖興未移。

陸麒

麒字元祥，江陰人。

題倪原道金粟冢燕集圖卷

榜舟北山下，始得北山遊。靈雨霽秋景，石林氣蕭飀。休暇集諸彦，令節當中秋。逸哉玉山人，曠達誰云儔。張筵金粟冢，桂樹天香浮。座客嵇阮輩，文采珊瑚鈎。談諧繼清夜，把酒月當頭。月色既浩浩，我懷亦悠悠。良會愜冲賞，盡醉復奚憂。

書畫舫餞謝子蘭分韻得日字

南北兵戈猶未息，東吴甲第俱蕭瑟。辟疆園中書畫船，玉躞金題映緗帙。波光摇座碧縈迴，山色入簾青崒嵂。毘陵先生江上來，文采風流飽經術。自言喪亂離故園，浮家湖海居無室。只今又向江東住，告别匆匆情愈密。主人展席臨清流，賓客文章皆俊逸。分題行酒歌驪駒，共看驚坐揮椽筆。相逢我亦淪落人，此别天涯更慘慄。大江水落西風高，布帆東飛如鳥疾。何時同作還鄉民，鼓腹謳歌太平日。

許椋

椋字有常，江陰人。

和趙女謝世韻

天地風塵連水國，九天月露滿瓊樓。青鸞背穩星河近，先從西池阿母遊。

張洙

洙字宗魯，江陰人。王逢之友。

辛丑十一月望日藻仲宗弟率諸生抱琴見枉草堂藻仲偶得風雨抱琴良不惡之句余愛其深得興體因足成唐律二首

風雨抱琴良不惡，連牀不盡故人情〔一〕。書狂屢遣供佳札，飲少惟愁鬬巨觥。夜月忽於梅寫影，寒雲不礙雁流聲。看君却憶誰相似，飯顆山頭太瘦生。

風雨抱琴良不惡，草堂清酌更相宜。故交屈指無多矣，後進如公少有之。三謝詩名終可到，二王法筆已難追〔二〕。寒齋迨夜相思切，曾折江梅寄一枝。

題王叔明南村草堂圖

南村老人清且臞，閉户十年工著書。諸生解問揚雄字，使者空求顔闔居。推窻山在夕陽野，埽徑柳垂春水渠。卜隣若得遂一作「從」。吾願，日日抱琴無日虚。

和戍婦陳聞雁有感

青蘋風起别鴻生，寒盡春來不寄聲。多少離羣歸欲盡，天涯抛棄獨何情。

〔一〕「不」，稿本作「尤」。

〔二〕「法筆」，稿本作「筆法」；「難」，稿本作「能」。

岳榆

榆字季堅，義興人。

芝雲堂嘉宴

玉山九月霜未寒，珊瑚碧樹青琅玕。紅蠟光摇絳綃幙，銅龍露滴真珠盤。高堂置酒宴賓客，侃侃子弟咸衣冠。有仲字淵伯氏翼，起舞爲壽承君歡。伯也執彎力如虎，去年斫賊婁江干。仲也歸來有父蔭，萬里漕粟輕波瀾。赤符碧盌相照映，青絲紫馬雙金鞍。舉觴逡巡次第起，翠香暖影紅團欒。座中賓客誰最舊，舊者在前新者後。笑談氣岸干斗牛，揮毫落紙龍蛇走。森森子弟盡賢才，大貝南金耀瓊玖。紫檀之槽玉奴手，雲和妙曲璚英口。人生至此樂無有，主人勸客客長壽。主人亦盡杯中酒，歲歲年年康且久。

至正戊戌四月余自虎林抵吴城遂挐舟造玉山草堂以慰契闊留五日余不别而往與王叔明張禹錫同寓山寺泰來峯樓居玉山主人與袁子英適與相遇同飲清真觀竹池西軒玉山謂兵甲蝟集朋友星散會合誠難期再過草堂少爲行樂而科役遽興愁歎百出叔明亦謂艱難之際交游之情正宜相勞玉山别後二日即同載如約玉山置酒梧竹間飲散於芝雲堂前復坐池上書畫舫中翫月啜茶同坐者袁子英盧公武范君本余念出處蹇屯離合不偶援筆賦詩以簡同志并賦云

喧息波澄月一規，醉闌賓客坐眠遲。盍簪各遂三生願，避地惟求四海知。愧我聰明非曩日，喜君癡絶似當時。舊交尚有袁盧輩，徙倚園亭共賦詩。

春暉樓分韻得藥字

張筵池上樓，屬詠階前藥。翠雨帶烟濃，紅雲倚風弱。睠兹廣陵情，慨彼溱洧謔。媚景當一酬，洗琖須更酌。

可詩齋分韻得嘉字

凉飈吹雨來，浥我黄菊華。粲彼花前姝，灼灼顔如霞。味登酒既旨，腥獻肴已嘉。滌場舍之北，弋雁湖之涯。再歌少陵詩，把酒言桑麻。

碧梧翠竹堂分韻得重字

桂花開過菊花濃，酣宴高堂酒百鐘。帷帳覆筵香籍籍，樓臺臨水影重重。艱時會合人希有，籌令傳呼曲屢終。明日登高須載約，只愁風雨阻行蹤。

湖光山色樓

複道透迤接井幹，綺疏面面瞰湖山。涵光直上虚無底，爽氣遥生縹緲間。鷗鷺忘機閑可狎，牛羊及暮自知還。欲從范蠡凌風去，卧看煙鬟十二彎。

柳塘春

三月風柔雨霽初，芳塘流水碧珊瑚。欲維畫舫絲猶弱，稍撲湘簾絮已無。微影揚波驚鯉隊，新陰分色映鵝雛。調箏莫按陽關曲，時到藏雅興未孤。

漁莊欸歌二首

文竿比目出清波，翠袖香醪金叵羅。凉水團團當檻白，秋花冉冉隔簾多。

黄華丹樹遶漁莊，錦瑟秋風子夜長。驚起水禽棲不定，背人飛去不成行。

破窗風雨歌爲劉性初先生賦

我昔家住蓬山陽，有田五頃八百桑。撼風吹籟棟宇闐，玉兔旋繞金烏翔。有時天遺萬銀燭，坐嘘雲靄沾洪荒。澄空萬里思杳杳，高山一水聲琅琅。豎兒曼倩稱東方，偷桃近離仙子旁。詼諧不了世間事，指我蘧廬名破窗。涓涓穿牖七星海，巨潮駕屋錢唐江。彈樓大士遽失色，算沙童子安能量。到今紀載不知數，此窗破矣誰行藏。君不見鵕鸃麒麟擁圖畫，阿房灰散驪山下。弗如諸葛在南陽，高卧聲名壓王謝。

成廣陵先生以詩寄張先生韻度深穩謹依韻奉和

已分環樞蔑要津，漫從書册訪遺民。還鄉杜甫何如客，嗜酒陶潛若箇人。風定玉林雲鶴鶴，月明珠浦水鱗鱗。移家縣令談玄舌，笑殺吟詩國步頻。

徐惟貞

惟貞字德原，京口人。

題徐良夫遂幽軒

湖海歸來萬事休，開軒林壑遂清幽。好山入座清於洗，嘉樹當窗翠欲流。歌罷凉風生玉麈，詩成纖月照簾鈎。何如容我同棲隱，共對晴沙看白鷗。

袁章

章字□□，淮南人。

送張德常之松江府判官

三年練水治，又復調雲間。粉署華生筆，吟屏雪滿山。鬢因黎庶白，衣爲老人斑。賴有顧明府，論文或解顔。

劉天錫

天錫字禹元，淮南人。

題徐良夫耕魚軒

高人謝塵囂，俯仰忘昏旦。興衰固無繫，舒卷任蕭散。鮮鱗醒暮酣，新炊應晨饌。羊裘猶近名，兹隱發深歎！適意好歸來，江空歲將晏。

應偉

偉字士奇，淮陽人。

題徐良夫遂幽軒

煙霞諧素志，泉石愜閑心。步徑松陰静，開簾草色深。案間猨竊筆，膝畔鶴聽琴。我亦忘機者，何時許重尋。

秦衡

衡字□□，淮海人。

題深翠軒

榮名非偶爾，素懷甘泊如。中歲謝朋遊，思與静者居。適逢有達士，結廬城一隅。衡門不盈仞，自念無高車。佳木蔭層軒，修篁覆長渠。舉頭仰白日，陰陰蒙太虚。晴光汎書幌，濕翠沾衣裾。座無俚俗賓，談笑皆鴻儒。逸興寓圖畫，咫尺窮方輿。豈乏冲霄翼，翺翔上雲衢。奚爲願蠖守，與此松柏俱。終南往吟詠，頓使煩慮除。

題燕穆之楚江秋曉圖

幾聲哀角起寒譙，一夜清霜脆柳條。浦溆未明滄海日，客帆應發楚江潮。山經太白西來險，雁轉衡陽北去遥。愧我無才重弔屈，忠魂千古有誰招。

陸顒

顒字□□，淮南人。

倪迂著色山水小景

萬壑争研處，重泉鬭響時。石梁無過客，孤與白雲期。

雅安

安字處善，廣陵人。

題破窗風雨圖二首〔一〕

幽人就簡窗從破，其奈蕭蕭風雨何。寒襲書帷秋氣重，潤侵衣桁夕陽多。挑燈看劍聞雞舞，貰酒連牀待客過。不道有人青瑣内，春醒隨夢入南柯。

銅臺公子貂裘敝，鐵硯磨穿志不迂。東落軒窗寒若此，蕭蕭風雨夜何如？夢回燈火清秋際，心在羲皇太古初。窮達有時聊用拙，壁間知己是圖書。

〔一〕「首」字原闕，據稿本補。

張復初

復初字逢原，維揚人。

題徐良夫耕漁軒

十年兵甲暗風塵，海内騷然不見春。獨羨南州徐孺子，耕漁猶是太平人。

高尚志

尚志字士顒，維揚人。

題徐良夫遂幽軒

閉跡銷聲與世踈，巖居蕭散屬潛夫。竹間展席移茶具，花底清吟擊酒壺。喜向山林便野服，嬾因軒冕混泥塗。令人長憶鴟夷子，欲趁高秋泛五湖。

龔宜

宜字□□，高郵人。

送張吴縣之官嘉定分題賦得梧桐園

彼美夫差園，檀欒蔭青桐。上有五色鳳，結巢明月中。疎花落銀井，墮葉響金風。斲琴世所貴，翦圭王曾封。賢侯瓌奇士，材算將無同。願爲匠石顧，置之楚王宫。

錢敏

敏字好學，彭城人。

書畫舫分韻得中字

别館參差出，迴廊窈窕通。浴波花湛湛，送月竹叢叢。癡癖虎頭絶，顛名米老同。分詩聯畫舫，醉我憶湘中。

可詩齋

小牕翦燭共題詩，却話今春避亂時。柳巷嵇康元放逸，草堂杜甫歎流離。山空脱葉辭高樹，月冷啼鴉護落兒。我亦自知身是客，不辭百罰對金巵。

應枋

枋字□□，武林人。

題徐良夫遂幽軒

真隱誰能逐，巖棲閱歲華。鉏雲栽晚菊，趁雨摘春茶。座挹西山翠，杯流北渚霞。何時脱塵鞅，卜築傍君家。

莫孜

孜字勉中，武陵人〔一〕。

題大覺寺偶成呈良夫先生〔二〕

禪房每近給孤園，積雨時晴百鳥喧。自擬登山頻著屐，不妨題竹再敲門。客懷長日尋棋局，世事閑時付酒尊。珍重莫嫌來往數，好容枯寂坐忘言。

過光福山中寫似良夫先生

一别山中留十日，可憐風雨送餘春。松瓢晝溢丹泉酒，野飯晨香玉色蓴。飛閣樹林平繞檻，肩輿泥路滑愁人。出門有問僧藍駐，要識羣峰面目真。

〔一〕「武陵」，稿本作「武林」。

〔二〕「題」，稿本作「過」。

沈惠心

惠心字亨道，錢塘人。

奉次竹深先生感懷詩韻

身世獨憐爲物役，登臨惆悵際時危。滔滔秋水江如帶，颯颯秋風雨散絲。擊楫中流應有志，聽雞深處正堪悲。故鄉亂後音書絶，對景時時動客思。

謝嘉

嘉字維則，錢塘人。王逢之友。

擬答戍婦陳閨雁有感二首

軍裏何曾髀肉生，隴頭日夜血流聲。内人莫怨孤征雁，縱寄安書莫寄情。
缺月微明瘴霧生，兩鄉夢斷玉簫聲。無由並跨秦臺鳳，夜夜離鴻别鶴情。

楊明

明字復初，錢塘人。

題破窗風雨圖

十載江湖夢，滿空風雨宵。窗虚聲易入，燈暗手慵挑。竹洗千竿翠，林喧萬古潮〔一〕。東南枯渴甚，藉爾倒天瓢。

〔一〕「古」，稿本作「鼓」。

陳彦博

彦博字□□，錢塘人。

題破窗風雨圖

劉郎年少讀書處，破窗風雨連朝暮。風聲挾爾轉颼颼，雨聲不斷還如注。風聲雨聲復書聲，窗間嘈雜終夜鳴。卯金之子多好學，應教燃藜來坐聽。

徐恒

恒字□□，錢塘人。

贈畫師朱叔重二首

落筆山雨至，夜樓生遠思。風流朱叔重，不似虎頭癡。
倚柁寫秋色，曹娥江上頭。樹形連塞雁，天影落沙鷗。

董翔鳳

翔鳳字□□，海昌人。

送張吴縣之官嘉定分題賦得辟疆園

曉行辟疆園，遺跡已蕪没。當年多肯構，金谷不可越。榮華一過眼，春風長薇蕨。固知天地間，盛極乃衰歇。空餘園中柳，行子當攀折。折盡短長條，聊以贈君别。

董成

成字性存，嘉禾人。

送俞子中之弋陽尹

出宰江東試左轄，津津喜色動椿萱。大朝恩澤承三世，命服光華萃一門。壯歲風雲誠有待，秋空鵬鶚正高騫。弋陽父老郊迎久，預播清聲已可論。

贈楊太史山居

曾懷荆璞詣天關，雨露恩深賜珮環。玉笥篋班躋鳳詔，金閨通籍侍龍顔。尚書聽履星辰上，太史蜚英翰墨間。厭直承明動歸興，錦衣光采照湖山。

送俞子俊麗水巡檢

爲官當作執金吾，膝上須横丈二殳。會見黑頭㲠獅廌，試看赤手縛於菟。醉歌擊碎玉如意，獵較射空金僕姑。眼底猩鼯俱埽迹，胸中有策致唐虞。

鏐堪

堪字子輿，嘉禾人。元季，隱居授徒。有芝産竹林中，故集稱《芝林》。

擬古

千金買明珠，百金裘帶鉤。寶帶綰同心，明珠垂兩頭。美人結新歡，託體相綢繆。再拜稱主壽，持以奉千秋。

費烈女吟

永康費氏女，年少十八九。擇對無可人，貞心似瓊玖。禮法以防身，絲麻長在手。至正十七載，太歲次丁酉。逆賊從東來，旌旗揺北斗。三巴數十城，皆降不敢後。唐姬與姜氏，不慚爲賊偶。費女涕泣悲，勤勤告父母。人生棄禮義，豬狗亦何有。我身不如賊，我死骨不朽。夜深盛容飾，自縊後園柳。高義感行人，痛心而蹙首。平章買奴者，左丞韓叔亨。低頭奴屈膝，拜賊乞餘生。不能受白刃，空負朝廷恩。茫茫天壤間，生死義與仁。太山與鴻毛，孩提知重輕。費女生草野，烈烈超凡倫。二公國柱石，棄甲如輕塵。芳名與污跡，遺戒千百春。

題燕文貴秋山蕭寺圖 并序。

八月十三日，過顧子羽東溪小隱。羽爲伯璇求《題蕭寺圖》。時余匆促理櫂，不得思索，遂寫《題海雲蘭若詩》於其右。

下輿酌清泉，步自山南陲。躋攀得幽勝，超攄遂忘疲。依巖結净宇，面海啓高扉。振衣虚臺迥，窺竇陰雲迷。佛燈晝熒熒，翻經唯老緇。竟日無嘯語，適聞林鳥啼。謂非隔人世，静趣寧若兹。久思脱塵網，負累勢莫遺。所遇愜遐想，何能即幽棲。射利念已絶，徇名心更違。終尋煙霞侶，同赴滄洲期。

題柯敬仲古木寒梢圖

短日虚窗俯遠郊，高林古木見寒梢。春風一去支離久，無復丹邱采鳳巢。

題曹貞素疏林寒色圖

晴窗偶閱雲西畫，今昔相殊感慨多。桃李上陽春寂寂，何如古木老巖阿。

竹林處士陳堯道

堯道字宗遠，嘉禾人。博學通五經。元末不仕，與楊廉夫輩相倡和，自號竹林處士。所著有《竹林集》。

松瓢齋爲王好問賦

身外纖微皆長物，一瓢飲足寄蒼虬。壺中日月縣林表，天上匏瓜下澗幽。器大從來成濩落，時危奚復事沉浮。只憂尚渴陶唐化，未放先生學許由。

挽邁里古思

小范胸中有甲兵，檀公身後壞長城。大星墮地中軍愴，白馬憑潮霸主傾。碧血不隨金石化，丹心長貫斗牛明。會稽高興浯溪並，誰與磨厓刻姓名。

黄魯德

魯德字□□，嘉禾人。

武塘十詠

景德泉

幽瀾遠引曹溪水，此是人間第幾泉。一吸清凉除熱惱，不妨頻候煑茶烟。

大勝塔

高標千尺插晴空，俯仰人寰一氣中。終日無風鈴自語，不知火起梵王宫。

慈雲寺

唐朝古寺已千年，金旅來時火欻燃。殿閣尚存遺跡在，何期一夜逐風煙。

胥山磨劍石

百里平田擁翠堆，山人傳是伍胥來。劍痕猶帶英雄氣，白日雲深鎖緑苔。

鳳皇墩

荒邱空得鳳皇名，歲歲春來宿草青。雨洗燒痕含殺氣，簫韶九奏想虞廷。

陳賢良墓

河水東流繞九墩，至今不解識真墳。白牛曾踏風涇路，故老時時説隱君。

吴氏義塾

兒童父老尚絃歌，共感吴門惠澤多。今日文風俱掃地，盡抛禮樂事干戈。

愛山花圃

削除荆棘創高臺，萬紫千紅二月開。日日笙歌樓上醉，不知寒雨鎖荒苔。

吴瑩竹莊

千尺高榆繞竹莊，清風亭上藕花香。如何一旦遭兵燹，荒草寒烟怨夕陽。

吴仲圭墓

老子平生學薊邱，晚年筆法似湖州。畫圖自寫梅花號，荒草空存土一抔。

亂後經瓶山

東西十里一廛無，三五行人只露居。惟有缾山銀杏樹，至今猶發斧斤餘。

沈廷珪

廷珪字德璋，檇李人。

題破窗風雨圖

劉君性嗜學，孜孜事三餘。孤燈破窗下，簡編自卷舒。瀟瀟風雨來，吾伊聲自如〔一〕。安貧人所難，味道心常愉。我聞顔子淵，簞瓢陋巷居。千載稱亞聖，聲價重璠璵。又聞陶淵明，所處亦敝廬。蕭然環堵間，左右惟圖書。吁嗟世之人，惟樂耳目娱。華居美飲食，所務安其軀。良心日以斵，儔能返厥初。勗哉劉孝廉，聖賢以爲徒。

〔一〕「如」，原作「知」，據稿本改。

金灝

灝字□□，秀州人。

竹深處詩

按錢唐張時序云：姑蘇劉孟功性嗜竹，種之數萬竿，日居其中。同志者過之，輒留終夕，或信宿而去。乃取少陵竹深留客之句，顔其所居曰竹深處。

碧琅玕下覓幽蹤，行盡齋居路始通。煙斂月梢金瑣碎，風生雲幹玉琤琮。秋光滿座陰長合，靛色清神暑自空。净埽蒼苔夜留客，解衣磅薄興無窮。

葛嶺真逸范致大

致大字德原，崇德人。修行博學，攻古文詞，至無錫鉅家。會淮張入吴，辟爲常州路教授，不赴。後陪臣于張者禮致焉。德原曰：「道固在耳，至則矜誦，雲翕雨應，不幸以疾卒。王逢挽詩有云：「鶚薦書長却，臯比坐始專。春風來學地，寒雨送喪天。」自號葛嶺真逸，又號甘泉生，又號孤山人。所著有《金帚集》。

題徐伯凝静學齋

伯凝名績，晉陵人。

聞道藏修地，山深祗閉門。閒雲生几席，流水繞庭軒。身逸心逾遠，神明道自存。著書應滿屋，妙處可忘言。

題張先生良常草堂

溪上開新館，高齋擁翠蘿。彈琴拂石薦，垂釣得鷗波。道士籠鵝至，門生載酒過。春風看花處，隨地樂行窩。

送張吴縣之官嘉定分題賦得石湖

范公如賀監，吴越似同風。一曲君王賜，千年霸業空。蕭條湖水碧，淩亂藕花紅。相送青山暮，孤帆没斷鴻。

自仙源放船來雲林懷元鎮

扁舟盪槳出東城，最愛新流拍岸平。霽雨蘭苕來翡翠，晚風楊柳送鸝鶊。盈盈溪女臨沙浣，歷歷郊農傍隴耕。謬倚林齋望山郭，憶君清話不勝情。

麻士龍墓

在慧山，士龍與元兵戰死，五牧葬此。

一日孤墳起翠微，空山草木亦生輝。賀蘭竟後霽雲死，杜季寧遲馬援歸。義魄不隨黄土化，英靈長共白雲飛。篤交卹幼端奇事，慚愧梁溪一布衣。

高聞禮

聞禮字子儀，吴興人。

題破窗風雨圖

擾擾烟塵失故廬，獨循高志肯懷居。江湖古寺曾借榻，風雨破窗時讀書。憑几細聽飛淅瀝，挑燈重顧影蕭疎。莫言此際凄凉甚，自是先生樂有餘。

錢元善

元善字□□，霅川人。

贈畫師朱叔重

朱公之畫清且奇，巖厓嵽嵲高秋時。興來落筆雷雨垂，醉中飲墨來天池。當時策策西風急，萬木槎牙皆特立。寒凝翠疊咫尺間，夜半尚疑山鬼泣。李成不作俱假名，平遠後來惟道寧。如公水墨非畫者，觸熱對之雙眼明。

華仲庸

仲庸字□□，長興人。

暮春山中即事

剪剪東風生曉寒，羣芳摇落自愁看。牢籠詩景無神句，點檢花枝有月丹。布穀催耕知雨足，杜鵑啼血怨春殘。光陰代謝如彈指，短髮刁騷不受冠。

林諸生静

静字子山，號愚齋，德清人。三世讀書，髫齓時，即解綴篇什，有外氏趙文敏家法。研窮經史百氏，旁及玄詮釋典，悉掇其芳潤。從金華宋景濂游，爲諸生，郡縣累辟不就。著《愚齋集》。景濂爲之序。

次草玄閣韻

草玄閣似天禄閣，相約謫仙登吹臺。玉管一聲山石裂，丹梯百尺彩雲開。舞低楊柳雙眾轉，釀熟葡萄五馬來。醉後佯狂歌踏踏，笑看市上閙羣孩。

董章

章字士明，四明人。

挽邁里古思

丈夫寧制虜，元帥豈容文。白髮難忘母，丹心只爲君。虎狼千里戰，吴越半江分。落日孤城在，忠良死後聞。

次友人韻

唐室何多難，詩愁杜拾遺。皇天終厭亂，聖德本無虧。自比當年事，空懷故國悲。一般思弟妹，不在漢鍾離。

秋興

憂國三千里，思家五七年。白雲南去越，黄道北歸燕。志士懷經濟，生靈若倒懸。邊庭今日將，誰畫上凌煙。

龔轍

轍字行可，越人。有《冷淡生話詩》一帙，所詠皆幽人逸士。烏涇王處野藏之。

逃荒别 并序。

丁未大祲，殍殣蔽野。當斯時，雖抱道之君子，礪志之丈夫，靡有不困厄者。君余里胡氏婦，舉室危亡之際，情有可矜，因記以詩。

妾身雪中竹，雪虐竹自持。妾心水中石，水流石不移。自與郎合卺，恩愛靡少衰。如賓誓偕老，豈料遭年饑。山田無稆採，土銼斷煙炊。索飯兒啼號，垂白姑尪羸。不見東家伯，逆子獸獍爲。不見西舍叔，尸蟲潰牀帷。地赤草木殫，云胡弗思惟。五口相枕飢，一口寧生離。一口不生離，五口死有期。孰若鬻妾身，倉卒乃得資。得資糴官米，可救姑兒飢。董永尚自賣，郭巨亦瘞兒。失節事極大，疇昔已粗知。計出不獲已，舍此將安之。姑兒命苟活，臧獲役何辭。姑健郎有恃，兒長郎有依。願郎篤慈孝，天嘗相陳遺。錦鴛兩分飛，各免肝腸悲。妾有贖歸日，鏡有重員時。

王鉉

鉉字□□，紹興人。

竹深處詩

先生幽趣在琅玕，手種窗前可萬竿。三伏清陰不受暑，一天明月自棲鸞。翠濤夜卷瀟湘雨，蒼雪晴飄嶰谷寒。珍重鳳池留直節，青青長與後人看。

馮恕

恕字□□，嵇山人。

題破窗風雨圖

憶昔山窗夜讀時，西風吹雨濕淋漓。篝燈不定門頻掩，屋漏無端榻屢移。白髮夢回仍墮淚，綺疏聽後尚顰眉。此聲爲寄春樓客，莫問杏花開幾枝。

王濡之

濡之字德輔，山陰人。

玉山草堂

往昔杜陵老，草堂樂棲遲。雖當艱虞際，去歸忘險巇。迢遥玉山翁，高志信所追。構結略華靡，小徑分逶迤。軒楹既瀟灑，竹樹仍紛披。洗翠彝鼎列，琢石屏几施。燕坐書萬卷，意行笻一枝。幽花春冉冉，鳴鳥春熙熙。環珮恣歡集，瓊斝無停時。咏嘯紫鸞下，吐句長虹垂。文章振光耀，照映滄海涯。曾聞隱居士，亦復忻爾爲。盧鴻圖繪設，香山妻子攜。浣花我深慕，俗人殊未知。樂兹賓客共，豈惟一園池。秋風卷茆屋，不見形歌詩。突兀萬間厦，千載同襟期。

玉山佳處

雅道久寥落，馳騁争相先。襟期屬幽曠，邱園樂無邊。披圖得良玩，燕集羣才賢。春風拂蘿逕，碧澗縈芳筵。忘形襟佩散，班坐花竹妍。瑶觴亂飛月，翠袖寒籠煙。徘徊玲瓏曲，瀟灑琳琅篇。屢舞眷餘景，顛倒山公鞭。主人三絶儁，晉胄今猶傳。勝事有如此，妙寫呼龍眠。高風振庸俗，清輝照林泉。衰遲亦何幸，拭目塵想遷。

玉山佳處以夜闌更秉燭相對如夢寐分韻得如字

玄冬煦春燠，花竹妍幽居。契闊會心友，邂逅佳約如。豈無釋門老，更曳青霞裾。主人逸浩思，清宴臨前除。飛觴劇談理，拂劍酣歌餘。延景華炬列，濕露松窗虚。忘形竟爾汝，塵雜一以驅。睠彼海甸一作「岱」。間，易地哀樂殊。尚言恣歡適，不得安樵漁。際此豪儁集，聊慰山澤癯。

玉山佳處以何以解憂惟有杜康分韻得有字

嘉賓遠方來，念别歲云久。粲爛綺席陳，悃欵主情厚。清言契襟期，高詠絶塵垢。豈無平生歡，文獻固難有。微雨飛軒楹，暮色籠林藪。吾儕亦何幸，酬酢相先後。酣來小海歌，放浪大垂手。人生白駒隙，一作「陰」。幾遂開笑口。明朝渺煙帆，長天仍矯首。

春草池渌波亭分韻得漢字

丹桂發天芳，凉月正秋半。開筵渌波上，雜佩微風散。清光麗飛閣，明波溢長岸。纖歌珠露零，妙舞綺霞粲。於焉接觥籌，况迺富辭翰。賞適靡預期，急景無留玩。胡爲羈塵鞅，高情邈雲漢。

可詩齋

茸茸春草臨流地，藹藹晴雲變態時。須識玉山深悟處，未應餘子易言詩。

陳敬

敬字白雲，山陰人。

次韻竹深隱君入邑感懷

世上交游能百歲，笑談那得蓋頻傾。雜耕原野仍無恙，將老菟裘或可營。城市近添沽酒肆，人家況有讀書聲。買舟好向籬邊繫，門外湖波與海平。

次韻暮春即事

淑氣熏人似酒濃，市橋楊柳自西東。乍寒乍暖清明候，時起時眠醒醉中。黛色有痕顰宿雨，翠條無力繫春風。年年飛絮隨流水，浪作浮萍逐斷蓬。

王受益

受益字□□，山陰人。

題董泰初長江偉觀圖

憶昨樓船下石頭，舟中指點説揚州。江分南北天爲塹，山擁金焦地欲浮。古渡雨餘煙樹暝，斷鴻風急海門秋。老瞞詐力成何用，千古難消赤壁愁。

王儼

儼字思敬，山陰人。

題董泰初長江偉觀圖

此地從來天設險，紅塵滄海幾浮沉。中流一水限南北，對峙兩山成古今。日上石頭開玉氣，雲生京口閣春陰。披圖緬想曾游處，風景蕭蕭易動心。

胡裕

裕字伯容，山陰人。

題董泰初長江偉觀圖

壯遊曾識長江景，形勝由來天下聞。萬古烟波元不斷，兩山風月自平分。蒼龍挾雨歸遼海，白雁衝寒度碧雲。一見畫圖成感慨，振衣長嘯立晴曛。

沈懋

懋字□□，山陰人。

題董泰初長江偉觀圖二首

天塹長江自古雄，青山對立玉芙蓉。鼉鱓窟穴中泠水，烟雨樓臺北固鐘。壯觀不磨星霣石，中興還復馬爲龍。舊遊幾度揚州鶴，今日披圖得重逢。

氣吞荆楚壓秦雄，絶險中分阻要衝。潮落江心奔萬馬，山當京口卧雙龍。青天欲盡日月小，白鳥不飛煙霧重。猶憶金焦風雨夜，翠微深處聽長松。

陳謨

謨字仲嘉，會稽人。

和李五峯先生韻

海内早傳真學士，老成何可負昌期。玉堂視草終秉筆，金殿分香出奉祠。汗竹要留千古事，丹心先論一朝思。青矑炯炯童顔在，雨露中天未覺遲。

題董泰初長江偉觀圖

我昔夢遊登北固，眼明萬里豁心胸。横流天地净如練，直赴滄溟勢若龍。浩蕩衝風惟應順，混茫涵日自朝宗。泝流誰向君平卜，忠孝言人復肯從。

邵毅

毅字□□，會稽雷門人。

題董泰初長江偉觀圖

落日樓臺見水中，金焦形勝出雙峰。九江西去連三蜀，五馬南來化一龍。渡口船開時擊楫，海門風静夜聞鐘。璚花隔岸揚州近，月照金盤露正濃。

陳睿

睿字□□，會稽人。

題破窗風雨圖

層霄已許快飛騰，即欲抛書還不能。僧舍更聽今夜雨，故人誰共十年燈。四簷雲氣迷塵馬，一隙朝光觸凍蠅。平陸滔滔歎伊阻，岡頭行客正凌兢。

祕圖隱者鄭彝

彝字元秉，餘姚人。爲人清逸夷曠，以文學教授稱。有師法，别號山輝，又號祕圖隱者，有《山輝集》十卷。工畫蘭竹春草，人争購之。岑安卿云：「坐對滎陽老，空懷正始音。」宋元僖云：「落筆十年身後在，懷人三絶眼中無。」其爲作家所重如此。

雩詠亭續蘭亭會補山陰令虞國詩二首

興懷古先，仰觀元造。尼歎逝川，平念芳草。暮春維和，爰舒幽抱。皎焉白駒，嚶其黄鳥。

夙駕税幽麓，泛醴循流瀾。芳甤被巖瀨，葩蕚耀林端。靡靡時運近，斯焉撫巑岏。主欣遠賓集，陶然有餘歡。

贈葉州判　恒

六月大風雨，海潮不入田。父老到城説，今年勝常年。石隄如鐵堅，土隄草芊芊。葉侯既云去，千載稱侯賢。

乙巳春三月八日和仲遠近作二首

雲林深處地仙居，閑伴老樵尋老漁。吟屐倦行呼釣艇，酒壺倒挂在柴車。亂離時世全高潔，淳樸山川似古初。江上春晴來訪舊，桃花簇簇雨疎疎。

晝長簾卷對爐熏，瀟灑齋居近此君。漫醉緑尊歌白雪，自揮采筆賦停雲。渭陽情重親如在，鄭國名高世共聞。老去優游多制作，諸郎玉立總能文。

徐本誠

本誠字存敬，餘姚人。

謹和竹深舅氏詩韻

諸葛艱難扶漢室，魯連談笑却秦軍。蒼龍自有風雲會，白鶴寧同雁鶩羣。興發浩吟梁父調，愁來時看劍花紋。湖光況有佳賓友〔一〕，尊酒何妨日醉醺。

用冬夜書懷韻

客枕無眠寒氣侵，寸心懷古復傷今。干戈滿地身如寄，時序催人老不禁。阮籍窮途唯縱酒，陶潛歸隱祇長吟。迢迢清漏何時盡，老鶴數聲山月沈。

〔一〕「湖光」，稿本作「湖山」。

張克問

克問字九思，餘姚人。

姚江對月有懷仲遠徵君

百里芙蓉繞大湖，錦帆輕颺白鷗波。月華夜照山河淡，露氣秋添草木多。湖上故人成遠别，天邊鴻雁幾時過。相思兩岸蘋花白，回首西風倚櫂歌。

奉次出邑感懷詩韻二首

蕭蕭車馬入孤城，山崦人家日已傾。雨眺峯巒文靖宅，四邊雲鳥亞夫營。星分北極高無影，地限長江怒有聲。此日觀風亭上望，五雲猶擁泰階平。

百里旌旗十萬營，芙蓉夾道錦連城。仙姑洞口苔痕緑，孝女祠前蔓草生。諸將並縣金虎貴，探兵猶報羽書輕。自慙用世元無術，獨有丹心答聖明。

五雲宿識趣齋值連雨瀑漲竹深有詩余亦次韻

離懷重記隔年餘，漫把新詩爲埽除。地近横山千畝竹，家藏丹竈一囊書。花間倚杖鶯聲合，老去逢人酒琖疏。消得蓋湖三百頃，釣船歸穩替耕鉏。

景星

星字□□，餘姚人。

題雲林子南郵隱居圖

尋山因避俗，水竹是幽居。無事還忘老，閒來可著書。

題雲林生清溪亭子圖

溪上閒亭萊草邊，越山吴樹總悠然。何須把袂勞相别，身世江湖萬里船。

魏處士弜

弜字仲剛，上虞人。兄仲仁、仲遠，俱隱居不仕。仲遠號竹深，與李季和、潘子素、高則誠、王元章諸君往還。集其倡和詩爲一卷，曰《敦交集》。

奉和冬夜偶成高韻二首

夜永寒無寐，閒情得自如。風傳雲外雁，地絶水南居。破悶憑新酒，怡情付舊書。曉看山色好，應愛雨晴初。

一夜北風急，寒深碧海鯨。閉門茶竈冷，吹浪雪山傾。野色連雲色，松聲雜澗聲。浮生空過半，歎我尚無成！

奉和竹深兄長入邑感懷詩韻二首

東南地迥煙塵暗，野色蒼茫滿故城。落日可憐人物變，長江依舊汐潮生。山營日晚悲笳切，秋樹風高落葉輕。涼夜漸深山月上，不堪愁思到天明。

江流一帶分吴越，人跡稀疎世事危。月照孤城傷白骨，馬嘶芳草識青絲。山川寂寞星河近，關塞蕭條鼓角悲。擾擾甲兵何日息，暮雲千里共相思。

敬和幽居長津

山色湖光共杳茫，笑談壺酒且相羊。心閑欲共漁樵樂，地僻尤知歲月長。傲世山公應放浪，乞身賀老亦疎狂。獨憐爲客傷離思，誰念凄凄在異鄉。

用湖上采蓮詩韻

百頃荷花五月涼，輕舟不動睡鴛鴦。風迴西苑清宵蓋，日絢深宫小隊妝。村酒滿壺迎醉客，櫂歌一曲學漁郎。采蓮人散頻回首，猶有歸鴉送夕陽。

謹和夜雨無寐之作

雨窗潤色上烏紗，白髮何愁老海涯。瀼外茅堂愁避漏，灘頭魚艇趁移沙。隱居自可逃名節，行樂何妨變物華。曉起雲邊看日出，高林啞啞有啼鴉。

徐以文

以文字用章，上虞人。

奉次舅氏暮春過餘姚詩韻二首

江上船開催暮朝，客程此日過餘姚。風光入眼緣詩好，世事縈人仗酒消。烽火尚憐塵滿野，林花猶見雪封條。晚來鼓角城頭起，聲到蓬扉更寂寥。

春來新水漲芳洲，好泛江湖范蠡舟。驛使不通南北路，煙塵唯動古今愁。滿天風雨餘寒在，是處鶯花樂事休。笑我山林成落魄，可堪青鬢歲華流。

用湖上燕集韻

湖上蘭舟繫緑楊，主翁携客傍林塘。鶯啼修竹催詩思，風送飛花落酒觴。浩飲也知連日醉，勝遊不讓少年狂。何時山館尋幽事，一瓻吟篇引興長。

俞恒

恒字時中，上虞人。

敬和竹深庚兄雨中感懷詩韻二首

人到中年自可傷，白頭無遇老村莊。英雄聲振能驚膽，潦倒時危欲斷腸。永夜觀書銀燭短，西風彈鋏酒杯長。丈夫志氣衝牛斗，十萬鵬程有便翔。

曲江斜日已西晡，風急城頭啼夜烏。千里候程烽燧息，一秋邊報羽書無。鏡中華髮從誰減，酒後高歌只自娱。身世不愁空老大，功名事業在吾徒。

徐則文

則文字惟章，上虞人。

奉答尊舅見示高作

經年不見魏徵君，美譽芳聲却遠聞。丹井尚疑存火候，少微誰復看星文。竹深筍長三春雨，山近花連一片雲。自恨塵埃蒙白首，高齋風月許平分。

徐士原

士原字仁初，上虞人。

奉和竹深親長暮春過餘姚詩韻

好雨初晴野外洲，携書獨上木蘭舟。遠山歷歷渾如畫，芳草離離衹唤愁。覓句每因閒裏得，銜杯即向醉中休。遥知客邸多幽興，望極長江正穩流。

謹次見示高韻

睢陽有義士，赫赫聞張巡。古道去未遠，正氣何沈淪。人生穹壤間，久欲思致身。堂堂幅員廣，率土皆王臣。學優器迺具，望重名遂伸。詩篇寫雲館，慷慨攄情真。

王璛

璛字公玉，剡川人。

次韻竹深徵士感懷三首

海内蒼生日轉疲，誰能陳列任持危。阿衡莘野躬耕未，尚父磻溪把釣絲。落月樓臺回客夢，清宵鼓角動人悲。百年塵事腸頻斷，短髮蕭蕭有所思。

自愛麗公不入城，銀杯對客日須傾。羽書愁動江鄉地，金鼓氣豪邊塞營。黄鵠已沈雲外影，烏鴉偏送月中聲。絶憐風致誰相及，小艇看山秋水平。

虞川萬室舊花縣，此日風塵鐵作城。玉帶左環春水浄，金罍中起暮雲生。星垂北極路非遠，地控南邦鎮不輕。自是幼安甘避世，未緣才薄棄承明。

次竹深隱君韻

苔黏岸石緑成衣，日日江頭小雨飛。澗下奔瀧聲頗壯，風中高柳力偏微。清標蓋俗冰凝壑，妙句驚人錦作機。多荷君家好兄弟，畫船相訪過林扉。

至正廿五年季夏望日燕壽樂堂分韻得高字

愛汝華堂遠俗囂，青山對面與雲高。可堪好酒畢吏部，更有能詩何水曹。繭紙漫教題采筆，銀缾不惜瀉葡萄。也應清曠風塵外，誰道邊城尚繹騷。

王五雲宿識趣軒值連雨瀑漲竹深賦詩余亦次韻

湖上波添二尺餘，梅霖六月未曾除。相望小穴幾家地，獨憶古人千里書。夜屋乍喧風勢惡，山田新長稼苗疎。羡君清興詩頻寫，愁斷羈腸愧荷鉏。

朱雲巢訪竹深隱君座上有詩余因次韻

風微湖上息鯨波，客子論文竹下過。也愛飛觴同劇醉，故應彈鋏不成歌。輕雲千樹山光淡，小雨一簾秋氣多。何日幽尋登絶頂，攀緣石磴拊青蘿。

席上次王交山韻

高堂宿雨歇，白苧輕箑凉。肆燕羣彦中，夜筵傾霞觴。况復敦古誼，那用陳清簧。環珮乃雲集，歌聲遂金鏘。懽情詎有極，素月天中央。

徐孝基

孝基字立本，臨海章安鎮人。

見羣龍歌辛丑夏至日作。

玄雲崔嵬半空黑，大龍蜿蜒小龍直。天瓢倒瀉銀河懸，海氣空濛海波立。須臾復有三四龍，威稜氣勢如羣雄。雷公擊鼓玉女笑，飛煙烈焰飄長風。維時一陰凝下土，六龍在天啓坤户。陽剛奮發無停機，久旱終當沛甘雨。我方扁舟湖上行，見之頓覺雙眼明。茫茫真宰不可詰，乃知神物能通靈。君不見葉公好龍妙圖畫，一朝忽有真龍下。可憐辟易走且驚，不識真龍足悲咤。

寧海道中早行

中歲事行役，勞生卒未休。大星垂野白，遠水際天浮。土俗魚鹽富，民居橘柚稠。何年謝塵鞅，歸卧此林邱。

寄孤雲上人

能詩亦足張吾軍，何處林泉不寄身。最愛竹西歸舊隱，擲杯海上看飛塵。

李禹鼎

禹鼎字德新，號知白，黄巖人。

壬辰三月二十六日海寇再作七哀詩二首

曲學昧大方，小智乃妄作。揺揺鼓頑鑛，忍復鑄此錯。包藏禍機深，銷沮民氣薄。始焉僅濫觴，終乃不可藥。何當臠若肉，持以戒元惡。

帥君間世英，早魁天下士。歷歷涉世故，有才備文武。當官獨持廉，許國恒以死。平生疾惡心，晚節志逾苦。深期海氣静，忠義極許與。天胡不悔禍，賫恨遂終古。悲來樹筌篌，有痛徹肝腑。帥君謂達兼善。

許弼

弼字廷佐，黄巖人。

凉雨

大雲將晚滅，凉雨忽西來。天地秋先到，江湖客未回。思家空有淚，憂國豈無才。萬里關山道，誰憐庾信哀。

阮拱辰

拱辰字□□，天台人。

白露雨 并序。

至正己亥夏大旱，至八月六日，天氣鬱蒸，雲勃怒起。衆謂是日爲白露節，是日雨，苗秀且不實。言已，震雷雨降，民相顧怨咨，若不能生者。噫！世之顛連困苦，冀以求活於人者，安知其非白露雨也。作《白露篇》以訟雨師。

白露雨，民無辜，小民憂旱籲且呼。三月望汝眼欲枯，汝來今日胡爲乎？不爲我祥，復爲我殃。害我田穉，甚於螟蝗。嗟爾雨師兮罪不可量，上天憫下兮仁德孔彰，願挾汝兮訴帝旁。梟汝首，刳汝腸。祈豐年，若雨暘，坐見赤子歌樂康。嗟爾雨師雖死兮，其誰汝傷。

雷擊蛇　并序。

至正辛丑夏，余自瓢湖南放舟，絶湖口而北。時雲日晝晦，天西北有龍蜿蜒下垂，雷怒若擊物狀，舟人曰：是龍下取水，雨且暴至，乃泊舟别溆，見有蛇當傍近地，長可十尺許，俯首不敢動，舟人迫而視之，蛇且死矣。余竊意是蛇乘閒出草莽間，摇尾肆毒，使不遇真龍在天，則爲害有不勝言者。雷之擊蛇者有以哉，因喜而賦曰：

維龍其神，爲雨爲雲。以利我耕耘，以育我下民，彼蛇不仁雷其震〔一〕。彼蟲之毒，維蛇維蝮。以嚙我草木，以傾我陵谷，維龍弗伏蛇弗育。

〔一〕「不」，稿本作「弗」。

毛翰

翰字儀仲，天台人。

春日有懷仲遠徵士賦詩二首

抱病惜芳景，衡門掩春風。乾鵲似相語，飛飛鳴屋東。唼唼不少休，起我步庭中。鵲去故人至，手持書一封。問答未及竟，遠道情已通。開椷感鵲意，含笑歸房櫳。

鏡湖不可去，還憶夏蓋湖。其源翳林麓，其隈散荷蒲。扁舟四五客，美酒一百壺。狎弄魚鳥間，簸蕩雲水區。放晴恣游泝，忘彼形勢途。晚尋煙中塢，猶足憩斯須。幽花列妓女，明月侑盤盂。長嘯來天風，濯足亂江鳧。庶幾永終日，聊樂以爲娱。

陳璲

璲字□□，天台人。

竹深處詩

華軒瀟灑傍林巒，萬玉扶疎護石欄。雨沐風披看舞鶴，山空月白聽鳴鸞。時調焦尾清聲遠，曉閱芸編緑字寒。佳趣可人君獨得，肯分三徑共盤桓。

趙瓛

瓛字白雲，天台人。

題銅黿塔録似耕漁高尚

一柱擎天幾百秋，恍疑角蜕古淵虬。書空彩筆驚神鬼，涌地朱幢挂斗牛。八面海潮鰲極奠，九重日繞貝宫浮。我來頗覺塵寰隘，孤嘯梯雲上上頭。

自詠白雲巢呈良夫

碧山深處一書巢，出岫無心漫解嘲。目眩老龍噓旦氣〔一〕，夢同孤鶴倚松梢。百年黄石堪爲伴，九陌紅塵已息交。待看輪囷成五色，不愁風卷屋頭茅。

〔一〕「噓」，原作「虚」，據稿本改。

菊莊老人李復

復字道原，寧海人，號竹莊老人。

弔烈婦

烈婦身可戮，烈婦之身不可辱。十年夫壻從遠征，夜夜青燈伴幽獨。豈期淪落兵戈林，長槍列戟森如竹。將軍手刃秋霜肅，烈婦怒視不轉目。分甘一死無生還，烈火何曾燬真玉。妾心匪石不可轉，妾心匪席不可卷。捐軀念欲赴江流，回首不堪江水遠。誓將貞白歸黄泉，焉肯偷生求苟免。若將顏色事他人，爲誰終身懷愧靦。貞魂願逐劍光飛，妾今視死猶如歸。人生天地誰無死，一死日月争光輝。我哀烈婦歌此曲，萬古清風動澆俗。烈婦絶勝烈丈夫，丈夫臨難猶畏縮。懼死多忘食君禄，回想烈婦徒慙恧。

題華亭監縣奉御酒省親卷後

昔年司鑰奎章閣，父守芙蓉江上城。問寢不忘人子事，乞歸深荷聖恩榮。親庭喜動五綵服，御酒香浮雙玉甖。今日南來花滿縣，累茵列鼎重關情〔一〕。

贈張萬户征閩凱還

瘴雨蠻煙遠蔽空，只將談笑蕩羣兇。旌旗夜卷妖星殞，鼓角秋高殺氣雄。已喜張良還灞上，更須龔遂守閩中。凱歌聲動天顏喜，金虎三珠擬報功。

〔一〕「茵」，原作「因」，據稿本改。

金闕

闕字□□，三衢人。

竹深處詩

客至頻留醉，僧過只對吟。渭川多雅興，淇澳有遺音。節操常應在，冰霜老更禁。七賢堪並美，六逸漫同心。遊宦今來往，多情憶舊尋。

邵永

永字□□，嚴陵人。亨貞之叔。同時又有一邵永，字伯康，淮陽人。仕明，官縣尹。

次復菴學士賢姪寒食雅韻

郊原春色正丰茸，藍酒榆羹引興濃。寒食庖厨煙竈冷，踏青巷陌翠簾重。隨風細草無端緑，著雨疎花爲改容。味道澄心方晏坐，隔林孤起午時鐘。

清明再用韻

暮春一日花紅茸，頓覺園林晴色濃。幾箇沙鷗輕片片，數行煙柳自重重。學知老大終無補，髮白今朝不改容。正好出郊閒極目，莫教和恨聽疎鐘。

李文

文字□□，桐廬人。與揚鐵厓、宋潛溪相往返。好讀書，嶁嶁子山深器之。元季多故，江浙行省以便宜行事，令爲桐廬主簿，辭不就。遂與許栗夫等游金華山中，飄然有物外之想，竟以詩文終。所著有《近山集》。

桐君山

緣江清徹底，秋草迴相連。霜墜楓林脱，泉流石竇穿。布帆風自趁，沙鳥霧争先。龍塢桐君祠，傳聞昔已仙。

林泉讀書圖

深林颯颯無人到，却是秋風落葉聲。抛卷出門聊倚杖，且看山下白雲生。

梅珪

珪字秉玉，永嘉人。

用韻呈戴東野二首

曉看江燕掠簷過，落盡春花可奈何。南國烽煙今尚急，西山爽氣晚猶多。笑看詞客閑居賦，醉和鄰翁擊壤歌。更喜方塘初漲緑，呼童趁雨種新荷。

江村十日無來客，雨後蒼苔一寸深。誰爲賡歌彈匣劍，自教供具費籯金。夕陰冉冉雲歸屋，凉思紛紛月滿林。疎散更憐無别事，據牀時伴候蟲吟。

周君賁

君賁字子賜，號知止，永嘉枬溪人。

避亂歸自北山

卧壑蒼松鬢鬣强，舌存齒弊復何傷。青門無恙存瓜圃，錦里依然舊草堂。魚返故淵原自樂，燕尋華屋爲誰忙。天涯細草皆春色，愁絶潘郎鬢上霜。

毛琰

琰字□□，永嘉人。

題董泰初長江偉觀圖

檥櫂欲過揚子渡，隔江曾聽廣陵鐘。兩山中起分形勝，萬里西來激要衝。鐵瓮城高悲鼓角，海門潮落混魚龍。當年據險人何在，悵望烽煙隔九重。

林居子金建

建字□□，瑞安人。有學行，隱居不仕，以《春秋》教授鄉閭。至正間，方氏海艘犯境，獻策築城備禦，答納失里從其言，郡賴以安。省府聞其名，交辟之，徵爲祕書勾管，不起。優游田里，號林居子。方氏據郡，以禮延致，終不屈。

碧林書院二首

邁吾道兮崑崙，曾弗仕兮艱阻。退獨處兮幽深，窅冥冥兮曷覩。紛紛傯兮猖披，人峥嵘兮旁午。匪獨怨兮兹今，慨寥寥兮千古。

佳木兮華滋，故人兮惠來。月皎皎兮獨照，風瑟瑟兮輕吹。進以飯兮玉屑，勸以酒兮金巵。君少留兮我心怡，勿輕去兮使我心悲。

陳德載

德載字□□，青田人。至正間避寇，多歷險阻，形於詩題，曰《山村雜興》，中有二詩，期待子孫。後孫詔果登明洪武庚戌會元。其《栽芋》詩云：「區里饒田早下來，緑芽才發旋鉏開。添泥善護兒孫長，看取秋高掇大魁。」《栽桂》詩云：「雲邊移得數株來，人老花應次第開。儻到子孫攀折日，也須道是阿公栽。」議者謂之詩讖。

張進久死節詩

進久世業農，至正乙未賊起，進久被獲綁縛，不屈。賊以厲刃加頸，進久聲愈厲，駡不絶口，竟被殺。

秋蘆之源，蹄岑之陽。山谷之靈，水泉不香。犂鉏之夫，非鴻之梁。麻縷之婦，非齊之姜。傑哉張氏，百夫之强。拔乎庶類，出乎尋常。白刃可蹈，志不可量。斯頭可斷，舌不可僵。蓬艾之下，而有蘭芳。頑鑛之璞，而蘊珪璋。樵歌牧唱，而協宫商。陰柔之質，而懷乾剛。我來聞之，驚歎悼傷。人識其粗，孰究其詳。人毁其短，孰知其長。疾風勁草，烈日秋霜。巖巖峙峰，高逼穹蒼。作詩弔焉，以發潛光。庶彰之名，久而不忘。毋俾昔人，專美宋唐。

李逸人訥

訥字彦明，江右人。

題破窗風雨圖

館宿風雨惡，客情向寥廓。破榻懸秋風，微寒夜相薄。楚客千金裘，十年吴下游。擁衾正酣寢，那識窮櫚愁。劉君有遠志，展圖偶相示。願宏經濟心，大庇天下士。

吴元善

元善字□□，廣信人。

題黄鶴山樵畫古松禪師聽松圖

年去年來年復年，長松亂立南軒前。緑陰遮却半天日，聲氣欲驚山虎眠。老僧時倚闌干聽，聽之有動還無静。風擊風敲朝暮聲，飄然不礙芙蓉鏡。松梢挂月月放光，一白倒浸莓苔蒼。濤聲響於彈八琅，隔窗洶洶形體忘。我亦乾坤清氣者，十年埋没紅塵下。踏遍東阡與南陌，幾欲投閒閒未得。聽松軒人年已大，兩耳松聲幾經夏。平生愛入青松軒，耳聽不厭松聲繁。他日東林結蓮社，再招陶令來祇園。聽松禪客耳能聽，著箇幽軒萬木中。風卷翠濤聲急處，海門飛出老虬龍。

郗堅

堅字□□，臨川人。

呈復菴先生并序。

向者令嗣遠歸，慕藺之久，深慰渴思。故忘其固陋，輒賦鄙言，方自愧赧。繼承尊作，悚懼無地。僭次韻奉呈，尚祈賜教。

炎夏謁講席，鶉火昏在午。弗畏椎𥘅譏，願接荆州語。果如生春風，胸次包海宇。孳孳素履勤，力學不違處。令譽洽東州，華藻擅南土。久涉事物情，即心慕巢許。託言肉食鄙，藜藋雜陳旅。詎知形役拘，安逸乃天與。白眼曠流俗，草澤傲軒組。行方愜輿論，所向無齟齬。悵望紫芝歌，引領復停佇。揮帚動龍蛇，制作中宫羽。别墅横溪濱，水竹得佳所。願兹安樂窩，童穉習尊俎。村市接海隅，吾民頗繁聚。廣野富桑麻，沃壤多稷黍。令子恩例歸，綵衣堂下舞。蘭芽茁雙秀，箕裘纘遺緒。堅亦忝末學，静退居草莽。一自走紅塵，道路且修阻。苦爲薄宦羈，碌碌曷勝數。早識名教樂，敢自踰規矩。今幸覩儀刑，沾溉斯亦溥。海嶽寫高深，微言煩品敘。

金霖

霖字□□，金谿人。

題黄鶴山樵洞天清曉圖

山上出雲山下雨，樹杪飛泉千丈吐。何人結屋雲泉間，滿地松陰如太古。丹溪老仙性愛山，芒鞵竹杖不放閒。江湖安得具小舟，挂冠來與此老遊。

鄧伯言

伯言字□□，新淦人。

題雲林子南邨隱居圖

高人卜築避塵埃，山似蓮花水面開。半晝猶眠疑是夜，推窗只許月明來。

周崇厚

崇厚字□□，廬陵人。

竹深處詩

知君雅性恒愛竹，幾年封植當華屋。此君結根羡得所，風雨年年長蒼玉。緑陰滿地蔭階墀，拂雲香葉何參差。萬竿總含霜雪操，數畝盡帶瀟湘姿。芸窗晝啓無俗客，秀色時能映緗帙。猗猗堪比衛武賢，青青差擬王猷宅。我來薊北正天寒，雪中無處尋琅玕。坐想君家最深處，便擬敲門試一看。

王復原

復原字□□，廬陵人。

竹深處詩

種得琅玕萬个蒼，滿林烟霧似瀟湘。九秋露滴琴書潤，六月風侵枕簟涼。肯爲潯陽留勁節，佇看奎府散清香。挂冠有約來相訪，並笑吹笙引鳳皇。

郭彦章〔一〕

彦章字□□，吉水人。與桂隱中齋講學。有詩名，多警句，爲時傳誦。

題廬陵義士傳

淮海風迴吹血腥，青原不改舊時青。中朝將帥論功賞，不及江南一白丁。

題新淦劉貞女

百年節義仗英豪，一死翻憐女子高。不敢高歌題卷上，囀喉恐觸舊官曹。

〔一〕「郭彦章」一家，録詩二首，刻本原無，今據稿本補。按初集辛録郭鈺，字彦章，號静思，吉水人。與「郭彦章」當爲同一人。因郭彦章名下二詩未見於初集辛集，姑存之。

劉伯俊

伯俊字□□，安福人。

挽姚正叔

正叔安福人。壬辰兵變，仗義拒守城池凡四年。乙未夏，紅巾寇至，正叔父子及孫，皆遭寇殺。

安城義士有姚公，白髮蒼顔百戰雄。數載幾回摧賊陣，一門三世死兵鋒。堂堂義骨埋黄壤，耿耿精忠貫碧空。寇馬長驅馳萬里，傷哉誰復立奇功！

彭敷恂

敷恂字□□，安城人。

竹深處詩

一室幽偏半榻宜，四邊修竹緑漪漪。通宵明月無塵到，長夏清風只自知。每喜王猷同玩賞，更從蔣詡共襟期。堦前忽見分龍角，疑是春雷夜雨時。

古春先生陳焕章

焕章一句與彰，字春成，又字宗周，號涣翁，永新禾山沙田人。明蔡氏書，不第，乃肆意于詩句。未脱稿而人已傳誦之。嘗泛舟東下，過彭蠡，覽匡廬，泛大江，達秦淮，歷覽吴晉齊梁之都，與名卿賢士議論上下，傾倒備至。暮年遭值變亂，隱居白雲峯下，吟詩自樂。與吴莘樂、湛碧虚爲詩友，號古春先生。所著有《白雲集》，没後，其孫宗志哀集其詩。茶陵李祁一初爲序，稱其詩涵泳悠永，反復蹈厲，慨然有悲歌慷慨之情。亦秦川一佳士也。

獺皮褥

賴侯失國毛嫱老，蓮葉裳衣爲誰好。曲阿湖上來菱舟，濺血淪精哭秋媪。祭魚永謝菰蒲春，去作香魂薦寢裀。緑雲四面裁如意，毰影當中吹暖塵。玉指象林聊歲晚，絶勝會死黿兹板。聞道鷩鱗膽尚寒，莫教展放芙蓉館。流蘇帳裏佳人語，卷却龍鬚偏愛汝。夢中若更説離騷，望斷靡靡楚天雨。

别廣西憲史張漢英

長吟不了秋階蛩，渴飲不盡春江虹。涓涓泠泠仙掌露，落落穆穆長松風。少年憲幙廣西去，意氣倏忽超鴻濛。御史行部玉花驄，南度瀚海君與同。日出鼇頭指若木，月明鵬背看芙蓉。有時調笑却蛟鰐，赤手得珠龍伯宫。君才一似列蕃貨，明犀色射珊瑚紅。象牙鶴頂世所有，桂蠹盛以玻瓈鍾。歸來老母怪方朔，何事紫薇衣袖中。劍光差差不可狎，寧教小螫全其鋒。願君此行好自愛，雲氣煜煜東崖東。

董本

本字中父，江夏人。

次徐良夫謝雲林倪處士耕雲王照磨韻

子猷昔訪戴，兹事已千秋。沿洄清剡曲，冒雪乘扁舟。孰知繼高興，乃復有此流。飄飄雲林子，采藥偶暇休。因偕浮光翁，如仙下玄洲。尋彼孺子宅，遠往來溪頭。况值數文彦，才質皆清修。相携至奇境，俗侣奚可求。初臨迴川禊，復入平麓游。揮觴肆懽洽，狎坐相談優。今雖跡已陳，乃作佳話留。吾常羨當日，良會誠綢繆。何幸獲佳句，夜覽林堂幽。挑燈續唫久，寒角鳴西樓。

次薛公遠韻録似良夫

翩翩佳公子，宛似雞羣鶴。既負不世才，豈無濟時學。生平志高尚，甘心隱巖壑。衡門足棲遲，所嗜唯淡薄。緑樹陰蕭森，蒼崖勢交錯。呼酒過墻頭，看雲坐山脚。賴有鄰舍翁，時時共杯酌。欲老樵與漁，那須田負郭，緬懷軒冕榮，何似山林樂。

程從龍

從龍字□□，嘉魚人。

石壁山

熟湖周遭山歷歷，諸山奇秀讓石壁。石壁山上賢人隱，石壁山下蛟龍蟄。乾坤巧置山臨湖，要使湖光照山色。月來影浸玻瓈寒，日出煙凝蒼翠濕。雲氣吞吐天冥冥，巖阿花草春菁菁〔一〕。浮嵐晴助峯勢壯，飛泉暝續厓猨鳴。穎川逸翁游憩處，呼吸山谷養神氣。芝田煙暖稻疇豐，扃扉不就蒲輪致。翁君日與羣仙伍，手植松柏翠環堵。節操松柏符真堅，壽齡石壁同今古。

馬洲

移家避難春復秋，鄉人絡繹登馬洲。馬洲恃險環一水，緩急舉動惟操舟。嗟余寇至亦先去，夜附舟來不知處。明朝始得認親友，共説更生喜相慰。於兹留宿幾兩旬，南山烽火連朝昏。紅塵一斷賓主隔，從我諸生不及門。求糧覓薪動隔岸，來往無舟唯坐歎！草蘆風露夜漫漫，感激悲時吟待旦。干戈逼人兵未弭，過目榮枯若流水。且從静處坐窮年，讀易梅邊看天理。

河泊磯

河泊磯頭日欲斜，行人觸景倍堪嗟。干戈滿地忽五載，人物沿江能幾家。燕壘蜂巢依古木，獸蹄鳥跡印平沙。可憐羣卉自生意，幾樹烟花襯晚霞。

赤壁山

長江天塹繫安危，江山帆檣曳夕暉。遠樹月明烏未宿，横江夢覺鶴初飛。北兵夜潰三分定，西水秋涵一帶微。乘興登臨增感慨，山川如故世人非。

雙洲

涉水逾山竄草萊，亂離懷抱幾時開。元家運變黄河徙，漢土兵興赤幟來。夜寂堠亭烽火盛，月明江艦角聲哀。風沙滿目鄉關異，日暮愁俠江上臺。元壬辰正月十一日，紅巾攻破漢陽，十三日破湖廣鄂漢，官民擁舟南遁。余家近江，室廬煨燼，里人相率命歸，稍復故居而號令不一。所茇菴舍，隨成隨爇，所蓄糧食，隨瘞隨啓，遂遁于野，艱苦萬狀。幸免鋒鏑，豈非天相與。因紀其事於此云。

〔一〕「菁菁」，稿本作「琛琛」。

陳潤

潤字□□，閩中人。

竹深處詩

金臺名宦姑蘇客，客裏相逢見顔色。手持詩卷錦離離，珠玉聯篇光耀日。自言平昔愛此君，手栽十畝吴江濆。蒼龍起舞淇園夕，彩鳳長鳴湘水春。客來倒屣邀偕去，擊筑彈棊不知暑。紅塵半點飄不來，好鳥一雙向人語。逍遥深處深復深，等閒忘却樊籠心。何時買櫂東歸去，願借繁陰事討尋。

江輻

輻字□□，三山人。

竹深處詩

萬玉深中構草堂，風清幽致逼瀟湘。羣龍垂影秋無際，獨客高吟興正長。雲壓四簷飄翠雨，暑消三伏隕玄霜。清芬不許紅塵入，寒溢苔花滿石牀。

鄭基

基字本初，三山人。

擬梁簡文體送鐵文彬左丞奉召北還

將軍功蓋世，揚威凈海隅。蛇矛縈後騎，虎衛促前驅。三門開地甲，八陣轉天衢。鐃鼓潮頭響，竿旗日下趨。飛梯躡暗島，合壁示宏圖。降醜尋封奉帝廷，聖書銜鳳落青冥。再召伏波歸闕下，南荒銅柱已鐫銘。騑騑返駟馬，黄河春始融。輕風流碧塞，晴日炫雕弓。柳折秦山麗，冰消泗水通。錦鶻窺長坂，白雁墮春空。黄封將法酒，羽檄候元戎。麟閣圖形已預知，更應設帳會瑶池。夕劍花光歌吹歇，御帖重頒紀宴詩。

白苧詞送謝叔久

征鴻至，征旆舉，花發芙蓉滿江渚。吴姬約雲歌白苧，凝爲朝雲向君舞。牽絲鳴玉張宴遲，稱觴聽曲心自怡。君之别，會有期。

同王原吉逢訪吴庠鄭明德教授元祐俞叔鉉學正鼎教授留飲齋中是夕雪因相與聯句以紀一時清會

中吴泮宫古，廣文官舍敞。佩衿方休誦，逢。冠帶騈憩鞅。歲晏雲四合，祐。雪暮霰交響。飛簾勢皴揭，基。滕六影下上。汙邪畢潔净，鼎。坱軋周滌蕩。若將混端倪，逢。無復别封壤。颯沓竹未俯，祐。崒兀木本强〔一〕。漏壺咽銅龍，基。城柝卧素蟒。冰澌盡膠研，鼎。顥氣深排幌。香乾芸散帙，逢。味永韲凍盎。擁褐肩獨聳，祐。擊鉢技正癢。詩盟得寒郊，基。茗飲失粗鄙。路迷梁園邈，鼎。地邇程門杖。殊憐跼驢背，逢。頗快衣鶴氅。泬寥度郢曲，祐。浩渼泛剡槳。流風心注存〔二〕，基。叔世人紆想。戍遥戰瘃苦，鼎。野曠爪牙攘。好音懷鴟梟，逢。怪物絶魍魎。願追文正躅，祐。不辭慶歷黨。層甍度諸經，基。直道擴羣枉。新知春蘭藹，鼎。舊游曙星朗。謙虚側皋比，逢。欲寡賤熊掌。張燈初筵秩，祐。擧爵朋酒饗。黄羞登俎柑，基。白薦作羹鯗。敘齒先一飯，鼎。探錢罄餘帑。清宜禪僧分，逢。端許賢守賞。蜈蠓殄無類，祐。來牟屬有象。陰褰天光發，基。陽復履道長〔三〕。高視吞八九，鼎。獨立配參兩。幸敦君子交，再極尼邱仰。逢。

〔一〕「崒」，原誤作「碎」，今改。
〔二〕「心注存」，稿本作「注存心」。
〔三〕「陽」，原作「陰」，據稿本改。

王䄊

䄊字□□，三山人。

題徐良夫耕漁軒

太湖湖上結茅廬，盡日耕漁樂有餘。釣罷一蓑春雨足，歸來南渚帶經鉏。

元詩選癸集目録　癸之辛上

王左丞茂二首……一一四七
孟御史昉十三首……一一四八
賀弘文庸一首〔一〕……一一五〇
方員外道叡五首……一一五〇
陳縣尹麟四首……一一五二
鄭都事元四首……一一五三
沙省掾可學二首……一一五四
邵臺掾思文六首……一一五五
陳教授汝霖一首……一一五六
錢教授應庚三首……一一五七
鍾學官律一首……一一五八
陸學正德方一首……一一五八
吴學録簡一首……一一五九
程縣丞煜三首……一一六〇
錢縣丞岳十一首……一一六一
周照磨南十一首〔二〕……一一六四
江漢先生張致遠一首……一一六六
以齋老人黄璋五首……一一六七
王進士翊三首……一一六八
潘茂才牧十三首……一一六九
曾朴二首……一一七一
王隅二首……一一七二
劉原俊三首……一一七三
周敏一首……一一七四
饒芥叔二首……一一七四
李仁一首……一一七五
孔克讓一首……一一七六
唐鎬一首……一一七六

李勤一首……一一七六
天游生陸廣八首……一一七七
陳處士汝秩六首……一一八〇
葦杭子唐元三首……一一八二
灌園翁顧敬九首……一一八三
東宗庚五首……一一八五
張穀四首……一一八六
樊圃二首……一一八七
田耕一首……一一八八
陶琛八首……一一八八
王希白二首……一一九〇
沈敬明一首……一一九一
黃載一首……一一九一
金珉一首……一一九二
許善一首……一一九二
南郭岷許觀一首……一一九三
葉山長顒四首〔三〕……一一九四
張秀才田三首……一一九五
繆佀六首……一一九七
百拙老人朱良實一首……一一九八
沈鉉三首……一一九九
盧煥二首……一二〇〇
易癡道人周之翰四首……一二〇一
張守中三首……一二〇二
東湖叟華以愚二首……一二〇三
周處士翼四首……一二〇四
錢子正二首……一二〇五
徐津二首……一二〇五
鶴上仙王貞一首〔四〕……一二〇六
張處士輅三首……一二〇七
玉崖生范立七首……一二〇八
泰窩道人錢雲一首……一二一〇
韓履祥一首……一二一一
卧龍山民王宥二首……一二一一

朱武三首……一一一二
胡龍臣一首……一一一三
姜文震一首……一一一四
劉逢原二首〔五〕……一一一五
林世濟二首……一一一五
吴昞一首……一一一六
郭道卿一首……一一一六
董在一首……一一一七
野齋道人董存二首……一一一七
徐疇一首……一一一八
鄧德基一首……一一一九
太拙生聶鏞八首……一一一九
仉機沙四首〔六〕……一一二一
齊東野老兀顏思敬二首……一一二三
流兼善四首……一一二三
何宗姚一首……一一二四
費世大一首……一一二五
謝天與一首……一一二五
廉公直一首……一一二五
趙時奐一首……一一二六
陳東甫一首……一一二六
郭子奇一首……一一二七
孫原貞三首……一一二七
吴立一首……一一二八
張清一首……一一二九
甯良一首……一一二九
殷從先一首……一一三〇
朱德輝一首……一一三一
吕安坦一首……一一三一
常真一首……一一三二
來志道一首……一一三三
聞人麟一首……一一三三
于德文一首……一一三四
朱原道一首……一一三四

蕭周遠二首……一二三五
沙碧虛一首……一二三六
袁泮一首……一二三六
鄧紹先十二首……一二三七
董彝一首……一二四〇
林彥之一首……一二四〇
劉伯迪一首……一二四一
龔偉一首……一二四一
胡元旭二首……一二四一
卞子珍二首……一二四二
黃仲紹二首〔七〕……一二四三
董甫一首……一二四三

〔一〕「弘文」，原闕，據稿本補。
〔二〕「十一首」，原作「十首」，據正文改。
〔三〕「顒」，原作「永」，據正文改。
〔四〕「王貞」，原無，據正文補。
〔五〕「原」，原作「源」，據正文、稿本改。
〔六〕「四首」，原作「二首」，據正文改。
〔七〕「二首」，原作「一首」，據正文改。

王左丞茂〔一〕

茂字伯昌，曹縣人。天性忠孝，博學能文章，工詩。至正間舉進士，累官户部尚書，調福建行省左丞，丁内艱。屬明兵下福州，徙家金陵。明太祖詔奪情，授刑部尚書，力辭不就，置安慶，旋以老疾放還，號東村老人。有《東村野老詩稾》。

登安慶譙樓二首

譙樓孤聳倚雲端，太守經營百日完。玉露滴殘江月曉，梅花吹徹楚天寒。稔聞仁政多傳頌，遠聽分明近可觀。塵務俱修非一事，舒民歌詠保綏安。

舒城古名郡，富庶甲淮壤。奈何兵燹餘，灰燼成草莽。賢侯適下車，疲痒勞搔養。招徠并安集，遠邇成閭黨。麗譙政令繁，尤爲衆瞻仰。飛構倚碧空，縹緲據宏敞。層簷鵬翼張，羲娥互來往。嚴肅朝暮改，時辰晝夜掌。人甦奠枕安，户無盜竊攘。四野興歌謡〔二〕，千里同音響。屬山西北來，環城翠清爽。大江東南馳，溟渤接滉瀁。焉得遂登臨，遥觀俯萬象。幸感依劉恩，寧忘仲宣仿。我欲陳此詩，列城爲勸奬。

〔一〕「王左丞茂」，稿本作「東村老人王茂」。

〔二〕「歌謡」，稿本作「謡歌」。

孟御史昉

昉字天暐，本西域人，寓北平。至正十二年，爲翰林待制，官至江南行臺監察御史。蘇伯修嘗《題孟天暐擬古文後》云：「太原孟天暐，學博而識敏，氣清而文奇，蓋欲傑出一世，其志不亦偉乎！」張光弼《寄孟昉郎中詩》云：「孟子論文自老成，早於國語亦留情。」其爲當時所推重如此。按〔一〕，陳基《孟待制文集序》謂：「翰林待制孟君砥礪成均，敭歷省臺。」張光弼集多載與孟天暐西湖往還之作。蓋天暐自翰林出，歷官江浙，亦在江淮兵亂之後。入本朝未詳所終。

十二月樂詞并序。

凡文章之有韻者，皆可歌也。第時有升降，言有雅俗，調有古今，聲有清濁。原其所自，無非發人心之和，非六德之外，別有一律呂也。漢魏晉宋之有樂府，人多不能曉。唐始有詞，而宋因之，其知之者，亦罕見其人焉。今之歌曲，比於古詞，有名同而言簡者，時復亦有與古相同者，此皆世變之所致，非固求異，乖諸古而强合于今也。使今之曲歌於古，猶古之曲也，古之詞歌於今，猶今之詞也。其所以和人之心養情性者，奚古今之異哉！先哲有言，今之樂猶古之樂，不其善歟。嘗讀李長吉十二月樂詞，其意新而不蹈襲，句麗而不慆淫，長短不一，音節亦異，旁搆冥思，朝涵夕泳，諧五聲以攤其腔，和八音以符其調，尋繹日久，竟無所得，遂輟其學，以待知音者出，而余承其教焉。因增損其語，而隱括爲《天净沙》，如其首數，不惟於尊席之間，便於宛轉之喉，且以發長吉之藴藉，使不掩其聲者，慎勿曰侮賢者之言云。

上樓迎得春歸，暗黄著柳依依。弄野輕寒似水，錦牀鴛被，夢回初日遲遲。正月

勞勞胡燕酣春，逗煙薇帳生塵。蛾髻佳人瘦損，暖雲如困，不堪起舞緗裙。二月

夾城曲水飄香，埽蛾雲髻新糚。落盡梨花欲賞，不勝惆悵，東風縈損柔腸。三月

依微香雨青氛，金塘閒水生蘋。數點殘芳墮粉，緑莎輕襯，月明空照黄昏。四月

沿華水汲清尊，含風輕縠虚門。舞困腮融汗粉，翠羅香潤，鴛鴦扇織回文。五月

踈踈拂柳生裁，炎炎紅鏡初開。暑困天低寡色，火輪飛蓋，暉暉日上蓬萊。六月

星依雲渚濺濺，露零玉液涓涓。寶砌衰蘭剪剪，碧天如練，光摇北斗闌干。七月

吴姬鬢擁雙鴉，玉人夢裏歸家。風弄虚簷鐵馬，天高露下，月明丹桂生華。八月

雞鳴曉色瓏璁，鴉啼金井梧桐。月墜莖寒露湧，廣寒霜重，方池冷悴芙蓉。九月

玉壺銀箭難傾，缸花凝笑幽明。霜碎虚庭月冷，繡幃人静，夜長鴛夢難成。十月

高城迴冷嚴光，白天碎墮瓊芳。高飲擸鐘日賞，流蘇金帳，瑣窗睡殺鴛鴦。十一月

日光灑灑生紅，瓊葩碎碎迷空。寒夜漫漫漏永，串銷金鳳，獸爐香靄春融。十二月

七十二候環催，葭灰玉琯重飛。莫道光陰似水，羲和遷轡，金鞭懶著龍媒。閏月

〔一〕「按」，稿本作「錢宗伯牧齋曰」。

賀弘文庸〔一〕

庸號野堂，武威人。授經于余忠宣公闕，官爵失其傳〔二〕。明初僑寓興化，以教授爲業，有《野堂集》。

至正二十三年秋九月同孟知州登玉龍山

東洲玉龍山，嵯峨倚雲嶠。黄花傲西風，紅葉映殘照。屬兹公暇日，登高寄遐眺。萬象入品題，衆賓恣懽笑。時艱念疲民，材拙愧高調。悠然醉忘歸，隔林響清嘯。

〔一〕「弘文」，原闕，據稿本補。

〔二〕「官爵失其傳」，稿本作「累官至弘文館」。

方員外道叡　郡志作「壑」〔一〕。

道叡字以愚，淳安人。蛟峰先生逢辰曾孫。從同里吴暾朝陽遊，以《春秋》名當世，登至順二年進士第，授翰林編修官。至正中，調嘉興推官，聽讞務得其情，民爲之語曰：「方推一斷，死而無怨。」再調杭州判官，遂引疾歸。累轉奉政大夫，江西行省員外郎。洪武初，兩被召，俱不赴。結廬于龍山之陽珠珮峰之下，名軒曰寫易。所著有《春秋集釋》十卷、《愚泉詩藁》十卷、《詩説》一卷、《文説》一卷、《選唐詩》一卷。

和汪百可見寄韻二首

黄塵席帽黑貂寒，歸卧懷慚飯一餐。但有桑麻依杜曲，何須勳業夢槐安。江山千里客愁集，風雨三更春事闌。却笑今年衰懶意，閉門深睡落花殘。

修竹吾廬五月寒，飯香炊麥腐儒餐。緑陰黄鳥北窗午，清簟疎簾一枕安。夢覺忽驚詩思好，心閑並覺宦情闌。千年擾擾成何事，笑似棋枰著未殘。

和以敬兄韻

莫怪旁人笑我愚，知非曾向玉堂居。恩光夜賜金蓮燭，記注晨修石室書。幸接鵷鸞通禁籞，敢將苜蓿詠盤蔬。清朝不草相如檄〔二〕，僰道巴羌久破除。

春山懷古

砥柱誰將屹漢流，濫觴奸宄亦堪憂。急投簪組辭丹闕，歸指雲山似白頭〔三〕。鳳詔空從天上落，詩魔苦爲穀中留。巍巍一片青山色，風在青山永不休。

題白雉山圖

一櫂何人弄碧流，離離霜樹見西洲。新安江水清無底，白雉山高萬仞秋。

〔一〕「方員外道叡」，稿本作「愚泉先生方道叡」。

〔二〕「草」，稿本作「操」。

〔三〕「似」，稿本作「卧」。

陳縣尹麟〔一〕

麟字文昭，永嘉人。少貧窶爲吏，年三十，始刻志讀書，登至正甲午第。授承事郎，慶元路慈溪縣尹。後方國珍據慶元，威勢日熾，麟獨與之抗，國珍執之，欲殺不果，羈縻于岱山海島上。朝廷屢除行户部主事、應奉翰林文字、温州路瑞安知州，自承事郎遷至中順大夫、祕書監丞，不赴。洪武初適閩，感瘴卒。

題歸去來圖

飛泉千尺銀河懸，孤松石上蒼龍眠。四山無數白雲出，五株衰柳當門前。葛巾丈人步其下，悠然别有山中天。

題張甘白樂圃林館二首

桃花夾林館，宛似武陵溪。醉後抛書枕，夢回聞鳥啼。水光花墅外，山色小橋西。盡日無來客，徐吟信杖藜。

見説林居外，終朝無雜賓。卷簾通紫燕，投餌釣金鱗。林影雲連榻，楊花雪點巾。開池養鵝鴨，不使惱比鄰。

題志岩卷

玉樹當窗照眼明，幽人枕石聽秋聲。此身不入天家夢，白髮青山酒一盛。

〔一〕「縣尹」，稿本作「慈溪」。

鄭都事元

元字長卿，開封人，徙居于吴。爲江浙行省都事。

送張吴縣之官嘉定分題賦得越公井

平湖朝崇岡，石勢盡西走。神宫閟海眼，硉兀誰所剖。偉哉楊越公，指揮擘山手。灣環水府近，决裂龍伯吼。日供萬夫飲，鹿盧挂牛斗。清寒散屏闌，甘潤借林藪。招提敞殊勝，遺事千載後。顛倒樓閣影，以兹歲月久。張侯來作縣，胸中攄素有。洌泉人共食，博施澤彌厚。遂令飲惠者，咄咄不離口。何以爲君别，汲汲釀春酒。行人感幽駐，十步一回首。終當勒懸厓，相繼垂不朽。

奉題聽雨樓

飛樓何凝陰，雨氣正含霧。瀟灑集羣雷，淅瀝散高樹。聲懸長風外，坐想當瀑布。習喧久漸息，静聽乃真趣。陰晴造化意，年芳暗中度。白髮如散絲，憑君寫幽素。

題管夫人竹石圖二首

謝家道韞清如玉，林下風標迥不羣。猶夢江南修竹好，蒼梧朝雨暗湘君。

誰裁弄玉碧雲簫，吹過瓊臺月影遥。白鳳一雙何處下，水晶宫裏赤闌橋。

沙省掾可學

可學字□□，永嘉人。登至正進士第，爲行省掾。楊鐵厓有《送沙可學序》云：某官來總行省事，求從事掾之賢能者，首得一人焉，曰沙可學氏。又得一人焉，曰高則誠氏。又得一人焉，曰葛元哲氏。三人者用而浙稱治，三人者，天府登其鄉書，大廷榮其高第，而拜進士出身，賜任州理佐理之職者也。詩集失傳。

詠懷二首

疏鑿功成王氣衰，九重端拱尚無爲。貪夫柄國忠良没，巨敵臨郊社稷危。萬里朔雲沙漠漠，六宫禁御草離離。金輿玉輅無消息，腸斷西風白雁飛。竹坨檢討曰：詠懷詩蓋爲庚申君北狩而作，首句指賈魯挑河言也。獨上高城望遠郊，雁飛黄葉下蕭蕭。天旋西極餘殘照，江湧狂波作暮潮。塵世百年雙鬢改，鄉關萬里一身遥。何由從獵灤河曲，霜冷弓强鐵馬驕。

邵臺掾思文

思文字彦文，河南人。至正末爲臺掾，使吴藩。

四月六日余客德芳解后杜君彦明出示叔潤先生吹簫詩俾余同賦遂走筆次韻以塞責云

湘娥夜啼江水緑，淚血盈盈漬寒玉。丹鳳青鸞久不歸，蛟人爲我裁湘竹。伶倫截管空山裏，冰刃飛霜削宫徵。一聲吹徹秋滿天，楚江夜半龍驚起。玉堂美人關塞情，踏颯起舞行中庭。秋高夜凉月浩浩，寒窗虚幌風泠泠。人間何以得此譜，吴絲蜀桐不足數。鳳臺人去杳無蹤，却向瑶池奉王母。

簡報國寺僧清遠

聞説招提境，空山紫翠中。法王新象馭，天子舊龍宫。愛酒慚陶令，能詩憶遠公。欲尋方丈室，相續晉賢風。

浙江亭

極目錢塘上，千峯列畫屏。雨晴江樹碧，潮落海門青。對景悲王導，移家憶管寧。臨風一惆悵，沽酒慰飄零。

感興二首

聞説昭王未築臺，此生空抱濟時才。青山外史江南老，白髮中官海上來。自信文章追董賈，可能游俠效鄒枚。春風處處堪腸斷，莫上層樓看劫灰。

鳳皇山下野花開，又見東風燕子來。主將深居營玉壘，千官行樂載金罍。裂麻解使陽城哭，作賦徒令庾信哀。多少高人隱屠釣，尚推門第不論才。

白塔寺感懷

浮屠千仞獨崔嵬，宫殿巍巍盡劫灰。玉樹已消龍虎氣，青山長繞鳳皇臺。城頭戰鼓連雲起，沙觜殘潮帶月回。萬里英魂歸未得，不思泥馬渡江來。

陳教授汝霖[一]

汝霖字伯雨，無錫人。伯將從兄。年十八，中鄉試乙科，授嶺方教諭，尋陞嫯州路教授，因世革，杜門不出，以壽終。有《休休居士雜録》。

安陽山莫寇平

空巖人去白雲留，山上英雄付髑髏。百里喜除豺虎患，九泉難洗犬羊羞。梁溪水北家何在，建業城西骨未收。風景不殊人事異，寒梅一樹亂鄉愁。

〔一〕「陳教授汝霖」，稿本作「休休居士陳汝霖」。

錢教授應庚

應庚字南金，居松江之貞溪。弱冠以明經教授，丙申，浙右大亂，所居悉罹兵燹，扁舟載妻子還泖上。其門人曹幼文闢室館之，名曰一枝安。

題梅花道人墨菜畫卷

老吴嗜好素澹泊，戲畫晚菘三尺强。江南物價正騰踊，山中此味偏悠長。冰壺立傳遺適口，碧澗作羹聊塞腸。自古食焉難怠事，吾儒莫羨大官羊。

承復孺學士寄懷一詩臨楮奉答

與君相知最相憶，春水東流春望深。十年共坐燈火約，兩地忽牽江海心。日落瞻烏誰屋上，月明夢鶴故城陰。蘼蕪滿地不可寄，何以報此瓊瑶吟。

閏正月得復孺先生見教去冬寄懷之詩謹次韻奉答

忽見新詩慰闊疎，好懷憐爾獨思余。無由横柳同垂釣，依舊匡山借讀書。自惜交情嗟老矣，即今世事轉紛如。西園寂寞梅花路，腸斷春風處士廬。

鍾學官律

律字伯紀，汴人。由鄉貢進士權儒學官，前後徵辟，俱以疾辭。有《大學補遺》行于世。

贈一齋進士

前朝進士今爲庶，海上淹棲歲食貧。風雨厭看花富貴，冰霜愛寫竹精神。南州冠珮閒中老，北極星辰夢裏真。邂逅相逢同一笑，蒼頭白髮老遺民。

陸學正德方〔一〕

德方字顯叔〔二〕，華亭人。至正壬午登賢書，授般陽路學正。未幾，羣雄蜂起，挂官歸。時元平章河南沈炤避亂鹽之甘泉鄉，德方單貧〔三〕，徒步傭書于其家。俄與談經史，論時政，沈大驚，詢知所自，遂以女妻之。明初以逋臣薦，不赴。

題壁

我本由拳人，何以寓兹土。所恨國步艱，一官難安堵。流離坎壈中，二天仰恃怙。有妻如孟光，有翁如彦甫。灌園佐辟纑，世事任旁午。偶出南陌頭，易姓知真主。微服過故鄉，官司迫門户。逃名名愈隨，披裘釣水滸。夫豈蹈洗淵，臣自甘草莽。中泠烹一甌，博山燒一炷。彈琴伯牙臺，聖世容巢父。

〔一〕〔二〕〔三〕「方」，稿本作「芳」，下同。

吴學録簡〔一〕

簡字仲廉，吴江人。至正中，就鄉試不利，遂杜門力學，吏嘗召之役，簡被儒服執經往，同役者皆目笑之。尋以薦授郡學訓導，陞紹興路學録。洪武四年，召至京，吏部試富民論，授崑山主簿，以疾辭歸，優游林泉，號月潭居士，卒年八十二。所爲詩文，温厚古雅，著有《論語提要》及《詩義》、《史學提綱》、《守約齋集》。子復仕明，官湖廣僉事，頤官本縣學訓導，俱有文名。

虎邱行

巨靈夜竊吴剛斧，劚雲分得蓬萊股。巉巖老石甚雄武，女媧不敢支天柱。六丁移近吴城旁，土花剥蝕千風霜。神膏迸藓流玉漿，碧泉澄露飛金莖。當時湛盧淬秋月，西走荆秦南竄越。館娃宫成鋒即缺，斷煙荒草長愁絶。我來適興，登高墟，浩歌醉倒黄金壺。百年榮悴君知無，西施未必能亡吴。

〔一〕「吴學録簡」，稿本作「月潭居士吴簡」。

程縣丞煜

煜字彦明，揚州人。官寶坻縣丞。

過太湖

擊楫中流去，西風客思催。地吞南極盡，波撼北溟迴。鮫館懸秋月，龍宫起夜雷。濯纓人不見，長嘯倒金罍。

題馬遠四皓奕棊圖

千年憐四皓，不悟世如棊。既脱秦阬慘，那扶漢鼎危。冥鴻心已屈，牝雉禍難追。何似商顔下，長歌茹紫芝。

題明皇並笛圖

華清宴罷卷霓裳，重立東風並海棠。鳳琯莫吹新製曲，有人乘月倚宫墻。

錢縣丞岳〔一〕

岳字孟安，吴興人。元季徙居雲間。任亳縣丞，自號金蓋山人。

静安八詠

赤烏碑

名刹高開滄海邊，豐碑新建赤烏年。悲凉斷刻三江底，想像雄風六代前。潮落雁沙看古篆，月明鰕渚弔枯禪。中興賴有周郎記，回首吴陵慘暮煙。周郎謂周弼。

陳檜

上方雙檜鬱岧嶤，不逐禎明玉樹凋。雲擁鶴巢溟海暗，火枯龍骨艮宫摇。深根入地應千尺，老幹擎天已十朝。夜半木精聽説法，昔年亡國恨都消。鐵厓評曰：「此章全美。」

鰕子禪

舉世争傳野衲癡，啗鰕聊復見神奇。十千天子俄驚活，五百聲聞總未知。落日胥村波渺渺，秋風蕭寺草離離。只留千古空龕在，靈跡蒼茫不可窺。

講經臺

潮打彎碕半欲摧，老禪稱土鐵厓評曰：「二字人未用到處。」築高臺。旃檀林下談經坐，舍衛城中乞食回。江月夜摇金篆冷，天風時散寶花來。惟餘石塔殘陽裏，長使登臨過客哀。

滬瀆壘

袁公築壘吴淞口，廢址猶存滬瀆名。先駐孤軍防險地，已勝癡將假陰兵。濤舂海岸喧鼙鼓，雲合江天擁旆旌。豪傑不將成敗論，千年青史見忠貞。鐵厓評曰：「知豪傑之不懼者，其岳乎。」

湧泉

靈火暗通滄海脉，虚亭新構白雲隈。潭心象踏天花出，沙際龍噴石鉢來。滚月浪花翻玉乳，濺空霜沫迸珠胎。鐵厓評曰：「亦善形容。」我來分得軍持滴，散作甘霖遍九垓。

蘆子渡

三江南上路斜分，十里蘆花接海門。落日斷鴻迷岸岸，西風飛雪暗村村〔二〕。赤烏名刹今猶在，金統殘營久不存。獨立蒼茫弔陳迹，幾回蕭瑟向黄昏。

綠雲洞

洞裏綠雲三萬頃，毗耶方丈隔雲深。青鸞舞處風生壑，白鶴歸來月滿林。曉色不分天女鬢，寒聲都作海潮音。老禪擊鉢哦神句，不覺嵐花滴滿襟。

題破窗風雨圖 并序。

至正乙巳秋八月十五日，會蘭雪聘君于鐵厓先生小蓬臺，見示此卷，遂爲之賦。

敬亭山色讀書菴，破紙窗寒儘自堪。但怪蛟龍嘶匣底，不知風雨暗江南。雲横黑海歸帆斷，花落彤樓曉夢酣。五色石崩天頂漏，須君手脱巨鰲鐕。

寄鐵厓先生

老仙才氣輕韓李，流落江南道不窮。野史欲藏神禹穴，直書曾上大明宫。蘭舟夜蕩鷗邊月，鐵笛秋横鶴背風。陶寫惟應軟詩酒，薦賢何必效山公。

次張茂才韻因送其還

十年奔走浙西東，落日秋風兩鬢蓬。人物晉唐文藻盛，江山吴楚伯圖空。孤舟海國鷗邊雨，萬里揚州鶴背風。不盡平生遠游興，著書甘作草堂翁。

〔一〕「錢縣丞岳」，稿本作「金蓋山人錢岳」。

〔二〕「西風」，原誤作「四風」，據稿本改。

周照磨南

南一作「南老」。字正道，其先道州人，宋末徙吴。至正間，以薦補信州永豐學教諭，又檄爲吴縣主簿。詣闕陳時政六事，進淮南省照磨。洪武初，徵赴太常，議郊祀禮。禮成，發臨濠居住，放還卒。正道嘗和高啓《姑蘇雜詠》，頗肆詆訾前賢云〔一〕。正道詩在國初，最爲庸劣，敢于和《姑蘇雜詠》，又從而訾議之，其亦愚而不自量也。《列朝詩集》載周南《西湖竹枝詞》二首，附楊維楨詩内。考《竹枝集》，爲楊慶源作。未知何據，誤編入也。

詠吴桓王墓

城南桓王墓，高冢何穹崇。昔爲盗所發，冢開寶氣空。孱然一髫孺，揮箠定江東。闢地餘千里，義勇日已雄。萬歲期永藏，誰能錮幽宫。英雄昔所在，燕麥摇春風。

芳桂塢

林塢藏幽芳，叢桂團蒼玉。子落明月中，香生流澗曲。風前墮粟金，雨餘明浄緑。伍以荃蘭幽，愧彼桃李俗。中有道人居，清名紀仙籙。爲花歌古春，對酒不忍觸。

至正丁酉冬督役城虎邱連月餘賦詩八首録呈居中禪師

雨過小吴軒

白髮趨公役，驅馳上虎邱。空惟追舊賞，無復紀清游。紅葉自秋色，青山慘莫愁。憑軒凝竚久，誰與話綢繆。

虎邱次和郗進士仲誼韻〔二〕

公餘聯騎入山城，老衲追陪得散行。短簿祠前看竹色，小吴軒上聽松聲。來游故苑春將暮，歸去南樓月已明。題徧新詩佳勝處，定應商略過天平。

絶句五首

捧檄趨功城虎邱，因高據險互相繆。湛盧一躍寒潭底，夜半光芒射斗牛。

四疊新城遶澗隈，劍池池上碧崔嵬。於菟夜吼山靈振，仙鬼哀吟風雨來。

平林慘淡日沉西，百萬城春落杵齊。努力相歌歌未徹，回頭仰羡鳥歸栖。

公餘腰脚漸痿疲，短簿祠前步屧遲。手掬寒泉薦清酌，坐令千古重懷思。

老我驅馳名利塲，獨憐毛髮半蒼蒼。愁顔不解令人喜，空愧吟身六尺長。

過遠上人房

終日經營不少休，偶因退食憩禪幽。東林許我盟蓮社，底用攢眉爲酒愁。

懷逢上人

懷公只在劍池邊，幾度相期煮澗泉。愧我連宵清夢遠，定知何日謝塵緣。

〔一〕「前賢」，稿本作「錢宗伯牧齋」。

〔二〕此詩原無，據稿本補。

江漢先生張致遠

致遠字□□，古壇人。別業在江上，因號江漢先生，出自武曹。明初，與其兄聲遠等十餘人嘗爲真率會。

挽余廷心

將星殘夜落前軍，鐵馬金戈去不存。躡履西郊尋故壘，采蘋南澗奠忠魂。高風不獨傳千古，死事何緣萃一門。獨倚白楊空悵恨，烏啼落日滿江村。

以齋老人黄璋 一作「章」。

璋字仲珍，華亭人。至正初，應浙江鄉試，下第南歸，與陶安主敬、雷燧景陽同舟賦詩。晚自號以齋老人。

題李節婦

茶生根不移，菊謝枝不離。婦天一醮終不改，天且可改三綱隳。傷哉古道久凋喪，况乃造昧雲雷時。昔爲東鄰婦，今作西家妻。小草有貞性，人反禽犢爲。世無障川手，瀾倒焉能支。彼美節婦李，卓卓見所希。早歲事良人，舉案與眉齊。一朝破鏡飛上天，二十四載甘空閨。不事冶容妝，不著嫁時衣。皎皎玉雪操，暗室生光輝。藹絲麻枲躬績紡，晝響刀尺宵鳴機。女紅爲養不自飽，族有嫠女咸相依。嫗言來簧惑，彼寧知秉彝。此心匪石不可轉，憤怒竟欲以死辭。貞義凜莫奪，上有天翁知，冥冥之中陰相之。介爾景福，錫爾遐壽，樂哉黄髮以爲期。我歌節婦詩，警彼薄俗漓。悙悙女子能若斯，男兒節義胡可虧，節義不立非男兒。

遣興二首

滿目烽煙在，經春血淚垂。素無投筆志，空有挂冠思。江總真能仕，陶潛託賦詩。獨餘心炯炯，静夜月應知。

牢落悲生計，艱難歎索居。母兄皆寄食，兒女久無書。井邑兵戈滿，郊原瓦礫餘。傷心春雨過，農事定何如？

懷青城先生

虞卿落落不羈客，端如野鶴混雞羣。興來甫里一杯酒，與埽匡廬九疊雲。遺史尚求丞相事，從孫能輯翰林文。杜陵秀句多家法，春樹初生每憶君。

李伯時姑射仙像卷并序。

起居出此卷爲清玩，覽畢漫賦一詩。

三素雲中駕赤螭，天風吹袂翠披披。神仙可有情緣在，手掉芙蓉欲贈誰。

王進士翊

翊字伯良，□□人。至正進士。

送趙文善之湘陰守

前代王孫夙相家，于今出牧向長沙。神龍正喜騰霄漢，天馬寧容駐渥洼。江水流澌初閣櫂，岳雲點雪又催衙。好懷忍向高人別，折贈寒梅驛路花。

喜危伯明教授上京回詩以奉柬

大兄甲子甫周圓，又捧除書下日邊。太守正懸高士榻，諸生競設廣文氈。池芹時雨添新墨，壇杏薰風拂舊絃。老病客牕依泮水，願分餘潤及同年。

題韓民瞻送李經歷兄弟還鄉行卷

幕府人誇兩弟昆，皦如玉樹倚春温。忽瞻親舍雲千里，漫把離亭酒一尊，汝水夜凉梧葉老，沁園秋净菊花繁。誰知贈别歸盤谷，猶是昌黎舊子孫。

潘茂才牧〔一〕

牧字□□，淮南人。至正間，舉茂才異等。與潯陽張羽來儀友善，來儀有《懷友詩序》云：周道方殷，猶歌《伐木》；陶情無慕，尚賦《停雲》。况屬時艱，久乖朋好；欲抒契闊，實藉篇章。因得詩二十三首，爲牛諒、馮允實、王欽、韓相、華野、陳恂、陳堯咨、莫世安、方彝、牟魯、葉廣居、唐肅、安處善、朱武、宇文材、董在、倪瓚、沙門懷渭、沈夢麟、胡鉉、李訥、周復及牧共二十三人，人占一詩也。

至正辛丑冬惟寅先生以懷古十二詩示僕讀之有古烈士慷慨悲歌之風當

時大夫士和者甚衆僕亦忝居契家之好故敢次韻成章鄙俚可笑非敢以言詩也謹承教

吴都富且艷，翠袖倚層臺。歌吹凌春色，旌麾駐越來。繁華忽消歇，一作「息」。珠玉風中埃。
青山瘞寶劍，草偃千秋墓。金鳧入夜飛，玉漏沉寒露。轉盼陵谷遷，非從鐵爐步。
勾踐嘗膽日，堅鋭不謂無。一朝獻西子，越兵成大呼。回睇長洲苑，千秋生碧蕪。
青山翔鳳凰，紫氣繞吴關。玉泉湛若鏡，靈鷲飛不還。重瞳在何許？淚灑莫能攀。
翠華竟南渡，夷門不復都。長城乃自壞，黄龍孰能屠。空令二宫泣，五國聽啼烏。
尚父擁玉節，錦衣當晝行。輝光照閭里，千載英風生。至今牛斗下，還瞻紫氣横。

懷古六詩謹次韻録上

弔古上靈巖，日暮下琴臺。蕭蕭紅葉落，采香人不來。鴟夷稱得計，勾踐亦塵埃。
荒邱壞古隧，言是孫策墓。墓草生輝光，零零泫秋露。想當立國時，英雄稱獨步。
吴宫事已遠，王謝宅亦無。山鬼話亡國，松關夜相呼。白露泣紅蘭，青燈照碧蕪。
國亡喬木在，鳥鳴自關關。人隨歸雁遠，春從沙塞還。怨别惟宫柳，長條復誰攀。
南渡中興日，君臣此建都。共憤太宰讒，子胥忠見屠。武穆何由死，欲聽延秋烏。
山僧講經地，玉輦昔曾行。寢殿野花落，空巖雲氣生。敗亡猶得士，千古讓田横。

友竹軒詩

種竹山石間，江南幾風雨。愛此青琅玕，歷歷皆可數。閒持一尊酒，託興爲賓主。酒酣對竹歌，興至爲竹舞。竹疎響珮環，葉亂落飛羽。雖無眼中人，友之豈不古。譬彼陶淵明，采菊東籬下。千秋萬歲名，此意竟誰與。

〔一〕「茂才」，稿本作「茂異」。

曾朴

朴字彦魯，燕山人。官爵未詳。

次仲誼韻呈居中長老

闔閭冢上見新城，無復游人載酒行。山雉聽經依塔影，樹鴉争食亂鐘聲。劍池龍去泉空冽，茶竈僧閑火獨明。我欲投簪營小隱，佛香終日祝昇平。

送張吴縣之官嘉定分題別駕

一天風雨净炎埃，父老歡迎別駕來。撮蚤鵂鶹還避去，朝陽鸑鳳卻飛迴。吴門善政人争誦，海國甘棠手自栽。世壽堂中時進酒，綵衣屢舞笑顔開。

王隅

隅字仲廉，大梁人，寓居吴中。

題徐良夫耕漁軒

南山飢牛常待飯，而君力田致疎懶。北溟游鯤幾千里，而君垂釣滄浪水。高堂老親鶴兩鬢，二者本自供甘旨。禾囷三百既有獲，得魚可羹而已矣。甫田之詩誠足歌，犗餌之談真浪耳。五湖飛濤雪浪奔，一作「崩」。高軒却立青山根。魚龍出舞日色晚，一作「死」。四面緑窗相吐吞。輟耕罷釣來坐卧，每與明月争黄昏。抽書膝下教兒讀，等身長鍤支柴門。有時風雨得頳尾，沽酒約客東西村。揪樹磯頭净淘米，蘋香滿席羅盤飧。頹然醉飽無一事，淵識自許探乾坤。鄙夫欲問榮與辱，笑指浮雲無一言。主人可能從我請，借我開軒對煙暝。與君極談濟世畧，君抱長策玉在礦。借令肘足亦可笑，聖賢一作「賢聖」。出處有要領。吕望豈意遭周獵，伊尹却負干湯鼎。吾以吾手舉吾鉏，君以君力爲君聘。聊將榔板敲一聲，蛟鼉蹋斂風波静。清時有材亦如此，奚必區區事箕潁。鱠魚飛雪落牛蓑，暫賞湖光三萬頃。

劍池聯句與會稽張憲吴郡高啓金起同賦

飛梁上當空，憲。直壁下插水。兩樹交古陰，啓。孤亭倒清泚。初至意已愜，憲。再陟神亦靡。氣消困龍藏，起。骨朽山鬼死。蒼崖出仙詩，隅。金藏闕僧史。伯圖渺何在，憲。世事倏如此。佳遊信難遭，啓。壯志良未已。憑欄瞰神州，起。樹羽訝軍壘。未覩煙塵清，隅。且躭林壑美。臨風揮一觥，憲。憩石脱雙履。鶯啄朱果殘，啓。蜂抱黄英委。琴咽斜陽蟬，憲。棋戰欲雨蟻。溽暑避松篁，啓。輕涼透藤椅。瞑目思黑甜，憲。潛心翫玄旨。籟響破虚寂，啓。香飄聞旖旎。飯鐘隔煙來，憲。樵笛呼月起。整轡戒僕夫，啓。揖鞭謝釋子。厖聲吠喧呵，起。騎影歸迤邐。餘戀尚眷然，隅。重來那復爾。明發抗塵容，何由繼芳趾。

劉原俊 一作「元俊」。

原俊字用章，浚儀人。

安將軍歌

安將軍，紫髯鐵面多戰勳，猛氣散作西山雲。前年紅巾入城府，赤子滿城誰父母。將軍血戰城東門，五百健兒齊奮武。更有大郎猛於虎，身屬櫜鞬實刀舞。匹馬奪橋入賊塢，殺賊盡作河邊土。將軍父子真有功，今日渾如筆畫空。將軍之功豈不好，弁山入雲青不了。

湘竹龍歌

九疑雲深隔煙渚，落日湘君泣秋雨。江邊老竹餘淚痕，化作神蛟學人語。仙人携至太清家，鐵笛黄樓不敢誇。天上鳳臺人未老，綵雲聲裏度年華。

過歌風臺

六國無人祖龍死，布衣提劍山東起。八年置酒未央宮，千載猶思復田里。風飛雷厲來咸陽，錦衣其如歸故鄉。登臺作歌醉眼白，俯視四海諸侯王。寂莫河邊一邱土，煙樹蒼茫接齊魯。行人何必重傷心，世事回頭今亦古。

周敏

敏字□□，汝陽人。

友竹軒詩爲吴江崔君誼作

我愛此君晚節，迺知能友歲寒。相與了無俗氣，喜聞日報平安。按《友竹軒記》，去縣而西百里曰洚溪，溪之上，崔君誼所居在焉。屋前後種竹若干挺，因扁其所居曰友竹。君誼當勝國時，出宦京師，遭時多故，既歸田里，終日嘯歌其間。厥子齡，國朝任刑部主事，以清慎稱。間持友竹詩卷，請記於余，是爲記。洪武□□秋八月，户部侍郎吴江莫禮書于鍾山之寓。

饒芥叔

芥叔字□□，汝陰人。

賦小吴軒

寒泉古木作老氣，翠竹蒼梧同此心。三尺干將石可試，千年科斗壁能尋。乃知文武非無具，不比吴越坐相侵。小吴軒下小濯足，一醉不易千黄金。

承兀顏子中廉使見寄

故人來自海東堧，白首相看一夢然。慚愧山家乏清供，抱瓶來覓劍池泉。

李仁

仁字嚴賓，東蒙人。

題鐵網珊瑚圖奉和黄鶴山樵贈范玉崖韻

黄鶴山人多意氣，真是亭亭老仙士。揮毫髣髴如有神，怪石嶙峋筆端起。琅玕玉樹生雲根，畫圖奪得江南春。邇來遨遊東海上，持贈玉崖之高人。兩翁相逢遂傾倒，醉裏不知天地老。持竿共結滄洲期，一釣猶嫌六鼇小。

孔克讓

克讓字□□，曲阜人。

水德婦李氏節行

水家貞婦蕙蘭姿，廿載孀居節自持。陶女矢歌黄鵠操，共姜誓死柏舟詩。感時顧影臨鸞鏡，舉案傷心對繐帷。只恨同生未同穴，九原無路不勝悲。

唐鎬

鎬字□□，晉昌人。

題朱景春安分軒

按扶風魯希學序云：吴郡朱景春爲屋於所居之左，以爲燕娱之所，而扁曰安分。

高人養素總忘憂，卜築蘇門寄息游。自愛遺經期教子，每慚種橘擬封侯。秋風門巷蠨蛸滿，春雨池塘草樹幽。不減當年龎處士，至今流譽滿南州。

李勤

勤字□□，隴西人。

題安分軒

卜築向郊坰，幽軒傍篠汀。晴禽弄虚牖，春草滿閒庭。家有簞瓢樂，門無車馬停。應緣人事少，終日掩柴扃。

天游生陸廣

廣字季宏，號天游生，姑蘇人。畫師黄子久，明李日華云：陸天游畫品在幼文雲西間，以蕭散幽澹爲宗，若闊幅雄肆之筆，絶不易得也。

與金伯祥虞克用清夜聯話

浩蕩即扁舟，紆徐適廣路。玄雲蔽重陰，澄湖漭迴沍。客雁度寒洲，漁罾挂荒墅。故人欣會面，握手出深愫。古篋啓奇文，微吟發清趣。念兹慎勿忘，勗哉紀良晤。克用先世，乃冠纓相家。文章事業，銘彝鼎，被絃歌。克用襲藏，皆鯨珠也。故云。

水竹居

爲愛王徵士，幽居發興新。乾坤得清氣，風月屬閒人。已有雙溪竹，渾無一點塵。平生隨所寓，取適任天真。

和虞克用見寄

試拂龍泉劍，虚涵三尺冰。直心憂社稷，孤憤泣江陵。牧野村村雨，漁船夜夜燈。感君多道氣，懇款實難憑。

丹臺春賞圖

江南風物軼飈塵，天際層峰競出羣。乳竇雨晴飛玉液，巔厓露冷滾松雲。丹砂勾漏何年受，璚笈靈符此日聞。借問安棲珠樹鶴，山居如畫箇中論。

丹臺春曉圖爲伯永畫〔一〕

十年客邸絶塵紛，江上歸來思不羣。玉氣浮空春不雨，丹光出井曉成雲。風前龍杖時堪倚，月下鸞笙久未聞〔二〕。幸對仙翁遠孫子，坐中觀畫又論文。

破牕風雨圖

四簷風雨晝昏昏，小紙斜窗破墨痕。翻得杜陵巫峽語，歸雲擁樹失前村。

題燕文貴秋山蕭寺圖卷

漫浪遨遊五十年，高崖絕巘出雲烟。眼明恍識圖中意，江峽曾乘萬里船。

己酉歲僕客沈隱君伯璿家觀燕文貴精妙入神畫不敢綴辭沈君索詩書卷後勉賦四語後二載復觀斯卷諸公沛然吟長篇沈君復索鄙詩故有是作

長風吹船過彭蠡，縹緲雲巒矗天際。天柱峰迴玉筍遥，金掌芙蓉半空起。汴宋先後多畫師，回斡天機誰比擬。燕侯文貴世罕得，點染清妍才擅美。斯圖拂拭雙眼明，幽討直須論萬里。箾槮絡石虧雲根，鐵壁蒼崖徹澗沚。紺殿珠樓佛寺中，丹臺玉室仙鏡裏。水邊沙際市橋通，野店人家茅屋底。令我憶舊遊，心跡追冥搜。華星耀丹壑，綵杖凌九洲〔三〕。安期羨門子，招邀指蓬邱。回視句吳山，培塿一土抔。載復觀斯圖，慷慨興歌謳。

〔一〕「伯永」，稿本作「伯顒」。

〔二〕「未」，稿本作「不」。

〔三〕「九洲」，稿本作「玄洲」。

陳處士汝秩

汝秩字惟寅，天倪先生徵子，自廬山卜居于吴。少失怙，與其弟汝言惟允力貧養母，有聞于時。明初以人才徵至京，以母老辭歸。明洪武乙丑，以疾考終于家。惟寅詩文，藻麗不羣，蕭然有出塵之想。性嗜古，每購書畫，傾貲弗惜。與人揚推今古人物，治亂興廢，窮昏旦弗怠。高亢不茍交，與惟允爲淮張所辟，親信用事，聲勢甚盛。惟寅兵後不能卜一廛，饒介之謀僦屋以居，倪元鎮爲作疏。安貧静退，視其弟之赫奕，若弗聞也。

送張吴縣之官嘉定分題賦得采香逕

一水直如矢，千年流瀰瀰。不見采香人，滿湖生緑蘋。湖中送君別，鶯啼疎兩歇。明月出海邊，清光照練川。去去蘇民瘼，歌謠動城郭。遺愛擬甘棠，垂名若采香。

次徐良夫謝雲林倪處士耕雲王照磨韻

清游太湖上，木落洞庭秋。閲世了如夢，飄然乘釣舟。青巒映西照，白鳥隨東流。投竿不在得，意倦且復休。遂造高人宅，芙蓉滿汀洲。坐我南窗下，羣書堆案頭。秉燭讀其辭，嘉言慕纂修。共飯蓴鱸美，既飽又何求。已絶城府念，將從麋鹿遊。子詩軼齊梁，熟精漢魏優。依依敦友義，合榻更相留。酌我盈觴酒，可以慰綢繆。明當理歸櫂，愛兹林壑幽。卜鄰期有日，乞借一間樓。

虞相古劍歌并序。

吾友虞勝伯隱居南山，讀書耕釣，不求人識，所與游者，皆巖穴之士也。其先丞相雍國公，忠義立朝，具在史册。所佩古劍，以貽子孫，代不乏賢，而餘風遺烈，猶未泯也。至正乙巳歲，勝伯自山中來，命余賦此劍。爲《虞相古劍歌》與勝伯，以發其所藴云。

虞山人，何入城。訪我衡門下，要作古劍行。云是雍公所遺之古劍，采石江頭大破完顔兵。匣藏累世不敢動，忽然光怪夜夜蛟龍鳴。憑軒拔鞘自起舞，皎如月下秋霜明。横磨泰山石，直斬東海鯨。何不獻書見天子，快意一掃風塵清。吁嗟此劍亦神物，又於堪也同垂萬古名。

題徐良夫耕漁軒

朝吾耕兮壠前，暮吾漁兮湖邊。山青青兮不雨，波滔滔兮生煙。春秫兮换酒，采蓴兮烹鮮。力耕漁兮自給，窮下藝兮鑽研。

題王叔明溪山圖

前身定是王摩詰，黄鵠溪山似輞川。薜荔十尋懸緑樹，芙蓉千仞倚青天。長歌不用來招隱，閉户當應疏草玄。怪底西風波浪惡，披圖莫上五湖船。

訪耕漁隱君

鳴鳳岡頭訪隱君，呦呦麋鹿自成羣。當門柳葉青如帶，繞屋梨花白似雲。坐飲漫傾殘臘酒，行厨先食早春芹。卜鄰有約應無負，乞我煙霞一半分。

葦杭子唐元

元字本初，號西郊，姑蘇人。讀書博雅。有船，號一葦杭。圖書古玩，離列左右，浮游江湖，日哦詩其中，自號葦杭子。每過玉山溪上，必檥舟柳下，終日談笑。

東皐

喧晨步東皐，東風襲杖屨。溪流帶落花，晴煙裊飛絮。濯足竹邊泉，散策松下路。幽禽忽驚起，飛過溪南樹。林深疑無人，俄聞響機杼。

虞山秋夜

迢迢秋夜長，青燈半明滅。棲鵲繞疏枝，濕螢依腐葉。谷虛振幽響，室静生虛白。數聲誰家笛，吹墮西窗月。

題元鎮惠麓圖

雲林畫法學王維，氣韻風流或過之。猶記昔年清閟閣，春風吹滿鳳皇枝。

灌園翁顧敬

敬字思恭，自號灌園翁，吴郡人。早年衣狐貉裘，馳百金馬市中，爲彈射遨遊事。洎長，遂折操讀書，從儒先生游，恂恂若出二人。爲古歌詩，凌轢時輩。

可詩齋

一室何慚小，閑來自可詩。春池看碧草，夏木聽黄鸝。佳句驚鬼一作「魂」。得，行厨爲客移。卜鄰吾欲老，莫怪虎頭癡。

次廉夫韻寄玉山

玉山幽深草堂好，翠竹森森映白沙。栗里歸來陶令宅，桃花開處杜陵家。風來野樹留歌鳥，雨入溪流送落花。我欲問津從此去，天涯何處有星槎。

題馬遠雪景圖

雪埋門徑失，壓樹白差差。知己年來少，無人訪戴逵。

雲林生畫林亭遠岫 癸卯五月。

雲林八法寫倪迂，夏木幽亭翠幾株。雨後長洲政如此，騎駝山色近何如？

贈畫師朱叔重二首

海岳菴頭積翠峰，蒼松兩兩似遊龍。要知米老騎鯨去，誰把雲山寫淡濃。

朱郎絶似大癡哥，邱壑胸中奇更多。我欲携琴訪猨鶴，白頭相與卧松蘿。

和西湖竹枝詞

樓船女兒日晚歌，蓮心結子綰雙螺。湖水瀟瀟湖月白，奈此湖中凉夜何？

芝雲堂

一室林間絶埃氛，九莖當户秀芝雲。好風晝日便清夢，莫使人書白練裙。

寄芝雲堂主人

雲暖幽亭長紫芝，昔年曾許鶴來期。短筇空倚清江上，滿目春愁兩髩絲。

東宗庚

宗庚字章孟，吴郡人。

登善住寺新成閣得江字

高閣新成俯大江，宏開壯麗控名邦〔一〕。宿雲不散連飛棟，紅日初升射碧窗。目極蓬萊窮島嶼，神遊閶闔見旌幢。羣公此日頻登眺，喜有清吟對怒瀧。

題聽春雨軒

階頭燕雨潤流酥，柳底鷗波已可漁。斗帳沉香敧枕後，青燈綺户把杯初。不愁泥滑妨過騎，喜有田歌起荷鉏。明日雲開花滿眼，好令童子具籃輿。

題如一源瀹雪軒

白鶴步苔窺短楹，浮煙微動鬢絲輕。玉塵落輾雷聲殷，瓊乳滿甌雲影横。心入蓬萊仙路杳，書傳諫議夢魂驚。却疑説法神天坐，散亂空花雙眼明。

題陳履元畫玉山草堂圖

玉山草堂江上無，全勝西莊給事居。盤内玉芝分食後，階前珠樹種來初。詩成綵筆傳金刻，帙散芸香啓石渠。敢有新圖將遠意，東吴瞻望重愁余。

偶題

漁波微動上湘簾，圓沼初成小鏡奩。葉底翠丸青可摘，小娃纖手送吴鹽。

〔一〕「壯」，稿本作「雄」。

張穀

穀字□□，吴人。

絶句四首

隱居城市絶塵埃，秋菊春蘭手自栽。一卷《楞伽》讀未罷，南山相對翠崔嵬。

户庭不出倦逢迎，净室焚香也自清。來客莫煩談世事，石牀分坐話無生。

翠石嶙峋分外幽，叢蘭生近澗西頭。畫圖來自重居寺，相對令人憶聽秋。聽秋道者爲文甫畫蘭石。

清閟閣前春雨時，一枝醉裏寫臨池。因風遠寄棲禪侶，山寺迢迢傍水涯。雲林寫竹寄白馬寺，今歸文甫處。

樊圃

圃字孟學，句吴人。嘗侍親來中都，于濠水上得地一區，構軒居，治圃其中，因扁其軒曰學圃，四明鄭真千之爲之記。

沈復吉植芳堂詩

按楊維禎記云：余友生沈君復吉授經余門，又究習岐黄之術，學于世之名能者。治其所居之堂，扁曰植芳。

橐駝善種樹，深得養人術。宋人揠其苗，苗槁死尤劇。勉彼植芳士，鑒兹得與失。非加培植功，曷及滋蔓力。湛湛朝露晞，藹藹春暉白。光浮丹杏林，香動幽蘭室。令德擬同芳，修名當自立。曾上君子堂，微言聊暫述。

題秀野軒

結構分平野，開軒挹翠岑。輕雲生晝暝，嘉木藹春陰。曖曖煙墟緑，森森華竹深。明當謝塵鞅，杖屨一追尋。

田耕

耕字仲耘，吴郡人。

題秀野軒

門掩雨餘苔，時因看竹開。客閒棋響罷，犬吠屐聲來。雲冷埋琴薦，花繁近酒杯。高情與幽思，只是覓詩材。

陶琛

琛字彦珩，一作「行」。姑蘇人。

題徐良夫耕漁軒

朝耕在東臯，暮漁入西渚。匪惟衣食營，適此自成趣。平湖映明月，膏腴亦滋雨。荷鋤肆微勤，操舟更容與。所欣生物遂，不計力勞苦。耦耕二三叟，可以爲儔侶。文史雖不通，田事亦能語。有時煙水間，去來更無阻。每見波上鷗，飄然若輕舉。歸來憩軒下，再喜尊有醑。妻奴走我前，黎栗飣盤俎。一觴聊自進，且復慰情緒。願兹終餘生，達者何足取。

次徐良夫謝雲林倪處士耕雲王照磨韻

西山久思往，經春復踰秋。迴看岸旁樹，尚繫煙中舟。日月倏飛騰，不異川波流。至今遠遊興，浩然殊未休。東風江上來，沄沄水生洲。便欲引雙屩，飛行紫巖頭。如何苦蹉跎，徒睇雲路修。谷鳥在林杪，嚶聲亦相求。今君展清讌，胡不邀同游。開館集羣彦，翩翩文采優。相逢尚難得，况兹旬日留。歡然對尊俎，情意兩綢繆。嗟彼邱壑賞，豈顧茅茨幽。愁來發清詠，獨倚城南樓。

題江雪川長江圖

石出夜潮落，山明寒霧消。江空千里櫂，村迴一歸樵。樹色連沙嶼，人家傍野橋。還同舊棲地，風景日蕭蕭。

奉和無爲天師見寄

芙蓉簪導紫綸巾，上界高居每好文。懷友遠瞻千里月，棲真獨卧一牀雲。樓臺倒影神仙府，山谷含輝錦繡文。嗣續一傳天共老，宗風遺教古今聞。

過邵弘道先生墓

青山隱隱遠相連，仰睇松楸憶舊年。芳草蓋墳長似帶，碧苔封徑小於錢。嵐氛晝掩微微雨，野水春流淡淡煙。澆遍壺漿弔耆德，潸然涕落誄文牋。

師子林十二詠 録三。

禪窩

菁茅葺成宇，白雲擁爲户。是中有定僧，默坐自朝暮。

竹谷

緑霧濕濛濛，紛披路不通。秋聲夜來起，無處著西風。

冰壺井

玉泉百尺深，古甃涵光冷。何以鑑虚明，差差鹿盧影。

王希白

希白字□□，吴郡人。

題秀野軒

濂溪孫子多清致，結屋宏開據澗潯。晴動竹光分晝暝，日移花影作春陰。出林鹿去飲清泚，隔樹禽來弄好音。香静獸爐還自樂，擁窗更愛看山吟。

題李昇林泉高隱圖

山青雲白萬林秋，中有隱者心天游。行來濯足天地闊，不與世俗同朋儔。

沈敬明

敬明字□□，□□人。

友竹軒詩

好友不可得，索居修竹林。於世既寡合，此君獨知心。開軒日相對，臨風時共吟。終焉期勿替，庶以消煩襟。

黄載

載字□□，吴郡人。

題安分軒

安分軒中安分人，索居應得樂閒身。平生不願陶朱富〔一〕，終歲寧甘原憲貧。雨霽帶經鉏隴上，天寒鼓枻釣溪濱。固窮自是書生事，亦欲移家共作鄰。

〔一〕「願」，稿本作「慕」。

金珉

珉字□□，吴郡人。

植芳堂詩集陶一首

謂人最靈智，衛生每苦拙。所懼非飢寒，將養不得節。達人解其會，在世無所須。羲農去我久，空歎將焉如！念之動中懷，積善云有報。藥石有時間，詩書敦夙好。藹藹堂前林，灼灼葉中花。枝條始欲茂，春風扇微和。弱湍馳文魴，靈鳳撫雲舞。坐止高蔭下，神淵寫時雨。爾從山中來，相見無雜言。赤泉給我飲，乃欲飲得仙。老夫有所愛，養色含津氣。遥遥望白雲，蒼蒼谷中樹。

許善

善字□□，吴郡人。

友竹軒詩

古人結交貴相知，傾情倒意心不疑。片言如山重然諾，黄金白璧徒爾爲。今人結交重豪貴，車騎聯翩不相離。一朝勢盡交亦疎，寂寂朱門但空閉。羡君種竹吴江濆，相憶相看如故人。皦皦貞心傲霜雪，青青佳色無冬春。酒酣對之欲起舞，此時無賓亦無主。夜深更有明月來，不用吹笙下仙侶。君心豈與草木同，青雲之交若飛蓬。萬里辭家逐名利，十年失路隨西東。君不見古來結交稱管鮑，千載同心亦同道。勿謂今時無此賢，達人一日相逢即傾倒。

南郭氓許觀

觀字瀾伯，自號南敦氓，吴城人。與張廣文宸翰宸倡和，觀有《題江雪川長江圖》詩云：「離離衆樹深，靄靄孤雲碧。山色望難窮，江流浩無極。漁哥遠渚昬，鳥下平蕪夕。惆悵涉風波，扁舟何處客。」文待詔徵明題其後云：南郭氓爲許觀瀾伯，吴人，有高行，不仕。同時别有許觀，亦字瀾伯，洪武狀元及第，仕建文時爲侍中。後守安慶，死于靖難時，乃池州人。與此許觀不同，而皆有文學，不知此詩是誰作也。以《續鼓吹》許考之〔一〕，與張翰宸和詩者，吴城許觀也。諸選並入《侍中集》，今正之。

贈張隱君　時隱君留張南村家。

漫披華什咀餘甘，欲報瓊瑶愧不堪。一自返舟暆邑後，幾回飛夢石湖南。鶯花敢續迎春句，燈火空陪入夜酣。茶氣拂簾清簟午，想因賓主正高談。

〔一〕此句，稿本作「錢宗伯牧齋似續鼓吹詩考之」。

葉山長顒〔一〕

顒字伯昂，洞庭東山人。生當元季兵亂，先後從王處士鵬宇、文助教公諒、李提舉祁遊，學業大進。試浙省，中上第，爲和靖書院山長。乞歸，置齋故居之側，名歸休。後挾策走燕京，道梗，流落濠亳間。明太祖定鼎金陵，始克歸。兵後，母弟俱亡，家徒壁立，無意於世，自號浮邱醉史。放情詩酒，高歌慷慨，人多憐之。或將薦於朝，顒力辭。吴興著姓，多從之講學，留連卒歲，竟旅死。按《長興縣志·流寓傳》載葉顒，字伯昂，姑蘇人。元末由科第授起居注，後徙居邑治之南，有《城南集》，豈即此人耶？或又一人耶。而金華葉顒字景南，著有《樵雲獨唱》。何同姓名者之多也。

自京還歸休齋二首

馳傳遥瞻紫闕來，金陵王氣日昭回。仙香密繞瓊林樹，湛露旁滋綺陌苔。墜翼天門良有夢，亡羊岐路詎無哀。生還故里承家慶，壞圃荒疇得重開。蒹葭涼雨雁賓來，鼓枻遥從闕下回。殘木翠疎存隙地，曲池泉涸露荒苔。蹣跚自笑平生步，顑頷深貽此日哀。幸有親朋相軫慰，翠簾銀燭夜樽開。

靈源寺僧求詩從所創韻而賦

散花丈室静焚香，小小雲龕穩勝牀。須信定中還有定，莫言方外更無方。青蓮滿眼非真色，白月流金只慧光。今日相逢陪軟語，塵緣俗慮一時忘。

靈源寺僧友人

碧螺峰下靈源寺，草木無多屋半荒。一自先生僦居此，山雲山霧盡文章。

〔一〕「葉山長顒」，稿本作「浮邱醉史葉顒」。

張秀才田

田字芸己，其先浚儀人，宋南渡徙吴。父雯，字子昭，博學，無所不通，尤精于律吕。憫宋之亡，著《繼潛録》若干卷。田讀書苦學，能紹父志，裒集其遺書，謁鄭明德誌其墓。因己字芸己，遂以種學號其齋。工詩歌，不務苟作，有擬九體詩。子肯，字繼孟。宣德初，與陳繼以古文齊名。

送鄭同夫歸豫章分題滄浪池

滄浪池上水，無日不東流。披竹尋幽徑，携壺趁小舟。雜花分兩岸，叢樹掩雙邱。旭日金波亂，微風碧霧收。直疑來貝闕，豈復辨玄洲。未學乘槎去，還勝太史遊。登臨增慷慨，笑語漫夷猶。野老閒相過，漁人自對謳。芙蓉晴綵落，菡萏晚香浮。樂事聯長句，忘機狎衆鷗。醉深偏繾綣，義合愈綢繆。席故儒官冷，堂升弟子優。鄉閭傳德業，風教動公侯。司業情猶在，參軍興少留。年華欺短髮，霜露暗征裘。舊里誰無念，亨衢况有謀。世情元兀兀，人事孰悠悠。畫鷁行將去，驪駒唱未休。柳踈縈馬首，帆飽出江頭。别思隨煙浪，懸懷倚柁樓。山昏雲晝宿，林暮鳥相投。今夜中吴月，分光照薄愁。

西湖竹枝詞

潮去潮來春復秋，錢塘江水通湖頭。願郎也似江潮水，暮去朝來不斷流。

題陳惟允荆溪圖

人家緑樹繞孤城，溪上風波落日明。三害祠存人已去，只今豺虎却縱横。

繆侃

侃字叔正，吴之常熟人。年少有俊才，詩工玉臺小體，書善楷隸。侃父貞，字仲素，好古博雅，爲當世名士所許。家有述古堂，貯法書古物，故諸郎多翩翩佳子弟也。

可詩齋分韻得來字

桃花渡口錦帆開，遠喜將軍海上來。綵袖稱觴行臘蟻，畫堂撾鼓動春雷。親朋每共論高義，忠孝應知屬大才。總是西風吹樹急，放歌清夜醉徘徊。

可詩齋口占和玉山主人韻

玉壺美酒醉寒窗，酒渴還思飲大江。好事久傳吴下顧，作官甚愧鹿門龐。眼中世態元如此，愁裏詩魔卒未降。相對正憐猶夢寐，笑談何惜倒銀釭。

可詩齋再和玉山主人韻

下榻草堂才兩日，賦詩行酒思依依。清時一見猶難得，今日重來豈易歸。緑橘正堪和露摘，白雲未許出林飛。自憐篋笥俱零落，十月蕭條尚裌衣。

兵後過訪顧仲瑛感賦 丙申十月。

少年壯志已模棱，憶舊懷親思不勝。我父竟爲逃難客，故人近一作「今」。作在家僧。身居亂世慙何補，哭到窮途去未能。相見莫論生死事，且須泥飲盡一作「對」。寒燈。

和西湖竹枝詞

初三月子似彎弓，照見花開月月紅。月裏蟾蜍花上蝶，憐渠不到斷橋東。

春草池緑波亭夜坐口占

夜凉團坐緑波亭，月色荷風户不扃。自喜清狂如賀監，移文休詫北山靈。

百拙老人朱良實

良實字子誠，吴江人。父鳳，有《樵唱集》。良實讀書好古，在元季有文名。入明已老，隱約不仕，以詩文自娱，號百拙老人，卒年八十餘。所著有《松陵續集》、《漁唱稿》。

寄羅漢寺僧

黎里人家石上緣，幸師來住古林泉。夢回竹榻聽猨嘯，定起松軒看鶴眠。暇日每留香積飯，長年不離苦空禪。老夫亦是幽幽者，久欲相尋共釣船。

沈鉉

鉉字文舉，雲間人。世居郊外，築室曰野亭，楊廉夫爲記，高青邱有贈詩。又有一沈鉉，字鼎臣，號曲江，錢塘人。元末，僑寓嘉興。洪武中，薦爲縣學教諭，陞石首知縣。《嘉禾十詠》，曲江所作也。

放歌贈宋君仲温

宋君曠蕩士，儒服非狂生。筆掃千軍陣，胸藏數萬兵。銛毫破紙竟何益，按圖折禦分縱横。魚麗鳥翼談者易，野雉家雞人目盲。當時管樂已黄土，白璧往往遭蠅營。荒城不啓塵四塞，拔劍斫地浮雲行。十年驅走尚豪俠，許人一諾千金輕。低頭拜東野，捐官識韓荆。苦心爲知己，嗜膽報仇爭。輓輅西入關，裝刀從北征。途窮亦知時不利，俛首仰氣隨將迎。蕭蕭破屋漏星雨，妻子顧笑形神清。東家小兒袴褶鞚，西家老奴項領成。爾獨何爲昧生理，長軀七尺誇人英。城頭雨聲如建瓴，泥污厚地天無晴。我留君家醉十日，謔浪顛倒呼儂傖。請君棄擲几上筆，爲君拾留墻角檠。眼中世事如轉目，勿謂貧賤忘交情。氣酣中熱雙耳赤，細語向人肝膽傾。玉壺擊缺歌浩浩，不作老腐咿嚶聲。促君起望東南氣，三台泰階何夕平。我有長策，君有長纓。危可安，亂可寧。慎勿輕受虞人旌，慎勿虚看處士星。丈夫事業須磊落，富貴逼君君莫驚。

送仲温先生還吴

江城蕭索西風起，行逢故人驚夢裏。憂深自覺少容顔，食盡惟愁拙生理。看君白髮何由得，白髮相逢更悲喜。筆力隨年老愈深，詩思逼人鳴不已。每呼石吏即低頭，獨寶蘭亭誇殉死。近來英氣減前時，酒量仍非向來比。從渠門第沸如羹，自保情懷澹如水。城南只友高書記〔一〕，謝官歸來接鄰里。交游散落苦無多，世事悠悠竟如此。明朝忍去别江頭，楓葉蘋花送行李。

〔一〕「只友」，稿本作「只有」。

趙松雪故宅

故國西風王氣銷，珊瑚玉樹半漂摇。曾瞻東壁迴天象，故著南冠續漢貂。第宅空存森衛戟，墨池乾盡尚蘭苕。高情一去風流遠，夢憶簫聲第幾橋。

盧焕

焕字□□，雲間人。

水德婦李氏節行詩

彼美水家婦，節行端可許。藁砧既云殁，銜哀無告所。疎欞月流光，形影相弔與。一以貞自守，長年事機杼。厥志我莫奪，矢言惟死拒。託身比松栢，肯受冰雪沮。嗟嗟桃李花，酣春媚芳墅。朝開暮還落，曷能久延佇。載歌節婦詩，敦風振頽靡。

寄張藻仲

草堂又是經旬别，江上梅花欲放春。兩閲尺書煩見問，幾時尊酒復相親。夜琴横月彈山鬼，曉雁呵冰寫谷神。門外霜消春水滿〔一〕，往來舟楫不妨頻。

〔一〕「霜」，稿本作「雪」。

易癡道人周之翰

之翰字申甫，華亭人。博極羣書，尤精易學，自號易癡道人，又號細林山人。兵興，隱居神山，頎然長身，松形鶴骨。終日談經論史，典故亹亹不竭。晚年游涉老莊竺乾等書，卒年七十有六。楊鐵厓云：吾在九峯三泖間，有李五峯、張句曲、周易癡、錢曲江爲倡和友。

送馬秋野千户出征淮西

霜原皛皛秋草衰，西風獵獵吹大旗。酒酣仰天數過雁，落日滿地青山低。時艱不作昇平夢，半夜囷龍匣中動。此行乘雪蔡州平，書生擬獻平淮頌。

石棊子

棊子灣頭千丈渦，沉星出世恐無多。自慚黑白分明見，天巧團圓不用磨。本與閒人消日月，却教平地起風波。不如煮作仙人供，更覓山中爛斧柯。

題李仲賓秋清夜思圖

誰持并州刀，剪此秋練净。蕭蕭三五竿，常帶月中影。

寒夜擁爐餅梅枯凍戲爲作下火詩

寒勒銅缾凍未開，南枝春斷不歸來。這回不入梨雲夢，却把芳心作死灰。

張守中

守中字子正，一作「政」。海上人。善畫花鳥。

次韻堵無傲中書宣使過維揚二首

鶴鳴雨後淡雲天，三月花飛水滿川。暖吹欲迷沽酒館，春城還泊載書船。新詩句法傳江上，壯歲功名到日邊。瀟灑使君懷抱闊，相逢人喜五門前。

扁舟古渡柳陰陰，移近蕪城日未沉。水上樓臺人喚酒，花邊簫鼓客留心。一宵煙雨迷清夢，萬里江山入壯吟。還憶帝鄉春色滿，碧桃花煖五雲深。

得家書

半年京國夢鄉廬，曾買盧溝雙鯉魚。昨夜燈花今日喜，江南稻熟有家書。

東湖叟華以愚

以愚字□□，號東湖叟，梁溪人。幼武之叔，善畫，祖法巨然，而有雲西幼文之趣。一能手也。

爲華景彰寫卧雲圖因題

白鷺不掃翠羅深，静宿簷端伴獨吟。寂寂枕書聊適興，英英出岫信無心。長年自悦便清夢，萬里遥瞻識舊林。只恐内江歸覲後，也從龍去作甘霖。按李日華云：景彰，元之遺老，隱梁溪。其子約，洪武中，任成都主簿，故叟及之。

碧雲樓

溪上層樓百尺强，坐看石角起微茫。四簷弄日霏霏薄，半榻和煙細細凉。碧映水光圍舞袖，冷侵花氣溼琴牀。只愁雷送千峯雨，早晚從龍入帝鄉。

周處士翼

翼字子羽，號戇齋，無錫人。工書法，隱居不仕。

中秋與楊氏諸昆季泛舟鵝津

八月十五夜何其，鵝湖漾舟人未歸。水生金浪兼天湧，雲度青冥傍月飛。鴻雁沙寒微有影，芰荷秋冷不成衣。故人一去渺何許，黄鶴舊磯今是非。

周履道徵賦梧桐月

雲卷清秋畫角悲，梧桐滿地月明時。斜穿翠葉通銀井，化作金波落硯池。青女喜驚烏鵲夢，素娥偏惜鳳皇枝。故人有約來何暮，獨立雲階影漸移。

題華季充剪韭軒

吴下有田宜種韭，高風莫笑庾郎貧。翬飛畫棟青林表，玉洗行盤緑水濱。夜雨剪來茸自長，春風吹起緑初匀。客來一筯分清供，不與區區肉食人。

雁來紅

翔雁南來塞草秋，未霜紅葉已先抽。緑珠宴罷歸金谷，七尺珊瑚夜不收。

錢子正

子正字□□，無錫人。有《緑苔軒詩》六卷，王學士逵爲序。弟子義亦能詩。

懷惠山

何處春光最可憐，芙蓉溪上惠山前。梨花照水散晴雪，柳樹遶堤生煖煙。神廟乞靈香蠟社，泉亭留客綺羅筵。而今景物都非昔，一度逢時一愴然。

絶句

湖海風塵入鬢毛，歸來燈火對兒曹。道人不是封侯骨，錯把黄金鑄寶刀。

徐津

津字仲盟，江陰人。

哀李江州

强虜西來把漢旌，潯陽烽火照江明。朝廷重鎮推虞詡，風雨孤臣失杲卿。戰哭幾家思舊尹，鬼兵長夜護空城。王師百萬知何地，春草春波獨愴情。

客懷

白雲回首暗巫門，緑髮蒼蒼碧眼昏。亂後情懷千日醉，故交文物幾人存。秋深狡兔先成窟，日落歸鴉尚識村。樓上風高笳鼓急，楚鄉多有未招魂。

鶴上仙王貞

貞字履道，自號鶴上仙，江都人。乙未歲，避兵吴下，太尉張士誠開藩，博采羣材，遂以湖州德清學諭辟之，不受。客游海上，至洪武初卒。

題梅花道人墨菜圖

若有人兮山中居，朝夕抱瓮灌春蔬。春蔬漸長翠羽疎，摘入冰壺作寒葅，滋味自與肉食殊，刳龍肝，斫鳳臘。昨日歡宴今日悲，澹泊味久誰能識。

張處士輅

輅字行素，號莊谿，仁和人。隱居不仕。兄衡，字行中，洪武初，上書論時務稱旨，授刑部主事。兄弟咸有文名，所著有《聯暉集》。

次韻王志道元夕

沈水香生寶篆煙，九衢車馬正喧闐。金蓮徧燭三千界，銀瑟誰彈五十絃。天上樓臺春靡靡，人間風月夜娟娟。少年行樂情懷異，絳蠟籠紗六轡聯。

贈陳士寧

橫溪別業錦雲鄉，紅白蓮花薜荔墻。百事不關心獨静，孤雲無著興俱長。佳人雪藕供微醉，童子分茶坐晚涼。如此好懷誰解寫，詩成還讓孟襄陽。

題黄鶴樵叟竹石

凌雲高節鳳毛疎，錯落霜根老不枯。仙子已乘黄鶴去，玉笙吹月向蓬壺。

玉崖生范立

立字叔中，一字中立，錢唐人。號玉崖生，又號玉崖樵者。洪武九年，有盧兖州輓詩。

遠遊篇

仙人手把金芙蓉，邀我上陟蓮花峰。兩眼注入滄溟東，浮雲遮斷扶桑宫。白日西飛恐成晚，駕天五色横長虹。鳳皇羽儀備珍彩，欲集不集無梧桐。冥冥杳杳脱羅網，亦有數點南飛鴻。怒鯨崔嵬鼓鱗鬣，浪中瑣屑多沙蟲，從今唤起人中龍。披虎豹，謁九重。舞干羽，息武功。泰和世上皆春風，是時勒石留鼎鐘。左招黄綺右赤松，長歌歸去來山中，長歌歸去來山中。

賦三色梅花吟

姑射肌膚白於雪，夜出瑶臺看明月。羅浮仙人醉臉丹，笑跨彩鸞下銀闕。相逢同過金母家，金母小玉名凌華。一色羅衫染蜜褐，仍帶絲囊盛紫霞。珊瑚鈎起真珠箔，玉笛吹殘風色惡。羣仙齊怨老容華，斑斑淚向鮫綃落。

黄鶴山樵寄題鐵網珊瑚圖奉和原韻

天上仙人王子喬，由來眼空天下士。黄鶴山中卧白雲，使者三徵那肯起。崑崙樹老蟠金根，青鸞對舞瑶臺春。昨宵贈我神錦段，謂我九老仙都人。閬苑花前因醉倒，謫下人間容易老。百花樓中作酒狂，一聲鐵笛乾坤小。

黄鶴仙翁寄余詩畫兩學賢友俱有和章明窗展玩珠明玉潤照耀後先其修篁古木清趣不減在於崑閬間也喜不自已余初效颦之後復續此詩以謝諸公之佳貺云爾

黄鶴仙翁有詩寄，非比尋常書畫士。天入丹山鸞鳳飛，雷驚陸地蛟龍起。人生如寄萍無根，相逢意氣皆如春。東吴文學最瀟灑，二王尤是風流人。長仙醉來玉山倒，散盡黄金數東老。更期李白共餐霞，誰謂壺中天地小。

水德婦李氏節行詩

水家婦，李家女，生長深閨好眉嫵。適人未久移所天，日日靈前哭如雨。百年大義可不孤，此心今知鬼是夫。蕭條白屋風雨夕，青燈照影寒蛩呼。東家媒娘曾致語，誘以黄金百端綺。古今一醮無改更，妾身念之惟有死。寡居紡績三十年，生計粗遣天垂憐。剪髮截鼻良自苦，柏舟永矢同其賢。持家守道非求銜〔一〕，節行貞堅端可羡。鄉閭嘖嘖播芳馨，千古清風著佳傳。

月夜調琴有作

横琴獨坐花間月，天地冰壺夜清澈。鳳皇棲老碧琅玕，蹋碎瓊瑶六花雪。斯須化作蒼龍吟，風生太華秋陰陰。有美人兮隔雲漢，調高奈我相思心。

送蔣道士還太乙宫

青旄絳節拂瑶空，羽士西歸太乙宫。鬼母畏逢飛劍術，龍宫分送渡江風。仙瓢酒熟醒還醉，神鼎丹成老復童。别後有詩憑鶴寄，九峯只在五雲東。

〔一〕術，稿本作「衘」。

泰窩道人錢雲

雲字□□，號泰窩道人，吴興人。

題雲林六君子圖

黄公别去已多年，忽見雲林畫裏傳。二老風流遼鶴語，悠然展卷對江天。

韓履祥

履祥字□□，吴興人。

懷惟則大師

每憶幽尋到上方，銅爐石鼎漫焚香。天花滿座雨晴雪，空翠撲衣生晝凉。龍化老翁求法語，鶴如童子守禪房。别來江漢頻回首，塵劫茫茫道路長。

卧龍山民王宥

宥字敬助，山陰人。嘗授經於慈谿黄彦實，與姑蘇高啓、同邑錢宰倡和。隱居不仕，自號卧龍山民。

奉題聽雨樓

雲林夜澄寂，有雨彌更佳。漠漠著樹穩，霏霏度簷斜。入静意所便，争喧競浮誇。弛張任橐籥，細大無根芽。妙運出玄造，至理忘紛拏。變化本因妄，聲聞耳生瑕。不如且置之，攝心静無譁。危坐不須寐，呼童剪燈花。

題雲林竹圖

堂上娟娟竹，翛然悟澹游。南風時隱几，不復夢洋州。

朱武〔一〕

武字仲桓，山陰人。

植芳堂詩

幽人澹無爲，植芳探所得。蕭艾洊鉏種，芝蘭日盈積。青陽霽玄象，百彙合秀色。時當讀書暇，適意還杖策。馨香襲衣袂，笑憿愒盤石。豈無遺世姿，療病斯服食。遐齡慕松喬，長揖謝塵迹。於兹生意深，終當適其適。

題破窗風雨圖

牖隙不須掩，風雨欲何如？陋巷慚青瑣，明窗奪綺疏。桐絲因自緩，塵網每爲除。雞鳴晨鼓後，螢聚夜燈初。書葉吹還亂，簷花落更疎。誰能甘闃寂，得得此中居。

題張子正春雨鳴鳩圖

東風簾卷小紅樓，三月梨花叫錦鳩。曾記玉人將鳳管，隔花低按小梁州。

〔一〕「朱武」，稿本作「朱記室武」。

胡龍臣

龍臣字□□，山陰人。

陳母節義詞

人生重節義，懿彼烈丈夫。丈夫固不少，節義亦豈無。二者求其備，備者何其孤。泉南有莊氏，容色美且都。質雖女子行，性本丈夫徒。初莊贅陳姓，生子四月逾。夫陳事海賈，五載行踟蹰。父母既淪没，生死誠殊途。幸兒脱襁褓，澹妝去襜襦。芳年躬績紡，白晝扃門閭。待陳期皓首，遲子成童烏。鄰媼甘説舌，濁我冰玉壺。萬一所天在，不在亦不渝。謝絶語未冷，陳歸匿坊隅。逆料已爲鬼，莊也元無殊。叩門桐花落，逕庭羅榛蕪。驚顧下機杼，悲喜交相紆。呼兒出拜父，升堂已無姑。變故雖不一，且爲門祚扶。春水方浩蕩，牙檣起鷗鳧。陳復別莊去，萬里仍長驅。終焉溺外域，一死當與俱。居喪禮甫畢，遣子師明傅。詩書苟弗事，何以繼遠圖。媼且託陳友，爲彼行覬覦。所天昔杳杳，我子纔呱呱。天遡子實幼，且不生異趨。所天今失戴，我子非嚮雛。惟思樹陳業，何暇滋他虞。天或子弗育，我亦有限軀。媼罔識輕重，徒以紫亂朱。豈但保全節，高義兼能敷。陳先内澂女，有子生同吾。命子謹兄事，同努耕田耡〔一〕。宿質既歸復，庶足先饔餔。但使不失所，何曾較錙銖。子復拜兄嫂，兄嫂俱云殂。唯餘一弱息，歸養推友于。母慈及異子，子悌覃兄孤。嗟子胡能爾，母氏教所乎。亦嘗貸石楮，計子與母符。石固緩陳入，陳也遲石輸。陳逐客流已，石繫泉獄拘。莊曰非己出，疇能濟區區。迺束嫁時服，乃摘塵鈿珠。不獨酬宿契，或者伸無辜。高義同皦日，聞者咸唏吁。況復全節義，丈夫能然乎。袒肉謝恐後，牽羊走含愉。前懼鼎與鑊，後畏鉞與鈇。莊止一里婦，如此非求沽。嫣子入新傳，天性不受諛。王君播大雅，素絲無霑濡。顧我重擬古，爲爾傳懿模。下以立人紀，上以昭皇謨。

〔一〕「同努耕田耡」，稿本作「童孥庚田租」。

姜文震

文震字□□，會稽人。

題秀野軒

聞君溪上結幽居，地僻時通長者車。山愛夕陽留几席，竹因涼雨潤琴書。碧香蟻嫩新篘酒，白味羹分小艇魚。我亦有家山水窟，十年無地著茅廬。

劉逢原

逢原字資深，會稽人。

題徐良夫遂幽軒

人間軒冕可偶得，林下菟裘寧易謀。彭澤歸來松菊老，東曹興動蒓鱸秋。雲山穩處樂高志，塵海沸時辭急流。謝安起慰蒼生望，石洪去應烏公求。鈞衡凜凜百寮上，露盤裊裊危竿頭。君不見烏喙在鴟革浮。飛鳥盡，良弓收〔一〕。何如吾湖浩蕩煙水闊，赤松汗漫雲林遊。此中之樂有餘地，不知刑僇伍相國，夷滅淮陰侯。

挽鐵厓先生

已矣楊夫子，春秋天下名。醉生唐李白，節死晉淵明。雲暗九山碧，水洄三泖清。游魂招不返，悽惻故鄉情。

〔一〕「弓」，原作「工」，今改。

林世濟

世濟字□□，三山人。

漫興一首奉懷草玄先生

噬牙不可摩，頷鱗不可嬰。所以明哲士，婉孌逃其生。埳蛙既聒聒，陵苕亦榮榮。懷哉一壺酒，南山最高層。鐵厓評曰：「三月不見石室生，忽得此詩，如渴沃甘露，有數日餘味。第末句所懷，老夫不足當也。」

敬和草玄内翰先生臺字韻并呈世壽堂賢喬梓過目

鐵史新移淞上屋，子雲住蜀小亭臺。窗涵九朵山尖出，門對百花潭水開。月下文簫騎虎去，雲間青鳥送書來。高年自得養生術，政似嬰兒初未孩。鐵厓評曰：「末句道家語也。」

吴昞

昞字□□，延平人。

贈畫師朱叔重

揮毫落紙妙通神，筆底自有無邊春。他日丹書九重下，肯將巧思畫麒麟。

郭道卿

道卿字□□，莆陽人。

亂後謁母墓

欲從泉下拜遺音，亂草及春零露侵。一抔荒山終歲土，百年貧子此生心。悲風動樹嗟無死，高屺望雲涷不沉。自是余生多積戾，墓前帶甲未全禁。

董在

在字□□，蜀人。

涼夜讀史擬古録呈勝伯先生

王靈靡東周，諸侯務兵争。六國尚氣俠，劫制非本情。翩翩魏公子，南轅北遽輕。折節信得士，所怙匪尊榮。雖云正道愧，砥礪多義名。叔世駭莫見，渴心劇懸旌。丈夫一委質，便甘同死生。豈如江上漚，泛然逐春聲。廢書有餘歎，露下候蟲鳴。

野齋道人董存

存字彦成，别號野齋道人。蜀人。

題王叔明琴鶴軒圖

琴鶴軒亭事事幽，塵氛遠隔松陰稠。高風邁古豈易及，清氣逼人殊未休。緑綺梅花三弄月，玉田芝草九皋秋。焚香供客更煮茗，汎此野航溪上頭。

題破窗風雨圖

風雨茅齋倚破窗，夜深明滅照書釭。平生苦志能如此，何處清貧更有雙。衰鬢蕭條知已晚，壯心牢犖爲君降。金蓮送直歸青瑣，筆力還教鼎可扛。

徐疇

疇字□□，劍江人。

竹深處詩

公家種竹一萬個，已喜此中堪結茅。珊瑚戛玉天籟動，翡翠蔽空雲氣交。呼童去尋化龍杖，留客坐看棲鳳巢。何當開徑延益友，共論大易明羲爻。

鄧德基

德基字□□，巴西人。

送張吴縣之官嘉定分題賦得甃花池

方池漾春波，繁花照寒玉。金宫人正閒，歡游弄芳馥。君恩深雨露，花香滿山谷。只恐恩易謝，如花不待宿。凄凉去千載，池水春自緑。不見采香人，聊歌送君曲。

太拙生聶鏞

鏞字茂宣，一作「先」。蒙古氏。幼警悟，從南州儒先生問學，通經術。善歌詩，尤工小樂章，其音節慕薩天錫，自號太拙生。

送張吴縣之官嘉定分題賦得天平山

兹山鎮吴會，秀色削金碧。拔地起萬仞，去天不盈尺。劍矛輝日潔，笑落承露滴。龍門啓石扇，天池湛玉液。曾横松下琴，屢駐雲間舄。于今望山處，蒼蒼暮烟隔。

碧梧翠竹堂

青山高不極，中有仙人宅。仙人築堂向溪路，烏鳴花落迷行蹟。翠竹羅堂前，碧梧置堂側。窗户墮疎影，簾帷卷秋色。仙人紅顔鶴髮垂，脱巾坐受涼風吹。天青露葉净如洗，月出照見新題詩。仙人援琴鼓月下，枝頭棲鳥絃上語。空堦無地著清商，一夜琅玕響飛雨。

虞君勝伯求先世遺書將鋟諸梓作詩以美之

宋室中興業，雄才數雍公。一軍能却敵，諸將恥論功。蝌斗遺文在，麒麟畫像空。賢孫勞購覓，鎸刻示無窮。

可詩齋

久知顧况好清吟，結得茅齋深復深。千古再賡周大雅，五言能繼漢遺音。竹聲繞屋風如水，梅萼吹香雪滿襟。何日扁舟載春酒，爲君題句一登臨。

律詩二首寄懷玉山

美人昔别動經年，幾見婁江夕月圓。怪底清塵成此隔，每懷詩句向誰傳。桃溪日暝垂綸坐，草閣秋深聽雨眠。安得百壺春釀緑，尋君還上木蘭船。

虎頭公子最風流，只著仙人紫綺裘。築室愛臨溪側畔，鈎簾坐見水西頭。常時把筆題江竹，最憶看山立釣舟。却羡多才于逸士，清秋不厭與君留。

和西湖竹枝詞

郎馬青驄新鑿蹄，臨行更贈錦障泥。勸郎莫繫蘇隄柳，好踏新沙宰相隄。

宫詞

九重天上日初和，翡翠簾垂午漏過。聞到南閩新入貢，雕籠進上白鸚哥。

仉機沙

仉機沙字大用，回回人。按仉，古掌字。西湖竹枝詞有掌機沙字密卿，阿魯温氏，已載上卷，未知即此人否？俟更考。

題徐良夫耕漁軒

白日帶經隴上鉏，夜間放櫂澤中漁。有米即周鄰舍急，得魚遠寄故人書。山川雨露桑麻地，風月圖書水竹居。出處不慚徐孺子，文華能敵馬相如。

耕漁軒文會〔一〕

德星此夜聚于奎，想見司更太史知。文采燭天成瑞靄，流光入地結靈芝。天人策自春秋學，擊壤歌同雅頌詩。最敬南州徐孺子，渾如西漢鄭當時。

奉寄耕漁高士

夷吾宅畔二年前，邂逅僧房共夜筵。臨酒尚思文字飲，得書猶感故人憐。寒風夜館新賓客，暮雨燈窗舊簡編。何事相知不相慰，瘦筇空倚翠雲巔。

秋興一章録似良夫〔二〕

牢落江湖不計年，擬尋歸計向林泉。山間買地謀栽橘，谷口誅茅學種田。晚節許同樵牧老，殘書留付子孫編。秋來唤取陶彭澤，黄菊花前一醉眠。

〔一〕此詩原無，據稿本補。

〔二〕同上。

齊東野老兀顔思敬

思敬字子敬，□□人。居東平，自號齊東野老。精于賞鑒。

題盧賢母卷

兵塵十年餘，世道苦澆横。開卷覩斯文，起爲賢母敬。夫君昔盛年，宦仕屢秉政。内助得恭人，清修名愈稱。慈撫前遺孤，視與己兒並。鄰媪將自殘，捨財生彼命。藹然仁義心，天錫有餘慶。薄葬西山雲，風木助悲興。嗣子處士君，文行踐歐孟。高風凛千載，列史著嘉行。

題李伯時三馬圖卷

古人畫馬形與骨，今人畫馬色與肉。唐有韓幹筆意高，宋有龍眠可相續。今朝偶見西馬圖，眼如懸鈴膝團麯。短騣兩耳雙竹批，風入四蹄如鐵踣。宗伯老蘇亦閒雅，贊以詩文過金玉。嗚呼安得九方皋，見此應須少回矚。

流兼善

流兼善未詳，《游虎邱》詩作至正二十一年〔一〕。

和柳道傳三首

松濤翻雪冷，山色照雲青。巨石千人坐，荒池一鑑停。花垂天象供，木卧水龍形。楚客登臨倦，幽懷月滿亭。

雨露均清化，星辰近紫微。層巒如翠織，紺宇見翬飛。天籟笙音細，僧談玉屑霏。勝遊窮暇日，撲簌舊塵衣。

坵壑僧多占，畫圖天爲開。池寒龍欲去，雲暝鶴初來。劍水炊香粲，臺花雨玉梅。憑高宜一覽，健步日千迴。

辛丑三月九日偕郭仲賢陳子方二理問遊虎邱

王珣舊宅今爲寺，碧瓦朱欄塔影重。劍峽金精融白虎，經臺石礦悟黃龍。月宮桂子秋前落，雲碓松花雨後春。應怪老僧時出定，半山青處作崇墉。

〔一〕「至正」，原缺「正」字，據稿本補。

何宗姚

宗姚字□□，□□人。至正中，石抹宜孫總置處州時，嘗搆掀篷于妙成觀，集諸名士投壺賦詩。宗姚首賦是詩，宜孫和之，一時屬而和者數十人，自何宗姚以下十一人，並見《掀篷倡和詩》。

妙成觀掀篷

罨掀篷起舟山前，不數王維畫輞川。簷外鳥啼臨水樹，竹根人語下溪船。兔葵麥燕春新地，茶屋棋窗物外天。每訪舊游思舊事，故人疑在石磯邊。

費世大

世大字□□，□□人。

妙成觀掀篷和何宗姚韻

已經春色在年前，盎盎風光媚一川。解凍凌人閏弛擔，尋芳游子渡争船。風摇溪瀨流新月，嵐擁晴山入暮天。記取醉歸回首處，羽衣髣髴翠微邊。

謝天與

天與字□□，□□人。

妙成觀掀篷和何宗姚韻

扶笻仙島訪槎前，掀起吟篷看碧川。鳥宿林烟高下樹，櫓鳴溪雨往來船。欲尋樟洞疑無地，應想桃源别有天。今夜月明回首處，一聲孤鶴白雲邊。

廉公直

公直字□□，□□人。

妙成觀掀篷和何宗姚韻

仙子乘鸞到殿前，滿山竹木暗晴川。雲來盡遶溪頭樹，水去空隨落日船。丹竈已成千載器，藥爐不鎖久長天。石厓峭壁苔生緑，鶴唳西風小閣邊。

趙時奐

時奐字□□，□□人。

妙成觀掀篷和何宗姚韻

掀起篷窗春滿前，桃花春雨漲晴川〔一〕。試看竹外溪無地，便覺山間屋是船。横膝一琴千古意，舉頭咫尺九重天。歸與欲唤横舟渡，只怕仙凡判兩邊。

〔一〕「漲」，原作「張」，據稿本改。

陳東甫

東甫字□□，□□人。

妙成觀掀篷和何宗姚韻

青牛獨自卧岡前，白鶴來時訪玉川。山作屏風溪作畫，雲爲篷屋石爲船。煙霞互上東西嶺，水月光摇上下天。盡日紅塵飛不到，松風自響瓦爐邊。

郭子奇

子奇字□□，□□人。

妙成觀掀篷和何宗姚韻

俯瞰孤城自目前，藥爐宿火煮山川。靈槎閑伴支機石，老屋空遺架壑船。千古春新留勝地，一溪秋色共長天。有時撑起孤篷坐，冷看沙鷗卧柳邊。

孫原貞

原貞字□□，□□人。

妙成觀掀篷和何宗姚韻

穩坐虚舟豁眼前，掀篷歷覽好山川。山圍城郭居人屋，川迅帆檣過客船。身静不驚風裏浪，心清可鑒水中天。月明還憶坡仙夢，白鶴飛回赤壁邊。

題少微山和周伯温韻

處士星輝紫極宫，神仙宅在半虚空。紅雲擁殿山頭日，翠浪浮槎水面風。吹笛客留雙筆去，煉丹翁置一泓通。尋真喜遇修真侶，笑指蓬萊氣鬱葱。

題崇道觀

葉仙修煉清溪側，試劍擘開山頂石。丹成騎鶴朝紫清，溪山更有青牛蹟。往時我泛青溪船，尋真訪古登洞天。石泉清澈煉丹井，藥苗香藹生芝田。發揮靈祕多古作，編摩録進文淵閣。粉闈晝省三十年，夢想飛神遊碧落。提兵討寇復此來，願招玄鶴仙人回。借我神劍斬妖孽，驅雷行雨清氛埃。

吴立

立字□□，□□人。

妙成觀掀篷和何宗姚韻

掀篷屹立石崖前，雲滿青山水滿川。嵐氣暗藏啼鳥路〔一〕，柳陰閒繫釣魚船。月明仙鶴巢松頂，雨過神龍入洞天。登眺忽興鄉土念，家山只在白雲邊。

〔一〕「路」，稿本作「處」。

張清

清字□□，□□人。

妙成觀掀篷和何宗姚韻

巖畔掀篷瞰水前，水遥山色緑盈川。落花有意隨流水，啼鳥無心管去船。采藥輸他方外客，燒丹歸老洞中天。登臨恍若披圖畫，添箇鐘聲到耳邊。

甯良

良字□□，□□人。

妙成觀掀篷和何宗姚韻

掀篷亭倚翠崖前，雪檻風窗瞰碧川。伏虎尚留燒藥竈，鉤簾頻見度仙船。江涵月色欺瓊島，岸抹烟光逼洞天。何日投閑事幽討，杖藜重過水雲邊。

殷從先

從先字□□，□□人。至正二十年庚子八月十五日，嘉興同守繆思恭招高巽志、徐一夔、姚桐壽、釋克新、江漢陳世昌、鮑恂、樂善、金絅、潘澤民、殷從先、朱德輝、郁遵，凡十四人，小集南湖，分韻賦詩。按巽志字士敏，蕭縣人；一夔字大章，天台人；江漢字朝宗，會稽人；陳世昌字彦博，錢塘人；鮑恂字仲孚，崇德人；金絅字子尚，郡人：明初皆已被徵出仕。克新字仲敏，號雪廬，洪武庚戌，奉詔往西城招諭吐蕃。俱已入明詩中，故不入選。鄱陽周伯琦《至正庚辛倡和詩序》云：至正庚辛倡和詩，爲嘉禾同守繆君、廣文曹君偕諸名輩分韻之什也。以下六人，並見《至正庚辛倡和詩》。

至正二十年八月十五日同守繆德謙招同諸彦小集南湖以杜甫不可久留豺虎地南方猶有未招魂爲韻得未字

處治則憂賤，當亂必逃責。所憂自狗恥，所逃實多畏。昔余在泥塗，意欲干井胃。帝閽乃齊怒，推排奪人氣。氣奪不可伸，抑鬱更誰謂。恨不如梅生，早謝南昌尉。歸來閉門卧，門外抉羅罻。猥屬勤王師，何以息鼎沸。明月如向人，問我進耶退？貴賤兩弗居，癡人醒還未！

朱德輝

德輝字□□，□□人。嘗築室讀書其中，顔曰存道齋，僧雪廬爲之記。

至正二十年八月十五日同守繆德謙招同諸彦小集南湖以杜甫不可久留豺虎地南方猶有未招魂爲韻得招字

種梧在東園，邀月庶逍遥。月色如我心，梧枝寫風標。十年坐此下，攤書悟寂寥。理復竟成剥，晏極生塵勞。兵凶起衽席，豺貙恣咆哮。兄弟忽星散，骨肉紛號咷。還憐有嬌女，殉節不可招。義命委善敗，肝腸故摧燒。自謂閒園樹，野火等蓬茅。使君不陳力，安得坐今宵。

吕安坦

安坦字□□，□□人。至正二十一年辛丑七月十三日，有龍淵景德禪院之會，與者凡十四人，爲吕安坦、鮑恂、牛諒、釋智寬、常真、邱民、張翼、王綸、來智道、聞人麟、曹睿、徐一夔、尤存、周棐也。牛諒、邱民、曹睿俱明初出仕，諒字士良，山東東平人，禮部尚書。民字克莊，廣陵人，禮部侍郎。睿字新民，永嘉人，松江府學教授。當日首倡是會者，睿也。其《和楊鐵厓竹枝詞》云：「昨夜西湖月色多，照見郎君金叵羅。明朝江頭放船去，江亭風雨奈君何！」鐵厓賞其清新，惜已仕明〔一〕，不能載入集中。故并録之。

龍淵景德禪院分題得因字并序。

至正辛丑秋七月十有三日，永嘉曹睿以休暇出西郊，憩景德寺。諸公携酒相慰，藉草環坐而飲，因以唐人「因過竹院逢僧話，又得浮生半日閑」之句，分韻賦詩。雲海師裒集成什，以誌一時之良一作「清」。會云。

人生苦易別，良會悵無因。况爲一作「復」。牽塵事，悒悒一作「鬱抱」。不少伸。今日復一作「是」。何日，涼飈度蒼旻。薄言舍一作「攻」。我車，縱步西城闉。行行抵龍淵，蕭寺孰一作「誰」。與鄰。水一作「波」。光弄一作「蕩」。秋色，修篁净無塵。覩斯一作「茲」。風景佳，一作「殊」。不樂徒一作「空」。逡巡。開樽酌一作「有」。清酤，一作「醑」。列坐總嘉賓。笑談雜諸謔，酬酢見天一作「吾」。真。禪老復好士，欵接情更親。一作「開士雅投分，延款情倍親」。醉來各歡極，一作「歡自劇」。詩懷浩無垠。賦此紀同遊，重過卜良一作「佳」。辰。

〔一〕「仕」，稿本作「入」。

常真

真字□□，□□人。秀水郁嘉慶《考世編》云：徐教授一夔《始豐稿》，有《洪武十二年祭宣公書院山長常先生》文，未知是公否？按徐訓導達左《金蘭集》有南宮常真《題遂幽軒》詩一首，或即斯人與，未得確據，俟更考之。

龍淵景德禪院分韻得逢字

逃炎恨無地，偶憶西南峯。梵宫隱林僻，一作「麓」。散我塵外蹤。人生晤面一作「會」。難，盍簪良喜一作「豈易」。逢。于兹一作「焉」。送招摇，唱詠偕從容。冠帶陪一作「與」。遊盤，宏達亮無必。促席注華觴，高詠閒雜一作「鳴」。瑟〔一〕。有酒當盡歡，營營奚一作「何」。足卹。一作「惜」。

〔一〕「瑟」，原作「琴」，據稿本改。

來志道

志道字□□，□□人。

龍淵景德禪院分韻得得字

招提面晴湖，出城路咫尺。雲林盡蕭爽，盤踞老一作「神」。龍宅。僧開草堂静，鶴下一作「避」。松煙碧。延賞非俗流，清談一作「言」。足嘉客。飛光瞰澄波，駐屐亂蒼石。朝詠圖盡一作「罄」。歡，留連竟忘夕。吾徒信疎一作「犄」。豪，此會寧再得。風塵莫迴首，迴首增歎息！

聞人麟

麟字□□，□□人。

龍淵景德禪院分韻得浮字

精藍煥金碧，突兀城西陬。盍簪適清暇，觸熱偕來遊。入門松檜陰，堂背篔簹稠。盤礴衣未解，已快風颼飀。一作「颼」。清談揮玉麈，白戰行詩籌。吁嗟百年景，汎若波中漚。何如齊物我，暫去邊幅修。妙理或未悟，當以大白浮。

于德文

德文字煥卿，□□人。見魏弜《敦交集》。

奉簡仲遠隱君

先生高尚住山林，已遂初年隱者心。藥徑有花時酌酒，竹窗無月不彈琴。文章西漢全宗古，人物中州又見今。秋滿南湖小亭榭，扁舟還許一相尋。

朱原道

原道字□□，□□人。見方時舉《壺山文會集》。

木蘭陂

萬頃狂瀾越壑低，中流砥柱卧龍棲。二神共享東西廟，一水平分南北溪。雨過木蘭瑶草長，秋深松柏翠雲齊。仁波千載流滂沛，春雨莆田足一犂。

蕭周遠

周遠字□□，□□人。見偶桓《乾坤清氣》。

江樓

憑闌聊望遠，天外白雲飛。江静沙留月，樓高風動扉。山川入夜闊，鼓角出城微。又報鄉村警，兵戈未解圍。

寺橋

古刹傳清梵，横橋雨歇時。年華流水去，春事落花知。宇宙遺陳迹，江山本後期。向來多薄命，今日信枯藜。

沙碧虚

碧虚字□□，□□人。以下六人，並見宋公傳《元詩體要》。

送龍子高之湖南帥府

渥洼水中天馬駒，一日一行千里餘。郎君磊砢亦如此，俊才往往爲時需。去年携書謁衡岳，遥見秋空飛一鶚。大藩諸侯重文章，致身忽入芙蓉幕。青春奉檄升高堂，綵衣婉娩秀眉長。捧觴携酒爲親壽，獨騎匹馬行三湘。湘中故人候君至，争採蘋花寄春意。定王臺畔煙雨深，楊柳青青已垂地。我尋舊隱東山阿，望君不見思如何。江頭春水渺相接，日暮碧雲天際多。

袁泮

泮字□□，□□人。

乙未一月十九日喜雪適閒道使賫至脱脱太師出征詔因賦

紛紛朔雪南飛夜，萬里河山總漢朝。鐵馬渡江春陣合，玉龍吹海曙光摇。中天氣正妖氛豁，南國春深瘴癘消。最喜天威行肅殺，布衣有分樂漁樵。

鄧紹先

紹先字□□，□□人。

題龍淵亭

清虚結構架清泠，白晝軒窗紫霧生。日影摇波金甲動，月光照户寶珠明。卧雲幾誤來山雨，濯足長疑踏海鯨。一勺清泠藏渤澥，飛潛誰識至陽精。

寄萬德躬

禮樂河汾費討尋，郢歌一曲想鳴琴。煙花故國三春夢，劍佩空山此夜心。天上鳳麟來瑞世，人間風雅起淳音。白頭肝膽平生友，霄漢相期意獨深。

晴碧軒

曜靈東射泰山巔，六合長風散曉烟。數點彩雲飛欲盡，一雙白鳥去無邊。熙熙人在光風裏，渺渺神遊太古前。老眼由來空四海，遥瞻廬阜挹飛泉。

和喜山尚書九江舟中聽琴

志士哀時恨未平，孤桐蕭瑟起商聲。冰絃風露三江静，紫闕雲煙五老清。倚竹湘娥秋恨遠，停梭鮫客夜魂驚。相逢爲鼓南薰操，起我悠悠萬古情。

送楊希武郎中觀兵撫建回金陵

六代離宫艷綺羅，人間瓊樹有遺歌。東山謝傅風流在，南浦江淹感慨多。上國鶯花歸鳳沼，扁舟風雨老漁蓑。故人周子中書掾，投筆高懷近若何？

寄賀少監

南遊湘漢北趨燕，早歲聲華已傑然。倜儻魯連天下士，風流賀監酒中仙。百年禮樂興堯運，一代文章入漢編。倦客江南相憶甚，好將消息到林泉。

題洞陽觀一碧軒

三山樓觀碧雲孤，曾共仙人醉玉壺。星斗滿空連上下，乾坤萬籟入虚無。漢皋游女秋遺珮，海底驪龍夜吐珠。一别洞簫聲寂寞，白蘋秋思繞清都。

酬辛好禮

歲晚聞君有遠行，書來深慰客中情。青袍事業時將邁，白首文章老更成。醉酌天漿愁北斗，笑翻滄海泣長鯨。五雲墮地金聲振，化作朝陽彩鳳鳴。

元夕宴劉彦常宅

秉燭歡游夜未厭，襲人春霧落纖纖。梁塵歌動風生席，鼎篆香清月轉簷。玉珮樽前聯錦座，彩雲天上隔珠簾。銅壺漏永春宵短，欲挽東洋海水添。

贈日者張海槎

渺渺靈槎海上仙，歸來人世幾千年。家無織女搘機石，案有君平賣卜錢。玩易心游天地外，尋源身到斗牛邊。少陵白髮憂時久，莫説天津有杜鵑。

上程知府

桂林高折一枝秋，星斗文章焕九州。書軌忽驚南北異，江山不盡古今愁。亂離經濟才難得，戰伐瘡痍病未瘳。五馬誰當天下選，謝安江左獨風流。

寄簡定住左丞

瀟灑平原草木奇，翩翩文采此追隨。花飛翠鳥穿瓊樹，柳動金鱗躍錦池。座上看山朝拄笏，樽前刻燭夜題詩。那知短褐秋風客，卧聽霜天曉角悲。

董彝

彝字□□，□□人。

省官宴試闈諸公于滕王閣次總管李子威韻

盛筵勝地憶閻公，今日誰知此會同。滿座盡爲千里客，一時獨借片帆風。花摇絳蠟波光上，甲蘸紅螺月影中。醉倚闌干送飛鶩，蓬萊縹緲五雲東。

林彦之

彦之字□□，□□人。

哭具韜

交朋來哭我來歌，喜傍山家葬薜蘿。四海十年人殺盡，世間埋少不埋多。

劉伯迪

伯迪字□□，□□人。

舒懵

二月三月江水西，千山萬山子規啼。風花委地不知數，野草愁人渾欲迷。衡門返棲悲舊燕，中夜起坐待鳴雞。故鄉咫尺無蹤蹟，南國十年猶鼓鞞。

龔偉

偉字季大，□□人。見許中麗《光岳英華》。

次韻答吴士行

喪亂飄蓬十載餘，偷生何處是安居。山中歲月形骸老，天上風雲夢寐疎。濁酒盈缸香泛蟻，舊書滿架蠹生魚。何年得遂幽棲志，白鹿穿花駕小車。

胡元旭

元旭字□□，□□人。以下四人，並見李伯璵《文翰類選大成》〔一〕

越中道士

欲寫《黄庭》擬右軍，山陰誰復有鵝羣。水圍城脚青羅帶，雲繞林腰白練裙。楓葉最宜霜後看，雁聲長是客中聞。晚來獨倚蘭舟望，採盡蘋花更憶君。

錢清道中

西風江上布帆輕，回首中原尚甲兵。髀肉每興游子歎，綈袍誰復故人情。海門朝日隨波湧，沙岸秋潮接地平。欲寄髯參好消息，片帆無恙到錢清。

〔一〕「成」字下原衍「旭字」二字，據稿本删。

卞子珍

子珍字□□，□□人。

歲除前一日寓姑蘇治平寺與謝子蘭同賦

風雨寒燈照客邊，况迎除夕夜忘眠。兵戈滿眼空懷土，節序驚心欲换年。蓮社暫依方外地，桃源難覓洞中天。獨醪漫飲頻搔首，新句賡吟坐舊氈。

十月與謝子蘭同過姑蘇次韻

附郭田荒黍罷收，干戈重歎陸沉州。短筇有客同尋舊，高隴無人爲薦修。白玉幾年藏匱底，黄金一旦落刀頭。五湖烟水依然在，相約還家買釣舟。

黄仲紹

仲紹字□□，□□人。

亂中偶成寄游伯玉二首〔一〕

戎馬何時息，艱虞不自謀。種瓜方乞地，懷筆漫登樓。飛隼秋風急，驚烏月夜愁。長歌復長歎，吾道竟悠悠！

世亂羣生促，家貧百計難。松明長照夜，絺服不勝寒。雲熟雕胡飯，冰生苜蓿盤。親年已垂白，隨意强加餐。

〔一〕「游伯玉」，原闕，據稿本補。

董甫

甫字伯大，□□人。

金陵節婦王氏閩閫幕官闞文興妻也文興死漳寇地遠不能返葬火其骸王氏亦投火死

夫爲婦之綱，義與君父俱。結髮爲夫婦，生死誓不渝。奈何俗日降〔一〕，詩詠淇梁狐。衛風首柏舟，萬世昭良模。傷哉闞氏婦，故家石城隅。從夫事戎幕，遠涉瘴癘區。一旦失所天，曷託千金軀。昔爲堂燕雙，今爲鏡鸞孤。平生皦日心，肯受行露濡。捐身赴烈焰，如雪投紅爐。夫以身殉國，婦以身殉夫。忠貞各自効，節義同一塗。飛魂逐炎烟，殘灰委寒蕪。行路爲慘怛，卓行絶代無。茫茫海天鶴，寂寂霜林烏。天倫事至重，世教孰與扶。潛德苟不彰，何以厲下愚。賴有直諒士，紀實悲遺珠。堂堂忠傳筆，耿光發幽姝。篇章極摹寫，是乃良史徒。

〔一〕「日降」，二字原闕，據稿本補。

元詩選癸集目録 癸之辛下

攖寧生滑壽一首……一二五一
顧孝子亮一首……一二五二
草澤間民劉履三首……一二五二
田子貞一首……一二五四
陳朴三首……一二五四
吳儁三首……一二五五
金翼六首……一二五六
漫吟先生金信十五首……一二五七
詹參二首……一二六〇
何與一首……一二六一
沈中二首……一二六一
杜仲之四首……一二六二
徐淮七首……一二六三
李應期九首……一二六五
南徵士堯民一首……一二六八
吳學禮七首……一二六八
留睿四首〔一〕……一二七〇
倥侗子練魯五首……一二七二
甘惟寅一首……一二七四
鎦廉三首……一二七四
李鎬一首……一二七五
陳安九首……一二七六
廖敬先一首……一二七八
劉處士養晦二首……一二七九
塗貞一首……一二八〇
空谷老人燕遺民二首〔二〕……一二八〇
王舉一首……一二八一
玉峯山人趙善瑛一首……一二八一

魏奎三首……一二八二
象山先生張撝五首……一二八三
殷弼二首……一二八五
董徵士佐才八首……一二八六
李費一首……一二八九
陳元善一首……一二八九
張程三首……一二九〇
張稷一首……一二九〇
滄浪生沈欽三首〔三〕……一二九一
擊壤生沈雍一首……一二九二
崔亮一首……一二九二
龔顯忠二首……一二九三
胡悌五首……一二九三
張玉一首……一二九五
徐彝一首……一二九五
張皞一首……一二九五
旃嘉問一首……一二九六
陳惟義一首……一二九六
盧祥一首……一二九七
章柱一首……一二九七
王元理一首……一二九八
盧震則二首……一二九八
劉西村一首……一二九九
茅貞一首……一二九九
李廷玉一首……一三〇〇
王巽一首……一三〇〇
徐緬一首……一三〇一
陳樞一首……一三〇一
韓好禮二首……一三〇二
萬權二首……一三〇二
沈理一首〔四〕……一三〇三
方克常二首……一三〇四
孫閏三首……一三〇四
陳昌一首……一三〇五

陳宗義一首……一三〇六
俞東一首……一三〇六
張博一首……一三〇七
鈕安五首……一三〇七
南宮常真一首……一三〇九
徐矩一首……一三〇九
程可一首……一三一〇
杜岳一首……一三一〇
金鈺一首……一三一一
陳岳一首……一三一一
徐允濟一首……一三一二
徐允升一首……一三一二
楊大本一首……一三一二
章璇一首……一三一三
黄以忱一首……一三一三
金震六首……一三一四
凌煥一首……一三一六
龔瑾一首……一三一六
鄭松一首……一三一六
劉本原一首……一三一七
張坤一首……一三一七
杜禎一首〔五〕……一三一八
焦愷一首……一三一八
劉天易一首……一三一九
黄如海一首……一三一九
毛璲一首……一三二〇
葉克齋一首……一三二〇
盧鉞一首……一三二〇
陳求一首……一三二一
繆瑜二首……一三二一
方儀一首……一三二二
陳遠一首……一三二二
韓文璵一首……一三二三
郭子翀一首……一三二三

胡璉一首……一三二四
王起一首……一三二四
蒙邱山人李常一首……一三二五
倪元瑛一首……一三二五
芝山老樵韓元壁一首……一三二五
張吉一首……一三二六
沈純一首……一三二六
高隅一首……一三二七
王忱一首……一三二七
白鶴山人虞本一首……一三二八
惠禎一首〔六〕……一三二八
張均一首……一三二九
周傅一首……一三二九
瞿緒一首……一三三〇
徐奐一首……一三三〇
潘穀一首……一三三〇
黄彧一首……一三三一
程敬直一首……一三三一
馬夷中一首……一三三二
高煜一首……一三三二
魏文彝一首……一三三三
陶澤一首……一三三三
張端義一首……一三三三
韓與玉一首……一三三四
李子雲一首……一三三四
宣伯炯一首……一三三五
錢方一首……一三三五
高恒吉一首……一三三五
石宇一首……一三三六
黄仲瑶一首……一三三六
鄧資深一首……一三三七
倪維哲一首……一三三八
趙次進一首……一三三八
范公亮一首……一三三八

王光大一首……一三三九
儲思誠一首……一三四〇
馬怡一首……一三四〇
胡寧一首……一三四一
王士顯一首……一三四一
沈瑜一首……一三四一
張禮一首……一三四二
金彥禎二首……一三四二
陸修正一首……一三四三
王愧一首……一三四三
許悳一首……一三四四
種山漁者唐元壽一首……一三四四
樓禮一首……一三四五
玉笥老人王禮一首……一三四五
李恕一首……一三四六
潘易一首……一三四六
馬山二首……一三四六
柳膺一首……一三四七

〔一〕「四首」原作「三首」，據正文改。

〔二〕「二首」原作「一首」，據正文改。

〔三〕「滄浪生」，原作「滄浪先生」，據正文改。

〔四〕「理」，原作「禮」，據正文改。

〔五〕「禎」，原作「貞」，據正文改。

〔六〕「禎」，原作「貞」，據正文改。

元詩選癸集

癸之辛下

攖寧生滑壽

壽字伯仁，一字伯本，其先許之襄城人。元季避地江南，徙居餘姚。始從韓説遊，日記千餘言，操筆爲文，有風致，尤長于樂府。學醫于京口王居中，又傳鍼法于東平高洞陽，遂以醫名世。嘗一婦孕，患腹痛呻吟。隔垣聞其聲，曰：「此蛇妖也。」砭之，産數蛇，得不死。又一婦臨産而死，視之曰：「此小兒手捉其心耳。」砭之即甦。少頃兒下，大指有砭蹟，其奇効如此。與朱丹溪彦修齊名。在淮南曰滑壽，吴曰伯仁，鄞越曰攖寧生。所著有《十四經發揮》三卷，及《難經本義》、《讀傷寒論抄》、《診家樞要》、《痔瘻篇》、《醫韻》等書傳于世。葉知府逢春云：壽蓋劉文成基之兄，易姓名爲醫，文成既貴，嘗來勸之仕，不應，留月餘乃去。

遊白水宫

白水仙宫也罕逢，十年兩度追陳蹤。寒流光垂玉蝃蝀，晴巒秀削金芙蓉。臨溪無魚石磊磊，采藥有路雲溶溶。明當挾我九節杖，更來陟彼三台峰。

顧孝子亮

亮字寅仲，上虞人。父珪，倡義兵拒海寇，與虜邵仇。至正戊戌冬，邁里古思引兵東渡，珪爲虜所害。亮時年十五，有推刃報仇之志，而未獲遂。每道其事，揮淚哽咽。楊鐵厓爲作《虞邱孝子詞》。

呰月氏王頭歌和楊鐵厓

月氏肉，碎如雪。月氏顱，勁如鐵。鐵厓曰：「只數語，便破鬼膽。」快劍一斫天柱折，留取胡盧飲生血。冒頓老魅呼月精，夜酌蒲萄隴月明。鬼妻蹋地號我天，可汗天靈哮唬聲嘶酸。於乎！顱兮顱兮汝勿悲，我今酌汝金留犁。黔州都督有血頂，精魂夜夜溺中啼。鐵厓擊節歎賞曰：「說出月氏王一副枯骨，作活潑潑底侏偶語。青冢妃不能宣諸宮羽者，兹調宣之。費、憲兩生，當讓一籌。」

草澤閒民劉履

履字坦之，上虞人。少貧，力學，有詩名。至正末，避亂太平山，自號草澤閒民。洪武初，被召至京，將授官，以老辭，給賚楮若干貫爲東歸費，未行而疾作，卒于會同館。所著有《選詩》八卷、《續編》《補遺》六卷、《風雅翼》十四卷行世。明楊士奇《滄海遺珠序》，謂近代選古惟劉履，選唐惟楊士宏，幾無遺憾。則其識有過人者矣。

蘭亭

維兹暮春節，光風扇和柔。雍雍集蘭渚，蕭蕭皆良儔。俯觀百卉茂，仰睇孤雲浮。摛藻遂揮翰，汎觴隨曲流。契彼舞雩詠，千載同悠悠。世殊事亦泯，陳迹空林邱。散懷良不易，勞形復何求。撫景發深喟，儔能踵前修。

題丹山

嵯峨赤水山，縹緲神仙宅。高哉劉與樊，超然遊八極。一去何寥寥，千載遺靈跡。中有卧雲人，冥棲鍊精魄。幽林拾青櫺，寒泉煮白石。致身瀟爽間，邈與塵世隔。我來一見之，傾倒如宿昔。松花釀爲酒，持以苦留客。

朱娥祠

山有石，何硜硜。朱家娥，方十齡。仇顔兇，迫大母。倉皇誰爲憑，娥能冒白刃。奮身以迎，手撓其袂。呼母疾去，勿當其勍。賊怒不能逞，刺娥之臂斷娥頸。娥知不復生，猶恐母脱未遠，十指弗解目愈瞠。嗟哉朱娥，誰教爾能，安知當此可用殺其身。孝誠感動天地，孰能爲爾昧此至情。里祠菲薦何以昭往馨，躋諸曹廟配厥靈。亦有良史直筆，俾爾不朽，永世垂名。

田子貞

子貞字□□，四明人。

題安分軒圖

一室蕭蕭萬慮忘，幽棲真似斛斯莊。春晴野澗多藜藿，秋晚山田足稻粱。待富却慚居易拙，送窮應笑退之狂。看君已在羲皇上，老去從教白髮長。

陳朴

朴字子章，奉化人。

送張吴縣之官嘉定分題賦得白雲泉

白雲白如雪，清泉清比玉。泉以白雲名，雲泉兩同潔。滴瀝翠池滿，瑽琤玉琴咽。斜侵落花徑，直通鳴鶴垤。觀蒙欲果行，委順能安節。使君潔白操，酌奉使君别。

題徐良夫耕漁軒

携犁壠上耕，放舟溪中漁。耕漁樂暇日，還復讀我書。邈焉懷古昔，已往莫與俱。匪惟慕高節，適意聊自娱。珊瑚鳴珮環，巍巍乘軒車。當時耀尊榮，千載垂名譽。偉哉非常人，賦命衆莫如。願言謝同袍，勿事争奔趨。

題秀野軒

四運無停機，生意恒相屬。兹軒俯林園，長年得娱目。灼灼枝上花，娟娟坡間竹。雨過汎晴彩，霜餘净寒緑。清芬謝妖靡，幽姿遠塵俗。心跡淡已安，于焉樂貞獨。

吴儁

儁字□□，丹邱人。

水德婦李氏節行

良人膺蚤世，貞婦自名門。鏡缺人虧影，蘭衰命在根。斂容知頳色，翻袂掩啼痕。易斷生前誼，難忘死後恩。柏舟詩在昔，愧我若爲論。

陳節婦行

萬里風波百折灘，夫君不以別離難。三年竟失刀頭望，半世空成夢裏歡。誰復爲文招海賈，且須教子服儒冠。今觀太史書貞節，不愧幽魂地下看。

題徐良夫耕漁軒

磵谷幽人風義高，自將富貴等鴻毛。南陽誰復躬三顧，渭水無煩秘六韜。鷗起蕪汀風卷雪，鳩鳴桑巷雨如膏。還看罷稏秋登隴，一舸煙波學共操。

金翼

翼字敬德，天台赤城人，一云樂清人。

釣魚圖

磻溪臞叟雪滿顛，一竿釣周八百年。桐廬羊裘拂雲煙，一絲釣漢輕千官。爾來釣者非昔賢，坐老石樹窮朝昏。九年作餌六鰲奮，天吴怒蹴波濤翻。鯨鼉陸游啗生肉，浩浩巨浪方滔天。吾將釣西伯於渭陽，漁漢光於嚴灘。驅龍蛇而放之，瀦宅九土兮奠山川，下拯昏墊歸桑田。客星不用驚太史，羆熊不用招皮冠。拂衣歸來支綺園，人間物色從流傳。

虎邱燕集送□□□之秣陵分賦響屧廊

深宫風日静，鳴屧憶當時。花襯珠嬪步，春隨綵仗移。錦梟雲窈窕，香珮玉葳蕤。我政慚趨步，臺郎赴遠期。

玉山草堂

不見玉山今五月，近聞乘興越中行。清狂道士居湖曲，文字參軍在郡城。罰酒定依金谷數，看花猶憶館娃名。獨憐此日滄江上，綵筆題詩寄遠情。

鄭宜州蘆花淺水亭

新築苑亭也自幽，闌干曲曲面滄洲。一簾花氣多成雪，半石潮痕祇没鷗。客醉有時迷夜泊，月明無處覓漁舟。老夫亦有滄浪趣，便欲移家住上頭。

題耿恭拜井像

據水先須護上流，鑿山底用井中求。司徒不爲將軍請，安得殘兵脱虜囚。

題明皇曲江春宴圖

五雲樓閣擁層闌，帝子金根御白鸞。日日醉花臨上苑，春風不似蜀中看。

漫吟先生金信

信字中孚，金華人。穎悟工詩，從鐵厓楊維楨遊，往來吴越間，詩聲大著。部使者以茂才舉，不應。

歸遊金華之優游洞，以詩自娱，學者稱爲漫吟先生。有《春草軒集》傳于世。鐵厓嘗序其詩曰：金華金信從余遊于松陵澤中，談經斷史，於古歌詩尤工，如《古琴操》、《趙璧》、《辭荆卿篇》、《博浪椎》、《月氏王頭飲器歌》，其情激，其辭鬱以諧。吁！信之詩有法矣。朱檢討竹垞謂阮元聲《金華詩粹》稱仲孚以明初召入中書省，進講經史，以《實録》考之，蓋至正戊戌年事也。

箬陽山 一作「太陽嶺净刹菴」。

林深生夏寒，蕭然水精域。今日復重來，青苔見行迹。雲生身上衣，月照松下石。竟坐聞疎鐘，空山未眠夕。

馬氏奉萱堂歌

人生有母憂不忘，來登馬家萱草堂。人生兄弟争諠譁，來看馬家萱草花。馬家萱草人所愛，日日看花滿堂背。馬家兄弟三連枝，堂下奉觴堂上醉。花開箇箇鵠觜黄，翠葉舞風羅帶長。白頭骯髒不下堂，堂前三婦相扶將。大婦工織素，細膩熨貼光，請姑更作新衣裳。中婦斫鯉魚，洗手作羹湯，阿姑未食不敢嘗。小婦折花來，爲姑添新粧。更持玉鏡臺，照姑鬢影春風香。馬家不知人子道，安得馬家三婦孝。君不見東鄰少年游不歸，夜夜婦姑相勃磎。

赤松山

桃源洞裏時一到，紫雲觀前今始遊。黄冠洗藥丹井水，白羊化石青松邱。丹光半夜赤於日，天氣五月涼如秋。竹皮之冠小鶴氅，何以寘我神仙流。

東山

東山秋色净，處處樵歌起。凉風早催霜，落葉下如雨。

洞庭曲十首

奇峯七十二，菡萏青蓮開。遥看出雲雨，不似楚陽臺。

海客走相報，龍王嫁女來，雷車挾風雨，高浪白成堆。

波濤三萬頃，倒侵中天月〔一〕，蛟精戲神珠，開扃白銀闕。

洞庭西去浪，出没有雙雷。遥看青兩兩，不識具雪堆。

浩蕩太湖水，東西兩洞庭。吹簫明月裏，龍女坐來聽。

毛父來刺船，遂入林屋洞。洞户夜不扃，風雷自相哄。

嶋風吹雨脚，龍腥湖上聞。小姑彭蠡至，來謁洞庭君。

日落洞庭波，青天風雨作。乖龍挂修尾，有似青旗脚。

湖上望蘇臺，水與青天遠。長風送飛帆，忽到長洲苑。有客浮槎去，槎頭挂客星。仍將莫耶笛，吹與老蛟聽。

白原山

花開山樹紅垂屋，波漲溪流緑繞村。咫尺春泥初雨後，尋常亂石是雲根。

〔一〕「侵」，稿本作「浸」。

詹參

參字曾賢，天台人。

題無爲菴海棠花

三月三日天氣新，無爲菴中花絶倫。東風吹開錦步幛，暖日輕罩沉香塵。仙姝一簇擁王母，絳節千隊朝玉宸。紅紗巾單翠雲帔，石華廣袖臙脂脣。困酣嬌態睡新足，醉潮艷骨春正勻。不知何人能好事，致此名色娛嘉賓。丹邱先生游俠客，三年避地寂寞濱。風塵滿眼得閒散，杖藜隨意敲嶙峋。忽逢絶艷照芳景，始信空谷遺佳人。嬌嬈恨無金屋貯，窈窕羞與凡花鄰。雨饕風虐秖自惜，蝶僝蜂僽誰復嗔。多情幸伴迦葉笑，芳信待結梅花姻。漫燒銀燭照深夜，且醉緑酒酬青春。少陵何事獨無語，老坡有詩能寫真。尋當移根歸閬苑，笑笞紫鳳鞭蒼麟。

友竹軒詩

伊人何瀟灑，尚友孤竹君。平生秉高節，獨立迥不羣。朝軒晴旭亂，夜榻清陰分。涼颸拂琴張，餘芳襲爐熏。翛然澹相對，祇有南山雲。

何與

與字□□，金華人。

植芳堂詩

沈也江湖豪俊客，藥術由來妙無敵。世人往往推神功，轉覺流聲動京國。茅堂雅構淮水濱，開林種杏春紛紜。香風東來拂曙影，芳葩盡散臙脂雲。當軒自把瑶軫促，發興時時理清曲。客來丹實每同餐，恥學廬山换斗粟。懸壺負局誠足稱，徒然遠引逃空名。何如植芳住闤闠，奕世樹德甦羣生。玉塵霞實世罕有，活人不吝千金售。碎錦叢深酣晝遲，青箱每爲軒農究。我生濩落亦已久，弱質憂痒愧蒲柳。何當載酒看生紅，共子幽窗論肘後。

沈中

中字□□，東陽人。

水德婦李氏節行詩

昆邱故鄉邑，一别三十年。歸來訪陳迹，衰草迷寒煙。峩峩貞節門，屹立山之前。云是水德婦，二十失所天。黄鵠去不返，泣涕徒漣漣。之死矢不二，節行金石堅。吏以威福説，媒以笙簧言。了若耳不聞，此身如井泉〔一〕。機杼玉指寒，孤燈照愁眠。僦居蔽風雨，撫育諸顛連。寥寥千載下，睹彼節婦賢。

題馬遠雪景圖

暮雲天一色，飛雪滿江干。野艇歸來晚，推篷不厭看。

〔一〕「身」，稿本作「心」。

杜仲之

仲之字□□，温州人。

感興

我昔搓長絲，繫彼渭川竹。直鈞魚不吞，何以充吾腹〔一〕。此心苟無嗜，藜藿亦自足。寧使不得魚，我鈞終不曲。

永康道中

家遠勞行役，歸心雁宕邊。洞雲含曉雨，溪碓轉春泉。山叠疑無路，地平猶有田。紫芝芽正茁，黄綺去應還。

過草堂寺

林麓陰迴護草堂，土花吹雨緑侵廊。泉通石洞琴聲細，竹掃春雲鳳尾長。縱酒不嫌羈況惡，加餐自喜此身强。山人一去無消息，猨鶴聲中正夕陽。

烏夜啼

烏夜啼，天未曉，寶帳籠寒繡鸞繞。香銷紫被清夢多，秋冷銀屏燭光小。錦繡不如野花寒，霜風吹謝宜男草。

〔一〕「吾」，稿本作「我」。

徐淮

淮字原澤，永嘉人。

偕劉景玉周元浩携小妓遊于坡上忘形劇飲故賦此

馬如游龍車若水，劉郎周郎玉相倚。柔風暖日故燕春，紫燕黄鸝自相語。先生粱筆寫烏絲，美人持杯唱金縷。醉來爲愛落花多，急掃蒼苔坐紅雨。

送德潤王憲使回

江心寺前潮拍堤，海壇門外日初暉。津頭打鼓官船發，臺上吹簫王子歸。風露一天黄菊老，山川千里白雲飛。浩歌擊缶爲君别，須憶江南有布衣。

送萬敏中之金陵

買舟又上金陵去，風物應憐庾信才。舊燕能言王謝事，夕陽空照鳳凰臺。江邊商女猶教曲，店下吴姬正厭醅。紫府青臺風雨近，莫因登眺久徘徊。

石門洞瀑布

六丁何代泄神秘，神斧鑿開雙石門。白龍上天風雨急，銀河卷地雲雷奔。下濺鮫人織綃室，上翻玉女洗頭盆。一潭寒碧貯不定，粼粼細浪生微瀾。

登松臺清秋有感

欲澆磊砢惟憑酒，竹葉滿尊翻緑波。敧帽正當風力緊，吹簫無奈月明何。高林紅葉得霜醉，故國青山入夢多。客子長懷有誰識，凭高一笑付清歌。

與劉景玉安固泛舟

雲平水暖魚吹浪，雨潤泥香燕啄花。著面東風濃似酒，扁舟流過白鷗沙。

客舍春暮

蜂兒釀蜜心方醉，燕子營巢語未安。開户不知春事老，滿簾風雨落花寒。

李應期 一作「祁」。

應期字均饒，號恥菴，又號菌翁，瑞安人。少穎悟，受《春秋》于高則誠。既而得關閩諸儒全書，極其津涯。如進士林彦文輩，皆折行位與交。洪武十九年，有以明經薦者，遂引年告老以歸，卒年八十三。有《樊莊稿》。

寄趙太虚

仙人隔滄溟，手弄青桐枝。身披赤鸖裘，脚蹋銀蟾蜍。因我遠别離，贈以雙紫芝。光輝照落日，馨香被鬚眉。再拜謝仙人，願結蓬萊期。

淵明圖

吾聞靖節翁，不尚名與利。山童酒一壺，中有千古意。畫工寫丹青，不寫酒中趣。東籬有秋色，南山有佳氣。長歌歸去來，陶然北窗睡。

鑑湖秋色

千秋觀前風日美，緑樹籠寒隔煙渚。苧羅仙子開寶奩，露出青銅三百里。芙蓉落盡新粧面，露柳煙蕪結深怨。珍重當時賀季真，詩思年來更清婉。

寄朱彦明

我向鹿巖成小隱，君從浦口駐蘭橈。華池水暖生金薤，靈谷雲深長玉苗〔一〕。江上懷人春載酒，花間留客夜吹簫。自慚世道渾無補，雪鬢霜髯已半彫。

寫懷

露下芙蓉偏有恨，風前楊柳太無情。自憐不及王孫草，水北原南任意生。

小齋

蛛網挂空山雨晴，溪頭水暖釣絲輕。小齋無人白日静，卧聽隔林雙鳥鳴。

偶成

長洲宫苑日初曛，越女盈盈玉雪新。脂粉不施猶自好，却憐多少效顰人。

寄吴彦升

積雨連朝過客稀，亂紅墮地緑陰肥。江南衹是歸耕好，水遶孤村燕子飛。

惜春

一宵風雨送韶光，愁殺嬉遊馬上郎。鳳鳥不來梧實老，滿園蝴蝶菜花黄。

〔一〕「靈」，原誤作「露」，據稿本改。

南徵士堯民

堯民字思尹，樂清雁塔人。洪武初，徵召不起。有《梅雪窩集》。

送張監生

美人去矣不可招，青雲萬里天遥遥。離亭把酒桂花老，瘦馬出門霜葉彫。忠義自有古周召，勳業豈獨漢蕭曹。男兒有懷天可鑒，耿耿日月懸中霄。

吴學禮

學禮字□□，樂清雁山人。

路旁草

路旁草，路旁草，古路迢迢生不了。百年金谷夕陽天，萬里沙場霜月曉。古路今路一樣平，踏來踏去重青青。吾知此草踏人生，莫教古路無人行。

郭外夜歸

草田高下亂蟲鳴，凉襲衣襟夜氣清。河漢横秋平野闊，山窗無月一燈明。孤蓬倦倚難成夢，宿鳥相呼忽轉更。近郭不妨歸近夜，到門猶有讀書聲。

泊橫春館

枯葑冰消水路遥，短長亭下一停橈。寒煙兩岸客炊曉，殘月小橋人待潮。山外鐘聲何處寺，柳邊春入隔年條。到城不必争先後，華蓋峰頭手可招。

重過南浦

萬里澄江浸碧天，迢迢人上渡頭船。柘煙旋滅鼉成繭，梅雨微晴樹飲蟬。獨客有愁多近暮，亂山無處不聞泉。枳籬門巷依然在，落莫東風二十年。

秋晚書懷

數點寒鴉日又西，轉寒天色易淒迷。青山半出煙涵郭，紅葉亂流霜滿溪。半壁秋燈吟對影，故園夜雨夢扶犂。山人飽聽農歌卧，但願年豐穀價低。

溪隱

王子臺前古亦今，舊栽松竹又成林。臨溪買屋不論價，隔岸有山無盡吟。徑草新添知地僻，野棠開遍覺春深。巖西昨夜幾多雨，一竇寒泉忽奏琴。

湖邊會飲

秫價年平易索醪，西風野店快持螯。門疎楊柳前峯見，瓦上藤花破屋高。時異最傷嫠婦緯，歲寒方重故人袍。小舟待月同歸去，横著沙頭插短篙。

留睿

睿字若愚，一字養愚，括蒼人。治經術，攻古詩文。元末，天下多故，辟地越上。乃采當代臣子死於節義者，集其事狀爲傳，南臺御史取其書進之，且以館職薦，不報。至正冬，挈妻子依婦翁于錢唐。後歸隱于好溪，有紫芝玄鶴。著書九篇，名之曰《留子》。

寄遠

征夫往幽燕，賤妾住吴越。參商二十載，緑鬢生華髮。年年望飛鴻，目斷愁不歇。秋盡冬復春，葉落花更發。恨君顧妾身，不如天上月。月行幾萬里，東出復西没。又東出夜光，夜光頻照妾。妾容漫比花，君情遽如葉。念欲走從君，河廣詎可涉。燕趙多美人，顔色皎如雪。所樂在新知，誰復念離别。雪性本飄蕩，雪質易虧缺。何如賤妾心，不轉堅似鐵。君看望夫石，千載名不滅。

代遠人答

憶昔發江南，與君生別離。臨當上馬時，屬君兩男兒。幼兒在襁抱，長兒能歌詩。功名豈可必，三載以爲期。君時聞我言，蹙額雙蛾眉。一去數千里，各在天一涯。塞北望江南，憶君君不知。目送南征鴻，遠寄長相思。相思心不絶，緜緜如藕絲。蹉跎二十秋，日月互推移。三載約會面，此言遂成欺〔一〕。前年離燕山，遠行到月氏。途中天雨雪，寒風裂我肌。六月陰山道，猶復衣羊皮。馬上多胡姬，顏色如臙脂。爲君不忍覷，君何自狐疑。雕鞍駕朱輪，行當似蘇秦。千金會舊友，椎牛會衆親。莫學會稽婦，容易輕買臣。

思親行寄弟子通

今年八月來作客，出門倏忽日已百。自從二十走湖海，零落天涯幾岑寂。幾岑寂，重悲歎！親在高堂望子還，子在長途衣亦單。準擬明年作官食君禄，歸來共汝舞袖紅斒斕。天目之山，去天不盈尺，使我登之徘徊望鄉國。吁嗟胡不生羽翼，吁嗟胡不生羽翼！

和西湖竹枝詞〔二〕

湖上南風六月凉，采蓮驚起雙鴛鴦。妾心却似蓮心苦，郎心不是藕絲長。

〔一〕「此」，稿本作「斯」。

〔二〕 此詩原無，據稿本補。

倥侗子練魯

魯字希曾，處州松陽人。少博學，凡經史子集，靡不精究，爲詩文有逸思。至正間，以父進官京師，因省親就試于京，中第而歸，益肆力于學。洪武初，有司辟魯應聘，力辭不已，至武陵，著辭病詩九律，聲調悲壯，思志哀鬱，佯狂而回，閉門謝客，隱居養親，日以鉛槧自虞。號倥侗子，有《倥侗子文集》行於世。一時邑之彦達若王景、項民彝、王繼行、包公貴，皆出其門。

徐州故城

前年秋八月，盜入徐州城。城卒不滿百，夜深民亂驚。殺人烈火下，四面山河明。賊酋坐官府，列刃脅同盟。牧守既宵遁，蚩蚩不敢争。唬呼千家裂，震噉萬井碯。揭竿立鈎戟，斬木縣旆旌。鑗礪鋒刃合，攘刮囷廪盈。弄兵晝駁還，伐鼓宵傖儜。我軍隔河守，水上星散營。有時出數騎，視我百萬輕。去年大兵合，相國親南征。詔出天王旂，九月千里行。策馬南渡河，北頓泗上兵。浮梁駕連筰，突騎塵隨轗。日月動徐兗，雷霆震鑾荆。逆虜馘在眼，良家望全生。豈知七日戰，網漏横海鯨。斯民不自白，殺氣嚴秋聲。俯仰萬古迹，今日煙沙平。繁華逐飛爁，霸王沉餘晶。彭門既北墮，黄樓亦東傾。戲馬有荒土，駐驛無遺名。黄埃颯峕歙，崩榛杌攘槍。亂穴竄鼯鼺，廢堵蜿蛷蠑。慘慘白骨上，颯颯陰雲横。我有感慨淚，淚灑天無情。山長水亦遠，草木悲風鳴。

徐州新城

去年定徐土，城此山南陬。被山爲崇墉，阻河即長溝。縣官集居民，令下聞藪幽。户口多被傷，亡匿庶可求。流民歸占籍，結屋欲綢繆。垣壁隔榛棘，門户編荆樞。數家有壁立，一室欲蓋頭。敢求衽席安，庶爲生計謀。奈何凋瘵餘，力難及鉏耰。藝麥不療飢，種豆安得收。大家已顣頞，小家有莩髏。郡中二千石，視古伯與侯。此邦實保障，撫養期民休。修政恤存没，秉德無競絿。喪亂其有涯，宸衷方軫憂。

歌風臺

沛宫秋風起，游子傷所思。故人侍高宴，故鄉亦在兹。酣歌自起舞，忼慨有餘悲。秦鹿方犄角，英雄並驅馳。帝業亦有在，真氣匹夫知。天下且歸己，功臣何自危。九江自取爾，會稽徒爾爲。俯仰數行泣，何以安四陲。天地驅日月，出入六馬馳。上瞻芒碭雲，下顧泗水湄。荒臺忽千載，煙蕪夕霏霏。

題雙節

括城西望千峯隔，玉立半空山石白。上有英英兩女魂，淡月荒煙照顔色。將軍度關百萬兵，鬼妾鬼馬相悲鳴。二女同心死同日，此石之白顔之清。忠臣烈士古如此，國破家亡身合死。一死能全千載名，兩女賢于天下士。

北斗山

隱者巢居在翠微，松花服食薜蘿衣。人間萬事不著眼，坐看白雲天際飛。

甘惟寅

惟寅字孔肅，自號安所止，豐城人。至正間，同弟仲肅從陳進士植講學于龍光書院。與邑人朱善、劉秩、毛吾魯相友善，縣尹林弼極稱重之。洪武間，累薦不起，有《樗櫟集》。植字本强，富州人。元統進士，官上高縣尹。與永豐陳進士同姓名。非即博羅尹也。

題龍光書院

茫茫岐路塵蹤苦，忽忽無情白髮催。昨夜東風吹夢破，分明人在舞雩歸。

鎦廉

廉字用正，臨川人。

哀完者公

汝上孤城破，將軍百戰餘。敵勍非劇孟，請援失包胥。鼓竭悲風勁，弓摧落月虚。水盤加劍處，徽纆重欷歔。

送高伯昌之京

西周承學尊東魯，南土頻年望北庭。書劍一身踰嶺嶠，帆檣萬里渺滄溟。寒消玉宇燕山碧，春動銀河御柳青。明日黄金臺上客，詞華早爲播芳馨。

歌風臺

擊筑酣歌倚大風，高臺良宴故人同。江東兵甲銷沉後，天下河山指顧中。萬乘襟期開宇宙，千年形勝傲英雄。霓旌立斷蒼煙上，還有神靈托沛豐。

李鎬

鎬字□□，臨川人。

植芳堂詩

春陽被皋陸，時雨浹初晨。荷鉏臨前除，闢壤當荒榛。藝本日成列，培根毓奇芬。條枝及時榮，尃蕚韡以分。服綵憩嘉蔭，端居離垢氛。眷兹世葉繁，德馨惟日新。興言用棄穢，庶以樂吾真。

陳安

安字克盟，金溪人。

高大使吴淞歸興圖

楓葉吴江白雁飛，天涯游子正思歸。香銷夜月青綾被，涼入秋風白紵衣。江浦蒹葭含宿雨，驛亭楊柳帶斜暉。分明記得西湖上，載酒蘭舟近翠微。

中秋有感

畫省曾陪冠蓋游，華筵詩酒宴中秋。星河不動天如水，風露無聲月滿樓，皓齒纖腰催象板，珠簾涼影上銀鈎。于今寂寞江城暮，烏帽西風歎白頭。

題高理瞻所藏小景圖

昔年爲客楚江邊，雨霽江南二月天。楊柳畫橋深淺水，桃花春岸往來船。新篘白酒浮杯釅，旋買青魚出網鮮。因見畫圖驚舊夢，東風吹面鬢蕭然。

送施景舟還宣城

清朝取士得才難，未許將軍晚歲閒。故遣老臣辭上國，欲將文化定南蠻。九天雨露羣生遂，萬里風霜匹馬還。今日故園歸興好，長吟飽看敬亭山。

效唐人送宫人入道

長門一别赴琳宫，寧復中官促繡工。紅葉人間無舊夢，碧桃天上自春風。步虛尚覺宸光近，歸院還疑輦路通。猶有内家簫管在，夜深吹向月明中。

題趙子固水仙圖

玉骨冰肌不染塵，霜風凜凜倍精神。凌波翠袖輕移步，髣髴桃源洞裏人。

題美人春睡圖

深宫紅日上窗紗，枕印微痕暈曉霞。鶯燕不鳴簾幕静，綵雲低護海棠花。

題雲山春樹圖

青山緑樹靄春雲，野水拖藍草色新。溪上數椽茆屋小，晝長應有讀書人。

題畫

春萱翠石倚琅玕，睡足東風錦翼寒。却憶江南舊庭院，晚晴池上倚闌看。

廖敬先

敬先字□□，廬陵人。

水德婦李氏節行詩

寒水無波不離井，古甎作鏡何人信。崑山節婦水德妻，持鏡照心不照影。卷下鴛鴦衾，擲却鴛鴦枕。嗟嗟未亡人，所天身已殞。碧梧老去鳳單棲，半點殘燈照孤寢。

劉處士養晦

養晦字□□，號雪樵，萬安人。元末避亂龍頭山中，明興，返故廬，堅卧不出。其詩有曰：「謝安原輔晉，李密固興唐。」其志可知也。嘉靖中，後人岐刻其遺稿。

王氏招飲席中有感

憶昔至正全盛時，朱門豪家多亭池。池邊女兒縱游賞，新妝照水明玻瓈。春風淡挹芙蓉渠，黄鶯嬌囀垂楊枝。整日歡聲無暫歇，携手花間撲蝴蝶。曉吹龍管迎香風，晚酌金罍邀夜月。珠簾繡幕花氍毹，畫閣朱樓紅地爐。日長無事教鸚鵡，象牙鏤馬閒蒱樗。豈知人事忽更變，瓦礫荒蕪人不見。繁華一去杳難留，空有閑花飛片片。玉堂夜夜客鳴珂，劍頭一吷能幾何。人生在世若大夢，吁嗟易老成蹉跎。君起舞，我當歌，青春去矣難再過。美人如此不長好，黄金白璧徒云多。

野館

安穩桐溪上，時危久索居。蟻穿庭下穴，蝸篆壁間書。野水臨秋迴，山窗映月虚。十年戎馬亂，歸計定何如？

塗貞

貞字叔良，楚人。

春草軒詩

每誦游子吟，長懷孟東野。寸草媚春暉，還如愛親者。萊衣垂五采，屢舞對幽芳。搴簾窺秀色，縱履襲微香。弱卉本無情，猶能感滋殖。鞠育天地恩，於人意何極。嗟余違定省，胡乃客天京。顧兹慈母線，愧爾獨含情。

空谷老人燕遺民

遺民字逸德，號空谷老人，武昌蒲圻人。洪武初，累以賢良徵，高卧不起。翛然獨往，深山絶壁。或臨水濱，則嘯歌終日。感物寫懷，濡毫揮藻，逸氣鬱發。識者重之。

感興二首

寥落湖山曲，憑誰話起居。出門惟水石，相見但樵漁。酒熟還堪漉，葵荒欲自鉏。久深泉石想，早晚賦歸與。

泉谷煙塵净〔一〕，林塘暑氣清。幽花籬落見，好鳥竹間鳴。禾黍皆豐稔，桑麻自長成。還聞茅屋底，燈火讀書聲。

〔一〕「塵」，稿本作「花」。

王舉

舉字□□，閩中人。

植芳堂詩

高堂何渠渠，衆芳列前楹。羅生雜蘭芷，碧葉間紫莖。蘇井誰可比，董林安足稱。若人休文孫，揚芬藹簪纓。厥子誰云構，樹德承家聲。羌吾事姱節，採秀擷蘭英。托根一失所，不如蕭艾榮。薰蕕世莫辨，君子匪攸寧。良時難驟得，捐珮緬余情。

玉峯山人趙善瑛

善瑛字廷璋，成都人。八歲能詩，明《詩》《禮》《春秋》，隱居教授。至正癸卯，明氏據蜀。隱居樂績山中，夏主累遣使徵辟，不就。內附後，徙家成都，築室錦江之濱。明洪武丁丑夏，年七十有八，賦《觀化》詩，端坐而逝。南平趙弼爲立傳。

錦里卜築詩

錦里幽棲處，悠然遠俗囂。地偏車馬少，山近市城遥。松竹連蹊徑，藤蘿掩屋茆。閉門窮典籍，修業問芻蕘。見小忘蛙埳，忘機夢鹿蕉。白頭宜此樂，青眼莫相嘲。種菊開三徑，横琴詠九皋。黄葵舒永日，紫芋待終朝。守道居顔巷，嫌喧棄許瓢。薄田多種秫，平阜廣栽蒿。鵝鴨游深沼，牛羊牧近郊。芝蘭香滿砌，枸杞翠連坳。采藥携輕筥，觀蓮泛小舠。考槃時諷誦，得句自推敲。邱壑從兹穩，弓旌漫遠招。茗甌供伏臘，土簋薦溪毛。牧子吹羌笛，仙童品玉簫。南山曾採蕨，左手慣持螯。麋鹿爲新侣，松筠是故交。煙霞情浩浩，詩酒樂陶陶。寵辱都忘却，功名盡已抛。唐虞今在宥，許我學由巢。

魏奎

奎字□□，臨卭人。

友竹軒詩

好客招不至，相逢多惡賓。世事每如此，歲晚誰可親。此君非草木，臭味德照鄰。南窗數百个，北窗蒼翠新。猗猗淇澳姿，濯濯渭水濱。既禀堅勁操，清潤復長身。三益嗜古道，六逸誠天民。鳴琴近蒼雪，酌酒對霜筠。崔君本縫掖，畊釣甘隱淪。誓不競世務，讀書忘賤貧。過眼鄙桃李，愛君如席珍。虚心與直節，願保交道淳。而我方避俗，高哉懷若人。

秋日訪友席上録似良夫

開遍芙蓉菊未花，杖藜隨意踏江沙。水雲遠接青山色，林木深藏處士家。酒熟一樽香泛蟻，詩成兩袖墨塗鴉。兒童安識吾徒樂，只聚飛蚊醉館娃〔一〕。

勝伯賢良表姪求先世遺書將鋟諸梓作詩美之

雍國文章世不磨，昭如星日映山河。刻傳琬琰豈無待，價重璠璵不啻過。漫讀父書嗟我老，竟成先志子堪多。春風吹緑松江水，亦欲東遊理釣蓑。

〔一〕「蚊」，原作「蛟」，據稿本改。

象山先生張搗

搗字彦謙，新會人。受業于羅蒙正。幼嗜學，性敏强記。年十八，賦《厓門懷古》詩，蒙正器之。明洪武初，以足疾屢薦不起。留心經籍，縣令謝景暘爲構書堂于象山之麓，扁其軒曰養拙。晚年自號病叟，人咸以象山先生稱之。其學以明理爲要，詩文以典雅爲本，不事巧琢。其弟子不拘學之淺深，皆能識其大要云。

初夏

何事愁春去，微薰生日斜。梅黄初著雨，鶯老未殘花。便汲懸泉水，閒烹廢寺茶。逢僧談五乘，摩詰已無家。

厓門懷古

漁翁知我閒無事，拉我乘舟訪鼎湖。野草閑花春寂寞，蠻煙瘴雨畫模糊。磨厓可羨張宏範，把酒惟澆陸秀夫。興廢由來總天命，臨風何必更長吁。

颶風

火雲夾日已西馳，驟雨驚風此一時。萬里怒濤泛斷梗，千家矮屋失疏籬。懸炊破釜侵飄屋，護圃枯楼壓嫩枝。最是畬田收未得，不堪狼戾子離離。

題觀翠亭

亭前積翠景新添，瞻眺還堪養静恬。排闥青山懸叠嶂，翳林瑞靄隔疎簾。入圖雁蕩徒飛夢，絢碧羅浮那得兼。天趣也知隨處有，閒來相賞莫相嫌。

芝山別意

晚山黄菊滿山房，送客郊原野氣涼。十幅布帆隨鳥影，一川圖畫載艫航。秋風祖道歸心急，夜雪催詩賞興狂。好事歌成碑在口，王家父子正相當。

殷弼

弼字□□，□□人。明洪武初，與修元史。

植芳堂詩

嘉樹發幽芳，依依自舒榮。陽條接陰穎，芬馥播前楹。之人事高潔，坐閲岐黄經。探源漱清潤，溯流承德馨。慨彼蚩蚩氓，戕賊壞天形。捐軀齊草腐，遺臭汗編青。以兹生物理，會我惻隱情。熙熙布春陽，藹藹登壽齡。流芳被草木，因人植嘉名。

望海

吴淞江口海門東，萬里京師咫尺通。白柁紅旗三月浪，紫簫花鼓午潮風。

董徵士佐才

佐才字良用，□□人。家有釋耕所，梧溪王逢《題董良用徵士釋耕所》詩有云：「殷喪蕨薇元可食，秦炎種樹獨存書。」知爲元之遺民也。

題華亭朱孟辨篆冢詩卷

古初無毫楮，羲畫何由傳。孰知文字理，已具河圖前。神農洎蒼頡，俯仰極人天。穗書與鳥書，創制分後先。龜麟錫禹時，盤銘著湯年。岐陽紀石鼓，史籀稱獨賢。矯若蛟龍蟠，鬱若鎖鈕聯。科斗聿行漆，形體因自然。一從孔壁廢，重爲經籍憐。秦相約籀古，撰次蒼頡篇。小篆遂名家，勁健含姿妍。登封及詛神，金石紛雕鐫。下逮隸八分，變化如雲煙。漢經煨燼餘，文教仍敷宣。保氏存六書，學僮纔九千。揚雄纂奇字，杜林解探研。繼蹟非古人，意象莫不全。偉哉許祭酒，蒐羅歸簡編。墜緒賴復舉，後學知相沿。陽冰克遠紹，鉉鍇造其玄。近代郜與周，筆勢回奔川。華亭朱茂才，好古喜欲顛。一掃世俗書，習篆忘食眠。秦望并之罘，碧落兼新泉。小者案間列，大者屋壁懸。平生囊橐貲，多充買碑錢。功深學既精，齒壯志亦堅。池魚染皆黑，鐵硯磨將穿。摹搨累萬番，期差古人肩。師法正在兹，什襲比蹄筌。孫樵文自祭，智永筆忍捐。前修不我欺，我癖尤難痊。嵯峨細林山，上與浮雲連。譬彼汲冢書，函之瘞其巔。聚土封若堂，劖石表爲阡。其陽碧樹交，其陰書帶緣。山靈謹訶護，有名如有仙。揮灑人間者，顯晦名非偏。寶劍賈胡發，玉柙蔓草纏。何如篆冢光，夜夜映星躔。錢惟善《篆冢歌序》云：雲間善篆，俞允文撰《崑山雜詠》，疑其爲陸友仁，今據董詩，乃知爲朱孟辨。

方寸鐵爲盧仲章 一作「丹邱」賦

方寸鐵，百鍊剛。吹毛劍鋒秋水光，鎸勒妙擬郚竹房。倒薤文，連環紐，通侯纍纍懸肘後。伏黿蚨，蟠螭首，頌德紀功垂不朽。鐵名已著霜滿顚，復將鐵業傳二雛。勿劖元祐黨，勿刻詅癡符。何如往補石經漏，萬古六書存楷模。天下英髦知所趨，伊誰之力丹邱盧。

青藜杖 應試。

北斗城頭風露涼，閣名天禄鄰未央。卯金之子校書倦，嘿思周孔參羲黄。黄衣老人叩閣進，青藜杖端吹火光。光如崑山燭龍照，几席炯炯鬚眉蒼。共談來今及往古，義理玄奥辭精詳。自非神功俄頃助，經籍至道淪微茫。大師靈壽漫榮寵，葛陂龍竹徒荒唐。豈如天上有太乙，能使人間文運昌。雖云過眉尺度短，扶持聖教千年長。當代人才亦豈少，好著更生居玉堂。

細柳營 應試。

棘門霸上皆兒戲，只數條侯細柳營。天子徐行恩至重，將軍不拜禮非輕。渭城萬樹春陰合，漢室千年塞虜平。他日從知可堅卧，豈愁犇壁有吴兵。

讀杜詩有感

幾年京國暗戈矛，淪落誰憐杜甫愁。春漏也曾嗔録事，秋飢仍復問彭州。平生忠義窮逾見，小技文章老更優。我亦此身無定處，夕陽孤倚仲宣樓。

次韻述懷

大塊茫茫本自然，杞人無事漫憂天。百年流景如雙轂，一餉歡情直萬錢。不是溪山嫌客賞，何曾風雨爲花憐。細推物理休羈束，回首故人空墓田。

題俞凝清小樓　凝清善畫。

户牖翛然樹杪開，小樓新結俯池臺。書聲如與浮雲抗，畫幅遥驅列岫來。豈可胡牀留俗客，莫教明月照空杯。元龍豪氣今誰繼，述作須憑沈謝才。

題顏炳文梧竹軒

高梧十尋竹千挺，一塵不到軒中央。鳳凰夜棲碧雲下，龍虎晝鳴蒼雪涼。聲度書窗葉墮井，影來棋局梢過墻。何當拂衣遂歸隱，日拜慈親稱壽觴。

李費

費字□□，□□人。楊鐵厓門人。

月氏王頭飲器歌和楊鐵厓

太白入月月欲頹，胡風吹墮白龍堆。鐵厓曰：「一起便絶倒。」血函模糊截仇首，半腕刳作玻璃杯。目眥生紅酒微纈，戎王胸堂沃焦熱。奇語。青氈帳下唱胡歌，三十六國皆膽裂。愈出愈奇。金篦攪紅紅欲凝，腦中猶作銅龍聲。真狐精語。千年古恨恨未平，怨魄飛作精衛精。君不見漆身復仇仇未復，地下義人吞炭哭。余讀費辭，爲之擊几而歌，費真狐精也。時和者稱張憲，明日費辭至，憲拜之曰：「吾當放君一頭。」取己作而焚之。

陳元善

元善字□□，□□人。鐵厓門人。

次韻草玄閣

望仙橋頭楊子宅，草玄閣是候仙臺。麝香日底藤花噴，鳳尾風前蕉葉開。鐵史編成麟未至，玉笙吹徹鶴飛來。酒星元是東方朔，玩世滑稽同戲孩。

張程

程字□□，□□人。諸生。

次韻草玄閣三首

珍重凌雲萬丈才，歸來江上構層臺。管弦獨許門生聽，齋閣那同俗子開。可爲風光驚老去，未愁富貴逼人來。壯情更比詩情勇，嬉劇真同妳下孩。唐李商隱《雜纂》，「惡模樣」類内有「妳下孩兒」。

草玄閣裏譚經日，未羨金門與玉臺。柳外瓊英臨水種，花前翠幕向人開。道人往往籠鵝至，上客時時載酒來。自謂詩壇新築起，指揮餘子正如孩。

先生自愛草玄閣，不必黄金爲築臺。瑶笙引鳳或雙下，玉壺經春時一開。桃花正好杏花謝，二月已歸三月來。人生百年貴適意，何妨醉舞隨羣孩。

張稷

稷字□□，□□人。諸生。

次韻草玄閣

關西夫子謫仙才，草閣新題勝玉臺。當户卷簾山雨歇，憑欄吹笛海雲開。承恩尚有朱衣在，應召猶期白璧來。聞道甘泉賦成後，紛紛笑殺倒綳孩。

滄浪生沈欽

欽字欽叔，一字士敬，□□人。自號滄浪生，又號梅花清夢。

至正二十年秋九月登虎邱寄掾郎姚君兼簡居中尊宿

天下盡戎馬，勝概空陳迹。興來躡層顛，長嘯百慮釋。陳公樓，生公石。石頭猶記聽法時，樓低劍影涵秋碧。古木晻靄白石昏，魚龍蹴踏江島渾。幽人八十號沙門，悄然右袒坐樹根。下視六合俯青雲，龍兮魚兮何當分。

寄劉小齋

村迥落葉赤，江空寒日黄。野雉隨處宿，宫柳自成行。無路歸秦客，逢人問楚狂。長歌一回首，棲惻向蒼茫。

次韻廉夫先生

道人草閣清江曲，江上潮生月滿臺。竹葉有情留客醉，梅花含笑向人開。幾聲鐵笛驚龍卧，三弄玉簫吹鳳來。不分紅妝欺白髮，故將舞袖戲嬰孩。

擊壤生沈雍

雍字□□，□□人。自號擊壤生。

次韻草玄閣

關西夫子謫仙才，酒滿銀罌花滿臺。燕燕一雙當席舞，青青九朵隔江開。函關紫氣仙人出，天禄青藜太乙來。倒著接羅歸醉後，銅鞮争唱道旁孩。

崔亮

亮字宗明，號寅齋，□□人。

湘竹龍歌

君不見蒼梧九點之青煙，下有三湘之潺湲。翠旌摇摇駕雲輧，英皇望之淚潸然。淚珠墮睫灑湘竹，竹上痕漬遺千年。伶工好事巧操截，鑿竅刳筒弄明月。紫霞點綴鷓鴣文，紅雨斒斕杜鵑血。玉音嫋嫋貫驪珠，粉節紛紛落蒼雪。廼知人籟真吹嘘，似爲湘君發嗚咽。燕南杜卿好宫商，此簫得之楊省郎，一枝碧玉三尺强。美人彤管啼痕香，貯以寶函襲錦囊。松溪水雲浮野航，數聲吹徹秋林霜。老龍吟風海噴薄，潛蛟舞壑江奔茫。怳然坐我赤壁下，魂夢栩栩遊衡湘。嗚呼！嶰谷邈矣柯亭荒，誰諧五聲調六陽。

龔顯忠

顯忠字□□，□□人。

次韻廉夫先生寄韓大帥築草玄臺律詩就簡夢梅節判

元戎小隊海東迴，政喜通宵月滿臺。按樂自將鸚鵡教，卷簾忽報杏花開。冰弦雙奏瓊姬出，簫管一呼丹鳳來。詩卷已留天地外，俳諧場上看嬰孩。

又賦梅花夢

逋仙路上絶塵埃，紙帳神遊步石苔。疎影未隨蝴蝶化，暗香才逐醉魂來。千年鐵石心腸在，一種梨雲春意迴。睡覺月明清似水，一天香雪共誰栽〔一〕。

〔一〕「栽」，稿本作「裁」。

胡悌

悌字□□，□□人。善篆書，與張判簿德機友善。丙申歲赴京詩，至正十六年作也。

丙申歲赴京舟次豐城呈同行諸公

客程遥遞路三千，咫尺清光近九天。沙岸被風朝貰酒，篷窗聽雨夜移船。白頭厭向江湖老，青眼多應故舊憐。莫謂夜郎成遠謫，路人争識玉堂仙。

九日泊南康簡舟中諸友

凄涼逆旅逢佳節，檥櫂平湖泊淺沙。青眼故人頻送酒，西風吹帽懶簪花。休官却愧陶彭澤，作客誰憐晉孟嘉。欲上匡廬望鄉國，故園迢遞海天涯。

明朝

明朝又上闔閭城，江上春潮一舸輕。過眼落花應有恨，傍人飛絮自多情。本因世亂依劉表，誰謂才多累禰衡。試問龐公歸隱計，南陽何地可躬耕。

贈章伯高二首

共是多情惜歲華，故應美酒送生涯。金虀細斮秋風鱠，玉髓新烹穀雨茶。每愛芙蓉依北渚，還思蝴蝶過西家。江南三月鶯啼遍，不信櫻桃未著花。

平生豪氣慕西州，莫怪眉攢萬國愁。商皓不知秦正朔，荆人曾記魯春秋。新豐酒美春三月，劍閣詩多歲一周。中夜聞雞真起舞，齊桓事業在營邱。

張玉

玉字□□，□□人。以下九人，並見《玉山名勝集》。

玉山草堂

崑山之西幽人居，手種橘樹今扶疎。地深芸窗啓日静，潭迴草閣臨江虚。高吟無時會賓客，野唱何處來樵漁。他時我或能乘興，花外還容駐小車。

徐彛

彛字□□，□□人。

芝雲堂以藍田日暖玉生煙分韻得煙字

落日荷花顔色鮮，滿溪秋水不生煙。更留詩思明朝盡，十里南湖泛酒船。

張翺

翺字□□，□□人。

澮香亭

風暖隨飛瓊，雲凝照晴雪。萬妃集瑶臺，光耀粲玉潔。開簾酌春酒，香氣滿林發。日暮無纖塵，溶溶澮秋月。

旃嘉問

嘉問字□□，□□人。

聽雪齋分韻得夜字

我從高書記，窮冬走吴下。江湖風雪深，千里一税駕。玉山有佳處，風物美無價。主人顧虎頭，風韻若啖蔗。春酒奉客歡，璚玉照臺榭。美人狎飛觴，碧盌頻行炙。徘徊雙鸞舞，窈窕新鶯吒。清歌久未停，醉語仍無吴。音話。起坐影零亂，酣眠相枕藉。厭厭竟終宵，雞鳴不知夜。

陳惟義

惟義字□□，□□人。

聽雪齋分韻得色字

北風吹雪迷南國，頗覺寒威欺酒力。酒酣開户倚高寒，但見乾坤同一色。

盧祥

祥字□□，□□人。

聽雪齋分韻得春字

東風撲天吹玉塵，玉山張宴娱嘉賓。鳴箏醉倚柳枝曲，深杯滿泛梨花春。琪英凝寒夜光合，梅蕊亞簷春色匀。酒酣大叫出門去，頭上失却烏紗巾。

章桂

桂字□□，□□人。

聽雪齋分韻得竹字

會飲玉山堂，瓊花映醽醁。夜久寂無喧，春聲在疎竹。

王元珵

元珵字□□，□□人。

聽雪齋分韻得深字

東風吹雪夜沉沉，寒冱千山玉樹林。一曲落梅春思闊，金杯美酒莫辭深。

盧震則

震則字□□，□□人。

碧梧翠竹堂分韻得風字

黄埃滿眼歎萍踪，暫對清樽樂事同。絳蠟煙輕飄永夜，鎮幃犀重護香風。杯行翠袖飛鸚鵡〔一〕，舞罷纏頭散彩虹。明日黄花重有約，夜深歸去月明中。

題蕺山題扇圖

偶然適意坐莓苔〔二〕，迅筆詩成懶更裁。一握生綃價十倍，明朝老媪再應來。

〔一〕「杯」，原作「林」，據稿本改。

〔二〕「適意」，稿本作「意適」。

劉西村

西村字□□，□□人。以下五人，並見《玉山餞別寄贈詩》。

送鄭同夫歸豫章分題楓橋

涼風起蘋末，送子過楓橋。落日聞征雁，空江生暮潮。星沉吳渚闊，雲入楚山遥。歸去秋堪把，芙蓉葉未彫。

茅貞

貞字子固，□□人。

寄玉山人

乾坤具佳氣，湖海有佳山。隱几人如玉，臨流水若環。心游塵物表，身在畫圖間。擾擾趨名者，安知爾許閑。

李廷玉

廷玉字□□，□□人。

奉同鐵厓賦寄玉山

玉山溪路接仙源，閒繫漁船老樹根〔一〕。望海樓臺浮曉市，開門湖水落清樽。珠光弄月寒丹室，石氣酣雲煖藥園。聞説鐵仙曾此宿，吹簫清夜洞庭酣。

〔一〕「閒繫漁船」，稿本作「漁郎繫船」。

王巽

巽字□□，□□人。

正月八日詣草堂不遇舟中録寄

鼓枻溪頭動曉行，衣裳潤浥露華清。東風移艇浪花起，幽鳥避人霜羽輕。片玉峯寒松倚秀，草堂春早柳含情。山人領鶴之何處，惆悵歸來雨滿城。

徐緬

緬字□□，□□人。

律詩一首寄玉山徵君以寓瞻慕之私

翠竹碧梧池館好，玉山佳處意無窮。輞川賓客文章盛，京雒衣冠書問通。窗暖語聞鸚鵡巧〔一〕，杯深香泛荔支紅。山川風物開清思，詩句流傳字字工。

〔一〕「聞」，原誤作「聲」，據稿本改。

陳樞

樞字仲機，□□人。以下二人，並見楊維楨《西湖竹枝詞》，自序云：余閒居西湖者七八年，與茅山外史張貞居、苕溪郯九成輩爲倡和交。水光山色，浸沉胸次，洗一時尊俎粉黛之習，於是乎有竹枝之聲。好事者流布南北，名人韻士屬和者，無慮百家。道揚諷諭，古人之教廣矣。是風一變，賢妃貞婦，興國顯家，而列女傳作矣，采風謡者其可忽諸。時至正八年秋七月也。

西湖竹枝詞

翠柳黄鶯金縷衣，海棠紅㸒兩相思。賓郎本是薄情鳥，獨要阿儂呼畫眉。鐵厓云：「此詞暗藏禽鳥之名。」

韓好禮

好禮字彦敬，□□人。

和西湖竹枝詞二首

且莫唱君楊白花，聽我西湖竹枝歌。竹枝青青多竹節，楊花輕白奈君何。

鴛鴦宛在水中央，恰似阿奴初嫁郎。擲却郎君金彈子，勸郎切莫打鴛鴦。

萬權

權字仲衡，□□人。以下五人並見賴良《大雅集》。良字善卿，天台人。爲客雲間〔一〕，嘗裒集元末之詩鳴者凡若干人，篇帙若干首，類爲八卷，楊鐵厓批評而序之，命篇曰《大雅集》。刻于至正辛丑、壬寅間。

兄入甕　并序。

來俊臣與周興對食，問囚不服當何如？曰：「宜置炭熾甕，人居其中，無不服者。」俊臣出内狀曰：「請兄入甕。」

炭山高，赤如血。炙天天若燃，燎地地欲裂。火鴉亂飛鐵甕熱。請君投箸坐甕中，髀骨焦枯自爲孽。蹶鼠捕貍鼠技竭，蛛絲羅螯蛛先滅。甕中人，嶺南別。

母提刀 并序〔二〕

僕固懷恩叛不朝，歸白其母，母提刀欲殺而教上之。

母提刀，泣且教。臣當死忠，子當死孝。天王待汝恩不薄，食邑太寧頒紫誥。兩虎争，百獸笑。我欲爲國除殘虣，刳爾心，謝三軍。斲爾頭，告七廟。嗚呼！賊子何煩老我老。

〔一〕「爲客」，稿本作「客授」。

〔二〕「序」，稿本作「引」。

沈理

理字原禮，□□人。

題蘇小小墓

歌聲引迴波，舞衣散秋影。斷夢别青樓，千秋香骨冷。青銅鏡破雙飛鸞，飢烏弔月啼鉤欄。風吹碧火火不滅，山妖哭入狐狸穴。西陵墓下錢塘潮，潮來潮去還復潮。墓前楊柳不堪折，春風自綰同心結。

方克常

克常字□□，□□人。

題春亭思親卷

暖風拂面百花紅，日日思親望五茸。夢入承顔驚白髮，歡生捧檄動慈容。從官豈憚雲衢遠，歸覲寧辭水驛重。蓮幕長才今小試，化民匡政致公忠。

慶葉振翁八十詩

八十仙翁兩鬢銀，梅花標格玉精神。田荆樹老千年澤，竇桂香分五色春。花下長歌來窈窕，膝前行酒舞麒麟。廣寒更有嫦娥約，待看飛虹析木津。

孫閏

閏字□□，□□人。

立春日次陶玉樓韻

春江春水緑沄沄，江上人家日欲曛。水木盡隨龍角化，寒暄已逐土牛分。縱横誰復論王霸，翻覆徒憐作雨雲。坐老年華心益壯，生憎鳧鴨亂爲羣。

題罨畫清曉圖送劉録事

朝日團紅映兩厓，水光晴漾錦紋沙。竹枝草帶森魚鬣，雲白山青相犬牙。玉氣春浮仙子蓋，畫橋人似武陵家。銀瓶且盡船頭酒，千里情思隔縣衙。

用石上海仲謙韻送李治中之紹興任

勾吴客上越王臺，駟馬騑騑佐郡來。霸主尚憐文種死，蒼生空憶謝安才。帶江襟海東南勝，萬壑千巖紫翠開。已喜民間魚稻熟，篋樓釃酒句新裁。

陳昌

昌字□□，□□人。

寄謝履齋

水沉香冷簟紋清，風入疎櫺鶴夢驚。今夜天邊好明月，清光偏照闔閭城。

陳宗義

宗義字子方，□□人。至正末，吳人徐達左良夫隱居太湖之濱鄧尉山間，以田園自娛，自號耕漁子。闢室招致四方文學之士，如勾吳周砥、嘉陵楊基、會稽唐肅、吳郡玉隅、介休王行、渤海高啓、河南高巽志、東海徐賁，下榻設醴，游燕無虛日。有《金蘭集》三卷，皆諸名下平日往還倡和之作也。明洪武初，用薦初爲建寧訓導，自陳宗義以下十六人，並見《金蘭集》。

題徐良夫耕漁軒

築室遠塵囂，開軒更清絶。閑鉏南澗雲，時釣東湖月。犢背晚山青，船頭秋水白。安得往從之，使我心如結。

俞東

東字彦春，□□人。

題徐良夫耕漁軒

問君耕釣樂何如，小小軒楹足隱居。好客想應多種秫，奉親聊復自烹魚。秋風楊柳一鈎月，晴日茅檐滿架書。我亦何時謝塵事，卜鄰相與避軒車。

張博

博字文伯，□□人。

題徐良夫耕漁軒

鄧尉之山連具區，有田可耕水可漁。野翁避喧於此居，長養子孫幾世餘。茅簷竹户兹所廬，開軒更愛臨清渠。奇葩嘉樹羅庭除，堆牀上有先人書。壁間農器犁與鉏，自言種秫不種蔬。桑麻陰陰翳邱墟，以力自食非饑驅。維時九月霜降初，黄菊著花木葉疎。場圃已辦卒歲儲，濁酒潑瓮浮冰蛆。新香隔屋來徐徐，兒童慣識長者車。畫船載客壺觴俱，煙波放浪心神舒。舉網喜獲雙鯉魚，烹魚酌酒樂且娛。君弗飲〔一〕，當何如？坐使日月徒居諸。叩門況無吏索租，請君醉即眠籧篨。涼風蕭蕭吹衣裾，要待素月生蟾蜍。已忘何者爲堪輿，前身志和非子歟。

〔一〕「君弗飲」，稿本作「問君弗飲」。

鈕安

安字仲文，□□人。

次徐良夫謝雲林倪處士耕雲王照磨韻

湖山過新雨，風景清於秋。匏落不羈人，出城同一舟。猗歟二三子，濟濟皆達流。緬懷今昔賢，與物齊浮休。四美忍虚擲，擷芳杜衡洲。身逸心晏如，肯俾霜盈頭。雅好志相得，古道當交修。鳴琴送香醑，真樂匪外求。醉餘瀨雲汀，復馴鷗共游。形骸既能忘，詎能禮貌優。殘陽送崦嵫，歸塗尚稽留。庶愜終夕懽，情素綢且繆。泚毫賦長詩，發我興趣幽。此別分袂後，月明重倚樓。

復遊銅井山用折梅逢驛使分韻

暫脱林下鞅，屢登湖上峯。抽書發玄奥，覽古開心胸。映谷梅盡折，荒碑苔久封。松泉吾友于，琴酒族相從。諸賢茂才業，玆遊諒難逢。

次韻呈愚菴禪師二首

鵓鳩聲歇雨初乾，看竹尋僧陟遠巒。喜有鶴猨陪杖屨，豈無魚鳥識衣冠。過橋携手追三笑，坐石論心罄一歡。最愛夕陽煙景好，漁舟點點泊風灘。

羽扇綸巾扣竹扉，英英雲薄凈嵐輝。溪紋皺縠風初作，草顆零珠露未晞。蠟炬光摇張菡萏，螘卮香汎引薔薇。爲貪佛日清言久，坐待巢松晚鶴歸。

遊七寶泉同盧公武楊景和王之常徐良夫用杜少陵詩泥融飛燕子沙暖睡鴛鴦平聲字分韻得飛字

散策行春陟翠微，吟朋簪盍興遄飛。一樽酒盡梅邊倒，日墮虞淵未肯歸。

南宫常真

常真字□□，□□人。

題徐良夫遂幽軒

萬山深處著柴門，窗下流泉屋後村。祇藉耕漁資活計，不縈聲利競晨昏。松陰鬱翠林藏雨，桂子飛香月滿軒。世事無勞相問及，吟餘還共倒芳樽。

徐矩

矩字士方，□□人。

題徐良夫耕漁軒

宅傍青山水傍門，幽居髣髴似江村。一犁雨後鉏明月，萬頃波中釣白雲。擊壤嘯歌甘皓首，踏莎歸去幾黄昏。貫魚折盡臨川柳，慣易春醪日醉醺。

程可

可字□□，□□人。

題徐良夫耕漁軒

東吴散人耕且漁，傍山臨水築幽居。隴田布穀飯常足，水檻釣魚耕有餘。清霜著林橘子熟，西風滿洲蘆葉疎。收緡輟耒娱歲晚，軒中坐玩唐虞書。

杜岳

岳字堯臣，□□人。

題徐良夫遂幽軒

生平性癖愛林泉，喜得幽居興杳然。梁上經春聽燕語，水邊長夏看鷗眠。生鄒不爲林宗致，麈榻從教仲舉懸。蕭散已忘榮辱慮，何須更上五湖船。

金鉦

鉦字遂良，□□人。

題徐良夫遂幽軒

作軒事事適清幽，簷外清山門外流〔一〕。呼酒每延高適共，煮茶時爲遠公留。野禽偷果窺人去，池鯉聽琴傍檻浮。盛世稱賢多玉帛，肯容高士在南州。

〔一〕「清」，稿本作「青」。

陳岳

岳字季衡，□□人。

題徐良夫遂幽軒

愛汝層軒結構重，武陵今在此山中。只疑泉石無人到，不怪衣冠與世同。衆鳥亂啼春樹外，冥鴻高舉夕陽中。杳然流水桃花句，付與匡廬白髮翁。

徐允濟

允濟字□□，□□人。

耕魚軒文會

湖上風晴柳絮飛，山中日暖鷓鴣啼。興來只有酒堪酌，春去豈無詩可題。蜂子報衙頻采蜜，燕兒掠水漫銜泥。良時佳會陪先進，隅坐槐陰翠蓋低。

徐允升

允升字□□，□□人。

耕漁軒文會

春色隨人老，鶻聲喚客歸。雨餘流水急，風定落花稀。世事因時變，山雲傍檻飛。平居苦塵役，念欲坐忘機。

楊大本

大本字景和，□□人。

遊七寶泉同盧公武鈕仲文王之常徐良夫用少陵泥融飛燕子沙暖睡鴛鴦平聲字分韻得鴦字

泉頭酌酒興飛揚，十里梅花送遠香。雪點客衣飄蛺蝶，風回野櫂起鴛鴦。

章璇

璇字□□，□□人。

次徐良夫謝雲林倪處士耕雲王照磨韻

眷此邱壑美，開軒寫高秋。有客式燕合，弗返山陰舟。清商日已至，歲月忽如流。于兹塵鞅牽，勞生曷云休。歸雲度松峯，驚鳬止蘆洲。迴看且慰意，奚用傷白頭。駕言縱玄覽，天路阻且修。蘭芳既未歇，徒步或可求。颯焉悟妙境，八極同神游。流寓理莫齊，置之斯爲優。晤語未終窮，罄情爲子留。明當謝歡去，託書致綢繆。再歌招隱篇，永懷山之幽。望望不可親，涼飈起岑樓。

黄以忱

以忱字伯欽，□□人。

次徐良夫謝雲林倪處士耕雲王照磨韻

南州有高士，耕漁三十秋。朅來雲水間，天地即虛舟。浩歌惕磐石，賦詩臨清流。余生厭塵網，寄跡何時休。方春景妍麗，杜若迷芳洲。緬懷嘉遯樂，茅屋清溪頭。北林煙樹合，南窗風竹修。洙泗有淵旨，想子彌旁求。羣公遠相過，竹林期復游。開尊劇清談，文思閒且優。庖厨具雞黍，一雨十日留。此意古人尚，君今更綢繆。嗟余獲交晚，弗及從兹幽。載覽羣彦詩，長歌空倚樓。

金震

震字以聲，號桂泉，□□人。

九月廿一日同范孟學李德輿訪徐良夫于耕漁軒是夕乘月過溪寺登擁翠方丈會釋虎林遂分韻賦詩得下字

商猋發清秋，孤月耿深夜。玄賞悟真情，况兹幽林下。蕭蕭殘葉飄，瀏瀏飛湍瀉。鶖鶬鳴高枝，流螢遶空榭。芳絃既已歇，佳詠豈云罷。復與道人期，逍遥宿精舍。

月夜聞琴别邵先生包秀才

孤光澹燈室，微煙繞香几。誰彈膝上琴，夜半離聲起。瑟瑟度涼風，泠泠寫秋水。流音松竹外，却憶空山裏。

題秀野軒

澗户掩春陰，鶯啼晚山寂。殘花落徑多，處處迷行跡。渾似入桃源，令人恨難識。

題雲林生林亭遠岫圖

開圖見新景，翻思舊題處。山閣曉來看，寒江片帆去。微微遠天雁，漠漠遥汀樹。無那鬱煩襟，沉吟起延佇。

寄張秀才

秉燭念歸期，追思夜話時。煙林螢度竹，月樹鳥驚枝。亂葉翻文稿，飛花落硯池。何如一相見，尊酒共論詩。

過邵宏道先生墓次陶彦行韻

孤墳迥出鳳岡前，此日重來又一年。新土有痕分草色，舊蹊無蹟長苔錢。殘花自落山中雨，遠樹空迷嶺外煙。回首令人多感慨，賦詩揮淚寫長箋。

淩煥

煥字子章，□□人。

山中即事奉呈良夫契友

白日山中事事幽，釀泉爲酒足消愁。一聲啼鳥夢中夢，半卷疎簾樓外樓。屋角棲雲常帶雨，嵐光凝翠不勝秋。天開咫尺蓬萊近，別有人間在上頭。

龔瑾

瑾字敬臣，□□人。

題溪山環翠樓爲月潭印師賦

高人自愛高樓住，檐倚穹窿最上峯。萬木拱簾疑翡翠，四山排闥簇芙蓉。竹陰開合晴光轉，嵐氣悠揚曙色濃。我亦叢林舊知識，杖藜他日可相從。

鄭松

松字□□，□□人。

蠟月望後四日偕景賢仁契過光福潛造賓所適值騎從他之弗獲一見因寫途中即景一詩奉似輔齋郡教先生威齋太守相公同爲改正

自小經遊處，重來扣竹扉。人家多傍嶺，塔影倒沉溪。問舊逢僧揖，行吟答鳥啼。爲尋徐孺宅，更過石橋西。

劉本原

本原字仲原，□□人。以下七人，並見王賓《虎邱山志》。

次郗仲誼韻呈居中長老

一春不到闔閭城，花事闌珊却此行。萬佛閣深留塔影，小吳軒静度鶯聲。松林月暗山精泣，石磴人稀燐火明。野衲那知興廢事，只將經卷了平生。

張坤

坤字□□，□□人。

虎邱古詩一首呈居中方丈

闔閭埋骨處，積壤爲高邱。銅池藏玉雁，銀椁葬吴鉤。精光化爲虎，落日來上游。至今劍池水，月黑山鬼愁。秦皇按劍起，六合朝諸侯。怒斫山下石，遺蹟千年留〔一〕。我來感慨餘，亦復探奇幽。青春鬼題詩，白日石點頭。英雄今已死，霸氣横九州。登高一悵望，日暮大江流。

〔一〕「年」，稿本作「載」。

杜禎

禎字文昌，□□人。

游虎邱訪居中禪師不遇坐平遠堂作詩寄之

北堂獨占高明境，萬里平原指顧間。不與市朝争寵辱，好將身世寄雲山。

焦愷

愷字□□，□□人。

寄虎邱居中禪師

憶别吴門外，俄驚已六年。知君厭塵俗，託意在林泉。棋罷焚香坐，詩成對竹眠。雨餘山溜響，夜静鶴飛旋。問法寧違理，論虚不離禪。何時訪幽蹟，談笑白雲邊。

劉天易

天易字□□，□□人。

游虎邱呈龍門上人

中天突兀見浮圖，地占東南勝概殊。春暖花深眠朴握，月明林静嘯於菟。題詩仙鬼山爲宅，説法生公石作徒。珍重龍門老尊宿，禪宗此際要匡扶。

黄如海

如海字□□，□□人。

寄虎邱居中長老

丁酉曾逢海湧峯，中吴俯目隱豪雄。楞伽室上一輪月，千里清光耀甬東。

毛璲

璲字君玉，以下五人，見章琥《釣臺拾遺集》章琥曰釣臺六詩，得諸家藏國初寫本中，皆勝國時人物，出處里居，皆莫之詳。

釣臺

羊裘不復客星沉，落日寒山草木深。脚底是龍曾不顧，先生安有羡魚心。

葉克齋

克齋字□□，□□人。

釣臺

自古爲漁盡逸民，直須韜晦了終身。羊裘一被天香染，鷗鷺驚飛舊主人。

盧鉞

鉞字□□，號梅坡。□□人。

釣臺

桐江當日一絲風，勾引人歸黨錮中。自是逢時非建武，先生元不誤諸公。

陳求

求字□□，號雪磯，□□人。

釣臺

不受三公歸富春，羊裘煙雨老江濱。紛紛精舍從游者，曾有持竿把釣人。

繆瑜

瑜字□□，□□人。

釣臺二首

王陽在位貢公喜，何況故人作天子。掉頭不肯從渠遊，却把絲竿釣江水。欲將此意問遺靈，寂寂江山喚不譍。至今桐江一拳石，留得人間千古名。

桐廬江中秋水清，富春山中秋月明。釣臺千尺無恙在，持竿吾欲從先生。先生豈是傲當世，鄙夫患失滔滔是。狂瀾既倒挽之回，特報故人惟此爾。衮衣不博一羊裘，事往臺空江自流。遂令千古重名節，於乎先生真漢傑。

方儀

儀字□□，□□人。儀以下並見吴郡朱存理性父《鐵網珊瑚》。

題本齋王公孝友白華圖卷

百行先于孝，孤忠草木知。只應白華傳，可配蓼莪詩。素質凝冰玉，丹心吐雪絲。優曇時一現，瑞感慰幽思。

陳遠

遠字□□，□□人。

春草軒詩

華軒結構幾經春，草色當軒歲歲新。曉翠溟濛簾外雨，暖香芬馥户間塵。金杯飲後慈顔悦，綵袖翻時樂意真。爲爾題詩倍惆悵，天涯多少遠遊人。

韓文璵

文璵字□□，□□人。

春草軒詩

春風草色映池臺，綵袖將車奉母來。澹澹清暉浮几席，霏霏翠霧裛尊罍。晴萱更向堂陰樹，慈竹還從石上栽。羡爾長吟東野句，天涯游子莫徘徊。

郭子翀

子翀字□□，□□人。

李節婦詩

李氏女，水德妻，生來惠質多令儀。年方十九始擇歸，二十有一身已嫠。崩城哭聲淚交墮，化石望回情轉悲。掩却嫁時鏡，愁對孤鸞影。蜂媒來往漫自狂，净洗紅妝容不整。豈似春風楊柳花，也隨蝴蝶過東家。誓將守志只如一，任自穿墉作鼠牙。後來將老無兒息，夜夜挑燈事機織。縱令石爛海揚塵，皎皎初心終不易。陳君傳迹名乃聞，宛勝官書表户門。北里西鄰羡貞節，死别艱難那可説。

胡漣

漣字□□，□□人。

題李節婦一首

鳴雎在河洲，飛鴻度河流。嗟鴻匪雎屬，兩志能相投。雎生有定偶，鴻孤無再儔。緊彼物情正，胡乃人不修。崑峯水德婦，志潔澄潭秋。新妝識夫面，年華纔二周。良人倏奄逝，嫠居終白頭。持此不二心，誓死同一邱。玉顔紅粉净，翠幔蘭香收。泣血每自志，悲思追柏舟。世有未亡人，朝哭暮歌謳。豈惟節婦耻，重爲雎鴻羞。

王起

起字□□，□□人。

李節婦一首

昔携箕箒順民風，林末歸霞忽墮紅。字寫桐花題品滿，眼明水碧海雲空。治平好在共姜並，紡績今歸豳頌中。崑玉高寒三百丈，山行不與舊時同。

蒙邱山人李常

常字□□，□□人。自號蒙邱山人。

題盧賢母卷

家聲多自孝廉傳，節義當推阿母賢。一嫗得金忘萬死，諸孤成學就三遷。護花春盡風翻葉，慈竹林清雨洗煙。我有思親紛落淚，却因展卷倍潸然。

倪元暎

元暎字□□，□□人。

貞壽堂詩

貞壽堂前風日遲，夭夭寸草答春暉。兒兮事育心無怍，母氏康强志不違。後日腰懸季子印，只今身著老萊衣。熙然鶴髮照緑酒，金鴨火温香靄微。

芝山老樵韓元璧

元璧字□□，□□人。自號芝山老樵。

題破窗風雨圖

劉郎讀書如學仙，朝不出户夜不眠。時聞破窗風雨急，政自澄心對聖賢。尚書汪公下帷處，敬亭山色青連天。執經念子最清苦，亹亹躋道心相傳。雞鳴喈喈天欲暮，疎櫺蕭颯寒聲度。庭前漂麥總不知，屋上卷茅寧復顧。人生窮達那可知，玉堂金馬自有期。青藜他日夜相訪，還憶破窗風雨時。

張吉

吉字□□，□□人。

題秀野軒

屋裏青山屋外溪，水流雲度坐中知。繁花翠竹春來好，古木蒼藤晚更奇。教子讀書兼學稼，留人炊黍復烹葵。鹿門風景青門趣，都在斜陽曳杖時。

沈純

純字□□，□□人。

題秀野軒

遥遥煙際村，村上君家屋。雜花映洲綺，春山繞門緑。所居非鹿門，避亂良已足。月窗古苔詩，松琴渌水曲。不記客來多，惟當酒恒熟。

高隅

隅字□□，□□人。

題秀野軒

時雨靄衆緑，開軒欣景悠。煙樹籠遠墟，風苗際平疇。聽禽林間户，射鴨溪上舟。居幽絶俗地，寧聞亂離憂。

王忱

忱字□□，□□人。

題秀野軒

老去樂幽棲，軒居緑澗西。掃庭花雨過，尋徑竹煙迷。偈約鄰僧説，詩求酒伴題。我曾游此地，歸路夕陽低。

白鶴山人虞本

本字□□，□□人。自號白鶴山人。

題秀野軒

開軒俯平園，品物競含秀。芳蕤耀春陽，叢篁蔭晴晝。嚶嚶鳥和鳴，鸗鸗雉朝雊。傾耳聆洄湍，舉目眺遠岫。煩襟自茲曠，賞心良已邂。不見獨樂人，摛章漫懷舊。

惠禎

禎字□□，□□人。

題秀野軒

軒宇何清曠，憑臨散煩襟。叢蘭藹幽壑〔一〕，修篁結重陰。茲焉愜遐賞，逍遥冥素心。斯誠苟不昧，訪子西山岑。

〔一〕「壑」，稿本作「分」。

張均

均字□□，□□人。

周傅

傅字□□，□□人。

題秀野軒

軒居面蒼岑，種樹雜花竹。竹影晝扶疎，花香時馥郁。坐對雲山高，庭陰桑柘緑。石田春雨餘，幽歌聽樵牧。冠蓋豈不榮，誰能受羈束。韜囊琴滿牀，插架書連屋。門前好客來，槽頭酒應熟。

題安分軒

富貴非可求，貧賤當所安。外物既無累〔一〕，寵辱非我干。藜藿充我腸，枲著衣我寒。軒居不盈丈，泰然天地寬。視彼趨競徒，擾擾何足歎。何如守斯分，俯仰有餘歡。

〔一〕「外物」，稿本作「物外」。

瞿緒

緒字□□，□□人。

題安分軒

平生隨遇只幽棲，半畝雲林構一廬。存道偶偕夫婦老，甘貧番賴子孫愚。朝耕隴上身無辱，暮釣溪邊樂有餘。舉世妄求名利者，孰知安分不爭趨。

徐奐

奐字□□，□□人。

友竹軒詩

平生抱貞節，獨有此君知。心契形神表，情將歲晚期。鈎簾常對酒，倚石或題詩。何日來軒裏，吹簫和竹枝。

潘轂

轂字□□，□□人。自號老癡。

友竹軒詩

空濛翠雨濕琅玕，繞屋清陰六月寒。自是幽情兩不厭，與君終日澹相看。

黄彧

彧字□□，□□人。

友竹軒詩

白傅養修竹，高人今作坡。世間青眼少，池上緑陰多。食肉非吾事〔一〕，書裙喜客過。臨風一遐想，鳴鳳在陽阿。

〔一〕「吾」，稿本作「我」。

程敬直

敬直字□□，□□人。

菊山詩

聞君有佳致，卜築南山幽。緑樹坐終日，黄花香晚秋。吴中我云獨，世外誰堪儔。樂山同可壽，更酌清溪流。

馬夷中

夷中字□□，□□人。

菊山詩

種菊南山下，山空夕氣涼。黄花開晚節，紫艷照寒蒼。狂客詩堪賦，比鄰酒正香。淡然坐終日，不復夢柴桑。

高煜

煜字□□，□□人。

菊山詩

黄菊有佳色，青山無古今。淵明一去無知音，千載之下得我心。苕溪處士天機深，以此好樂勝華簪。何須膝上横素琴，人間詩卷多清吟。

魏文彜

文彜字秉中，□□人。

虞君勝伯求先世遺書將録諸梓作詩以美之

雍國多孫子，如君已獨賢。傾囊看舊物，求友訪遺編。聽鶴雲門路，烹魚泖口船。遥知滄海月，中夜爲君圓。

陶澤

澤字□□，□□人。

虞君勝伯求先世遺書將録諸梓作詩以美之

水拍吴江映緑蘋，吴帆挂席起江津。一船書劍成都客，滿路湖山上海春。貯酒郫筒來地遠，行庖海錯帶潮新。雍公餘澤千年在，更有文章溉後人。

張端義

端義字□□，□□人。

送張吴縣之官嘉定分題賦得錦帆涇

風吹闔閭城，花落錦帆涇。錦帆去不返，春流日夜生。美人在何處？恨滿城邊路。月明烏夜啼，霜冷丹楓樹。涇水抱城流，直通東海頭。布帆挂落日，相送練川遊。

韓與玉

與玉字□□，□□人。

題倪幻霞良常草堂圖

想見茅山路，深藏隱者廬。平生懷勝境，此地得幽居。林黑時聞虎，溪深或見魚。相期學仙侣，童子候階除。

李子雲

子雲字□□，□□人。

題倪幼霞良常草堂圖

每愛良常山水勝，草堂松竹更清奇。據梧讀易玄猿聽，拄杖看雲白鶴隨。石鼎注泉春煮茗，竹窗留客夜彈棋。晨昏定省嘗甘旨，獨掩柴扉細和詩。

宣伯炯

伯炯字□□，□□人。

宿鶴溪先生荊溪草堂

高秋欲赴草堂招，身世驅馳百慮囂。今日故來尋舊約，梨花春酒度清宵。

錢方

方字□□，□□人。

送謝參軍陳長史

朔風吹雪滿貂裘，朝覲寧辭萬里遊。河水南來依故道，關山北去近神州。春明玉殿衣冠盛，花覆宫筵禮數優。共説中興漢天子，雲臺今已盡公侯。

高恒吉

恒吉字□□，□□人。

贈畫師朱叔重

畫圖只數李將軍，風致流傳恰到君。登樓十日人罕見，寫盡江南萬壑雲。

石宇

宇字宙亭，□□人。宇以下六人，並見汪砢《玉珊瑚網》。

題劉孟功竹深處

按錢唐張時序：姑蘇劉孟功性嗜竹，種之數萬竿，日居其中。同志者過之，輒留終夕，或信宿而去。迺取少陵「竹深留客」之句，顔其所居曰竹深處。

高風遠市門，植竹千篔簹。蒼雪下庭砌，玄陰翳齊房。晴旭仙聚島，鮮飈鳳鳴陽。碧滋潤簡編，翠浥浮冠裳。披圖有真趣，夙抱非羈寓。遊蹤自南北，夢寐還相遇。朝哦棲遁詞，暮誦琳琅句。恍即故園居，森森竹深處。

黄仲瑶

仲瑶字□□，號隆谿，□□人。

竹深處詩

樂彼數畝園，青青萬竿竹。中有讀書人，開軒伴幽獨。軒前輕陰掃不開，軒後繁聲疑雨來。春風淡蕩拂翠羽，白露泠泠生莓苔。入窗無塵從不掃，吐蓐在地瓊花老。夜深對月任光微，晝永乘風覺涼好。有時早起坐石牀，口中吹笙鵝管長。有時枕書卧軒中，清興窅入蓬萊宫。蓬萊宫闕幾千里。紅塵不到看書几。彩鸞紫鳳情翩翩，一段清光照流水。昨日我來造竹下，主人開門笑相迓。山肴滿盤酒滿壺，醉歌一曲爲君謝。豈不見園中桃，又不見道旁柳。昔日媚春華，今日成衰朽。何如此君含彩故青青，獨向軒楹託根久。勸君更種松與梅，歲寒清絶成三友。

鄧資深

資深字□□，號文江，□□人。

竹深處詩

種得篔簹數百竿，築亭深處伴秋寒。危梢滴露清堪掬，密葉籠雲翠作團。夜月虚濤翻素壁，晚風清佩響雕欄。漪漪絶勝淇園好，會看窗前宿鳳鸞。

倪維哲

維哲字□□，□□人。

竹深處詩

吴門煙雨掩荆扉，湘楚清分一徑微。叢覆蔽空忘晝永，涼生入夜覺寒歸。王猷疎散人皆仰，劉向操持世不違。儒業已聞沾寵渥，休將宦思戀初衣。

趙次進

次進字□□，□□人。

竹深處詩

高人適幽趣，羡此琅玕清。新梢和露滴，舊葉迎風鳴。結屋住深處，時見茶煙横。焚香手遺編，詎有塵慮縈。一自綰章綬，夢入吴中行。覺來尚幽意，滿抱涼吹生。

范公亮

公亮字寅仲，□□人。

題馬待詔四皓奕棋圖 并序。

虛白師出是圖索題品，敢獻笑大方之家，惶愧惶愧！范公亮塞白。

長安宫中易樹子，谷口扶蘇新賜死〔一〕。良平不言殷鑒遠，園綺乃作商山起。漢之十年甲辰歲，太子卑辭將厚幣。明年乙巳上伐布，後年丙午方入侍。龐眉此日驚龍顔，紅粉明朝作人彘。至今厭聽黄鵠歌，望思臺前燐光紫。芒碭聖人亦衰矣，妻子之間乃如是。昌乎通耶直如矢，鑿鑿忠言在青史。優游之説誠荒唐，孰謂考亭欺涑水。紛紛俗儒不明理，安得鉅擘提其耳。長春道人琴罷彈，琳宫夷猶狎清歡。放歌不知白日暮，再展此圖燈下看。悦然坐我壽隱上，洪濤出海生波瀾。不知何處有此山，一重一崦開巖巒。桃花萬樹迷遠洞，竹皮三寸裁爲冠。鹿門無人共往還，政好結屋於其間。青精之米充渴飯，赤脉之石爲棋盤。甪里綺里東西居，黄公時來坐席端。平分黑白見嬴項，一子忽入咸陽關。眼中世事亦如是，底用感作悲人寰。松子自落窗風寒，牀頭酒熟巴橘酸。陶然一醉天地寬，老死不復登長安。

〔一〕「扶蘇」，原作「扶踈」，據稿本改。

王光大

光大字□□，號彝齋，□□人。光大以下七人，並見郁逢慶《書畫題跋記》。

雲林山水

山遠初晴湧翠。林深木葉藏㬉。日與漁樵爲侶，蕭然自適餘生。

儲思誠

思誠字□□，□□人。

題雲林生遠山湧翠圖

羣山重疊勢嵯峨，蓼岸蘋洲水不波。落木蕭疎風淅淅，淵明歸去眄庭柯。

馬怡

怡字□□，□□人。

題雲林生遠山湧翠圖

晴川漾漾樹疎疎，西郭門頭宿雨餘。如此溪山著茅屋，潘郎何必詫閒居。

胡寧

寧字□□，□□人。

題倪元鎮山郭幽居圖

十年石上苔痕裂，落日溪回樹影深。我是江南樵隱者，人間何處有雲林。

王士顒

士顒字伯仁，□□人。别號安湖老人。

題鐵網珊瑚圖奉和黄鶴山樵寄范玉厓韻

黄鶴山中名畫史，自昔才華冠多士。淋漓醉墨寫幽沈，翠旓摇摇拂雲起。古樹槎牙鐵石根，虯枝糾結江南春。苕華空繞外家宅，玉堂仙去今何人。清尊却憶花前倒，憂樂只應懷范老。畫圖難寄相思心，滄溟浩渺珊瑚小。

沈瑜

瑜字懷瑾，□□人。

題鐵網珊瑚圖奉和黄鶴山樵寄范玉庢韻

廷珪墨埽金花紙，知是香光老居士。鳳向高岡時一鳴，龍從碧海雙飛起。紫苔碧蘚點雲根，占盡湖山無限春。上題詩句添藻麗，遠贈高平英偉人。此圖當世俱壓倒，我亦倡酬繼諸老。高堂落筆風雨驚，不覺氣吞雲夢小。

張禮

禮字□□，□□人。諸生。

題黄鶴山樵鐵網珊瑚圖玉庢先生命和前韻

山骨嶙峋浸秋水，虎視眈眈如胄士。青鸞三五閬風來，下立瑶階不飛起。坡頭有樹蟠虬根，上凌霄漢下含春。只疑老蛟出海底，化作千歲之神人。眼觀此圖歎絶倒，飛上香爐尋五老。一尊試酹湘江仙，望望君山隔雲小。

金彦禎

彦禎字□□，號方泉，□□人。

題王叔明琴鶴軒圖

公子弄瑶軫，仙禽振雪翎。舞時風過席，彈處月當庭。叔夜傳無譜，浮邱相有經。高懷似清獻，千古足儀刑。

題黄鶴樵叟竹石

筭竹猗猗，白石齒齒。紫荫紛填，翠實甘美。鳳兮鳳兮，當來鳴而棲止。

陸修正

修正字□□，□□人。以下二人，並見李日華《六研齋二筆》。

題李咸熙讀碑窠石圖至正三十年作。

炎漢乾坤逆已移，可憐匡復屬於誰。君臣父子同天性，空向荒祠解讀碑。

王悦

悦字□□，□□人。

題深翠軒

佳樹緑陰静，高軒春晝明。幽人獨無事，閒窗啼鳥聲。已忘城邑喧，自得林野情。還憶山中日，夏初新雨晴。

許悳

悳字仁夫，□□人。以下八人，並見董泰初《長江偉觀圖卷》。

題董泰初長江偉觀圖

一葦秋風昔渡時，曾看形勝豁襟期。江連漢沔開天塹，山湧金焦鎮地維。簫管聲沉人醉月，戈鋋影滅客圍棋。于今此處烽煙静，重見輿圖上赤墀。

種山樵者唐元壽

元壽字彦常，號種山樵者，□□人。

題董泰初長江偉觀圖

十年無夢到揚州，今日披圖想壯遊。幾見樓臺標勝概，誰將簫鼓下中流。煙凝落照山山紫，水激西風雁雁秋。莫問江南舊行客，黄塵應滿木棉裘。

樓禮

禮字三如，□□人。

題董泰初長江偉觀圖

江樹參差江水深，梵王宫殿立波心。六朝南控是天塹，三峽西來愁太陰。形勝至今多感慨，風煙滿目幾登臨。廣陵回首愁無際，落日疎鐘度碧林。

玉笥老人王禮

禮字元禮，號玉笥老人，□□人。

題董泰初長江偉觀圖

揚子渡頭華已繁，我昔維舟春日閒。劃開銀漢走千里，點破滄江是兩山。絶景不隨龍化去，好題長待鶴飛還。登臨未盡空惆悵，滿眼煙蕪夕照間。

李恕

恕字如心，□□人。

題董泰初長江偉觀圖

長江萬里景無窮，疎鑿難忘大禹功。風送帆檣揚子渡，山藏樓閣梵王宫。晴雲隱隱連天遠，白浪茫茫與海通。回首舊遊形勝地，于今得覩畫圖中。

潘易

易字太初，□□人。

題董泰初長江偉觀圖

江左淹留有歲年，披圖懷古意茫然。舳艫西下曹瞞險，龍馬南來晉室遷。兩兩芙蓉當水立，重重樓閣與雲連。幾時南北風塵息，著我乘槎上九天。

馬山

山字□□，□□人。

題董泰初長江偉觀圖

長江開偉觀，江上兩峯青。峽出朝雲霽，潮來夕霧腥。丹樓升上界，碧雨汲中泠。記得揚州過，乾坤夢未醒。

再題

金焦形勢自天開，遥望長江滚滚來。一道白虹穿霧窟，雙浮翠羽出龍堆。落星石下朝停櫂，明月樓中夜舉杯。惆悵壯遊今老大，卷圖還客意徘徊。

柳膺

膺字□□，□□人。

題董泰初長江偉觀圖

鐵瓮城頭曾駐馬，長江萬里景何殊。西看形勢包三楚，東去波濤接五湖。天塹幾迴人自限，皇元混一古來無。于今目斷風塵外，落日空披偉觀圖。

元詩選癸集目録　癸之壬上

羽士

天倪子張志純二首……一三五五
天慶觀主聶碧窗三首……一三五六
天樂道人李道謙一首……一三五七
王真人中立三首……一三五七
粱道士大柱二首……一三五八
張天師與材二首……一三五九
張天師嗣成一首……一三六〇
張天師嗣德九首……一三六〇
玄覽道人王壽衍一首……一三六三
鄧道人牧五首……一三六三
方壺子方從義二首……一三六五
雪鶴山人鄧宇二首……一三六五
夏真人紫清一首……一三六七
彭道士日隆一首……一三六七
貞一先生朱本初一首……一三六八
盧外史大雅五首……一三六九
薛真人毅夫二首……一三七〇
林屋道人富恕二首……一三七一
鷗東錬師鄒復雷一首……一三七二
子陽子席應珍四首……一三七二
姚外史草樓一首……一三七四
崔道士元白一首〔一〕……一三七四
尹錬師志平一首……一三七四
姬錬師志真一首……一三七五

蔣道士蕢與一首……一三七五
蔣道士景玉一首……一三七六
張天師四首……一三七六
附趙秀才永嘉一首……一三七七
徐先生雲一首……一三七八

釋子 尼附

仰山禪師祖欽三首……一三七九
虎巖禪師伏一首……一三七九
犖一首……一三八〇
大辨禪師希陵七首……一三八〇
知非子子温三首……一三八三
了慧一首……一三八四
衣和菴主知和三首……一三八五
石室禪師祖瑛五首……一三八五
瑶一首……一三八七
荆石一首……一三八八
嘯林一首……一三八八
與恭九首……一三八八
正印一首……一三九一
宜一首……一三九一
無名一首……一三九二
圓覺法師宏濟一首……一三九二
懷深二首……一三九三
普彦明一首……一三九三
永彝二首……一三九四
太白老衲如砥二首……一三九四
石門和尚至剛二首……一三九五
斷江禪師覺恩八首……一三九五
行興一首……一三九七
雲海禪師智寬四首……一三九八
蓮花欒元鼎一首……一三九九
南堂遺老清欲五首〔二〕……一四〇〇
湛然靜者照鑑四首……一四〇一

海慧法師善繼一首……一四〇三
千巖禪師元長二首……一四〇三
師文一首……一四〇四
守良一首……一四〇五
文静一首……一四〇五
懋詷二首〔三〕……一四〇六
處林一首……一四〇七
居中禪師寧一首……一四〇七
曇祺一首……一四〇八
至諶二首……一四〇八
逢一首……一四〇九
天泉禪師餘澤四首……一四〇九
寶月五首……一四一〇
廣宣一首……一四一二
那希顔二首……一四一二
元本九首……一四一三
至奐五首……一四一五
照五首……一四一六
福初一首……一四一八
法堅二首……一四一八
良圭二首……一四一九
水長老泉澄一首……一四二〇
超珍三首……一四二〇
行方一首……一四二一
壽寧九首……一四二一
椿二首……一四二四
良震三首……一四二四
浄圭十首……一四二五
芝磵一首……一四二六
浄慧三首……一四二七
祖教四首……一四二八
善行一首……一四二九
元顯一首……一四二九
仁淑一首……一四三〇

觀通五首……一四三〇
必才四首……一四三一
自厚一首……一四三二
璜一首……一四三三
法智四首……一四三三
惠恕一首……一四三四
靈憚一首……一四三五
曇埙四首〔四〕……一四三五
南洲禪師文藻二首……一四三七
元明禪師溥照一首……一四三七
元旭三首……一四三八
希能一首……一四三九
守衜二首〔五〕……一四三九
萬峯禪師時蔚六首……一四四〇
古潭十首……一四四二
德寳一首……一四四四
雄覺一首……一四四五
蕙一首……一四四五
慈感一首……一四四六
景芳一首……一四四六
若舟三首……一四四六
肅一首……一四四七
元虛一首……一四四八
善慶一首……一四四八
圓邱一首……一四四九
净昱一首……一四四九
元珪一首……一四四九
覺慧一首……一四五〇
迂埙一首……一四五〇
可繼三首……一四五一
善伏三首……一四五二
曇輝一首……一四五三
斯蘊一首……一四五三
志瓊二首……一四五四

員怡然五首……一四五四
印秋海一首……一四五六
道充一首……一四五六
元一首……一四五六
本初一首……一四五七
瑶壽一首〔六〕……一四五七
書古一首……一四五八
壽智一首……一四五八
明曇一首……一四五九
小倉月十九首……一四五九
義傳一首……一四六二
元昉一首……一四六三
智圓一首……一四六三
瞻一首……一四六四
奉一首……一四六四
清芭一首……一四六五
天元一首……一四六五
琬一首……一四六六
宗瑩一首……一四六六
正元一首……一四六七
古愚一首……一四六七
貞石一首……一四六七
玉峰一首……一四六八
斯文一首……一四六八
惟信二首……一四六九
辨才一首……一四七〇
元遜一首……一四七〇
大亨一首……一四七一
永祚一首……一四七一
實一首……一四七二
冋一首……一四七二
明瑞一首……一四七三
性閑一首……一四七三
至晐一首……一四七三

彌遠一首 ……… 一四七四
茅山遊僧一首 ……… 一四七四
無名僧一首 ……… 一四七四
附尼妙湛一首 ……… 一四七五
梅花尼一首〔七〕……… 一四七五

〔一〕「元白」，原作「元吉」，據正文改。

〔二〕「堂」，原作「禪」，據正文改。

〔三〕「懋」，原作「樊」，據正文改。

〔四〕「四首」，原作「五首」，據正文改。

〔五〕「二首」，原作「一首」，據正文改。

〔六〕此目原無，據正文補。

〔七〕此目原無，據正文補。

元詩選癸集

癸之壬上

羽士

天倪子張志純

志純字布山，號天倪子，泰安埠上保人。六歲能誦五經。年十二，棄家入道，居會真宫數載。道行超羣輩，與元好問、徐世隆、杜仁傑交遊。初名志偉，元世祖改今名，賜號崇真保德大師，授紫服，年百二十歲，三見帝前，一日作頌而逝。玉斗山人王奕伯敬贈詩云：「赤松宗世遠，嶽地作神仙。粲粲龜瞳碧，昂昂鶴骨堅。」郡人王天挺曰：「山澤之臞，道德之腴。徐徐於於，此世之所謂天倪子者乎！」

桃花峪以下二詩，俱刻大峪溪。《石州志》誤作王惲，《秋澗集》中不載。

流水來天洞，人間一脉通。桃源知不遠，浮出落花紅。

泰山喜雨

岱宗天下秀，霖雨徧人間。高卧今何在，東山似此山。

天慶観主聶碧窗

碧窗，江西人。元初嘗爲龍翔宫書記，後爲京口天慶觀主。

詔赦至感而有詩

乾坤殺氣正沈沈，又聽燕臺降德音。萬口盡傳新詔好，累朝誰念舊恩深。分茅列土將軍志，問舍求田父老心。麗正立班猶昨日，小臣無語淚霑襟。

哀被虜婦

當年結髪在深閨，豈料人生有別離。到底不知因色誤，馬前猶自買胭脂。

詠胡婦

雙柳垂鬟別樣梳，醉來馬上倩人扶。江南有眼何曾見，争捲珠簾看固姑。

天樂道人李道謙

道謙字公和，夷門人。弱冠寓跡終南劉蔣之祖庭，自號天樂道人。嘗念重陽祖師開化以來，其出自全真門下者，名師碩德如丹陽子馬鈺、長真子譚處端、長春子邱處機、長生子劉處元、玉陽子王處一、廣寧子郝大通及當世名賢所修之文，親手抄録，若道行，若宫觀，其爲碑記傳贊凡九十餘篇，裒爲一編，目之曰《甘水仙源録》。蓋甘水者，祖師遇真之地。仙源者，全真正派之傳也。書成於至元二十五年戊子，時道謙年已七十矣。

題終南山甘河鎮遇仙宫

萬疊晴嵐倚碧空，紫雲深鎖遇仙宫。三山飛劍人歸後，四海全真道化洪。夢斷鶴鳴丹井露，醮餘旛舞石壇風。世間萬朵金蓮秀，盡出甘泉灌溉功。

王真人中立

中立字定民，號足菴，天台人。生於宋季。母初生時，夜夢乘白鶴者止於庭。生而好清凈，爲桐柏觀道士，住持杭之西太一宫。元世祖賜號仁靖純素真人。有語録藏於桐柏宫，史孝祥爲之序。

感事三首

雪花如席朔雲低，一曲琵琶淚滿衣。山色似眉江似練，何時明月送將歸。

歸來江令頭空白，遠道金山淚暗垂。關月自低霜自落，尊前莫唱鷓鴣詞。

長夜漫漫夢不成，可堪涼月透疎櫺。唾壺敲碎無人語，獨坐空階看曉星。

梁道士大柱

大柱字中砥，其先湘州人，徙居鎮江。兄棟，字隆吉，登宋咸淳第，歷錢塘仁和簿，宋亡不仕。大柱入句曲山爲道士。

與存此山上人山行　吴興趙公作詩意圖。

一聲兩聲松子落，三一作「二」。片五一作「兩」。片楓葉飛。夕陽下一作「在」。山新月上，道人相伴一僧歸。張侍講伯淳跋畫卷後云：「觀子昂所畫梁中砥茅山送客詩景，如行靈鷲道中，商榷月中桂子一段清事。又如『楓葉吴江得句時。』此意超然塵外，固將物我兩忘，道耶釋耶？吾不得而知也。

凝神菴

菴廬占勝倚巖扃，中有高人謝俗名。書卷獨存標月指，松風疑聽躍潮聲。衲摩銀鼠花生纈，墨灑金鑾草間行。回首浮榮空一夢，湖光蘸碧遠山横。

張天師與材

與材字國梁，號薇山，别號廣微子，居信之龍虎山。爲三十八代天師，襲掌道教。元貞初，入見大明殿，制授太素凝神廣德大真人。大德二年，海鹽鹽官兩州潮水大作，沙岸百里，蝕齧殆盡，延及州城下。與材投鐵符於水，符躍出者三，雷電晦冥，殲怪物，魚首龜身，其長丈餘，隄復如故常。五年冬，無雪，與材建壇禱之，是夜雪下盈尺。成宗大喜，命近臣賜酒勞之。八年，加授正一教主，主領三山符録，給銀印，視二品。至大初，特授金紫光禄大夫，封留國公，給金印，視一品。皇慶初，特賜寶冠金服。延祐三年卒。

張公福地

秋風吹衣草樹涼，巨靈守護神丹光。袖携天香入洞府，散作雲霧空蒼茫。拄杖鏗然響微步，石髓垂垂潤甘露。時當相遇五百年，分明中有昇天路。

冲玄觀

參差樓閣半天中，六月清風百尺松。隱約齋壇低曉月，五雲深處一聲鐘。

張天師嗣成

嗣成字次望，號太玄子，留國公與材長子。父子俱善畫龍，道行顯著，不減父風。延祐三年，嗣爲三十九代天師，襲領江南道教，主領三山符籙如故，至正甲申卒。傅廣文《若金集》，有《天師張太玄祈雪歌》，即其人也。

題葉氏四愛堂

彭澤以節高，春陵以道鳴。雙井詩之雄，西湖隱而清。因其有所愛，希賢動吾情。應知君子堂，貴實不貴名。

張天師嗣德

嗣德號太乙子，與材次子。善畫墨竹禽鳥，至正甲申，襲教事，授正一教主，嗣爲四十代天師，太一明教廣元體道大真人，主領三山符籙，掌江南教事。壬辰卒。

題葉氏四愛堂

東籬秋色净，芳沼晚華滋。雪落清澗曲，風生楚江湄。幽景尚依然，高懷邈難追。道人繼芳躅，千載有餘思。老屋四五椽，草徑臨清池。四時各代謝，芬芳常在兹。勗哉著令德，永與古人期。

灤京八首

鳳閣朝陽

開圜行都重朔城，大安高閣焕鴻名。中天旭霽昭黄道，萬象春熙拱帝京。瑞露氣浮仙掌動，文星光挹泰階平。朝元羽佩輝蟬冕，長振琳瑯侍玉清。

龍岡晴雪

陰山積雪亘春秋，霽景玲瓏燦十州。玉展畫屏當黼扆，翠凝香霧繞龍樓。吟懷煖動鼠鬚筆，酒力寒輕狐白裘。清暑年年動游幸，冰壺六月坐垂旒。

勑勒西風

勑勒連營意氣豪，西風沙漠轉驚濤。皁鵰背影翻金鏑，赤驥騰空頓紫絛。入夜胡歌諸觱栗，蚤時新酒壓葡萄。旃廬處處人長樂，萬里雲屯雪自高。

烏桓夕照

烏桓列部挺提封，落照千山返映紅。遠樹參差連塞北，斷霞明滅際遼東。牛羊下夕羣屯霧，鷹隼横秋勢掠風。亦有隱淪懷濟世，何時歸獵載飛熊。

灤江曉月

灤江曉月漾玻瓈，皓景沈沈碧海西。監牧平沙時洗馬，趨朝青瑣政聞鷄。鐘聲破霧騰珠刹，橋影垂虹枕玉溪。夙德詞臣勞扈從，恩承紫誥又春泥。

松林夜雨

百萬蒼虬幾雪霜，夜深和雨激滄浪。秦金賜爵總東岱，漢玉搜才負柏梁。劍戟森嚴堅歲暮，珮環鏘奏際時良。千年琥珀應流地，服餌身輕久帝鄉。

天山秋獮

駕幸天山校獵場，夜嚴精騎裹餱糧。鷹韝脱臂高横塞，雉箭穿雲急解囊。豈但薦毛供俎豆，要知閲武固金湯。斂圍賜宴千軍醉，駝背纍毛總兔羊。

陵臺晚眺

李陵行處莽平原，祇見荒臺思愴然。野日斷鴻空送晚，塞雲歸鶴不知年。千重牙帳開周後，萬里長城啓漢前。雅調早傳來魏闕，賡歌尚擬頌堯天。

玄覽道人王壽衍

壽衍字眉叟，杭州人。生而頴悟，至元中，有陳真人器之，遂度爲弟子。後至京，奉詔訪求江南遺逸，奏對稱旨。成宗時，兩宮眷顧，寵賚甚厚。仁宗呼爲眉叟而不名，得旨南還，養痾餘不溪上。至治初，徵授弘文輔道粹德真人，管領杭之開元宫。至正庚寅，刻期而逝。壽衍神鑒高朗，局度宏曠，自號玄覽道人。晚年寄傲溪山間，又號溪月散人。戴華陽冠，襲白羽衣，朱顔鶴髮，爽氣生眉睫間，望之者知爲物外人也。

題本齋王公孝感白華圖卷

母慈子孝覺天全，桃發花枝豈偶然。名士品題圖畫卷，他年當不負凌烟。

鄧道人牧

牧字牧心，錢唐人。性高潔，文章多世外語，全學柳子厚。大德間，與葉林去文俱隱大滌山中，所居有超然館。或數日不食，或一食兼人。清夜放遊，則不避豺虎；白晝危坐，則客至不起。吴真人全節奉詔徵之，不赴。一日，去文忽持書别親故，云將他往，且詣牧心言别，正月八日，端坐而逝。牧心歎曰：「葉君出與我同，吾亦當長往耳」，乃述葉墓志而終。石塘胡長孺爲作傳，人稱爲文行先生。所著有《洞霄記》、《游山志》、《雜文稿》。

翠蛟泉

塞澗豈成蛟，流泉亦非翠。色緣映帶得，意出飛舞外。雖無風霆化，自與江海會。

仙跡巖

至人猶神龍，變化不可測。隆然七尺軀，印此一片石。我行半江海，空飛杳無跡。

雲根石

浮雲無定蹤，滅没須臾間。一朝化爲石，千古遺空山。天地亦幻物，誰能語其端。

丹泉

仙翁鍊丹去，流水化丹色。縈盤出九鎖，川后不敢惜。豈無得道者，一飲凌八極。

贈友人

我在越，君在吴，携書邀我遊西湖。我還吴，君適越，遥隔三江共明月。明月可望，佳人參差。與君携手西湖上，相思空誦停雲詩。知君去埽嚴陵墓，祇把清尊酹黄土。浮雲茫茫江水深，感慨空勞弔今古。孤山山下見陳實，連騎東來踏春色。湖邊千樹花正繁，莫待春風吹雪積。一作「白」。有酒如澠，有肉如陵。鼓趙瑟，彈秦箏，與君沉醉不用醒。人生行樂爾，何必千秋萬歲名。

方壺子方從義

從義字無隅，貴溪人。周大夫方叔之後，居上清宫，畫師高米，大有逸趣。游京師最久，頗負才尚氣，衆目爲狂士，而公卿大夫反以是賢之。老歸江南，修道於金門之小洞天。自號方壺子，又號不芒道人，金門羽客，益以翰墨自豪。每念疇昔，則凄然興感，往往見之文字。嘗題《碧水丹山圖》有云：「岸花汀鳥留幽意，碧水丹山共隱情。」清江劉永之謂方壺子非遺世者，而世反遺之，可爲惋惜。洪武間卒。

仿小米雲山圖

石路絶經過，山雲自來去。欲共麋鹿羣，當在幽深處。

題蒼頡作字圖

史蒼發天秘，遂致鬼夜哭。剥落石鼓文，後世誰能續。

雪鶴山人鄧宇

宇字子方，號止菴，臨川人。出家上清宫。神樂方丈、臨川逸民、清壑樵叟、雪鶴山人，皆其自號也。

題錢舜舉秋江待渡圖

秋江已平秋葉黄，有客待渡秋水長。停橈切莫歌白苧，白苧歌成秋露涼。鴻飛冥冥白日晚，客心茫茫愁欲斷。湘波咫尺不可通，何況精靈隔霄漢。

題阮部閬苑女仙圖

閬風玄圃仙女居，阮生寫作羣仙圖。蒼松根老琥珀伏，海波突起珊瑚株。翠樹瑶華分遠近〔一〕，細草若展青氍毹。樓臺回隱五雲表，别有世界非堪輿。仙姿縹緲各有態，絶食烟火餐瓊蔬。兩仙拈筆點花露，長者晏坐看琅書。一仙倚石閒摘阮，一仙偃蹇披長裾。其中一仙速相就，珮聲微響如雲趨。羽扇雲環盡婀娜，忽見龍鶴來天衢。翩然復有一仙至，乘飈御氣三從俱。我疑數仙天帝女，帝旁暫别遊清都。俯視塵網中，穢濁何紛如。人間光景疾如箭，壺中日月無居諸。舞白鳳，歌仙謡。有耳只解聞雲韶，永超劫外何逍遥。紫陽真人慎勿驕〔二〕，竚當來迎共食瑶海桃。

〔一〕「分」，稿本作「紛」。

〔二〕「慎」，稿本作「特」。

夏真人紫清

紫清失其名，□□人。留京師時，與吴文正公澄友善，《草廬集》有《與夏紫清真人書》。

題葉氏四愛堂

十畝煙霞曲徑深，四時佳興足幽尋。菊芳梅綻清詩骨，蘭秀蓮香肅道心。半隱開堂嚴繼志，百年喬木易成陰。通家自有全書在，閑倚南窗聽玉琴。

彭道士日隆

日隆别號隱空，崇安之吴屯人。居冲佑觀，遇異人，授以雷法，祈禱皆驗。後師黄雷囦傳清微道法，創室九曲溪上，天師張真人扁曰清微太和宫，虞學士集爲之記。一日無疾而化。隱空素不知書，吟作極有理致，嘗自贊真曰：「五五二十五，只管從頭數。到底一也無，松梢月當午。」又纂集《清净經注》行於世。

武夷山

兩眉如雪照平川，歌罷香雲滿玉田。桂樹西風山月白，一瓢黄露嚥秋天。

貞一先生朱本初

本初字□□，臨川人。出家上清宫三華院，嘗從吴全節居都下。博洽文雅，見稱於卿相間，人稱貞一先生。所著《貞一稿》，世無刻本，僅存范梈、劉有慶、歐陽應丙、虞集、柳貫及全節六序，俱諸公手書，爲吴中劉損抑夫所藏云。

盜發亞父冢

戲馬臺前范增冢，英風千載行人竦。冢中寶氣騰光芒，識寶賈胡心爲動。築室潛謀二十年，一朝鑿井穿其壟。畚鍤纔深四十尺，乃有石盤青巃嵸。四旁牂栻大十圍，各施九十森環拱。石穿棺翣更分明，漆光可鑑剛而鞏。斲之不用揮金椎，白骨儼然全頂踵。寶劍未化横蒼虬，金玉輝耀氣交擁。賈胡致富須臾間，棄骨溝中寧愧恐。平原無色鼓角悲，山鬼夜號川澤湧。太守陳公英俊才，慨歎奸偷吾所統。亟呼五百取羣盜，械置狴犴見仁勇。傷哉亞父天下奇，鴻門高會真危機。火龍飛起實天意，拔劍起舞空爾爲。風雲變化失隆準，玉斗一碎山河非。如公明義古亦少，發憤乃作彭城歸。六合茫茫漢疆土，厚葬何人誠可嗤。君不見驪山牧竪遺燼酷，不如王孫裸葬良亦足。

盧外史大雅

大雅，龍虎山人，爲張外史伯雨所知。

姑蘇懷古

胥目懸門烏啄過，至今哀怨入吴歌。山河不爲興亡改，城郭其如感慨何！廢苑春深芳草滿，荒臺秋盡夕陽多。醉來一覺扁舟夢，也勝豪華逐逝波。

題錢塘勝覽圖

南渡衣冠委草萊，危亭高處海門開。雲霞都邑雄中國，月露軒窗逼上台。春夢已隨流水去，寒潮自領夕陽來。小樓題畫因惆悵，豈獨昆明有劫灰。

舟中寄張外史

櫂郎催踏春溪舫，阻我辭君散木亭。江水未應春去漲，鄉山偏向别時青。煙波釣艇新衝雨，河漢仙槎舊犯星。輸與仙都老居士，一簾山雨聽鵝經。

追哭張伯雨外史

身似浮雲半在吳，玉鈎橋外是西湖。花前微雨白鵝帖，樓上好風金鴨爐。李泌只宜留北闕，劉郎不得老玄都。人情翻似東流水，洗出青天一鳥孤。

春曉

弱柳摇煙落絮輕，緑陰初長小池平。杜鵑處處催春急，不是東風太薄情。

薛真人毅夫

毅夫字茂弘，號鶴齋，信州之貴溪人。父昶，字思永。毅夫學貞一之學，隱居白屋山，繼至石田，樂其幽勝，首爲賦詩，諸名公從而和之。

毛道士石田山房

數畝依山宅一區，喜存磽确勝膏腴。近因辟穀懷黄石，也復耕煙種白榆。玉氣潤多山水秀，松雲飄盡鶴巢孤。會當脱屣從師去，乞取青櫺顆顆珠。

答虞叔勝用文靖公韻

青城文思湧波濤，子復長吟海上遨。瞻望白雲歌《伐木》，記從瑶島得餘桃。百年風雅誰能繼，萬里煙塵共此逃。不是菊花知節序，一杯負却蟹雙螯。按虞廣文堪，字叔勝，有《鼓枻稿》，内云：近因兵避海上，會鶴齋真人于練川，語及舊遊，皆如夢寐，因誦先叔祖太史文靖公詩，乃爲真人九月一日生朝賦也。今俱客於此，復逢此日，而誦此詩，感懷今昔，三十年矣。于是堪不敢無述，謹用韻以爲壽云：「練海秋潮若卷濤，遼天得與鶴同遨。人間不老三花樹，天上初分五色桃。甲子每書聊自記，姓名千載復誰逃。等閒談笑重陽近，又向尊前一舉螯。」

林屋道人富恕

恕字子微，號林屋道人，宋丞相弼裔孫，南渡來吴，幼習舉子業，值元季兵亂，遂棄家爲吴江昭靈觀道士。布袋筇杖，不憚險道，訪天下仙人。有所得，輒寄於詩。嘗別築室雪灘之濱，扁曰挂蓑亭，又繪《仙山訪隱圖》一卷，寄興雲海之上，遂昌鄭元祐爲記。同時有膺擇、中瑛、石室，皆吴江名僧，與往還倡和，爲方外交。

垂虹橋

坤軸東南坼兩端，巨靈擘華壓平川。玉鯨偃蹇吞三峽，彩蜺連蜷落九天。有客吹簫明月下，何人釃酒大江前。闌干三百風煙晚，獨立蒼茫歌洞仙。

和西湖竹枝詞

十里荷花錦一機，雨餘荷氣撲人衣。滿船遊女蒙白苧，陣陣腥風鷗鷺飛。

鶡東鍊師鄒復雷

復雷號雲東，□□人。爲洞玄丹房主，齋居蓬蓽，琴書餘興，又以寫梅爲樂。其兄復元，亦善畫竹。楊鐵崖贈詩云：「鶡東鍊師有兩復，神仙中人殊不俗。小復解畫花光梅，大復解畫文同竹。」

自題春消息圖

蓬居何處索春回，分付寒蟾伴老梅。半縷烟消虚室冷，墨痕留影上窗來。予抵鶡沙，泊洞玄丹房，主者爲復雷鍊師，設茗供後，連出清江楮三番，求東來翰墨。師與其兄復元，皆能詩畫，既見玄竹，復見雷梅，卷中有山居老仙品題春消息字，遂爲賦詩卷之端。時至正□□秋七月廿有七日，老鐵楨在蓬蓽居，試陳有墨尚恨乏筆。

子陽子席應珍

應珍字心齋，號子陽子，海虞人。年未冠入道，提舉虞山之致道觀。真經祕籙，靡不洞曉，兼讀儒書，於《易》尤邃。嘗居相城靈應觀，與沙門道衍爲忘形交，道衍師事之。道衍即姚少師廣孝。或云，少師兵法，半是心齋所傳也。明洪武十四年三月卒，年八十一。

周元初來鶴詩二首

瑶壇法黎土，蕭臺聳岧嶤。縹緲白玉京，空歌協雲韶。靈駕御八景，多士嚴趨朝。琅風颺清微，天花雨層霄。皎皎羣胎仙，嘯歌雜靈璈。前參紫霞蓋，後遶青霓旄。覽兹孝子誠，赴此仙人招。阿母鍊魂仙，高超謝塵囂。控駕不待轡，飛飛凌泬寥。置身王母宫，坐看劫石消。

瓊珮朝元禮玉壇，散花天女集雲端。仙人騏驥紛前導，上帝旌幢儼下觀。黍米珠懸光煜煜，桂花香冷露漙漙。空歌奏徹琅風細，一一飛鳴獻頂丹。

贈周元初

春晴步屧黄泥阪，楊柳陰陰水拍城。童子候人如鶴瘦，羽仙飛舄似凫輕。碧桃花繞樵雲屋，緑酒香浮貯月罌。醉裏却嫌天地窄〔一〕，倚闌吹笛到天明。

題章復畫碧桃

憶昔瑶池侍宴時，碧桃花下酒盈巵。今朝醉裏看圖畫，羞對東風兩鬢絲。

〔一〕「嫌」，原作「如」，據稿本改。

姚外史草樓

草樓失其名，住南阜道院。與梧溪王逢倡和。

送邱阜之江東省大姑陳節婦

邱郎一幅布帆風，云省大姑江水東。仙家二月碧桃滿，人世幾回青草豐。練衣如霜鬢顏好，見姪身長念兄老。千里書還墨未乾，三茅峯高雲可掃。

崔道士元白〔一〕

元白，絳霄宮道士。

題倪迂筠石喬柯圖

老夫不向名山老，却向何方畢此生。白石巉巉秋葉裏，憨憨鼾睡夢魂清。

〔一〕「崔」，原作「崖」，據稿本改。

尹鍊師志平

志平居盤山棲雲觀。有《葆光集》詩一卷。

盤山棲雲觀

盤山路不深，道院正當心。一谷水流細，滿山松布陰。菴前閑散髮，亭上静披襟。羽客朝春藥，幽人夜撫琴。雲生添瑞景，風動轉清音。此地全真樂，予知勝萬金。

姬鍊師志真

志真有《雲山集》八卷。

紫薇東墅秋日

農家收百穀，爽氣自西郊。屢埽階前葉，重添屋上茅。霜陵紅錦樹，寒促鬱金苞。不見人牛在，惟聞牧豎嘲。

蔣道士蒐與

蒐與以下二人，並見沈敕《荆溪外紀》。

周侯祠

憤穿金甲去，英氣孰能齊。射虎城南麓，斬蛟祠下溪。政聲傳宇宙，文焰拂雲霓。莫怪征西事，令人倍慘悽。

蔣道士景玉

周孝侯祠

長橋怒束西來水，空巖煙雨埋山鬼。斬蛟射虎安在哉，千古荒邱埋劍履。涼涼往事今何如，坐令道路成康衢。當年蛟虎不復有，嗚呼人害無時無。

張天師

天師失其名，見傅習、孫存吾《皇元風雅》。

四景

春

初日暉暉照翠苔，庭前昨夜碧桃開。一簾香霧微風動，知是仙人騎鶴來。

夏

深院棋聲日正長，博山添火試沉香。道人鞭起龍行雨，帶得東潭水氣涼。

秋

天際涼風似水流，山中瑶草不知秋。黄庭讀罷無餘事，鐵笛一聲閒倚樓。

冬

養就還丹不怕寒，獨騎黄鵠一作「鶴」。上雲端。笑談借得天家雪，散作琪花满石壇。

趙秀才永嘉

永嘉，泉州晉江人。隱于金鞍山，常唤虎守室。一日，山下人送餉，永嘉酬以草葉一榼。山下人怪之，棄以飼牛。牛食之，連日酣睡，就問之，復採草葉解之，牛睡乃醒。山下人始知其異，再求不得矣。人不識其草名，但名曰祥芝。虎岫僧有嘉善者，與永嘉相好，山磽确，鮮稼穡，嘉善第網魚作食，永嘉刻詩石上曰：

青山吐出白龍開，我是地仙趙秀才。嘉善有魚餐得夫，永嘉有虎唤能來。

徐先生雲

雲，東沙人。至正時，年方弱冠，每有學道修真之想。一日登姑蘇，將入劉河，忽遇大風，順流而東，至一山，山之石刻曰蛇山。雲徐步閑登，遇一橋，折而北，横一溪水，寒浸如冰，有嶕石突起，類大甕斜覆。捫石而登，地稍夷曠，坐石四瞰，峯巒環列獻狀，其紋縈然，類神工鬼斧所雕刻者。山多猴，擲石下如雨，大樹合圍，倒影入水中如畫。雲且驚且喜，忽東方月出，見女子二人，丰姿雅澹，體態非凡，進而請曰：「君非徐先生乎？」邀入一室，玉宇瓊樓，茶棗長三寸許。雲留數日，舟不能待，後得捕魚船送回，人以雲爲遇仙云。

蛇山

苦憶蛇山勝，雲峯最上頭。江流倚天白，嵐雨入簾浮。野鳥朝飛去，山猴夜不收。儘堪遺歲月，何必問丹邱。

釋子 尼附。

仰山禪師祖欽

祖欽字□□，□□人。

山居二首

竟日窗間坐寂寥，巖前稚筍欲齊腰。幽禽忽起藤花落，磵瀑吹聲度石橋。

夾岸桃花紅欲然，洞中流水自涓涓。山家不會論春夏，石爛松枯又一年。古德云：「山僧不解數甲子，一葉落知天下秋。」靈徹云：「山僧不記重陽節，因見茱萸憶去年。」詞意相類，全章無傳，故表出之。

桃源圖

春暖洞門花欲然，一絲風動釣魚船。莫言世上無仙客，須信壺中別有天。

虎巖禪師伏

伏字虎巖，淮安人，卓錫徑山。至元二十一年甲申正月己卯，元世祖御大明殿受朝賀，因問南禪才者，右相和禮霍孫首以伏對，伏作偈以進，世祖嘉納之。七月初二日示寂。

留題雲巖寺

闔閭陵谷是兹山，往復遊人不厭看。草長荒邱曾虎踞，藤牽古木作龍蟠。七層窣堵穿雲破，百尺轆轤翻水寒。今古入吟無限意，海天秋色滿闌干。

鞏

鞏字石林，至元間，住杭之净慈寺。

山谷參晦堂

學海波瀾捲未乾，幾煩仙屐上林巒。天香吹落秋風老，不覺相携到廣寒。

大辨禪師希陵

希陵字西白，義烏何氏，年十九，落髮東陽資壽，依東叟頴于净慈，掌内記。侍石林鞏，兼外記。後至徑山雲峯，高禪師尤敬之。分座説法，凛凛諸老之遺風。元世祖召見，説法稱旨，賜號佛鑒。成宗加號大圓，仁宗又加號慧照。至正壬戌四月十二日，手書付囑説偈而逝。謚大辨，塔曰寶華，有《瀑巖集》及語録行世。

正元祝贊詩 并序。

皇帝即位之明年，改元元貞。海宇乂寧，萬邦欣戴，罔敢違拒，太平之兆，見於斯矣。臣幸逢元日，詣闕祝贊，序立殿陛之左，親瞻穆穆之光，而又獲覩禮樂之盛，混一氣象之雄，私竊踊躍，作詩稱詠聖德。炳同日月之麗天，用垂萬世無斁。其詩曰：

皇帝踐祚，聖同堯禹。纂承丕基，光顯宗祖。載宏洪烈，繼離照午。昭德惟新，民物咸覩。明視達聰，通今博古。登能庸賢，左右規矩。克剪姦凶，靡遺細鉅。服德畏威，蹋蹐伏俯。海夷畢臣，罔敢違拒。天錫皇元，混一寰宇。綏厥黎庶，德滂仁煦。島壤蠻陬，無遠弗溥。元貞元日，百典具舉。龍戟鸞旂，排執而伍。百辟蹌蹌，拜笏蹈舞。衆樂奏和，鳳翼應拊。地產百祥，天降百祜。貢璧獻琛，摩肩踵武。天錫皇元，作萬邦主。如日之升，下照九土。箙矢櫜弓，式偃兵旅。國既阜豐，民亦無窶。願永萬年，惟馨德輔。祚與天長，無墜厥緒。臣作歌詩，播諸樂府。

觀郊禮

帝闕開嵯峩，衣冠捧赭袍。金飈動龍旆，玉露裛鸞鑣。禮樂出大國，衮旒拜南郊。天儀瞻穆穆，日彩見熛熛。卣瓚芬秬鬯，鳳凰來簫韶。於昭帝德廣，陟配昊天高。乾健育萬物，離明位六爻。堯風清海寓，弓矢盡韔櫜。

送人歸山中歌

青山兮欲歸，不可得兮褰衣。駕玄豹兮驂赤貍，雲冥冥兮風飛飛。獨偃蹇兮世路寧，容與兮溪湄。泉涓涓兮石齒齒，君不歸兮何爲。

湘江曲

二妃淚灑湘竹斑，湘江沈沈凝曉煙。月照古祠江水邊，商船來往燒紙錢。桂花滴露江雲寒，竹間一聲啼斷猨。

秋夜長

秋蟲嘖嘖寒莎底，城頭秋月白如水。二十五點秋夜長，點點滴斷離人腸。萬里一聲風露涼〔一〕，家家秋碪擣衣忙〔二〕。

山中

心多與世背，獨未與世忘。得句忽自喜，從人道我狂。溪光和月白，露氣滿山涼。自笑甘清苦，年來髮已蒼。

送海南僧

師住在南邊，到鄉須隔年。寺鄰天竺國，鐘落海蠻船。盡日斷火食，經冬露地禪。銅缾休取水，恐攪毒龍眠。

〔一〕「聲」，稿本作「身」。

〔二〕「秋」，稿本作「愁」。

知非子子温

子温字仲言，號日觀，又號知非一作「歸」。子，華亭人。宋亡出家，萍浮四方，止杭之瑪瑙寺。善草書，喜畫葡萄，鬚梗枝葉，皆草書法也。評者謂似破袈裟，因號温葡萄。雅好著恢帽短衣，囊錢果，猖翔街陌，探囊投市中兒，問識温相公否？由是進止，輒擁小兒呼温相公。時有賓肖羅漢，醉則維筆竿杪，草聖秀媚，詩人遂有「長竿醉草賓羅漢，短褐徉狂温相公」之句。性好嗜酒〔一〕，楊總統以名酒啗之，終不濡脣，見輒罵曰：「掘墳賊，掘墳賊。」惟重鮮於伯機，時至其家索飲，醉即抱前榮支離叟，或歌或哭。支離叟者，伯機庭前松樹也。

華亭友人歸故里以詩爲餞〔二〕

松江府是我鄉州，有愧平生欠一遊。子去扁舟泊煙渚，相煩致意舊沙漚。

題畫葡萄卷後

明月清風宗炳社，夕陽秋色庾公樓。修心未到無心地，萬種千般逐水流。紙長，宜以好詩書之，爲後之名勝笑覽。子温題。

題折枝葡萄大唐時詩人贈高僧居深山谷。

饑拾松枝渴飲泉，偶從山後到山前。陽陂軟草厚如織，因與鹿麋相伴眠。

〔一〕「好」，稿本作「酷」。

〔二〕此詩題，稿本作「華亭友人歸故里以詩爲餞日觀奉送仍有今日之乍相識曾公省元云旦晚有燕京之行矣因書」。

了慧

了慧字岳重，武林人。至元間，住寶覺寺，與梁相必大結武林九友會。

春日田園雜興

平疇水遶徑微分，小圃雲深景不繁。此處農桑雖是僻，多情鶯燕不嫌村。倦眠芳草閑黄犢，静對幽花倒緑樽。見説弓旌方四出，欲更名姓掩衡門。月泉吟社評曰：田園對起，已占地步，頷聯得闔闢之妙，餘佳。

衣和菴主知和

知和號衣和菴主，崑山人，隱居雪竇山。畜二虎馴伏，恒跨之以遊。妙高峯、千丈巖、藤龕、棲雲菴，皆其迹也。後徙二靈山終焉。大德丁未，菴爲盜燬，後虎乳其墟爲人害，咸謂菴復則虎息。至元丙子，復其菴，肖其像，虎不爲害。

詠藤龕三首

雪竇妙高峯左，千丈巖巔，有藤一枝，蜿蜒其上，下臨不測。乃蟠結成龕，爲藏修之所，故號棲雲。

竹筧兩三升野水，窗前五七片閒雲。老僧活計只如此，留與人間作見聞。

十方世界目前寬，抛却雲菴過別山。三事衲衣穿處補，一枝藜杖伴身閑。

黄皮裹骨一常僧，壞衲蒙頭萬慮澄。年老懶于頻對客〔一〕，披蘿又上一崚嶒。

〔一〕「懶于」，稿本作「懶能」。

石室禪師祖瑛

祖瑛號石室，吴江陳氏子，出家於邑之普向寺，得法徑山晦機禪師，住持慶元之昌國州隆教禪院，與趙松雪諸公結方外交。後住杭之萬壽，明之隆教雪竇育王。晚年得痿痺疾，造一龕曰木裰，日坐其中。至正癸未，趺坐而化。

菊山詩并序。

吴興黄君，隱德不仕，賁於邱園，自號菊山，蓋有慕於靖節者也。靖節之時，八表同昏，南山蔽於陰霾，采菊之際，悠然見之，不能不以之興懷，其不書義熙，更字元亮，其志將以有爲也。其賦歸去來而徜徉乎松竹之間，蓋知其無可奈何而安之若命者也。豈若吾黄君，老於太平之世，幅巾杖履，優游田里，爲太平之民。蒔菊東籬之下，對南山之蒼寒，舉杯獨酌，挹爽氣而咀秋香之爲樂也。夫靖節之自謂羲皇上人，願爲之而不得者也。若黄君者，其無慊矣。爲賦詩一章，歌以侑酒。詩曰：英英嘉菊，樹之盈畝。瞻彼南山，在我軒牖。邈矣羲皇，同寓一宙。昔淳今澆，於我何有。嘉菊秋榮，我有醇酎。嘉賓不速，翠瓢在手。酒酣歌起，清商滿天。矯然遐觀，南山蒼然。右麾寄奴，左拍陶肩。時不我與，已旃已旃。爰採一枝，笑插華顛。優哉悠哉，聊以永年。

寄贈華陽洞隱者次虞伯生韻二首

我居東海君句曲，道遠那知消息真。仙家自有縮地術，夫子無意横目民。遥應洞草充餐慣，不記蟠桃著子頻。誰與寄書白土埭，好在佯狂史道人。

匆匆一别隔幾塵，眼見蓬萊淺復深。釣鰲每憶任公子，放鶴誰同支道林。丹就只應長不老，詩成多是獨狂吟。明年就子霞架海，先遣飛車候遠岑。

題良上人所藏亡友天錫先生青山白雲圖

今人作事每師古，摹擬太甚復可嗤。要於法外出新意，變化臭腐爲神奇。襄陽畫法妙前代，千金一紙争購之。郭公丹青有能名，亦復愛之如渴饑。今觀此幅殆逼真，氣骨老蒼無俗姿。青峯碧澗在煙霧，令人益重幽人期。沃洲天姥見髣髴，支公寺前秋鶴飛。橋危霜滑筍輿小，憶得前度曾攀躋。郭公久矣閟泉壤，此幻不滅留齎咨。前身太白無乃是，句法酷似金山詩。

次荆山遊虎邱韻

獲枉雲巖作，清風欲萬尋。了無蔬筍味，真得古人心。玉几逢荆石，龍門獲嘯林。吟成四美具，愧我未精深。

瑶

瑶字荆山，雲巖僧，與祖瑛、嘯林、荆石虎邱倡和，並見王賓《虎邱山志》。

遊虎邱有作

寺古多佳致，身閑遠訪尋。樹根擋殿脚，塔影落池心。坐久雲凝石，吟多風滿林。相看已迫暮，歸鳥入煙深。

荆石

荆石，玉几僧。

次荆山遊虎邱韻

故人湖上至，虎阜共幽尋。池葬前王骨，臺荒古佛心。汲泉修斷綆，供爨埽空林。對景情尤慘，青燈話夜深。

嘯林

嘯林，龍門僧。

次荆山遊虎邱韻

吴門古蘭若，佳友約重尋。樹長千人石，墳埋萬古心。饑鳶愁落日，喜鵲集空林。不覺徘徊久，鐘聲出谷深。

與恭「與」一作「允」。

與恭字行已，號嬾禪，上虞人。餘姚九功寺僧，爲中庭可公法嗣。從幼酪漿肉食不入口，孤貧好潔，母老無託，乞食以養。精通内典，工詩。嘗遊臨安，題冷泉亭詩。趙松雪見而異之，追至净慈寺，與相見，遂定交焉。後遊蘇州定惠寺，端然而逝。及荼毘有堅固子檢其囊，止有破紙一方，則回雁峯詩也。

天台石橋

五百人兮山之中，驅白虎兮騎蒼龍。袈裟兮襤褸。頭髮兮蓬鬆。神怪萬狀兮吾不得而窮，望歸來兮庭之幃。燒香瀹茗兮鐘鼓交槌，不見來兮勞思。坐蒸餅兮淚垂，汝將舍我兮而何之？

夜坐

破帽籠頭獨掩扃，畫灰成篆寫幽情。琉璃欲黑燈無燄，榾柮正紅湯有聲。臘盡山中三寸雪，鐘殘窗外五更晴。江樓誰起夜吹笛，忍凍梅花恨不平。

舁母渡錢塘江 以下二首，見鄔景從《姚江逸詩》。

母在籃輿子在途，子行不上母先一作「頻」。呼。斷橋流水斜陽外，一作「西風落日荒山道」。羞見寒林反哺烏。

冷泉亭

天竺雨花飛寶一作「講」。臺，北山門對冷泉開。石擊老樹無人識，時有黄猨抱子來。

答趙子昂　以下三詩，見白珩《靈隱志》。

犬不曾嘷鶴不飛，看山今日偶歸遲。點燈吹雪照石壁，恐有玉川留贈詩。

悼猨

寒鎖洞烟山徑昏，阿黄已死瘞雲根。舊攀巖畔松蘿在，失乳兒啼欲斷魂。

思歸憶母

霜殞萱花淚濕衣，白頭無復倚柴扉。去年五月黄梅雨，曾典袈裟糴一作「貰」。米歸。

客中得母寄布

我母今年七十强，獨憐季子在他鄉。寄來新截機頭布，一寸絲麻一寸腸。

回雁峯

官路迢迢野店稀，薄寒催客早添衣。南分五嶺雲天遠，雁到衡陽亦倦飛。

正印

正印，大德間，住澱山寺。至治壬戌，赴吴興之何山。

半雲亭

一片青山雲占斷，老僧來與雲相伴。白雲歡喜兩平分，僧一半兮雲一半。白雲不雨亦不霖，僧兮雲兮俱無心。山僧晏坐雲亦坐，山僧吟嘯雲亦吟。歲寒誓與雲相守，或爲白衣或蒼狗。更招明月與清風，四賢同作忘年友。

宜

宜字行可，皇慶、延祐間，住佛隴山。

牛怨

七十餘城一戰收，歸來只合便封侯。火瘢未冷重加軛，春雨春風暗結愁。

無名

無名，趙文敏同時人。

題趙子昂書淵明歸去來辭後

典午山河半已墟，褰裳宵逝望歸廬。翰林學士宋公子，好事多應醉裏書。

圓覺法師宏濟

宏濟字同舟，一字天岸，餘姚姚氏子，投同里寶積寺舜田滿公出家。年十六，受度爲大僧，持四分律。往鄞，依半山全公，讀天台之書，久之，悉通其説。泰定改元，開法於萬壽圓覺寺，浙河左右傑偉之士，奔走其室，惟恐後之。壽八十五，書偈而逝。天岸狀貌魁偉，有戒行，墳典過目不忘。才器宏贍，道術深玄，楊鐵崖亟稱其詩云。

懶猫

老子家無甑石儲，多君分惠小狸奴。職慚捕鼠飢何憾，食不求魚飽有餘。燭影爐熏聽課佛，蒲團竹几伴跏趺。山童莫訝長尸素，也護牀頭貝葉書。

懷深

懷深字無懷，天曆至順間，結菴杭之西湖北山。

初春

暖信初回宿草根，茸茸漸可藉芳樽。未須著意催花柳，且爲乾坤補燒痕。

白龍洞

古洞深沈莫敢窺，陰森草木野雲飛。白龍何處淹頭角〔一〕，天下蒼生待汝歸。

〔一〕「白龍」，原作「白頭」，據稿本改。

普彦明

普彦明，天曆至順間詩僧。傅習、孫存吾《皇元風雅》作明普彦，未詳。

題商山四皓圖

劉氏何如吕氏安，尺書便爾闖重關。空將鬢雪驚隆凖，不道啼紅慘玉一作「下」。顔。鴻鵠聲寒悲曉殿，紫芝香冷怨秋山。千年猶昧深根術，又落巴童橘樹間。

永彝

永彝字古鼎，雲間人。與明州銘公同時同號。

南屏雨中

五月雨聲連六月，南屏雲氣擁柴扉。林巒有穴山精出，巖谷無人石燕飛。詩句偶從行處得，家鄉多在夢中歸。曉來杖策湖頭去，春水溶溶没釣磯。

題仲穆看雲圖

靄靄晴雲擁碧巒〔一〕，清分秋影落江干。何人冥坐長松下，蒼翠滿身生薄寒。

〔一〕「靄靄」，原作「藹藹」，據稿本改。

太白老衲如砥

如砥字平石，自稱太白老衲，住徑山。

菊山詩

斯人在何許，蒔菊向東山。造物無盡藏，秋風爲破慳。

題小米墨戲

寒雲何黯淡，老樹更婆娑。寂寞山村外，柴門掩薜蘿。

石門和尚至剛

至剛閩縣人，居聖羅山，人稱爲石門和尚。能詩，有「菖蒲葉瘦黄花老，白虎黄猨自往來」，又「砂鍋常煮和根菜，不與人間氣味同」之句，皆爲人所稱道。所著有《石門語録》，其徒姚少師道衍爲之序。

山居二首

門外青山知幾堆，白雲閑鎖不曾開。嶺梅也似憐孤悴，時送暗香窗外來。

春染百花紅爛漫，煙凝千嶂碧嶙嶒。目前一段天機巧，縱有丹青畫不成。

斷江禪師覺恩

覺恩字以仁，號斷江，四明人。卓錫雲門，復住天平白雲寺。爲詩衣鉢乎山谷。嘗經賈似道墓作詩，有「權擬三朝位三事，祇應知己是僧彬」之句，最得詩人優游不迫之意，極爲柳道傳所稱。楊鐵崖《兩浙作者序》有云：「曩余在京師，同年黄子肅深詆兩浙無詩。後歸浙，思雪子肅之言之冤。聞一名能詩者，未嘗不躬候其門，採其精工，往往未能深起人意。閲十有餘年，僅得七家，其一永嘉李孝光季和，其一天台項炯可立，其一東陽陳樵君采，其二老釋，曰句曲張伯雨、雲門恩斷江也。」

甘菊歎

手栽甘菊巖之阿，一十一莖爲一窠。當暑不灌亦不摘，自然生意成婆娑。頗怪秋來風雨横，枝條滿地根鬚迸。青蟲食葉還食心，小草閙花出頭上。林間一夜清霜飛，蟲死草枯惟菊枝。黄金錯莫看愈好，三齅馨香徒自悲。

三姑祠

三姑廟前春水生，百婆橋畔曉煙横。誰家草屋映疎柳，門外香芽初可烹。荒陂斷岸無牛跡，雨後閒行興何極。什什伍伍何處郎，行船打鼓春賽忙。

傷中砥

文溪書到千峯閣，報道良常已上升。共我偶然成百歲，知君久已伐三彭。社中不見丹玄子，世上空傳白石生。猶憶去年長别處，一篷春雪讓王城。

虎邱寺

東西兩寺今爲一，有客登臨見斷碑。剩水殘山王伯業，苦風酸雨鬼仙詩。樓臺半落長洲苑，簫鼓時來短簿祠。盤郢魚腸不知處，轆轤千尺響空池。

留題慧山

方沼不生千葉蓮，石房高下煮茶煙。春申遺廟客時過，李衛絶郵僧晝眠。塵世豈知無錫義，殿廬猶記大同年。九江一櫂乘風便，更試廬山瀑布泉。

寄梁中砥三首

白雲明月本無期，君子長吟有所思。雁向石頭城畔過，寄書安用牧鵝兒。

憶昔吴門商子家，小樓吹雪賦蘭花。人間百番金波滿，一番清愁百洛叉。

抹電浮漚豈足憑，餘生只合付騰騰。華陽畫出金籠首，好是溈山某甲僧。

行興

行興未詳，詩作於元統元年。

題大鼎山大覺禪院

倚筇大鼎峯頭望，極目茫茫宇宙間。北磵三泉通濟水，西原雙嶺接英山。紫雲雨逐黄龍化，白髮僧依翠柏閒。緬想浮生真夢幻，流光一去幾時還。

雲海禪師智寬

智寬字裕之，號雲海，吴之笠澤人。嗣法慧忍禪師、東嶼海公。於後至元五年，以行宣政院檄，由吴江聖壽來主嘉禾三塔景德寺席。構一軒，顔曰愛松。所著《雲海倡和詩》，雪廬爲賦而序之。

龍淵景德禪院分韻得院字

涼颸動新秋，遠麓一作「寺」。集羣彦。虚巖靈籟鳴，一作「發」。列坐罷一作「停」。揮扇。情愉一作「愜」。引杯觴，歡劇三一作「雜」。酬獻。酡顔映落日，林一作「樹」。光散凌亂。池深魚自樂，樹密鳥相唤。老一作「芳」。桂粲一作「扳」。幽叢，天香滿西院。懷哉鄭廣文，樗櫟散崖岸。

題臨清軒

上人構軒鑿小池，倚檻俯瞰清漣漪。一泓净極太古色，四壁高懸明府詩。陽烏下浴波溶漾，老兔窺榻光陸離。夜深定起持梵唄，勿使十千魚得知。

送王尚書轉漕還京

白髮蘭臺老鄭崇，野人争識舊乘驄。青冥斧鉞來南國，碧海樓船駕順風。夜指星樞天直北，曉瞻雲氣日華東。趨朝正及端陽節，細葛承恩出漢宫。

送王景華道士之京

羽客思歸尺五天，雙凫直上紫雲端。玉簫聲徹春空迥，寶劍光浮夜月寒。夢入瑶臺香冉冉，步趨青瑣珮珊珊。奉顔重進長生籙，南極星迴太乙壇。

蓮花樂元鼎

元鼎字虚中，吴僧，號蓮花樂。詩見朱珪《方寸鐵志》。元鼎自記云：至正三年，歲次庚子夏六月初吉，天台氏學者書於白蓮桂子軒。

方寸鐵歌贈伯盛朱隱君 名珪，字伯盛，婁東人。

人生何危患多岐，方寸之鐵貴自持。百鍊耿耿明秋暉，彼柔繞指何詭隨。朱君剛勁真吴兒，法書鐵畫逼秦斯。晴窗握管儼若思，學成變法出愈奇。鐵耕代筆猶神錐，用之切玉如切泥。孤忠不愧月食詩，清便更賦楊花詞。元祐黨碑我所非，驢鳴犬吠我所嗤。雕蟲小技同兒嬉，屠龍妙割嗟奚爲。盛乎盛乎知不知，南北車書滚滚來。中興定勒磨崖碑，大書深刻非子誰。

南堂遺老清欲

清欲字了菴，别號南堂遺老，臨海人。朱姓。九歲入徑山，十六歲依虎巖伏公得度，復參古林茂公。茂公云，雖是後生，却堪雕琢。至正間，主席靈巖入院上堂云：「石門巇險鐵門牢，舉目分明萬仞高。四十年來重到此，始終不隔一絲毫。」繼主開福，又主本覺，所著有《南堂録》。

歸雲亭

作亭伫歸雲，雲歸宛亭亭。道人本無心，澹與雲相應。夾徑樹嘉木，沿溪羅翠屏。人間境逾寂，雲白山自青。看山坐亭上，披雲濯清泠。

聽松堂

風來松韻清，風去松韻停。松堂得松韻，六月生清冰。重陰覆瑶席，時作韶鈞鳴。世無寒山子，好在誰解聽。我欲呼朱絃，和此太古音。忽聞深澗泉，悠然契吾心。

秀巖贈挺首座

千巖秀出萬物表，下視乾坤一何小。散華無路到諸天，只許青山自圍繞。青山不礙白雲飛，丹厓豈逐春風老。擬問巖中事若何，春來拂曉聞啼鳥。

送真藏主遊台雁

台山雁山高且寒，五月六月飛冰湍。山形杖子既在握，探賾自可資遊觀。危峯争爲寶幢立，線路或作羊腸蟠。不知應真記何法〔一〕，但見花雨飛漫漫。

〔一〕「記」，稿本作「説」。

送東州藏主歸虎邱

經頭一字無番譯，文采全章遍刹塵。除却生公點頭石，世間誰是賞音人。

湛然静者照鑑 「照」一作「惠」。

照鑑字仲明，號湛然静者。俗姓徐氏，世居錢塘江上。至正末，浙西兵起，削髮爲僧，住惠山寺。善畫，與弟仲祥肆力吟事。有《雙清集》。

歸泉寺

憶別山泉歲月深，暮雲秋草幾光陰。鬢鬚盡换池邊影，少壯多移世上心。舊逕林間無曲折，前交座上總消沈。眼中唯有亭亭塔，獨坐東峯第一岑。

奉謝張蜕菴承旨先生舊賜詩

潞國詩來祕監時，青山入夢早思歸。於今喜接期頤壽，還憶江南舊釣磯。

初夏即事

三月已破四月初，緑陰門巷晝模糊。近窗一樹櫻桃熟，格磔鈎輈來鷓鴣〔一〕。

懷明善弟

毘陵二月柳花天〔二〕，菘筍河豚已薦筵。獨在錢塘江上寺，謾吟風雨對牀眠。

〔一〕「輈」，原作「舟」，據稿本改。

〔二〕「柳」，稿本作「杏」。

海慧法師善繼

善繼字絶宗，諸曁婁氏子。母王氏，夢神授白芙蕖而生。稍長，季父授《春秋》，喟然歎曰：「春秋固佳，乃世間法，欲求出世，非釋氏疇依。歷參大山、湛堂、宗周諸老，大江東南稱爲教中之宗。朝廷賜號文明海慧法師。至正十七年，刻期坐化，世壽七十有二，僧臘六十。宋文憲濂爲作塔銘。當時名公如趙文敏、黄文獻、周内翰、李著作、張鍊師輩，皆稱莫逆交。所度弟子三十二人，如靈壽、懷古、延慶、自朋、崇壽、是乘、廣福、大彰、雷峯、浄昱、延福、如玘、報忠、嗣璉、車溪、仁讓、香積、曇胄，其最著者也。

大雪行

玄冥之月歲庚午，江南雪深一丈許。衾裯斗粟何處尋，凍卧飢氓不開户。妻啼兒泣面西東，天高聽卑欲誰訴。去年一極旱火赤，今年一極大雨注。官倉私廪例空虚，蒼生何以守環堵。西北風塵未盡消，當道豺狼又含怒。明年粟麥縱連雲，揮涕無從扣箕禹。憑誰寄與東諸侯，恤民有道無輕舉。君不見曩時桑大夫，慘刻祇取身滅誅。又不見只今曹黄鬚，擢髮數罪憐渠愚。

千巖禪師元長

元長字無明，號千巖，蕭山人。俗姓董，年十七，往見智覺本公，授之語。歸將十年，不得其指，復趺跏危坐，脇不霑席者二年，因往望亭，聞雀聲，自覺有得，遂隱天龍山之東菴。後杖錫渡江至義烏伏龍山，依大樹結茅而止焉。朝廷三遣重臣寵錫名香，至正丁酉六月，師示微疾，書偈而逝。宋太史濂銘其塔。

通濟橋二首

婺州橋是趙州橋，今日大家行一遭。不獨渡驢兼渡馬，人人平步上青霄。

半空駕起蒼龍脊，不怕雙溪水來急。踏向高高高處望，東西有路通南北。

師文

師文崇明人，至正二十三年秋九月，孟知州集招同吴郡朱斌文質、武威賀庸登玉龍山賦詩。

玉龍山

山中九日流清暉，凉飇滿堂吹客衣。黄花翠枝著蕊細，欲採未採情依依。維侯好事美無度，載酒與客登山扉。陰陰蘿磴出良久，長嘯響遏白雲飛。良辰美景不易得，龍山舊事人今非。舉杯勸客盡樽酒，莫辭薄暮山中歸。

守良

守良，至正末，住持嘉禾興聖寺。

至正甲辰九日同牛諒伊甫陳世昌彦博徐一夔大章周棐致堯高巽志士敏良琦元璞登東塔以少陵玉山高並兩峯寒之句分韻賦詩得寒字

荒山苦寥落，况值兵戈殘。衰翁備講筵，愈覺興復難。時維九日臨，澤國稀林巒。賴彼大塔存，登高可盤桓。縉紳諸貴游，恒思樂考槃。流虹老禪伯，追陪步層欄。未窮七級巔，已覺天地寬。涼霏阻佳興，使我心目攢。僧家苦澹泊，將何具盤餐。黽從惠遠留，開懷忘達官。黄花只野芳，不中淵明看。壺傾當再致，盡此今日歡。題分杜公句，末後探得寒。史君意高古，楮翰騰波瀾。區區樗散材，也厠居詩壇。埽壁請紀遊，一代儒衣冠。

文静

文静字默堂，閩中人。住越之天章寺，嗣法金山即休了禪師。《天香室》一詩，爲時傳誦。慈溪雙峯曰定水禪寺，自唐以來，主僧往往知名。宋廬陵僧德璘與楊文節公爲方外交，寺有古桂二章，至秋花最蕃。德璘嘗蒸花爲香以餉公，公酬以詩，有「天香來月窟」之句。見心來主是寺，念前輩之流風，闢室而名之曰天香。一時題詠者甚多，緇流惟默堂、雷隱二人。如左丞周伯温云：「仙桂本是菩提樹，根在廣寒雲霧中。」四明桂懷英云：「金粟秋蒸雲滿屋，銖衣夜定月當空。」金陵燕叔誼云：「曉攀每覺雲生袖，夜賦何妨月到筵。」燕山阿魯温沙云：「談經花雨飄金地，入定天香滿翠微。」皆佳句也。

天香室爲定水見心和尚賦

天香蘭若倚高岑，雙桂花開秋正深。鶴唳空山涼月白，龍歸古洞碧雲陰。一窗風雨高僧定，滿壁珠璣好客吟。拄杖何時問幽寂，栴檀林下遠相尋。

懋詷

懋詷，連江林氏子，明洪武二年住鼓山。黄晉卿有《贈詷上人詩》。

昨過定水獲觀中丞相君和見心禪師二詩亦續其韻

閒陪繡斧訪林墟，丹桂飄香九月初。濯足溪流山鳥近，論文香閣晚鐘疎。禪翁愛客炊紅稻，童子烹魚得素書。爲問中興好消息，江南忠傑有新除。

蓮宫翼翼峻廊深，雙澗泠泠古木陰。朴渥伴禪來石室〔一〕，仙禽獻果下珠林。秋深采桂和雲擣，夜半撞鐘對月吟。況有名賢時會集，高評自契古人心。

〔一〕「朴渥」，原作「朴屋」，據稿本改。

處林

處林字大材，天台人。

答定水堂上見心和尚

時危無計訪瀛洲，可處山川可浪遊。天外羽書勞傳馬，江間戰艦起沙鷗。正思蓮社香雲滿，未覓桃源春水流。東望雙峯情似海，乘桴擬欲共賡酬。

居中禪師寧

寧字居中，虎邱僧。至正間，郟經仲誼同吕敏志學、曾朴彦魯、劉本原仲原同登虎邱倡和，仲誼詩有云：「虎邱山前新築城。」彦魯詩亦云：「闔閭冢上見新城。」是時至正丁酉，張士誠方築城虎邱。周照磨南《正道集》，亦有《冬日督役城虎邱呈居中禪師》詩，皆紀時事也。

次韻答郟仲誼

公餘聯騎入山城，老衲追陪得散行。短簿祠前看竹色，小吴軒上聽松聲。來遊古苑春將暮，歸去南樓月已明。題徧新詩佳勝處，定應商畧過天平。

曇祺

曇祺以下二僧，俱與居中倡和。

遊虎邱一律呈居翁和尚

嵌山高下列仙宫，髣髴蓬萊異景同。危閣出雲秖樹緑，飛梁跨澗石闌紅。生公説法石猶在，吴子遺塋跡已空。每憶吴門來弔古，殘山剩水興無窮。

至諶

寄虎邱逢上人

短簿祠前客，才華老更成。題詩臨劍閣，把酒對江城。雪乳香初汎，冰絲韻轉清。空山坐相憶，寒月到窗明。

遊虎邱訪居中禪師

憶過虎邱今十載，重來此地叩禪扉。春光淡淡鳴幽鳥，雲氣濛濛濕翠微。山木自同巖石老，劍池幾玩劫塵飛。平生無限登臨意，謾爾憑軒詠落暉。

逢

逢字其原，虎邱僧。

遊虎邱

憶昔少年時，來遊短簿祠。細臨顔魯字，熟讀老坡詩。塔影人登閣，車聲水上池。安知垂白髮，重此得棲遲。

天泉禪師餘澤

餘澤字天泉，吴江陸氏子。幼棄俗，學天台氏教，研究教乘，尤博儒書。大德十一年，出世吴之永定，遷北禪，尋奉召住杭之下竺，晚住吴之大宏教寺。天泉遊京師時，名王大臣，無不禮敬。會朝廷勘金書藏經，與翰林諸老往來倡和。方萬里於吾子行座上見其詩豪放，因摘奇句爲《長春集》，序以歸之。

送趙季文之湖州知事

日暮江南歌采蘋，春風催起宦遊人。鷗邊水葉侵衣碧，馬首山花照眼新。公子文章應獨步，參軍按牘漫相親。也知伯仲能忠孝，堂上潘輿送喜頻。

題界溪顧處士竹逸亭

築室臨溪界兩分，修篁回繞翠如雲。何當一舸東風便，載酒來尋抱節君。

題顧處士梅隱齋卷

雪後園林散策時，横枝疎蕊浸漣漪。花間幽士身强健，世故紛紛總不知。

題郭天錫青山白雲圖

雨後山光分外奇，蒼雲淡淡樹離離。朱方才子毫端妙〔一〕，絶勝襄陽米虎兒。

〔一〕「才子」，稿本作「公子」。

寶月

寶月字伯明，姑胥人。明敏讀書。幼從天泉座下得悟教旨，住玉峯報國寺。

玉山佳處以夜闌更秉燭相對如夢寐分韻得闌字

玉醴徐一作「酒挹」。洞酌，銀燈消薄寒。清談方欲洽，高宴殊未闌。孰知契闊餘，盡此平生歡。驚風起山阿，斷鴻行路難。嘉會豈云易，長歌爲辛酸。

題界溪顧處士竹逸亭

竹色團蒼翠，溪光凝碧流。徵君頭半白，於此獨夷猶。

題界溪顧處士梅隱齋

横斜一枝春，清淺半溪水。幽人樂閒居，暗香透窗几。月明雪初晴，爽氣動髮髓。脱巾調素琴，渺渺天如洗。

題林屋佳城圖

林屋秋風起，滄江客思多。墓田多感慨，歲月坐蹉跎。白髮經時變，青山奈老何。思親心獨在，歸夢洞庭波。

代簡玉山徵君

西關送別晚山青，一舸秋風去窅冥。未審幾時過竹院，燒香煮茗夜談經。

廣宣

廣宣一名至訥，字無言，吴僧，住福巖寺。工詞翰，趙松雪、馮海粟、柯丹邱、玉山主山，皆有詩文贈之。

玉山佳處以冰壺玉衡懸清秋分韻得秋字

故人一别知幾秋，相逢談笑便登樓。圍棋細説寒山法，酌酒應爲靖節留。蓮葉秋深纔緑净，蓀花露冷尚香浮。界溪文物風流在，不減當年顧虎頭。

那希顔

希顔字悦堂，四明人。受度於婺之寶林寺，徧參諸宿，徹悟心源，爲東嶼之正嫡焉。初住崑山之東禪，轉吴門萬壽，升虎林之南屏，遂陟雙徑，樹大法幢，名聞京國。遣使者再降璽書護教，賜金襴法衣。藩王大臣，無不函香問道。黄文獻公溍與師爲方外交。有《四會語録》，金華宋學士濂爲之序。

題界溪顧處士竹逸亭

界溪分得渭川種，直節虚心耐歲寒。月落林風吹酒醒，詩成吟對翠琅玕。

題界溪顧處士梅隱齋

竹外横斜一兩枝，花數不與衆芳齊。孤山月下無多樹，分得仙姿在界溪。

元本

元本字立中，丹邱人。或云繼仲石住上竺，仲石名若芬，元末以畫竹名。嘗自題云：「不是老僧親寫，曉來誰報平安。」

柬許廷佐

近聞新出處，水北古招提。鵰鶚凌塵出，驊留顧主嘶。失弓還問楚，抱瑟漫過齊〔一〕。道上將軍樹，詩篇莫浪題。

懷歸

憶昔兵戈際，艱難覲省歸。庭闈歡進酒，弟姪戲牽衣。慈竹春陰合，萱花夕露微。即今懷父壟，祭掃久相違。

玉山草堂

每憶吴中顧野王，門前溪水即滄浪。寄來書法全臨晉，傳刻詩章已入唐。翠竹碧梧歌鳳曲，疎簾細簟坐漁莊。扁舟準擬來相訪，稍待秋風八月涼。

寄杭州許萬户

八月錢塘蜃氣紅，守江諸將漫論功。遐荒未盡歸王貢，南海初聞奉使通。帥閫旌旗低白日，山城鼓角起悲風。不須弔古追前事，秋草離離滿故宫。

富春歸隱圖爲鐵雅先生賦

小橋流水隔紅塵，亦有漁郎解一作「來」。問津〔二〕。要路只聞收壯士，好山還許住閒人。每思李愿歸盤谷，獨愛嚴陵老富春。便擬采芝歌隱曲，白雲紅樹漫爲鄰。

泊雙井亭有感

涼飈微動水雲收，漚鷺無聲泊處幽。露落梧桐雙井冷，月明砧杵萬家秋。貪歡盡醉吴姬酒，長往誰同范蠡舟。最憶多情鄭司馬，琵琶和淚上江州。

送趙僉憲還司

執簡曾趨玉几傍，繡衣猶帶御爐香。九重哀詔蘇民瘼，一道澄清肅憲綱。興學已遵周禮樂，好賢多紀漢文章。鯨濤已息豺狼伏，歸騎西風滿路霜。

題梅花道人墨菜圖

茅屋浙江東，春深多白菘。披圖成一笑，清味野人同。

秋夜懷崔府尹

銀河淡淡月微明，花藥闌邊絡緯聲。爲問洛陽崔太守，幾何秋色在江城。

〔一〕「瑟」原作「琴」，據稿本改。

〔二〕「津」原作「律」，據稿本改。

至奂

至奂住天台山寺。

春草池緑波亭

爲愛幽居好，清池近草堂。雨晴春淡淹，月白夜光芒。憶弟情何極，題詩興不忘。祇應無俗事，濯足向滄浪。

唐律四首奉寄玉山徵君

草堂風物静朝曛，春日題詩每憶君。澗底松青疑過雨，山頭玉氣總成雲。神鵬未展溟南翮，天馬能空冀北羣。會見丹陽爲内史，笑揮白羽樹高勛。

老去高情獨放歌，新亭結構近滄波。狎鷗泛渚知人意，稚子應門喜客過。山色湖光春浩蕩，碧梧翠竹雨婆娑。絶勝池上山公子，醉著江東白鷺蓑。

小徑升堂舊不斜，幽居渾似杜陵家。五株桃樹當春草，一帶溪流入浣花。每自放船歌白苧，也從漉酒脱烏紗。風流更憶瀛洲客，應獻安期棗似瓜。

春到江南野水濱，絶憐幽事總相親。風飄玉雪楊花落，雨濕琅玕竹樹新。洗硯時時臨晉帖，賦詩往往似唐人。向來爲識江村路，此日過從莫厭頻。

照一作「覺照」。

照字覺元，甬東人。幼穎悟，師覺皇出世法，不廢儒業，讀書于㵎山湖濱者十年，故其爲詩有本法，不在椿大年之下。復從游楊鐵厓之門，稱方外弟子。連日夜記書數千言，屬詩文若干首，孜孜自課以爲常。鐵厓嘗作序送之云：「予受交浮屠，南北之秀，凡數十人，而名寥寥無聞焉。晚始得斷江恩師，繼得照師覺元。才之難也可知已。」

近體一首奉寄玉山主人

草堂東望白雲深，主人愛書如愛金。下榻每因楊執戟，得句長懷支道林。松花滿樹可爲酒，竹筍隔簾成緑陰。我欲乘閑遠相過，坐對石牀彈玉琴。

寄楊廉夫

絶愛才多楊執戟，家住東吴錦繡場。姓字已知傳宇宙，玉堂新誦好文章。畫船百丈牽春雨，鐵笛一聲鳴鳳凰。海上相望千里隔，尺書無便爲吾將。

題玉山佳處

玉山青青若蓮，山中樓閣白雲連。采藥相從赤松子，吹簫時約紫霞仙。鮫人獻寶珠盈斗，石壁題詩筆似椽。相去地無三十里，會須騎馬草堂前。

和西湖竹枝詞二首

阿儂家住第三橋，白粉墻低翠竹高。春光一日老一日，怕見花開飛伯勞。

日日采蓮湖水濱，湖中白日照青春。東風吹雨過湖去，江花愁殺未歸人。

福初

福初字本元，吴淞人，或云松陵人。見《玉山雅集》。

玉山佳處以玉山亭館分題得漁莊

君家漁莊在何處？江波迢迢隔煙霧。清秋獨釣蘆花風，明月長歌白蘋渡。高堂絲管延嘉賓，舉網得魚皆錦鱗。小奴鸞刀出素手，金盤斫鱠如飛銀。走也山林老釋子，拄杖行吟嗟未已。平生雅有濠上游，相思瀰瀰東流水。

法堅

法堅，會稽雲門寺僧，寓吴中。

春草池緑波亭二首

雪消春色滿江沱，芳草纖纖覆緑波。最是高陽池上客，狂歌無奈醉時何。

亭前修竹净猗猗，煙暖沙頭杜若肥。一夜雨餘春水漲，白鷗日日到柴扉。

良圭

良圭字善住，自題其齋曰懷晉。

玉山草堂

傳道崑山有草堂，風流不減百花莊。窗前緑竹飛鸜鵒，井上高梧集鳳凰。每想對牀延孺子，近聞築室款支郎。乘閒亦欲携樽酒，雪裏清江汎野航。

龍門山人玉山主人以詩名著海内僕景慕久矣敢以敝寺六詠求題品之就寫長句奉簡

二子風流迥不羣，詩名海内每傳聞。苦吟杜甫行日午，覓句湯休坐夜分，開籠放鶴好明月，拄笏看山多白雲。寂寞滄江舊蘭若，品題亦欲託高文。

水長老泉澄

泉澄，人呼爲水長老，見《玉山名勝集》。

玉山草堂

徵君家住玉山西，雅集詩成每自題。高爽只同崔氏宅，風流不減浣花溪。碧桃春露迷青鳥，翠竹晴沙散錦鷖。聞道白雲泉上客，近携瓶錫寄幽棲。

超珍

超珍亦見《玉山名勝集》。

碧梧翠竹堂分韻得陽字

碧梧翠竹蔭高堂，堂上張筵引興長。上客凌風還解珮，美人傳令更飛觴。簾櫳冉冉香微動，星斗沈沈夜未央。黄菊紫萸應爛熳，江南風景在重陽。

漁莊欸歌二首〔一〕

繡户芸窗八面開，漁莊酒色净如苔。鯉魚三尺丹砂尾，聽得清歌出水來。

雨後芙蓉霜後楓，漁莊只在畫橋東。不知前面花多少，映水殘霞爛漫紅。

〔一〕「欸」，原誤作「欵」，據稿本改。

行方

行方字行紀，嘉定人。詩見賴良《大雅集》，爲玉山席上之作。而《玉山名勝集》失載其名，何也？

顧玉山草堂席上寓興

春暉樓頭春最早，主人宴客情更好。萬斛蒲萄瀉緑波，一色氍毹剪芳草。卷簾山色何冥冥，吴天半埽蛾眉青。亂雲忽西起，倒壓白日停。野狐啼煙道路黑，海風吹雨蛟龍腥。短歌長吁傷我情，門前溪水聲泠泠。

壽寧

壽寧字無爲，號一菴，上海人。久處名刹，歸吴淞之静安寺。治丈室，兩傍雜植檜竹桐柏，積十年而所植林立，交菁錯翠，如蔚藍天。又自號曰緑雲洞，合其寺之古跡曰吴碑、曰陳檜、曰鰕﨓、曰經臺、曰滬壘、曰湧泉、曰蘆渡，爲静安八景。求題詠于時之長於詩者，成《静安八詠》一卷。會稽楊維楨廉夫、吴興錢鼒德鉉爲之序。

洞雲操

火流空兮折荆枝，塵漲天兮箠不可支。依我洞兮緑下垂，緪我緑綺兮操青霞以爲辭。華山兮希夷，吾與汝兮來歸。

静安八詠

赤烏碑

佛法闡兮重元，國江東兮紀年。翠壁立兮高碣，瞰波濤兮硉矹。黿龍剥兮皇象書，千載一日兮傳赤烏。

陳檜

雙檜兮蒼蒼，萩重元兮楨明。叶芒。蛟龍樛兮偃蹇，接葉蕤兮翔鳳凰。皎瓊樹兮壁月夜流，望臨春兮使我心憂。鐵厓評曰：「騷人感慨！」

鰕子禪

若有人兮慧如癡，啗生鮮兮俗見嗤。日而出兮暮而歸，亡寒暑兮亡渴飢。鰕既化兮鰕活而飛，千秋萬歲兮人是非。

講經臺

有美人兮滬之渚，徙神宫兮在蘆野。叶序。築高臺兮壘土，天花繽兮如雨。倏奄没兮谷成陵，蹇予之仍兮績乃成。鐵崖評曰：「多少涵蓄，也見後人不負山門。」

滬瀆壘

築滬兮防海，叶喜。蘆之東兮滬之水。崧潭兮千秋，故壘巖巖兮枕江之流，風凄凄兮竹蕭蕭。叶颾。鐵崖評曰：「朱絃三歎有餘音。」

湧泉

坤之機兮下旋，湧吾水兮泡漩。一氣孔神兮無爲自然，吁嗟泉兮何千萬年。鐵厓評曰：「八題之中，此題爲悟道之題。坤機下旋，便説得湧泉活潑潑地，一氣孔神。又見寧之祖教滅而又不滅者。」

蘆子渡

蘆瑟瑟兮水溶溶，望美人兮袁之崧。雁嚦嚦兮心忡忡，眺東城兮江之中，吾將踏葦兮歌清風。鐵崖評曰：「七縱七擒，手堪用事。」

朅尋。

緑雲洞

萬樾兮森森，雲承宇兮陰陰。洞有屋兮雲無心，我坐石兮鼓瑶琴。耶之溪兮華之嵓，叶今。雲之逝兮吾將

椿

椿字大年，吴中大族，沈太傅八葉孫。以詩名叢林中。遊錢塘南北兩峯詩最多，與南屏報上人賦詠争奇。早卒。

謁楊廉夫

楊雄宅外好修竹，黄妃塔前多翠微。自愛高文每相見，莫怪短筇來叩扉。

和西湖竹枝詞

放船早出裏湖邊，阿儂唱歌郎蹋船。唱得望湖太平曲，共郎長樂太平年。

良震

良震字雷隱，三山人。有詩名江湖間，愛吟唐人七字詩，而不爲其律縛。住上虞之等慈寺，嗣法徑

山元叟端禪師。

題定水見心和尚天香室

上界金銀開佛宮，六時鐘磬渡溪風。空王宴坐寒巖下，天女散花明月中。石几爐烟秋澹澹，碧窗香霧曉濛濛。幾時乘興登鳴鶴，與子夷猶桂樹叢。

和西湖竹枝詞二首

郎去東征苦未歸，妾去採桑長忍飢。養蠶成絲不肯賣，留待織郎身上衣。

六月七月生晚涼，大樹小樹臨幽窗。枯楂行蟻過無數，晴空好鳥飛一雙。

净圭

净圭見朱存理《鐵網珊瑚游仙詞卷》。自題云：至正庚子十二月磧里釋净圭。

游仙詞十首

霞光閃閃五雲東，樓觀巍巍照碧空。忽報夜池催賜宴，翠鸞飛景月明中。

縹緲仙山五色雲，玉真飛佩度氤氲。不應名字題仙籍，猶著唐家舊賜裙。

一會仙凡兩地分，雙雙絛脱賜羊君。如何窈窕巫山女，只作襄王夢裏雲。

洞草巖花處處春，壺中日月鏡中身。飇輪飛度麟洲水，知是仙班第一人。
松飄金粉落空庭，石上清齋玩易經。應笑世人工服食，滿頭垂白采參苓。
塵寰擾擾事如麻，恨我東風易落花。阿母蟠桃才一熟，人間幾度摘秋瓜。
璚樓十二亞相連，樓上仙姝笑粲然。青鳥忽煩將遠意，紫霞新寫寄來篇。
青童小隊鼓琅璈，仙子酣歌詠碧桃。下視人寰才洶洶，紅塵如海漲波濤。
青鳥銜書降玉京，芙蓉金掌露華清。深宮無限情緣在，不是神仙不易成。
漢武求仙或可期，仙人誰可帝王師。山河百二功成在，不似松林一局棋。

芝磵

芝磵，至正末僧，與楊維楨、杜彦清倡和〔一〕。

湘竹龍

杜君得湘管，歸弄湘江潯。湘君抱瓊瑟，和作孤鸞吟。魚龍起夜聽，月小江深深。鮫室停秋杼，鈞天協廣音。行將攬芳杜，遲子蒼梧岑。

〔一〕「和」字原闕，今據稿本補。

净慧

净慧字古一作「士」。明，松江人。正書師虞永興，甚得其法。

寄梅雪朱隱君

何處風篁好，漁莊路匪遥。水光清暑簟，花影赤闌橋。座客分詩卷，鄰姬浣酒瓢。離懷無可贈，清夢過蘭苕。

題楊竹西高士小像

鶴立長身大布襦，緑光瞳子雪眉鬚。才名恥列三生後，文物看來兩晉無。牛度玉關迴紫氣，龍眠滄海抱遺珠。憑君更著東維輩，畫作雲林五老圖。

題天馬圖

八尺飛龍十二閑，飄飖來自岢嵐山。曾陪八駿崑崙頂，肯逐羣雄草莽間。落日倒行悲峻阪，西風苦戰憶重關。拂郎可是無新貢，天步於今正險艱。

祖教

祖教號靈隱，嘉定僧，宋末，吴淞副將姚舜元之曾孫，舜元死於難。王逢《梧溪集》有詩紀之。

練川十二詠和楊鐵崖　録四。

聖妃廟　在劉家港北岸。至正間，歲運航海行省奉制建，顧浩記。

颶車雲起浪花秋，擊鼓祀神槌大牛。夜報神靈斬蛟鱷，萬艘通漕上皇州。

織女河　在縣黄姑塘，相傳織女牽牛星降於此地。織女以金篦劃河水涌溢，牽牛因不得渡，至今有水名百沸河。

舟次黄姑織女川，相傳故老事依然。定應上與銀潢接，便欲乘槎上問天。

水仙舟　王可交一日棹舟江行，欻見采舫蕩漾中流，中有道士七人，皆雲衣霞綃，顏貌如玉。一人呼可交姓名，即近舫引可交相見，與之飲酒食粟，皆非人間所有。其地即今之白鶴村。

神仙事久既朦朧，直恐王郎夢裏逢。謾道空江能解佩，何如木末采芙蓉。

折桅麻菂　嘉祐中，海上有一船桅折，風飄泊岸，船中二十餘人，衣冠如唐人，蓋東夷之臣屬高麗者。船中有諸穀惟麻子，大如蓮菂。蘇人種之，初歲亦如蓮菂，次年漸小，後只如中國麻子。

桅折舟人冒險艱，黑風吹浪捲銀山。不如漢使傳奇種，苜蓿蒲萄滿世間。

善行

善行，勾吴沙門。

送瞿慧夫上青龍鎮學官

丈夫求仕非無術，只合明時作校官。弟子日來供茗飲，先生時坐取琴彈。瀫山春樹簷前緑，谷水秋風帳底寒。善舞不須愁地褊，才名行且屬儒冠。

元顥

元顥，錢唐僧。

題董泰初長江偉觀圖

長江自古開天塹，南北雄分萬里强。水引清源來蜀國，潮將遠信到潯陽。煙消魏武龍韜困，月照蘇仙鶴夢長。爲想舊遊如畫裏，楚山雲白樹蒼蒼。

仁淑

仁淑字象源，台州人。徑山興聖萬壽禪寺住持，經始佛殿，未就而終。其弟子迓復原報公力完之。工詩，尤長于樂府。

關山月

白楊風蕭蕭，胡笳樓上發。壯士不知還，羞對關山月。去年天山歸，皎皎照白骨。今年交河戍，明明凋華髮。交河水東流，征戰無時歇。斗酒皆楚歌，歌罷淚成血。

觀通

觀通字希遠，宜興人。

壺中荷花

愛此荷花紅，天然匪雕飾。披披妍令姿，亭亭映清湜。風引茵蔯香，露含珊瑚色。寘之白玉壺，光輝滿瑶席。

次愚菴懷王耕雲韻四首

玉樹蒹葭愧作鄰，風塵表物見斯人。天池波暖多鴛鷺，未許羊裘老澗濱。

當年蓮幕號清勤，聲動朝端寵渥新。歸隱雲山塵夢遠，支頤斜日詠烝民。

幽居瀟灑絶縈牽，雲白山青雨後天。春酒飄香多逸興，微吟獨立杏花邊。

槐影風迴散緑雲，山光雨歇聳嶙嶙。荷衣笻木塵氛外，清賞時同林下人。

必才

必才字大用，天台人。俗姓屈氏，能言便記《孝經》，七歲能詩。祝髮苦行，掩關十年，入潤公性具之室。著《妙元文句》諸書，台宗之領袖也。

即事二首

負郭有田多不種，種熟軍收要民送。明年誰復事犁鉏，卒歲渾家受飢凍。忍飢受凍可奈何，直須檢刮焚其窠〔一〕。去學短衣帶刀箭，倒括他家養良賤。

泗州倉廒飫雀鼠，官有舟車難運取。蠅屯螘集急要糧〔二〕，巨室大寺遭鞭楚。捧土懸知難塞河，檢家掠路傷民多。分兵兼程走其下，就倉食粟如之何？

無題二首

飢虎狂咆奔城市，急走閉門驚未已。有人直欲攖其矛，斃之視若刑犬耳。如此英雄世豈無，位沉下僚困屠沽。諸方噬人足狼虎，袖手待殪將安圖。

西家酒美門犬惡，東家犬馴酒味薄。遣沽就飲多在東，積錢難用翻愁索。憑誰斃却西家犬，兩壚吹香過客便。不愁東槽風雨乾，到門自挈空瓶轉。

〔一〕「檢刮」，原作「檢括」，據稿本改。

〔二〕「螘集」，稿本作「螘慕」。

自厚

自厚字子原，吴人。從學靈隱東嶼師，歷住穹窿秀峰諸山。其徒中行深禪觀，嘗居壽巖菴。時苦旱，山石不可穿井，夜夢神人告分七寶泉一脉來。覺視其處，泉果涌出，因號夢泉。

寄耕漁逸人

問君耕漁意如何？處世不欲遭網羅。卧龍曾荷先主顧，飛熊入夢西伯過。古今賢烈樂在此，功名富貴良有他。青鞵布襪江海客，尚須洗耳聽吟哦。

璜

璜字石壁，上海廣福寺講主。與梧溪王逢相倡和。

送邱阜之江東省大姑陳節婦同王原吉姚草樓賦

青絲驪色駒，秣陵慰長姑。姑霜三十年，於義母不殊。嚴君聽郎去，躬奉雙白苧。外表貞素姿，中紬離憂緒。姑感親親情，報之玉珮珩。遊子雅不好，前多狹邪道。

法智

法智，吴山僧，明毛晉《明僧弘秀集》云：法智，余忠宣公闕故人也。讀其《弔余忠宣公》一篇，可稱哀而不傷。

閶門晚歸和韻

郭外罷持盋，晚涼歸路幽。鼓鐘煙際寺，燈火水邊樓。藜杖苔痕濕，荷衣月影浮。禪翁歌白雪，才薄愧難酬。

泊安慶城　一作「挽余廷心」。

浮圖高出暮雲低，雉堞連陰碧樹齊。茆屋人家兵火後，樓船鼙鼓夕陽西。大江千里水東去，明月一天烏夜啼。欲酹忠魂荒冢外，白楊秋色轉淒迷。

送僧遊廬山

匡廬峯色碧嵯峩，送別因思舊所過。石上藤蘿明月小，水邊茅屋白雲多。衲衣高挂長松樹，茶臼頻敲古澗阿。亦欲從游那可再，盡將離思付江波。

挽潘侯

五馬蕭蕭杳莫追，訃音驚報羽書馳。死生實戴君恩重，清白無慚國士知。三獻玉憐和氏泣，七哀詩感少陵悲。大江千古流清淺，難瀉邦人去後思。

惠恕

惠恕字守拙，四明人。四明教諭張湜云：「石馬駝殘秋月白，庭烏啼斷夕陽紅。」可並傳。

弔余廷心

南北音書杳莫通，先生猶自理春農。四方羣起兵無援，七載孤操力已窮。江上洪濤張怒氣，城頭古木動悲風。不因廟食旌忠節，誰勒功名上景鐘。

靈惲一作「憚」。

靈惲，虎邱寺僧。明初，開平忠武王提兵取張氏，因開平駐山中，而寺獲免於禍，但僧多散去，惟師能住山中，且能談古蹟。王賓修《虎邱志》云：放生池、洗硯池，東晉時有之，今皆湮廢，不知所在，蓋聞之僧靈惲云爾。志中載瞻無極一聯：「洗空塵土惟池水，磨盡英雄是石頭。」惜未見全篇。

賦劍池

古劍池頭大士家，白毫千丈貫彤霞。袈裟來聽生公講，時見諸天雨寶花。

曇塤

曇塤字大章，丹邱人。住嘉定南禪寺，友人褚守行以重貲寓託。已而守行坐事死，其子戍永平，曇塤不遠三千里，負其物抵戍所還之。後居天台之五峰，命其室曰白雲僧舍，誠意伯劉基爲之記。

答定水堂上和尚次韻

兵塵十載暗滄洲，矯首東南憶舊游。夜壑松濤驚别鶴，春江柳色映眠鷗。天香滿室澄還寂，澗水涵空湛不流。車馬擁門多慕道，雲興百問若爲酬。

金山寺

峥嶸兩岸市廛開，愛静人尋此處來。水底有天行日月，山中無地著塵埃。塔擎燈影明雲杪，船載鐘聲出浪堆。自信平生有仙骨，好風吹上妙高臺。

送王宗禮尚書趣運還京

轉海雲濤萬里賒，長風指日望京華。南州已入諸侯貢，北極初回奉使槎。内燕宫花迎馬酒，御溝官柳拂龍沙。從容好奏安時策，還見車書混一家。

次韻答慈元恕

茅堂住在清江曲，瀟灑渾無俗客過。流水自懸舂藥碓，落花閑度煮雲鍋。不耽玄石三年酒，只賦梁鴻五噫歌。退食歸來塵事少，舊遊回首隔風波。

南洲禪師文藻

文藻字南洲，温州人。住湖州何山禪寺，嗣法于月江印禪師。同時有兩南洲，俱在浙中。一名溥洽，洪武初赴召，後主報恩寺。

答定水和尚二首

西江一派接天流，浩浩東南日夜浮。寶地珠宫金氣爽，神山碧海玉壺秋。翰林雲錦時相寄，覺院麟龍日共游。猶有淩霄遺業在，未應定水得淹留。

芳林幽谷混漁樵，國士筵中肯赴招。天上簡書何絡繹，雲深島嶼自岧嶢。詩篇每向閒邊寫，香篆常於定後燒。宗社人材還可數，惟公玉立聳巖標。

元明禪師溥照

溥照字元明，吴郡人。洪武初，經始積慶寺。至永樂間，永宗戒壇相繼奏成，又振錫江浙名刹，與定水見心和尚倡和。月魯不花有簡元明長老詩，其序云：至正乙巳閏十月八日，余偕伯防工部、仲能憲使、見心禪師游天童山，夜宿元明禪師方丈。初十日至大慈寺，十二日泛舟東湖，留憩月波，而見心先歸湖心。余與伯防、仲能復同宿育王寺，歷覽三山之勝，遂各賦詩，以紀曾遊。虞山毛晉曰：當時與見心詩筒往來者有兩元明，一是丹邱旭公，一是姑蘇照公，未知見心所簡贈者爲誰也。

寄見心和尚

憶昔與君相別時，君能贈我楊柳詩。即今摇蕩東風裏，吴山越水長相思。長相思，情何極，矯首雙峰入天碧。峰頭玉樹好容顔，安得凌風生羽翼。

元旭

元旭字原明，四明延壽寺僧，飛錫松江。洪武二十三年，重建祥澤石梁五洞，長二十四丈，廣三丈，俗呼塘橋，題詩紀之。惜其文罕傳，僅見《石屋珙公墖銘》。

祥澤橋

江北江南地欲浮，連環五洞鎖中流。洪波有路通車馬，碧落無雲動斗牛。潮送夕陽知幾度，鶴歸華表又千秋。我來一覽湖山小，飛下蒼煙雙白鷗。

次韻答定水見心和尚二首

胸次由來貫九流，已將富貴等雲浮。一溪春雨蒲芽緑，滿室天香桂子秋。投老何山成獨往，題詩小朵憶同遊。即今海内風塵暗，且向林泉好處留。

白髮蒼顔谷口樵，美人不見誰能招。獨客春深但惆悵，雙峰日落空岧嶢。貝章早起焚香讀，金粟秋蒸埽葉燒。文采風流有如此，雲霄何必羨杭標。

希能

希能字存拙，臨江僧〔一〕。

過彭蠡湖舟中次韻簡見心師

楊柳青青聞櫂歌，東風三月放船過。山浮空翠濕煙霧，江出大魚吹浪波。上疏無因繼嵩璉，論詩漫自儗陰何。同參不負凌霄約，清夢時時繞薜蘿。

〔一〕「僧」，稿本作「人」。

守衜

守衜字中行，姑蘇人。住靈巖寺，又住治平寺。

題仇山村詩後

朝野遵遺老，山村有逸民。書傳東晉法，詩接晚唐人。樂易胸中道，風流席上珍。前賢不可見，仰止挹清塵。

次韻遊石湖蘭若

郡城西來山水深，石湖倒浸青瑶岑。溪雲十里護僧舍，天樂六時鳴梵音〔一〕。下界塵埃日滚滚，上方殿閣秋陰陰。吴王舊跡眼中見，萬古往事傷人心。

〔一〕「天樂」，原作「天桑」，據稿本改。

萬峯禪師時蔚

時蔚號萬峰，樂清金氏子。母鄭，夢儒釋二大人入其寢，孿生二子，師居末。怪光燭空，母懼，欲弗舉，其姑保而育之。七歲失怙恃，十三歲皈演慶寺昇講主出家。十六歲爲僧，十九歲受具足戒，參訪止巖無見諸老。既得法於千巖和尚，元末入吴，凡三築精藍。晚年入鄧尉山中，構聖恩禪院。一日沐浴更衣，書偈示衆云：「七十九年，一味杜田。懸厓撒手，杲日當天。」遂趺坐而逝，時洪武十四年正月二十九日也。龕留十有三日，顔色如生。傾城膜拜瞻歎，弟子普壽等奉全身瘞于西岡。永樂十七年，弟子智璿立石萬峰。一生未嘗讀書，惟以深悟自得。其徒普壽等輯《萬峰語録》傳世。苕溪沈貫撰《慈光寂照圓明利濟萬峰大禪師壔銘》。永嘉陳亢宗撰《聖恩禪寺開山祖師萬峰蔚公傳》。且贊曰：昔中峰普應國師，以臨濟正宗，振耀天目，得其心印者，弟子千巖也。千巖再傳而師實承之。厥後無念學公復親受師衣法之付，受知太祖。千巖稱師純粹質朴，有古人氣象。

寄雪山熙長老

我正閑時汝未閑，話頭今已落人間。高提鈯斧萬鈞重，付與新羅熙雪山。

行

步步春風起碧天，脚根不動到平田。自從踏著遮些子，那管人間歲月遷。

住

滿目青山看不休，白雲流水自悠悠。茆菴占斷蒼崖底，一片丹青話未周。

坐

幽然兀兀若癡呆，禪道經書口懶開。有客過門休問話，葫蘆無地與君栽。

卧

老休終朝卧石牀，了無閑夢到諸方。轉身不覺天邊日，又向紗窗透入房。

示本果尼

一花開發衆花鮮，花謝菩提果自圓。肯向給孤林下坐，清香拂拂滿袛田。

古潭

古潭，至正末，寓居慧日寺。明初居能仁寺。詩頗多，惜逸去。

乾元宫

乾元何代宫，斷碣不可考。臺殿青雲端，勢欲壓山倒。春風開碧桃，夜雨長瑶草。孰謂人世間，不有蓬萊島。

頂山栗

峨峨頂山高，十月寒霜肅。霜栗大如拳，紫苞剥黄玉。福荔及夏收，宣栗亦早熟。獨爾飽風霜，香甘頗具足〔一〕。

慧日寺鐘聲

慧日梁招提，層樓寺中起。霜天吼長鯨，清響撼寰宇。州居十萬人，一聲齊到耳。寒山豈相同，獨落客船裏。

禪房花木

破山古蘭若，曲徑通後院。上人理花木，荷鉏日不倦。花發木向榮，庶以慰所願。時復花木中，行吟少人見。

簡招真周菊潭提點

菊潭冷浸一泓秋，爲世照空名利愁。采藥木鑱長在手，煎茶紗帽淺籠頭。丹光出洞紅於火，山色入簾青滿樓。鶴背夜聞環珮響，御風又作海天遊。

於慧日寺退居構南軒成鼎用長老以詩見和次韻二首

林下安眠藉聖明，數椽頗稱隱居情。隔墻十丈紅塵馬，近枕一聲清晝鶯。照影石池紗帽净，扶吟野徑竹筇輕。主翁夜若能携酒，好共南軒對月傾。

未晚推窗待月明，更無塵事可關情。鑿池雖小下雙鷺，種柳不多啼一鶯。花片隔簾紅雨亂，茶煙書屋白雲輕。故人知我或相過，衷曲細論肝膽傾。

中峰

中峰高出雲雨上，住持好似生公流。聽法頑石亦點首，論到長江無盡頭。梵僧駝經來白馬，天女散花下赤虬。機鈍若逢蘇内翰，解將金帶鎮林邱。

簡寶巖渙冰壑長老

清風飄飄不可攀，冰纔出壑寶巖山。梅邊立到月一丈，松下卧分雲半間。對客酒盈銀鑿落，照人詩好錦斕斑。出門有景秋開盡，白鳥一雙紅蓼灣。

慧日退席後意在歸隱能仁先以一詩寄甘林諸公

鬢半滄浪頂半枯，海虞一箇老浮屠。秋雲市井人情薄，夜雨江湖客夢孤。驥足只思行故道，鳳棲豈待種高梧。甘林昔日諸公子，還入廬山結社圖。

〔一〕「具」，稿本作「亦」。

德寶

德寶，吴郡北禪寺僧。

梅花道人墨菜詩卷

小園新雨後，旋摘晚菘香。盡道羊羹美，誰知此味長。

雄覺

雄覺，臨川人。住曹山。

題高尚書夜山圖

静夜江山吴越中，高侯筆力壓晴空。雲開海市波濤壯，月照城池氣象雄。高閣有人瞻北極，平林落木趁西風。誰知墨妙留塵世，九老風流萬古同。

蕙

蕙，吴僧，白雲住山。

菊山詩

丈人愛菊菊滿山，良時賸把芳心吐。紛紛桃李不足數，晚色秋容稱獨步。霜明携客爲登臨，千年陶令亦回顧。興來應插滿頭歸，貞松配德爲知己。

慈感

慈感字感芝，苕城人。

菊山詩

采采東籬秋意長，品題多是晉文章。南陽壽客今誰在？重疊雲深晚節香。

景芳

景芳字仲聯，吴僧。

巫峽雲濤石屏志

山青青兮欲雨，谷窅窅兮生雲。望楚臺兮何處？將歸賦兮屏文。

若舟

若舟字别岸，槜李人。

館娃宫

白晝娃宫宴未旋，東風吹下越來船。捧心方妒三千女，嘗膽誰知二十年。花暗屧廊蜂蝶困，草深香徑鹿麋眠。憑欄一段傷心事，都在西山夕照邊。

題蕭翼賺蘭亭圖

笑談相對各歡顔，那信蘭亭去不還。千古昭陵遺恨在，忍將真本落人間。

題郭天錫青山白雲圖

萬疊青山萬疊雲，水邊煙樹隔孤村。依稀南岳峰頭住，茅屋三間獨掩門。

𣶃

𣶃，中吴僧，鄧尉山書記。

竹深處詩

憶昔山行到竹深，緑凝煙合晝森森。塵衣欲挂應難入，樵子興懷每見尋。驟雨洗枝添秀色，微風翻葉墮清陰。笑看來往馳驅者，休息誰從此處吟。

元虚

元虚，金山長老。

竹深處詩

君家舊住東吴上，百畝篔簹繞簷長。月明影拂青珊瑚，箇箇凌雲絶塵想。宦遊南北今十年，朝回幾立春風前。虚心不忘久要好，夢魂長役霜筠邊。故託高人寫高致，翰墨淋漓湧空翠。屈鐵交加篆籀文，真假相資元不異。披圖渾似故園看，枕衾六月生陰寒。脱巾露頂聽靈籟，鏗金戛玉來雲端。葆羽亭亭鳳鸞翥，日上天門不知曙。肯容借我洗煩囂，便訪君家竹深處。

善慶

善慶自號無所，住慧雲沙門。

題江貫道百牛圖

桃林日夕霽煙浮，百箇烏犍得自由。鞭索已無人已去，不知誰放復誰收。

圓邱

圓邱字雪崖，以下二僧，並見毛水貞《石田山房詩》。

瀑布

滿目飛晴雪，丹山見白虹。天機垂不盡，地軸卷無窮。蕩漾沈寒玉，飄零散晚風。人間何處著？應直到龍宫。

净昱

净昱字大明。

題丹山

白水丹山何處看，清暉亭上一凭闌。半空積翠三台近，萬丈飛流五月寒。仙侣吹簫來洞口，山人采藥出雲端。我身亦是鄰峰鶴，來往相從總不還。

元珪

元珪字元白，以下七僧，並見徐達左《金蘭集》。

題徐良夫耕漁軒

高士解塵鞅，結廬遂幽素。曠爾樂天真，怡然乃成趣。青山蔭虛牖，白雲靄嘉樹。飲水豈吾貧，茹藿非吾慮。野花自妍芳，山鳥亦幽聚。一與衆累睽，既往亦已悟。時與樵者行，或從朋侶賦。寄謝華冕流，胡爲逐鵷鷺。

覺慧

覺慧字敏機。

題徐良夫耕漁軒

隱者静忘慮，山幽似盤谷。解纓濯清泉，援琴惕修竹。鳥語哢喧喉，晴光泛嘉木。逍遥愜素抱，澹泊恒自足。白雲同我心，時來與之宿。

迂塤

迂塤字大章。

題徐良夫耕漁軒

海内黄塵没馬深，林間雲氣護遥岑。蘿窗竹峙千竿玉，苔徑花明萬樹金。酒熟山瓢留客醉，茶香石鼎共僧吟。也知風致多清絶，短櫂何時一再尋。

可繼

可繼字斷雲，住塔寺。

寄良夫兼示印月潭

舊年冬盡春又催，新春未見梅花開。南山無廬常作旅，西家有酒賒不來。數莖衰鬢咫尺白，枵腹枯腸百十回。試上小樓端的看，平原千里荻飛灰。

拙句擬寄徐山長侍吟者如可轉訊廷玉翰講侍下乞一笑也

立冬已過指空彈，西北有風天未寒。九鼎移來秦日月，諸生猶自漢衣冠。篝燈易冷鄉情苦，鄰酒堪賒客興寬。若見咸平舊時樹，花開莫只倚欄看。

謝良夫惠茶

欲譜茶經喚陸郎，三泉何事水湯湯。金芽尚帶先春露，玉髓空遺舊日香。清苦家風搜肺腑，亂離符讖説旗槍。閉門讀罷先天易，驚覺王孫出醉鄉。

善伏

善伏字虎林。

九月廿一日徐良夫同范孟學金以聲李德輿乘月過溪寺登擁翠方丈分韻賦詩余得山字

寒燈悄孤坐，客扣林下關。清談極玄理，野趣忘塵寰。露凉緇衣薄，天凈孤雲閑。秋聲起幽壑，落葉鳴空山。華章謾歌罷，良會難重攀。興闌竟云别，夜深乘月還。

復登方丈小樓次孟學韻二首

黄葉下松徑，驚看天地秋。亂山晴對户，皓月夜當樓。野迥煙光薄，溪清水氣浮。坐陪玄論久，終夕竟遲留。

溪山逢俊彦，濟濟豈凡羣。秋興懷張翰，時名並陸雲。幽花平檻發，啼鳥隔林聞。坐久多餘興，詩題更共分。

曇輝一作「徽」。

曇輝字□□，住秀峰山。

次韻見答良夫高士

湖上青山一逕微，草廬高枕起遲遲。煮茶松下書招隱，載酒花間字問奇。北岳移文成往事，東川木榻有深期。春雲忽送征鴻信〔一〕，嗟我難酬七步詩〔二〕。

〔一〕「信」，稿本作「寄」。

〔二〕「嗟」，稿本作「老」。

斯藴

斯藴字昭叟。

次李德輿韻録似良夫

林深人跡絶，石冷凍雲多。自得琴書樂，從教歲月過。玉泉涵硯沼，金磬出煙蘿。東閣觀梅興，時來水部何。

志瓊 一作「至璚」。

志瓊字蘊中，見賴良《大雅集》。

深秀亭暮春述懷

亭亭雨濕聚華茵，回首東風憶遠人。玉砌香消行跡斷，雕闌吟徹别愁新。樓臺半是前朝景，桃李都承舊日春。歸燕多情還戀主，銜泥雙拂畫梁塵。

次李菊莊韻

十二竹窩取次遊，道人處處任風流。草衣疎散乾坤老，蓆帽飄蕭湖海秋。太白狂歌沽酒館，元龍高卧讀書樓。相思兩地同明月，南北誰云異馬牛。

員怡然

員怡然，關中人，善鼓琴。見孫元理《元音》。

送陳文理還京師

十年不見老元龍，髯鬢蕭蕭帶朔風。萬里關河秋月白，九重宫闕曉雲紅。功名有分皆身外，聚散無憑似夢中。問我能來定何日，移家今在五門東。

訪原頭范君才

長憶原頭范隱君，我來蹤蹟不相聞。林鳩屋角啼清晝，山犬籬邊卧白雲。藥石猶能資疾病，丹青元不畫功勳。藻陂家主應遥念，一路秋陽草樹熏。

修琴

桐梓年深半裂開，嶧陽道士獨憐才。細磨蛇腹秋風起，輕鑿龍池夜雨來。此日銘邊重注字，當年爨下欲成灰。何時試鼓陽春曲，預拂空山小石臺。

月中桂

霜一作雪，又作「靈」。風吹老桂婆娑，輪滿旁一作「芳」。枝長漸多。萬古秋香懸宇宙，一株晴影照山河。雲間銜子無黄鵠，天上看花有素娥。折向人間應不識，九重清露濕鳴珂。

寶應寺塔

五色雲中現七層，不知何代法門興。歸來遠客長迎望，老去閒僧已倦登。金鐸無聲風不起，寶瓶有影日初升。時聞梵唄盤空下，知是檀那夜施燈。

印秋海

印秋海，見宋公傳《元詩體要》。

寄雪竇寺生書記

清泉白蘆八月秋，寬鞵瘦策十日游。石牀風冷夜不寐，冰絲繞指白雪流。身名杳杳雲間鵠，世事紛紛蕉下鹿。雨晴春暖即相尋，千尺巖頭看飛瀑。

道充

道充字碧虚，以下二僧，並見李伯璵《文翰類選大成》。

送象先鏡上人歸南昌

赤霄有紫鳳，文彩光陸離。不肯阿閣巢，寧受樊籠羈。垂垂翠筠實，翳翳梧桐枝。豈無食息好，遑遑欲何之。神飈激長翮，群翼何由追。還作朝陽鳴，慰此長年思。

元

元字宗海。

客中除夕

瞬息光陰赴壑蛇，遲留此夕上天涯。三更孤枕兩年夢，四壁一燈千里家〔一〕。是處送窮驚爆竹，巡簷索笑看梅花。明朝甲子頒新曆，獨飲屠蘇莫嘆嗟〔二〕。

〔一〕「千」，稿本作「十」。

〔二〕「獨」，稿本作「後」。

本初

本初以下四僧〔一〕，見毛晉《明僧弘秀集》。

雲林竹

海上琅玕碧玉枝，紛紛蒼雪帶雲飛。仙人拾得青鸞尾，裁作朝元翠羽衣。

〔一〕「四僧」，原作「三僧」，據稿本改。按：「本初」以下原收三家，據稿本補入「瑫壽」一家，爲四家。

瑫壽〔一〕

瑫壽，號觀幻道人。

田母拒金圖

子孝娛親奉百金，母辭不受母恩深。世間不是無田子，千古難求阿母心。

〔一〕「瑺壽」一家刻本原無，今據稿本補。

書古

書古自號梅屋道人。

題蕭翼賺蘭亭圖

不知蠶客是朝紳，解后全無一語真。賺得玉書天上去，老僧方識世間人。

壽智

題梅花道人墨菜圖

短短青菘菜，春風細作花。不須誇鼎鬻，清味在吾家。

明曇

明曇，見《蒙陰縣志》。

蒙頂茶

懸崖險峻石如林，一種仙芝不易尋。若向人間問絶品，東蒙頂上白雲深。

小倉月

小倉月，太原僧。見《文水縣志》。

文谷道中

星河空翠撲人衣，細路東風却水西。青嶂馬蹄三峽曉，淡煙花木子規啼。

晉溪三首

靈神金闕斗牛寒，百谷雷霆吼石泉。兩股春波楊柳月，一簾花影鷓鴣天。神仙境界唐虞日，錦繡江山汾晉川。醉袖碧雲來著脚，一聲樵笛古巖前。

削桐宫殿古溪泉，寰海聲高利濟全。曉日僧鐘雲外寺，晚山漁笛浪頭船。三秋白雁蘆花雪，二月金鶯楊柳烟。野老石橋羸背上，人家村落錦屏前。

靈祠金碧水雲間，澤國蘇民玉一泉。幾點白鷗紅蓼岸，渡頭煙月洞庭船。

太原城二首

汾流入海因從禹，晉邑封名爲翦桐。要域九川參分野，雄疆八卦冀坤宫。漁歌江上堯天月，樵唱山中舜日風。道泰不聞刁斗令，春蘭秋菊幾飛鴻。

一城春色富河東，萬古中州悉聽從。地貴自然芝草出，天高長是瑞雲封。堤邊翠帶千株柳，江上青螺數十峰。海宴河清無箇事，畫樓朝夕幾聲鐘。

通明閣在平陽。

古閣岧嶤北斗齊，朗吟飛上躡天梯。汾流水合黄流濁，霍岳山摩華岳低。夜静白雲簷下宿，曉來明月手中携。登樓倚遍闌干曲，表裏河山望欲迷。

通明閣在太原。

通明高閣晉汾陽〔一〕，鸞鳳雙飛白玉闌。户牖屏藩仙仗肅，簾楹金碧紫微寒。長虹海岳秋毫許，新月乾坤指掐寬。萬派朝宗階陛側，一聲歌佩紫雲端。

題太原古城次楊中書韻

警蹕春光過禹湯，傷心却作戰之場。青天痛與榛添色，紅日争知草鬭香。汾水嗚咿哀古道，晉山愁慘立斜陽。何如不管興亡事，稚子輕鷗楊柳塘。

天門積雪 一作「雪曉」。二絶

天門萬疊積崔嵬，華岳三峰斧劈開。森木雪欺風撼曉，瑞花石徑鎖蒼苔。
石峽雲横曉過關，蹇驢風雪裊吟鞭。短童預約前村酒，拄杖梢頭挂百錢。

裂石寒泉二首

泥秋鳥子化髯龍，出自扶邦裂石功。傾落鳳巢仍破卵，寒泉嗚咽怨西風。
誰將巖月便修完，玉斧敲開裂石泉。噀雪噴霜寒四海，藏聲深恐動遼天。

崛嵎紅 一作「霜」。葉〔二〕

朱砂誰攪水甌中，灑向西林間錯紅。多少斷霞渾不像，崛嵎霜葉醉西風。

古城夕照五首

百雉并城埽地空，荆榛禾黍動秋風。傷心虎踞龍蟠地，汾水青山夕照中。
斷垣寒草古并州，雲自高飛水自流。戰馬將軍何所在，一聲鴻雁夕陽秋。
京畿蹤蹟久荒涼，白塔西風犬吠忙。空闊碧天雲幾點，人家籬落半斜陽。
廢址雄并古帝鄉，疎籬茅屋兩三莊。淡煙幾縷黄衰草〔三〕，寒木西風撼夕陽。
荒頽晉邑控潛邱，野草閒花空自愁。牧笛一聲清嶂遠，夕陽汾水向東流。

〔一〕「晉汾陽」，稿本「陽」作「間」。
〔二〕「葉」，原作「花」，據稿本改。
〔三〕「黄衰草」，稿本「黄」作「横」。

義傳

義傳，見盧熊《蘇州府志》。

姑蘇懷古

秋日何短短，清游何款款。白雲無定蹤，飛入長洲苑。空臺誰與登，麋鹿事逾遠。哀哉城頭烏，夜夜月中滿。西南山水佳，欲行足力軟〔一〕。爛開木芙蓉，寒塘弄清淺。臨風一徘徊，高吟慰悽斷。

〔一〕「行」，稿本作「往」。

元昉

元昉，見《會稽志》。

曹娥廟

祠古孝誠遥，悲風想暮號。月魂迷草色，血淚濺江濤。斷碣維黄絹，孤墳掩緑蒿。千年暗潮水，亦以姓爲曹。

智圓

智圓見劉大彬《茅山志》。

登三峰

茅氏初成子，三分地胏顛。丹光時隱見，石徑逆盤旋。黑虎嘯清月，斑龍馭紫煙。陶公如可作，欲問普通年。

瞻

瞻字無及，以下五僧，並見王賓《虎邱山志》。

遊虎邱

城裏看山看不足，花時雪後每來遊。洗空塵土惟池水，磨盡英雄是石頭。此日憑闌聞楚雁，何人掘冢得吴鈎。東風又緑蒼崖樹，檀板娥笙醉未休。

奉

奉字無隱。

留題雲巖寺

闔閭城外梵王宫，古木寒泉起壑風。劍去有靈山鬼泣，池深無底海神通。轆轤夜捲聲連曉，窣堵光摇勢插空。千古生公臺畔石，不知消盡幾英雄。

清芭

登雲巖塔

衷情殫幽鬱，登陟睇遐荒。草滋饕宿雨，林薄迴陽光。雲颺産孤嶼，鸝鳴據高岡。圓吭如有得，輕颸隨低昂。澄江界天極，欲濟豈無航。睠時遇坎止，韜迹事括囊。志潔道詎昧，時濟理自章。世衰孰解領，朝營夕不忘。先聖去已遠，感抃空慨慷。

天元

天元，丹邱僧。

題虎邱

虎去邱猶在，人亡年較多。日揺金刹影，風冷劍池波。古壁生苔蘚，高崖懸薜蘿。臨兹感興廢，海内尚兵戈。

琬

題虎邱

飛崖裂斷一千尺，下有劍池深黑色。殺氣禁絶蛟龍遊，鐵花秀冷土不蝕。吴王冢上玄狐悲，生公臺畔寒猨啼。老僧禪起洞堂曉，聲動轆轤山月西。

宗瑩

宗瑩以下三僧，並見謝應芳《毘陵志》。

題孝侯祠

皎鏡無留塵，洌井有清汲。人能悟本心，何事不可立。怒蛟匪難屠，猛虎亦易縶。百里三害除，一悔衆美集。惶惶平西節，戰壘獨深入。殺身酬主知，忠義表州邑。遺廟長橋濱，南山遥拱揖。岸葉泣霜紅，猶疑猩血濕。慨世非無勇，聞過若不及。平居憚改作，胸次紛戟級。或尚氣粗豪，或徇己拗執。争雄鶩聲利，臨危死憂悒。安得天地間，如公輩數十。爲民取舍機，警彼驕吝習。懷哉秋又殘，些雨寒螿泣。

正元

游張公洞

青鞵布襪走天涯，未省鄉邦有此奇。眼底破冥雙炬火，脚頭防滑一笻枝。經行日月不到處，想像乾坤未判時。笑拂巖扉題歲月，筆端雲氣走蛟螭。

古愚

題雲海亭

目前多少古今情，盡在太湖湖上亭。舸艦浮空雲葉亂，屬鏤沉水浪花腥。一杯瀲灧吞雲夢，數點蒼茫認洞庭。明日慧山曾有約，又攜茶鼎汲清泠。

貞石

貞石，見沈敕《荆溪外紀》。

周孝侯祠

遺廟荒涼野水隈，千年忠義獨難摧。横秋壯氣凌霄漢，埽電英聲夾怒雷。腥落雕弧搏虎後，血凝霜劍斬蛟回。當時不被粱肜悮，竹帛應全文武才。

玉峰

玉峰，見張萊《京口三山志》。

北固山

獨上危樓眼倍明，無端風景動吟情。小窗近對金山寺，曲路斜通鐵甕城。山色四時當户緑，波光萬頃接天清。箇中若許容吾宿，坐聽江流半夜聲。

斯文

斯文，見卓有見、有守《武夷山志》。

武夷山

太初之先杳無聞，太素之後形始分。不知何人纍此石，壁立萬仞凌青雲。巖崖斜出欲墜墮，縫罅直下將崩奔。崑崙雖高未足數，劍閣絶險難儔倫。我疑女媧補天手，擲下此石蟠山根。又疑盤古分混沌，截斷鼇足今猶存。傳聞伊昔避秦日，武夷仙客居其巔。危梯萬疊倚絶壁，仰望峻峭如登天。我來竟欲探幽勝，欲上不上愁攀援。神人念我意精確，使我毛骨俱輕便。手攀足躡不知險，但覺身世空中懸。須臾叩關造絶頂，下視平地如深淵。瓊樓玉殿自深邃，長松瘦竹争清妍。斗壇去天不滿尺，仙蜕隱函經千年。枯柴敗板挂空闊，捫蘿引竹驚危顛。投龍有洞未及到，絶谷路斷應難前。移時坐久不肯去，足下隱隱生雲煙。更須乘此排九户，上謁玉帝參羣仙。

惟信

惟信，婁江人。以下五僧，並見朱存理《鐵網珊瑚》。

安分軒

林壑净囂塵，端居絶四鄰。青山對幽户，緑樹繞通津。泉石多佳趣，交游少故人。怡然心澹泊，安分復安貧。

題深翠軒

高人慕真隱，屏蹟居山林。松蘿繞行徑，煙嵐結重陰。巖窗湛餘碧，磵户生秋霖。清暉晃游目，涼飇灑衣襟。於焉日無事，逍遥坐長吟。

辨才

辨才，吴僧。

題安分軒

姑蘇朱景春取河南邵子《安分吟》題其軒居曰安分，吴郡滕遠爲之圖，金文徵爲之銘。

知君近構竹間房，墻下新栽幾樹桑。採藥不辭霑雨露，禦寒聊欲足衣裳。春深門外車無跡，秋晚籬邊菊有香。我亦林泉安分者，向尋時過小池塘。敬觀諸大老所題安分軒佳什，理趣宏深，文義浩博，韓子所謂「光燄萬丈長」是也。因知景春高士，固能安其分矣，非至尊好，何能致多如是耶。雖然，未有無名而有其實者也，抑未有有名而無其實者也，景春可謂名實克符矣。諸大老所言，亦不虚美矣。眇余小子，執筆題贊，增毫芒於泰山，未免取大方之誚。吴釋辨才題。

元遜

元遜，吴興人。

菊山詩

東山黄處士，種菊擬淵明。遶屋秋香薄，穿林爽氣清。白衣殊不至，烏帽自多情。坐石有真樂，看雲餐落英。

大亨

大亨，南昌人。

菊山詩

先生卜隱秋山旁，繞山種菊延秋芳。屈子餐英有餘樂，杜陵摘蕊空悲傷。緑葉漠漠曉多露，寒香冉冉天雨霜。題詩頗覺幽興遠，淮南日暮煙蒼蒼。

永祚

菊山詩

黄君嗜静便幽獨，鋤雲種菊青山曲。樹林摇落花正開，客子歸來酒初熟。顧瞻遶屋翠欲流，采擷升堂香可掬。惟憐時世愛春花，寧識滿山總麤俗。

實

實字積中，號竹樵，以下四僧，並見汪砢《玉珊瑚網》。

竹深處詩

修竹千竿一草堂，幽深偏愛水雲鄉。碧陰滿地春簾濕，蒼雪侵幃夏簟涼。詩刻粉筠初解籜，聲傳茶臼遠飄香。宦游十載天南北，猶想園林思不忘。

同

同，號竹菴。

竹深處詩

分得瀟湘數畝陰，中藏茅屋往來深。半窗色净涼偏入，一榻聲清暑不侵。雨長子孫金个个，風生頭角玉森森。此君今向圖中見，時報平安慰客心。

明瑞

敬題日觀葡萄手卷後

墨浪黏天潑一枝，纍纍數顆綴雲衣。南風吹到燕山外，帶得幽薌巢底歸。

性閑

性閑，號玉阜。

題趙子固水仙圖

良工筆意奪天工，寫出仙葩玉一叢。窅窕凌波何處去，却將餘種媚冬風。

至晼 一作「皎」。

至晼號東竺山人，以下二僧，並見郁逢慶《書畫題跋記》。

題松雪二墨羊逸筆

吴興毫素妙如神，暫寫柔毛便逼真。沙漠已空人去遠，春風塞草幾回新。

彌遠

彌遠號支硎山人。

雲林墨竹

蕭蕭素影入簾清，况是秋聲客裏聽。此日披圖思往事，雨枝風葉總含情〔一〕。

〔一〕「雨」，原誤作「兩」，今據稿本改。

茅山遊僧

張伯雨居茅山，罕接賓客。一日有野僧來謁，童子拒之，僧云：「語爾主，吾詩僧也，胡爲拒我？」童子入報。伯雨書老杜「花徑不曾緣客掃」之句，使持示之。僧略不運思，足成一律。伯雨得詩大驚，延入上坐，留連數日而去。

久聞方外有神仙，只住華陽古洞天。花徑不曾緣客掃，石牀今許借僧眠。穿雲去汲燒丹井，帶雨來耕種玉田。一自茅君成道後，幾人騎鶴下蒼煙。

無名僧

無名僧見譚貞默《其間集》。

年節

殘年節禮送紛紛，盡向豪門與富門。惟有老僧階下雪，始終不見草鞵痕。

尼妙湛

妙湛，大德間爲長明菴尼。

題管夫人長明菴圖

按汪砢《玉珊瑚網》云：管夫人《長明菴圖》。菴居曠野，垣内有屋三層，横廊通門徑，豎杆懸一燈，所謂長明也。傍有石蓮臺，作施鳥食者。垣外二長松下蔭，又一樹參之。門外坡臨水際，水間復有坡樹。墨氣高古，無兒女子態。夫人款云：大德九年冬十一月廿又五日，仲姬管道昇作。有比邱尼妙湛詩云云，小行書題其上，此尼想即菴畫中人也？

雙樹陰陰落翠巖，一燈千古破幽關。也知諸法皆如幻，甘老煙霞水石間。

梅花尼〔一〕

《彤管遺編》云：元時一尼咏梅花詩，蓋悟真之言也，後果得道。人不知其姓氏，皆稱爲梅花尼云。

咏梅花

終日尋春不見春，芒鞵踏破嶺頭雲。歸來笑撚梅花齅，春在枝頭已十分。此詩見羅大經《鶴林玉露》，是宋時尼，不知鄺䖍何所據也。

〔一〕「梅花尼」一家，刻本原無，今據稿本補。

元詩選癸集目録　癸之壬下

香匳

宮人程一寧一首……一四八三
魏國夫人管氏道昇六首……一四八三
何節婦賀氏一首……一四八五
胡烈女妙端一首……一四八五
張節婦劉氏一首……一四八六
龍游何氏一首……一四八七
譚友妻董氏一首……一四八七
李君問妻萬氏一首……一四八八
馬彦奇妻盛氏一首……一四八八
錢唐陳氏一首……一四八九
万俟蕙柔一首……一四八九
吴伯固女一首……一四九〇
吴仁叔妻韓氏一首……一四九一
李黨學女一首……一四九二
王嬌紅十四首……一四九二
吴氏女六首……一四九五
賈雲華十五首〔一一〕……一四九六
余季女五首……一四九八
趙女一首……一四九九
葉正甫妻劉氏一首……一四九九
士女曹妙清一首……一五〇〇
士女張妙浄一首……一五〇〇
陸蕙奴一首……一五〇一
徐氏女一首……一五〇一
鄭奎妻九首……一五〇二

蘇小卿一首……一五〇四
崔琦一首……一五〇五
阮碧雲一首……一五〇五
韓鵶兒一首……一五〇五
狄婉兒一首……一五〇六
張氏二首……一五〇六
范秋蟾一首……一五〇七
劉燕歌一首〔二〕……一五〇七
李飛仙一首……一五〇八
羅愛愛一首……一五〇八

樂章

郊祀樂章……一五〇九
太廟樂章……一五一三
社稷樂章……一五一八
先農樂章……一五二一
釋奠樂章……一五二四

無名子

梁長史二首……一五二六
劉參謀一首……一五二七
周知事一首〔三〕……一五二八
施翰林二首……一五二八
倪公二首……一五二九
仙村人一首……一五二九
東湖散人一首……一五三〇
感興吟一首……一五三〇
九山人一首……一五三一
桑柘區一首……一五三一
柳州一首……一五三二
草堂後人一首……一五三二
青山白雲人一首……一五三三
君瑞一首……一五三三
竹林吟叟一首……一五三三

貞菴一首……一五三四
溪翁一首……一五三四
淡翁二首……一五三五
清遠居士一首……一五三五
廉訪使者一首……一五三六
西昌寇一首……一五三六
謁文總管詩一首……一五三七
悼何道士巨川詩一首……一五三七
譏行臺詩一首……一五三七
弔四狀元詩一首……一五三八
集古句一首……一五三八
訪樵隱不遇詩一首……一五三九
贈陳克甫詩一首……一五三九
郊居生銅仙辭漢歌一首……一五四〇
和楊鐵崖西湖竹枝詞二首……一五四〇
紀瀛國公事詩一首〔四〕……一五四一
福寧州謠三首……一五四二
乾坤清氣一首……一五四五
元音五首……一五四五
元詩體要六首……一五四七
事文類聚翰墨全書九首……一五四九
文翰類選大成一首……一五五〇
釣臺集二首……一五五〇
釣臺拾遺集二首……一五五一
順天府志二首……一五五一
河南通志一首……一五五二
新蔡縣志一首……一五五二
郿縣志一首……一五五二
溧陽縣志二首……一五五三
吴江縣志一首……一五五三
毘陵志一首……一五五四
寧國府志八首……一五五四
建平縣志二首……一五五六
襄陽府志一首……一五五七

漳州府志一首……一五五七
綿州志一首……一五五八
金遼志一首……一五五八
京口三山志一首……一五五九
麻姑山丹霞洞天志一首……一五五九
書畫卷遺蹟十六首……一五五九

屬國

武威公段福二首……一五六三
段左丞寶一首……一五六四
阿襤主一首……一五六四
段僧奴二首……一五六五
楊員外淵海一首……一五六六
省憲官一首已上滇南……一五六六
李侍中齊賢三首……一五六七
申參政淑一首……一五六八
金平章仁鏡二首〔五〕……一五六八
金巡簡希禪二首〔六〕……一五六九
宋御史國瞻一首……一五七〇
孫員外襄卿一首〔七〕……一五七〇
崔司成瀣一首已上高麗……一五七〇
陳太王光昺一首……一五七一
三世陳聖王日烜一首……一五七一
四世陳仁王日燇四首……一五七二
五世陳英王一首……一五七三
六世陳太子虛四首……一五七四
昭明王二首……一五七五
輔義公陳秀峻二首……一五七六
賴安撫益嶠二首……一五七七
丁少保公文一首……一五七七
進奉使五首……一五七八
尹恩府一首已上安南……一五七九
盛書史熙明一首龜茲……一五七九

神鬼

箕仙賦筆詩一首……一五八〇
岳武穆降箕詩一首……一五八一
馬巫父玉華山詩一首……一五八一
三茅吳真人詩二首……一五八一
鄭文選詩一首……一五八二
張君有詩二首……一五八二
王大圭詩四首……一五八二
獨樂園主詠史詩一首……一五八三
葉右丞夢中詩一首……一五八四
夢中貫酸齋彭郎詞一首……一五八四
真武道院詩一首〔八〕……一五八五
懸葫蘆一首……一五八五
劉妙容歌一首……一五八五
衛芳華詩一首……一五八六
水仙祠詩一首〔九〕……一五八六
玄妙觀詩二首……一五八七
晚翠亭詩一首……一五八八
琵琶亭詩一首〔十〕……一五八八
華亭故人詩二首……一五八九

雜歌謠銘

江南謠〔十一〕……一五九〇
皇舅墓謠……一五九〇
斛銘……一五九一
績溪歌……一五九一
元明宗時童謠……一五九一
河南北童謠……一五九一
松江謠……一五九二
安鄉謠……一五九二
元順帝時童謠……一五九二

〔一〕「十五首」，原作「十二首」，據正文改。

〔二〕「劉燕歌」「李飛仙」二條原無，據正文補。

〔三〕「周知事」，原作「周廉訪」，據正文改。

〔四〕此目原無，據稿本正文補。

〔五〕「平章」，原作「尚州」，據正文改。

〔六〕「二首」，原作「一首」，據正文改。

〔七〕「一首」，原作「二首」，據正文改。

〔八〕此目原無，據正文補。

〔九〕同上。

〔十〕同上。

〔十一〕同上。

元詩選癸集

癸之壬下

香奩

宮人程一寧

一寧，元順帝宮人。

登翠鸞樓

淡月清寒透碧紗，小窗和夢聽啼鴉。春風不管愁深淺，夜夜開門掃落花。

魏國夫人管氏道昇

道昇字仲姬，一字瑶姬，吴興人，趙魏公孟頫之妻也。生有才略，聰明過人，辭章翰墨，不學而能。父仲甚奇之，必欲得佳壻，與孟頫同里閈，識其必貴，因以妻之。至元間，隨孟頫至京師。至大四年，封吴興郡夫人。延祐四年，加封魏國夫人。嘗畫墨竹及設色竹圖以進，仁宗大喜，賜内府上尊酒。謁興聖宫，皇太后命坐賜食，恩義優渥。六年疾作，得旨還家，行至臨清，薨於舟中，年五十八。仲姬書法畫法皆文弱秀潤，望而知爲閨閤中人。仁宗嘗命仲姬書千文，敕玉工磨玉軸，送秘書監裝池收藏。因又命孟頫書六體爲六卷，子雍亦書一卷，曰：「令後世知我朝有善書婦人，且一家皆能書，亦奇事也。」仲姬性喜蘭梅，下筆精妙，不讓水仙。作墨竹，筆意清絶，有時對庭中修竹，亦自興至，不能自休。松雪嘗曰：「夫人不學詩而能詩，不學畫而能畫，得於天者然也。」張伯雨《挽仲姬》詩云：「擇壻當年郗太傅，能詩今日衛夫人。」二語極爲切當。

奉中宫命題所畫梅

雪後瓊枝嫩，霜中玉蕊寒。前村留不得，移入月宫看。

寫竹寄外君

夫君去日竹新栽，竹子成林夫未來。容貌一衰難再好，不如花落又花開。

漁父詞四首

遥想山堂數樹梅，凌寒玉蕊發南枝。山月照，曉風吹，只爲清香苦欲歸。

南望吴興路四千，幾時回去霅溪邊。名與利，付之天，笑把漁竿上畫船。

身在燕山近帝居，歸心日夜憶東吴。斟美酒，鱠新魚，除却清閒總不如。

人生貴極是王侯，浮利浮名不自由。争得似，一扁舟，弄月吟風歸去休。

何節婦賀氏

賀氏，吉州永新人。至正十二年，蘄兵殺其夫，將污之，賀氏曰：「竊聞師令嚴，淫虐者斬以狥，汝獨不懼狥乎！」兵以言諸帥，帥議聘焉。賀氏曰：「彼禁淫虐，乃欲委禽未亡人邪！」未幾聘至，賀氏閉户不納，齧指血題詩云云，遂自刎死。梧溪王逢與東海徐蹇，趙郡趙錫俱有詩悼之。見《梧溪集》。葉世奇《草木子》爲廬陵曠維禎妻曾氏作，陶宗儀《輟耕録》亦載此詩，爲藺氏所作。叙事大同小異，且云：聞之許璞叔瑛。當時兵甲方興，南北道梗，大都得之傳聞之口。好事者筆之於書，疑信各半，未可以臆見爲定也。

齧指血題詩

涇渭難分清與濁，一作「能分濁與清」。妾身不幸厄紅巾。一作「豈肯墮風塵」。孤兒尚忍更一作「未必從」，一作「未忍更」。他姓，烈一作「一」。女一作「婦」。何曾嫁二一作「事兩」。人。白刃自揮一作「傷」。心似鐵，黄泉欲到一作「要見」。骨如銀。荒村日落一作「深山落日」。猨啼處，過客聞之一作「知」。亦愴神。

胡烈女妙端

妙端，越嵊縣剡溪人，適同邑祝某。至正庚子春，爲苗獠虜至金華縣，將妻之，義不受辱，乘閒齧指血，題詩壁上已，赴水而死，三月廿四日也。獠帥服其節，爲立廟祀之，邑人咸曰烈女廟。

題壁

弱質空懷漆室憂，搜山千騎入深幽。旌旗影亂天同慘，金鼓聲淫鬼亦愁。父母劬勞何日報，夫妻恩愛此時休。九泉有路還歸去，那箇雲邊是越州。

張節婦劉氏

劉氏名宜，大同人，翰林待制翼之姪女，爲武州守張思孝子亨妻。至正戊申秋，河南帥竹貞乘亂肆掠，劉氏奉其姑華氏匿複壁間，遊卒瞰得之，驅迫以前，華驚呼曰：「我命婦也，驅我唯有死耳！」且謂劉曰：「汝芳年，將若何？」劉泣曰：「忠烈不二，宜聞之也審，忍垢辱耶！」華曰：「刎無刃，經無索，奈何！」劉復對曰：「當激賊怒以就死。」遂大罵極口。卒怒殺之。劉不爲動，罵益厲，卒又殺之。華時年四十五，劉年二十一。劉莊重盛容，性尤慧爽，華甚愛之，嘗命賦庭柏，劉即應聲云云，殆先讖也。

賦庭柏

羣卉枯落時，挺節成孤秀。既保歲寒心，不在遐年壽。

龍游何氏

何氏，衢州龍游縣儒家婦。至正間，爲亂兵所掠，裂帛題詩，投江而死。見葉世奇《草木子》。

裂帛詩

妾長朱門十九春，豈期今逐虜囚奔。失身無補君王事，死節難酬夫壻恩。江静從教沉弱質，月明誰與弔歸魂。只愁父母難相見，願與來生作子孫。

譚友妻董氏

董氏，餘干萬年鄉梁山譚友妻〔一〕。至正紅巾起，友父母兄弟同被害，董與二女存，歸母家。未幾，有掌兵者入其家，欲污之。董曰：「我好人家，請官長憑媒擇吉，以禮從事。」欲污者信焉。時母柩在堂，明日設祭畢，縱火焚之，火熾，牽二女入烈焰而死。

臨終

天蒼蒼兮不吾家造，地茫茫兮不吾身容，不造不容兮吾將託是火以相從。

〔一〕「梁」，原作「人」，據稿本改。

李君問妻萬氏

萬氏，處州龍泉縣人，飛溪李君問妻也。李死，萬氏守節，誓不再適。有富家求婚，父姑欲奪其志，萬氏詠枕上繡梅詩，語意悲切，求者遂寢。

詠枕上繡梅

灑灑英標別樣奇，歲寒心事有誰知。妾心正欲同貞白，枕上殷勤繡一枝。

馬彦奇妻盛氏

盛氏名貞一，馬彦奇妻。幼讀書知學，年二十歸彦奇，未十年而孀。有三男一女，家甚貧，紡績爲業。嘗口授書句，以指取漬蔴水作點畫，教其子某。自述詩有云：「一經教子丹心苦，半世紉箴白髮新。」又爲《梅花詩》數十首，多以自況。至正間，避亂居華巖，故家士族並迎致之，談論女則，比之曹大家云。

梅花

古枝點點類璚瑰，不假天工爲翦裁。月夜孤標憐晚景，冰溪瘦骨絶塵埃。寒香泣雨魂難返，貞節凌霜志莫回。桃李未曾争艷冶，半窗疎影自徘徊。

錢唐陳氏

陳氏，錢唐儒家女，夫本縣曹吏，因兵亂隸軍籍，久在外。或勸之曰：「若質美性慧，往富室爲女紅，不猶愈守空戍忍飢寒乎？」陳答曰：「飢寒小事耳，不己察而汝聽，失節莫大焉。」或者慚而退。未幾，夫挈歸里，人競稱之。

聞鴈有感題華亭戍壁

浪喜燈花落又生，夜寒頻放剪刀聲。游鴻不寄征夫信，顧影娉婷無限情。

万俟蕙柔

蕙柔，江南士人妻也。遭北虜，被執至壽沙驛，題詩驛中。

題壁

夫官湖右妾江東，三載孤幃日夕空。葵蕚有心終向日，柳花無力苦隨風。兩行血淚孤燈下，萬里家鄉一枕中。雁到衡陽身即返，有書難倩子卿鴻。

吴伯固女

昭武吴伯固女，貌美聰慧，其夫詣闕上書，稱旨送太學，三年不回。吴氏作詩寄之，未幾，天子幸學，夫受職東歸故里。

寄外

昔君曾奏三千牘，凛凛文風誰敢觸。鄉老薦賢親獻書，邦侯勸駕勤推轂。馬頭三空登長途，謂君此去離場屋。整頓羅裳出送君，珠淚盈盈垂兩目。枕前一一向君言，馬頭猶自叮嚀囑。青衫寸禄早榮歸，莫遣妾心成局促。秋天冬暮風雪寒，對鏡懶把金蟬簇。夢魂夜夜到君邊，覺來寂寞鴛鴦獨。此時行坐閒窗紗，忍淚含情眉黛蹙。古人惜别日三秋，不知君去幾多宿。山高水闊三千里，名利使人復爾爾〔一〕。昔年曾撥伯牙絃，未遇知音莫怨天。去年又奏相如賦，漢殿依前還不遇。時人不知雙字訛，平川倏忽起風波。當時南宫罷捷音，教妾沉吟杵中心。爲君滴下紅粉淚，紅羅帳裏濕鴛衾。憤憤調琴蟬鵲噪，默默吟詩怨桂林。千調萬撥不成曲，争那胸中氣相揕。千思萬想不成詩，心如死灰自得知。料得君心當此際，已拼抛却閒田地〔二〕。朝朝暮暮望君歸，日在東隅月在西。碧落翩翩飛雁過，青山切切子規啼。望盡一月復一月，不見音容寸腸結。又聞君自河東來，夜夜不教紅燭滅。雞鳴犬吠側耳聽，寂寂不聞車馬音。自此知君無定止，一片情懷冷如水。既無黄耳寄家書，也合隨時寄雁魚。日月逡巡又一年，何事歸期竟杳然。堂上雙親髮垂白，用盡倚門多少力。孟郊曾賦游子行，陟岵如何不見情。室中兒女亦雙雙，頻問如何客異鄉。異鄉知是育才處，人情不免且契慕。低頭含淚告兒女，遊必有方况得所。八月涼風滿道途，好整征鞍尋舊路。吾鄉雖多俊秀才，往往怕君頭角露。聖朝飛詔下來春，青氈早早慰雙親。飛龍公道取科第，男兒事業公卿志。筆下密密爲君言，書中重重寫妾意。秋林有聲秋夜長，願君莫把斯文棄。

〔一〕「爾爾」，稿本作「爾耳」。

〔二〕「已拼抛却」，稿本作「事國繁華」。

吴仁叔妻韓氏

韓氏，吴仁叔之妻。仁叔業太學，寄簡與韓氏，韓折簡乃白紙一幅，遂題詩返附之，仁叔得妻詩，大披賞復答之以詩曰：「一幅空箋聊達意，佳人端的巧形言。賢妻若也投科試，應作人間女狀元。」詩女史作郭暉妻。

折簡復外

碧紗窗下折緘封，一紙從頭徹底空。料想仙郎無別意，憶人長在不言中。

李黨學女

李黨學女，聰明穎悟，適巴長卿。家居四壁，處之恬然，姊妹有適富姓鄒者，常笑之，李亦不以爲怪。作巴家富詩。

詠巴家富詩

誰道巴家窘，巴家十倍鄒。池中羅水馬，庭下列蝸牛。燕麥紛無數，榆錢散不收。夜來添驟富，新月挂銀鉤。

王嬌紅

嬌紅蜀人，姓王。與申純善，純乃紅内兄弟也，嘗訂生死之盟，爲婢飛紅所間。既而帥子慕紅才色，納幣促親，父不得已許之，紅悲怨成疾而卒。純聞之，亦不食而死。父痛自悔〔一〕，舉紅柩以歸於生，得合葬焉。越明年清明，飛紅詣墳所，灑酒奠泣，見雙鴛鴦飛翔上下，至今傳爲鴛鴦冢云。

記懷五首

情緣心曲兩難忘，夢隔巫山蝶思荒。春思懶隨花片薄，愁懷偏勝柳絲長。金鬖瘦削腸堪斷，珠淚闌珊意倍傷。人自蕭條春自好，少年空爾惜流芳。

一點芳心冷似灰，蘭幃寂静鎖塵埃。幾時閨思多慳澀，昨夜燈花又浪開。夢裡佳期成慘澹，想中顔色苦疑猜。芙蓉帳小雲屏暗，一段春愁帶雨來。

咫尺天涯一望間，重簾十二擁朱欄。斷腸芳草連天碧，作惡東風特地寒。籠裏飛禽重復易〔三〕，盆中覆水欲收難。落花飛絮春如水，下却珠簾不忍看。

屈指光陰又隔春，朱顔枉負一生身。情牽相唤鶯聲細，腸斷無端草色新。露帳銀牀初破睡，舞衫歌扇總生塵。幾回惆悵空悲歎，衹爲無情薄倖人。

瘦盡紅芳緑正肥，枕中春夢不多時。好將此日思前日，莫遣佳期負後期。鎮日閒愁魂去遠，殘春孤恨夢生遲。憑誰寄與多情道，憔悴闌干怨落暉。

寄中生

雲重月難見，風狂雨不成。尺書從寄意，傾淚若爲情。

題西牕

日影縈階睡正醒，篆烟如縷午風平。玉簫吹盡霓裳調，誰識鸞聲與鳳聲。

送別二首

綠葉陰濃花正稀，聲聲杜宇勸君歸〔三〕。相如千里悠悠去，不道文君淚濕衣。

臨別殷勤詩語長，云云去後早還鄉。小樓記取梅花約，目斷江山幾夕陽。

留別

欲語征夫促去忙，臨岐分袂轉情傷。不堪千里三年別，恨説仙家日月長。

感懷

雨勒春寒花信遲，癡雲礙月夜光微。披雲閣雨憑誰力，花月開圓且待時。

永別

合懽帶上真珠結，箇箇團圓又無缺。當時把向掌中看，豈意今爲千古別。

寄別申生二首

如此鍾情古所稀，吁嗟好事到頭非。汪汪兩眼西風淚，獨向陽臺作雨飛。

月有陰晴與圓缺，人有悲懽與會別。擁爐細語鬼神知，拚把紅顏爲君絶。

〔一〕「父」，字原無，今據稿本補。

〔二〕「重復易」，稿本作「堪再復」。

〔三〕「君」，稿本作「春」。

吴氏女

城西吴氏女，生長儒家，才色俱麗，琴棋書畫，靡不究通。其父早世，治命以室儒家。女自命不凡，有進士鄭僖者，已娶。因媒嫗以詩詞達于女，戲賦《木蘭花慢》一闋，女憐其才。翌日，和前詞付媒嫗。至更倡迭和，復令乳母來觀，且述女意，雖居二室，亦不辭也。其母不從，有周氏挾財以媚母，遂納其聘，女發憤成疾。病篤，以書遺僖，臨終泣謂青衣梅蕊曰：「我死之後，汝可以鄭郎詩詞密藏棺中，以成我意。」未幾果卒。鄭爲作《春夢録》一卷。僖字天趣，後爲黄巖州同知。

酬鄭生詩四首

慈親未識意如何？不肯令君畫翠蛾。自是杏花開較晚，梅花先得舊情多。

殘紅片片入書樓，獨倚危闌覺久留。可惜才高招不得，紅絲雙繫别風流。

今生緣分料應難，接得新詩不忍看。漫説胸襟有才思，却無韓壽與紅鸞。

琴棋書畫藝皆全，一段風流出自然。院宇深沉簾不卷，想君難得見嬋娟。

病中答鄭生詩二首

淚珠滴滴濕香羅，病裏芳肌瘦減多。莫怪夜來春夢淺，不知今日定如何！

青衣扶起鬢雲偏，病裏情懷最可憐。已自懨懨無氣力，强擡纖手寫雲牋。

賈雲華

雲華名娉娉，錢塘人，賈平章女也。母莫夫人，與魏鵬母蕭夫人有指腹之約。後魏既長，蕭遣就賈游學，潛啓婚事。賈母命以兄妹禮見，不復議婚。生因娉娉侍婢春鴻致詞於娉娉，私諧舊盟，賈母未之知也。生應舉登第，擢翰林，以雲華故乞求外補，得浙江儒學副提舉。逕赴錢塘待闕，拜見賈母，以前盟爲請。賈母以生少年高科，歇歷仕途，歸之勢必携去，不忍暫捨，遂謝前約。時生聞母訃音，亟爲歸計，娉娉潛與生别，相持嗚咽，乃歌《蹋莎行》一闋，哭慟仆地，嗣是終日不食。兼以弟麟中選春官，授陝西咸寧尹，挈家偕行。道途頓撼，抵縣浹旬，息將垂絶。母驚憂究知，懊恨無極。將卒，又囑春鴻致書魏生，集唐人詩成七言絶句十首，與生爲訣之詞也。

題魏生卧屏〔一〕

花柳芳菲二月時，名園剩有牡丹枝。風流杜牧還知否，莫恨尋春去較遲。

簡約魏生

春光九十恐無多，如此良宵莫浪過。寄與風流攀桂客，宜教今夕見嫦娥。

生負期醉卧戲題練裙

暮雨朝雲少定蹤，空勞神女下巫峰。襄王自是無情者，醉卧月明花影中。

七夕二首

梧桐枝上月明多，瓜果樓前艷綺羅。不向人間賜人巧，却從天上渡天河。
斜軃香雲倚翠屏，紗衣先覺露華零。誰云天上無離合，看取牽牛織女星。

永别詩集唐句十首

兩行清淚語前流，千里佳期一夕休。倚柱尋思倍惆悵，寂寥燈下不勝愁。
相見時難别亦難，寒潮惟帶夕陽還。鈿蟬金雁皆零落，離别煙波傷玉顔。
倚欄無語倍傷情，鄉思撩人撥不平。寂寞閑庭春又晚，杏花零落過清明。
自從消瘦減容光，雲雨巫山枉斷腸。獨宿孤房淚如雨，秋宵只爲一人長。
紗窗日落漸黄昏，春夢無心只似雲。萬里關山音信斷，將身何處更逢君。

一身憔悴對花眠，零落殘魂倍黯然。人面不知何處去，悠悠生死別經年。
真成薄命久尋思，宛轉蛾眉能幾時。漢水楚雲千萬里，留君不住益凄其。
魂歸冥漠魄歸泉，却恨青蛾誤少年。三尺孤墳何處是，每逢寒食一潸然。
物换星移幾度秋，鳥啼花落水空流。人間何事堪惆悵，貴賤同歸土一坵。
一封書寄數行啼，莫動哀吟易慘淒。古往今來只如此，幾多紅粉委黄泥。

〔一〕此詩以下三首原無，據稿本補。

余季女

余季女，台州臨海儒家息也。有容德，善屬文，贅同郡水宗道。甫踰月，水具見余才過柳絮，學不彼若，輒辭歸，閉門讀書，久不返。余取次裁九章招之，水卒不赴。及余病且死，水夢余訣别曰：「某委蜕矣，子盍送我。」既而訃至。

九章

妾誰怨兮薄命，一氣孔神兮化生若甑。春山媚兮秋水浄〔一〕，秉貞潔兮妾之性，聊復歌兮遣興。
夜夢兮食梨，命靈氛兮與予占之。曰行道兮遲遲，斂角枕兮粲如，風動帷兮心悲。
雲黯黯兮雪飛棘，夫子介兮如石。苦復留兮不得，望平原兮太息，涕泗横兮沾臆。
送子去兮春樹青，望子來兮秋樹零。樹有枝兮枝有英，我何爲兮㷀㷀，子在化兮山城。

織女兮牛郎，豈謂化兮爲參商。欲徑渡兮河無梁，霜露侵襲兮病偃在牀，嗟嗟夫子兮誰與縫裳。

〔一〕「媚」，稿本作「娟」。

趙女

趙女，父趙晉，爲南臺掾。女生而秀慧，愛讀《列仙傳》，母怪問曰：「《列仙傳》何如《列女傳》？」女笑答曰：「某有夙習乃爾。」或聞人請婚，輒謂母曰：「凡求婦爲養舅姑、承宗續後也，不以實辭而聽其納采，脱物故，其失三者之望，必母氏是尤，遂辭之。年二十六，一夕命婢使具紙筆題詩云云，端坐至曙而逝。文學書院山長樊浚傳其事，王逢與許棕各和一詩，見《梧溪集》。

臨終詩

九重縹緲黄金闕，十二玲瓏白玉樓。明朝了却人間夢，獨跨青鸞自在遊。

葉正甫妻劉氏

劉氏，洞庭人。歸於葉正甫。正甫久客都門，劉氏因寄衣侑以詩云云，見陶宗儀《輟耕録》，又别見盧琦《圭峰集》中。未詳孰是。

製衣寄外

情同牛女隔天河，又喜秋來得一過。一作「不隨織女渡銀河，每到秋來幾度歌。」歲歲寄郎一作「君」。身上服，絲絲是妾手中梭。剪聲自覺和腸斷，線脚那能抵淚多。一作「翦刀未動心先碎，針線纔縫淚已多」。長短只依先去一作「舊時」，又作「元式」。樣，不知肥瘦近如何？

士女曹妙清

妙清字比玉，自號雪齋，錢唐人。至正間，以才諝稱。三十不嫁，而有風操可尚。聞楊鐵厓名，訪于洞庭太湖之上，歌詩鼓琴，以寫山川荒落之悲，引《關雎》等操以和《白雪》之章。鐵厓删取其所作，爲《曹氏絃歌集》而序之。妙清行書點畫，皆有法度。嘗寫詩寄鐵厓，鐵厓答之云：「紅牙筦䈕紫狸毫，雪水初融玉帶袍。寫得薛濤萱草帖，西湖紙價可能高。」其事母孝謹故云。玉帶袍，其家硯名。

和楊鐵崖西湖竹枝詞

美人絶似董嬌嬈，家住南山第一橋。不肯隨人過湖去，月明夜夜自吹簫。

士女張妙净

妙净字惠蓮，錢塘人。善詩章，曉音律，晚居姑蘇之春夢樓，號自然道人。

西湖竹枝詞

憶把明珠買妾時，妾起梳頭郎畫眉。郎今何處妾獨在，怕見花開雙蝶飛。

陸蕙奴

至元己丑，胡參政自北歸於濟川，得浙西船，船上有詩，詩末云：「錢唐陸氏蕙奴隨某官歸於宣德府漫成。」

舟中漫成

耶孃重利妾身輕，獨抱琵琶萬里行。彈後月明人拍手，不知元是斷腸聲。

徐氏女

至正己未，青田寇侵浦城北隅，徐嗣元女爲兵所掠，作詩以寫其流離顛沛之狀，語意悲切。

途中怨

萬水千山去路賒，青鞵踢破幾層沙。登山絶頂重逢嶺，渡水尤深又復涯。雁字只傳夫與子，魚書難寄母和爺。回頭遥望鄉關處，雲下峯前是我家。

鄭奎妻

鄭奎妻以下五人。並見鄺璩《彤管遺編》〔一〕。

春詞

春風吹花落紅雪，楊柳陰濃啼百舌。東家蝴蝶西家飛，前歲櫻桃今歲結。鞦韆蹴罷鬢鬖髿，粉汗凝香沁綠紗。侍女亦知心内事，銀缾汲水煮新茶。

夏詞

芭蕉葉展青鸞尾，萱草花含金鳳觜。一雙乳燕出雕梁，數點新荷浮綠水。困人天氣日長時，針線慵拈午漏遲。起向石榴陰畔立，戲將梅子打鶯兒。

秋詞

鐵馬聲喧風力緊，雪窗夢破鴛鴦枕。玉爐燒麝有餘香〔二〕，羅扇撲螢無定影。洞簫一曲是誰家，河漢西流月半斜。要染纖纖紅指甲，金盤夜擣鳳仙花。

冬詞

山茶半開梅半吐，風動簾旌雪花舞。金盤冒冷塑狻猊，繡幕圍春護鸚鵡。倩人呵筆畫雙眉，脂水凝寒上臉遲。妝罷扶頭重照鏡，風釵斜壓瑞香枝。

惜花春起早

胭脂曉破湘桃蕚，露重荼蘼香雪落。媚紫濃遮刺繡窗，嬌紅斜映鞦韆索。轆轤驚夢急起來，梳雲未暇臨妝臺。笑呼侍女秉明燭，先照海棠開未開。

愛月夜眠遲

香肌半嚲金釵卸，寂寂重門鎖深夜〔三〕。素魄初離碧海壖，清光已透珠簾罅。徘徊不語倚闌干，參横斗轉風露寒。小娃低語唤歸寢，猶過薔薇架上看〔四〕。

掬水月在手

銀塘水滿蟾光吐，嫦娥夜夜馮夷府。蕩漾明珠若可捫，分明兔穎如堪數。美人自挹濯春葱，忽訝冰輪在掌中。女伴臨流笑相語，指尖擎出廣寒宫。

弄花香滿衣

鈴聲響處東風急，紅紫叢邊久凝立。素手攀條恐刺傷，金蓮移步嫌苔濕。幽芳擷罷掩蘭堂，馥郁餘香滿繡牀。蜂蝶紛紛入窗户，飛來飛去繞衣裳。

題燈花

燦爛燈花向夜開，盈盈金粟墜銀臺。梨園料想無他事，祇是良人自遠來。

〔一〕「遺」，原誤作「遣」，據稿本改。

〔二〕「麝」，原作「塵」，據稿本改。

〔三〕「鎖深夜」，稿本作「深鎖夜」。

〔四〕「上」，稿本作「後」。

蘇小卿

題金山寺

憶自當年拆鳳凰，至今消息兩茫茫。蓋棺不作橫金婦，入地當尋折桂郎。彭澤曉烟迷宿夢，蕭湘夜雨斷愁腸。新詩寫記金山寺，高挂雲帆上豫章。

崔琦

示李師顔

已拚彩翼乘丹鳳，肯閉雕籠伴緑衣。前路莫愁風力勁，同心自誓一行歸。

阮碧雲

口占

東君情意漲如瀾，畫閣鴛鴦夜不寒。十二樓中春色遍，好花開遍玉闌干。

韓鵑兒

答龔舍人

莫言刺臂是尋常，刺入儂肌痛入郎。試取血書和淚照，墨痕千載骨猶香。

狄婉兒

秋夜語薩生

團團月桂滿，藹藹秋蘭芳。桂影天外飄，蘭生王者香。賤軀入風塵，羞此蘭桂芳。懽狎但下帶，厭浥時霑裳。今喜得君意，長願侍君牀。雉朝雊嘉樹，鴇暮據盤桑。擬載指南車，相逢返北堂。共逐行雲去，瞻望明星光。銀燈漫綽約，玉佩解鏗鏘。脱此圜鸞棲，盼彼遠羊腸。行歸作君婦，生死無相忘。

張氏

張氏不知誰氏女，善屬文。

寄外兄弟二首

山之高，月出小。月之小，何皎皎。我有所思在遠道，一日不見兮我心悄悄。

採苦採苦，於山之南。忡忡憂心，其何以堪。

范秋蟾

秋蟾台州人。方國珍妻戴氏婦也〔一〕。能詩，與張士誠妓倡和。泰不華死難，秋蟾以詩哭之。

哭泰不華元帥

江頭沙磧正交舟，江上人懷百戰憂。力屈杲卿生駡賊，功成諸葛死封侯。波濤洶洶鯨横海，天地寥寥鶴怨秋。若使臨危圖苟且，〔二〕，讀書端爲丈大羞。

〔一〕「方國珍妻戴氏婦也」，此句原無，今據稿本補。

〔二〕苟且，稿本作「苟免」。

劉燕歌〔一〕

燕歌，名妓，善歌舞。

有感

憶昔歡娛不下牀，盟齊山海莫相忘。那堪忽爾成抛棄，千古生憎李十郎。

〔一〕「劉燕歌」，一家原無，今據稿本補。

李飛仙〔一〕

飛仙，亦妓名。

與客游樂

桃李芳菲二月天，洞房春色十分妍。欲知好景無邊處，倚翠偎紅興獨偏。

〔一〕「李飛仙」一家原無，今據稿本補。

羅愛愛

愛愛，嘉興名倡也。色藝俱絶，嘗與諸名士讌于鴛湖凌虚閣，愛愛賦絶句云云，自此才名日盛。同郡有趙氏子者與之狎，遂託終身焉。未幾，趙有父執官太宰，以書自上都招之〔一〕。愛愛勸之行，置酒中堂，奉觴爲趙母壽，自製《齊天樂》一闋，歌以侑之〔二〕。後趙至都，遷延旅邸，母以憶子病没，愛愛親爲營葬。有參政楊完者，見愛愛姿色，欲納之，遂以羅巾自縊死〔三〕。按隋時妓有羅愛愛，酈琥《彤管遺編别集》載《翫月》四絶，末章即凌虚閣詩也。未詳孰是？

凌虚閣

曲曲闌干正正屏，六銖衣薄懶來凭。夜深風露涼如許，身在瑶臺第一層。

〔一〕「招之」下，稿本有「許授江南一官」一句。

〔二〕「歌以侑之」下，稿本有「歌罷凄然」四字。

〔三〕「後趙至都」至「自縊死」，稿本作「趙子至都，而太宰已殂，無所依託，遷延旅邸。趙母以憶子病没，愛愛親爲營葬。甫三月，張士誠陷平江，參政楊完者，率兵拒之，因大掠，因愛愛姿色，欲納之。愛愛以羅巾自縊死。不久，張氏通款。趙子間關北歸，獨宿于堂中，忽見愛愛淡妝素服出燈下，與趙禮畢，泣而歌《沁園春》一闋，每歌一句，悲啼掩抑。趙子遂與入室，款若平生。鷄鳴泣别，瞥然而逝，但覺寒燈半滅而已」。

樂章

郊祀樂章

皇帝入中壝出入小次。　黄鍾宫

赫赫有臨，洋洋在上。克配皇祖，於穆來饗。肇此大禋，乾文宏朗。被衮圜丘，巍巍玄象。

皇帝盥洗　黄鍾宫

翼翼孝思，明德洽禮。功格玄穹，有光帝始。著我精誠，潔兹薦洗。幣玉攸奠，永集嘉祉。

皇帝升壇降同　大吕宫

天行惟健，盛德御天。日月龍章，簨簴宫懸。藁秸尚明，禮璧蒼圜。神之格思，香升燔煙。

迎神　圜鍾宫六變　天成之曲

烝哉皇元，丕承帝眷。報本貴誠，於郊殷薦。藁秸載陳，雲門六變。神之格思，來處來燕。

初獻盥洗　黄鍾宫　隆成之曲

肇禋南郊，百神受職。齋戒惟先，匪馨于稷。迺沃迺盥，祠壇是陟。上帝監觀，其儀不忒。

初獻升壇降同　大吕宫　欽成之曲

於穆圜壇，陽郊奠位。孔惠孔時，吉蠲爲饎。降登祗若，百禮既至。顒言居歆，允集熙事。

正配位　奠玉幣　黄鍾宫　欽成之曲

謂天蓋高，至誠則格。克祀克禋，駿奔百辟。制幣斯陳，植以芬璧。神其降康，俾我多益。

司徒捧俎　黄鍾宮　寧成之曲

我牲既潔，我俎斯實。笙鏞克諧，籩豆有飶。神來宴娭，歆兹明德。永錫繁禧，如幾如式。

昊天上帝位酌獻　黄鍾宮　明成之曲

於昭昊天，臨下有赫。陶匏薦誠，馨聞在德。酌言獻之，上靈是格。降福孔皆，時萬時億。

皇地祇位酌獻　大吕宫

至哉坤元，與天同德。函育羣生，元功莫測。合饗圜壇，舊典時式。申錫無疆，聿寧皇國。

太祖皇帝位酌獻　黄鍾宫

禮大報本，郊定天位。皇皇神祖，反始克配。至德難名，元功宏濟。帝典式敷，率育攸暨。

皇帝飲福酒　大吕宫

特牲享誠，備物循一作「情」。質。上帝居歆，百神受職。皇武昭宣，孝祀芬苾。萬福攸同，下民陰騭。

皇帝出入小次　黄鍾宮

惟天爲大，惟帝饗帝。以配祖考，肅贊靈祉。定極崇功，永我昭事。升中于天，象畢至止。

文舞退武舞進　黄鍾宮　和成之曲

羽籥既竣，載揚玉戚。一弛一張，匪舒匪棘。八音克諧，萬舞有奕。永觀厥成，純嘏是錫。

亞終獻　黄鍾宮　和成之曲

有嚴郊禋，恭陳幣玉。大糦是承，載衹載肅。上帝居歆，馨香既飫。惠我無疆，介以景福。

徹籩豆　大吕宮　寧成之曲

三獻攸終，六樂斯徧。既右饗之，徹其有踐。洋洋在上，默默靈眷。明禋告成，於皇錫羡。

送神　圜鍾宮　天成之曲

神之來歆，如在左右。神保聿歸，靈斿先後。恢恢上圜，無聲無臭。曰監孔昭，思皇多祐。

望燎位　黄鍾宫

熙事備成，禮文郁郁。紫煙聿升，靈光下燭。神人樂康，永膺戩穀。祚我丕平，景命有僕。

皇帝出中壝　黄鍾宫

泰壇承光，寥廓玄曖。暢我揚明，饗儀惟大。九服敬宣，聲教無外。皇拜天祐，照臨斯屆。

太廟樂章

皇帝入門　無射宫　順成之曲

熙熙雍雍，六合大同。維皇有造，典禮會通。金奏王夏，祇款神宫。感格如響，嘉氣來叢。

皇帝盥洗　無射宫　順成之曲

天德維何，如水之清。維水内曜，配彼天明。以滌以濯，犧象光晶。孝思維則，式薦忱誠。

皇帝升殿降同　夾鍾宫　順成之曲

皇明燭幽，沿時制作。宗廟之威，降登時若。趨以采茨，聲容有恪。曰藝曰文，監茲衎樂。

皇帝入小次出同　無射宫　昌寧之曲

於皇神宫，象天清明。肅肅來止，相維公卿。威儀孔彰，君子攸寧。神之體之，綏我思成。

迎神九成　黄鍾宫　思成之曲

齊明盛服，翼翼靈眷。禮備多儀，樂成九變。烝烝孝心，若聞且見。肸蠁端臨，來寧來燕。

初獻盥洗　無射宫　肅寧之曲

酌彼行潦，維挹其清。潔齊以祀，祀事昭明。肅肅辟公，沃盥乃升。神之至止，歆于克誠。

初獻升殿降同　夾鍾宫　肅寧之曲

祀事有嚴，太宫有侐〔一〕。陟降靡違，禮容翼翼。籩豆旅陳，鍾磬翕繹。於昭吉蠲，神保是格。

司徒捧俎　　無射宮　　嘉成之曲

色純體全，三犧五牲。鑾刀屢奏，毛炰胾羹。神具饜飫，聽我磬聲。居歆有永，胡考之寧。

太祖法天啓運聖武皇帝第一室　　開成之曲

天扶昌運，混一中華。爰有真人，奮起龍沙。際天開宇，亘海爲家。肇修禋祀，萬世無涯。

睿宗仁聖景襄皇帝第二室　　武成之曲

神祖創業，爰著戎衣。聖考撫軍，代行天威。河南底定，江北來歸。貽謀翼子，奕葉重輝。

世祖聖德神功文武皇帝第三室　　混成之曲

於昭皇祖，體健乘乾。龍飛應運，盛德光前。神功耆定，澤被垓埏。貽厥孫謀，何千萬年。

裕宗文惠明孝皇帝第四室　　口成之曲

天啓深仁，須世而昌。追惟顯考，敢後光揚。徽儀肇舉，禮備音鏘。皇靈鑒止，降釐無疆。

順宗昭聖衍孝皇帝第五室　慶成之曲

龍潛于淵，德昭于天。承休基命，光被垓埏。洋洋如臨，籩豆牲牷。惟明惟馨，皇祚綿延。

成宗欽明廣孝皇帝第六室　□成之曲

天開神聖，繼世清寧。澤深仁溥，樂協韶韺。宗支嘉會，氣和惟馨。繁釐來格，永被皇靈。

武宗仁惠宣孝皇帝第七室　禧成之曲

紹天鴻業，繼世隆平。惠孚中國，威靖邊庭。厥功惟茂，清廟妥靈。歆茲明祀，福禄來成。

仁宗聖文欽孝皇帝第八室　歆成之曲

紹隆前緒，運啓文明。深仁及物，至孝躬行。惟皇建極，盛德難名。居歆萬祀，福禄崇成。

明宗翼獻景孝皇帝第九室　永成之曲

倚那皇明，世纘神武。敬天弗違，時潛時旅。龍旂在塗，言受率土。不暇食臨，永錫多嘏。

英宗睿聖文孝皇帝第十室　獻成之曲

神聖繼作，式是憲章。誕興禮樂，躬事烝嘗。翼翼清廟，煜有耿光。於千萬年，世仰明良。

皇帝飲福酒　夾鍾宮　釐成之曲

穆穆天子，禋祀太宮。禮成樂備，敬徹誠通。神胥樂只，錫之醇醲。天子萬世，福禄無窮。

文舞退武舞進　無射宮　肅寧之曲

天生五材，孰能去兵。恢張鴻業，我祖天聲。干戈屈盤，濯濯厥靈。於赫七德，展也大成。

亞獻終獻同　無射宮　肅寧之曲

幽通神明，所重精禋。清宮肅肅，百禮具陳。九昭克諧，八佾侁侁。靈光昭答，天休日申。

徹籩豆　夾鍾宮　豐寧之曲

籩豆芬苾，金石鏘鏗。禮終三獻，樂奏九成。有嚴執事，進徹無聲。神保聿歸，萬福來寧。

送神　黄鍾宫　保成之曲

神主在室，神靈在天。禮成樂闋，神返幽玄。降福冥冥，百順無愆。於皇孝思，于萬斯年。

皇帝出廟庭　無射宫　昌寧之曲

緝熙維清，吉蠲致誠。上儀具舉，明德薦馨。已事而竣，歡通三靈。先祖是皇，來燕來寧。

〔一〕太宫，原作「太公」，據稿本改。

社稷樂章

降神二成　林鍾宫　鎮寧之曲

以社以方，國有彝典。大哉元德，基祚綿遠。農功萬世，於焉報本。顯相默祐，降監壇壝。

降神二成　太簇角　鎮寧之曲

錫民地利，厥功甚溥。昭代典禮，清聲律吕。穀旦于差，洋洋來下。相此有年，根本日固。

降神二成　姑洗徵　鎮寧之曲

平厥水土，百穀用成。長扶景運，宜歆德馨。五祀爲大，千古舉行。感通肸蠁，登歌鎮寧。

降神二成　南吕羽　鎮寧之曲

幣齊虔修，粢盛告備。倉庾坻京，繄誰之賜。崇壇致恭，幽光孔邇。享于精誠，休祥畢至。

初獻盥洗　太簇宫　肅寧之曲

禮備樂陳，辰良日吉。挹彼罇罍，馨哉黍稷。濯溉揭虔，維巾及冪。萬年嚴祀，蹌蹌受職。

初獻升壇降同　應鍾宫　肅寧之曲

春祈秋報，古今彝章。民天是資，神靈用彰。功崇禋嚴，人阜時康。雍雍爲儀，燔芬苾香。

正配位奠玉幣　太簇宫　億寧之曲

地祇饗德，稽古美報。幣帛斯陳，圭璋式繅。載烈載燔，肴羞致告。雨暘時若，丕圖永保。

司徒捧俎　太簇宫　豐寧之曲

我稼既同，羣黎徧德。我祀如何，牲牷孔碩。有翼有嚴，隨方布色。報功求福，其儀不忒。

正位酌獻　太簇宫　保寧之曲

異世同德，於皇聖造。降兹嘉祥，衛我大寶。生乃烝民，侔德覆燾。厥作祼將，有相之道。

配位酌獻　太簇宫　保寧之曲

以御田祖，皇家秩祀。有民人焉，盍究本始。惟叙惟修，誰實介止。酒旨且多，盛德宜配。

亞終獻　太簇宫　咸寧之曲

以引以翼，來處來燕。豆籩牲牢，有楚有踐。庸答神休，身亦錫羨。上穀是依，成此酳獻。

徹豆　應鍾宫　豐寧之曲

文治修明，相成田功。功爲特殊，儀爲特隆。終如其初，誠則能通。明神毋忘，時和歲豐。

送神　林鍾宮　鎮寧之曲

不屋受陽，國所崇敬。以興來歲，苞秀堅穎。雲軿莫駐，神其諦聽。景命有僕，與國同永。

望瘞位　太簇宮　肅寧之曲

雅奏肅寧，繁釐降革。篚厥玄黄，丹誠烜赫。肇祀以歸，瞻言咫尺。萬年攸介，丕承帝德。

先農樂章

降神二成　林鍾宮　鎮寧之曲八變

民生斯世，食爲之天。恭惟大聖，盡心於田。仲春劭農，明祀吉蠲。馨香感神，用祈豐年。

降神二成　太簇角　鎮寧之曲

耕種務農，振古如兹。爰粒烝庶，功德茂垂。降嘉奏艱，國家攸宜。所依惟神，肅潔明粢。

降神二成　姑洗徵[一]　鎮寧之曲

俶載平疇，農功肇敏。千耦耕耘，同徂隰畛。田祖丕靈，爲仁至盡。豐歲穰穰，延供一作「共」。有引。

降神二成　南吕羽　鎮寧之曲

羣黎力耕，及寧方春。雖時東作，篤我農人。我黍宜華，我稷宜新。由天降康，永賴明神。

初獻盥洗　太簇宫　肅寧之曲

泂酌行潦，真足爲薦。奉兹潔清，神在乎前。分作甘霖，沾溉芳甸。慎于其初，誠意攸見。

初獻升壇降同　應鍾宫　肅寧之曲

有椒其馨，維多且旨。式慎爾儀，降登庭止。黍稷稻粱，民無渴飢。神嗜飲食，永綏嘉祉。

正配位奠玉幣　太簇宫　億寧之曲

奉幣維恭，前陳嘉玉。聿昭盛儀，純如雝肅[二]。南畝深耕，麻麥禾菽。用祈三登，膺受多福。

司徒捧俎　　太簇宫　　豐寧之曲

奉牲孔嘉，登俎豐備。地官駿奔，趨進光輝。肥碩蕃孳，歆此誠意。有年斯今，均被神賜。

正位酌獻　　太簇宫　　保寧之曲

寶壇巍煌，神應如響。備腯咸有，牲醴苾芳。洋洋如在，降格來享。秉誠罔怠，羣生瞻仰。

配位酌獻　　太簇宫　　保寧之曲

酒清斯香，牲碩斯大。具列觴俎，精意先會。民命惟食，稗莠毋害。我倉萬億，神明攸介。

亞終獻　　太簇宫　　咸寧之曲

至誠攸感，肸蠁潛通。百穀嘉種，爰降時豐。祈年孔夙，稼穡爲重。俯歆醴齊，載揚歌頌。

徹奠　　□□宫　　□寧之曲

有來雍雍，存誠敢匱。廢徹不遲，靈神攸嗜。孔會孔時，三農是宜。眉壽萬歲，穀成丕乂。

送神　林鍾宫　鎮寧之曲

焄蒿悽愴，萬靈來唉。靈神具醉，聿言旋歸。歲豐時和，風雨應期。皇圖萬年，永膺洪禧。

望瘞位　太簇宫　肅寧之曲

禮成文備，歆受清祀。加牲兼幣，陳玉如儀。靈御言旋，面陰昭瘞。集兹嘉祥，常致豐歲。

〔一〕「姑」，原作「古」，據稿本改。

〔二〕「純如離肅」，稿本作「肅離純如」。

釋奠樂章

降神　黄鍾宫　凝安之曲九變

天縱之聖，集厥大成。立言垂教，萬世準程。廟庭孔碩，尊俎既盈。神之格思，景福來并。

初獻盥洗　姑洗宫　同安之曲

神既寧止，有孚顒若。罍洗在庭，載盥載濯。匪惟潔修，亦新厥德。對越在兹，敬其維則。

初獻升階降同　南吕宫　同安之曲

大哉聖功，薄海内外。禮隆秩宗，光垂昭代。陟降在庭，攝齊委佩。莫不肅雝，洋洋如在。

奠幣　□□宫　德明之曲

圭衮尊崇，佩紳列侑。籩豆有楚，樂具和奏。式陳量幣，駿奔左右。天畀斯文，緊神之祐。

文宣王酌獻　□□宫　誠明之曲

惟聖監格，享於克誠。有樂在縣，有碩斯牲。奉醴以告，嘉薦惟馨。綏以多福，永底隆平。

兖國公酌獻　□□宫　誠明之曲

潛心好學，不違如愚。用舍行藏，乃與聖俱。千載景行，企厥步趨。廟食作配，祀典弗渝。

郕國公酌獻闕

沂國公酌獻闕

鄒國公酌獻　□□宫　誠明之曲

洙泗之傳，學窮性命。力距楊墨，以承三聖。遭時之季，孰識其正。高風仰止，莫不肅敬。

亞獻終獻同　□□宫　靈明之曲

廟成奕奕，祭祀孔時。三爵具舉，是饗是宜。於昭聖訓，示我民彝。紀德報功，酌於兩儀。

送神　□□宫　慶明之曲

禮成樂備，靈馭其旋。濟濟多士，不懈益虔。文教茲首，儒風是宣。佑我闕

無名子〔一〕

梁長史

失題

朱雲折檻記當年，吴國猶傳有劍泉。一向敵人聊一試，空餘光燄倚長天。

偶然自名梁虎邱，東風吹落人心愁。當年壯士不可見，劍水長流無盡頭。

〔一〕「無名子」中，稿本前五家爲「徐參政」、「劉侍史」、「何理問」、「白縣尹」、「孔進士」，然無傳無詩。

劉參謀

劉參謀見余闕《青陽集·附録》。

舒州謡

聖朝封域際海隅，行車班班通九衢。諸州城廢不修築，民安耕織無憂虞。妖狡行怪惑其徒，向來食民被脅驅。國家少備莫禁止，遂使猾夏窺中都。大夫仗鉞來守舒，舒州城小鐵不如。城下長江限濠栅，周遭守備用白夫。賊子千城不得踰，大夫叱戰人争趨。嘠嚶魑魅半就死，陰風吹血腥東吴〔一〕。七年孤兵經百戰，白日炯炯忠義俱。我民衣食仰官給，盡力効死寧睢盱。王師不援百計疎，城中食盡官無儲。沔陽健兒肆剽殺，殺人逮盡終何辜。大夫應戰如走珠，誓國寧愛千金軀。寶刀斷折笳喑嗚，戰不持鐵至日晡。絶咽剥膚血濺鬚，游魂半空駡賊奴。大夫白骨行將枯，大夫赤心死不渝。大夫大節青史書，大夫遺像麒麟圖。皇天后土有終極，大夫精靈無時無。哀哉！我生不能報大夫恩，死不能報大夫冤。但願化作精衛魂，年年銜土爲蓋大夫墳。

〔一〕「腥」，稿本作「入」。

周知事〔一〕

周知事官肅政廉訪司知事〔二〕。至元間，學士敬齋李冶讀書封龍山中。元貞乙未，知事過此，懷之而作。

過龍山懷李敬齋〔三〕

幼從止軒學，聞説敬齋翁。人物古今一，文章天地同。仰瞻星拱北，慕向水流東。老近封龍過，傷心淚濕風。

〔一〕「周知事」，稿本作「周廉訪」。

〔二〕同上。

〔三〕「李敬齋」，稿本無「李」字。

施翰林

施翰林見《洪洞縣志》。

偶題西藍二首

亭下紅蕖次第開，翠淪溶漾絶纖埃。林疎忽見遠山出，竹密不妨清吹來。雲水卜居心未遂，簿書堆案首慵迴。晚涼益快披襟興，便欲援毫賦楚臺。莫把蒼霞攔拔開，衣襟省得拂塵埃。桃花隔水欲相就，白鳥破烟能自來。竹樹添新嗟事改，河山依舊抱城迴。武林未識家鄉趣，却向邯鄲築好臺。

倪公

倪公官江寧府倅。

經遊石門山二首

春雲醉日不成霞，沙上刺桐三兩花。白馬錦韉霄漢客，緑陰茆屋野人家。浮生有酒且同醉，公事勞人何用嗟〔一〕。頗覺三農了征税，藝麻薅麥足生涯。

久欽江總詞章好，更喜倪寬經術存。落日大堤曾并轡，春風別墅共開尊。郡齋白晝時分席，野寺黄昏未掩門。自愧簿書無暇日，憑君喚起舊詩魂。

〔一〕「用」，稿本作「容」。

仙村人 古杭白雲社。

仙村人以下九人，見吴渭《月泉吟社》。

春日田園雜興

芳草東郊外，疎籬野老家。平疇一尺水，小圃百般花。青箬閑畊雨，紅裙鬬採茶。村村寒食近，插柳遍檐牙。月泉吟社評曰：「頷聯十字，一毫不費力，自與黏泥體者不同。餘見雜興。」

東湖散人　古杭。

春日田園雜興

物色天成畫不如，東風又到野人廬。蜜釜辛苦供常課，科斗縱横學古書。小雨杏花村問酒，澹烟楊柳巷巾車。汀洲水暖蘆芽長，更買扁舟伴老漁。月泉吟社評曰：「前聯得詠物之工，後聯句法亦好。末見雜興。」

感興吟　桐江。

春日田園雜興

兒結蓑衣婦浣紗，暖風疎雨趲桑麻。金桃接種連花蕊，紫竹移根帶筍芽。椎鼓踏歌朝祭社，賣薪挑菜晚回家。前村犬吠無他事，不是搜鹽定榷茶。月泉吟社評曰：「此詩無一字不佳，末句雖似過直〔一〕，若使采詩觀風，亦足以戒聞者。」

〔一〕「末句」，原作「□語」，據稿本補改。

九山人 寓杭。

春日田園雜興

軒裳一夢斷塵寰，桑柘陰陰静掩關。種秫已非彭澤縣，采薇何必首陽山。因憐社鼓剛催老，轉覺儒冠不負閑。君看浣花臺上燕，芹泥雖好亦知還。月泉吟社評曰：「前聯就事映帶田園，次聯韻度迥別，末尤有趣。」

桑柘區 金華。

春日田園雜興

粟爵瓜官懶覬覦，生涯雲水與煙腴。晚風一笛麥秧隴，春雨半鉏桑柘區。可是樊遲宜請學，肯教陶亮歎將蕪。斜陽芳草關情處，更把新詩弔石湖。月泉吟社評曰：「起四字絶佳，二聯分明見田園，惜尾句弔字太過。」

柳州 月泉。

春日田園雜興

東風生意鬧，農圃正宜勤。稻種開包曬，菊苗依譜分。疇西曉畊雨，舍北暮鉏雲。莫待荒三徑，歸歟陶令君。月泉吟社評曰：「二聯見田園分明，第四句最好，『曬』字太工。」

草堂後人 古杭。

春日田園雜興

桑眼已開芳晝長，西疇東墅足相羊。麥風初暖燕争壘，林雨忽晴蛙滿塘。野老新衣逢社喜，山妻椎髻爲蠶忙。紛紛遊騎踏花去，誰識吾家舊草堂。月泉吟社評曰：「第二句入田園快便，前聯絶好，後半篇意順。」

青山白雲人 居杭。

春日田園雜興

昨夜東風雨一犂，曉晴鄰巷共熙熙。遮門賸喜有桑柘，輸國不憂無繭絲。小婦餉耕因廢織，老夫觀社忽成詩。眼前物物是生意，却恨淵明歸計遲。月泉吟社評曰：「頷聯語意深，頸聯尤精。」〔一〕。

〔一〕「精」，稿本作「雋」。

君瑞 桐江人。

春日田園雜興

白粉墻頭紅杏花，竹槍籬下種絲瓜。厨煙乍熟抽心菜，篝火新乾捲葉茶。草地雨長應易墾，秧田水足不須車。白頭翁嫗閒無事，對坐花陰到日斜。月泉吟社評曰：「此真雜興詩，起頭便見作手。」

竹林吟叟

竹林吟叟，見《懷慶府志》。

百家巖

明月池頭酌玉罍，玉罍未倒玉山頽。秋風吹斷華胥夢，卧看飛雲過嶺來。

貞菴

貞菴以下三人見《平陽府志》。

潞公軒用郭西埜韻

石磧淙淙湧細流，斜陽歸鳥別汀洲。蒼山無數來迎客，白髮垂肩更度秋。

溪翁

潞公軒用郭西埜韻

灘平水淺兩分流，煙樹昏昏映小洲〔一〕。枕簟夜深涼似水，可人天氣屬新秋。

〔一〕「洲」，原誤作「舟」，據稿本改。

淡翁

淡翁官僉憲。

録囚過陽城和郭西埜韻

計出并州道，區區十二程。嶺雲侵褐濕，野水掠衣平。棗結枝將折，禾圈穗已成。豐年看民樂，牛酒謝神明。

陽城阻雨復用前韻

昨暮忽燠熱〔一〕，行人倦登程。秋風吹夢覺，夜雨没階平。河海直傾瀉，雲龍始釀成。神功漸收斂，渡口夕陽明。

〔一〕「暮」，稿本作「夜」。

清遠居士

清遠居士見《雲南通志》。

過果苴浪

山路陰陰木葉涼，山村八月稻初黄。野花零落斜陽淡，隔澗人家煮酒香。

廉訪使者

《華亭志》云：廉訪使者實復，松江旱禾見，農食有感，作詩云。

麥飯黄漿粥米甌，索嘗老媪淚盈眸。華堂終日肥甘者，還亦曾知此味不。

西昌寇

《江西通志》云：鄧學詩字崇雅，泰和人。元季寇入西昌，學詩負母劉以逃。塗遇寇，斮之幾死。繼有寇至，見老母哭其旁，憫之。與以善藥傅創，又解衣覆之，久乃甦。最後復遇渠寇，知其儒者，哀之，口占一詩云云，命和。學詩應聲和云：「鐵馬從西來，滿城盡驚走。我母年七十，兩足如醉酒。白刃加我身，一命懸絲藕。感君不殺恩，未知能報否？」寇喜釋之。

口占詩

頭戴血淋漓，負母沿街走。遇我慈悲人，與汝一杯酒。我亦有家兒，雪色同冰藕。亦欲如汝賢，未知天從否？

謁文總管詩

《惠州郡志》云：文壁號文溪，天祥之弟，守惠州，以城降元，爲臨江總管。天祥寄詩曰：「五十年兄弟，一朝生別離。雁行長已矣，馬足遠何之。葬骨知無地，論心更有誰。親喪君自盡，猶子是吾兒。」後有客以詩謁之云。

江南見説好溪山，兄也難時弟也難。可惜梅花異南北，一枝向暖一枝寒。

悼何道士巨川詩

《輟耕録》云：何公巨川者，京師長春宫道士也。會世皇將取宋，乃上疏抗言宋未有可伐之罪，遂命副國信使翰林學士郝文忠公使江南，殁于真州。至正間，詔追贈二品官，有人作詩悼之云。

奇才不泄神仙事，抗疏曾干世祖知。每恨南邦本無罪，比留北使欲何爲。忠魂久掩孤城館，褒詔新鎸二品碑。地上若逢姦似道，爲言故國黍離離。

譏行臺詩

《輟耕録》云：集慶失守，行御史臺移置紹興路〔一〕，前御史大夫納璘再任。時游省丞相達失帖木兒得便宜行事，民間頗言其貪，後又以大夫子安安判行樞密院護臺治，大夫之政亦聽決於院判。有人作詩云：「舊省新丞相，新臺舊大夫。大夫聽子語，丞相愛金珠。」又有人大書于臺之門曰。

包苴賄賂尚公行，天下承平德未能。二十四官徒獬廌，越王臺上望金陵。按《輟耕録》又云：至正乙酉冬，朝廷遣官奉使宣撫諸道，問民疾苦。散散王士宏等聲色賄賂，交征朘剥，貪婪不問，塗炭罔知，閭閻失望，田里寒心，乃歌曰：「九重丹詔頒恩至，萬兩黄金奉使回。」又歌曰：「奉使來時，驚天動地。奉使去時，烏天黑地。官吏都歡天喜地，百姓却啼天哭地。」又歌曰：「官吏黑漆皮燈籠，奉使來時添一重。」如此怨謡，未能枚舉。

〔一〕行御史臺，原誤作「行臺御史」，據稿本改。

弔四狀元詩

《輟耕録》云：平江一驛舟中，有題《弔四狀元詩》者，不知誰所作。詩中云：元舉，王宗哲字也，至正戊子科三元進士，時爲湖廣憲僉。兼善，泰不花字也，時爲台州路達魯花赤。公平，李齊字也，時爲高郵府知府。子威，李黼字也，時爲江州路總管。此四公者，或大虧臣節，或盡忠王事，或遇難而亡，故云。若論其優劣，則江州第一，台州次之，高郵又次之，憲僉不足道也。一云：此詩士人常明善作。

四榜狀元逢此日，他年公論定難逃。空令太守題三尺，不見元戎用六韜。元舉何如兼善死，公平争似子威高。世間多少偷生者，黄甲由來出俊髦。

集古句

《輟耕録》云，後至元丁丑夏六月，民間謡言，朝廷將采童男女，以授韃靼爲奴婢。自中原至江之南，府縣村落，凡品官庶人家，但有男女年十二三以上，便爲婚嫁，六禮俱無，片言即合巹。十餘日纔息，自後有貴賤貧富妍醜匹配之不齊者，各生怨悔，或夫棄其妻，或妻憎其夫，或訟于官，或死于夭，此亦天下之至變，從古未之聞也。有人集古句云云，可謂深於命意者矣。

翡翠屏風燭影深，良宵一刻直千金。共君今夜不須睡，明日池塘是緑陰。

訪樵隱不遇詩

《蘭溪遺事》云，天歷初，開奎章學院，命余充授經郎，專教望族宿衛四官，次校《經世大典》。時南省爲翰林院，余因以寓其居，松風滿庭，内翰虞伯生扁曰松濤。圭齋歐公寄其名，余暇日扃户獨出，有持詩見訪者，題曰無名氏訪樵隱不遇而去，今收篋中，已十九年矣。至正七年丁亥，余自蘭溪往浦江，薄暮雨迫，道過玄常，就憩于此，問其觀主，亦曰樵隱，其扁書曰鵲華友，若有所契者，搜枯不及，緬想向者無名氏所贈詩，以誌於壁。從行者憲使沙仲誠、秦子章、余文卿、道士陳虚白，書此壁者，濟南必申達而隱樵唐吾氏也。

想是朝真去未回。空教人久立丹臺。冰盤露冷生瓊屑，玄圃春深長碧苔。巖下響知松子落，洞中香是竹花開。拍闌一笑欲歸去，海闊天高鶴不來。

贈陳克甫詩

《閩書》云：陳紹叔字克甫，興化人，居靈川里浮山下。洞達性理，至於河圖、洛書、太極、通書、律曆、制度，靡不研究。有外集百餘卷，題曰《浮邱集》，因與學者説璇璣玉衡，遂揉木像示之。既鑄銅仿古制，又别制器象天體，虚中而縣之，上刻周天度數，填以鈿鸁，揭南北二極，凡天河星宿，皆列其中，其制度精微，名曰小天。有友人贈詩云。

夜過浮邱月滿山，一尊相對坐漫漫。門臨大海風濤壯，家有小天星斗寒。

郊居生銅仙辭漢歌

楊廉夫手書郊居生《金銅仙人辭漢歌》一卷，跋云：余謂此歌，小李絶唱，後萬代詞人，不可著筆。此生膽大而有是作也。呼天籟，裂地維，鼎定天下，見於此矣。銅臺折，當塗高，又豈爲卯金氏感慨也哉！

神明臺些茂陵鬼，六宫火滅劉郎死。芙蓉仙掌驚高秋，雄雷掣碎銅蛟髓。魏宫移盤天日昏，車聲轔轔繞漢門。鐵肝苦淚滴鉛水，石馬尚載西風魂。青天爲客驚曉别，天籟啼聲地維裂。銅臺又折當塗高，夜夜相思渭城月。

和楊鐵崖西湖竹枝詞二首

蘇公堤上楊柳青，人來人去管離情。東風爲爾丁寧道，折斷柔條莫再生。

天竺寺前開翠微，長年流水白雲飛。流水入湖無日歇，白雲出岫有時歸。

紀瀛國公事詩〔一〕

皇宋第十六飛龍〔二〕，元朝降封瀛國公。元君召公尚公主，時承錫宴明光宮。酒酣伸手扒金柱，化爲龍爪驚天容。元君含笑語羣臣，鳳雛寧與凡禽同。侍臣獻謀將見除，公主泣淚沾酥胸。幸脱虎口走方外，易名合尊沙漠中。是時明宗在沙漠，締交合尊情頗濃。合尊之妻夜生子，明宗隔帳聞笙鏞。乞歸行宮養爲嗣，皇考崩時年甫童。元君降詔移南海，五年乃歸居九重。憶昔宋祖受周禪，仁義綽有三代風。至今兒孫主沙漠，吁嗟趙氏何其隆。

陸容《菽園雜記》云〔三〕：右詩不知何人作。嘗聞節之誦一過，適過廷器指揮談及之，爲略考史册所書、野史所記，并附此詩，以俟知者。史云：元順帝名脱懽帖睦爾，明宗長子母罕禄魯氏名邁來迪，明宗爲周王，居朔北，過其地納之，生帝。嘗被讒于文宗，移居廣西，十三歲迎歸即位。初，文宗在上都時，將立子爲太子，乃以順帝乳母之夫言明宗在日，素謂太子非其子，因黜之江南，而召集使書詔，播告中外。時省臺臣皆不敢斥言，唯諷集使速去。文宗與幼君相繼崩，大臣將立帝，召諸老臣赴上都議事，集亦在列。馬祖常使人告之曰：「御史有言矣。」集乃謝病歸臨川。帝既立，侍臣有以舊詔爲言者。帝不懌曰：「此我家事，豈由彼書生？」後至元二年二月，追尊帝生母邁來迪爲真裕徽聖后。至八年十一月，集卒，年七十二。錢塘瞿祐宗吉《詩話》云：虞伯生際遇文宗，置奎章閣爲學士。天曆至順間，文治粲然可觀。順帝爲明宗子，文宗忌之，遠竄海南。詔書有曰「明宗在北之時，自以爲非其子」，伯生筆也。文宗晏駕，寧宗立，八月崩，國人迎順帝立之。帝入太廟，斥去文宗神主，而命四方毀棄舊詔。伯生時在江西，以皮繩拴腰，馬尾縫眼，夾兩馬間逮捕至大都。嫉之者爲十七字詩曰：「自謂非其子，如今作天子。傳語老蠻子，請死。」至，則以文宗親改詔稟呈。順帝覽之曰：「此朕家事，外人豈知！」遂得釋兩目，由是喪明，不復能楷書矣。按瀛國公在沙漠，託身方外，名合尊。相傳順帝爲瀛國公所生，明宗養爲己子。此詩蓋紀其寔也。第伯生馬尾縫眼之事，史書不載。且伯生在文宗朝，中丞趙世安嘗以集病目就醫爲請，豈至順宗朝爲始喪明邪？野史流傳，恐未足以徵信也。

〔一〕此詩原無，而稿本存之。明陸容《菽園雜記》卷五言「爲閩人俞應則所作」，並懷疑「應則其國初人與」。今據稿本存之。

〔二〕「飛」字原闕，據《菽園雜記》補。

〔三〕「陸容」，原作「陸榮」，今改。

福寧州謠

至正十七年春正月，諸部各起團社，吞并田土，民怨有謠。

吾儂生長莆山曲，三尺茅簷四尺屋。大男終歲食無鹽，老婦蒸藜淚盈掬。阿郎辛苦學弄兵，年年販鹽南海濱。擔頭有鹽兵一束，羣行大隊驚四鄰。邇來紅巾掠州縣，沃野平民不知戰。賢哉太守死作灰，勇矣林僧命如線。林僧一戰功業單，策馬東走來莆山。山人·鄭躅喜相遇，邀我鄰社東南旋。我鄰我社輕死士，苦竹長槍兼丈五。自從行劫出社來，社甲吹螺整行伍。時維癸巳夏五月，暍暑微民正愁絶。螺聲隱隱入郭門，白旆央央下林樾。饑兒寡婦常諮諮，老弱奔走趨道隅。鴟鴞翻羽動天哭，虎豹掉尾何時需。空城一炬灰燼後，車蓋歸來仍白授。阿娘垢面迎相公，西鄰椎牛喚新酒。酒酣拍掌浩浩歌，天地雖大如吾何。女兒朝餐饜粱肉，走卒出市陳干戈。市人纍纍喪家狗，路上相逢盡纏首。儒巾驚駭迎先鋒，小兒號哭畏郎吼。老翁再拜乞見憐，自從亂後無一錢。舍人官買雞豕盡，有田未種蠶未眠。先鋒拔刀倍嗔怒，縛得家翁出門去。妻兒哭泣投社官，願獲生全拜君賜。社官點頭兒始懽，年來錢鈔交莫慳。爾田儻入莆社籍，爾屋老稚從居安。我田我廬不足惜〔一〕，應當門户誰出入。生男願作社中吏，生女願作先鋒妾。胡然太府亶不聽，有書輒上莆社公。柏臺主人任刀筆，札札按覆皆相同。向來壞地方萬里，比屋豪華皆武士。五侯同封不足誇，一家十輪未爲易。匹夫勢轉千乘强，驅役百姓如驅羊。編民貢税入私室，小大驅合無邊方。手提文印緑衣者，饑食無魚出無馬。流離安集無定期，蓬蒿獵獵故城下。道旁遺老問行人，泰安有社民未貧。行人蹙額皆相語，我聞公社吏更仁。前年泰安掠城邑〔二〕，未曾入城先報捷。前師失利後師奔，一市横尸更稠疊。至今大厦環州營，一門公相皆弟兄。犲狼盤踞食人肉，一叱一咤風雲生。我聞有命不敢告，俯首未言膽先破。老翁聞此雙淚垂，風雨洗天何人到。

至正二十一年冬十月泰安社築城〔三〕是時凡橋道墳墓盡毀掘莫敢誰何民作吟傷之。

袁君袁君誠兒嬉，東山之下築城池。掘人冢石疊墻塹，占民田土開營基。欲謀於此胚漢業，井蛙尊大情何癡。役民荷鍤任犁穴，無骸不露堪欷歔。前人盡辭長夜室，天陰露冷涼啾悲。山中獨存袁氏墓，若堂之封何巍巍。又見若坊若夏屋，芙蓉築城芳飛飛。無歸之鬼欲託處，游目一見動所思。鬼靈相率語其下，主人肅入安便宜。衆鬼夜深苦啼哭，主人慰勉甘其辭。惟桑與梓焉有舊，顛危自合相扶持。兒孫祭掃同爾享，佳城爽塏同爾歸。且叙平生受苦語，又奚深夜啼悲爲。衆鬼致詞恤久遠，天地循環何所期。城池恐爲他人得，他人又嫌墻塹卑。發號令民更增築，吾家已破墻無基。恐人掘石及君墓，嗟余與君俱無依。

至正二十四年開王珵田令人四方射矢之所及悉爲社田民怨有謡

山巍巍兮無麥原，白麪細粉常盈盆。林森森兮無桑柘，錦繡綾羅色相亞。出門見嶺不見江，案前羅列皆鱸魴。兒童吼鬨南山下，剩逐牛羊與驢馬。山妻嘻笑臨堂前，滿頭珠翠垂翩翩。自言獲功始三載，勝如仕宦數十年。但願魁寇未殄滅，與我增財廣置山間田。

〔一〕「惜」，稿本作「恤」。

〔二〕「掠」，原作「挹」，據稿本改。

〔三〕「泰」，原作「太」，據稿本改。

乾坤清氣

櫻桃詞

江南四月春歸早，紅紫千枝跡如埽。枝頭新綴纓絡珠，一樹櫻桃爛晴昊。菱花照見白家娘，一顆胭脂相鬭好。青樓遠客迷芳草，三食櫻桃送春老。鳳凰在何方，銜將飛遠道。

元音

雪花曲

苦篁獵獵吹北風，黄河水流凝不通。天孫手持白鷺尾，笑掃琪花飛碧空。崑山玉碎瓊樓裂，老龍起舞驚明月。夢覺遊魂不覺寒，醉吟紙帳春雲熱。東家嬌娘厭桃李，學繡宫花瑣窗裏。冷袖擎來欲細觀，隔簾火氣催成水。

天燈

高掛長繩百尺餘，直牽紅燄上天衢。一包春髓蒸元氣，九轉靈丹煉太虚。綵鳳抱成吞日卵，赤龍銜出照天珠。高高不受飛蛾撲，長使凡人仰面吁。

車中女

青青帷幄映彤車，淺露新妝不自遮。繡帶垂膺明綵鳳，茜羅帕首護雲鴉。青夷關外東風柳，丞相園中上日花。亦有携鞭年少者，雕鞍並坐是誰家。

美人紗帶

滿眼春嬌倚繡牀，玉鈎新綰藕絲長。鴛鴦機上舒晴雪，翡翠簾前蹴曉霜。拾翠不知羅襪潤，踏花猶隔繡鞵香。幾回暗憶吹簫侶，背立東風詠鳳凰。

仙壇

碧壇纛影蔭龍蛇，騎鶴歸來棗似瓜。仙女風前飄玉屑，道衣天上翦雲霞。寒潭六月猶無暑，老木千年尚有花。采藥青童來借問，蒼烟起處是誰家？

元詩體要

鶴夢

九皋霜冷寂無聲，一覺遊仙思更清〔一〕。風過松巖酣未醒，煙生茶竈倦還驚。青田月下家千里，赤壁舟中夜幾更。香暖紫芝初睡足，莫教琴上玉絃鳴。

雁字

故國霜前省舊遊，夕陽影裏見銀鉤。都將塞北千年恨，寫破江南萬里秋。一畫如真橫遠漢，數行帶草落平洲。傳書莫到秦淮上，明月蘆花客正愁。

破屋

一番風雨一番顛，卷我書齋屋頂穿。紅日透光來枕上，白雲拖影到窗前。小鎗煮茗烹明月，古硯濡毫蘸碧天。寒士夜來讀周易，燈光直射斗牛邊。

瓦

四角稜層夜不收，覆成行隴仰成溝。能令有漏爲無漏，解使斜流作正流。螮蝀一條横脊上，鴛鴦幾對宿簷頭。莫言陶冶工夫小〔二〕，曾爲吾王蓋九州。

梅花燈籠

翠節玲瓏玉骨涼，分明照見鐵心腸。一挑銀焰勾春色，萬點金錢散野光。帶月横霜疎弄影，篩金滿地暗生香。幾回引馬歸來後，青鳥無聲更漏長。

櫓

斲木爲竿駕客舟，翩然快我下中流。雙龍影落湘江晚，百雁聲傳楚岸秋。素練撥開波浩渺，黄金攪碎月沉浮。長灘鷗鷺多如雪，一路驚飛不敢留。

〔一〕「思更清」，稿本作「更思清」。

〔二〕「小」，稿本作「少」。

事文類聚翰墨全書

佳期綺席詩九首

劉應李云：按娶婦之家，親迎入門，婦下車，壻揖以入！行交拜合巹之禮，如是而已。雖曰酒食以召鄉黨僚友，安得塞路填門，厚要錢物以爲利市者乎！唐人擁車有禁，今世俗攔門，自當罷去。擯相固亦古者相禮之意，交拜合巹脱服，當以婦女贊之。閨房之間，男女喧雜，開門揭幔，坐牀撒帳，開襟拔花，以爲戲樂，果何禮邪！知禮君子自當急正其失，世俗有攔門撒帳等詩，姑存一二以示戒也。

青鸞銜信入秦樓，紅葉題詩寄楚溝。今夕佳期欣會遇，不妨剩與錦纏頭。

不假陽和運化鈞，一枝丹桂十分春。廣寒殿裏曾親折，插向香帷左相人。

仙娥此夕遇仙郎，銀燭高燒照艷妝。敢請百年長壽帶，插歸洞府效鸞凰。

好花壽帶傳將來，出自佳人玉手裁。付與粉郎頭上插，海棠今夜一枝開。

金帳重重鴛被堆，洞房隱隱雀屏開。夜長歡愛知多少，請上筵中第二杯。

雲鎖巫山萬里深，銅壺聲悄夜沉沉。朱門掩却渾閑事，恐負仙娥久望心。

銅壺滴盡漏聲殘，未覩文簫駕綵鸞。見説洞房春色好，大家齊揭繡簾看。

英姿不與衆花同，妙奪乾坤造化功。盡道滿頭春色媚，劉郎認取一枝紅。
愛看紅羅長袖衫，無因得見玉纖纖。請君試把羅襟解，看取春葱十指尖。

文翰類選大成

和林道中

沙葱近水根猶活，野韭經霜葉已乾。煙雨漫漫沙漠漠，不知何處是長安。

釣臺集

釣臺二首

范蠡忘名載西子。介推逃迹累山樊。先生正爾無多事，聊把漁竿坐水村。
晦迹韜光不計春，怡然養道樂天真。一竿臺上清風遠，肯爲中興作漢臣。

釣臺拾遺集

釣臺二首

不隨龍去愛漁汀，絶喜先生世累輕。却把客星驚帝座，豈應忘世未忘名。千古高風挽不回，故人蹤跡只蒼苔。空憐山下悠悠水，長載行人上釣臺。

順天府志

祭星臺

章宗曾爲祭星來，鑿石誅茅築此臺。野鳥未能隨鶴化，山華猶自傍人開。直期熒惑遷三舍，不向人間勸酒杯。梯磴高盤回輦處，馬蹄無數印蒼苔。

護駕松 金章宗失足，得松護之。

鑾輿西幸日重輝，五老掀髯拱翠微。風撼碧濤寒落座，鶴翻清露冷霑衣。根柯夭矯蟠金輦，枝葉陰森障繡幃。記得瑶池開宴處，蘿花香裏駐旌旗。

河南通志

馬蹄河

醉唱西巖曲，鼓栧白蘋渚。水鳥亦忘機，菰蒲共容與。

新蔡縣志

新蔡道中

拾薪溪女踏晴沙，荒崦衡茅四五家。兵後不知春富貴，野桃無主亂開花。

郿縣志

五丈原

鳳詔初飛下九霄，特生斗酒慰賢勞。荒祠野日牛羊踐，壞壁秋風鳥鼠巢。渭水不湔巾幗恥，故原猶似陣雲高。乾坤何處鍾英氣，太白山頭雪不消。

溧陽縣志

高官嶺

極目天涯第一峯，巖巖遥受紫泥封，若教版築爲賢佐，千載君臣喜再逢。

雷公山

鼎湖龍去巖空在，潭底龍飛大耩間。安得雷公高擊節，再成神器出人間。

吴江縣志

南郇

按王行記，郇在綺川，元末隱士張璹所居。

綺川嘉隱地，心迹遠塵氛。山色長年對，溪聲入夜聞。彈琴當落日，把酒對春雲。每憶高堂上，斑衣獨羡君。

毘陵志

題太平寺畫水

非江非海一潭清，無雨無雲半壁陰。今古不湔南北恨，英雄難洗是非心。欲流不去動中静，有色無聲淺處深。一自太平興國後，兩無消長到如今。

寧國府志

潯川八景

潯潭秋月

潯川面南麓，風湍起深淵。巖洞媚潛虯，石壁鳴寒泉。鑑止悟真性，秋月明中天。

漈嶺喬松

山肩有夷行，樵牧共來往。高樹落繁陰，風生海潮響。未遂赤松遊，長歌起遐想。

蘭徑清風

幽密兩山間，梯徑通玄圃。猗蘭吐清芬，隨風泛郊塢。誰能紉爲佩，遠寄湘江浦。

金山夕照

殘陽冒山嶺，黄金炫人目。楓林醉秋霜，相看共幽獨。一鳥天際歸，欲問桃花宿。

洌溪漁唱

平沙耎於綿，邃溪湛寒洌。輕風翡翠飛，晝静流鶯歇。隔岸有漁人，歌聲更清徹。

通靈煙雨

峻峰列清障，山林閟幽靈。聞有忘機人，蕭蕭守巖扃。欲往問其源，煙雨寒冥冥。

延慶曉鐘

悠悠青蓮界，寂寂招提境。谿風六月寒，住雨千林静。忽起下堂鐘，悵望川光暝。

烏石歸飄

夕舍偏芳洲，餘暉在高樹。烏石動西風，歸人正争渡。浮生舟上飄，隨風安得住。

建平縣志

歌風臺

兩雄逐鹿操干戈，覬覦中原奈力何！漢祚有成三尺劍，楚兵終散一聲歌。承顏竟築新豐舍，歸夢長遊古沛河。芒碭山高青不了，五雲猶繞赤龍窩。

白帝子死老嫗哭，天下紛紛競逐鹿。炎劉天子揮干戈，誅秦夷項何神速。功成治定回故鄉，擁護馬首皆侯王。椎牛釃酒宴鄰里，酣歌擊筑增慨慷。沛中父老留不住，赤龍又駕西方去。百二山河鎮帝居，杳杳白雲在何處。太行落日羣峰青，黄河不盡今古情。魂魄想存湯沐邑，至今臺上風雲生。

襄陽府志

漢江

襄陽下來灘復灘，七十二迴相見灣。南風乍停北風起，愁殺行船牽水難。水寒白石光璘璘，鱸魚短尾黄金鱗。滄波蕩漾浴明月，疑是弄波遊美人。

漳州府志

題木棉菴詩

宋運窮時身亦窮，此行難倚鄂州功。木棉菴上千年恨，秋壑堂中一夢空。石砌苔稠猨步月，松庭葉落鳥呼風。客來未用多惆悵，試向吴山望故宫。

綿州志

浮水觀

至正二年作。

松檜森森鎖翠霞，清虚宫殿白楊家。天闊難尋騎去鶴，井香疑有煉丹砂。碧窗有雨棋聲少，寶殿無風篆自華。宫扉不掩春長在，閑盡夭桃千樹花。

金遼志〔一〕

廣寧十秀

望海寺名。擎天接碧霄，清安寺名。瀑布寫瓊瑶。玉泉寺名。松柏凌霜雪，豹虎寺名。龍潭寺名。浸斗杓。牛角山名。青巖寺名。堪入畫，崇泉寺名。曉霧最難描。白雲山名。烏峰塔名。埋錦地，四水朝門弔畫橋。

〔一〕金，稿本作「全」。

京口三山志

焦山

江上峰巒擁翠濤，神仙曾此挂丹瓢。中流坐席雲常護，六月樓臺暑自消。樹色遠迷淮甸雨，鐘聲遥帶海門潮。天開圖畫非人世，一葦相過不待招。

麻姑山丹霞洞天志

麻姑山

古木陰陰石枕溪，千年冷浸謝家詩。池塘青草年年换，惟有紅泉似舊時。

書畫卷遺蹟

題米家山圖

雨過石生五色，雲過山餘數層。時有炊烟出樹，中多隱士高僧。

方方壺雲林圖

海上三山樓觀開，壺山蚤晚御風回。畫成定勝人間景，爲問何人寄得來。

題趙彛齋水仙圖

朱房生漢時，紫萼吐湘皋。臭味元相似，同心合定交。

題龔聖予中山出游圖

小魎欺人亦可憎，鬼翁怒縛敢馮陵。莫言怪狀元無有，老眼髯龔見屢曾。

題管夫人竹石圖

魏國夫人雲錦裳，銅槃磨露寫篔簹。蒙恩曾上黄金殿，詔賜乘鸞出未央。

三五七言次李謫仙韻題宋復古秋山對月圖

宋才清，迪德明，思超雲物外，筆落鬼神驚，秋山舊跡令人賞，對月風流萬古情。

王安道蒼崖古樹圖

古樹蒼蒼楓葉丹，此中别似一人間。如何忽起思鄉念，不是台山是雁山。

古木竹石圖

竹樹色依稀，蒼蒼擁翠微。枝頭應帶潤，疑是泣湘妃。

丹邱竹圖

故人能寫竹，標格似湖州。静對西窗下，清風滿紙秋。

江叟吹笛圖

江楓葉赤蘆花白，煙水茫茫晚山碧。釣罷歸來酒一壺，醉倚篷窗弄長笛。弄長笛，無腔拍，一任江南與江北。

仙女圖

縹緲霞衣玉女裁，珮摇華月下仙臺。庭闈自是陽和早，歲晚碧桃千樹開。

漁笛圖

山中老樹秋還青，山下漁舟泊淺汀。一笛月明人不識，自家吹與自家聽。

石民瞻鶴溪圖

白鶴翩翩入太清，溪流不盡松風聲。髯翁筆底有仙路，倩渠更寫芙蓉城。

五言一律

修竹深深處，人間俗慮消。時將碧玉調，寄在白雲謠。雪乳臨風瀹，冰花對佛燒。思君不可見，乘興動蘭橈。

規諷

西湖歌舞何時了，南國佳人絶代無。莫上吴山最高處，楚天空闊白雲孤。

繙經一首奉簡天民有道先生次鄭明德韻

已愧吾儕髮漸翁，有親猶樂校讐功。涼雲竹委湘簾碧，春雨萍翻墨沼紅。鄉井音書時節異，兒郎伯仲起居同。吴城百里絃歌邑，燕頷先推彀世豐。

屬國

滇南六人〔一〕

武威公段福

福，大理人。自唐以來，有鄭、趙、楊、段四氏，皆都其中，福，其後也，爲大理國王興智季父。元世祖時，隨興智入覲，詔賜金符，使歸國，命主諸蠻、僰爨等部，以福領其軍。後以軍功封武威公。

春日白崖道中

煙雨濛濛野外昏，蒼茫四合動陰雲。青歸柳岸添春色，碧入山荒破燒痕。百里人煙誠杳杳，十年戎馬尚紛紛。詩成更怕東風起，添得吾曹老一分。

翠華臺扈從詩

叨從萬乘陟蘭峯，一片青螺起梵鐘。日映仗霞祥彩徧，花明輦路景光重。天戈肅肅參巖竹，仙樂泠泠響澗松。佇看玉毫明海國，朱旗揮霍擁蒼龍。

〔一〕「滇南」，原作「滇安」，據稿本改。

段左丞寶

寶字□□，大理人。雲南平章段功之子，功被殺後，寶復據大理。梁王把都七攻之，不克，奏陞雲南左丞。明玉真復侵善闡，梁王遣使借兵大理，寶答書云：殺虎子而還喂虎母，分狙栗而自詐狙公。假途滅虢，獻璧吞虞。金印玉書，乃爲釣魚之香餌；繡閨淑女，自飾掩雉之網羅。況平章既亡，弟兄罄絶，今止遺一熬一奴，奴再贅華黎氏，熬熬可配阿𧞣妃，如此事諸我，必借大兵。如其不可，待金馬山換作點蒼山，昆明池改作西洱河時來矣。書後附以詩云：

烽火狼煙信不符，驪山舉戲是支梧。平章枉死一作「喪」。紅羅帳，員外虛題粉壁圖。鳳別岐山祥兆隱，麟遊郊藪瑞光無。自從界限鴻溝後，成敗興衰不屬吾。

阿𧞣主

阿𧞣主，梁王把都之女，段之妻也〔一〕。初，梁王鎮雲南，至正癸卯，明玉珍僭號於蜀，自將紅巾三萬來攻。時功爲大理總管，擊退之。王深德功，以女阿𧞣主妻之，奏授雲南平章，威望大著。或讒于梁王，王召主付孔雀膽一具，令乘便毒殪之。主不受命，王因誘功格殺之，主聞變欲自盡，不得死。愁憤作詩曰：

吾家住在雁門深，一片閒雲到滇海。心懸明月照青天，青天不語今三載。欲隨明月到蒼山，悮我一生踏裏彩。錦被名也。吐嚕吐嚕段阿奴，吐嚕可惜也。施宗施秀同奴歹。歹，不好也。雲片波潾不見人，押不蘆花顔色改。押不蘆，北方起死回生之草。肉屏獨坐細思量，肉屏，駱駝背也。西山鐵立霜瀟灑。鐵立，松林也。

按顧應祥《南詔事畧》云：初梁王奏授段功雲南平章，曲意奉之。功戀戀不肯歸國。其大理夫人高氏寄樂府，促之歸，其詞曰：「風卷殘雲，九霄冉冉逐。龍池無偶，水雲一片緑。寂寞倚屏幃，春雨紛紛促。蜀錦半閑，鴛鴦獨自宿。好諾我將軍，只恐樂極悲生寃鬼哭。」功得書乃歸，高氏可謂有先見之明矣。并詞附載於此。

〔一〕段，稿本作「功」。

段僧奴

僧奴，功之女。功被殺後，將適建昌阿黎氏。出手刺繡旗以與兄寶曰：「我素憫父寃恨，非男子不能報，此旗所以織也。今歸夫家，當收合東兵，飛檄西洱，汝急應兵會善闡也。」又作詩二首云：

珊瑚勾我出香閨，滿目潸然淚濕衣。冰鑑銀臺前長大，金枝玉葉下芳菲。烏飛兔走頻來往，桂秀一作「馥」。梅馨不暫移。惆悵同胞未忍别，應知含恨點蒼低。

何彼穠穠花自紅，歸車獨别洱江東。鴻臺燕苑難經目，風刺霜刀易塞胸。雲舊山高連水遠，月新春疊與秋重。淚珠却似通宵雨〔一〕，千里關河幾處逢。

按二詩載《南詔事畧》，他書亦采入〔二〕，作段功妹僧奴。且云僧奴遺寶二詩，令爲兄復仇。豈傳寫之誤耶？

〔一〕　却，稿本作「恰」。

〔二〕　他書亦采入，稿本作「錢牧齋列朝詩集亦采入二詩」。

楊員外淵海

淵海，段功之從官也，功死，梁王愛淵海之才，綣意欲爲己用。淵海爲挽詩題於粉壁，飲藥而死。梁王見詩，哀悼不已，乃厚恤之。

半紙功名百戰身，不堪今日總紅塵。死生自古皆由命，禍福于今豈怨人。蝴蝶夢殘滇海月，杜鵑啼破點蒼春。哀憐永訣雲南土，錦酒休教灑淚頻。

省憲官

至正二十七年閏四月，梁王生日，宴文武于昆明池上，省憲官以詩賀。

賢君獻壽宴嘉賓，殿帳先施巨海濱。萬里晴天開錦帳，一川芳草卧麒麟。笙歌緩送金杯酒，鎧仗寬圍玉佩人。醉飽百官咸稽首，願王高壽過千春。

高麗七人

李侍中齊賢

齊賢字仲思，□□人。歷官門下侍中，封雞林府院君。卒謚文忠，著有《亂稿》十卷。

鄭瓜亭 按鄭麟趾《高麗史》云：鄭瓜亭，内侍郎中鄭叙所作也。叙自號瓜亭，聯昏外戚，有寵於仁宗。及毅宗即位，放歸其鄉東萊，曰今日之行，迫於朝議也，不久當召還。叙在東萊日久。召命不至。乃撫琴而歌之，詞極悽惋，齊賢作詩解之。

憶君無日不霑衣，政似春山蜀子規。爲是爲非人莫問，只應殘月曉星知。

居士戀《高麗史》云：行役者之妻作是歌，託鵲蟢以冀其歸也。齊賢作詩解之。

鵲兒籬際噪花枝，蟢子牀頭引網絲。余美歸來應不遠〔一〕，精神早已報人知。

處容《高麗史》云：新羅憲康王游鶴城，還至開雲浦，忽有一人奇形詭服，詣王前歌舞讚德，從王入京，自號處容。每月夜歌舞于市，竟不知其所在，時以爲神人。後人異之作是歌，齊賢作詩解之。

新羅昔日處容翁，見説來從碧海中。貝齒頳脣歌夜月，鳶肩紫袖舞春風。

〔一〕「不」，稿本作「未」。

申參政淑

淑字□□，高靈郡人。仁宗朝，登明經科，遷御史雜端，後除右諫議大夫，轉知閤門祇候，左遷守司空。棄官歸鄉，賦詩云云，尋召還，以參知政致仕。

歸隱

耕田消白日，採藥過青春。有水有山處，無榮無辱身。

金平章仁鏡〔一〕

仁鏡字□□，慶州人。仕高麗，官至右樞密，貶尚州牧，故舊無一人餞送者。惟門生餞于郊，仁鏡詩云云。後至尚書左僕射中書侍郎平章事，謚貞肅。

貶尚州

一鞭幾盡掃胡塵，萬里南荒作逐臣。玉筍門生多出餞，感深難禁淚霑巾。

題州壁

敢向蒼天有怨情，謫來猶自得專城。何時鈴閣登黄閣，太守行爲宰相行。

〔一〕「平章」，稿本作「尚州」。

金巡簡希磾

希磾字□□，郡山島人。全羅道巡簡使，與判官禮部員外郎孫襲卿、監察御史宋國瞻率兵討石城，大破亏哥而還。至紫布江，冰已解，不可渡，是夜冰合乃渡，入自清虜鎮，有詩云云。後被譖投海死。

渡江入清虜鎮

將軍仗鉞未雪恥，將何面目朝天闕。一奮青蛇指馬山，胡軍勢欲皆顛蹶。虎賁騰拏涉五江，城郭爛爲煨燼末。臨杯已暢丈夫心，反面無由愧汗發。

投海詩〔一〕

欲投清河百注恩，東西南北總亡身。奈何一旦逢天厭，紫陌人爲碧海人。

〔一〕此詩稿本列於「孫員外襲卿」名下。

宋御史國瞻

和金希磾

以仁爲脊義爲鋒，此是將軍新巨闕。一揮向海鯨鯢奔，再舉向陸犀象蹶。況彼馬山窮猘兒，制之可以隨鞭末。朝涉五江暮獻捷，喜氣萬斛春光發。

孫員外襲卿

和金希磾

塞垣無鼎又無鐘，欲記元功計可闕。書之板上告後來，觀者争前僵後蹶。孟明濟河雪奏恥，若比于公當處末。明年又可定天山，三箭原無一處發。

崔司成瀣

瀣字彦明，雞林人。歷官大司成，選録高麗自元以前詩，目曰《東人之文》，凡二十五卷。

雨荷

胡椒八百斛，千古笑其愚。如何緑玉斗，終日量明珠。

安南九人

陳太王光昺

光昺，安南國王日煚之子，元憲宗遣大帥兀良合觮自雲南經畧安南，破其國都，日煚遜位於光昺，遣使入貢。中統三年，制封爲安南國王，降虎符國印。至元十四年薨，居位十八年，年六十，謚太王。

送天使張顯卿

顧無瓊報自懷慚，極目江皋意不堪。馬首秋風吹劍鐵，屋梁落月照書菴。幕空難任燕歸北，地暖愁聞雁别南。此去未知傾蓋日，篇詩聊贈當高談。

三世陳聖王日烜

日烜，光昺世子，父薨不請命而自立。元世祖屢徵之入朝，又不肯行。乃命鎮南王脱驩移兵討之，戰敗遁走。其弟昭、國王益稷、宗子文義、侯秀峻等降，日烜尋上表謝罪，世祖遣使齎詔諭意。至元二十八年薨，居位二十一年，年五十一，謚聖王，道號大虚子。

挽宋臣陳仲微 宋亡，入安南卒。

痛哭江南老鉅卿，春風收淚爲傷情。無端天上編年月，不管人間有死生。萬疊白雲遮故國，一堆黄壤蓋香名。回天力量隨流水，流水灘頭共太平。

四世陳仁王日燇

日燇，日烜世子，父薨襲位。元世祖遣吏部尚書梁曾、禮部郎中陳孚使其國，宣布威德，日燇感服。令其國相陶子奇等詣闕請罪，并上萬壽頌金丹表章方物，時至元三十年也。有與曾孚往復議事書，情詞忼爽，具載陳孚集中。仁王嘗隱武林洞，自號竹林大士。有《香海印詩集》傳於世。

饋天使張顯卿春餅

柘枝舞罷試春衫，況復今朝三月三。紅雪雕盤春菜餅，從來風俗舊安南。

送天使李仲賓蕭方厓

靈液吹香暖餞筵，春風無計駐歸鞭。不知兩點軺星福，幾夜光茫照越天。

送天使麻合麻喬元朗

軺星兩點落天南，光引台躔夜繞三。上國恩深情易感，小邦俗薄禮多慚。節凌瘴霧身無恙，鞭拂春風馬有驂。鼎語願温中統詔，免教憂國每如惔。

和喬元朗韻

飄飄行李嶺雲南，春入梅花只兩三。視一同仁天子德，生無補世丈夫慙。馬頭風雪重回首，眼底江山小駐驂。明日瀘東煙水闊，蒲萄嫩緑洗心惔。

五世陳英王

英王，日㷃子。

送天使安威魯李景山

躔聚軺光射海涯，拂開淚眼光世子，近歿。覩龍飛。料知炎燠聞名遠，敢恨春風照校遲。五嶺山高人未渡，三湘水闊雁先歸。太平有象煩君語，喜溢洋洋入色眉。

六世陳太子虛

虛，英王子。

贈天使撒只瓦文子方

至治改元新，初頒到海濱。傾心效葵藿，扶病聽絲綸。光照嵐溪夜，温回草木春。歸當再前席，幸不外斯民。

謝天使馬合謀楊庭鎮

馬蹄萬里涉溪山，玉節摇摇瘴霧寒。忽覩十行開鳳尾，宛如咫尺對龍顔。漢元初紀時方泰，舜歷新頒德又寬。更得三公成一款，却添春色上眉間。

再用韻呈天使

九鼎尊安若泰山，時暘時雨瘴煙寒。溥天玉帛歸堯舜，比屋弦歌學孔顔。銅柱不煩勞馬援，蒲鞭誰復美劉寬。聖恩浩蕩慈雲闊，化作甘霔滿世間。

送天使撒只瓦趙子期

驛騎行行瘴露深，海邊光照使星臨。四方專對男兒志，一視同仁天子心。越國山河供傑句，周家雨露播綸音。明朝相隔雲南北，今日休辭酒滿斟。

昭明王

昭明王，安南國叔。號樂道先生。

贈天使柴莊卿李振等

一封鳳詔下天庭，咫尺皇華萬里行。北闕衣冠争祖道，南州草木盡知名。口銜威福君褒貶，身佩安危國重輕。敢囑四賢君汎愛，好爲翼卵越蒼生。

送柴莊卿

送君歸去獨徬徨，馬首駸駸指帝鄉。南北心旌懸返斾，主賓道味泛離觴。一嗟談笑須分袂，共唱殊閒惜對牀。未審何時重覿面，殷勤握手叙凄凉。

輔義公陳秀峻 一作「峻」。

秀峻字粹山，安南國王姪，武道侯子，封文紹侯，更文義侯。至元間，元兵至安南，勸其父歸順，途中見出國道亡者，作八悼章，有「三世八喪千古痛，一身萬里百年孤」之句。至京師，詔封爲輔義公資善大夫，給虎符，賜錢五千緡。有《粹山吟稿》傳世。又安南有陳遂，爲陳太王光昺甥，封威文王。聰明好學，自號岑樓，有文集傳世。嘗有句云：「古來何物不成土，死去惟詩可勝名。」又挽姪文憲侯云：「山豈忍埋成器玉，月空自照少年魂。」年三十四卒，蓋詩讖也。附録于此，以見安南陳氏一門詩學之盛云。

登岳陽樓

高樓百尺倚雲端，扶病登臨試一看。望眼直窮燕塞遠，吟腸須貯洞庭寬。烏沉谷口千林暝，龍戰波心六月寒。多少羈懷無處話，平蕪漠漠水漫漫。

朝京還欒城遇雪

風霰嚴凝透袖寒，階前咫尺對龍顏。一言讓國聲名遠，萬里朝天富貴還。守土職居南海外，傳家心拱北辰間。馬蹄奮迅歸期好，直到冬深望粹山。

賴安撫益歸

益歸，秀峻表弟，交阯太守賴先之後。至元内附，遥授南栅江路安撫使嘉議大夫。

元日朝會

聖日垂光被越南，驛亭官柳許停驂。車書今混四方一，冠佩咸呼萬歲三。香吐翠雲龍闕潤，酒翻金海鳳簫酣。羣臣舞蹈天顔近，眷顧恩深雨露涵。

賡參議許公咏東山飄然樓詩

秋興亭前月去時，滿樓山色索新詩。心如柳絮沾泥早，身似蓮花出水遲。經卷已輸居士樂，酒樽宜與可人期。倚闌看遍郎湖景，塵俗紛紛總不知。

丁少保公文

公文，交州華閭洞人。驩州刺史公著之後，爲世子陳日燇相，官少保，詩見剛中《交州稿》。

陳郎中剛中自交阯還朝以詩餞行

使星飛下擁祥煙，不憚崎嶇路九千。雙袖拂開南海瘴，一聲喝破下乘禪。妙齡已出終軍上，英論高居陸賈前。歸到朝端須爲説，遠氓一作民。日夜祝堯年。

進奉使

便題桂林驛五首

楊柳長亭又短亭，春風吹旆著江城。無人相識客對客，有事可知情度情。千里鄉心蝴蝶夢，一船行色鷓鴣聲。不知擁節明朝去，又是煙波幾日程。

夏日江城氣藴隆，皇華期限苦怱怱。萬程去路馬嘶外，一掬歸心蝶夢中。在我有懷深感慨，彼天無語問窮通。平生不作錐囊計，慚愧尋常五尺童。

逆旅蕭蕭夜籟沉，芭蕉葉上動秋心。一鞭馬影隨風遠，故國梅花入夢深。客裏月明偏識面，天涯雁斷少知音。凌雲未遂平生志，擊節不勝時朗吟。

十日蒸雲似桂林，薫風何處不披襟。樹蟬争響客懷苦，庭菊未開秋夢深。醉裏乾坤新使節，吟邊山水舊知音。無端夜半空階雨，滴碎鄉關萬里心。

踏盡崔嵬路幾千，停車逆旅自年年。安危非我所能及，語默隨人身可憐。澆破鄉心桑落酒，吟消客恨草堂篇。自憐補國無絲髮，兩度春風馬一鞭。

尹恩府

入貢别弟之作

一分北去一南還，雙影茫然寄馬鞍。塞外雲深鴻雁斷，原頭風急鶺鴒寒。幾聲夜雨連牀話，萬斛鄉心借酒寬。我守節旄君扇枕，從來忠孝兩全難。

龜兹一人

盛書史熙明〔一〕

熙明字熙明，龜兹人。以能書辟奎章閣書史，著《法書考》，生居西域。善誦佛書，深達梵語，著《補陀洛迦山考》。天台劉仁本題其後。

遊補陀洛迦山

驚起東華塵土夢，滄洲到處即爲家。山人自種三株樹，天使長乘八月槎。梅福留丹赤如橘，安期送棗大如瓜。金仙對面無言説，春滿幽巖小白華。補陀洛迦者，蓋梵名也。華言小白華。

〔一〕「書史」，稿本作「奎章」。

神鬼

箕仙賦筆詩

周密《癸辛雜識》云：辛卯春，客有降仙者，余心疑其捧箕者自爲之，因命題賦筆，且令作七言律詩。頃刻輒就云云。縱使人爲，其速亦不可及也。《志雅堂雜鈔》作大陽洞主方武裘。

兔出山中骨欲仙，何人拔穎纏尖圓。拙夫堪笑堆成冢，豪客曾同掃似椽。窗下玉蜍涵夜月，几間雪繭湧春泉。當時定遠成何事，輕擲毛錐恐未然。

按陶九成《輟耕録》載扶箕詩云：「天遣魔軍殺不平，不平人殺不平人。不平人殺不平者，殺盡不平方太平。」至至正末，其言果驗。又《福寧州志》云：至正末，陳友定據閩，過栖雲忠烈祠，入謁叩己，當爲天子。懸箕書絶句云：「將軍何事訪山家，火冷爐温漫煮茶。若問聖明吾豈敢，止能療病與驅邪。」友定不懌而去。

岳武穆降箕詩

周密《志雅堂雜鈔》云：胡天放龍降仙，箕忽踴躍可畏，經時書一詩云云。後大書一「鄂」字，人始知爲武穆也。

百戰間關鐵馬雄，尚餘壯氣凛秋風。有時醉倚箕山望，腸斷中原一夢中。

馬巫父玉華山詩

《志雅堂雜鈔》云：辛卯正月二十三日，胡天放降仙馬巫父，戈陽人地仙玉華山詩云。

玉樓雲淡曉光浮，中有飛仙駕鶴游。下界此時方熟睡，誰尋紫氣向青牛。

三茅吴真人詩

《志雅堂雜鈔》載三月初三日，天放降仙賦詩，有三茅吴真人，九洞鄭文選、眉山書院吏人張君有、莆人方武裘，今爲大陽洞主。武裘詠筆詩，別見《癸辛雜識》。已見前。

深深門巷老翁家，自洗銅瓶浸杏花。唤起承平當日夢，令人轉憶舊京華。

柳杏

岸曲紛紛已弄煙，園林默默欲争燃。何人折取歸深院，兩樣風光在目前。

鄭文選詩

拖露摶風海嶠來，觚稜寂寂自樓臺。春光不比承平日，淚眼看花薦一杯。

張君有詩

蘭渚

八千里路到杭郡，城郭人民幾變遷。惟有吴山青不改，令威何日是歸年。

光轉東風弄暖天，永和人物尚依然。誰憐紉佩凄涼客，倚策愁吟楚澤邊。

王大圭詩

《志雅堂雜鈔》云：辛卯十二月初六夜，天放降仙江寧王大圭至。詩云云。

六朝盛事總成塵，結綺樓前草自春。一曲後庭何處覓，空留月伴倚闌人。

天上人間只寸心，煙花雨意抑何深。十年尚有稍頭恨，燕子樓空斷素琴。

繡閣朱簾半未殘，中年何事早拘攣。春風詞筆時塵暗，手拂冰絃昨夢寒。

午夜沉沉坐草窗，清心消盡玉鑪香。一杯滿飲乾坤窄，不待封侯入醉鄉。

獨樂園主詠史詩

《輟耕録》云懸箕扶鸞召仙，往往皆古名人高士來格，所作詩文，間有絶佳者，意必英爽不昧之鬼，依憑精魄以闡揚其靈怪耳。友人檇李顧舜舉元凱亦善此術，嘗召一仙至，大書曰獨樂園主也，可命題。衆以咏史請，鸞不停留，作成長篇，自非熟於史學者弗能焉，殊不知此等爲何如鬼也。詩曰：

三皇之前不可傳，堯舜垂衣化自然〔一〕。夏衰商敗兵革起，征討有罪非傳賢。蒼姬種德極深厚，歷載八百何緜緜。孔某孟軻不得位，唯有文字登書編。春秋筆削嚴一字，誅惡褒善持大權。邱明作傳詳本末，下迨戰國何茫然。秦皇并吞六王畢，始廢封建迷井田。功高自謂傳萬世，仁義不施徒託仙。東遊弗返祖龍死，赤靈火德明中天。漢朝文景稱至治，刑措可比成康前。無端雜用黄老術，是以未得稱其全。王莽賊臣篡漢祚，賴有光武如周宣。雲臺名將應列宿，婉婉良策扶戎軒。絶勝高祖醢彭越，可比周召終天年。崇儒往謁曲阜廟，典章燦燦羅星躔。後人不省創業苦，寵任閹宦皆貂蟬。西園粥爵誠可恥，黨錮忠士災何延。一朝曹氏帝稱魏，銅駝荆棘生荒煙。關張早死後主弱，典午自帝開坤埏。五胡雲擾亂中國，五馬南渡何翩翩。六朝興廢有得失，豈知合并歸楊堅。瓊花城裏建宫闕，汴河春水浮龍船。亂離思治否復泰，唐室高祖催飛騫。秦王神武不可及，遂承天祚傳高玄。大綱不正有慚色，我嘗撫卷思其淵。紛紛女禍握神器，擾擾藩鎮横戈鋋。乘興避亂數奔竄，翠華幾度遊西川。黄巢殘賊不忍説，白骨山積血成泉。侵凌漸使唐祚絶，江海雖大猶涓涓。朱温降將乃一賊，僭號暫時得復失。後唐石晉暨知遠，但以功利不尚德。周家亦僭登天基，獨有世宗明治術。我朝列聖皆深仁，天下蒼生得蘇息。史書浩浩充屋棟，人主欲觀寧遍及。小臣纂集作通鑑，治亂興亡明似日。願言乙夜細垂觀，比美成王戒無逸。

〔一〕「垂衣」，原作「垂依」，據稿本改。

葉右丞夢中詩

葉李爲右丞時，於至元辛卯八月初四日夜，忽夢一老人曰：汝前爲文昌相，坐漏泄天機遭謫，能悔過，當復職，引之至通明、大明二殿，俾爲主殿之職，於是賦詩四章以謝，及覺僅記其一云云。明年壬辰二月初六日卒。

通明殿逼紫微垣，一朵紅雲擁至尊。下土小臣勤稽首，願將惠澤溥元元。

夢中貫酸齋彭郎詞

蔣仲舒《堯山堂外紀》云：至正甲申秋八月十六夜，楊廉夫夢與酸齋仙客遊廬山，各賦詩。酸齋賦彭郎詞，廉夫賦瀑布謡。詰旦以語富春吴復，復拍几大叫曰：酸齋之詞，滑稽詭浪，固風流才仙。而先生之謡，雄偉俊逸，真天仙也。各以其才相勝。

番之湖兮雲水杳，萬頃晴波浄如掃。相逢漁子問二姑，大姑不如小姑好。小姑昨夜妝束巧〔一〕，新月半痕玉梳小。彭郎欲娶無良媒，飛向廬山尋五老。五老頽然不肯起，彭郎怒踢香爐倒。彭郎彭郎歸去來，陶令門前煙樹曉。

〔一〕「妝束巧」，稿本作「巧妝束」。

真武道院詩〔一〕

至元十九年仲冬，郡城大雪。有道人貧甚，迫暮詣真武道院求宿。時羽衆雲集，無可容者，因宿于廚舍。明旦，莫知所在，惟一盆覆地，啓視之，畫二「口」字及一圈于地，圈中有足跡，旁有詩云云。人以爲吕純陽也。盛伯真刻像于石。

會得青蛇玄妙，識破師門孔竅。價直萬兩黄金，識破一文不要。

〔一〕此詩原無，今據稿本補。

懸葫蘆詩

大德間，安肅創建擬江亭落成，俄有三仙，一曰散漢，二曰雙口叟，三曰懸葫蘆，共題詩于壁而去。本州判官張莘有記。

葫蘆一箇是生涯，閒步人間訪酒家。要問狂夫何處住，蓬山洞口有桃花。

劉妙容歌

皇慶改元，有張三郎者善笛，八月十五夜，倚樂橋作伊州曲。夜静，有老人來曰：「爾笛固清，未能脱俗，爲爾釐正之，當熟記無忘。」乃指教其孔，换易數字，曲益清峻。張更求别曲。老人取笛自吹，超出塵壒，張問何人，作答曰：「仙姝劉妙容歌也，因以傳我。」復請授其指，老人笑而起曰：「子凡心，我豈能教爾耶！」去數步不見。張後以指尋其曲，終不能得其高古之趣。

月既明，西軒琴復清。寸心斗酒争芳夜，千秋萬歲同此情。歌宛轉，宛轉聲已哀。願爲星與漢，光景共徘徊。悲且傷，參差淚成行。底紅掩翠方無色，金徽玉軫爲誰鏘。歌宛轉，宛轉結復悲。願爲烟與霧，氤氲共容姿。

衛芳華詩

延祐初，永嘉滕穆僑居臨安，月夜遊聚景園。遇一美人，自言衛芳華，故宋理宗朝宫人。即命侍女翹翹設茵席酒果，歌《木蘭花慢》一闋，又詩云云。自是白晝亦見，生遂携歸寓所，下第後，美人留翹翹使守舊宅，而身隨生歸里。凡三載，生復赴浙試，美人請與生往訪翹翹，至則翹翹迎拜于路左矣。美人忽淚下云：「緣盡，當奉辭。」是夜鐘鳴，急起與生分袂，贈玉指環一枚而别。

湖上園亭好，重來憶舊遊。徵歌調玉樹，閲舞按梁州。徑狹花迎輦，池深柳拂舟。昔人皆已歿，誰與話風流。

水仙祠詩〔一〕

揭侍講傒斯未達時，多遊湖湘間。一日泊舟江埃，夜二鼓，攬衣露坐仰視，明月如畫。忽中流一櫂漸近，舟側中有素妝女子斂衽而起，容儀甚雅。徯斯問曰：「汝何人？」答曰：「妾商婦也。良人久不歸，聞君遠來，故相迎耳。」因與談論，皆世外恍忽事，且云：「妾與君有夙緣，非同人間之淫奔者，幸勿見却。」徯斯深異之。迨曉，戀戀不忍去，臨別謂徯斯曰：「君大貴人也，亦宜自重。」因留詩云云。明日舟阻風，上岸沽酒，問其地，即盤塘鎮。行數步，見一水仙祠，墻垣皆黄土，中庭紫荆芬然。又登殿，所設像與夜中女子無異。

盤塘江上是奴家，郎若閑時來喫茶。黄土築墻茅蓋屋，庭前一樹紫荆花。

〔一〕此詩原無，據稿本補。

玄妙觀詩

田汝成《西湖游覽志》云：玄妙觀在石龜巷，唐末爲紫極宫，梁改真聖觀，宋徙天慶觀額於此，元時改今名。先是觀中有蕉花一株，以盛衰卜休咎，方玄妙改額時，蕉花盛開，有趙道士居之。一日，羽客來訪，趙適他出，客題詩蕉葉云云：識者以爲吕洞賓也。自是士大夫題詠甚多，揭曼碩、歐陽原功、張仲舉俱有詩，見集中。

午夜君山玩月回，西鄰小圃碧蓮開。天風香霧蒼華冷，名籍因由問汝來。

白雪紅鉛立聖胎，美金花要十分開。好同子往瀛州看，雲在青霄鶴未來。

晚翠亭詩

葉世奇《草木子》云：鬼作晚翠亭詩云云：昔危太朴學士與范德機先生同晚步，先生得二句云：「雨止修竹間，流螢夜深至。」喜甚，既而曰：「語太幽，殆類鬼作，亦近似也。」

一徑入青松，飛流淡晴緑。道人晚歸來，長歌振林谷。山深不知秋，落葉下枯木。須臾翠烟開，月色照綵服。

按《草木子》又云：元戊寅間，荆州分域有鬼夜叫云：「苦也苦幾時，泥到襄陽府。」及早視之，凡樹木大小，皆泥和畜毛，自根泥至分枝處則止。後又叫云：「苦也苦幾時，泥到成都府。」亦奇聞也，并附載於此。

琵琶亭詩（二）

吴江沈韶年，弱冠美姿容，嘗和薩天錫韻題吴中二首，爲時輩所稱。洪武初，避徵辟，泛舟游襄漢、次九江、登琵琶亭，月下髣髴聞歌聲，有司馬青杉之感。明日復往，徙倚亭中，有麗人冉冉而來，呼韶同茵而坐，曰：「妾僞漢陳主婕妤鄭婉娥也，年二十而死，殯于亭側。」命侍兒鈿蟬取酒，歌《念奴嬌》二闋，曰：「昨夕郎所聞也。」口占一律贈韶。韶與留連半載，談元末群雄興廢及僞漢宫中事歷歷可記，臨别以金條脱爲贈。同游梁生作《琵琶佳遇歌》。

贈詩

鳳艦龍舟事已空，銀屏金屋夢魂中。黄蘆晚日空殘壘，碧草寒煙鎖故宫。隧道漁燈油欲燼，妝臺鸞鏡匣長封。憑君莫話興亡事，淚濕胭脂損舊容。

〔一〕此詩原無，據稿本補。

華亭故人詩

吴元年，明兵圍姑蘇，上洋人錢鶴皋起兵援張氏，華亭有全、賈二生，慷慨談兵，參與謀議，事敗，皆赴水死。洪武四年春，華亭士人石若虚出近郊，遇二生於塗，忘其已死，班荆酌酒。二生各賦一詩，詩就，悲歌歎息！揮手别去，不知所之。

全生詩

幾年兵火接天涯，白骨叢中度歲華。杜宇有冤能泣血，鄧攸無子可傳家。當時自詑遼東豕，今日翻成井底蛙。一片春光誰是主，野花開滿蒺藜沙。

賈生詩

漠漠荒郊鳥亂飛，人民城郭歎都非。沙沉枯骨何須葬，血污游魂不得歸。麥飯無人作寒食，綈袍有淚哭斜暉。生存零落皆如此，但恨平生壯志違。

雜歌謡銘

江南謡〔一〕

宋未下時，江南謡云云，當時莫喻其意，及宋亡，蓋知指丞相伯顔也。

江南若破，百雁來過。

〔一〕此謡原無，據稿本補。

皇舅墓謡〔一〕

河間路景州蓨縣河滸一土阜，相傳爲皇舅墓。至元間，即有謡云云。至正辛卯，中原大水，舟行木杪間，及水退，土阜崩圮，墓門顯露。繼後天下多事，海道不通。

皇舅墓門閉，運糧向北去。水淪墓門開，運糧却回來。

〔一〕「墓」字原闕，據目録及稿本補。

斛銘

上海費宣慰榕，輕財好施，人呼爲費佛子。刻銘於斛之四面云。出以是，入以是。是子孫〔一〕，永如是。

〔一〕「是」字稿本無。

績溪歌

葉楠，貴池人。調鄱陽尉，力請蠲租以救荒澇。後爲績溪令，邑人歌曰。前有蘇黄門，後有葉令君。

元明宗時童謡

元明宗時，童謡云云。明宗在位五月而崩，廟諱乃和字也。牡丹紅，禾苗空。牡丹紫，禾苗死。

河南北童謡

至正十年，河南北童謡云云。及賈魯治河於黄陵岡上，得石人一眼，而汝潁之兵起。石人一隻眼，挑動黄河天下反。

松江謡

至正丙申正月，常熟州陷，松江府印造官號，給散吏兵佩帶，以防姦僞。號之製作，畫爲圓圈，繞圈皆火燄，圈之内一「府」字，以府印印「府」字上。圈之外四角，府官花押，民間謡云云。不二月城破，果如所言。

滿城都是火，府官四散躲。城裏無一人，紅軍府上坐。

安鄉謡

安鄉羅長卿，中至正丁未鄉試，爲襄陽路總管，家貲素饒。至正末，倪文俊僭據，與張鎮等協力保障，亂平，鄉民謡曰。

羅長卿，羅長卿，朝朝打鼓捷蠻兵。一朝打發蠻兵去，千門萬户樂太平。

元順帝時童謡

至正十六年六月，彰德李實如黄瓜，先是童謡云。

李生黄瓜，民皆無家。

元詩選癸集目録　癸之癸上

高思恭一首……一五九九
王革一首……一五九九
賀復孫一首……一六〇〇
鮑仲華一首……一六〇〇
杜竹處二首……一六〇〇
安竹齋一首……一六〇一
何吾山四首……一六〇二
黄南卿二首……一六〇二
劉雲山一首……一六〇三
孫用復一首……一六〇三
許獻臣二首……一六〇四
倪中豈一首……一六〇四
倪若水一首……一六〇五
張息堂一首……一六〇五
夏果齋五首……一六〇五
李古淡一首……一六〇七
李誠泉一首……一六〇七
彭容菴一首……一六〇七
何頤貞一首……一六〇八
楊達可一首……一六〇八
陳敬翁九首〔一〕……一六〇八
蕭南軒二首……一六一一
先一初一首……一六一一
陳魚村一首……一六一二
甘虛亭一首……一六一二
凌虛谷二首……一六一三
應居仁三首……一六一三
蔡聖謨一首……一六一四

康秋山一首……一六一五
方寒巖一首……一六一五
楊原巖一首……一六一五
張一無一首……一六一六
于仲元一首……一六一六
陳敬齋三首……一六一六
高况梅一首……一六一七
危琴樂一首……一六一八
吕元卿二首……一六一八
陳小庭一首……一六一九
章養吾一首……一六一九
許存吾一首……一六一九
劉恭叔二首……一六二〇
葉千林一首……一六二〇
葉天趣二首……一六二一
周老山四首……一六二一
曾德厚一首……一六二三
周梅邊一首……一六二三
周溪邊一首……一六二四
周幕溪一首……一六二四
傅東郊七首……一六二五
黄季嬴二首……一六二六
趙芝室一首……一六二七
羅梅我二首……一六二七
宗道傳一首……一六二八
練梅谷一首……一六二九
卓元墅一首……一六二九
胡梅耕一首……一六三〇
宋之才二首……一六三〇
郝守中二首……一六三一
周克善一首……一六三一
徐天逸八首……一六三一
李文遠一首……一六三三
王寬夫一首……一六三四

趙子玉一首……一六三四
趙春洲二首……一六三五
牛東野一首……一六三五
閻子濟一首……一六三六
吴原可一首……一六三六
董則裕一首……一六三七
何麟瑞三首……一六三七
彭子翔一首……一六三九
林義元一首……一六三九
張蒲澗三首……一六四〇
高孤雲四首……一六四一
高志翔一首……一六四二
趙半閒九首……一六四二
林鎮一首……一六四五
黄伯暘十二首……一六四五
胡尊生八首……一六四八
胡東二首……一六五〇
韓中村五首〔二〕……一六五一
黄誠性一首……一六五二
劉鶴心一首……一六五三
趙君謨一首……一六五三
陳濟淵三首……一六五四
王性存二首……一六五五
鄧彧之九首……一六五五
李仲南二首……一六五八
楊子承七首……一六五八
孫伯善二首……一六六一
甘茂實二首……一六六一
劉宗遠四首……一六六二
劉叔遠一首……一六六三
李主敬二首……一六六四
潘景良一首……一六六四
周到坡一首……一六六五
阮魯瞻一首……一六六五

鄧元宏一首〔三〕……一六六六
顧濟二首……一六六六
周竹坡二首……一六六七
吴漢儀二首……一六六七
熊礀谷四首……一六六八
張嗣良二首……一六六九
梁國二首……一六七〇
史紫微二首……一六七一
徐廷玉一首……一六七一
蔡明二首……一六七二
曾敷言一首……一六七三
錢樞八首……一六七三
金德啓一首……一六七五
羅伯英一首……一六七六
周石原一首……一六七六
陳自堂九首……一六七六
趙心遠一首……一六七九
錢士龍一首……一六七九
章士熙一首……一六七九
鄭茂先一首……一六八〇
諸葛彝一首……一六八〇
孟芾一首……一六八一
李竹所三首……一六八二
楊元正一首……一六八三
全晉一首……一六八三
蕭應元一首……一六八三
葉栖麓二首……一六八四
甘鑄一首……一六八四
定子静二首……一六八五
蕭宇一首……一六八五
麥敬存一首……一六八六
樓玉汝一首……一六八六
陳菊南一首……一六八七
張彦高一首〔四〕……一六八七

徐明哲一首……一六八八
張景範五首……一六八八
王季鴻三首……一六九〇
蔡正甫一首……一六九一
鄧蓀璧一首……一六九一
張惟庸二首……一六九二
張小坡一首……一六九二
吴宏宇一首……一六九三
王道暉一首……一六九三
高文矩一首……一六九三
江以實二首……一六九四
陳舜咨一首……一六九四
梁紹輝一首……一六九五
汪復亨三首……一六九五
蘇仁仲二首……一六九七
金選之一首……一六九七
周彌高二首……一六九八
劉光烈一首……一六九八
高鼎玉二首……一六九九
黄中玉一首……一六九九
汪公濟一首……一七〇〇
陳直方四首……一七〇〇
馮信可一首……一七〇一
劉子建八首……一七〇一
鄭資深一首……一七〇三
張萬里二首……一七〇三
吴仲谷一首……一七〇四
謝恕堂二首〔五〕……一七〇四
王良臣一首……一七〇五
徐一用一首……一七〇五
黄比玉一首……一七〇五
侯祖望二首……一七〇六
李伯楝二首……一七〇六
詹致祥一首……一七〇七

朱克用二首……一七〇七
丁時懋一首……一七〇八
張季充二首……一七〇八
高定一首……一七〇九
蒲理翰一首……一七〇九
雷膺一首……一七一〇
林德芳一首……一七一〇
倪天奎一首〔六〕……一七一〇
褚環中三首……一七一一
王理二首……一七一一
周文英一首……一七一二
偉岸翁一首……一七一二
唐南翁一首……一七一三
陶唐邑一首……一七一三
馬世德一首……一七一三
華晞顏一首……一七一四
李任道一首……一七一四
陳季周一首……一七一五
宋溥一首……一七一五
陳德秄一首……一七一六
劉深一首……一七一六

〔一〕「九首」，原作「八首」，據正文改。

〔二〕「五首」，原作「四首」，據正文改。

〔三〕此家原無，據稿本補。

〔四〕同上。

〔五〕「恕」，原誤作「怒」，據正文改。

〔六〕「奎」，原作「中」，據正文改。

元詩選癸集 癸之癸上

元人姓名，見於元明各家選本及山經地志書畫卷遺蹟，而無字里官爵時代可稽，共計四百三十四人〔一〕。仍照諸書次序，總爲一編，以俟更考。

〔一〕「四百三十四」，稿本空出未填。

高思恭

思恭以下四人，並見趙郡蘇天爵伯修《元文類》。

岳陽樓待渡 《乾坤清氣》作高克恭作。

楚水凝千里，湘雲隔萬層。城高秋浦月，星雜夜船燈。旅況天誰管，年光雁可憑。殷勤濬山色，相送過巴陵。

王革

戊辰冬赴試西京

慣掣蒼龍曉漏鐘，受恩曾入大明宮。香浮扇影迎初日，人逐鞭聲静曉風。轉首俄驚成異世，此身雖在已衰翁。喚回五十年前夢，再著麻衣待至公。

賀復孫

題江州庾樓

宿鳥歸天盡，浮雲薄暮開。淮山青數點，不肯過江來。

鮑仲華

過郝參政墓林

茂林喬梓上干雲，葉葉曾沾雨露恩。萬古西山青不斷，鳥啼花落幾黄昏。

杜竹處

竹處以下四十八人，並見盱江傅習説卿、孫存吾如山《皇元風雅》。

惠山寺行殿

渡江五馬竟忘歸，愁見年年雁北飛。千里版圖非故國，六朝基緒幾危磯。煙藏經葉閑僧錫，風落松花上客衣。前代衣冠已塵土，空留碑碣枕前暉。

題鄉僧智安石山磊硌亭

磊落如癡也似頑，精神半在嵌巖間。鬼工驅得平泉石，吟客來逢飯顆山。虎伏不驚飛將怒，羊蹲誰識牧仙閑。詩成箇箇頭應點，師亦拈花爲解顔。

安竹齋

送白雲平章

舟人停櫂酒停斟，試聽筵前送客吟。離恨早知如此苦，交情不合恁爲深。白雲境界三更夢，紅葉園林兩地心。從此草茅亭上客，抱琴何處遇知音。

何吾山

贈琴師趙海月四首

瓏瓏花雨客屏香，理盡哀絃曲轉長。海上歸來望鄉土，風回依約夢霓裳。暮年鐵杖身差健，何處銅盤月共將。幸自金丹堪點化，不須秋樹説荒凉。

倦遊何處不逢春，猶記臨風渡碧雲。客裏看花同是夢，囊中有道未爲貧。黑貂裘在閑隨意，黄鶴歌成莫寄人。聞有琴材在樵爨，勞君妙斵一揮斤。

超摇萬樹一枯槎，脱異塵凡三朵花。自與秋風同客夢，曾隨明月落誰家。江湖量大容浮瓠，雨露春深學種瓜。却得先生有新曲，如何能解理黄麥。

楊柳風煙曆氣昏，秫歸花月碧簫春。水雲别後行千里，淡泊相遭得幾人。見説周旋惟我我，定知僵走隔塵塵。初心未證圓通悟，猶恐隨身認作真。

黄南卿

梅子

水邊籬落舊精神，煙雨園林急薦新。對酒摘嘗金彈客，繞林簪戲玉釵人。一根清苦千丸雪，四月紅黄隔歲春。待得餘花都結子，東風流轉便生仁。

金陵

采菱風急櫂歌聲，白鷺洲前一帶巾〔一〕。緑水不收中落淚，青山空掩六朝人。城頭寂寞依龍阜，江左興亡寄虎臣。孫楚酒樓何處在，月明猶寫謫江神。

〔一〕「鷺」，原作「露」，據稿本改。

劉雲山

題雪後溪橋并引。

老翁著脚欲度小橋，後有奚奴摇手，似言橋險緩渡之狀。

背錦奚奴指顧間，雪橋如險意如閑。不知此興政不淺，將謂先生跬步艱。

孫用復

分韻得未字口占

年年今夜月，今年今夜醉。月色既已佳，論圓還覺未。

許獻臣

次韻浦平章致仕

君恩許老重增秩，相印封回不再關。石以補天還袖手，雲能成雨便歸山。力將富貴推身外，倒轉乾坤入酒間。緑野堂前看絲竹，古今誰得似君閑。

題賓月堂

人生自是人間客，月亦天邊寄此身。彼此虚空無著處，誰歟是主復誰賓。

倪中豈

贈張原性金華尉

天風吹雁秋影寒，客子晨出燕城關。青龍嘶煙雜錫鑾，腰螭割玉羅翠乾。金花出匣雙虯蟠，盪射婺女光闌干。春萱花煖金樹合，酒光入鬢顔渥丹。風雲落筆神鬼泣，眼見老鐵生詰盤。朝棲崑崙圃，夕飲砥柱湍。但恨雲路無停翰，東海百尺青琅玕。

倪若水

過揚州

雉堞平來塹擁沙，緑蕪深處見人家。山河舊影藏秋月，關塞新聲起暮笳。玉蕊已爲庭下草，蒺藜不是眼中花。當年鳳舸經行處，枯柳無枝寄宿鴉。

張息堂

題手卷

陽冰謙卦妙入神，當時鎸刻知何人。至今寶玩逾琬琰，字體精勁無失真。謙謙子謙能辨此，手揮鐵豪出文字。功成何止地中山，鑿破乾坤六十四。

夏果齋

和山間秋日見寄

門前絶竹築成坡，室邇其如人遠何！亦曉不如歸去樂，真成無可奈何歌。詩翁自此二難少，俗子于人一揖多。何日同君秋月下，桂花影裏舞婆娑。

過洞庭

萬里玻瓈一掌平，倚篷人去似騎鯨。埽除雲霧天無影，彈壓波濤夜不聲。一劍秋橫神鬼泣，片帆風勁死生輕。詩成不用漢人語，怕有蛟龍聽得驚。

上國僉事時作教諭已四年

早年化筆妙衡詮，棫樸菁莪意藹然。名節繡衣霄漢上，精神玉樹晚風前。古人針芥纔三語，今得韲鹽已四年。昨夜書帷光彩動，使星炯炯斗牛躔。

過岳縣

水紋如席浪花收，誰遣淞中鹿角舟。白露已過秋日淡，青山未了曙光浮。諸賢豹變雲生足，老子龍鍾雪上頭。可惜隔江燈數點，匆匆過却岳陽樓。

送王副使美解

瓜戍無情迫歲年，歸期行色占春先。南商北賈多遺愛，剩水殘山有宿緣。青柳一枝江上酒，碧波千里月明船。衣冠文物傳江左，好在家聲續昔賢。

李古淡

題子卿牧羊圖

自是天工肯放回，回頭羞殺望鄉臺。漢風吹散羝羊隊，却入麒麟隊裏來。

李誠泉〔一〕

寓洪中秋翫月

金水鎔成一樣秋，三千世界雪光浮。城中見月能多少，擬借仙人十二樓。

〔一〕此一家在稿本中列於「詹致祥」一家後。

彭容菴

贈彭鐵面相士

只載黄冠不豸冠，雙眸窈碧見蒼寒。江南多少秋風客，薜荔山人一笑難。

何頤貞

長沙留別董仲遠陳君直

歲晚客衣薄，揮毫更舉杯。五年嗟一别，兩月却重來。南屋夜相語，北風船未開。他年苕霅上，回首定王臺。

楊達可

渡江寫懷

手挽天河落九溟，浪聲淘盡世間情。一川光浸梅花月，萬頃波涵棣萼春。風雨不忘歸海意，乾坤未老濟川人。此溪浩蕩流千古，回首青山更麽青。

陳敬翁

晚過玉林西齋二首

佳客因乘興，能來慰寂寥。空山多宿約，好語在今宵。白苧秋風急，青帘市酒遥。半升無處問，清抱可能消。

庭雨俱錘盡，燈花待客詩。三生今夜宿，此道幾人知。分契情何厚，林高語自奇。直爲知己用，非敢傲當時。

月下琵琶

不似潯陽縣，哀絃帶客愁。素娥窺夜曲，明鏡入南州。指滑鶯初語，腔新柳共柔。向前兒女恨，腸斷漢宮秋。

柳邊漁笛

莫是章臺路，青絲舞未收。楚江歸去釣，湘竹語孤舟。一葉秋生樹，何人夜倚樓。舊時明月裏，吹過白蘋洲。

初夜

獨坐興悠悠，苔階日脚收。客衣涼誤葛，池月夜私秋。物遺身猶累，心閑境未幽。故人情分好，渾不記淹留。

晚坐

緑陰深處寺，日暮坐幽人。水影光初潔，苔痕塔半身。荒江無過客，高竹是比鄰。未信清談少，因看麈尾塵。

過胡震亨幽居

欲復問何處，行遲稍認門。路隨幽草入，巷與緑陰分。市盡人初遠，言忘意獨存。所經得才俊，猶足慰斯文。

清曉過鶴上仙人

仙人睡方起，松日高數尺。入户聞琴聲，停步立苔石。閑情契幽絶，每坐忽終夕。長揖道香清，歡言正蒲席。

贄分宜縣丞吴子彦

道合無因見，神交早爲詩。十年諸老盡，一淡平生知。池草今無夢，山陰復有期。絶疑污具眼，猶意得吾癡。

蕭南軒

寄吳子彦歸江東

鳴鸞誰倚洞簫過，黄鶴樓前舊脱靴。天上佳期今夕共，人間歸思白雲多。清風明月故人識，有酒無魚良夜何！莫學鄉音唱蘆葉，桂花滿載待西河。

寄黄尚雅

莫惜隔年期，行當與子違。門深紅葉字，秋入菊花詩。酒熟蟹將到，鱸肥鱠可思。西堂風露重，早下讀書帷。

先一初

丁丑新正試筆

傴指蘧年逝，今朝歷又新。野煙凝作晚，山雨細匀春。舉世貧爲苦，空門懶是真。聊將雙碧眼，趺坐閲時人。

陳魚村

題按山樓

五老峰前第一山，天開緑野待公閑。令威白鶴重來日，老子青牛又度關。花木四時三月裏，樓臺一簇五雲間。我來便有凌風想，爲問先生覓大還。

甘虚亭

贈羅浮山

吾聞羅浮山中人，緑樽吸盡梅花魂。花間騎鯨度海門，吟詩小住江南村。詩中有時得相見，雪中何年同白戰。一朝文運天門開，布衣飛上黄金臺。嫦娥却忌君年少，未許青雲致身早。鬢眉半染燕山秋，萬里歸來風格老。我家大白清海湄，與君邂逅荷花溪。大椿庭前酌美酒，長松石上看殘棋。浩歌白雲動，長嘯青雲飛。篝燈便共談秋雨，唤起英雄語千古。古來將相皆神仙，留侯諸葛青雲侶〔一〕。我願君今重努力，天上風雲生羽翼。萬花立馬看游龍，錦袍露染天香濕。功名得意早歸來，携手三山弄明月。

〔一〕「侶」，稿本作「士」。

凌虚谷

秋夜長

秋蟲嘖嘖寒沙底，城頭秋月白如水。二十五絃秋夜長，點點滴斷離人腸。萬里一身風露凉，家家秋砧擣衣忙。

行路難

日月高懸天闕裏，何曾照著幽泉底。不見靈均伍子胥，忠臣翻作銜寃鬼。自昔拙人遭譖讒，多因疎樹皴脣齒。片石鉗如巨闕鋒〔一〕，寸心險似瞿塘水。行路難，行路難。羊腸九盤那可攀，只愁平地生巑岏。

〔一〕「鋒」，原誤作「峰」，據稿本改。

應居仁

題歐陽氏楊妃春睡圖

咸陽宫殿開東風，上林花發千樹紅。啼鶯語燕弄白日，太真嬌癡睡正濃。九華帳暖楦不掩，鬢亸釵横慵整點。翠衾薄籠冰雪膚，寶枕深痕紅玉臉〔一〕。三郎要與遊陽臺，蹀躞曳踵牀前來。擁扶侍女逼卧側，惺忪困眼初半開。畫工會此無窮意，寫向屏帷留後世。憑誰唤取春夢回，漁陽鼙鼓聲如雷。

送黄録判宣城之官

紫髯秀美黄使君，逸志雄材卓不羣。北上奎章合天子，東遊寧國佐參軍。征帆千里長江水，官舍三年疊嶂雲。相望柏臺應不遠，好將政治播殊芬。

送舅氏楚山樂教授之金陵謁燮御史

金陵形勝壓江淮，舅氏斯行亦快哉！况有故人驄馬客，能無新句鳳凰臺。風高薦剡天邊去，雲擁除書日下來。遥想歸帆應快意，江頭江樹發寒梅。

〔一〕「深痕」，稿本作「痕深」。

蔡聖謨

答方漢杰

雲舒黄道日光輝，遺逸山林固未宜。每歎劉蕡文字美，獨憐徐樂聘書遲。艱難適足成吾事，叢桂何能喪自期。北極去天無咫尺，滄溟到海有枝岐。

康秋山

留别

撥灰好共話冬闌，莫歎無魚鋏便彈。更爲梅花留半日，勝如别後寄來看。

方寒巖

别館

别館數孤蹟，無聊謾坐窮。長年人事外，永夕客懷中。無酒睡難著，有詩貧不同。衾寒起附火，挑撥幾星紅。

楊原巖

九日過大勝關宿黄陂小飲

瘦藤高樹鬱荒寒，細路懸厓重險艱。征戰幾何飲白骨，鄉關如此隔青山。驛亭帶暝人争聚，澤國經秋雁自還。滿目黄花一杯酒，人生何地不開顔。

張一無

寄薛玄卿

上界真人金馬貴，山中道士草衣輕。一彈指頃三千劫，何日蓬萊問淺清。

于仲元

度居庸關思親

居庸之關高嵯峨，霜乾水淺寒無波。大風卷沙聚作嶺，大車碾斷成深河。商女蹋歌喫馬乳，胡兒行鼓䟦駱駝。斜陽駐馬一回首，故鄉萬里秋雲多。

陳敬齋

舞劍歌

曉騎白鶴入滄海，手携青龍浴寒水。背負河圖天地文，或變或化疑神鬼。始對雙鸞出林坰，終與孤鶴翔風墜。翩翩又在瑶池間，戲與羣仙買歡醉。青龍顧我浩氣疲，欲假明月横波睡。我亦假之一霎間，徑然飛去天牛間。千呼萬唤不肯下，且吐風雨飛漫漫。

呈方達齋

端平諫臣心似鐵，忠肝落紙天地悦。羅浮山下種梅花，獨倚西窗看晴雪。古來老鳳生鸞兒，錦雲兩翼星斗披。朝浴春風芹藻池，夜眠涼月槐杏枝。君不見丹山一溪水，化作春陽時雨飛。千門解渴不苦旱，木草潤澤生華輝。方達齋，真吾師。薰風吹我面皋比，免使青燈照兩思。

呈蔡府判

東風一夜拂清寰，如許文明治象還。萬古乾坤一東魯，七閩日月兩西山。寒梅寂寂春生麗，喬木森森古意間。獨奏瑶琴生客恨，有誰隔月聽潺湲。

高况梅

擬古

楚人有和氏，懷璧空待價。玉石苟未分，胡事哭長夜。人生豈不辰，物物該造化。賢哉荷蓧翁，託身以耕稼。

危琴樂

送芳潤葉道士

二十四年凌紫清，琪花瑶草日初晴。抱琴曾侍羣仙宴，記得鈞天一兩聲。

吕元卿

月夜洞庭舟中陪九江茶漕五哥同知宴酒邊索詩遂賦

朔風扇鬢向君山，歲晚霜華爲改顔。吟望滄浪湘水遠，醉歌欸乃洞庭寬。那能袖劍遊蓬島，何似乘槎訪廣寒。莫道岳陽無醉客，洞賓元只在人間。

晚宿郎官湖

半煙半雨樹扶疎，畫出元暉水墨圖。最是一天秋月白，不隨魚課入官湖。

陳小庭

大孤山至湖口

大孤大孤何渺茫，小孤誰説嫁彭郎。䑲山對面四十里，屹立宛在湖中央。行轉清江過湖口，波濤如此今何有。天公助我半帆風，江神勸汝一杯酒。

章養吾

次韻徐可齋嘉禾馬上見寄

世事悠悠兩鬢塵，始知今古一郵亭。草廬春動吾猶懶，蕙帳寒生子獨醒。萬里關河秋雁斷，十年書劍夜燈青。東風又是離愁處，芳草萋萋白鷺汀。

許存吾

次韻吴叔廉山村回文

田繞青山好住家，短籬疎圃接邱麻。煙村遠近棲鵶亂，竹岸高低飛鷺斜。泉噴石間巖湧雪，霧浮隄外柳吹花。連雲碧瓦秋風冷，眠犢黄昏草長芽。

劉恭叔

夜坐江亭

明月出林杪，大風吹漸高。軒窗墮圭璧，竹樹起波濤。鄰笛悲歡并，江鴻去住勞。倚闌惆悵久，霜露濕綈袍。

城中至日

我道何曾長，城中獨重冬。酒肴分市卒，冠履祝家公。日晷空江見，梅花亂世逢。故鄉還往在，筋力愧兒童。

葉千林

送李石泉

風雪令人瘦，關河怕酒醒。過橋春水緑，送客晚山青。君馬已先發，我舟猶暫停。臨分耿無語，江上雨冥冥。

葉天趣

感寓

顔曾志道德，汲汲思競辰。盗跖膾人肝，白首甘惡人。是非兩忘年，萬古同埃塵。何如盡棄置，宴坐觀日輪。風吹紫藤花，蔌蔌沾衣巾。興發目一杯〔一〕，陶然太和春。

秋夜和韻

西風何處來，鼻觀古香發。夜深耿無寐，踏破松窗月。美人期不至，跂望雙背裂。一掬可憐心，青燈照愁絶。

〔一〕目，稿本作「日」。

周老山

和蓮渠貧女吟

妾無千丈繩，雙丸任渠犇。妾無一星金，竹笥空長存。孤燈耿寒績，一春不出門。母家今何在，血染雙啼痕。雖然貧未嫁，嫁了那忍言。古來惟玉奴，不肯負東昏。嗟來市門倚，父母豈少恩。

酬李鶴雲

江城寒寂歷，菊欲爲誰秋。夢裏關河隔，愁邊歲月流。翩翩雲外鶴，泛泛水中鷗。何限斜陽樹，無題莫上樓。

懷故友〔一〕

里陌依俙故友廬，一生一死竟何如？煙荒樹影誰留劍，秋老蘆花不寄書。數點斜陽鴉載犢，一拳秋水鷺窺魚。世間何事非蕉鹿，天地無情可奈吁！

平山來盱 并序。

平山先生，桃源隱君子也，不見數年矣。少微一星，忽見盱壘，比争先覩之，出處語默，有道存焉。小子何足以知之。德公不出城，亦必有以也。

人住桃源意自春，蓬萊弱水渺無塵。擬隨陶令尋歸路，却訝龐公肯入城。水弔晉題應有句，碑捫唐刻豈無情。太原漁者無勞問，盡識神仙真姓名。

〔一〕　此題稿本作「懷友」。

曾德厚

水底梅

虚明元不累形骸，花信仍須日月催。雲母帳空玄鶴怨，珊瑚枕卧老龍猜。壽陽宫女凌波韈，白水真人玉鏡臺。悟得一般清意味，振衣長嘯步莓苔。

周梅邊

贈墨梅士

我家丹霞梅一枝，玉爲骨兮冰爲肌。平生不受霜雪欺，世上塵土那能緇。此花自是天上奇，君能點染超補之。筆挾造化梅不知，相逢一笑添一癡。春風滿意桃李蹊，豈復顧此寒與微。庭前夜雨春漏遲，一聲山月聞子規。

周溪邊

贊撫州章萬盧

盱江相去無百里，我聞公名諠兩耳。聞名十載猶未面，便似未曾來擬峴。一來邂逅及五峰，人言我盍一見公。公之勳名宣宇宙，文武全才今未有。章公得象是相家，異時公亦當宣麻。我來見公無他事，爲公欲求四大字。區區蓋頭一把茅，一如鷦鷯深林之一巢。又如窮僧貧道寧忍餓，却向齋堂敷牀展席施粥常滿座。喜公筆墨妙更精，須公大書特書大姓名，爲吾四溪寒塾傳千載之芳馨。臨川自昔有墨池，善書無過王羲之。羲之但能作小楷，今公字畫又更大。我來一見萬户侯，識公便是韓荆州。軍中撫有百萬之貔貅，門下豈無三千珠履之英游。長歌歌已語未休，問公還能一爲握髮否？

周幕溪

岳陽樓

乘風來叩洞庭君，送我棲心慰舊聞。水憤荆湘江欲合，天憐吴楚地曾分。千帆過雨紅摇日，一島撑空翠擁雲。歲月悠悠閒獨倚，若爲憂樂話希文。

傅東郊

鐵環歌并序。

傳言京使舟次漢陽，次日扼泥挽不起，聚賈舟起之，得鐵鎖，長不可紀，于是鎔作數百環，懼而復投之水。或曰：吴王作此鎖江也。楊廷秀得一環以示余，異甚，索歌誌之。

楊君手執一環鐵，吴事驚傳向人説。横江鐵鎖是何年，千古沉淪共魚鼈。抗津扼險尚豪勢，無乃當時謀計拙。想當爐冶力鍊時，一國生靈走炎熱。火燄連空氣吐雲，此鎖得完農器鐵。益州刺史龍驤東，火冷煙消吴已滅。英雄有恨在天地，淚入江湖流不竭。蓬萊使者都水衡，夜泊漢陽江上月。挽船欲去不可起，倏聚千艘同撇捩。馮夷震懼蛟蜃驚，千丈連環中斷絶。重如金石鏗有聲，猶帶吴人舊精血。天教尤物出人世，定戒姦邪毋僭竊。方今聖化開隆平，四海車馬同軌轍。君從何處得有此，直欲珊瑚隨手裂。紫金白璧世所珍，往往貪惏作妖孽。願將此鐵示兒孫，滄海揚塵須共閲。不然化作莫邪精，斬取長橋蛟百截。

和答兆五姪

青年那似爾，白髮已尋余。負郭耕無畝，傳家業有書。士貧天理定，老病世情疎。雅得陳元諒，時能問索居。

山行

松老厓空樹欲傾，緩行微步答新晴。春深雨過花如夢，風暖鶯回樹有聲。縹緲蓉城雲作户，依稀緱嶺鶴吹笙。惟應眼底皆詩句，一夜推敲直到明。

次韻東巖琴棋書畫四美人圖四首

宫槐葉暗午風清，閑弄瑶琴寄此情。祇恐關雎風已變，調哀絃促不成聲。

沉機默默對枰棋，妙著緘情有所思。誰信華清當局者，蛾眉風急馬行遲。

李氏夫人信手揮，書名千古出中閨。盈盈錦上回文字，不有詩人爲品題。

玉軸輕輕卷復舒，内中名畫世間無。可憐山店兒啼夜，不似文姬别虜圖。

黄季嬴

候張伯陽州判不至奉寄

海風吹散虜山雪，洒句瑶臺照明月。因之欲訪三蓬萊，望斷雙鸞翠煙滅。且持空斧窮南溟，片帆飛渡遥山青。幽尋丹碧採芝草，松風竹露春泠泠。江邊忽遇蟾宫客，江草江花盡相識。春風一笑訪驂鸞，三十六峰總春色。峰顛孤鶴飛且鳴，徘徊似欲難爲情。雲深林暝杳難辨，時時照影臨溪清。我時感此生幽趣，笑折瑶草寄仙侣。白鷗飛去猶未來，門掩青山更風雨。

登幔亭有懷杜清碧先生浙游

幔亭高聳碧天寒，杖履躋攀杳靄間。澗竹吟風將雨過，巖花笑日伴雲閒。遥憐浙水生離思，獨立閩山想别顔。極目會稽何處是，孤峰落落水潺潺。

趙芝室

自遣

多病相如尚愛文，心期老去共誰論。十年燈火客氈在，半世江湖詩眼昏。竹葉杯中消日月，梅花枝上識乾坤。何時去作青山隱，獨疏太玄深閉門。

羅梅我

和劉草窗雪

人倚梅花管領春，炯如玉樹出瑶林。雖無遠客衝寒訪，喜有幽人忍凍吟。一夜溪山俄曉色，十年宇宙此初心。劉郎情意憑誰寫，莫遣梁園擅賞音。

雪

漫漫飛絮滿空揚，獨倚高寒俯八荒。萬宇如銀人暴富，三冬無月夜增光。欲邀東郭難尋道，要覓南枝只認香。説與朱門歌舞者，還知客有卧袁僵。

宗道傳

道傳以下十三人，並見建陽蔣易師文《皇元風雅》。

急去草

急去草，草無情，若比世俗真小人。君不見江南二月初插秧，秧未出水草已長。當時種苗不種草，不知此草來何方。四月五月間，草青稻已黄。若更不去草，草長稻死何以充饑腸。又不見長安甲第連青雲，此時寸草無由生。一朝主人失勢草得意，侵上階緑窺檐楹。若更不去草，便爲狐兔營。所以周任藴崇意，去惡欲務善者信。急去草，草無情，若比世俗真小人。

練梅谷《乾坤清氣》作胡艾山。

木綿歌

吴姬織綾雙鳳花，越女製綺五色霞。煙熏麝染脂粉氣，落落不到山人家。蜀江橦老鵲銜子，種我南園飽春雨。淺金花小亞黄葵，濃緑苞肥壓青李。吐成秋繭不用繰，迴看春箔真徒勞。烏鏐笴滑脱絨核，竹弓弦緊翻雲濤。挼挲玉箸光奪雪，紡絡新絲細如髮。津津貧女得野蠶，軋軋寒梭緯霜月。布成奴視白氎，價重博取青銅錢。不須坐我爐火上，便欲挾纊春風前。衣無美惡煖則一，木綿裘敵天孫織。飲散金山弄玉簫，風流未遜揚州客。

卓元墅

采茶歌

山之顛，水之涯，産靈草，年年采摘當春早。製成雀舌龍鳳團，題封進入幽燕道。黄旗閃閃方物來，薦新趣上天顔開。海濱亦有間世才，弓旌不來無與媒。長年抱道棲蒿萊，撚頷吟盡江邊梅。嗟哉人與草木異，安得知賢若知味。

胡梅耕

有感寄崔左丞二首

楚人不愛玉，玉人不愛足。此足寧可刖，此玉不可辱。

齊王不好瑟，瑟人不好竽。吾竽既不能，吾瑟聊自娛。

宋之才

寓言二首

獸有善觸邪，草有能指佞。獸草非有心，不移本天性。臣而加是冠，俾爾效端鯁。如何不稱服，觸指反忠正。吾欲取二物，豢植列臺省。一令邪佞徒，從此亟深屏。

風雨晦冥夜，雞鳴有常聲。霜雪枯萬榦，松柏不改青。内守初已定，外變終難更。若人束勢利，浮沉無定情。俯仰效桔槔，低昂甚權衡。反出木鳥下，徒爲萬物靈。

郝守中

山行二首

路轉顛厓山委曲，泉穿亂石水宫商。無緣細看山中景，過嶺盤岡只自忙。

潢水拍橋船不度，亂石當路澀難行。懸厓峭壁高千尺，古怪藤蘿顛倒生。

周克善

送趙虚一歸金陵

真人道眼照九圍，芙蓉瑶冠一作「寶」。黄錦衣。相從雲龍霄漢上，獨携琴鶴煙霞歸。南樓吹笛聞折柳，北山杖藜歌采薇。明日度關瞻紫氣，帝鄉杳杳雙鴻飛。

徐天逸《體要》作「徐天倪」。

擬古三首

皎皎機上絲，織爲游子衣。游子蕩風塵，素衣化成緇。風塵不可避，四顧將何之。豈不念潔白，徒爲翟一作「墨」。子悲。曷哉加澣濯，河水清且漪。

娉婷閨中女，天質知自愛。空懷蘋藻心，日月苦行邁。蹇修意良勤，遲遲如有待。未嫁庸何傷，失身將重悔。

婉娩自結髮，伉儷情義深。夫征日易久，魚雁成銷沉。自憐鏡中貌，衰白將騣騣〔一〕。有衣爲誰熏，有花爲誰簪。顧影雖無儔，秉心猶斷金。青天懸明月，照影不照心。

轆轤怨

門前水揚聲似雨，幽人當窗碧弦語。萬里征夫去不歸，一雙蛾眉井中舞。年年井上攀轆轤，勞心只恐秋葵枯。他家種得長生草，梅花落盡青青好。

君馬黄

君馬黄，我馬白，青絲聯絡黄金勒。長安紫陌争馳驅，一日秋風各西北。酌君酒，君莫辭，與君更作汗漫期。神龍不可豢，天駁不可羈。乾坤浩蕩信所之，人生行志當及時。兩情繾綣將何爲，丈夫不作兒女悲。

田家〔二〕

犂田無牛秧易老，養蠶未繭桑已空。二月新絲五月穀，如何解折今年窮。

秋風詞

秋風一舸歸，晚泊芙蓉渚。折房遺所思，的的中心苦。

清明有所思

菽水歡娱淺，松楸感慨長。西家白頭嫗，門外倚斜陽。

山中初霽

久雨客不來，燕坐了晨夕。今日出東郊，門外草三尺。

〔一〕「衰」，原作「哀」，據稿本改。

〔二〕「田家」。稿本作「田家詞」。

李文遠

鳳皇臺

鳳不來，隔遼海，高臺已荒天未改。當時别舜返崑邱，如何一去三千載。人間豈無青琅玕，孤栖未必天霜寒。致君堯舜我有術，來儀好向宮庭間，鳳兮鳳兮今當還。

王寛夫

寄趙春洲

自從君向常州去，雁過無由寄一槭。多説秋初歸故里，幾回天際望飛帆。吟成定已刊新稿，闕好還應换舊銜。十載約遊風水洞，何當匹馬逐征衫。

趙子玉

送邵平叔入京

壯士輕萬里，一笑又天涯。夜月淮南酒，春風薊北花。路長寧計日，身遠自忘家。了却東君事，歸來梓里誇。

趙春洲

秋清羈思

笛聲孤起江城暮，隔江山好青無數。征帆一去知何處，蕭蕭老却江頭樹。樹猶如此生慘凄，秋風不管生別離。

感事

美人休唱渭城歌，芳草依依自碧波。可與共言今則少，不如意事古來多。青天皓月元無礙，白日黄塵欲奈何。却笑江湖釣竿手，十年留滯負漁蓑。

牛東野

雙結峰

溪上立亭亭，千載不肯笄。山花巧妝束，戲弄山鳥啼。昨夜海風來，一霎夢行雨。煙雲迷西東，欲望不知所。

閻子濟

子濟以下十人，並見羲易偶桓武孟《乾坤清氣》。

宿汝墳

朝發長社城，薄暮汝墳陌。秋風吹汗馬，爲我駐遠客。主人指見聞，書劍事行役。悵然失所對，芒刺去未獲。蔬食亦自飽，微月在枕席。紅塵三尺塗，清境初不隔。疎疎岸樹直，瀲瀲沙水白。晨雞未須鳴，吾意方自適。

吳原可

送彭丙翁胡復初采詩

君行爲我觀海潮，淛江亭下風蕭蕭。君行爲我泛湖月，蘇公堤上楊花雪〔一〕。只今何處不聞詩，南音寥寥君得知。海風吹寒翡翠尾，秋露滴老珊瑚枝。山川光怪豈敢閟，采之采之盡君意。願君勿學梁昭明，是非未定輕閑情。願君但似吳季子，四海之風定誰美。馬啼跌蕩輿地開，幽燕浩浩風雲來。丈夫西遊今可矣〔二〕，前日江南數千里

〔一〕「花」，原作「柳」，據稿本改。

〔二〕「可」，稿本作「己」。

董則裕

汴京

仙山一卷石，片片民瘡痍。皇城一抔土，寸寸民膏脂。古人惜之如金珠，取之盡銖錙。今人視之如沙泥，棄之如蓬茨。古人不知今人嗤，今人不知古人癡。古人今人孰是非，山兮城兮竟何裨。城有時而荒蕪，山有時而崩虧。山崩虧兮塵迷迷，城荒蕪兮草離離。塵迷迷兮飛劫灰，草離離兮化隍池。君不見日月爍，樵牧移。寒暑薄，風雨吹。豈無一時好，千載有餘悲。嗚呼豈無一時好，千載有餘悲！

何麟瑞

畫角辭

莫吹角，吹得梅花片片落。朝吹暮吹吹不了，盤古不知坐成老。童男童女求蓬山，何如此器束之高閣間。金盤擎露仙人掌，何如勅斷此聲勿用響。不知今日復明日，兩鬢常常黑如漆。莫吹角，天寒歲晚情更惡。

天馬歌

崑崙高哉二千五百餘里，日月相隱避。黄河發源下有渥洼水，大宛羣馬飲其溢。天馬下與羣馬戲，産駒一日可千里。滴汗化作燕支水，國人縛槀爲人置水際。久與馬習不經意，一朝却被人羈縶。張騫使還報天子，天子不惜金珠與重幣。期以此馬可立致，大宛使人欺漢使。致煩浞野樓蘭七百騎，攻虜其王馬始至。此馬初入天廄時，一十二閑無敢嘶。萬乘臨觀動一笑，盛氣從此無四夷。君王神武不世出，天産神物相追隨。高皇手提三尺劍，蹙秦誅項一指麾。天下馬上得，不聞取馬外國爲。龍如可豢龍亦物，馬果龍種豈受羈〔一〕。徒令物故過半不補失，輪臺一詔悔已遲。此詩欲學旅獒可，光武一牛亦足噓漢火。

後天馬歌

建元天子不世出，天相神武産異物。有馬出在月氐窟，寶劍之精，乾龍之靈。足如奔電，目如耀星。汗血雨灑，駿肉飈輕。渴吻一飲，黄河塵生。卬首一鳴，天雷收聲。曾爲伏羲出河負八卦，曾隨穆王遠與西母會。鸞旂屬車相後先，龍盾虎韔八寶韉。萬乘親臨拜甘泉，穩馱玉輅壇壝前。元鼎勒兵十八萬，天子自將孰敢戰。駿氣横出立陣前，百萬聞嘶股俱顫。天生此馬神武沛，西極龍媒望風退。天子作歌暢皇明，四夷竭蹶咸來庭。天馬來，帝作歌，漢時此馬今更多。

〔一〕「果」，原作「是」，據稿本改。

彭子翔

莫養虎

莫養虎，飽則喜兮饑則怒。莫養鷹，饑則附人飽颺去。鷹去但忘恩，虎怒將爲寃。不如團飯養雞狗，狗能吠盗雞戒曉。世事反覆不可知，狗或反噬雞亂啼。

林羲元

海樹歌

江海之東，龍君所都。火精夜浴海波暖，鬼仙催種紅珊瑚，珊瑚枝老愁天吴。中有海人長一尺，別種雲根爲玉色。卑枝交羅屈生鐵，樹寒水鴉栖不得。白龍魚服枝上嬉，漁父舉網并得之。動摇光怪龍女知，鮫人泣血勞相思。漁家入手不敢看，沙頭棄之光撩亂。老禪取之挂苔壁，三月坐看忘眠食。蛾眉鐵樹琪林枝，此樹一出空羣姿。驚濤千里漬蒼潤，龍筋不受秋風吹。禪僧愛客勝愛樹，持以贈客翻得睡。青玉案，明月璫。不如報子月露章，愁來思樹撫石牀。高歌一曲雲滿房，天臺雁蕩長相望。

張蒲澗

仰山寺

僅一袈裟地，師今第幾傳。寺當初建日，國是太平年。風起山如湧，佛開花自妍。早遊天竺勝，晚及四藤禪。

壽歐陽教授

宦情翁意小瑯琊，文物風流屬當家。侯泮春風美芹藻，仙池曉日醉丹砂。墨仍題塔名千佛，梅是凌寒第一花。紫蟹黄柑入鄉遞，可憐風味及時嘉。

挽蔡澗松

聞葬家家憶往年，全城歸日死如捐。何人去酒能逃世，晚歲買書無剩錢。猶有愛棠存賦詠，獨曾綿蕝起戈鋋。百年論到無生已，誰擬人間見海田。

高孤雲

午過半間僧室

入門聞香風，一樹桂花吐。方丈半鈎簾，空山度疎雨。銅爐上秋煙，茶甌到賓主。對景適忘言，齋鐘報亭午。

觀畫山水二首

遠樹幽幽屋，平沙款款人。片天殘雪意，一墨萬山身。意到形臻妙，工深筆有神。高堂風日永，展玩四時新。

怒石分兩水，奇峰入半天。野橋歸去路，疎樹有無煙。取用非工到，精神在意傳。道心少終日，物我趣忘年。

蠟燭

取質蜂甜後，融春火力深。直中元有骨，明處本無心。花吐燒紅一作「空」。日，龍盤照夜金。剪殘更漏永，樓月度高林。

高志翔

憶王成之

北望煙雲隔〔一〕，東風草又深。身安輕客路，書到重鄉心。自許寧論晚，相知遂有今。平生種桃李，幾樹不成陰。

〔一〕「煙雲」，原作「雲煙」，據稿本改。

趙半閒

半閒以下十人〔一〕，並見寧波孫原理、陳孟率《元音》。

秋夜曲

寒禽認故枝，遶枝猶依依。涼螢亦知秋，飛來傍牀帷。幽閨刀尺冷，游子何當歸。修途苦不易，庶無寒與飢。及此清夜長，爲君製裳衣。

憶友人李雲南

送君出荆扉，忽見青青草。故人别經時，怳隔千里道。千里固不遥，咫尺夢難到。孤鳥安朽株，行雲在晴昊。敢歎會無期，坐念春風老！

示兒

閉門避秋風，開門落葉滿。穉子晨發篋，却嫌故衣短。衣短何足嫌，掩脛尚可挽。爾父故多憂，爾母復不懶。力作常苦飢，力織未及煖。窮厄世固多，榮華亦滿眼。但將爾日長，勉旃事編簡。

去婦詞 并序。

里有孀婦，子不檢而無室，既疾病，乃亟爲娶，且命之曰，爲汝娶，爲宗祀計也。未幾死，而子竟違母言，尋出其婦。婦以衰麻在身，義不得去，被迫逐不可留，因爲詩以寫懷云。

落葉不返柯，去婦無歸年。斂袂出故幃，獨影心悽然。君心紙鳶飛，萬里難拘牽。妾如鬢邊花，未衰先棄捐。憶昔初嫁君，姑病在牀前。歲月能幾何，衰麻奉姑筵。妾今辭門去，撫棺淚如泉。九原會有知，當爲去婦憐。

止言

蘇張舌如戟，危人亦危身。期期周御史，千載稱直臣。清談每敗事，諧謔良損神。田翁有斗酒，招手聚比鄰。所言惟桑麻，語語不失真。

戲題

十日霜勝雪，開門風更緊。幽齋坐寥闃，寒爐火如燐。驅兒門，旋拾薪，匍匐良可憫。支頤背弓蝦，吹燎脣噴蜃。濕煙滃雲霧，生枝叫蚯蚓。非瞽目常翳，不慼涕自隕。居貧正如此，念之時一哂。

宿村莊

涼吹摇青燈，稺子供濁醪。寒影忽在壁，短髪何蕭騷。且持竹根枕，卧聽蒼松號。紙衾穩蒙首，背癢不得搔。須臾作奇夢，小艇飛洪濤。驚覺白滿榻，晴月窗前高。

歲晚歐陽逕存相遇 一作《勾欄曲》。

街頭羣兒畫聚嬉，吹簫撾鼓懸錦旗。粉面少年金縷衣，金鬟擁出雙蛾眉。騃翁前驅嚚母誚，醜姬妒嗔狂客笑。虬髯奮戟武畧雄，蜂腰束翠歌一作「朱」。脣小。眼前幻作名利場〔二〕，東馳西鶩何倉惶。棲棲猶是蓬蒿客，須臾唤作薇垣郎。新歡未已一作「成」。愁已作，危途墮馬千尋壑。關山萬里客心寒，妻子哀一作「篝」。燈雙淚落。紛然四座莫浪悲，是醒是夢真堪疑。紅鉛洗盡歌管歇，認渠元是街頭兒。

題十六羅漢看手卷圖

本不立文字，聚看看底事。一雙眼猶多，何用三十二。

〔一〕「十人」，原作「九人」，據稿本改。

〔二〕「名利場」，稿本作「利名場」。

林鎮

江南曲

高高碧雲樓，粲粲珊瑚鈎。娟娟一美人。炯炯明雙眸。妾居湘江尾，君居湘江頭。好風吹桃花，同向湘江流。

黄伯暘

香匳八詠

翠袖啼痕

石竹繡羅雙袂單，綺窗日暮籠輕寒。秋波滉漾落鉛水，相思幾點春斑斑。脂濃粉膩半塵土，玉臂嬌柔懶輕舉。東風十日吹不乾，六曲闌邊海棠雨。

黛眉顰色

落花雨歇春日西，楊柳鎖煙鶯亂啼。玉人緘恨不得語，兩蛾對蹙春山低。離愁一味如嘗膽，額上蘭煤香半減。風流京兆知不知，他日歸來看濃淡。

月奩勻面

揚州青銅出深井，粉綿拂拭冰光冷。妝樓筍指揉紅玉，素蛾飛出嬌相並。櫻唇斂氣不敢呵，脂濃粉膩勞揩磨。雙鸞掩罷出門去，一陣落花紅雨過。

冰盆沐髮

井花滿注玻瓈緑，一片春澌瑩如玉。晴窗解下十八鬟，三尺青絲漾寒渌。蘭膏洗盡香膩消，滿手緑苔新帶潮。露蟬翅濕飛不起，花露曉收紅日高。

繡牀凝思

碧紗如霧針如芒，茜紅絨索三尺長。越羅幅寬金縷細，緑波飛起雙鴛鴦。匿蘭含蕙春無語，一寸柔腸千萬緒。青鸞有字期不來，恨滿城南杏花雨。

金錢卜歡

寶猊爇香蟠紫煙，玉葱拈出雙團員。春心一點怕人識，舉頭暗語蒼蒼天。欲擲未擲還再祝，聲動瓠犀三十六。小桃開後是歸期，分付陰陽莫翻覆。

香塵春跡

七寶方牀冰樣潔，軟粉半鋪紫檀屑。凌波小靴曉痕輕，一鈎淺印纖纖月。金蓮寸步身欲浮〔一〕，雁沙踏破春應羞。贏得纖腰柳枝瘦，珍珠百斛知誰收。

霜杵秋聲

青娥篩空冰粉乾，石光如鏡敲清寒。更長月白響不絶，碧梧驚起雙栖鸞。堂上阿姑身未煖，千音萬韻勞玉腕。要使離人枕上聽，憑仗西風莫吹斷。

香奩體四首

與君生别離，朱簾長不開。春風故相撩，燕子雙歸來。
雙雙相思鳥，飛上相思樹。相思雖不同，同是相思苦。
昨夜海棠花，睡足西窗雨。春夢苦無憑，知在阿誰處。

下階拜新月，空庭夜如水。相思隔千里，未有團圓意。

〔一〕「襯」，原作「寸」，據稿本改。

胡尊生

送君進周公

憶君初來湖水滿，金鱗潑剌一作「才卜金鱗」。春波暖〔一〕。江南早晚雪花飛，蒲帆下水送君歸。霜風淅瀝湖光晚，白魚秔米中流飯。回頭咫尺廬山雲，一寸心長帆力短。臨分乍覺過重闈，金螺移在雙翠眉。啞啞靈一作「林」。烏啼樹枝，家人夜夜卜蛛絲。雪醅新釀都昌酒，欲來不來待君久。人言遠歸勝新婚，稚子牽衣婦攜手。窗前紅燭宵彈棋。新歡滿眼寧相思。江南今歲梅開遲，贈君無花折空枝，明年花開來不來。

瓊花上天

無雙亭前浮冷月，蕪城暗鎖腥煙黑。仙魂夜吟天欲泣，巫陽下招飛玉勅。神風鬼雨鞭車急，一株玉雪中天立。金莖歲歲朝袞龍，異香蕩漾天水濃。蓬萊峩峩高北斗，玉佩沉一作「深」。沉舞衰柳。瑤京三月銀雪飛，瓊仙瓊仙招不歸。鈞天夜奏紫皇醉，二十四橋寒浸水。

金莖承露

蓬萊仙人騎黄鶴，來遺劉郎不死藥。銀漏無聲秋夜深，時見星河頭上落。精金糺錯蛟龍蟠，未央闕角觚棱寒。莫教仰見杯中物，直是他年雙淚痕。桂房椒壁蕙蘭老，留得新愁向雲表。猶逐官車出漢關〔二〕，茂陵蕭蕭濕青草。

壽梅辭世

武陵老月愁黄昏，玉宫冰山無返魂。寒羌吹風鐵心裂，春顔怕見煙綃真。雪身匝地大如屋，縞衣夜醉香雲宿。孤山春去浮羅平，肯立腥埃吐瓊玉。銀河倒瀉春恩澤，幾度漠天崢老骨。便令更似八千春，癡頑萬古終成塵。芳蝶冥茫駕蟾去，煙昏雲霾夜無曙。爲憑青鳥别君王，後百千年歸閬世。

野鷹來

野鷹來，霜風高。山寒鳥死狡兔逃，我有鮮肉肥爾膏。軟皮爲鞲絲爲絛，山中忍飢良獨勞。野鷹來，高高臺。側一作「斂」。翅側一作「猴」。立何爲哉？當途猛虎闞我室，赤筋細骨皆凡材。野鷹來，沔之水，昔年種柳今如此。巢危雛弱將奈何，野鷹歸一作「啼」。來吾望爾。

陌上花二首

陌上花，臨春暉。臨安女兒吴王妃，吴王沉醉香風圍。金泥爲寫緩緩歸，陌頭夜雨花成泥。年年草長花開時，吴王宫妃招不來。

陌上花，嬌欲語。吴王妃，臨安女。封書寄與緩緩歸，陌頭花好能幾時。錢塘之門易幾主，嬌紅猶似吴妃舞。吴妃一去招不來，招不來，花開花落無窮期。

因官伐松

大夫去作棟梁材，無復清陰護緑苔。只恐江頭明月夜，誤他千里鶴歸來。

〔一〕「潑刺」，稿本作「扌氵」。「扌氵」，原誤作「水水」，據稿本改。

〔二〕「官車」，原作「宫車」，據稿本改。

胡東

贈别二首

林鶻啼血正傷神，又向尊前送遠人。君到瀘溝看流水，落花猶是禁城春。

一絲春動柳枝柔，塵壓征鞍駐紫騮。莫惜尊前更斟酒，醉中别去不知愁。

韓中村

岳王墓〔一〕

妖星墮地芒角赤，龍劍悲吼風蕭瑟。中原王氣挽不回，將軍一死鴻毛擲。秦家小兒真戲劇，播弄造化搖樞極。指讐爲親忠爲逆，隻手上遮天眼力。九闕茫茫隔天日，無由下燭臣愚直。臣愚萬死不足惜，國耻未湔猶憤激。古墳埋冤血空碧，風雨年年土花蝕。我恐精忠埋不得，白日英魂土中泣。請將衰骨斲出荒苔痕，獻作吾皇補天石。

對月吟

霜風捲地霜氣乾，碧空照水生晴寒。天公合就七寶團，何年轉向玻璃盤。婆娑老一作「桂」。樹籠仙窟，夜夜飛從海底一作「上」。出。遂使時光挽不留，盡向婆娑影中没。幾人緑髮紅顔好，照見顔衰髮應槁。年去年來無盡時，政恐月中人亦老。客窗見月空沉吟，碧紗如霧愁人心。燭光撲滅香滿襟，下階踏碎梧桐陰。

征婦歎

虎頭將軍眼如電，領兵夜渡黄河面。良人腰懸大羽箭，遼東掠地遼西戰。一紙紅箋寄春怨，十年消息無歸便。日長花柳暗庭院，斜倚妝一作「江」。樓倦針綫。心憶良人嗔不見，手擲金彈打雙燕。無術平戎報明主，恨身不是奇男子。儻妾當年未嫁夫，會學明妃獻西虜〔二〕。

鴻門宴

花膺繡膊帕抹額，勇士如雲一作「門」。森劍戟。沛公對酒顔如灰，主人重瞳光照席。重瞳座上身如寄，卮酒未吞心已醉。醉酣不辨真天人，百萬貔貅眼中睡。春融玉帳香風開，嗚嗚帳下箏琶哀。目前算作萬口計，軍聲四面歡如雷。沛公唯諾非無意，就中暗擊一作「掣」。秦天地。此時可想聽得異，四面軍聲皆漢騎。

憶去年

江湖渺渺白鷗前，歸路春風憶去年。細雨孤燈村店夢，冷煙殘雪落梅天。驛行多避官人馬，水宿怕逢綱吏船。行李半肩吟卷重，過津恐索稅詩錢。

〔一〕此詩原無，今據稿本補。

〔二〕「會」，稿本作「謂」。《元音》（四庫本）作「請」。

黄誠性

讀文山集

三百餘年樂育恩，晚從科目得斯人。崎嶇嶺海期年國，零落氈毛萬死身。諸葛未忘猶有漢，包胥欲泣更無秦。挑燈慷慨歌《梁父》，鬢髮蕭森懾鬼神。

劉鶴心

獺皮褥

湖陰阿賴藕絲裙，川後封作魚梁君。紫蘭碧露飽膏沐，瑶毿光映玻瓈雲。冰肌夜怯凌波冷，蜕骨來依合歡枕。裁花剪霧八尺强，龍厮塵消圍春錦。皮毛剥盡貴心知，張膽猶能分酒杯。香魂誤落金鏃血，恨殺東平輕薄兒。玉溪詩勝無病腦，十二葉肝任渠好。衣襟不住夢中花，龍背香煙濕瑶草。

趙君謨

碧筩飲 一作「酒」。

擎天一作「波」。老榦折蒼璚，酣飲何如吸海鯨。象鼻卷冰收玉醴，翠盤承露落金莖。幾灣香溜葡萄滑，九竅春濃琥珀傾。莫戀醉鄉心更苦，獨醒衣上爲誰清。

陳濟淵 「陳」一作「張」。

龍頷山

巔崖突出衆峰前，隱躍潛龍枕爪眠。怪木秋凋頭露角，寒泉春湧口流涎〔一〕。身横雲外三千尺，眼看人間幾百年。莫待始皇驅入海，早升雷雨上青天。

萬壽山

萬壽山頭尺五天，空同直下小如拳。五更霧冷乾坤濕，六月風酸甲子偏。細草已肥燕地馬，奇兵先鎖漢江船。行人莫問征南事，俯看蘇杭在眼前。

海東青

怒挾孤風海外來，修翎如劍斫雲開。潛身陡縮千尋起，得意雄攀一點回。萬里老拳無脱腦，滿韝英氣不凡才。山狻野雉休回首，神物無心到草萊。

〔一〕「口流涎」，稿本作「鎮龍涎」。

王性存

性存以下三十九人〔一〕，並見宋公傳《元詩體要》。

書懷二首

九秋夜氣肅，明時見休徵。泰階列六曜，湛湛平且平。蟻臣再拜祝，乾坤永清寧〔二〕。不學兒女態，抱拙祠雙星〔三〕。

有地莫栽一作「種」。花，有隄莫種柳。花柳豈不佳，而恐易衰朽。吾情匪好異，只種竹與葵。竹存一作「存竹」。勁直操，葵瞻一作「存葵」。本根思。

〔一〕「三十九人」，原作「三十八人」，據稿本補一家，今改。

〔二〕「清寧」，原作「寧清」，據稿本改。

〔三〕「祠」，稿本作「祀」。

鄧彧之

落葉二首

秋庭晝無人，夜葉自滿地。端居觀物化，人生亦如寄。朝聞鳴蟬悲，夕已見其蜕。歲晏共蕭條，臨風發遥喟。

落葉日已深，庭樹日已瘁。樹猶不枝梧，葉亦甘委棄。寧隨高風飛，毋隨流水逝。飛者或遶樹，逝者渺無際。

江橋樹次阮魯詹韻〔一〕

江橋樹，荏苒年華暮。迎得行人來，送得行人去。落葉成秋風，行人在何處？

聽琴

桐花門巷小，立久忽聞琴。海鶴天風急，山猨秋雨深。一時甚得趣，千載有知音。雖是無絃達，何由會此心。

宿山家

秋深客路已無聊，此宿何堪更寂寥。雨葉響林人語寂，風燈近竹客心摇。村醪味薄愁先醉，野叟情親語漸驕。惟有兒童忘世故，向人鼓鼾到明朝。

絶句

清風左右涼，滿室芷花香。琴聲偶然斷，不是客來妨。

芸芸陌上人一首〔二〕

芸芸陌上人，各爲衣食謀。寒飢稍不迫，彼亦無他求。豈知衣食外，復有千端憂。憂樂皆本然〔三〕，悵然寸心休。

掩卷

夢中有得意，覺來還自喜。掩卷嗒無言，殘日在書几。

即景

樹影禽聲門半開，墻東一逕没蒿萊。池塘通得宫溝水，時送青萍幾點來。

〔一〕此詩《元詩體要》（四庫本）題阮魯瞻作。

〔二〕此題稿本作「芸芸陌上人二首」，詩作五言四句者兩首。誤。

〔三〕「皆本然」，稿本作「本皆然」。

李仲南

歌白苧

嬌如花，美如玉，越溪女兒十五六。光風入簾睡初一作「不」。足，起畫修眉遠山緑。飛香走紅三月心，一聲白苧千黄金。高堂客散燈火深，醉鬢斜釵夜沉沉。

夜夜曲

玉窗結怨歌幽燭，絃絶鸞膠幾時續。銅龍漏促春夜長，冷風酸雨亂心曲。閒熏翠被鬱金香，拂拭繡枕屏山緑。飛飛乳燕歸不得，寂寞流蘇帳前燭。

楊子承

車遥遥

車遥遥，若流水。前車去無蹤，後車來不已。白日無閒人，黄塵没馬耳。空投一寸膠，不到黄河底。

獨不見

窈窕一佳人，鉛華凈如練。臨風弄錦瑟，其音哀且怨。南鄰去乘鸞，北里效飛燕。小院落花深，閒庭芳草遍。日暮掩朱扉，如何獨不見。

將進酒

泰山磨爲塵，桑田變滄海。古來豪傑士，一一竟誰在。昨日芙蓉花，今朝顏色改。人生匪金石，不飲將何待。

題徽宗織錦圖

君不見文君白頭吟，冰絃撥斷鳳凰琴。又不見明妃離漢闕，馬上琵琶青冢月。爭如深宫白晝長，美人睡起慵梳妝。能將千條五色線，信手縈廻花一片。雙蛾淡淡遠山送，嬌羞未醒棃花夢。一姬辛勤不下機，機聲軋軋穿梭遲。都來半軸秦川錦，不知補衮當何時。行雲墮影肌凝雪，斜𩋾烏絲寶釵滑。桃花瓣脱芳塵中，壓碎環兒馬嵬襪。道君玩物何拳拳，黄金博得芙蓉仙。尚期千秋萬古傳，玉圖書記宣和年。金戈南下闕虓虎，中原白骨埋黄土。青城赴約落姦謀，江山如錦誰爲主。二龍北狩不復還，我今聞之心猶酸。豈料人間存此卷，相逢依舊春風面。

錢塘歌

錢塘女兒十四五，鴉髻垂肩學歌舞。黛眉染得吴山青，争把琵琶按新譜。婚期全不遵禮經，典與豪家侑尊俎。數年限滿復相離，兒女相逢不相覩。妖嬈再入豪家去，驗色論才若夷虜。飯抄雲子魚作羹，高捲珠簾鬬眉嫵。色衰嫁作良人妻，不事耕蠶願生女。徒聞禮樂百年興，吴越之風難復古，吴越之風難復古。

武夷山

鞍馬匆匆幾往回，幔亭依舊碧崔嵬。松間啜茗分煙翠，石上題詩拂雨苔。幻世有人逃甲子，洞天無地著塵埃。兹來未遍清溪曲，後夜月明騎鶴來。

鳳凰山宋故宫一作「南宋故基」。

天下車書正一家，數逢陽九亂如麻。兩朝北狩過天寶，四海南奔類永嘉。陵寢可憐分異域，衣冠不復返中華。玉簫吹暖錢塘月，誰念黄龍慘暮笳。

孫伯善

丁未別酒

葡萄綠漲春瓮香，銀槽酒滴秋漏長。紅樓日夜調絃簧，暖花凝面眼生光。禾生越隴秋不黄，令行斥絶九醞方。伯倫玄石愁茫茫，玉缸傾倒碎玉觴。明年築圃家萬倉，賓筵介壽歡高堂。

去妾辭

妾昔紅一作「童」。顔鮮，抱裯十五年。阿母云亡主中饋，安排翁續鸞膠絃。新婦主父情未密，陡然兩意生荆棘。推將怨隙在妾身，教妾彷徨留不得。翁今愛妾空有心，妾亦知君愛妾深。自古亡家爲顔色，妾身不當千黄金。回頭向翁語，遺子留自乳。浮雲有散時，人生豈長聚。妾去婦肯留，妾在婦應去。但願主翁琴瑟調，妾身不恨無歸處。

甘茂實

秋懷

秋雨種白髮，一滴生一莖。半爲作詩苦，半爲憂天傾。天傾或可補，詩苦終無成。朝來覽青鏡，何時再後生。不如原上草，秋死春復榮。

碎瓷盆歌

河伯卷土歸河水，相瓷窑没神工廢。此盆貢入蓬萊宫，監官篆記開元字。中和外澤潔且明，滿腹文章遍身碎。初疑明月墜秋波，白兔翻身氉寒毳。又疑花底斵蛛絲，蟬翼蜂鬚巧相綴。秀質獨抱荆山輝，温姿欲吐藍田氣。當時載酒沉香亭，海棠絶艶生精神。玉環微醉三郎醒，暖風吹散梨園春。白頭拾遺浣花老，蹇驢破帽東西村。却羡田家歌老瓦，茅檐醉倒卧竹根。富貴貧賤同逆旅，地老天荒盆解語。茅檐土瓦化瓊樓，花落玄都成菜圃。大家奴僕封公侯，蓋世英雄散墟墓。銅彝寶鼎不復出，翠釜冰盤竟何去。自憐壽考自珍奇，玩弄乾坤逃劫數。可以浮醴泉，猶勝許由瓢挂樹。可以盛羔豚，猶勝金銅人捧露。我觀古器思古人，古人已矣難招魂。千載興亡又今日，人不識寶天應惜。通元道人閲見多，君家舊物重相過。後五百年且莫問，急呼斗酒爲盆歌。

劉宗遠

山中夢母二首〔一〕

霜月照屋壁，霜風湧紅波。終夕不能寐，展轉思懷多。忽夢吾母來，宛然度山阿。但問兒衣薄，語短不及他。兒寒尚可忍，地下知如何？生時不自力，猶繫九京心。當時手中線，依依夢中尋。線固不可尋，淚亦不可禁。高堂有慈父，欲哭畏夜深。開門月如洗，烏烏號空林。

江村苦雨

雨脚何時住，江流逐日深。一寒違衆務，百慮集歸心。多景含飢色，春光墮積陰。去年携酒處，月滿杏花林。

人影

不言不語過平生，步步相隨似有情。常向燈前同静坐，每於月下共閒行。昨朝離去天將暝，今日歸來日又晴。最是行藏堪愛處，顯身須要待時明。

〔一〕此二詩，《元詩體要》（四庫本）置於「劉叔遠」名下。

劉叔遠

寄黄士謙

放歌出東村，思弄川上雪。清風吹湖波，驚散波上月。美人載美酒，舉櫂摇秋霜。把酒勸青天，青天忽盈觴。揚帆挂白雲，鷗鷺同飛揚。歌罷一長嘯，忽然江水長。懷君不可見，流恨滿瀟湘。

李主敬

懷醉愚翁二首

天地無秋風，白髮何從生。由來豪傑士，有志竟何成。玄臺一朝閉，窅窅不復明。唯餘松桂月，照徹古今情。

死者不復生，知己難再得。所以伯牙琴，破之不自惜。落月轉林坳，驚鵲墮如擲。入室聊就眠，蛩語聞四壁。

潘景良

金山

嵌巖穹窿，屹立乎江中。崩湍下瞰不見底，巨石崛起高摩空。渾沌破來到今幾萬歲，雄奇秀麗，胡爲乎此山兮獨鍾。長江西來一萬里，當空削出金芙蓉。上有金仙居，下有馮夷宫。寶坊櫛比列霄漢，塔影倒置驚魚龍。有時洪鐘咽煙響，潮音屬和驅羣聾。鳥飛竟力不得到，我嘗挐舟一抵其雲峰。攝衣步樓閣，矯首觀無窮。齊州九點落眼底，岷峨西望蒼溟濛。忽聞長風破巨浪，芥蔕一洗平生胸。山僧喜殊常，握手何從容。杯擎陸羽水，茶汎玉川風。鶴菴散仙，恒齋老翁，把臂大笑聲融融。天風吹袂欲輕舉，白雲縹緲知何從。不知海外之三山，羣仙之樂與此將異而或同。迄今別去五六載，我舟又復來掀篷。山靈偃蹇我踞傲，塵懷汩没不得追前蹤。風帆一笑金山過，山頭落日飛冥鴻。

周到坡

隴頭水

隴頭水，嗚咽嗚。行人聽，斷腸聲。隴頭水，嗚嗚咽。行人淚，眼中血。月薄寒雲低，行人到此心傷悲。世間萬水東流去，隴水分流獨向西。

阮魯瞻

江橋樹〔一〕

江橋樹，日日斜陽暮。春風吹落花，半隨流水去。花落有盡時，水流無斷處。

〔一〕此詩《元詩體要》（四庫本）題「鄧彧之」作。

鄧元宏〔一〕

宫詞

淡月輕雲透碧紗，宫屏殘夢曉啼鵶。春風不管愁深淺，日日開門埽落花。

〔一〕「鄧元宏」一家原無，今據搞本補。

顧濟

淵明畫像一作「淵明祠」。

無錢猶愛菊，有酒即横琴。萬古醉不了，一名閒一作「聞」。到今。徑松存老節，門柳積秋陰。人畫歸來像，誰傳歸去心。

春宫詞

蘭徑香銷玉輦踪，棃花不肯負春風。緑窗深鎖無人見，自碾朱砂養守宫。

周竹坡

莫愁歌

蓮花深紅蓮葉緑，平沙月上鴛鴦宿。青腰三板蘭作橈，月下莫愁歌一曲。移舟入花花轉深，花深調苦難爲音。江邊夜半誰爲語，只有嬋娟知此心。露花漸白月漸午，刺舟自覓來時路。明朝繫纜柳邊門，却在夜來潮落處。

紅窗怨

啼鶯唤起紗窗夢，紅日滿簾花影弄。翠屏香字冷熏爐，羅衣疊損金泥鳳。去年君去燕歸時，今年燕來君未歸。欲把相思桃錦字〔一〕，夜寒懶上鴛鴦機。起來翠袖香羅薄，東風滿地桃花落。

〔一〕「錦」原作「金」，據稿本改。

吴漢儀

吹簫歌贈金精山人陳天祐

金精之山何嵒嶢，夜深明月涼蕭蕭。中有可人好絲竹，抱明月兮吹洞簫。簫聲嗚嗚響空碧，潛蛟起舞山魑泣。含宫嚼羽妙入神〔一〕，月落參横朔風急。曲中却憶秦樓女，秦樓縹緲知何許。鳴鳳雙飛竟不還，至今遺事傳千古。君留吴中猶未發，我亦知君調殊絶。明朝却賦歸去來，吹簫還弄金精月。

贈楚山樂路教之金陵謁燮御史

官滿宫城車載膏，遠從建鄴覓同袍。雨香芹泮春風轉，霜重柏臺秋氣高。青眼故人加顧盼，丹心即日表英豪。金陵山水多佳麗，伴客登臨莫憚勞。

〔一〕「嚼」，原作「爵」，據稿本改。

熊硐谷

覽鏡

鏡是何年製，我是何年生。朝朝長見面，相對如弟兄。昔年照我時，如弟顔色好。今年照我時，如兄顔色老。願鏡團團光皓皓，兄弟百年永相保。

鏡中覽髮

昨日一須白，今日一須白。次第白欲盡，白盡何須摘。人頗笑衰朽，我自謂奇特。賴有古鏡知，元不拒老色。却思父母恩，對此空歎息！

木棉歌

秋陽收盡枝頭露，烘綻青囊翻白絮。田婦携筐一作「籃」。採得歸，渾家指作機中布。大兒來覓襦，小兒來覓袴。半擬償私逋，半擬輸官賦。竹籠旋著活火熏，蠹蟲母子走紛紛。尺鐵碾出瑶臺雪，一弓彈破秋江雲。中虚外汎搓成索，晝夜踏車聲落落。車聲纔冷催上機，知作誰人身上衣。小女背面臨風泣，憶曾隨母園中拾。

秋日江村

短短竹籬三五家，獨樹作橋横淺沙。山頭昨夜雨初過，秋水一寸茨菇花。

張嗣良

尋梅

夢中寄荒遐，騎驢一放棄。野梅過流水，香斷無尋處。天寒歲又晏，偃蹇傷幽素。獨行山谷深，積雪迷歸路。

春曉行

夢魂短短春宵殘，喈喈雞語催征鞍。東方髣髴淡月曉，柳露細拂征衫寒。僮僕前行指余路，那箇長亭經某處。離情莽莽又分明，黯淡孤村煙半一作「半煙」。樹。

梁國

憫麟操

道之將行惟麟，道之將廢惟麟。謂爾非麟，孰得其真。謂爾其麟，胡爲生也不辰。嘯歌傷懷，我思古人。

東山操

東之山兮高峩峩，朝上雲氣兮暮雨滂沱。軍士告哀兮歲月蹉跎，盡瘁事國兮我心靡他。人亦有言兮三叔流言，我實不德兮其又誰𠆸。君王聖明兮無念我祖，宗社固安兮孰敢余侮。

史紫微

江南曲

風淒露冷江南岸，瑟瑟寒波秋練練。采蓮歌斷紅雲空，蘋葉蘆花結新怨。鴛鴦鸂鶒俱可憐，相呼相倚沙嘴眠。白頭漁父一作「子」。揺蒼煙，一雙飛上枯樹巔。

荒冢謡

荒岡斷壠誰家墳，經年無主蒿草繁。土崩棺蝕漆燈滅，狐狸作巢生子孫。牧童燒火山葉赤，花甎迸裂松行根。牯牛作羣來礪角，折碑盡是淚土痕。夕陽未下燐火出，陰風刺刺雲昏昏。精靈月下相往來，嚘嚶啑欻如人言。君不見昨日城中車馬客，又來尋地爲真宅。

徐廷玉

江南曲

江南女兒好梳洗，新妝照見秋江水。風裾浪袂木蘭舟，争采芙蓉緑霞裏。東船兩兩青黛蛾，西船兩兩藍勒靴。含情不唱采蓮曲，齊唱吴王陌上花。船頭日落紅生霧，相唤相呼出江去。驚起鴛鴦不見人，波上風來聞細語。

蔡明

淘金户

淘金户，淘金大江側，水深沙淺淘不得。夜聞叫呼來打門，官司追課如追魂。一作「魄」。呼童挑燈取金看，囊中所積能幾分。一作「秖有分毫積」。課多金少輸不及，里胥怒嗔徐見縶。賣金買寬限〔一〕，金盡限轉急。歸來坐窗下，妻子相對泣。泣亦徒爾爲，輸官不在遲。南莊有田仍可賣，莫遣過限遭鞭笞。獨不見西家賣田仍賣屋，户户逋金猶不足。

除夜與鄔進德

客裏冬將盡，惟君數見親。可憐今夜雨，同作異方人。臘酒無鄉味，征衫有客塵。毋勞話岑寂，明日又逢春。

〔一〕「寬」，原作「完」，據稿本改。

曾敷言

寶劍篇

千金買寶劍，氣燄凌清秋。指天星斗動，刺水蛟鱷愁。坐起常佩之，誓與報國仇。北斬單于首，西斷莎車頭。還報漢天子，挂劍崑崙邱。

錢樞

香奩八詠

金盆沐髮

一片香雲濕不飛，翠光浮動影娥池。盈盈蟬翅含風冷，剪剪雅翎帶雨垂。泉沫亂跳珠錯落，指尖微露玉參差。妝成倦把闌干倚，滑墮金釵不自知。

月奩勻面

春盡花枝瘦幾分，曉妝不覺暗消魂。羞蛾漫自横眉黛，薄粉何由掩淚痕。青歲不留人意老，翠鸞飛去影空存。愁來拍塞成長歎，噓得清光慘欲昏。

玉頰啼痕

愁思無心整玉容，幾番花下立東風。漬殘嬌靨娟娟翠，界破蜂黄縷縷紅。羅袂揾時香欲溢，春纖抹處暈微融。小鬟欲解人憔悴，笑指棃花暮雨中。

黛眉顰翠

悶拽羅裙下玉除，小桃花下立踟蹰。幾分春色傷心處，一點梅酸濺齒初。山蹙空青渾欲瞑，柳緘寒緑未全舒。龍沙北涕三千里，倚遍闌干思有餘。

芳塵春迹

按舞霓裳點拍頻，紫鸞簫底步香塵。故將羅襪雙鈎玉，踏破紅雲一片春。殘月淡籠煙漠漠，並鴛交卧水粼粼。莫教燕子銜將去，留向東風擬洛神。

雲窗秋夢

桂花香冷夜沉沉，睡熟銀屏小鳳衾。杳杳不辭湘水遠，悠悠直過楚雲深。紅椒樹底鴛鴦比，黄葉風前蟋蟀吟。預報砧聲莫驚覺，暫容攄盡别離心。

繡牀凝思

緑窗人静晝厭厭，抛却金針懶再拈。香臉托殘紅一線，黛眉蹙損翠雙尖。愁如亂絮隨風落，恨似飛花帶雨黏。小玉漫將簾幕卷，忍看雙燕拂雕簷。

金錢卜歡

寶鴨香飄篆縷浮，金錢倒擲思悠悠。雲邊昨夜聞歸雁，花外何時聽紫騮。幸得如期猶慰意，若爲歸晚更添愁。無憑莫似簷間鵲，幾度空教倚畫樓。

金德啓

紅梅

醉卧西湖處士家，夢回唯見赤城霞。總然冷艷隨春變，依舊踈枝映月斜。姑射冰姿凝絳蠟，羅浮雪骨换丹砂。北人慣在江南住，猶説前村有杏花。

羅伯英

老龍琴

爨下曾聞霹靂聲，流傳太古蓄精靈。斷紋已作蜿蜒勢，焦尾猶存蚴蟉形。案上清霄含霧雨，壁間白晝隱雷霆。鳳簫縹緲音相和，相送羣仙入杳冥。

周石原

緑陰

萬紫千紅夢已休，眼中驚見翠光浮。數聲啼鳥無尋處，幾度斜陽不入樓。潤透琴書渾欲雨，凉生衣袂已先秋。此時蒲柳還多感，莫遣西風一夜愁。

陳自堂

先主

扶義風雲急，投艱歲月長。猶懷置剮子，豈要負劉璋。討賊吾誰遜，違天有并亡。春秋復仇大，萬古烜炎光。

武侯

千載生諸葛，餘才了十丕。百王巴蜀佐，三代渭濱師。禮樂無興日，乾坤有閏時。豈留文字在，不愧説兼伊。

曹操

鹿去卯金刀，當塗未敢高。争梟猶在奕，食馬已同槽。身後三分潤，生前百詠勞。就如題墓上，盜豹亦焉逃。

司馬懿

本佐賊爲謀，聊同漢報仇。機深螳後雀，村隱馬中牛。夷甫毋專罪，江生足遠猷。誰開千古恨，落日淡神州。

送客

信履倦仍還，詩生暮靄間。塘蒲身共晚，野鶴意俱閑。送客度流水，見雲歸别山。一聲長嘯遠，吾亦掩柴關。

春晝睡起

柳影年華度，鶯聲午夢回。偶然牀置易，政爾席凝埃。隱几野花落，閉門山雨來。無人見愁緒，歡伯一樽開。

出大江宿別浦

水宿乍移浦，客程初望鄉。江涵鷗夢闊，天入雁愁長。漢月關山白，淮雲草樹蒼。東流何限意，攲枕聽鳴榔。

登岳樓

扁舟小繫畫欄西，萬里清光一拄頤。湖面欲包天外去，嶠鬟疑自海中移。高空自瀉軒皇樂，元氣常涵老杜詩。慶歷殘碑重回首，此生何限退憂時。

春風

著柳成新緑，吹桃作故紅。衰顏與華髮，不敢怨春風。

趙心遠

秋晚

一曲菱歌斷，西風吹鬢鬟。秋隨荷葉老，人到一作「對」。菊花閑。鳥弄一作「没」。疎煙外，楓明落照間。南山有清氣，一作「秋色」。相對自怡顔。

錢士龍

淮陰侯

弓藏鳥死壯心摧，楚破齊平夢一回。自是假王先賈禍，非關真主不憐才。生嫌絳灌爲儕伍，死與英彭化劫灰。惆悵無因見漂母，王孫還起後人哀。

章士熙

送危伯明教授南歸

鯉魚吹浪柳花香，春水還乘一去一作「上計」。航。天外青藜歸太乙，人間華髮老文昌。疾風筆陣開生練，細雨書談校底囊。好爲聖朝宣教鐸，育才取次進明光。

鄭茂先

贈大樞上人

西湖乘興浩無涯，簫鼓豈辭途路賒。萬里秋雲飛錫杖，孤城暮雨濕袈裟。少年江海宜爲客，何處山林不是家。此別應須到廬岳，遠公寺裏看蓮花。

諸葛彝

送趙鎮撫

先世逢昭代，軍功信不誣。起家從汴水，佐武上灤都。將種由來異，如公自爾殊。生身長七尺，襲爵總千夫。華嶽生秋隼，池溟出隽駒。虎威天下少，馬服世間無。手畫三軍勢，名成八陣圖。握奇思效古，報國欲捐軀。重慎機謀定，沉雄義勇俱。妙齡當穎脱，逸氣應時須。鄉邑初來鎮，城居静不虞。霜晨鐘韻亟，月夜鼓聲紆。編户無扃鐍，羣偷任覬覦〔一〕。令嚴知約束，民阜足懽愉。論事資高識，推誠得遠謨。從衡司馬法，爛漫太公符。紫服垂鞶帶，金牌綰采繻。指揮真肅肅，訓練豈區區。燕角彎繁弱，荆砮利鏌鋣。淬刀生紫電，拔劍長青蒲。秋獵山岡闊，冬行石嶺孤。雁飛驚快鶻，兔走避狂盧。執策親調驥，回鞭笑殪狐。衣圍夔子錦，帽蹙罽賓氈。野曠平如掌，羣奔健若枹。豈惟驚殺獲，庶以範馳驅。盛集開長宴，嘉肴列美腴。酒餘聽節樂，歌罷對投壺。詩好從人和，門開有客趨。前榮列經史，玩器雜璚瑜。臨帖朝揮筆，看書夜照珠。武夫雖糾糾，見客亦于于。好尚今如此，隨從有是夫。爲能崇雅素，自足革驕麄。武甸今知習，文風世所敷。信曾思孔孟，獨恥論孫吴。感激明時用，騫騰壯士徒。築營開細柳，引水種雕菰。早鷁風中放，蒼鷹雪裏呼。望雲思海曲，乘月坐庭隅。瓜代何云急，矛戈植鞬蘆。荷風知不遠，旗旆促歸途。儒服成謡頌，黎氓重歎吁！始兹居鎮守，綽爾見規模。賤子便荒僻，平生惡囁嚅。耕耘常荷插，著述或操觚。學問勤三省，才名愧八厨。濟時雖有志，晦迹遂如愚。沙際榆林斷，江頭柹葉枯。銀餅持別酒，玉椀點凝酥。轉櫂愁看燕，鳴擣恨聽烏。短吟依遠寄，好在五雲衢。

〔一〕「任」，稿本作「在」。

孟芾

偶書

錦衣公子馬如龍，射雁歸來半醉中。過盡好春渾不管，揚鞭閒弄柳花風。

李竹所

過采石

獨卧空山五百年，唤醒除是老坡仙。沉香亭北花成土，采石江頭月在天。遺跡不妨留狡獪，多情猶自狎嬋娟。余生若在開元日，也向長安學醉眠。

題蘇李泣别圖

我去君留可奈何，明朝煙雨隔關河。當年胡婦分携處，想見中郎淚更多。

金精山　此首見蘇天弌《金精風月》。

斧鑿何須借巨靈，元開一境自通明。泉如白玉塵飄下，山似青蓮瓣簇成。風定有時聞鶴語，天遥無處認鸞旌。甲兵净洗金穰應，珍重黄冠祝太平。

楊元正

客余承慶

衮衮紅塵客未歸，秋風吹老芰荷衣。幾回欲寄相思字，不見瀟湘一雁飛。

全晉

贈月經歷

楊柳絲絲不繫鞍，送君容易别君難。遥知今夜相思處，人隔關山月正寒。

蕭應元

初夏

半晴半雨白晝長〔一〕，似無似有緑陰香。兒童刻竹記新筍，一夜風吹一尺强。

〔一〕 半晴半雨，稿本「雨」作「和」，《元詩體要》（四庫本）作「半清半和」。

葉栖麓

栖麓以下二人。並見新喻符觀《元詩正體》。

次韻朱一齋知事秋懷

行藏獨倚仲宣樓，自信人生不繫舟。宦況不堪閑是客，世情渾覺淡如秋。百年堂上去來燕，萬里波心浩蕩鷗。雲白山青隨處好，此身何往復何留。

無題

墮地男兒膂力强，功名尺寸固難量。無根白日英雄老，有路青霄歲月長。天上浮雲變蒼狗，人間短夢熟黄粱。華亭老鶴東門犬，千古令人重感傷。

甘鑄

不眠

獨抱清愁春不眠，月明花暗夜如年。人生莫作江南客，處處青山有杜鵑。

定子静

子静以下三人，並見汝南許中麗仲孚《光岳英華》。

經過太平宫舊址

開元皇帝太平宫，棨戟重臨玉殿空。龍虎氣收仙井上，風雷陰護石幢中。秋清雪瀑千尋落，雲際天梯九疊通。安得香爐峰色裏，更看飛觀紫冥濛。

感懷

迢遞居庸翠接空，龍沙峰盡汴梁宫。山川舊拱堯都壯，島服遥連漢使通。汗馬秋高猶冀北，玉禾歲熟自遼東。浮雲一望猶悲感，惟有年年度塞鴻。

蕭宇

錢唐懷古

鐵馬悲鳴汴水黄，翠華南渡駐錢唐。至今父老稱行在，往昔君臣認故鄉。銀海雁飛虚夜月，銅盤仙去只秋霜。乾坤會合寧非數，詩罷長吟意渺茫。

麥敬存

挽周處士

山木蕭蕭雲不飛，溪橋回首淚沾衣。棋閑石上樵歸久，茶熟門前客到稀。返劍徐君慚自信，執鞭晏子願空違。可憐玉樹無顔色，雙倚寒庭對夕暉。

樓玉汝

玉汝以下三十九人〔一〕，並見李伯璵《文翰類選大成》。

題思遠樓

甍連城雉揖江心，勢壯東甌枕海門。時異事殊心有感，今來古往景長存。珠簾半卷煙峰矗，畫鷁争飛雲浪翻。遐想倚闌人去後，一鈎新月弔黄昏。

〔一〕三十九人，原作「三十八人」，據稿本改。

陳菊南

蒲圻赤壁

往事何消問阿瞞，到頭吞不去江山。自從羽艦隨煙盡，惟有漁舟竟日閑。碑字雷皴漫墨本，弩機土蝕點朱斑。淒其古思誰分付，白鳥蒼煙滅没間。

張彦高〔一〕

古行路難

君不見古來行路難，只有荆卿報燕丹。感君恩厚爲君死，自知故國一去無生還。秋風易水無今古，中有恩情别時語。武陽飲酒荆卿歌，壯士相看面如土。泰山嵂嶀秦關高，奮身西上騰驁猱。盡傾肝膽許知己，性命不啻輕鴻毛。秦圖再拜主心喜，圖窮匕首明秋水。劫王復地計全非，何處秦雲哭燕鬼。當時一語思匡國，精神動天虹貫日。狂謀肇禍鬼不祀，犬業帝嬴天與力。虎鬚堪編尾堪履，倒卷天河恨難洗。臣身塗炭君莫論，萬死報君期世世。行路難，君當聞，丈夫莫忘沾人恩。殺身徇名信絶倫，可憐孤負樊將軍。

〔一〕「張彦高」一家原無，今據稿本補。

徐明哲

次韻葉仲清見贈

卜宅吴山第幾重，幽棲不使市人逢。洞簫夜引瑶臺鳳，神劍秋吟寶匣龍。巖溜帶沙金屑泛，渚煙含露粉香濃。知君富有琴書樂，爲客無因杖屨從。

張景範

山水圖

煙霏霏，月離離。水隨天去秋無涯，扁舟一葉泛渺瀰。别浦半露征帆歸，枯槎倒景盤蛟螭。羣烏下赴平蕪飛，晚樵有徑漁有磯。危亭迥絶江之湄，行人兩兩喬木西。小橋淺碧流灣碕，遥雲杳靄淡翠微。一見心曠神爲怡。披圖問客客不知。采石赤壁空猜疑，拂拭豪素開端倪。清氣散入騷人脾，有聲畫裏無聲詩。

題唐副使墨本水仙花四詩

晴

斜矗闌干翠袖垂，晴光點碧弄珠璣。凌波微步迢迢去，環珮聲從月下歸。

雨

淺注團酥碧玉盤，宮黄微暈曉妝寒。可憐一掬湘娥淚，濕透鮫綃粉未乾。

風

鳳簫吹夢下瑶臺，折得瓊華宴未迴。誰遣封姨傳密約，羅襦半解異香來。

寒

美人遥隔楚雲深，捐玦秋江不可尋。一曲冰絃聲欲斷，青鸞飛出碧波心。

王季鴻

巫山高

巫山高哉入青冥，峭峰十二如連屏。巴山下與峽争險，波濤瀺灂魚龍腥。參差之巔晝晦冥，鳥道超忽難得經。深林大谷度髣髴，月出照見峰青青。高邱陽臺奚所銘，何年别館開亭亭。扶丹疊翠既窈窕，中有神女長娉婷。珠宫洞房玉作扃，窗間一笑窺明星。爲雲爲雨朝復暮，往來恍忽潛其形。夢中之遇夫誰令，褰帷解后流波停。襄王本自好荒怪，摇珮徒使顏微頩。倐然而逝乘風萍，更煩詞客傳丁寧。二妃在野叫虞舜，至今遺俗祠湘靈。行人猶欲薦蘋藻〔一〕，兹山終古非明延。女蘿日落山鬼哭，只是哀猨那可聽。

無題

自古功名孰盡酬，平時閭巷詑封侯。萬言未試人皆惜，一士難招國可羞。豈必後來俱齷齪，若爲諸老獨風流。黄塵衮衮將年待，往事悠悠與酒謀。

秋興

每逢摇落倍依依，秋盡他鄉未授衣。臨水偶然傷遠别，登樓亦欲賦將歸。乾坤道路無今古，書劍風塵有是非。壯志相違總如此，紛紛鴻雁稻粱肥。

〔一〕「欲薦蘋藻」，稿本作「□□□馨」。

蔡正甫

野鷹來

南山有奇鷹，寘穴千仞山。網羅雖欲施，藤石不可攀。鷹朝飛，聳肩下視平蕪低，健鳥躍兔藏何遲。鷹暮來，腹肉一飽精神開，招呼不上劉表臺。錦衣少年莫留意，飢飽不能隨爾輩。

鄧蓀璧

贈張原心游浙東

丹崖飛蓋下三神，玉室金堂處處春。禹洞夜看封蘚字，霞城朝見茹芝人。梅寒立馬題詩早，栗熟待環入夢頻。行次嚴陵重回首，向來别駕有芳塵。

張惟庸

成趣軒

日涉小園江上村，閑心不逐水沄沄。秋至東籬自黄菊，雨後南山還白雲。從渠物理有代謝，且愛軒居無垢氛。故人安得顔光禄，二萬青錢能見分。

廢宅

金谷花開得幾春，東風吹逐路旁塵。蛙鳴私地爲官地，燕認新人是故人。珠履賣錢豪客散，玉釵乘傳舞娥顰。獸鐶一鎖歌鐘斷，時有鴞聲恐四鄰。

張小坡

乾坤清氣

一派難名造化功，蕭蕭瑟瑟混鴻濛。散來天地虚空裏，不落塵埃境界中。静帶寒光浮水月，涼隨秋意入江風。詩人頓覺仙凡骨，吟上蓬萊第一宫。

吴宏宇

别浦渔歌

西風吹動木蘭舟，一曲漁歌萬古愁。音調何心諧鳳律，風波無處著羊裘。江空鷗鷺同爲侣，水落魚龍不近鈎。明月滿船應罷釣，得魚沽酒復何求。

王道暉

寄梁原衍

歸泛好溪船，看看又五年。長竿和月釣，短褐抱雲眠。紫蟹秋風裏，白鷗春水邊。箇中清興味，杯酒自怡然。

高文矩

歸豐城有感

閭里暌違二十年，重來風景倍凄然。居廛日午無諠市，負郭春深有廢田。漠漠蓬茅秋欲雨，依依籬落晚横煙。繁華一去風流盡，賴有長江慰目前。

江以實

贈壽陽玉關提舉

虎頭燕頷漢將軍，曾入長楊覲至尊。親射黄熊供御膳，生禽青兕授轅門。旌旗影壓淮雲黑，鼓角聲沉海月昏。一曲鷓鴣紅燭底，幾經釵影落瑶樽。

寄泰軒叔

雲滿淮濆雪滿空，夢隨飛燕過江東。槎頭鯿掣蘆花白，玉面狸分柹葉紅。書屋棊聲欺夜雨〔一〕，山堂酒熟納春風。一門叔父中郎長，應念低飛逐走蓬。

〔一〕「棊」，原誤作「基」，據稿本改。

陳舜咨

送番易張小雅之建陽教

十載青燈照榻寒，薦書一紙下臺端。有材自合爲時用，早歲何妨作校官。建水灘頭迎劍佩，考亭祠下拜衣冠。百年道學淵源在，莫厭先生苜蓿盤。

梁紹輝

江上别諸友

邂逅秋江上，衣冠總不羣。少陵詩奪錦，司馬氣凌雲。魚水情方得，蘭金忍遽分。相期各努力，千載振斯文。

汪復亨

春雨歎

天地生物心，春雨澤尤溥。陳荄發新苗，草木競繁蕪〔一〕。慨然念吾親，青山一抔土。逝水無回波，慈容莫重覩。依依菽水懽，慘慘蓼莪苦。九原渺長夜，至痛負終古。消息固有常，恩愛豈伊阻。杯棬口澤存，授簡記音吐。顯揚詎敢後，萬一圖報補。

易州行

召南遺愛存甘棠，金臺崇崇耿餘光。孫謀足以昭前烈〔二〕，城池不必如金湯。胡爲太子丹，棄厥祖典常。

欲雪一朝憤，卷土歸秦疆。匕首寸鐵爾，王者誰能傷。鞠武失初謀〔三〕，導之以披猖。喜也君父尊，不能慎周防。區區刺客匹夫勇，况荆卿輩非才郎。一作「良」。智不如專諸刺王僚，忠不若豫讓圖趙襄。劫盟無曹沫之勇，剖腹無聶政之剛。世言馬生角，譏爾不自量。朔風蕭蕭兮，易水更湯湯。悲歌發祖道，慷慨淚沾裳。千里入秦庭，九賓肅皇皇。衮衣坐殿上，虎視雄四方。舞陽小竪子，膽落心悸慌。軻雖奉圖進，言貌已譸張。秦皇覽圖圖未竟，但見利匕睒睒凝秋霜。揕胸無及截袖起，走環殿柱空踉蹌。吁嗟荆卿兮，兒戲傀儡場。秦兵赫斯怒，家國更兩亡。吁嗟燕丹兮，上累七廟殃。悉髮數其罪，授首豈足償。吁嗟爾喜兮，偷生竄遼洋。薪可卧，膽可嘗。少須待天定，鋤蔓亦足除暴强。不從陳勝舉函谷，當與項籍屠咸陽。

南樓客館鄉友燕集

華館高城天一涯，相逢正爾似摶沙。墻陰緑長魚腥草，樓外紅鮮鳳尾花。醉裏不知身是客，醒來偏記夢還家。雲帆明日浮滄海，却望番禺路更賒。

〔一〕「萛」，稿本作「舞」。
〔二〕「昭」，稿本作「紹」。
〔三〕「鞠」，原作「掬」，據稿本改。

蘇仁仲

水退

轉眼江流已昨非，便隨鷗鷺省漁磯。飛花無復浪千頃，倒影依然山四圍。不向静中觀物理，更於何處覓天機。興來倚杖斜陽外，弄徧潺湲未肯歸。

和雷壑先生韻

青紫過如拾芥輕，今吾非辱故非榮。海波忽與桑田改，書眼空如秋月明。只可一邱容鶴隱，何須萬里較鵬程。到頭更要深山住，不作終南捷徑名。

金選之

雪吟

天地冰壺萬境寬，盡收圖畫入騷壇。瑶臺影裏閒攲帽，玉樹風前瘦倚闌。聽竹有聲停筆久，煮茶無火晝灰殘。近年白戰成何事，應被坡仙一笑看。

周彌高

題弋陽荷湖橋

一溪流水隔湖山，架石爲梁屋數間。光透雲根分半鏡，影涵波底結連環。千年鼉背老逾健，百尺龍門夜不關。我亦于今題柱客，何時駟馬錦衣還。

贈張伯廣

建溪郭裏晚相逢，握手論心氣誼同。滿圃黄精肥夜雨，一林紅杏領春風。故家又得看喬木，流水何慚奏古桐。能與正蒙論周易，便將長劍倚崆峒。

劉光烈

題曹氏嘉會堂

嘉會堂前池水上，粉墻朱檻路縈廻。柳邊立馬雕鞍簇，花底持觴綺席開。酬酢弟兄思孝友，逢迎賓客集英才。人生且盡良時樂，易見秋霜入鬢來。

高鼎玉

寓清漳寄進士周于一

日感斯文惠愛心，匆匆又動式微吟。西風吹柳邊城暮，急雨隨潮斷岸深。歸信幾回勞遠夢，離懷惟覺惱秋砧。暫時分手莫惆悵，他日重逢定武林。

題孫彦芳草堂詩卷

公子閑情傲草堂，滿牀袍笏映金章。風生蘭砌清吟骨，霧繞芸窗爇篆香。喬木分陰籠碧瓦，瑞蓮凝露浴方塘。嘉賓式燕多於此，收拾新題入錦囊。

黄中玉

春日泛舟

溶溶遠日蕩湖光，魚笱迎船燕語檣。錦纜晝牽楊柳岸，玉簫風遞水雲鄉。重洲樹色侵空闊，别浦人煙隔渺茫。醉裏扣舷歌白苧，不知零露濕衣裳。

汪公濟

感興

猛虎嘯荒嶺，長蛟躍飛濤。行人進水陸，惴惴恐與遭。仗劍吴江深，挾矢南山高。此誠一念烈，彼亦無所逃。居然就剸刺，剥落鱗與毛。桓桓丈夫志，袖手非辭勞。

陳直方

寓懷寄蔣希文四首

風雅日淪棄，鮑謝悦人久。正味乖衆嗜，誰具易牙口。文繡同世願，布帛已何有。朱弦而疏越，此瑟薦清廟。

古來文學士，秉筆侔天工。造化妙莫窺，恍忽迷西東。險易殆兩途，臨岐果何從。知幾惟哲人，爲我開愚蒙。

西窗不厭頻，幾度風雨夕。青燈照無眠，疑義相與析。每於方策中，痛爲和氏惜。三刖獻荆璞〔一〕，未遇真賞識。天然希世寶，珉碱豈同日。韞櫝而藏諸，善價終不失。

朝來有爽氣，悠然見停雲。虚襟啓幽軒，伫立延氤氲。好風不東來，俯仰空無垠。何當乘變化，上下從朝曛。世事每相違，將誰與同羣。

〔一〕「刖」，原誤作「肘」，據稿本改。

馮信可

題桃源圖

桃溪東廻溪轉長，桃花開時春日光。幽禽出樹亂紅落，遊魚吹花流水香。山人正住溪之滸，屋角花開自成塢。尋源未許武陵人，隱居且作桃溪主。拄杖穿花來水頭，禽魚亦解識風流。往來况有樵雲叟，何惜銜杯同倡酬。一樽時出桃花色，花落樽中已無跡。醉鄉悠悠白日閑，黄塵衮衮青山隔。明年此日桃花開，山人净掃溪陰苔。我亦天臺約劉阮，春風一櫂酒船來。

劉子建

八月十五夜

稍稍凉風勁，迢迢海氣新。如何今夜月，偏照有情人。治國思良相，無家憶老親。醉歌心更苦，霑灑一傷神。

送楊文啓荆州教授

江漢接天流，名藩控上游。雲生巫峽雨，樹隱渚宫秋。典教推文雅，雄觀匪滯留。揮毫尚有賦，好在仲宣樓。

雜興寄鄭本

咄咄書空衹自愁，更無消息夢刀州。漫漫長夜何時旦，白石空歌愧飯牛。

浦城漫興

清溪何似百花潭，谷口雲峰半夕嵐。借問子真歸隱未，鷓鴣春雨滿江南。

夢裏

夢裏何年别釣磯，青山風雨暗蓑衣。何由拾得滄浪月，一笛秋風海上歸。

摇落

摇落關山歲月遲，故園從此隔天涯。山中舊屋無人葺，只恐秋風不奈吹。

贈醫目士

持斧蟾宫伐桂柯，露華清夜泣嫦娥。歸來明月天中見，萬里無雲海不波。

鄭資深

題林超詩卷後

曾放扁舟過洞庭，晚凉沽酒泊雲汀。東風吹醒沅湘夢，猶記君山醉裏青。

送倪伯範之金陵

倪子别我江海去，黄金作賦意有餘。新豐市上且喫酒，光範門前莫上書。

張萬里

送魯子元江西省宣使二首

千騎吴城且出圍，平章宅裏阜鵰飛。角弓紫帽黄金勒，定是相從射鴈歸。

登山愛著謝公屐，嘯月多臨庾亮樓。江上數峰何見厚，故留殘雪送行舟。

吴仲谷

崇仁道中

紅樹清江雁鶩秋，月明灘下泊行舟。三年不見崇仁縣，今夜黄洲十里頭。

謝恕堂

客館夢霜月皎然有感

城上烏啼客正眠，一規霜月夜娟娟。夢魂不管蒼苔冷〔一〕，貪看梅花過故園。

題揚州瓊花

錦帆隱隱到天涯，古道殘楊泣暮鴉。莫爲龍舟倍惆悵，廣陵依舊看瓊花。

〔一〕「冷」，稿本作「險」。

王良臣

漁父

白蘋風卷釣絲斜，魚不吞鈎水見沙。買酒自歸篷底醉，載將明月入蘆花。

徐一用

觀潮

鴟夷漂去水滔滔，激轉東溟氣勢豪。兩岸風煙渾是恨，吴山屼嵂越山高。

黄比玉

答宋御史

松風清暑撼濤聲，麥隴先秋客意驚。試上江樓豁詩眼，倚闌斜日看潮生。

侯祖望

病鶴巢

久無魂夢到蓬萊，遠托雲松户牖開。風露一枝寒骨冷，海天萬里此心灰。自尋玄境棲貞趣，誰識丹砂養聖胎。唯有侯嬴窮痼甚，結茅共卧碧山隈。

寄饒孟式居梅希富館

千年高趣兩拄杖，半世多情三折肱。野屋看雲閒伴鶴，石泉煮月淡如僧。青山留客故人酒，白髮著書深夜燈。喜有梅花識清思，一痕春色照寒冰。

李伯棟

舟行阻風題望湖亭

平湖未落連天水，古木猶號卷地風。故國山河餘蟻夢，逐臣文字尚龍宫。三江雪立銀山碎，五老雲屯玉障雄。唤醒馮夷同一笑，酒船撾鼓過江東。

歸舟

濤頭飛雪灑牙檣，聊伴閑鷗繫晚航。天闊斜陽下平楚，地偏遺老説荒唐。水黏彭蠡皆澄碧，山入康廬盡老蒼。挂席不知牛斗近，夜深寒色卷龍光。

詹致祥

九日懷湖山叔祖

一番風雨又重陽，人事天時重感傷。九日湖山風物别，菊無佳色酒無香。

朱克用

上苑躬耕

湛露初晞上苑晴，一犂曉帶卿雲耕。周家八百年天下，盡是公劉手種成。

後禁聞砧

午影遲遲轉寶闌，砧聲響出翠雲端。宫中不是無羅綺，猶念寒機織紝難。

丁時懋

贈山人湯秀峰

梅嶺人家墓更多，茂陵無樹奈秋何。鷓鴣啼處羊眠暖，好爲從容印地羅。

張季充

義婦辭

結髮事閨閫，盟心同死生。如何中棄捐，不得長合并。邇者被嘉命，校藝赴吴城。臨岐重寄託，肅穆候親庭。旨甘毋或闕，旦夕善寢興。斯情靡有違，庶用慰徂征。豈不戀兹堂，所憂在國程。自從分别來，魂夢但怛營。歸途冒霜露，果爲二豎嬰。百藥鮮一效，良工徒折肱。拊膺哭九京，白日昧光晶。造物豈不仁，妾身獨煢煢。婦人失所天，貴富何足榮。生命雖云艱，獨生寧自經。跂余慕高躅，感此雙涕零。時俗薄倫叙，骨肉猶相輕。何况合恩義，烏識墨與繩。夫有忠孝誠，婦有義烈稱。清風播萬古，粲粲垂令名。太史采篇什，此辭良可徵。

曾氏母挽歌辭

怕見隴雲合，忍歌薤露晞。居然霾氛沴，溘爾下兹闈。令子効戎幕，良人事幽棲。一朝失所助，兩地同其悲。凍雨灑長薄，驚飈蕩交衢。情來但感念，誰不增歔欷。

高定

定以下三人，並見沔陽陳文燭《五岳志》。

望仙嶺

峻嶺乘風一望仙，九霄鶴馭幾時旋。世人空慕長生術，只恐神仙隔俗緣。

蒲理翰

遊嵩山

名山到處駐征騑，來訪幽棲杜德機。雲蓋浮邱千歲井，煙籠玉女五銖衣。唐碑猶有丹砂頌，漢室全無青鳥飛。風卷長松發清嘯，珮環聲響九天微。

雷膺

集仙洞

不見仙真聚，空憐洞府奇。雲霞封古榻，苔蘚蝕殘碑。玉笈千年祕，靈巖百尺垂。月明丹竈冷，寂寞動幽思。

林德芳

德芳以下四人，並見上清嗣宗師劉大彬《茅山志》。

計籌山

吴會東連接二州，憑高懷遠思悠悠。雲迷大澤魚龍夜，風散平原草木秋。三尺空悲文種劍，五湖歸去子皮舟。凄凉舊事成陳跡，惟有青山枕碧流。

倪天奎

喜客泉

斯泉定何神，客至粲然喜。水何預人事，是亦氣機使。坐看百琲珠，生滅了無已。客問從何來？如雷起處起。

褚環中

山中春日

向陽松下雪泥乾，野簇催春上客盤。一道紅泉人換骨，春風莫作舊年看。

宗壇秋夕二首

疏綺平雲徹夜開，月明峰頂見樓臺。璚璈聲裏天燈近，知是三真謁帝回。

山繞天壇桂月涼，斗牛斜挂曲闌旁。清吟未徹金鐘奏，催上朝元午夜香。

王理

贈玉虚宗師

句曲山中老鍊師，雙瞳如漆鬢如絲。自騎玄鶴朝金殿，親奏丹書拜玉墀。名姓每承明主問，篇章多出内臣辭。蕭蕭風雨歸來夜，白石蒼苔長紫芝。

贈集虚宗師朝京師

茅山道士人不識，服食養神三十年。此日雙凫朝京闕〔一〕，當春獨鶴下遥天。若逢物外遊方士，應問如今第幾傳。龍劍玉函開寶籙，何須重説地神仙。

〔一〕「京闕」，稿本作「禁闕」。

周文英

文英以下八人，並見長洲王賓仲光《虎邱山志》。

題劍池

澗泉一脉古今清，試劍秦皇曾未曾。不解爲霖作雲雨，煎茶煮筍餉山僧。

偉岸翁

登虎邱

秋日此登臨，西風滿客襟。水聲翻海底，塔影瀉樓心。松籟疑僧講，莎蛩學鬼吟。月涼坐苔久，誰信夜沉沉。

唐南翁

題虎邱

宿草離離山上邱，當年見説虎來遊。塔何曾動誰留影，石不能言自點頭。隨地高低都是屋，近城來往亦通舟。無邊落日蒼茫外，管領闌干一段愁。

陶唐邑一作「邕」。

遊虎邱

野色初分宿霧開，中天湧出翠樓臺。數行白雁天邊去，一點青山海上來。絶景且酬爲客意，中興不乏濟時才。遠公舊與淵明識，坐對黄花把酒杯。

馬世德

題虎邱

滄海何年湧此峰，亭亭秀出玉芙蓉。高低樓觀毗盧室，表裏江山太伯封。寶劍有神能化虎，石潭無際却潛龍。小吴軒伴登臨處，致我青雲第一重。

華晞顔

虎邱送友作劍池圖詩

武邱山頭石，慘澹立雙闕。中有古帝陵，灌木紛成結。雷轟劍飛雨，石破草棲血。峩峩生公臺，寒泉瀉清樾。幽鳥木末啼，哀猨鏡中咽。匡牀白髮翁，趺坐面如鐵。手把摩尼珠，流光照蒼雪。開軒落桂影，煮茗相與啜。摩挲石壁痕，指點細分説。前人亦已矣，往事竟磨滅。何如拂溪藤，爲我狀奇絶。余亦感此言，濡毫恣塗抹。圖成不足貴，聊復識兹别。分手各忠言，虎嘯篔簹裂。歸來卧城市，鐘動輪啼歇。却憶山中人，焚香禮孤月。

李任道

游虎邱

闔閭城外長洲苑，總是吴王舊日遊。白虎踞山名尚在，祖龍試劍迹長留。一泓池水通滄海，百尺吴軒納遠疇。行樂須添懷古恨，西山漠漠暮雲愁。

陳季周

游虎邱

闔閭城外長洲苑，今古都爲樂地遊。王氣已隨神劍化，陰厓惟有鬼詩留。下泉不浸苞稂墓，故國空餘黍稷疇。泰伯有祠胥有廟，吴王遺冢不勝愁。

宋溥

溥以下三人，並見義興沈敕《荆溪外紀》。

姚節婦

一死孰可免，全生良獨難。見義苟不重，視死如泰山。丈夫氣剛陽，致身尚間關。婦人本柔質，疇能無控摶。孰云季世下，而有金少安。勇脱虎狼口，安就蛟龍餐。鐵史著遺迹，終古一辛酸。

陳德耔

游張公洞

荆南山北畫溪邊，中有張公古洞天。但見登臨誇好景，不知開鑿自何年。香臺夜露青蘿月，雲碓朝春碧澗泉。莫笑來遊春已晚，醉乘驄馬聽啼鵑。

劉深

題天申宫

仙府遥臨罨畫溪，溪流東瀉影如霓。登山不盡今朝樂，掃石誰看昔日題。寶蓋飛空塵劫遠，丹臺回首野雲低。蘚花生遍經行路，不許春風長蒺藜。

元詩選癸集目録

癸之癸下

錢源濬一首……………………………………一七二五
李天麟一首……………………………………一七二五
陳元輿一首……………………………………一七二六
祝子權一首……………………………………一七二六
陳德昭一首……………………………………一七二六
施文德一首……………………………………一七二七
胡初翁一首……………………………………一七二八
胡虚中一首……………………………………一七二八
成修堂一首……………………………………一七二九
錢君瑞二首……………………………………一七二九
錢無一首………………………………………一七二九
胡植芸一首……………………………………一七三〇
錢肯堂一首……………………………………一七三〇
陳太希一首……………………………………一七三〇
蔡南老一首……………………………………一七三一
于巖一首………………………………………一七三一
李炎子一首……………………………………一七三二
甄良友一首……………………………………一七三二
孔庭植二首……………………………………一七三二
吴近江一首……………………………………一七三三
何英一首………………………………………一七三三
黎叔顔一首……………………………………一七三四
于欽止一首〔一〕………………………………一七三四
鄭釗一首………………………………………一七三五
趙景獻一首……………………………………一七三五
安宗説一首……………………………………一七三五
李泰來一首……………………………………一七三六
梁承夫一首……………………………………一七三六

陳公舉一首……一七三七
周慕溪一首……一七三七
文景陽一首……一七三七
陳松年一首……一七三八
林錫翁二十一首……一七三八
解之昂一首……一七四二
張北牟一首……一七四二
魏麟一首……一七四三
楊玄齡一首……一七四四
廉公允一首……一七四四
林春沂一首……一七四五
劉仲奎一首……一七四五
王迪一首……一七四六
吴伯起一首……一七四六
周草庭一首……一七四七
鄧生一首……一七四七
張與玉一首……一七四八
張守中一首……一七四八
丁希賢一首……一七四九
陳玄英五首……一七四九
孫士廉二首……一七五〇
吕天澤一首……一七五一
王仲敬三首……一七五一
馬時中一首……一七五二
葛仲温一首……一七五二
李顯叔一首……一七五二
吴彦博二首……一七五三
金與仁一首……一七五三
楊希古一首……一七五三
徐和一首……一七五四
舒常一首……一七五四
楊君舉一首……一七五四
曹能之一首……一七五五
范心遠一首……一七五五

陳達叟一首……一七五五
林方二首……一七五六
蘇秉鈞一首……一七五六
劉公孫一首……一七五七
楊堯善一首……一七五七
李公璧一首……一七五七
孟惟誠一首……一七五八
馬皋一首……一七五八
徐仲達一首……一七五九
陳義澤一首……一七五九
詹師文一首……一七五九
王逸一首……一七六〇
翁植一首……一七六〇
王纘一首……一七六一
安麐一首……一七六一
聶鐵峰一首……一七六一
余善同一首……一七六二
楊士輝一首……一七六二
常允恭一首……一七六三
鍾黎獻一首……一七六三
林廷暐一首……一七六三
石建中一首……一七六四
毛玉囦一首……一七六四
胡天明一首……一七六五
陳友敬一首……一七六五
章凱一首……一七六五
車柬一首……一七六六
張顯祖一首……一七六六
施昌祚一首……一七六七
趙孟傑一首……一七六七
劉百熙一首……一七六七
梁車叟一首……一七六八
宋綱一首……一七六八
湯鼎一首……一七六八

張政一首……一七六九
王評一首……一七六九
林燏一首〔二〕……一七七〇
曹昶一首……一七七〇
李策三首……一七七一
孫履道一首……一七七一
孫之傑一首……一七七二
馬子安五首……一七七二
李志全一首……一七七三
張奐一首……一七七三
高槐一首……一七七四
杜止軒二首……一七七四
趙宗傑二首……一七七五
吕海運三首……一七七五
李大方四首……一七七六
鄭棐一首……一七七七
裴處權一首……一七七七
廉秋堂一首……一七七八
張伯禹一首……一七七八
徐偉一首……一七七八
趙弼二首……一七七九
王遹二首……一七八〇
朱與誠三首……一七八〇
師尹一首……一七八一
劉子房一首……一七八二
王景仁二首……一七八二
冀膺一首……一七八三
韓德麟一首……一七八三
元師中一首……一七八三
喬君章二首……一七八四
郭元履一首……一七八四
楊俊民二首……一七八五
高伯庸三首……一七八五
江受益一首……一七八六

曹溍一首……一七八六
魏泰一首……一七八六
劉純一首……一七八七
封貴二首……一七八七
馮惟志一首……一七八八
程旹二首……一七八八
謝彥一首……一七八九
魏起潛一首〔三〕……一七八九
朱鐸一首……一七八九
文文振三首……一七九〇
崔立述一首……一七九〇
王搴一首……一七九一
王大成一首……一七九一
鄭昇元一首……一七九一
貢松二首……一七九二
張南渠一首……一七九二
趙楷一首……一七九三
郭麟然一首……一七九三
吴壽仁一首……一七九三
陳叔達一首……一七九四
趙若巖一首……一七九五
周北山一首……一七九五
陳原一首……一七九五
吴隱一首……一七九六
孫叔達一首……一七九六
程植翁一首……一七九七
王居安一首……一七九七
朱葵一首……一七九八
王煜一首……一七九八
朱子範二首〔四〕……一七九八
嚴丹邱一首……一七九九
劉廉一首〔五〕……一七九九
朱仁翁一首……一八〇〇
江孚一首、……一八〇〇

吴子華一首……一八〇〇
楊子壽一首……一八〇一
凌鵠一首……一八〇一
王内敬二首……一八〇二
齊祖之一首……一八〇二
姚允言一首……一八〇三
朱祚一首……一八〇三
畢天祐二首……一八〇四
胡季和一首……一八〇四
陳銘三首……一八〇五
王峪一首……一八〇五
孫焕一首……一八〇六
顧遜二首……一八〇六
陸恒一首……一八〇七
金原素二首……一八〇七
劉鼎四首……一八〇八
陳絅一首……一八〇九
王蘊文一首……一八〇九
翁逢龍二首……一八〇九
胡楷一首……一八一〇
趙仁原一首……一八一〇
齊唐一首……一八一一
董貫道一首……一八一一
張國衡一首……一八一一
翁復吉一首……一八一二
姚思泰一首……一八一二
張惟大一首……一八一二
張惟本一首……一八一三
徐子政一首……一八一三
蔚彦明三首……一八一三
焦鼐一首……一八一四
陳舉愷一首……一八一四
張正道一首……一八一五
何驥子一首……一八一五

易道安一首……一八一五
雷仲益一首……一八一六
許元信一首……一八一六
魯起元二首……一八一七
程子真二首……一八一七
蕭韶甫一首……一八一八
易性中一首……一八一八
徐宇泰一首……一八一八
蕭致遠一首……一八一九
陳秋巖六首……一八一九
馬志仁一首……一八二〇
朱昊一首……一八二一
劉雪窗一首……一八二一
馮蘭一首……一八二二
姚楚山一首……一八二二
馬叔獻一首……一八二三
趙希鷃二首……一八二三
易昭三首〔六〕……一八二四
林南澗一首……一八二五
羅復元一首……一八二五
陳邦光一首……一八二六
劉良玉一首……一八二六
榮菁一首……一八二七
廖正華一首……一八二七
劉漢傑一首……一八二七
劉盪儀一首……一八二八
俞希孟二首……一八二八
趙汝遂三首……一八二九
江文璟一首……一八三〇
蔡盡忠一首……一八三一
林宗山一首……一八三一
曹偉一首……一八三一
陳曄一首〔七〕……一八三二
戴元一首……一八三三

呂恕一首……一八三三

曾留遠一首……一八三三

龐咏一首……一八三三

義太初一首……一八三四

劉梅南四首……一八三五

王思勤一首……一八三六

張湖山一首……一八三六

秦儼一首……一八三七

張鐀五首……一八三八

李興一首……一八三九

郝顯一首……一八四〇

劉志行一首……一八四〇

毛玹四首……一八四〇

石敏若一首……一八四二

應元一首……一八四二

張士奇一首……一八四三

周貢一首……一八四三

吴匏碩一首……一八四三

張濬二首……一八四四

吴從正一首……一八四四

〔一〕「止」，原作「正」，據正文改。

〔二〕「嬌」，原作「矯」，據正文改。

〔三〕「起」，原作「啓」，據正文改。

〔四〕「二首」，原作「一首」，據正文改。

〔五〕此目原無，據正文補。

〔六〕「昭」，原作「照」，據正文改。

〔七〕「曄」，原作「煜」，據正文改。

元詩選癸集

癸之癸下

錢源濬

源濬以下五人，並見鎮江張萊《京口三山志》。

遊焦山

中流千古寺，樓閣倚天青。水國僧開殿，雲汀鶴瘞銘。山光浮碧落，樹影見滄溟。我欲求深隱，波澄正杳冥。

李天麟

多景樓

江南三月春始和，羣芳鬬開如綺羅。幽尋直到最高處，天朗更覺風景多。真揚諸山到窗几，下瞰一水如銀河。人家半在桃李內，金焦對底東流波。山僧深居憩枯寂，詩客得意高吟哦。就中老禪興不頗，飲賓欲使朱顔酡。氣酣長嘯弔千古，壯懷屢折殊未磨。仰瞻白日亦豈異，所恨不見羲暨和。眼穿竟無龍虎氣，耳静但聽漁樵歌。流風遺迹渺何許？古墳新冢高嵯峨，今者不樂將如何。

陳元輿

登金山

千尋寶閣涵秋色，四面魚龍聽梵音。應是江神好禪侣，故移兜率在波心。

祝子權

登焦山有感

旅泊驚雙鬢，舊遊今十年。雲山故時色，江月幾回圓。寥落嗟如許，登臨何惘然。淮南數行樹，愁眼亂風煙。

陳德昭

遊焦山子昭姪不至

江盤石裂秋濤怒，風卷魚龍海門去。斷篷掀簸一葦輕，修眉淡掃千山暮。惜哉佳景子不來，丹楓落盡平沙樹。

施文德

文德見釋無盡《天台山方外志》。

寒明兩巖歌

昨日遊石梁，謂盡天台奇。今朝遊兩巖，奇復不減之。明巖迴合天中起，兩崖巉削東西峙。漠漠惟開八寸關，萋萋時應雙行履。巖下千尋瀑布懸，巖中神井出甘泉。飛泉點點灑寒雨，石溜片片生輕煙。沿厓暗歷尋仙路，閭邱馬跡仍如故。松桂高盤石鼎雲〔一〕，獅象行窺仙掌露。響洞玲瓏勢若傾，石屑陰深行者驚。忽有一隙開天日，峭壁巉巘殊怪形。出洞逶迤不數里，捫蘿復入寒巖裏。寒巖之景更何如，幽勝不能分彼此。悄然石洞隔紅塵，飛岊若墜接蒼旻。上竅崯岈藏燕蝠，下坂寬平容萬人。仙人座下紺園開，叠嶂層巒繞梵臺。丹房蔽日金爲地，珠閣連雲翠作帷。奇蹤異境皆經過，目中應接誠不暇。各道窮幽性所躭，相與徘徊不知夜。夜來寄宿巖中央，空林忽上明月光。窺人疑是寒山子，望而不見心茫茫。茫茫不見坐來久〔二〕，燒燈共盡今宵酒。酒酣試作兩巖歌，明朝馬上空回首。

〔一〕「松桂」，稿本作「桂松」。

〔二〕「坐來久」，稿本作「來坐久」。

胡初翁

初翁以下七人，並見鄺時同、李叔恢《釣臺集》。

釣臺

南陽真人有天下，東都大業猶關中。山澤釣耕不啻足，巖廊敷納將無同。鴻羽爲儀世共歎，龍德而隱天何窮。九鼎乘除可堪數，漁歌未斷秋江風。

胡虚中

釣臺

已幸六龍在天上，勇辭諫議歸山中。懦夫立志固有自，處士盜名元不同。雲寒山青巖瀨古，潮生鶻没吴天穹。回思韓歆死直諫，客心始信真高風。

成修堂

釣臺

節義功名總不輕，南宫圖像炳丹青。如何只畫風雲將，不畫桐江一客星。

錢君瑞

釣臺二首

臺下遊人猛著篙，一絲穩把任風濤。後來若使投竿起，那得名同釣石高。

巖灘浪裏釣絲垂，莫道先生事業微。漢室瓜分今已久，月明猶自釣漁磯。

錢無

釣臺

一見故人歸去來，漁竿不肯博三台。漢陵今日無抔土，惟獨先生有釣臺。

胡植芸

釣臺

老樹顛崖浸碧沈，清風凛凛到如今。臺前咫尺紅塵路，無奈高人不動心。

錢肯堂

釣臺

客星閣下碧流長，兩岸清風起緑楊。覽古令人成感慨，渭濱奇績笑鷹揚。

陳太希

太希見僧永昇《雁山志》。

瀑布

剪刀峰畔蜿蜒宅，噴薄銀河下翠微。天上但聞風雨至，巖前長見雪霜飛。千尋玉繭牽春浪，五色珠璣弄夕暉。底事山童催我去，不知到此欲忘歸。

蔡南老

南老，見清河元明善復初《龍虎山志》。

演法觀

馬蹄踏殘雪，細路穿榛叢。雲埋山骨冷，日落村市紅。松間有樓觀，興創基址隆。年深屋已老，壁破號悲風。堂堂髯道士，電光閃雙瞳。胡爲赫斯怒，多口如虬龍〔一〕。傳是漢法師，家託一畝宫。當年信英偉，霹靂在手中。劍涵秋水澀，鬼穴蒼苔封。雲車已遼邈，第宅猶穹崇。我來壯其説，舉酒豁心胸。嫉邪師所尚，憤世我亦同。今又不甚正，徒使百邪攻。天閽呼不聞，此輩尚苟容。英靈儻可致，速爲除奸兇。

〔一〕「多口」，稿本作「哆口」。

于巖

巖以下十六人，並見□□□□□《岳陽紀勝》。

登岳陽樓

不作蒼茫去，真成汗漫游。三年夜郎客，一枕洞庭秋。覓句鴻飛處，看山天際頭。猶嫌未奇絶，更上岳陽樓。

李炎子

君山

楊柳青青繞荻門，維舟來訪洞庭君。水光相映八百里，秋意攙添三五分。破曉雁聲呼出日，拍天龍氣吐成雲。直爲太史公游處，把此江山助此文。

甄良友

洞庭湖

風定空澄氣渾然，怳如太極未分前。祇因有浪知爲水，若遇無雲總是天。舊説君山張帝樂，新聞老木識飛仙。而今大洞黄庭客，又著題詩紀歲年。

孔庭植

洞庭湖二首

萬頃湖光出翠微，彤雲斜蘸碧琉璃。乾坤混沌浮元氣，樓閣陰晴幻四時。柳井雲歸巖雨下，湘山樹暗浦雲移。何時再共飛仙過，爲借空中鐵笛吹。

山擁青螺水自環，分明蓬島在人間。寒波湧月潛蛟舞，老木蟠空獨鶴還。黄帝鈞天聞碧落，梵王金刹隔塵寰。我來唤起湘妃恨，冉冉雲煙淚竹斑。

吴近江

題君山吹笛圖

洞庭帝子罷張樂，銅龍夜嘯秋冥冥。老蛟起舞珠宫月，白石亂隕銀河星。赤壁孤舟泣嫠婦，蒼梧别淚啼湘靈。鈞天寥寥萬籟息，君山二髻煙中青。

何英

君山

洞庭湖上有君山，寺在山頭竹樹間。窗外日從波底出，船中僧自岳陽還。沙分玉屑浪痕白，雨打莓苔石縫斑。世上幾人能到此，水雲繚繞隔塵寰。

黎叔顔

君山

天開勝景畫圖閒〔一〕，凡俗無緣到亦艱。鑄鼎丹成龍已去，思君淚盡竹猶斑。湖光鏡徹八百里，山色螺堆十二鬟。隔斷紅塵飛不到，何須海上覓三山。

〔一〕「閒」，原作「間」，據稿本改。

于欽止

湘妃廟

重華南幸怨湘娥，此事當時果若何。雲結曉山愁不盡，雨垂寒竹淚還多。廟經秦火仍焦土，門枕湘流任白波。寶瑟聲沈人寂寂，是非千古聽漁歌。

鄭釗

遊君山

太華峰頭石一拳，六丁移在白鷗天。輕煙細草湘妃墓，古井空亭柳毅泉。聽法龍君時供佛，獻花螺女晝參禪。數聲鐵笛東風裏，驚起潛蛟舞未眠。

趙景獻

岳陽樓

蓬萊仙境玉爲闌，地位清高隔世間。日落暮雲生峽雨，雪消春水漲巴山。繡衣使者添新句，鐵笛仙人老大還。我亦朗吟回首處，海風吹雁楚天寒。

安宗說

岳陽樓

何處能消萬斛愁，洞庭湖上岳陽樓。連天巨浪湘江曉，拂面狂風楚甸秋。天際斷雲來漠漠，空中孤雁去悠悠。君山一點如青黛，知是滄溟第幾洲。

李泰來

岳陽樓

勝概東陵天下無，樓高背岳面重湖。風波來往幾千里，雲夢并吞八九區。東望武昌懷赤壁，南巡湘水弔蒼梧。鼎成龍去今何在，惟有君山似畫圖。

梁承夫

岳陽樓

樓前白浪擊城迴，山色湖光入酒杯。賈客帆檣來鳥道，漁村煙火隔龍堆。天晴漢女擬拾翠，日暮巴童歌落梅。自惜憑闌倚惆悵，幾人懷抱得重開。

陳公舉

岳陽樓

風送扁舟過洞庭，危樓招我一登臨。水聲東去有消長，山色西來無古今。勝概盡歸文正記，高情空羡吕翁吟。倚闌把酒聊成醉，足慰南游萬里心。

周慕溪

岳陽樓

乘風來叩洞庭君，送我樓心慰素聞。水憤荆襄江欲合，天憐吴楚地曾分。千帆過雨摇紅日，一島撑空擁翠雲。歲月悠悠閒獨倚，若爲憂樂話希文。

文景陽

岳陽樓

洞庭水溢欲摧城，城下風濤萬馬驚。卧看岳陽樓上月，恍如淮海聽潮聲。

陳松年

松年見新安汪玩東涯《石鼓書院志》。

石鼓書院

石鼓名山始自唐，天開此處讀書堂。諸峰環拱儒風盛〔一〕，二水交流道脉長。傑閣摩空蒼樹密，古碑過雨緑苔荒。我來夜静論文罷，窗外江聲撼客牀。

〔一〕「峰」，原作「風」，據稿本改。

林錫翁

錫翁以下五十七人。並見莆田卓有見、有守《武夷山志》。

武夷山

琴劍來遊冲佑宫，道人指引看仙蹤。扁舟蕩漾三三水，一日環迴六六峰。仙蜕有函丹竈冷，洞天無鎖白雲封。尋真更覓桃源路，回首雲山幾萬重。

大王峰

突兀奇峰聳漢間，危梯萬丈可躋攀。天然一片石上石，日落幾重山外山。九轉丹砂陳迹化，千年白鶴復飛還。我來欲作煙霞伴，蝸角蠅頭未放閑。

接筍峰

兒童日報竹平安，新筍如何折一竿。接住喜憑仙掌力，春風胡不長琅玕。

仙掌峰

漢武升遐幾度春，金莖事迹總無聞。懸厓更不承朝露，空印纖纖十指紋。

三教峰

學明孔李舊通家，達磨西來漸入華。屹立聚談猶鼎峙，何曾老氏去流沙。

清隱巖

蝸名蠅利處樊籠，世事其如轉眼空。惟有高人林下隱，只求明月與清風。

三姑石

憶昔當年會幔亭，至今傳説有仙人。曾孫宴罷虹橋斷，遺下三姑立水濱。

三杯石

迴環山水特奇哉，多少游人去復來。自是賞心游未足，中流石上更三杯。

猫兒石

猫兒峰小眼睛光，來護仙家石廪粱。回顧威風何凛凛，山中安得鼠拖腸。

金雞洞

幾載修真洞裏人，只憑啁哳報天明。丹成不逐劉安去，只在巖頭唱五更。

御茶園

百草逢春未敢花，御園蓓蕾拾瓊芽。武夷直是神仙境，已産靈芝更産茶。

武夷九曲櫂歌次朱文公韻

武夷嶽瀆久鍾靈，水似冰壺徹底清。好是雲屏最深處，夜闌聽得讀書聲。

一曲篙師請上船，汀花岸柳蔽長川。世傳石鼎丹爐事，遥見幔亭生紫煙。

二曲山如玉作峰，瓊英底事帶秋容？朝來懶把雲鬟整，不覺日高花影重。

三曲懸厓架一船，仙游湖海不知年。而今更有撑篙否，地老天荒孰汝憐。

四曲仙機製錦巖，風吹兩脚落毵毵。夜來織罷王孫去，衹有巖花影碧潭。

五曲精廬歲月深，森森松桂讀書林。紫陽道院傳羲孔〔一〕，萬古人知起敬心。

六曲撑船傍水灣，詩情幽興兩相關。響聲巖畔逃名者，静對沙鷗戲渚閒。

七曲琮琤玉潄灘，石屏如展畫圖看。飛泉宛若銀河瀉，久立令人毛骨寒。

八曲山窮地勢開，黄頭欲唱櫂歌回。釣魚磯畔羊裘叟，爲語何時聘使來。

九曲停橈思慘然，浮雲欲去影留川。遊人更盡清微景，疑到蓬萊物外天。

〔一〕「道院」，稿本作「道學」。

解之昂

武夷山

石出水聲急，木落山容寬。野馬乍脱羈，方知天地非人間。既無子陵志，甘老垂漁竿。又無子房遇，挾策干天顏。胡爲紅塵中，汩没不復還。武夫晚護入山縣，壯士曉輿登峻關。一身繫官囚，半刻怡神難。臨風忽長嘯，回首空悲歎，扁舟適然過渡口，武夷閩越爲名山。仙靈應喜遠客至，寒泉弄玉峰垂鬟，猨啼鶴唳山月白，壇高石潤天風寒。人間百年如一瞬，山中長夜何漫漫。瓊津漱罷萬慮絶，飄飄思入秋雲間。浮世之樂兮誠不足恃，虚名漸逼頭生斑。勸君歸去來，自有延年丹。長生未可期，聊復居塵寰。呼童明朝載臢酒，要窮九曲飛流湍。仙人對飲道翁勸〔一〕，大家寫入圖中看。圖中看，倦歸去。不須事業問平生，萬里蠻煙障前路。

〔一〕「勸」，稿本作「歡」。

張北牟

武夷山

閉門甫謝事，稍覺心意寬。趣裝復南遊，平步直上青雲間。肯似兔守株，反同魚上竿。一朝試覽鏡，不覺成蒼顏。十年吴楚間，舟車幾往還。芒鞵竹簥入閩嶺，何異嚮歲登函關。攀緣較艱險，蜀道非爲難。猨猱夜悲啼，客子興長歎！東南浪走半天下，歷覽萬里無名山。巑岏突兀浮雲靄，仙姬玉女堆雲鬟。捫藤扶杖闖洞口，山風獵獵吹人寒。層梯倚天不可躋，俯瞰九曲何瀰漫。仙家境與塵世隔，鉛汞煉就丹爐開。龜腸日日飲山淥，一簪青髮何由斑。長生自有術，何必規神丹。此地即蓬瀛，一笑輕人寰。挂冠神武定何日，一竿擬釣嚴陵湍。知名御史廟堂器，江山雖好那能看。那能看，朝天去。蛟龍肯向泥中蟠，萬里風雷奮雲路。

魏麟一

武夷山

冰海濯足來天游，萬里雲氣隨青牛。盤車沾沾星斗濕，手卷風雨藏金甌。玲瓏珊瑚樹，記得西王母，挂玉鈎。幾時化作小玉船，一葉蕩蕩隨天流。滿載清霜落九州，與人生白頭。我歌黄鵠歌，南斗盤其南兮，河嶽擁其後。海岱明東方，黄河之源，江水之宗。昆侖雪山在其右，巍然天柱當中居。斯文光氣長，萬丈塞太虛。不信九天上，仙人不讀書。如今白玉樓，聞道紫陽老子在其上，手摶日月安星辰，爲玉皇，作典謨。又聞鬱羅蕭臺上，紫陽奏可決取河漢之水，千古萬古洗濯下土愚民愚。男子學麟鳳，女子學關雎，萬萬萬世尊唐虞。我乃太姥之曾孫，故聞天上語。來此樂飲人，間愁一粟無，只有天地吾非吾。鼓髮長笑秋月白，照見大千世，都置在我太姥清冰之玉壺。

楊玄齡

武夷山

武夷矻矻闐中山，别有天地非人寰。奇厓怪石霄漢表，雲梯百尺那躋攀。我來乘閒扣仙關，神仙有無隱其間。烹茶羽士今安在，鍊藥真人去不還。金凾蜕骨年代杳，此語茫茫竟難曉。白鶴朝飛猨夜啼，紅塵不到祥光繞〔一〕。九曲灣灣景色幽，白雲洞口釣魚舟。一溪流水漾寒碧，三四黄冠同我遊。遊一曲，兩腋生風清興足。遊二曲，亭亭侍女顏如玉。遊三曲，架船不朽生苔緑。遊四曲，萬古仙機列巖谷。遊五曲，大隱屏高勝天竺。遊六曲，分明仙掌留棋局。遊七曲，弄晴幾點沙鷗浴。遊八曲，轉覺身輕絶凡俗。遊九曲，覽遍溪山如一粟。櫂歌回首濯斯纓，銀河耿耿秋月明。摩挲萬里中原眼，一聲長嘯山靈驚。

〔一〕「光」，稿本作「煙」。

廉公允

武夷山

下馬引方竹，緩步穿横岡。一徑入松檜，時聞風露香。洞天處所深，清猨山晝長。大地幾荒落，野馬奔塵光。仙人碧雙瞳，坐我珊瑚牀。散髮吹參差，白雲生紫房。便欲謝世人，乘雲歸帝鄉。

林春沂

武夷山

武夷天下奇，仙人有遺迹。穹碑寫靈怪，龍蛇古苔蝕。太姥不復來，空山老毛竹。曾孫又曾孫，于今髮如漆。海水不可回，河水不可塞。我來玩青山，溪流九盤曲。樂此仁智心，芙蓉露華滴。矯首隱屏峰，終天挂秋日。

劉仲奎

武夷山

吾觀武夷山，天下最奇觀。羣峰拔地起，突兀上霄漢。我來及暮春，洄緑方涣涣。拏舟入其間，搜覽得佳玩。大王倚幔亭，玉女隔溪岸。離立儼相持，可敬不可慢。復聞换骨巖，仙有髑髏骭。至今鄉井民，往往資捍患。天柱矗層雲，石筍忽中斷。釣磯瞰清流，石竈遺古竄。人疑鬼神剜，我識鴻濛判。披榛入平林，深造九曲半。文公讀書堂，墨蹟猶炳焕。平生慕道心，欲去仍顧盼。沿流復溯源，體用共一貫。猗欸櫂歌篇，千載川上歎。不然大隱屏，請君便回看。

王迪

武夷山

青春泛舴艋，緑莎長蒙茸。何年散花女，留此青芙蓉。飄飄王母家，飛旆來西東。如何武夷君，翻倒龍伯宫。銀河瀉碧落，飛瀑連崆峒。豈不有金雞，爲我鳴山中。勝遊憶再往，勝景不可窮。且沃九曲水，濯我塵俗容。仙人白鶴翁，乘鹿如乘驄。長揖下山去，歸從黄石公。

吴伯起

武夷山

九月秋氣肅，泛舟遊武夷。洞中溪九曲，曲曲路轉迷。蒼厓白鶴舞，翠壁青鸞啼。仙人何所往，丹壁遺窗扉。我欲造其處，煙蘿接雲梯。又聞絶頂上，金梭鳴錦機。霞裾光出没，無路可攀躋。幔亭宴曾孫，此會事已稽。當年玉真來，遺舟壑中攲。想像入青雲，夜半鳴金雞。世人慕蓬萊，縹緲不可期。只在此山中，願求一幽棲。

周草庭

武夷山

閩關之南甌寧東，武夷岑律居其中。鬱然蒼翠善變化，削出數朵金芙蓉。渥洼風高奔萬馬，禹門浪暖驤羣龍。朝天獅子獻奇瑞，口銜文筆書晴空。中流頓覺人世隔，一派直與天河通。寥陽宫殿在何許？悄聞玉罄交金鐘。虹橋宴罷緲煙霧，太乙蓮舟人可渡。晉賢曾引蘭亭杯，漁翁笑指桃源路。山中道人親種茶，碧雲滿地流青霞。天然丹竈自火候，先春幻出黄金芽。摘採未斷煙火食，便覺清風生兩腋。盧仝去後誰作歌。靈運不來先洗屐。我從山水窟中來，雁山禹穴仍天台。匡盧衡嶽曾入眼，況復泛海看蓬萊。休言足跡半天下，爲愛此山還駐馬。盤桓半日神骨清，回視浮名如土苴。武夷仙翁不可見，紫陽夫子猶垂憲。臨流盥手掬寒泉，一杯聊爲名山薦。尋真未了忽思凡，恰悟九曲成三三。翻然拂袖下山去，恍如夢覺遊邯鄲。

鄧生

武夷山

扁舟十日行九曲，雲日煙霞意俱足。今晨回櫂幔亭峰，復扣琳宫玩修竹。琳宫仙人王子喬，慣驂紫鳳騰青霄。手持天書下瑶闕，寶篆玉字回青飇。劇談天上語夜半，爐煙咫尺紅雲案。闌干露濕星斗垂，虹橋髣髴圍仙幔。青雲白鶴萬里心，神仙豈必皆山林。赤松雖無鐘鼎氣，黄石真可羽翼任。我生蹉跎已四十，鐵硯欲穿枯墨汁。波濤亦想龍化梭，風雨何年雷起蟄。洞天信有换骨丹，蓬萊海上三神山。明朝回首雙目寒，安得白日生羽翰。

張與玉

武夷山

仙人環珮上騎龍，野鶴飛來萬樹空。歌斷秋風桂花白，一輪明月在天中。

張守中

武夷山

我生分得仙山境，洗净塵緣萬慮空。三十六峰天一碧，横琴高坐聽松風。

丁希賢

武夷山

點易硯承松葉露，卧雲軒貯桂花風。幔亭鐵笛人何許，日照扶桑樹影紅。

陳玄英

武夷山

斑石濕餘蒼蘚雨，白雲收盡碧山風。柱頭歸鶴無人識，門對寒流霜葉紅。

换骨巖

羽化何年片玉留，碧松巖下幾經秋。伐毛洗髓無餘訣，明月長生照玉樓。

天游觀

琅玕瑶草滿空山，月上丹臺鶴未還。夜入瓊宫襟袖冷，始知身在白雲間。

謁朱文公書院

踈簷透月山猨嘯，竹案飛塵瓦雀行。笑指碧池春藻密，溪流猶帶讀書聲。

題郭髯仿米老雲山圖此詩見《書畫真蹟》。

郭君胸次多邱壑，身作省郎猶布衣。好句每懷蘇養直，小圖聊作米元暉。嶺頭淡淡春雲薄，樹底陰陰石徑微。自恨買山錢未辦，結茅如此足相依。

孫士廉

武夷山

翠嵐九曲老仙家，玉女峰頭鍊紫霞。寰海無人來跨鶴，天河有路可乘槎。春風細釀幔亭酒，夜雨初煎石鼎茶。久矣漁樵懷此志，吹簫閑看碧桃花。

武夷山

列岫懸厓積翠雲，雲中誰見武夷君。仙槎風雨無人渡，日日青天有鶴羣。

吕天澤

武夷

磊落山川一徑通，長林宿靄翠千重。扁舟飛渡滄浪水，野燒朝霞映晚鐘。

王仲敬

武夷山

輕舟出載遊武夷，丹霞翠壁争光輝〔一〕。羣玉仙翁勸我酒，三山雲氣吹人衣。紫陽留得讀書屋，織女空閒製錦機。久擬歸來未成往，秋風吹老山中薇。

武夷山二首

紫簫石磴和雲吹，白鶴松巢帶露棲。九曲洞門無鎖鑰，一溪春水出來遲。

山掩清溪水遶山，半巖飛瀑襲衣寒。金雞叫徹無蹤跡，空使遊人日往還。

〔一〕「霞」，稿本作「崖」。

馬時中

武夷山

同亭松檜幔亭雲，玉女峨峨倚夕曛。溪上九天環珮響，憑誰説與武夷君。

葛仲温

武夷山

九曲溪邊興味清，扁舟晚載夕陽明。尋幽步入桃源境，不覺白雲山外生。

李顯叔

武夷山

心馳九曲挹丹邱，回首東西又幾秋。今日始登仙子境，從前山水總虚遊。

吴彦博

武夷山二首

溪上清風溪水塵，洞花幽草自生春。玉簫吹徹鳳飛去，人在山中看白雲。

幔亭峰下水雲秋，紅葉黄花紀勝遊。試問當年彭澤令，休官曾到此山不？

金與仁

武夷山

九曲回船下石湍，却隨明月上金壇。松花萬樹吹長笛，三十六峰生翠寒。

楊希古

武夷山

萬壑千巖叠翠微，幔亭紅日浸漣漪。紫陽去後無消息，留得溪山九曲詩。

徐和

武夷山

平林山雨歇，天柱眼中明。峰合疑無路，溪流忽有聲。石門秋月冷，鐵笛野霜晴。松竹無人問，蒼蒼萬古情。

舒常

武夷山

維舟建溪上，來訪武夷君。松鶴迎青佩，山關識白雲。仙蹤殊代見，梵笈上方聞。我欲蜕凡骨，幽棲玄牝門。

楊君舉

武夷山

武夷山崒嵂，與客共躋攀。一笑九天闊，斷雲千古閑。杖行龍虎背，袖拂斗牛間。願覓刀圭服，乘風弄羽翰。

曹能之

武夷山

驛騎崇安道，喚舟遊武夷。書香傳性理，茶品進槍旗。曲折水流急，圍屏山勢奇。推篷看不盡，立詠晦翁詩。

范心遠

武夷山

路入清溪第二灣，東風猶自逗餘寒。白雲黏地掃不去，黄葉戀枝吹未乾。沙上濕痕誰涉水，天邊長嘯獨憑闌。道人酒意無濃薄，飲盡携琴月下彈。

陳達叟

武夷山

兩面青巒一水分，箇中還是舊乾坤。巖前室有千年蜕，山下人知幾代孫。峰列九霄仙所宅，溪迴五曲道之源。紛紛秦漢一場夢，景行高山萬古尊。

林方

武夷山

頡頏霞佩久蹁躚，峭壁崚嶒駕紫煙。天下名山無此景，人間何地更尋仙。雲迷古洞還丹室，鶴護仙家種玉田。我欲携書來此隱，蒼屏峰下弄雲泉。

宴山石

上到雲梯絶頂峰，試窮幽討訪仙蹤。懸崖蘚暈經年雨，滿地花英昨夜風。日月往來蒼翠杪，煙霞舒卷畫圖中。羣仙宴罷笙簫歇，萬壑松聲自羽宫。

蘇秉鈞

武夷山

手扶瓊杖下雲邊，一笑天宫眼豁然。人駕青鸞歸古洞，客乘白馬度寒煙。亭亭丹桂凌霄漢，曲曲清流遶石泉。試問仙翁歸去後，大還丹藥有誰傳。

劉公孫

武夷山

石洞秋風一笑歸，水縈山合兩相持。人言曲曲秋偏好，我愛峰峰雨更奇。鐵笛不吹空有月，幔亭重宴又何時。天荒地老無窮意，未許青松白鶴知。

楊堯善

武夷山

盡説東南第一峰，武夷端與畫圖同。幔亭煙帶凌霄紫，玉女霜華照水紅。漁父歌殘溪澗冷，仙人蜕久洞巖空。飛塵馬足何時已，安得誅茆深翠中。

李公璧

武夷山

地老天荒幾變遷，武夷猶是舊山川。周回一百二十里，流峙幾千萬億年。换骨古來函有蜕，烹茶人去竈無煙。絶憐水盡山窮處，尚有微茫一線天。

孟惟誠

武夷山

碧水長函太古春，丹山猶憶武夷君。仙人樓閣層層石，玉女衣裳片片雲。泛海靈槎巖上見，懸空機杼月中聞。相傳絶頂無人到，漫有藤梯挂洞門。

馬皋

武夷山

南遊得見武夷山，萬壑千巖眼界寬。蓬島海枯鼇極斷，幔亭峰近鶴聲寒。瓊樓金闕開唐址，蒼蘚白雲封漢壇。千丈雲梯如借逕，蟾宫攀取桂枝還。

徐仲達

武夷山

楓葉蘆花兩岸秋，幔亭高影落中流。乘舟每託山陰興，泛月何如赤壁遊，野鶴不知天地老，一尊都散古今愁。此行清絶憑誰記，付與滄浪兩白鷗。

陳義澤

武夷山

天玉何年落大荒，仙人仗劍削寒蒼。百千萬變争奇怪，三十六峰相短長。石洞古苔封藥鼎，竹林清露滴書香。客來笑問秦朝事，猶恐山中有綺黄。

詹師文

武夷山

九曲煙霞景若何，移舟九曲泛清波。丹峰絶頂籠花木，碧洞當門挂薜蘿。仙逕鶴翻松露下，古潭龍蟄水雲多。紫陽去後閒風月，獨向平林倚櫂歌。

王逸

武夷山

九曲溪邊泊畫船，春風特訪武夷山。丹厓翠壁倚瓊樹，白石清溪生紫煙。草閣夜深天似水，仙宮春暖日如年。文公更有讀書室，萬疊白雲圍簡編。

翁植

武夷山

試問山中亦何好，見山便是喜居山〔一〕。不堪造物半生役，枉使男兒百歲閒。天柱沉冥陰雨外，幔亭縹緲彩雲間。蒼生辛苦何終極，控鶴仙人去不還。

〔一〕「居山」，原作「山居」，據稿本改。

王纘

武夷山

五載塵勞兩鬢星，僝僽又復此登臨。溪聲洗凈是非耳，山色挽回名利心。松翠不彫雲外老，柳黄初變雨中深。隱屏仙子開皇極，欸乃清歌好重尋。

安嚳

武夷山

暖翠浮嵐萬壑春，桃花流水碧沄沄。同亭祠下生青草，天柱峰頭空白雲。雨後石林羣鷺宿，月中山樹兩猿分。幾時結屋清溪上，鶴氅筇枝學隱君。

聶鐵峰

武夷山

秋香扶我過仙家，玉犬眠雲石徑斜。九曲溪山閒日月，萬年宫殿老煙霞。吟筇尚帶瑶階蘚，渡舫曾撑翠竹沙。回首雲深何處覓，洞簫吹落碧巖花。

余善同

武夷山

武夷深處訪真仙，仙跡微茫不計年。斫竹引泉歸藥圃，開籠放鶴下芝田。百花莊外三杯石，九曲溪頭一線天。總是春風行樂地，不妨載酒更移船。

楊士輝

武夷山

石磴穿雲躡翠苔，昔年曾記此中來。乾坤一覽衆山小，河漢分流兩道開。巖樹弄風秋已老，野猨啼月夜猶哀。憑高不盡古今意，霜鬢蕭蕭行色難。

常允恭

武夷山

溪上春深花亂開，山中無處著纖埃。歷將王霸從頭數，幾見神仙換骨來。石湧白波驚灔澦，雲開丹壁即蓬萊。道人酒熟能招飲，野褐重來更莫猜。

鍾黎獻

武夷山

雨滌林巒翠未乾，新晴乘興駐征鞍。碧桃渾訝秦民洞，緑草難尋漢帝壇。畫鶴仙歸雲石老，釣魚人去月波寒。丹厓更欲題新句，虎嘯猨啼日又殘。

林廷暐

武夷山

松檜陰森倚碧蒼，昔人已往白雲鄉。中巖古竈餘丹藥，暗壁幽花靚晚妝。亦有祠官留玉璧，更聞山客製荷裳。神仙知我前生契，應授龍宫肘後方。

石建中

武夷山

拂散征塵曳素袍，小鞍乘興過林皋。溪山九曲雲煙合，宫闕萬年星斗高。天柱插宫留鶴駕，仙船横石待鯨濤。玉笙吹徹金雞叫，落盡巖前幾樹桃。

毛玉囦

武夷山

折徑危通紫翠巔，杖藜携酒亦欣然。簷楹隱見雲中觀，略彴高横木杪煙。畫鶴千年留石壁，架船幾度見桑田。溪流漾出桃花片，疑有秦時避世賢。

胡天民

武夷山

碧水丹厓知幾年，幔亭曾此宴羣仙。樂音不響泉聲響，丹訣難傳道脉傳。玉女峰寒荒草樹，伏羲洞古印心田。仙舟共泛中元夜，石上吟詩月下眠。

陳友敬

武夷山

縹緲煙霞十二樓，蓬萊三島鳳麟洲。金雞唱徹壺天曉，玉笛吹殘洞府秋。桃子逗春紅露滿，桂枝横月絳雲浮。我來願棄人間事，猿鶴一聲銷盡愁。

章凱

武夷山

道人今日是重來，草草經行寄碧苔。壇上鼎爐終有分，雲邊雞犬莫輕猜。虚名不直一杯水，塵世知經幾劫灰。已與仙翁曾有約，不須重遣鶴相催。

車東

武夷山

纔説昇真意豁然，此行却喜結仙緣。步穿空翠雲生足，仰看飛流雪滿肩。控鶴不來春寂寂，卧龍無底月娟娟。飄然便作乘風想，不待丹成上九天。

張顯祖

顯祖以下二人，並見天都吴綺薗次《定山石室志》。

七星巖

信馬崎嶇細路通，山連四面錦屏風。一區仙境蓬萊島，七點星巖兜率宫。江水朝東宗大海，嵩臺聳北插高穹。他年擬作蟠桃會，玉液頻斟醉此中。

施昌祚

七星巖

巍峩石壁鎮端州，與客登臨最上頭。樹色空濛山雨過，巖光摇落水雲浮。參天絶巘亭亭立，環壑清泉細細流。驅逐宦途躭吏隱，臨風偏羨赤松遊。

趙孟傑

孟傑見□□□□□□《羅浮志》。

西華道院

緊泉源之福地，歷晉宋而至今。鄉鄭葛兮何處，漫追躡而空尋。若有人兮山之阿，碧蘿翠蔓延幽深。流水以爲帶，列峰以爲簪。松風兮響金奏，竹泉兮鳴玉琴。怳忽眇莽不可見，但覩萬木森鬱羅翠林。夜殘忽疑鸞鳳鳴，静聽細思山鳥吟，遥想仙馭飛猋來玉岑。

劉百熙

百熙以下三人，並見《直隸志》。

過趙州安濟橋

誰知千古媧皇石，解補人間地不平。半夜移來山鬼泣，一矼横絶海神驚。水從碧玉環中過，人在蒼龍背上行。日暮憑闌望河朔，不須擊楫壯心生。

梁車叟

登環山亭

登臨邀客倚危闌，衣袂春風尚怯寒。近水遠山都在眼，不須重展畫圖看。

宋綱

題道者山

玆山介平營，特與太古存。碣石拱其側，水巖何足論。東北翳無閭，羅列爲弟昆。

湯鼎

鼎以下二十人，並見《河南志》。

雲驥橋

橋頭車馬鬧喧喧，橋下帆檣見畫船。絃管隔花人似玉，樓臺近水柳如煙。地連秦晉通三市，路入濠淮接九天。獨倚闌干望宮闕，翠微高映五雲邊。

張政

汝河

湛湛清流九曲灣，深沉徹底似拖藍。扁舟一葉無人繫，風動横移向碧灘。

王評

蔡中郎斷碑

蒼苔滿字土埋龜，風雨消磨絶妙詞。不向圖經中舊見，無人識是蔡邕碑。

林熇

銅雀伎

妾本住鳴珂，千金買笑歌。一朝人事改，虚負寵恩多。高閣空雲樹，深宫閒綺羅。悠悠臺下水，東逝赴漳河。

曹祉

清凉山

幾年浪跡嗟萍梗，跋涉風沙亦何幸。于今未了看山緣，聞説清凉在斯境。四山回抱開翠屏，中有招提曰修定。主人載酒邀我遊，石境崎嶇度重嶺〔一〕。羸驂垂耳鞭不前，挽葛攀藤歷參井。白雲晻藹無處尋，路轉峰回意方省。亭亭孤塔認高標，滿谷松杉密相映。半天金碧照雙眸，人道經營自師猛。豁然到此脱羈囚，塵夢悠悠一朝醒。雄樓突出倚晴空，萬壑千嵐歸引領。逸興翩翩不可收，擬著新詩狀煙景。寺僧亦愛詩人清，自汲山泉潑松茗。呼童洗盞開芳樽，況有嘉肴薦春餅。酒酣大笑發高歌，舞袖婆娑亂雲影。一時文采重劉曹，千古高情慕箕穎。惜無止日魯陽戈，勝地可能留少頃。據鞍歸去復徘徊，野煙漠漠平林溟。

〔一〕「石境」，稿本作「石徑」。

李策

西藍即事

千畝緑雲合，來穿曲徑幽。月篩金影夜，風撼玉聲秋。野鳥卑孜語，溪塘自在流。一生清受用，輸與老堂頭。

百門山二首

久旱憂民夢不成，一燈瀟灑暗還明。百門山下泉嗚咽。猶似孫登長嘯聲。

玻瓈千頃點輕鷗，倒影修篁櫛樣稠。白汗翻漿來小憩，夢驚身到洞庭秋。

孫履道

百門山

共城山水甲他州，玉鏡煙鬟冷浸秋。雲外嘯臺招我隱，石間仙跡幾時留。竹溪梅塢延三舍，布韈青鞵爲一遊。洞口幽人正高卧，樂天知命正悠悠〔一〕。

〔一〕「正」，稿本作「故」。

孫之傑

蘇門山

百丈源泉湧，千尋翠壁寒。武陵城郭静，盤谷水雲閑。康節行窩古，孫登長嘯闌。逍遥隨杖屨，老我畫圖間。

馬子安

百巖

曾聞寶地亞天台，今日登臨取次裁。碑碣尚存唐代事，巖梁曾製漢人來。既登叔夜彈琴地，復上劉伶醒酒臺。勝跡追尋能得遍，忽驚幽鳥一聲催。

百巖六詠 録四。

月池懸溜落蒼窪，巖竇分居可百家。不羨碧瀾秋色好，倚天驚絶赤城霞。

龍鬚細草雪婆娑，石樹亭亭碧玉窩。欲訪煆爐懷舊隱，老僧指示隔煙蘿。

玄體丹書兩遇難，碧山猶説有仙壇。千年留在嵇康恨，石上清風漠漠寒。

亂山合遝排青闥，細路縈紆走白蛇。十里風煙吟醉底，□園莊北日西斜。

李志全

題天壇

雨霽芳時禮聖壇，重觀物象八紘寬。日晴紺影東西遠，松茂清陰上下寒。亂撒神燈來洞壑，長泓石髓溉芝蘭。方知小有清虚府，實是仙中第一官。

張奐

緱山廟

仙風那肯嗣周靈，駕鶴吹笙事杳冥。不許幾番人换世，緱山長是舊時青。

高槐

緱山廟

松連煙色鎖崇臺，鳥自悠鳴花自開。惟有緱山亭上月，舊時曾照鶴飛來。

杜止軒

遊裴公亭二首

雲物連朝苦未收，西來邂逅及春游。兜羅世界濛濛雨，水墨江山淡淡秋。千載偶云今日勝〔一〕，萬邦多難此亭幽。尚書詩句閑閑字，消得羈人迅速流。

形勢西南窟宅幽，大行爲界限中州。百年道路成何事，四海干戈有此游。竹上鳳凰非鳥雀，水中蝌斗是蛟虯。只應今夜齋宫宿，直上天壇最上頭。

〔一〕「偶」，稿本作「隅」。

趙宗傑

龍潭寺二首

一片清溪千疊山，山光溪影護禪關。鐘魚吞響雲煙外，杖履如行圖障間。携客四時皆可樂，假余三載此中閑。欲題數句紀名字，勝概無窮詩思慳。

欲覓龍潭何處是，清山影裏白浮圖。紅葉映日真花藏，碧水涵天瑩玉壺。已放源流通北海，未饒風物説西湖。侍中菴外多閑地，容我他年卜築無。

吕海運

雪晴二首

壇後壇前雪乍晴，暗思造化實堪驚。四圍添得銀山拱，巧似王維畫不成。

天上忽然轉六龍，乾坤浩蕩盡鴻濛。欲觀塵世俱無睹〔一〕，獨在瑶臺十二重。

雪後下壇

雪霽雲收壇影開，自題名姓在銀臺。只疑赴罷瑶池宴，豈比山陰興盡回。

〔一〕「睹」，原作「賭」，據稿本改。

李大方

龍翔宫

短架横橋占夕陽，竹間清淺一溪長。庭椿老挹秋霜健，岸石寒埋夜氣剛。花逕幾年新寂寞，林風六月舊凄涼。長春多暇常來此，天放門前底事忙。

竇家溪

齊貫中州截沁陽，渡橋不用借車箱。竹交曉影晴陰合，泉落秋聲晝夜長。藉口銜杯偷暫樂，枕流卧簟取微涼〔一〕。我來適興忘歸意，更有溪邊月滿牀。

五色泉

若道源流與衆同，誰將五采濯春風。日華呈瑞餘光外，鳳羽來儀倒座中。柱石潤分湘水底，桃花流出武陵東。祇因此地山川氣，解與崑崙脉絡通。

二色泉

泉生深沼占中林，澗湧輕砂古到今。雲母盤深滴秋露，琉璃鼎薄沸黄金。晨風夜月常相待，亂石横蕪更許侵。只恐俗人來不到，昔游忘却已歸心。

〔一〕「流」，原作「沈」，據稿本改。

鄭棐

過少林寺

一重山隔一重雲，一澗花藏一澗春。泉石任渠輕俗客，煙霞元自重高人。指開松影杖頭濕，踏破苔痕屐齒新。笑我青山未歸老，蕭蕭鞍馬軟紅塵。

裴處權

題故盧諫議書堂

倚杖溪亭曙，迴環勝畫圖。峰巒摩碧落，雲靄誤一作「媚」。清都。潭冷知龍卧，巢低惜鶴孤。石苔擒瑞錦，松露綴真珠。小隱前朝盛，幽棲近日無。他年婚嫁畢，絶頂老樵蘇。

廉秋堂

嵩樓晚眺

闌干十二鎖雲煙，壯觀山河數百年。池館不修荆棘老，滿天禾黍夕陽天。

張伯禹

遊香山

鞍馬穿雲上翠微，梵王宫殿倍增輝。半窗松月人無寐，一榻雲煙鶴未歸。自笑此生耽世味，願參彼岸息塵機。虎溪老子閑方丈，飯我伊蒲坐衲衣。

徐偉

偉以下六人，並見《山東志》。

遊佛峪寺

遊宦三十年，垂老守奉高。頗欣多林壑，絶勝居脂膏。無何事營繕，兹盟遂蕭條。三載工始休，乃思慰寂寥。適聞日觀陰，秋意向此饒。兵厨亦解后，清香汎葡萄。遽命二三友，騣騣聯華鑣。所歷如倒蔗，未省崎嶇勞。水落雲根出，煙開嵐光摇。疎黄襯紅碧，叠嶂堆錦幖。時有一片葉，琅然墮風梢。物物皆詩材，收拾屬吾曹。所嗟終莫賦，回首空無聊。賴有蕭寺僧，捫蘿重相招。招我松竹間，次第陳山肴。要我登玉峰，百里睨秋毫。崔嵬斷棧阻，躋攀愁猨猱。况我久衰瘁，安能凌煙霄。却下野雲端，晚履棲禪寮。明日竹林去，慎無輕懸刀。

趙弼

題洸河

岱宗何巖巖，萬古奠坤元。有泉出其下，實惟洸水源。東流幾百折，經我疎籬門。雨暗鳧鷖游，月出蛟龍奔。滔滔復混混，無間朝與昏。

宿寶相寺

西風騎馬扣禪門，蒼徑逶迤鎖白雲。寂寞長廊松作蓋，摧頽古塔蘚生紋。空階積葉霜初下，近郭清砧日半曛。便喜遠公能愛客，笑談不覺夜將分。

王適

詠二疏

古鄫已邱墟，喬木摇秋風。蘭陵亦荒廢，滿目荆榛豐。長繩不繫日，尤歎登臨中。今人弔古跡，俯仰今古同。萬事滚滚來，過眼煙雲空。杯酌散襟顔，鄭重麴生功。望爵二疏宅，先賢道何崇。黄金不少留，勇退真英雄。

瑯琊弔古

荀子善著書，辨作焚書禍。始爲客卿師，高論無乃過。望之與匡衡，輔漢真良佐。轉頭兩古冢，虛致麒麟卧。荒城二疏宅，幾作如來座。數賢等塵跡，幻夢怳然破。儻來如雲浮，事去驚甑墮。美惡留虛名，馬耳春風過。

朱與誠「朱」一作「米」。

高唐道中書事

野橋西望見高唐，城上依俙塔影長。方朔古碑埋蔓草，晉文遺廟廢殘陽。依依遠樹秋煙斷，漠漠平沙故壘荒。笳鼓東來知候吏，一聲驚起雁行行。

謁晉文公祠

公子間關走亂離，斬袪曾出避驪姬。申生死後諸昆逐，里克謀成二弟危。踐土尋盟王道熄，河陽出狩主恩虧。高唐留得祠名在，古瓦荒基跡已隳。

東方朔祠

自薦書呈直禁廬，朝朝索米伴侏儒。金丹未换劉郎骨，青鳥空傳阿母書。待詔尋常陪玉輦，偷桃三度上天衢。那知此日行祠廢，衰草茫茫失故墟。

師尹

登蓬萊閣

曉氣金莖露共浮，日光照徹海山秋。巨鰲不負仙洲去，留與幽人作勝游。

劉子房

石門山

遠遊適絶境，艱難困行役。岧岧石門山，蒼蒼兩厓闢。雲棧中盤紆，風濤外撞擊。羸馬厭微徑，荒祠棲叢棘。石樹和煙植，草莽帶日夕。俯身蓬萊城，孤塔出雲立。獨向霧中來，遥遥羡雲翼。

王景仁

景仁以下十一人，並見《山西志》。

嵐州高光堡道中用張商英韻

保障連堅壁，巖崖擁亂霞。天涯悲戍卒，林外羡山家。雲點千峰秀，川縈一徑斜。民生多牧養，乳酒酪奴茶。

嵐州蛇谷道中聞杜宇用張商英韻

黄衫接大萬，元非岷峨山。西州宋詩老，行吟蛇谷間。時聞杜宇聲，矯然思劍關。幽禽復儆我，峰巒夕照殷。山水兩奇觀，天地一鉅寰。如何啼不已，血濺林木斑。懷哉感今昔，世事川潺潺。田園賦歸去，謝爾東南還。

冀膺

遊西林寺

雲山深處訪招提，樓閣參差倚翠微。五代干戈留篆額，四時花卉映巖扉。鳴泉漱玉孤童汲，暮磬敲金宿鳥飛。他日致君成大業，終歸此地息塵機。

韓德麟

通明閣

乘興登高閣，憑闌眼界寬。望中無限景，宜向畫圖看。

元師中

宿天聖宫

仙宫清邃出塵寰，龍角山高路屈盤。千古靈蹤揮白㶁，九重佳信沓青鸞。風生怪柏金聲曉，月照華池玉鏡寒。竊頪我來窮勝事，唐碑奇絶詫人看。

喬君章

洪洞感舊

昔時曾奉祝詞來，今忝靈宫飲福杯。三十二年真一夢〔一〕，空令雙鬢雪毰毸。

宿西藍

芙蕖綽約水雲鄉，百畝濃陰一逕長。暫喜借牀尋好夢，不知身世在平陽。

〔一〕「三十二年」，稿本作「二十二年」。

郭元履

絳陽懷古

東雍城端步緑苔，更堪千里暮雲開。西山鳳舞天邊去，北水龍飛掌上來。池沼盛隋餘瓦礫，綺羅全晉變蒿萊。興亡欲問無人語，滿目秋風野鳥哀。

楊俊民

絳州居園池二首

步錦修亭樂歲豐，筆端如畫憶樊公。門從坤入驚玄豹，水自乾來貫玉虹。槐幄早涼雲隔日，黎園夕景雪回風。歲寒桃李渾無迹，唯有蒼官與昔同。

雲間飛下鼓堆泉，便是園林物外天。翠柳不黏泥上絮，緑荷空結水中蓮。荒涼臺榭無人管，詰曲文章有石鐫。把酒賦詩還自笑，塵埋金谷幾千年。

高伯庸

重建德風亭三首

巍莪亭榭倚晴空，四壁屏開面面風。吏散公庭時偃仰，可人山色入簾櫳。

輪奂遥瞻霄漢齊，規模直壓太行低。幾回不盡登臨興，天籟蕭蕭日又西。

一簇華亭遠近山，乾坤今古一凭闌。使君有興知多少，笑拂天風兩袖寒。

江受益[一]

卧牛峰

不分山骨與牛形，坡肋荒蕪石脊平。恨煞農夫鞭不起，一犂春雨誤時耕。

〔一〕「江」，稿本作「王」。

曹溍

李陵臺

日暮官道邊，土室容小憩。漢將安在哉，荒臺獨髣髴。低徊爲之久，懷古增歔欷。長風吹曠野，飛雨千里至。蕭條蒼山根，草木餘爽氣。常憐司馬公，予奪多深意。奏對實至情，論録存大義。史臣同述作，遺則敢失墜。

魏泰

泰以下十人，並見《陝西志》。

咸陽懷古

唐宫漢苑總成空，形勢依然百二雄。荒冢幾經春草緑，遠山半照夕陽紅。丹心耿耿神州北，世事悠悠渭水東。滿目風塵煙樹慘，鄉關何處恨無窮。

劉純

阿房宫

驪山西折三百里，五丈旗連廣樂天。複道行空華蓋外，勾陳拱極紫微前。巖廊已伏秦陵火，雲閣空騰楚塞煙。不道劫灰方冷日，未央長樂是興年。

封貴

灞水道中二首

周道平平如砥來，薰風細雨滌塵埃。屏山疊翠真如畫，石竹葵花滿路開。

一帶驪山晚照低，麥雲刈盡客初歸。農家樂享昇平日，社鼓聲中醉似泥。

馮惟志

華清

百二山河壯帝基，始因一笑引戎師。馬嵬坡下香消日，猶憶華清出浴時。

程旹

驪山二首

嗟若驪山幾廢興，舉烽崇墓建華清。細窮天歷雖常數，然亦君王恃太平。煙草不知浮世變，雲巖空見野禽鳴。憑闌已覺愁無奈，更聽西風落葉聲。

一徑縈紆一作「迴」。上白雲，恍疑身世出乾坤。朝元遺像儼如昔，羯鼓頹基半上存。露重野花猶濺淚，風悲木葉更銷魂。杖藜欲下煙蘿去，落日寒鴉渭水昏。

謝彦

驪山

自愧塵容去復來，驪山頂上看崔嵬。誰人得向長安道，曾浴連湯十二回。

魏起潛〔一〕

温泉

泉源雲暖碧粼粼，火井潛通地入秦。一酌已消神女唾。千秋難洗羯奴塵。山連太白空多雪，池到華清别有春。莫向此中談往事，芙蓉楊柳亦傷神。

〔一〕「魏起潛」，原作「魏起」，據稿本改。

朱鐸

磻溪風月

綸竿釣晚風，山月滿秋空。不入熊羆夢，終爲蓑笠翁。

文文振

太白晴雪

終南列萬山，孤巔入雲裏。雪花點翠屏，秋風吹不起。

龍尾春波

箾䈊一片雲，化作千山雨。奔流龍尾溝，春波深幾許。

五丈秋風

遺廟經千古，愁雲日往還。忠魂招不得，落葉滿秋山。

崔立述

涇州

九光飛鞅去何遥，千載靈蹤隔絳霄。漢殿杳沉青鳥信，崑邱誰聽白雲謡。林巒尚鎖空臺館，城邑全非舊市朝。懷古望真情不盡，片心孤逐斷煙飄。

王孳

孳以下二十一人，並見《江南志》。

華嚴寺西軒在吴江州東門外。

步躡雙莎入梵宫，一軒佳趣屬支公。劃一作「剩」。開青鎖延明月，疎植修篁待好風。笠澤波深春雨後，洞庭春色夕陽中。江南好景牢籠盡，欲寄琴尊此養蒙。

王大成

致道觀

極目渺無際，洞然天宇寬。蒼煙浮遠樹，流水遶空山。夜月涵丹井，晨風拂紫壇。山居塵不到，心與白雲閒。

鄭昇元

致道觀

撫琴詠泉石，霜鶴酬清音。惟有七星檜，歲寒同此心。

貢松

寓練庠

客枕多清况，夢中如到家。北風連夜雨，東海兩年華。溪水新痕漲，江雲望眼賒。披衣翻宿火，瀹茗煮春茶。

學舍九日

今年佳節客天涯，獨坐看書到日斜。鏡裏有時添白髮，尊前無處覓黄花。西風過雁催秋露，南浦棲雲應晚霞。却喜客中逢樂歲，滿車禾黍出汙邪。

張南渠

空翠亭

人間風日不到處，林石照衣顔色鮮。半天六月雨蒼雪，隱水一僧吟白蓮。座中得趣成三逸，竹上題詩合七賢。他年此會或可再，須借北窗供醉眠。

趙楷

過太平寺

我訪道人行數里，路熟不知荒徑深。煮茶遲款謝汝意，杖藜獨來知我心。菖蒲古石半流水，燕子幽窗多緑陰。摩挲畫壁不忍去，晚涼隨月度西林。

郭麟然

過慧山寺

匹馬西風入慧山，小橋流水碧潺潺。樓空雙鳳臺猶在，峰繞九龍雲共閑。密藻護寒鼉睡穩，老松籠瞑鶴飛還。自憐奔走成何事，回首山靈益厚顔。

吴壽仁

慧山泉

九龍之山何蜿蜒，玉漿迸裂爲寒泉。來歸石井僧分汲，流入草堂我獨憐〔一〕。暗滴洞中雲細細，冷穿池上月涓涓。奉乞茶經與水記，俟余歲晚共周旋。

〔一〕「我」，原作「五」，據稿本改。

陳叔達

題莊伯寧畫

故人秦履山中住，狗吠雞鳴萬家聚。畫圖煙景髣髴同，索我新詩寫幽趣。我憐此山如削玉，波光平浸嵐光緑。勢如羣馬争後先，一峰欲斷一峰續。樓臺掩映湖水邊，簷有長松澗有泉。垂竿絶勝嚴陵瀨，載酒頻來賀監船。君家結構山之阯，既學爲農又爲士。秋風禾黍春桑麻，白晝琴樽夜經史。客來小酌開軒窗，侑觴不用呼紅妝。雲巒對面列屏障，松濤夾耳鳴笙簧。籃輿暇日閒登眺，尋壑經邱無不到。興來隨意坐莓苔，一壺醉倒掀髯笑。無官縛身忘寵辱，有子承家萬事足。水兮可漁山可樵，田兮可耕書可讀。有時放歌出煙渚，買得鮮鱗就船煮。白鷗飛處水如天，黄鳥鳴時花似雨。當年訪君曾命駕，一别於今幾春夏。鬢毛變盡鏡中霜，不見湖山見圖畫。我因親老乞歸田，君未龍鍾亦引年。卜鄰儻許營茅屋，共結青山緑水緣。

趙若巖

山中春晚

山空行跡少，地迴落花多。草長迷香澗，松高挂女蘿。林深猨鳥下，徑静鹿麋過。春事今云暮，其如懷抱何！

周北山

神遊臺

淮南古奇勝，瀰漫雲水麗。郵城枕其中，喧喧擁闤闠。壯覽城之皋，飛臺翼雲際。灔灔白銀盆，沉沉水晶界。玩心神明表，引興天地外。把酒一憑闌，天風落襟袂。懷哉淮海翁，落日爲三酹。

陳原

狼山

白狼山頭僧卓菴〔一〕，我躡飛屐窮幽探。麻姑又見海清淺，女媧不補天東南。危枝如龍故矯矯，怪石似虎猶眈眈。興來援筆寫狂語，此身只合棲雲龕。

〔一〕「卓」，稿本作「作」。

吳隱

輓張武定公弘綱

名姓江淮草木知，樽前談笑定兵機。昔年屢奏龍韜捷，晚節寧辭馬革歸。故壘三軍思舊主，豐碑孤廟慘斜暉。忠魂義魄今猶在，喬木蕭蕭挂鐵衣。

孫叔達

送萬户府幕盧唐卿

天街自合騤騂騮，戍幕何爲尚滯留。軍旅豈嘗忘俎豆，貂蟬元自出兜鍪。三年明月膠東夢，萬里西風宛水舟。從此雲霄看高步，可能回首謝公樓。

程植翁

風光在水西

陵巖深處看潛龍，絶景曾歸賦詠中。風約浪花浮岸北，天開雲錦照溪東。樓延新月半鈎白，簾捲落霞千里紅。欲問老禪當日事，一聲清磬曉山空。

王居安

考試當塗次池陽崎嶇山行題石

平生愛奇石，如見古君子。一卷窗牖間，時復爲隱几。兹行池陽路，終日亂山裏。道旁石叢生，牛羊亂虎兕。中有篆籀文，鼎彝間罍洗。縱横列簨虡，埋没見追蠡。差余心好之，愧恨無能徙。著手爲摩挲，却立復睥睨。有似南陽公，可就不可致。是宜米元章，一見輒下拜。儻可從余招，安車更加禮。

朱葵

蛾眉亭

異鄉節物最多愁，有客携壺約泛舟。四海知心只明月，一年彈指又中秋。病軀難表袁宏賞，吟興因隨太白游。留得蛾眉好詩在，後來圖畫亦風流。

王煜

題大龍山

同安城北山萬里，西曰大龍東小龍。長松澗底結琥珀，秀峰雲表開芙蓉。杖藜每共野老至，採藥或與仙人逢。有時乘興臨絶頂，俯視培塿俱凡庸。

朱子範

宿羊舌城

舒蓼皆侯國，春秋用甲兵。晚炊投野店，日落弔荒城。古渡漁燈滅，陰房鬼火明。愁來不成寐，攲枕對雞鳴。

舒城廬江道中

田間農婦騎秧馬，林下齋僧擊木魚。試把一聯閒課吏，詩成能就馬前書。

嚴丹邱

塗山操

天蒼蒼，河水黄。河流泱，大野茫。伯鯀治水，九年無功。四海赤子，化爲魚龍。鯀殛死，堯震怒。乃命禹，平水土。水土平，禹功成，魑魅奔走人安寧。平地栽桑麻，山頭種穀麥。赤驥騰櫪，黄牛上軛。諸侯會同三千國，嗟爾防風，後至奚爲。悠悠塗山，今昔所悲。

劉廉〔一〕

歌風臺

擊筑酣歌倚大風，高臺良宴故人同。江東兵甲銷沈後，天下河山指顧中。萬乘襟期開宇宙，千年形勝傲英雄。霓旌立斷蒼煙上，還有神靈託沛豐。

〔一〕「劉廉」一家原無，據稿本補。

朱仁翁

仁翁以下三十七人。並見《浙江志》。

萬松山

洗耳聽潺湲，懽然一破顔。不因官獨冷，豈識客心閒。晚色涼天月，秋容霽雨山。凭高成獨嘯，聲答萬松間。

江孚

石門山

石門有佳氣，横亘如長蜺。朝爲白雲出，暮作清風歸。斂散關雨暘，此理無足疑。何時著謝履，更上凌雲梯。

吴子華

岳王墓

炎精昔中否，宇宙見分裂。乘輿去不返，北狩胡沙雪。之人不世出，亶作人中傑。倒催千仞崖，横磨三尺鐵。一揮海岱清，再願烽塵滅。嗟嗟彼何人，睥睨妒功烈。百年金甌地，目之再墮缺。致令義士心，欲飲權臣血。何如中興主，邪心不能決。當時莫須有，斯言竟何説。明明萬古心，惟有西湖月。

楊子壽

岳王墓

神州北望絶妖氛，擊楫中流志肯分。半夜軍聲騰鞏洛，兩河士氣捲燕雲。君王甘奉和親表，太史空書破敵勳〔一〕。莫説當時秦相國，魏公曾殺曲將軍。

〔一〕「敵」，稿本作「虜」。

凌鵠

岳王墓

英雄白骨葬錢塘〔一〕，汴水東流失舊疆。漢業中興諸葛死，吴仇未復子胥亡。荒墳斷碣莓苔冷，遺廟空山草木長。欲采蘋花酹杯酒，西湖煙月正微茫。

〔一〕「葬」，稿本作「藏」。

王内敬

弔宋故宫

扁舟弔古入錢唐，六馬南奔事渺茫。潮汐往來仍旦暮，市朝更變幾滄桑。頹垣歲久青蘿合，廢苑春回緑草芳。輦路不知何處是，梵樓燈火照昏黄。

石姥山

石姥上穿雲，徑窄難聯衽。上有猨猴悲，楓葉秋如錦。

齊祖之

觀潮

何意滔天苦作威，狂驅海若走馮夷。因看平地波翻起，知是滄浪鼎沸時。初似長平萬瓦震，忽如員嶠六鼇移。直應待得澄如練，會有安流往濟時。

姚允言

早春過西湖

西子湖頭得早春，淡烟微雨暗湖濱。柳枝尚短不著水，梅蕊未開先可人。老境正憐諸事懶，風光無奈一番新。晴來且整登山屐，遮莫鶯花笑客貧。

朱祚

許遠廟

天寶落日昏，四野胡塵起。一旦海陽城，遂作單于壘。潼關潰秋濤，藩籬總頹靡。倒戈盡趨降，恬然不知恥。惟公挺忠節，恨賊入骨髓。江淮保障地，其責歸于己。醢妾食三軍，捐軀輕六矢。力窮援亦絶，百戰殊未已。邊月冷烽煙，陣雲昏睥睨。城崩壯圖屈，駡賊猶齗齒。生兮爲忠臣，死兮爲厲鬼。生死誰所無，君獨盡斯理。孤忠露丹心，千秋耀青史。至今仰高節，神像遺鄉里。香雲護綺窗，金碧輝丹扆。我來詣祠下，歔欷獨垂淚。再拜重咨嗟，如公今有幾。

畢天祐

遊西湖三竺

西風衫袖拂煙霞，小轎乘來穩似車。三竺山藏金粟影，兩峰天落紫蓮花。殘雲落日將軍墓，鶴怨猨啼處士家。惟有湖頭春色在，紅船烏榜載琵琶。

錢塘懷古

鳳凰山色老秋風，萬户笙歌落照中。鐵甲屯江潮不上，天星落海地俱空。東南都會衣冠古，吴越人家水土同。惆悵錢塘江上月，年年荊棘照遺宫。

胡季和

錦橋

水湧金鼇背，山圍颶母形。英雄歸錦處，野老記橋名。

陳銘

春波漁市

瀕溪有屋壓，並岸舟競檥〔一〕。風含水氣腥，曉作漁人市。魚羹何處無，無錢買金鯉。

三墖晨鐘

浮圖枕龍湫，飛觀出雲杪。鏗鍧吼華鯨，聲震禪林曉。淵靈斂陰氣，扶桑日將杲。

雙溪夕照

溪分燕尾流，中洲吐龍舌。落日飏彩虹，飛梁横影截。憑闌且遲留，東望待出月。

〔一〕「並岸」二字原闕，據稿本補。

王峪

東墅歸鴉

別墅荒涼落木秋，寒鴉投暝客歸舟。斜陽流水孤村路，不是離人不解愁。

孫煥

遊汾湖

今朝好天氣，天朗陰雲舒。湖中朱雀舫，花下碧油車。題詩過子建，鳴琴續相如。四美古難具，餘歡重躊躇。

顧遜

遊汾湖二首

武陵溪上花如錦，花氣熏人如酒濃。簫聲時倚鏌鋣鐵，雲影忽落琉璃鍾。小娃傳令覆蓮掌，游子掀篷招玉容。汾湖歸來夜何許，明月近挂青螺峰。

青簾畫舫載吴娃，皛皛行雲十里賒。湖光遠帶柳溪水，春色好在桃源家。十幅錦帆風正健，一聲鐵笛月初斜。玉壺香醪興未盡，更醉海棠嘉樹花。

陸恒

遊汾湖

春風畫舫錦帆乘，鮑陸池臺次第登。翡翠花枝人似玉，葡萄銀瓮酒如澠。泗洲寺裏看題竹，伍子灘頭聽采菱。歌扇斜摇波縠縐，舞衫輕脱吐絨凝。七星鐵管金爲點，萬斛珠琴寶作層。臂脱珠韝明越帛，燕銜貂帽濕吴綾。雄詩奪錦欺三謝，俠氣凌雲比五陵。醉卧氍毹驚露下，芙蓉月浸碧壺冰。

金原素

月波山

獨上高樓思渺然，月華波影静娟娟。嫦娥手種天邊桂，洛女神棲水上蓮。醉倚朱闌歌白雪，卧聽鐵笛起蒼煙。此中足遂追遊樂，不問西湖買畫船。

霞嶼山

此地名霞嶼，人云擬補陀。寺荒僧跡少，林静鳥聲多。石洞藏雲霧，松房挂薜蘿。誰能來此住，日日看湖波。

劉鼎

月波山

滿目湖光水鏡開，上方樓閣絶塵埃。三秋風露清如洗，萬疊岡巒翠作堆。結社肯容陶令醉，賦詩獨羡已公才。此時情思殊蕭爽，恰似蟾宮曉夢回。

霞嶼山

悠然乘興過湖東，秋色天光十里同。好鳥長鳴青嶂裏，高僧閒卧白雲中。金幢石洞風霜古，菱葉荷花水鏡空。可是茶瓜留客久，歸來煙雨濕孤篷。

大梅山

大梅山下神仙窟，與客來遊得遍觀。尚有松花留宿供，已無藥竈覓靈丹。峰巒環繞三摩地，渭水盤迴百折湍。竹杖芒鞋應不倦，題詩日日記清歡。

金峨山

曉度金峨翠色開，禪居寂寂傍巖隈。白公卓錫今何在，吕老題詩不復來。陟險扳援攜楖栗，尋幽隨處坐莓苔。漁樵林下應分席，肯逐紅塵趣駕回。

陳絅

趙秀王墓

秀王陵墓此山巔，古寺荒涼隧道邊。花礎蛟龍蟠夜月，蘇碑麟鳳泣秋煙。劫灰不泯三千界，香火今餘二百年。頭白老僧言歷歷，逢人揮淚佛燈前。

王蘊文

曹娥廟

地以曹娥號，名應萬古聞。魂浮滄海月，愁結暮山雲。風檜號荒冢，陰苔緊篆文。余親恩莫報，掩淚拜夫人。

翁逢龍

曹娥廟二首

再拜靈娥廟，魂清若可招。幡風吹古渡，帆月落殘潮。碑有行人讀，香多遠客燒。迎神漢朝曲，時聽起雲霄。

何朝無朽骨，此地尚清陰。冢上獨根樹，江邊孤女心。化錢燒石燥，落葉積泥深。長有英靈在，風平煙浪沈。

胡楷

曹娥廟

盡識曹娥孝，當知度尚賢。廟庭增舊築，文字已新鐫。朱范誠宜配，王樓許共傳。江山送行客，靈爽定依然。

趙仁原

玉京洞

巖壑玲瓏竹樹間，天風環珮隱珊珊。碧桃花落雲黏洞，瑶草香甜露滿壇。青壁有題龍護篆，玉京遺跡鶴窺丹。如今避世非無地，却笑相逢雪滿冠。

齊唐

定善寺

雁汲指南冥，遥瞻地域靈。路尋滄海斷，山帶沃洲青。施食翔禽下，鳴鐘百鬼聽。支公座無物，香篆白蓮經。

董貫道

踞虎巖

石巖如虎倚山隈，形勢昂藏何怪哉。幾度深山風雨暝，牧童不敢放牛來。

張國衡

遊水簾洞

洞口絞綃薄，山心玉蕊浮。殘雲挂疎影，新月下空鈎。白鶴仙人去，蒼苔石磴幽。奇蹤看不倦，旬日爲淹留。

翁復吉

偶坐感懷

竹陰時偶坐，斷續送蟬聲。落木千山瘦，寒流一帶清。三農逢歉歲，萬里正佳兵。杼軸空江左，從教布縷征。

姚思泰

横溪别友

十里盡溪濆，鳴騶沸水雲。可誰憑北望，之子向西分。岸近漁歌早，山深曉籟聞。相將重立馬，躑躅夕陽曛。

張惟大

短歌贈别盧少監

憶得去年與君别，西風乍落梧桐葉。迢遞溪山百里餘，不見故人見明月。書劍重携過草堂，南風拂拂芰荷香。一别别經三百日，百年能得幾連牀。壺中有酒盤有餐，共君今日須盡歡。若教忽忽便歸去，明朝悵望隔煙樹。

張惟本

秋杪江行

紅葉蕭蕭逐暮秋，蘆花如雪滿江洲。誰憐孤客思無賴，獨向沙汀訪白鷗。

徐子政

宋村巖

谽谺紫雲涸，鏗鍧神鼓石。機杼有時鳴，雷電常虩虩。下方久旱暵，斯民亦孔亟。何當作霖雨，枯槁回春碧。

蔚彦明

蟠桃山

朝來煙霧深，亭午始見天。遠近桃杏邨，高下山陂田。飛湍激電雨，老樹藏雲煙。相逢荷鉏翁，疑是武陵仙。

金錢山

亭亭金錢山，地僻境逾静。不見煉丹人，空遺石壇井。風勁鶴唳清，露重月光冷。長嘯振枯木，天風吹鬢影。

臺石山

一片太古石，崔巍煙雲間。天然武夷境，花鳥春意閑。

焦鼐

龍邱山

萬山堆處九峰青，中有三賢著隱名。龍見石形千古異，虎咆泉眼四時清。

陳舉愷

姑蔑城

姑蔑宫城暮，山川迥不同。草黄秋過雨，樹暗晚生風。流水中分郭，飛橋下飲虹。未須追往事，回首送冥鴻。

張正道

翠光巖詩

百尺蒼崖水氣昏，我來避暑動吟魂。千年盡露波濤色，萬古猶存斧鑿痕〔一〕。倒跨蒼龍探月窟，醉騎老鶴躡雲根。天心水面無窮意，日日乘舟到洞門。

〔一〕「斧」，原作「釜」，據稿本改。

何驥子

金鷄石

鸞鳳高翔短翅低，孤飛深入此山棲。危機恐墮模金手，風雨凄凄不復一作「敢」。啼。

易道安

沈奥山

拂此林下石，清風仍快哉。滿懷俱爽氣，何處有炎埃。日影轉山去，松聲落地來。道人心似水，猨鳥莫相猜。

雷仲益

仲益以下十二人，並見《江西志》。

毛竹山

一望西南紫翠堆，勝遊何憚陟崔嵬。連峰秀出天邊畫，急澗聲鳴地底雷。官舍連雲棲古驛，人家燒燭煮新醅。靈蹤覓得陰厓石，曾是旌陽試劍來。

許元信

幕阜山

山高一千八百丈，二十五洞太玄天。雪花飛下水衝石，翠嶂撥開風捲煙。金鯉一雙游碧沼，石田數一作「三」。畝産紅蓮。我來絶頂無他事，爲訪仙人葛稚川。

魯起元

水南山

巨靈移此萬尋山，雄鎮冰溪玉岫間。拔世浮圖遺勝蹟，書空文筆聳人寰。佛燈亂照龍蛇窟，天路遥通虎豹關。安得乘風訴胸臆，瓊樓高處一躋攀。

横碧軒

君到層軒眼界寬，諸峰還得雨中看。嵐光照座蒼翠濕，寺影拂波金碧寒。詩興豈妨隨望極，秋聲不奈起愁端。相逢莫怪無尊酒，秀色崔嵬尚可餐。

程子真

仙巖二首

自從束髮仰巍巖，讀盡黄庭骨尚凡。安得進隨猨鶴影，更挑石罅種松杉。

南山石室最蕭森，有路幽通自古今。千載仙蹤玄鶴去，半間僧舍白雲深。微微簾影泉當户，隱隱鐘聲月滿林。鍾吕只留名在世，直須了了悟禪心。

蕭韶甫

遊龍虎山

雲房三十六，一一有仙蹤。山遠多藏勝，樓高不計重。圜菴已歸鶴，丹井尚蟠龍。今日重游此，秋高詩興濃。

易性中

遊龍虎山

十里梅花路，青鞵印曉霜。巖西壇絶漢，江右地分唐。雲氣蓬萊近，山陰草樹香。御風不知遠，仙骨已清涼。

徐宇泰

遊龍虎山

蒼蒼山色帝師家，静養玄珠幾歲華。匣劍暮開飛電火，籙壇朝上雨天花。鶴棲遼海千年樹，人嘯蓬山五色霞。昨夜風雷仙袂返，樓臺如水月如斜。

蕭致遠

遊龍虎山

巍巍宫殿麗層霄，龍鶴行天不可招。靈跡未傳東漢世，賜田猶記裕陵朝。金書月朗山林重，玉局雲寒道路遥。仙子不知塵外事，碧桃花下自吹簫。

陳秋巖

仙巖

颯颯松風吹鬢毛，溪頭洗耳遠塵勞。七千餘里鶴歸晚，二十四巖秋正高。露滴桂香浮酒斝，山蒸雲氣潤詩袍。同舟半是乘槎客，吟震雷聲撼海濤。

金雞巖

水滿寒潭潭有月，仙藏空谷正吞煙。金雞初報洞中曉，咿喔一聲飛上天。

仙機巖

織就霓裳禦冷風，玉梭隨手化成龍。天孫歸去星河畔，滿洞白雲機杼空。

鐵笛巖

滿天沆瀣起秋風，白鶴飛來上翠松。月冷山空吹玉笛，一聲唤起玉淵龍。

鼓樓巖

萬丈高巖聳石樓，雲崖煙壁瞰寒流。幔亭昔聚曾孫宴，石鼓挐歸古渡頭。

藥蘿巖

長生靈藥大還功，合就蘿含委半空。漢武漫勞方士覓，不知元在此山中。

馬志仁

鵝湖山

煙鎖翠屋蒼玉瘦，雲迷石室紫芝香。一泓水浸真仙跡，半畝苔封古刹場。

朱昊

重遊漸湖寺

獨步横橋過小溪，石墻門徑柳絲絲。江山不改原來處，景物都非舊見時。臺峻鐘聲横碧落，峰高樹影入庭池。今朝屋宇前朝寺，歲歲春風長紫芝。

劉雪窗

贈王知州德貞

平生吟卷中，不作送行詩。清貧王太守，不可無我詞。見説理歸舟，蕭然如來時。豈無懷金人，白璧詎敢疵。六載莅安成，清苦人得知。罷衙即杜門，糲飯陳鹽虀。非不嗜肥甘，嘗恐病黔黎。空有腰金名，竟無買金資。銅裝黄泊飾，每爲同輩嗤。人生五馬貴，誰分忍寒飢。以身任王事，鞅掌不憚疲。吾州文獻邦，士論不可移。是非與毁譽，千載涅不緇。向來幾州尹，未有賢如斯。勁節凜秋霜，足爲當世師。北風驅征帆，明日天之涯。安得叫天閽，留君長治兹。小民正垂泣，奸吏初解頤。願公入臺憲，早見澄清期。

馮蘭

蘭以下十五人，並見《湖廣志》。

雙節廟歌

襄陽重圍外援絶，二張崛起身任責。以死誓師身勇决，磨洪灘頭萬州烈。虜勢方摧將旗折，浪頭躍馬神風黑。竹圍怒氣猶勃勃，郢中蠟書事機泄。陳出龍洲幟驚白，闔城痛哭矮都統，峴山草木俱奪色。雙廟巍巍俯大江，不愧睢陽兩忠烈。睢陽失守三日援，長淮保障猶萬全。襄陽一失竟不支，乘輿播越宋社遷。廟前古木慘雲霧，至今落日哀鳴鵑。

姚楚山

卧牛山

一拳怪石老山邊，頭角峥嶸幾百年。毛長蒼苔春夜雨，頭昂芳草夕陽天。終宵見月何曾喘，盡日和煙自在眠。惱殺牧童驅不去，一聲長笛思悠然。

馬叔獻

習家池

襄陽方屯十萬兵，習家終歲不曾醒。紛紛誤晉皆渠輩，何獨王家一寧馨〔一〕。

〔一〕「一」，原闕，據稿本補。

趙希鶚

秦人三洞

白鷗曾此識機心，渭赤翻波不自經。當日尚嫌天網闊，後來誰識武陵深〔一〕。西風落葉吹秦晉，流水桃花送古今。世豈避人人避世，世間同此夕陽陰。

黄陵竹

悵望鸞輿不復還，令人疑盡九疑山。朱絃一斷南風操，紛淚長流楚竹斑。

〔一〕「後來」，稿本作「後人」。

易昭 一作「照」。

瀟湘八景 録三。

瀟湘夜雨

鮫人夜出舞馮夷，銀竹瀟湘漲碧溪。古岸孤舟何處客，鄉心滴碎夢魂遲。

平沙落鴈

重湖水落露汀沙，接翼南來雁字斜。海宇只今皆樂土，任教宿食傍蘆花。

江天暮雪

歲晏江空欲暮時，玉龍鹽虎鬬寒威。漁翁坐對青山老，獨理絲綸尚未歸。

林南澗

雲陽山

野寺黄花滿徑妍，一樽清對夕陽前。偶然遇景消閒興，忽得逢僧話宿緣。雲起釀成山背雨，風來吹散樹頭煙。靈修望遠清都隔，不覺秋生兩鬢邊。

羅復元

雲陽山

步㞳城西南，雲陽翠微浮。遥望十里許，行行登山陬。登山行且止，萬象堪冥搜。樹古棲老鶴，池深隱龍虬。路滑霧猶濕，天晴雲半收。瑶簪高日舉，玉帶横江流。樵歌出谷響，僧磬度林幽。昔聞張子房，從此赤松遊。藥竈蒼蘚合，丹井寒蒲抽。巍巍帝者師，何事謀歸休。咸陽歎黄犬，争如五湖舟。知足故不辱，知止故不憂。擾擾道旁者，駕言焉所求。

陳邦光

鳳音亭

女郎遺跡在山隈，靈鳳親傳玉札來。綵翮已隨仙馭去，危亭今向紺園開。天長望闊無纖翳，林密陰清絶點埃〔一〕。坐覽行吟難盡興，日斜歸去首頻回。

〔一〕「陰清」，稿本作「清陰」。

劉良玉

秦人古洞

春風如浪我如船，度密穿深到洞天。芳草斜陽成獨笑，落花流水去千年。客來尚記曾遊處，僧老能言未亂前。雞犬料應隨物化，人間漫説武陵山。

榮菁

洞庭湖中廟詩

巍巍宫殿鎮重湖，聞説神龍世所都。沙磧堆成洲背壯，風濤撼定客心孤。衝波水鳥浮還没，隔浦風帆有若無。我欲横空飛一劍，憑誰寫作朗吟圖。

廖正華

洞庭湖中廟詩

維纜行香謁洞庭，蜃樓高處眼偏醒。前迎磊石堆藍翠，後擁君山染黛青。對月舉杯邀北斗，倚天仗劍望南溟。我來飽挹重湖景，濡筆題詩記所經。

劉漢傑

洞庭湖中廟詩

湖心擁出一沙洲，上有連天百尺樓。孤雁拖雲歸别浦，長鯨吸浪遏行舟。天開八百里湘岸，廟鎮幾千年楚湫。勝狀滿前看不盡，沙鷗水鳥任沉浮。

劉盪儀

道巖山

開闢已融結，不煩神禹功。虚巖劃表裏，上與霄漢通。絶頂豁四顧，宇宙開洪濛。高人寄笑傲，識破萬法空。回環列玉筍，削出金芙蓉。人間隔幾塵，此境真無窮。碧落笑空歌，環珮鳴仙風。欲書紀巖石〔一〕，把筆還匆匆。

〔一〕「紀」，稿本作「寄」。

俞希孟

朝陽巖

旭日多横照，幽巖得粹華。次山名此地，瀟水匯其涯。峭壁生雲葉，危根濺浪花。終携羨門侶，晨坐燕東霞。

滄山巖

巖腹潛雲構，清涼十畝間。天留盤古地，人識寶陀山。環像煙嵐濕，高僧歲月閒。聖時無遯客，佳景一作「境」。付禪關。

趙汝遂

蘇山行

松聲翻空羽蓋舞，一徑森森擁琳宇。鹿洞千年草木香，馬嶺萬仞風煙古。仙凡之隔固難窺，昔亦有人拜容儀。或露半面光奪目，或出大手青絲垂。我來訪仙仙不見，但聞鐘磬擊山殿。草菴舊隱址可尋，挑石異顆嚼欲嚥。遐想滄海望蓬萊，玉樓銀闕黄金臺。洪濤春天引水隔，霞袂莫挽飈車客。風淅淅兮雨霏霏，更升絶頂扣雲扉。俯視巒阜萬馬伏，細辨城郭一掌微。三百甲子今又幾，十八福地世所稀。仙乎仙乎曷再歸，獨鶴何時東樓飛。

北湖行

衡嶽之南入郴州，地高山峻居上游。在于嶺側三之二，衆川傾駛無停留。豈知粉雉北有泉，晝夜沸潴而爲湖。相拒平不流。淵源之脉鬱積千百頃，清淑之氣磅礴上下浮。外羅羣峰，中涵一鏡。表裏含碧，天水交浄。煙嵐舒斂自朝昏，魚鳥泳飛悦情性。遠香十里芙蕖繁，雲錦千張織天孫。珠璣亂擢雨聲急，紅裙曳濕翠蓋翻。琉璃影裏見蓬島，月櫺露牖開涼軒。僑心寒噴百尺雪，金石撞擊晴雷喧。我爲北湖吟，興因北湖起。曾將一葦杭空明，昌黎陳迹隨流水。未須感慨思古人，登臨乘此秋意新。西風帶暝吹白蘋，水晶宮冷看冰輪。

題梳櫛池

分得蘭亭勝，今才二十年。飛觴流石罅，曲水出天然。古意欠修竹，清香足白蓮。嶙峋裂奇怪，兩獸卧山邊。

江文璟〔一〕

文璟見《福建志》〔二〕。

南溪書院

秦坑覆冤士，聖澤日已堙。誰知濂洛後，接派南溪濱。至今毓秀里，謂與尼山鄰。我來拜遺跡，慕用情欣欣。摩挲壁間書，採掇澗中芹。想當毓秀時，祥光動甌閩。乾坤鍾間氣，百士不一人。遺書際穹壤，皓月懸秋旻。涼風振喬木，古屋凄凝塵。悠然動我念，羹墻寧足云。

〔一〕「璟」，稿本作「景」。

〔二〕同上。

蔡盡忠

盡忠以下九人，並見《廣東志》。

忠景祠在德慶州。

不受生前辱，應榮身後封。竹抽忠義節，雨過大夫松。長灑英雄淚，空澆磊落胸。倚空長劍在，千古仰高風。

林宗山

東山廟

直氣神如在，常爲此地靈。拓開千仞峻，巍鎮一峰青。劍戟依瑤砌，龍蛇蟄翠屏。愆陽或時作，憑仗起雷霆。

曹偉

陽江道中

客裏情懷惡，那堪不值晴。市聲驚曉夢，雨意值朝行。日暮江潮急，春晴海氣清。鳳凰山色好，應有鳳來鳴。

陳曄

三洲巖〔一〕

三洲巖洞勝，名里領東西。拂拭濂溪字，摩挲玉局題。高明快觀覽，嶔嵌費攀躋。怳若登仙舉，歸來興欲迷。

〔一〕此詩稿本無。

戴元〔一〕

三洲巖〔二〕

幾泛仙舟訪洞間，弱流原不隔塵寰。書臺露冷人何在，丹竈煙消鶴自還。洞口碧桃花焯灼，崖邊瑶草日斕斑。我來檢點浮生事，頓覺壺中日月閑。

〔一〕此名稿本無。

〔二〕此詩稿本題「陳燁」作。

吕恕

南恩北津弔張太傅

北津南望海茫茫，浪擊舟師此地忙。大節不磨心未死，孤忠欲奮力難當。本根傾覆先從越，歷數推遷僅過唐。惟有海陵山不動，青青無語對斜陽。

曾留遠

湖光巖

天風吹送八閩船，來結遊湖未了緣。一徑僅容飛鳥過，四山如護老龍眠。禪心秋月寒潭外，客思孤雲夕照邊。却笑梁谿元不到，清吟空抱斷碑傳。

龐咏

觀禮詩

釋奠泮水宮，釋菜萊公祠。是邦舉是禮，雷士何多儀。昔公登庸初，許國比皋夔。自謂不世遇，力致唐虞熙。遼人薄澶淵，何啻萬虎貔。汴粱久忘兵，一鼓誠可隳。避蜀與避楚，二策方狐疑。公倡社稷計，折箠可以笞。高瓊與君同，將相如蓍龜。未戰氣已勝，空藉一矢爲〔一〕。歸來廟堂中，功業蓋一時。豪傑如汾陽，議者無貶辭。自得如絳侯，萬里愈謙卑。芒刺與灑淅，大盜肘腋窺。巧辭伺罅隙，去國輕如遺。謂之任術數，意公猶望之。錦囊貯一劍，小智驚童兒。公豈匹夫怒，溝瀆遂其私。又豈婁師德，奪官輒愕怡。一語破其誤〔二〕，緑衫嶺南馳。平生魚水歡，忽若膠膝離。乃知君臣間，會際安可期。所以謝太傅，捋鬚美桓伊。公今骨已化，名與日月垂。天書諫未能，在公亦微疵。我聞公安竹，尚有棲鳳枝。精誠見天定，無愧衡山詩。兹晨拜遺像，百世有宗師。

〔一〕「一矢爲」，稿本作「一遺矢」。

〔二〕「誤」，稿本作「詒」。

羲太初

六瑞堂

六仙騈髻錦纏頭，羅襪淩波步未收。虢國弟兄盈曲水，喬家姊妹盛荆州。二三得侣紅幢下，一五爲朋翠蓋浮。消得謝郎春草夢，吟餘心地自休休。

劉梅南

梅南以下八人，並見《廣西志》。

桂林八景 録四。

堯山冬雪

洪濛一判天地曉，萬古玆山青未了。朔南聲教本一源，大地圖輿古無有。玄冥此來事游戲，剪冰作花到南地。臘前不識豐年瑞，翻令粤犬雲間吠。

舜洞秋風

當年大駕巡南中，薰兮時兮歌南風。太音九奏鳳凰集，真與扇世開盲聾。重華遠矣成飛仙，湘靈灑淚秋風前。天荒地老不可詰，秋風滿樹凄寒蟬。

西風晚照

青松翠竹凝煙光，畫屏半已歸蒼茫。牛羊歸來尚有日，日光倒射人影長。昔人已遠不可返，西山薇蕨春自香。世間萬事付一默，回頭明月升東方。

東渡春瀾

一川晴日春溶溶，小舟如葉隨春風。微波摇人影不定，但見隔岸秋花紅。觀瀾老子喜忘歸，會心妙處難得知。何人江上唤船急，驚起白鷺翩翩飛。

王思勤

乳洞

乳穴佳名久欣慕，兹游直與心期副。今朝葉散七枝筇，衰遲未覺攀躋苦。湘南懸望碧雲横，桂嶺遥瞻煙靄暮。招提鐘磬出幽深，村野牛羊自來去。忽聞流水響潺潺，漸覩巖扃隔煙霧。山溪躡履亂崎嶔，翠壁題名雜新故。暫睽朱墨略官箴，稍覺追隨遽幽趣。絶知官裏少夷途，始信閒中無窘步。人生如此信可樂，誰向康莊塞歸路。苦醉生前有限杯，澆我胸中吟興意。早知富貴如浮雲，三歎歸田不能賦！

張湖山

伏波山

桂林有山名伏波，蒼崖翠壁高嵯峨。山根陰洞透水府，神姦物怪交撝訶。我來登山復尋洞〔一〕，直涉風浪攀藤蘿。無誰可問得名始，賴有殘碣堪摩挲。爲言新息昔事漢，老矣矍鑠還操戈。提師振旅蹴蠻國，下潦上霧寧憂那。仍聞薏苡能禦瘴，採之返載數駱駝。一朝明珠肆讒口，倒囊投棄此山阿。有云昔有捕魚者，龍宮竊入張網羅。適遭老髯眈晝寢，攫取明月懷青蓑。自知至寶世希有，惟守可遺那歸他。守稱賢侯不敢受，亟命返璧無蹉跎。洞名還珠此二説，無乃好事相傳訛。柳州使君老好古，扁舟況此曾經過。重來邂逅請停楫，君看此事當如何？使君無言若有得，仰面長歎春風和。肯將往事攖胸臆，爲我呼酒傾金荷。明朝酒醒湘水上，引帆南去飛如梭。

〔一〕「洞」，稿本作「峒」。

秦儼〔一〕

南山

二十四峰圖畫裏，九十餘里宦游中。滿川禾黍無豺虎，便是南行奉使功。

〔一〕「儼」，稿本作「巖」。

張鑟

璜溪書院

清湘古精廬，髣髴傍城郭。三江水縈迴〔一〕，羣峰勢飛躍。濕翠滴松梢，淡靄籠山脚。石泉走方池，野色入疎箔。玉堂霧總仙，驄馬轡絲絡。翰墨光照人，氣象迥非昨。翔鸞欲騰空，老兔欲解縛。青山與流水，千載知獨樂。

十月亭

石梯百摺雲氣間，頡龍飛舞松聲寒。高堂虚迥庭草緑，一池天影浮琅玕。山中十月在何許〔二〕，人指江灣淺淺處。更無圓缺任陰晴，炯炯孤光自朝暮。

三華山

曙鴉飛盡疎鐘鳴，江雲帶霧籠曉晴。羣山濛迷總一色，隱隱但見中峰青。數家衡茅在叢薄，時撫幽篁望城郭。賣薪買米人未歸，且拂茶爐燒墜籜。

龍隱巖

靈巖如屋山勢雄，寒風矗扆神龍宮。洞前深鎖軒檻窄，一灣流水涵青銅。壁間大士面如玉，寶蓋圓光照空緑。晚風吹衣生羽翰，細認落花溪九曲。

合江

濕雲壓山山氣低，葦汀蒲渚迷東西。三山水勢互吞吐，淼淼欲與層樓齊。大艘行空帆力穩，小舟如葉驚眩轉。魚龍得意快騰驤，天池萬葉風霆遠。

〔一〕「縈」，原作「榮」，據稿本改。

〔二〕「十月」，稿本作「日月」。

李興

育德亭

峰頭泉飛六月涼，東南賓主曲流觴。松陰密蔭清如許，詩酒開懷興更長。

郝顥

湘山寺

偃蹇蒼松鎖翠巖，邦人云是古湘山。寺穿石磴高低處，塔聳雲煙吞吐間。物外豈知塵世事，箇中只許老僧閑。我來策杖登臨罷，落日歸鴉自往還。

劉志行

離潭津

公事無多早散衙，蜀中寧有寄來茶。龍光夜照三江水，燕子重尋百姓家。疇昔買漿曾得道，只今作飯類蒸沙。寄言道士玄都客，好種劉郎舊看花。

毛玹

玹見《雲南志》。

蕉洞游春

幽幽小洞天，沉沉若隧道。石門古莫扃，石磴净于埽。石花三月開，色比桃李好。人争秉燭觀，過此即枯槁。既非人技爲，無乃天所造。況無鎸鑿痕，此理不可曉。或云有神仙，幻出物外寶。

漁村釣月

皎皎山吐月，沄沄水增波。水落月在天，天影相盪摩。借問持竿人，夜凉魚反多。零露洒青篛，輕風吹緑蓑。歸來夜將半，飲酒且復歌。即此以爲樂，生年能幾何！

闌江曉渡

兩山高插雲，巋然若天岸。草樹緑相繆，仰視天一線。中有一長江，江流急于箭。亂石齟其中，噴激成飛霰。客子行問津，鷄鳴夜將旦。僕夫相顧愁，舟楫恐失援。天明設此險，永作邊城翰。

雞村觀稼

欲登哀牢山，先過金雞村。時當九月秋，百穀鋪黄雲。畇畇原隰間，溝澮不可分。路逢一農夫，植杖向我言。力田幸有成，亦足餉吾軍。邀我坐樹陰，酌以老瓦盆。擊壤且爲樂，安知非常恩。

石敏若

敏若以下八人，並見《書畫卷遺蹟》。

柳花

來時萬縷弄輕黄，去日飛毬滿路旁。我比楊花更飄蕩，楊花只是一春忙。

應元

永夜無寐，起步階除。明月在天，西風入懷，凄然知其爲秋也。輒用高韻勉賦一章，以寫余心，以布印可，并簡座上諸公。

秋高氣清水露石，濁潦淤泥俱隱迹。感時忽忽夜不寐，明月已向東山出。出門仰瞻天無雲，漸覺薄寒微中人。須臾清光入庭户，炯炯顔色疑如君。萬物已非前所視，慨念榮枯動幽思。玄蟬寂寞噤無聲，寒雁嗈嗈向南至。河流洋洋山峨峨，朝見花開暮辭柯。相思美人隔秋水，君兮不知可奈何。獨立彷徨無所得，自慚在君珠玉側。明月西沉愈思憶，積余鬱鬱其無極。

張士奇

題韓左軍馬圖

掉尾玉驄金絡頭，驕嘶騰踏汲寒流。莫教重過長城窟，水月光中漾髑髏。

周貢

題蘇子瞻竹枝圖

老幹翛然舞，新枝丹鳳棲。後凋並松柏，不受雪霜欺。

吴匏碩

題米元暉瀟湘奇觀圖

米家父子最風流，點染毫端滿紙秋。海岳菴前天欲曙，瓜洲渡口望滄洲。

張濬

題馬遠四皓奕棋圖

安劉無上策，來倩避秦人。駭俗衣冠古，扶顛羽翼新。寵加龍目送，怨入翠眉顰。莫擬巴園橘，飛騰別有神。

趙大年江鄉雪意圖

我昔江鄉遊水際，放懷頗爲鱸魚鱠。征鞍自笑擁重裘，冱凍於時天地閉。太空冥冥久陰晦，長風蕭蕭雲著地。樹枯桑落空槎牙，敗葦黄蘆色憔悴。蘭橈布帆在何許，但見寒鴉騰陣勢。塞鴻飛起稻粱謀，鷗鷺羣鳧猶水戲。江上豪家百不憂，已備金帳羊羔醉。安知不有戴安道，應擬幽人乘興至。浙江畫史有天工，一幅生綃生巧思。開圖宛似昔遊時，知是江鄉描雪意。

吴從正

戴嵩放牧圖

牧牛兒，遠陂牧。遠陂牧牛芳草緑，兒怒掉鞭牛不觸。澗邊柳古南風清，麥深蔽日田野平。烏犍礪角逐草行，老牸臥噍饑不鳴。犢兒跳梁没草去，隔林應母時一聲。老翁念兒自携餉，出門先向岡頭望。日斜風雨濕蓑衣，拍手唱歌尋伴歸。遠村放牧風日薄，近村放牛泥水惡。珠璣燕趙兒不知，兒生但知牛背樂。